U0925629

中國文学研究典籍叢刊

曲品校注

（增訂本）

〔明〕吕天成 撰
吴書蔭 校注

中華書局

圖書在版編目(CIP)數據

曲品校注:增訂本/(明)吕天成撰;吴書蔭校注. —北京:中華書局,2019.4
(中國文學研究典籍叢刊)
ISBN 978-7-101-13713-2

Ⅰ.曲…　Ⅱ.①吕…②吴…　Ⅲ.古代戲曲-文藝評論-中國-明代　Ⅳ.I207.37

中國版本圖書館 CIP 數據核字(2019)第 004986 號

責任編輯:馬　婧　李若彬

中國文學研究典籍叢刊
曲品校注(增訂本)
〔明〕吕天成 撰
吴書蔭 校注
*
中華書局出版發行
(北京市豐臺區太平橋西里 38 號　100073)
http://www.zhbc.com.cn
E-mail:zhbc@zhbc.com.cn
北京瑞古冠中印刷廠印刷
*
850×1168 毫米 1/32 · 21⅛印張 · 2 插頁 · 420 千字
2019 年 4 月北京第 1 版　2019 年 4 月北京第 1 次印刷
印數:1-3000 册　定價:68.00 元

ISBN 978-7-101-13713-2

《中國文學研究典籍叢刊》出版説明

中國古代學者對文學的認識、思考、研究和總結，是以多種形式書寫、流傳並發生影響的，有的是理論性的專著，有的是隨筆式的評論，有的是作品前後的序跋，有的是作品之中的評點。這些典籍數量豐富，種類衆多，涉及各個時期的不同的文學現象和文學思潮，以及不同的作家作品和文體文類。對這些典籍文獻的收集、整理，在近百年來，一直是學術界著力的重點，取得了很大的成績。

爲了進一步推動這一工作的進展，我們組織了《中國文學研究典籍叢刊》，選擇歷代具有代表性的、比較重要的典籍，採用所能得到的善本，進行深入的整理。因各類典籍情況差異較大，整理的方式也因書而異，不求一律，或校勘，或標點，或注釋，或輯佚，詳見各書的前言與凡例。《叢刊》的目的，是系統地爲學術界提供一套承載着中國古代學者文學研究成果的，内容更爲準確、使用更爲方便的基礎資料。我們熱切地期待學術界的同仁們參與這一澤惠學林的工作，並誠摯地歡迎讀者對我們的工作提出批評指正。

中華書局編輯部

二〇〇六年六月

序

《曲品》是明代吕天成撰寫的一部重要的戲曲論著，著録近百位戲曲作家和二百多個傳奇目，並逐一作了品評，爲研究明代戲曲提供了很有價值的文獻資料。遺憾的是，這部書的明刻本早就散佚，後來流傳的幾種《曲品》，都是根據清人鈔本排印的。其中譌誤簡脱，層出疊見；前人又據己意增補，致使有些作品的歸屬，模糊不清，真僞莫辨。《中國古典戲曲論著集成》所收《曲品》，雖然經過校訂，用力甚勤，但當時還未能見到好的本子，也難説盡稱人意。

吴書蔭同志在前人研究的基礎上，以清華大學所藏乾隆楊志鴻鈔本《曲品》爲底本，認真參校比勘了各種傳本，整理出一個比較完善的定本；同時又廣徵博引，對它進行了箋注，補充不少新的材料。我覺得這是一件有意義的事情。他要我爲本書寫一篇序，我就很樂意地答應了。

戲曲史的研究方法，可以是多種多樣的。我們既需要高屋建瓴，從宏觀上探討戲曲藝術的發展規律，也應當踏踏實實，對作家作品進行深入細緻的研究。但不管採用哪種方法，都離不開對文獻資料的搜集、整理和辨析。有的青年却不理解，而熱衷趨時，不屑於做這方面的工作。其實，這是任何研究賴以建立高樓大廈的基礎。著名戲曲史家傅惜華先生，畢生勤勤懇懇，從事戲曲文獻的整理和研究，他留下的許多著作，至今還使我們獲益匪淺。本書作者經過多年辛勤搜尋，從大量的明人詩文集、筆記、碑傳及地方志中，徵引了比較豐富的資料，特別是向來被人所忽視的中小作家的材料，尤爲罕見和珍貴。所以本書無論是對作家作品的考證，還是對以往成説的修訂，都顯得詳明和公允。

最近，陳雲同志提出重新整理出版古籍，要搞出一個規劃來。這實在是十分切要的。我國戲曲古籍也是浩如烟海，不僅雜劇、傳奇的劇本繁多，而且曲論、劇評、音律、曲譜、論唱的著作也十分豐富。這類書籍如不標點注釋，是很難讀懂的。但這方面的書還不同於一般的文學作品專供欣賞之用，它們還在今天戲曲改革中具有繼承和批判運用前人遺産以創造新藝術的實踐作用。因此，有計劃地出版這類書籍，既供給研究者用，也使之普及，實在是非常需要的。

我希望這部《曲品校注》能早日出版。也相信吴書蔭同志今後繼續努力，刻苦鑽研，會在戲曲文獻整理和研究工作中，作出更大的成績。

張　庚

一九八二年四月七日

校注説明

一、本書以杭州楊文瑩豐華堂所藏乾隆辛亥（一七九一）迦蟬楊志鴻鈔本《曲品》（今藏清華大學圖書館）作爲底本（簡稱「原本」），校以中華書局圖書館所藏清初耕讀山房鈔本（簡稱「清初鈔本」）、北京大學圖書館庋藏清鈔本（因書口有「清河郡」三字，故稱「清河本」）、暖紅室刻本、吴梅校本、曲苑本，以及《中國古典戲曲論著集成》第六集所收本（簡稱「集成本」），並參校祁彪佳《遠山堂明曲品》等。

二、底本的譌衍奪漏之訂補，他本的重要異文均出校。校勘記排於正文之後，箋注之前。

三、《曲品》的特點是保存了不少明代曲家和劇目的資料，因此，本書的注釋側重於對作家作品的箋證。

（一）曲家傳略，儘量徵引前人詩文集、碑傳、家乘和方志中的資料。由於這些資料多於稀見善本中輯得，一般讀者不易獲見原書，故照録全文，或作適當節略。生平不詳者，暫付闕如。

（二）劇目，扼要介紹内容和版本存佚流傳情況，考證本事出處及創作年代。

（三）需要作説明或考訂者，均用按語形式寫出。

四、本書以箋注爲主。凡《曲品》中所用典故、史實及較難懂的詞語，均加以注釋。所引古籍，皆標明書名卷次和篇目。

五、書後附録有關作者吕天成和《曲品》的研究資料，以資參考。

六、爲了便於查檢，將《曲品》中所涉及的曲家和劇目，編成《曲家姓名字號索引》和《劇目索引》，列於書後。

目録

曲品卷下

舊傳奇

中上品

下下品

曲品補遺

曲品自叙

予舞象時即嗜曲，弱冠好填詞〔一〕。每入市，見新傳奇〔二〕，必挾之歸，笥漸滿。初欲建一曲藏，上自先輩才人之結撰①〔三〕，下逮腐儒老優之攢簇②〔四〕，悉搜共貯，作江海大觀③。既而謂多不勝收，彼攢簇者，收之污吾篋，於是多删擲，稍稍散失矣。壬寅歲〔五〕，曾著《曲品》，然惟於各傳奇下著評，語意不盡④，亦多未當⑤，尋棄去⑥。十餘年來，予頗爲此道所誤，深悔之，謝絶詞曲，技不復癢〔六〕。今年春，與吾友方諸生劇談詞學〔七〕，窮工極變，予興復不淺，遂趣生撰《曲律》。既成，功令條教，臚列具備，真可謂起八代之衰，厥功偉矣！予謂生曰：「曷不舉今昔傳奇而甲乙焉？」生曰⑦：「褒之則吾愛吾寶，貶之必府怨⑧〔八〕。且時俗好憎難齊，吾懼以不當之故而累全律，故今《曲律》中略舉一二而已。」予曰：「傳奇侈盛，作者争衡，從無操柄而進退之者。矧今詞學大明，妍媸畢照，黄鐘瓦缶〔九〕，不容溷陳⑨〔一〇〕；《白雪》《巴人》〔一一〕，奈何並進⑩？子慎名器〔一二〕，予且作糊塗試官⑪，冬烘頭腦〔一三〕，開曲場⑫，張曲榜，以快予意，何如？」生笑曰：「此段科場，讓子作主司也〔一四〕。」予歸檢舊稿猶在，遂更定之，倣鍾嶸《詩品》〔一五〕、庾肩吾《書品》〔一六〕、謝赫《畫品》例〔一七〕，各著論評，析爲上下二卷，上卷品作舊傳奇者及作新傳奇者〔一八〕，下卷品各傳奇。其未考姓氏者⑬，且以傳奇附；其不入格者，擯不録。世有知我，按品收閲⑭，亦已富矣；如或罪我⑮，甘受金谷之罰〔一九〕。雖然，古本多湮，時作紛出，管窺蠡測〔二〇〕，何能周知？所望同調者出家藏、示茂製以啓予，是亦詞社之幸也。萬曆癸丑清明日⑯〔二一〕，東海鬱藍生書於山陰樛木園之煙鬟閣〔二二〕。

校記

①「先」，清初鈔本同，他本均作「前」。
②「逮」，清初鈔本同，他本均作「至」；「老優」，清初鈔本同，他本均作「教習」。
③「江海」，清初鈔本、清河本、曲苑本同；暖紅室本、吴梅校本、集成本作「山海」。
④「不盡」，曲苑本作「未盡」。
⑤「未當」，清初鈔本同，他本均作「未得當」。
⑥「棄去」，清初鈔本同，他本均作「棄之」。
⑦「生」，原缺，據各本補。
⑧「必」，清初鈔本同，他本均作「則」。
⑨「溷陳」，清初鈔本同，他本均作「並陳」。

⑩「並進」，清初鈔本同，他本均作「混進」。

⑪「予」，原作「余」，爲統一行文，據各本改。

⑫「開」，清初鈔本同，他本均作「於」。

⑬「姓氏」，清初鈔本同，他本均作「姓字」。

⑭「收」，清初鈔本同，他本均作「取」。

⑮「或」，清初鈔本同，他本均作「有」。

⑯「癸丑清明日」，各本均作「庚戌嘉平日」。

箋注

〔一〕填詞：指依前人所製詞牌的句式、字數、平仄和用韻作詞，後來按照曲譜製曲，亦叫「填詞」。這裏指後者。

〔二〕新傳奇：傳奇，王國維認爲，其名始於唐，如裴鉶所作《傳奇》，本小説家言，這是傳奇的第一種意思。宋人稱諸宫調爲傳奇。元人則以元雜劇爲傳奇。至明人爲了與北雜劇相區別，以戲曲之長者爲傳奇（見《宋元戲曲考》一六《餘論》）。馮沅君《古劇四考》注三八：「大抵『傳奇』的意思就是傳述或傳唱一椿奇異的故事，所以小説、諸宫調、戲劇都可以稱爲『傳奇』。」（《古劇説彙》）這裏説的傳奇，即戲曲作品的一種，見本書正文一頁箋注〔七〕。所謂「新傳奇」，指新刊行的傳奇劇本。

〔三〕才人：宋元時稱編話本、雜劇和戲文的作者。常與「名公」對稱，以示其身份低下。元無名氏《藍采和》雜劇云：「俺路歧每怎敢自專，這的是才人書會剗新編。」結撰：謂作文的命意構思和謀篇佈局，這裏指結撰的傳奇劇本。

〔四〕攢簇：與上文「結撰」對舉，指未經認真構思創作，而是草率從事的傳奇劇本。

〔五〕壬寅：萬曆三十年（一六〇二）。

〔六〕技不復癢：技癢，馬永卿《嬾真子》：「謂人有技藝不能自忍，如人之癢也。」「技不復癢」，指謝絶詞曲，不再染指。

〔七〕方諸生：王驥德（？——一六二三），字伯良，一字伯驥，號方諸生，別署秦樓外史。會稽（今浙江紹興）人。始師事同里徐渭，繼與沈璟研討音律，釐訂平仄；又從孫鑛、孫如法學習聲韻，辨別陰陽。同時曲家相善者，有屠隆、顧大典、史槃、葉憲祖和王澹等，同吕天成尤稱莫逆。他雖然才情自負，獻業於南國子祭酒馮開之門下（見《快雪堂集》卷四八《快雪堂日記》），但功名並未得意。曾北上燕京，浪游維揚、汴梁，以詞曲知名於當時。所著除《曲律》外，尚有詩文集《方諸館集》；散曲《方諸館樂府》；雜劇《男王后》、《金屋招魂》、《棄官救友》、《兩旦雙鬟》、《倩女離魂》；傳奇《題紅記》，以及《南詞正韻》。還校注過《西廂記》、《琵琶記》。按：本書卷下《新傳奇》、祁彪佳《遠山堂明曲品》著録傳奇《雙環記》，爲鹿陽外史所作，而傅惜華《明代傳奇全目》

却闌入王驥德名下，應誤。

〔八〕府怨：即怨府，謂衆怨所聚的地方。語出《國語·魯語上》。

〔九〕黄鐘瓦缶：「黄鐘」，古代音樂十二律中六種陽律的第一律，聲音洪大響亮。「瓦缶」，指瓦製的古樂器，可鼓以節歌。常用它們比喻文辭的高下優劣。

〔一〇〕溷：雜亂貌。

〔一一〕白雪巴人：即《陽春白雪》和《下里巴人》，古代楚國的兩種歌曲名。見宋玉《對楚王問》。後分别用來泛指高深、通俗的文藝作品。

〔一二〕名器：《左傳·成公二年》：「唯器與名，不可以假人。」杜預注：「器，車服；名，爵號。」這裏指名譽地位。

〔一三〕冬烘：形容懵懂淺陋，常用來嘲諷迂腐的塾師。唐王定保《唐摭言》卷八《誤放》：「鄭侍郎薰主文，誤謂顔標乃魯公之後……尋爲無名子所嘲曰：『主司頭腦太冬烘，錯認顔標作魯公。』」

〔一四〕主司：主考官。

〔一五〕鍾嶸詩品：鍾嶸，字仲偉，潁川長社（今河南長葛）人。官西中郎將晉安王記室。《梁書》、《南史》並有傳。所撰《詩品》三卷，以上中下三品，品評漢至梁一百二十二個詩人的得失。

〔一六〕庾肩吾書品：庾肩吾，字子慎，一作慎之，南陽新野（今河南新野）人。官至度支尚書。傳附《梁書·庾於陵傳》和《南史·庾易傳》。所撰《書品》一卷，載漢至梁能書者一百二十餘人。分上中下三品，每品又分上中下，共九等，各附短論，品評他們書法藝術的成就。

〔一七〕謝赫畫品：謝赫，南齊人。生平事蹟不詳。所撰《古畫品録》（即《畫品》）一卷，將三國吴至南齊畫家陸探微等二十七人，分屬六品，各爲序引，評論優劣。

〔一八〕作舊傳奇者及作新傳奇者：「作舊傳奇者」，指明嘉靖以前（包括元末明初的南戲）的傳奇作者，自高則誠至邱瓊山等八人。「作新傳奇者」，指嘉靖至萬曆間的傳奇作者，自沈璟至金懷玉等八十六人（加補遺共九十三人）。

〔一九〕金谷之罰：金谷，園名。晉代石崇所建。石崇《金谷詩序》：「遂各賦詩，以叙中懷，或不能者，罰酒三斗。」（嚴可均校輯《全晉文》卷三十三）

〔二〇〕管窺蠡測：比喻所見狹小短淺。《漢書·東方朔傳》：「以管窺天，以蠡測海。」

〔二一〕萬曆癸丑：萬曆四十一年（一六一三）。

〔二二〕煙鬟閣：馮夢龍《太霞新奏》卷五王伯良《哭吕勤之》眉批云：「煙鬟閣，勤之填詞處。」

曲品卷上

東海鬱藍生撰　瑯琊方諸生閲〔一〕

自昔伶人傳習①〔二〕，樂府遞興〔三〕。爨段初翻〔四〕，院本繼出〔五〕，金元創名雜劇〔六〕，國初沿作傳奇②〔七〕。雜劇北音，傳奇南調。雜劇折惟四，唱惟一人③；傳奇折數多，唱必匀派。雜劇但摭一事顛末，其境促；傳奇備述一人始終，其味長。無雜劇則孰開傳奇之門？非傳奇則未罄雜劇之趣也。傳奇既盛，雜劇寖衰，北里之管絃播而不遠〔八〕，南方之鼓吹簇而彌喧。國初名流，曲識甚高，作手獨異，造曲腔之名目，不下數百；定曲板之高下④，不淆二三。乍見寧不駭疑，習久自當遵服。所謂規矩設矣，方圓因之。數其人，有大家、名家之别；按其帙，有極老、半舊之分。故賞其絶技，則描畫世情，或悲或笑；存其古風，則湊泊常語〔九〕，易曉易聞。有意架虚，不必與實事合；有意近俗，不必作綺麗觀。不尋宫數調〔一〇〕，而自解其弢〔一一〕；不就拍選聲，而自鳴其籟〔一二〕。極質樸而不以爲俚，極膚淺而不以爲疎⑤。商彝周鼎，古色照人；玄酒太羹〔一三〕，真味沁齒。先輩鉅公，多能諷詠；吳下俳優〔一四〕，尤喜搬串⑥〔一五〕。余雖不尊古而卑今，然必須溯源而得委⑦〔一六〕，倣之《畫史》⑧〔一七〕，略加詮次〔一八〕，作《舊傳奇品》。

校記

①「傳」，原本、清初鈔本均誤作「專」，據他本正。

②「沿」，清初鈔本同，他本均作「演」。

③「惟」，清初鈔本同，他本均作「止」。

④「高下」，清初鈔本同，他本均作「長短」。王驥德《曲律》卷二《論板眼第十一》：「詞隱於板眼一以反古爲事。其言謂清唱則板之長短，任意按之。」作「長短」似勝。

⑤「極質樸」兩句中的「極」字，暖紅室本、吴梅校本、曲苑本和集成本均無。

⑥「搬串」，清初鈔本同，他本均作「掇串」。按：吴語「掇」義同「搬」（見陸澹安《小説詞語匯釋》）。

⑦「必」，清初鈔本同，他本均無。

⑧「畫史」，清初鈔本同，他本均作「詩品」。

箋注

〔一〕瑯琊：古郡名。轄境相當於山東半島東南部。會稽王姓，晉時由瑯琊臨淄移居山陰，故王驥德以「瑯琊」作爲郡望。

〔二〕伶人：相傳黄帝時伶倫作樂（《吕氏春秋・古樂》），後稱樂工或戲曲演員爲伶人。

〔三〕樂府：本指漢代樂府官署所采製的樂歌，後將魏晉至唐可以入樂的詩歌，以及倣樂府古題的作品，統稱爲樂府。宋以後的詞、散曲和劇曲，因配樂歌唱，有時也稱樂府。

〔四〕爨段：宋雜劇、金院本的一種演出形式。陶宗儀《南村輟耕録》卷二五《院本名目》：「宋徽宗見爨國人來朝，衣裝鞵履巾裹，傅粉墨，舉動如此。使優人效之以爲戲。」今人葉德均考證：「至若爨國一説，近人多疑之。然確有所據，推其事在盛唐而非北宋，本身爲舞雜技，而非其他也。」（見胡忌《宋金雜劇考》所引葉氏信函）元杜仁傑《莊家不識勾欄》〔耍孩兒〕套曲，描繪了爨段的演出情況。周密《武林舊事》卷十《官本雜劇段數》保存四十三種爨段名目。

〔五〕院本：金元時期，北方宋雜劇向元雜劇過渡的演出形式。《南村輟耕録》卷二五《院本名目》：「金有院本、雜劇、諸宫調；院本、雜劇，其實一也。國朝院本、雜劇始釐而二之。院本則五人，一曰副浄，古謂之參軍；一曰副末，古謂之蒼鶻；……一曰引戲；一曰末泥；一曰孤裝，又謂之五花爨弄。」載院本名目七百多種。

〔六〕雜劇：指元雜劇，或稱「元曲」。元代用北曲演唱的戲曲形式。金元間，在院本和諸宫調的基礎上廣泛吸收詞曲及多種技藝形成的。其體制大抵一本四折，或加楔子，每折用同一宫調的若干曲牌組成一套。角色有正末、正旦、浄等。全劇基本上由正末或正旦一人唱到底。

〔七〕傳奇：明初在宋元南戲基礎上發展起來的戲曲形式。以唱南曲爲主，生旦可以獨唱、對唱和合唱。劇本結構龐大，每本分四五十齣。明代嘉靖中葉以後，最爲盛行。當時的聲腔如崑腔、弋陽腔、青陽腔等，都以演唱傳奇劇本爲主。

〔八〕北里之管絃：「北里」，唐代長安平康里因在城北，歌妓多居於此，故稱（孫棨《北里志》）。「北里之管絃」借指北雜劇，與下句「南方之鼓吹」（借指南傳奇）對舉。

〔九〕湊泊：亦作「揍拍」，聚集。朱熹《答輔漢卿》：「鈍者既難湊泊，敏者又不耐煩。」（《朱文公文集》卷五九）

〔一〇〕不尋宮數調：宮調，曲調的總稱。古代依十二律的高下，定宮、商、角、變徵、徵、羽、變宮爲七聲，其中以任何一聲爲主均可構成一種調式。凡以宮聲爲主的調式稱「宮」，以其他各聲爲主者曰「調」。「不尋宮數調」，語出高明《琵琶記》第一齣的《水調歌頭》。明人議論頗多，唯徐渭能獨持不同的看法：「或以則誠『也不尋宮數調』之句爲不知律，非也。此正見高公之識。夫南曲本市里之談，即如今吴下山歌，北方《山坡羊》，何處求取宮調？必欲宮調，則當取宋之《絶妙詞選》，逐一按出宮商，乃是高見。彼既不能，盍亦姑安於淺近。大家胡説可也，奚必南九宮爲？」（《南詞叙録》）

〔一一〕自解其弢：《莊子・知北遊》：「解其天弢，墮其天袠。」成玄英疏：「弢，囊藏也。袠，束囊也。言人執是競非，欣生惡死，故爲生死束縛也。今既一于是非，忘于生死，故墮解天然之弢袠也。」此句謂不受宮調格律的束縛。

〔一二〕籟：管樂器，三孔龠。

〔一三〕玄酒太羹：古代祭祀當酒用的水稱「玄酒」，所用的肉汁叫「太羹」。

〔一四〕俳優：古代以樂舞爲業的藝人，後用來稱戲曲演員。

〔一五〕搬串：即演唱。

〔一六〕委：原委。

〔一七〕畫史：宋米芾著。一卷。《四庫全書總目》卷一一二「藝術類一」著録，云：「此書皆舉其平生所見名畫，品題真僞，或間及裝褙收藏及考訂謬誤。歷代賞鑒之家，奉爲圭臬。」

〔一八〕詮次：選擇和編次。

古帙雖多，作者泯没，略舉三四，以概其餘①。

東嘉高則誠②〔一〕，能作爲聖，莫知乃神〔二〕。特創調名，功同倉頡之造字〔三〕；細編曲拍，技如后夔之典音③〔四〕。意在筆先④，片語宛然代舌⑤；情同境轉，一段真堪斷腸。化工之肖物無心，大冶之鑄金有式〔五〕。關風教特其粗耳〔六〕，諷友人夫豈信然〔七〕？勿倫於北劇之《西廂》⑥，且壓乎南聲之《拜月》。

右神品〔八〕

校　記

①「古帙雖多」四句，清初鈔本、清河本、集成本同，他本則屬上。

②「東嘉」，清初鈔本同，他本均作「永嘉」。

③「技」，清初鈔本同，他本均作「才」。

④「意」，清初鈔本同，他本均作「志」。

⑤「語」，清初鈔本同，他本均作「言」。

⑥「倫」，清初鈔本同，他本均作「亞」。

箋注

〔一〕東嘉高則誠：「東嘉」，即永嘉，因地處浙東，故稱。高則誠，名明，號菜根道人，温州瑞安（今浙江瑞安）人。幼聰穎，以博學稱。元至正五年（一三四五）進士。任處州録事、慶元路推官等職。方國珍據浙東，强留幕下，力辭不從。旅寓鄞縣櫟社，益肆於詞曲。著有南戲《琵琶記》，散曲見於《詞林摘艷》、《南宫詞紀》等書。詩文集《柔克齋集》已佚，僅存遺文五十多篇。張憲文、胡雪岡輯校有《高則誠集》（浙江古籍出版社一九九二年一月出版）。事見今人戴不凡《高則誠事略》（《琵琶記討論專刊》）、錢南揚《琵琶記作者高明小傳》（錢注《琵琶記》附録）、徐朔方《高明年譜》（《徐朔方集》第一卷）。

按：余堯臣《題晨起詩卷》云：「是卷題於至正十三年夏，越六年，而高公亦以不屈權勢病卒四明。」（清陸時化《吴越所見書畫録》卷一）湛之（即傅璇琮）據此考證高氏卒於元至正十九年

（一三五九）（《高明的卒年》，載《文史》第一輯）。又按：《南詞叙録·宋元舊編》著録《閔子騫單衣記》，注云：「高則誠作。」錢南揚所撰高氏小傳，則認爲「此四字原當在下一行蔡伯喈《琵琶記》下，乃係錯簡。後人不察，遂並以《單衣記》亦屬高作」。錢説是。

〔二〕能作二句：《南詞叙録》：「相傳則誠坐卧一小樓，三年而後成。其足按拍處，板皆爲穿。嘗夜坐自歌，二燭忽合而爲一，交輝久之乃解。好事者以其妙感鬼神，爲創瑞光樓旌之。」姚華《菉猗室曲話》卷三：「按此與舊説湯義仍製《還魂記》事，大略相同。大抵文人附會，彷彿其辭，然不妨姑存之，以爲詞場中增一奇話也。」這個傳説不僅表明人們對於高則誠的熱愛，而且也反映他創作《琵琶記》的苦心。

〔三〕倉頡：相傳爲黄帝的史官，初造書契（見許慎《説文解字序》）。

〔四〕后夔：傳説爲舜時的樂官。

〔五〕大冶：技術精湛的冶煉工人。《莊子·大宗師》：「今之大冶鑄金，金踊躍曰：『我必且爲鏌鋣。』」

〔六〕風教：即風化，用教育感化改變人心和風俗。《琵琶記》第一齣《水調歌頭》：「不關風化體，縱好也徒然。」張鳳翼《删正琵琶記序》也説：「誠感發人心之一機，而裨益風教之要物也。」（《處實堂續集》卷二）

〔七〕諷友人：據田藝衡《留青日札》所載：「有王四者，以學聞，則誠與之友善，勸之仕。登第後，即棄其妻而贅於太師不花家。則誠悔之，因作此記以諷諫。名之曰《琵琶》者，取其上四王字，爲王四云耳。元人呼牛爲『不花』，故謂之牛太師，而伯喈曾依附董卓，乃以之託名也。」王世貞也認爲「其意欲以譏當時一士大夫，而託名蔡伯喈」（《曲藻》）。這種索隱派的論調，在當時頗爲流行，呂天成所謂「有意架虚，不必與實事合」，以及徐復祚對傳奇創作的卓見：「要之傳奇皆是寓言，未有無所爲者，正不必求其人與事以實之也。」（《曲論》）都是針對它發的。直至清末，姚燮還嚴厲駁斥之：「傳奇家託名寓志，其爲子虛烏有者十之七八。千載而下，誰不知有蔡中郎者？諸家紛紛之辨，直癡人説夢耳！」（《今樂考證》著録五）

〔八〕神品：夏文彦論畫曰：「氣韻生動，出於天成，人莫窺其巧者，謂之神品。」（《南村輟耕録》卷一八《叙畫》）

常州邵給諫〔一〕，既屬青瑣名臣〔二〕，乃習紅牙曲學①〔三〕。詞防近俚②〔四〕，局忌入酸〔五〕。選聲儘工，宜騷人之傾耳；採事尤正〔六〕，亦嘉客所賞心。存之可師，學焉則套。

校記

①「學」，清初鈔本同，他本均作「技」。

②「詞」，清初鈔本同，他本均作「調」。

箋注

〔一〕常州邵給諫：《曲品》體例，凡卷下所著録的作品，如非無名氏者，卷上必論其人。卷下舊傳奇「妙品三」《香囊記》評語云：「毘陵邵給諫所作，佚其名。」按：《南詞叙録》「本朝傳奇目」著録，題爲「邵文明作」；萬曆間繼志齋刊刻此劇，卷首總目標作「明邵璨撰」。因此《香囊記》作者應爲邵璨，傳見《萬曆宜興縣志》卷八《隱逸》：「邵璨，字文明，讀書廣學，志意㦝篤。少習舉子業，長躭詞賦，曉音律，尤精於弈。論古人行誼，每有所契，則意氣躍然。有《樂善集》存於家。」

按：據縣志，邵璨乃宜興（今江蘇宜興）人，從未做過官，終老於生員，作「常州邵給諫」，誤。余有《〈香囊記〉及其作者》（中央戲劇學院編《戲劇學習》一九八一年第三期）。

〔二〕青瑣：古代宫門上的一種裝飾。這裏借指朝廷。

〔三〕紅牙：演唱用的拍板，亦名牙板，因其色紅，故稱「紅牙板」。

〔四〕詞防近俚：指邵璨爲了防止俚俗，「習《詩經》，專學杜詩，遂以二書語句匀入曲中，賓白亦是文語，又好用故事作對子」（《南詞叙録》），開「以時文爲南曲」之濫觴，影響極爲惡劣。徐渭對這種創作傾向進行過嚴肅批評：「效顰《香囊》而作者，一味孜孜汲汲，無一句非前場語，無一處無故事，無復毛髮宋元之舊。三吴俗子以爲文雅，翕然以教其奴婢，遂至盛行。南戲之厄，莫甚於今！」

〔五〕局忌入酸：「局」，亦作「局段」。呂氏經常運用這個詞，如評《琵琶記》：「串插甚合局段。」《蕉帕記》「情節局段能於舊處翻新」，《鸚鵡洲》「局段甚雜，演之覺懈」等，均指劇本的情節結構。「酸」，迂腐。范成大《次韻和宗偉閲番樂》：「洗浄書生氣味酸。」（《石湖詩集》卷六）

〔六〕採事尤正：指邵氏步趨丘濬《五倫全備記》，採忠孝節義事寫戲，宣揚封建道德。董康輯《曲海總目提要》卷五：「據此劇標目云《五倫全備香囊記》，其首簡云：『伯奇孝行，左儒死友；愛兄王覽，駡賊睢陽；孟母賢慈，共姜節義，萬古垂名。因續取五倫新傳，標記紫香囊。』蓋以九成兄弟盡孝慈母，比伯奇也；王倫令九成脱歸，捨生代友，比左儒也；九思千里尋兄，比王覽也；九成奉使不屈，比睢陽也；太夫人崔氏教誨兩子，比孟母也；貞娘抗節拒婚，比共姜也。取義於五倫全備，託名九成兄弟云爾。」

烏鎮王雨舟〔一〕，人以曲稱〔二〕，曲緣事重。頗知鍊局之法〔三〕，半寂半喧；更通琢句之方，或莊或逸。我欽高手，世想令名。

右妙品〔四〕

箋注

〔一〕王雨舟（一四七四——一五四〇）：名濟，字伯雨，號雨舟，晚更號白鐵道人。烏鎮（今屬浙江桐鄉)人。官横州通判,不二年,乞歸。正德辛巳(一五二一),吴汝秀倡湖南崇雅社,不久,應邀入社,同劉麟諸名士相唱和。他還同祝枝山、文徵明、黄省曾等作翰墨遊(見《耄年集》)。所著傳奇僅《連環記》一種。另有詩文集《白鐵道人集》、《谷應集》、《二溪編》、《鐵老吟餘》、《水南詞》、《和花蕊夫人宫詞》,以及雜著《君子堂日詢手鏡》(見《民國烏鎮志》卷三八著述上)。焦竑《獻徵録》卷一〇一,有張寰《廣西横州别駕王公濟行狀》;劉麟《廣西横州判官王君濟墓誌銘》云:「王君諱濟,字伯雨,别號雨舟。其先泗州人,元季六世祖道輔避兵烏墩鎮,遂世爲烏程人。道輔生敬先;敬先生宗孝;宗孝生瑜;瑜生英,號且閒,林器豪爽,而篤於義,弘治間,例授蘇州衛指揮使,君之考也。娶朱,繼娶何,何生君。君少穎敏好學,弱冠補郡學生,例補太學生。試秋闈,屢蹶。年踰壯,謁銓曹,授廣西横州判官。横,嶺南瘴厲地,去鄉幾八千里,君怡然就之。横會缺守,州政多弛,盜且作。君視篆得其習俗利弊,召横人集議,議定,乃因革之。凡所設施咸與横宜,横俗丕變,盜亦潛弭,州以無事。君退食之暇,植湘竹盈庭,吟詠其下。採其風土物宜與域中異者,類爲一編,曰《君子堂日詢手鏡》,遠近傳之。所論逆猛事尤詳,識者服其先見。無何,以母老,乞疏歸養,横民傾城留之不得。歸事何,又十年。色養之餘,沈酣古雅,與僉憲西溪龍公霓、太白山人孫君一元輩,觴詠取適。君衣冠甚古,居當吴越要衝,騷人墨客,日常滿座,酒行,意暢忽,自稱紫髯仙客。或病其放,君不然,若汎愛而中實介然,決擇若今銀臺張石川。奉其翁天方公,吟眺往來,殆且十年,得詩若干篇,好事者題曰《浙西倡和》,梓行於時。夫賢斯慕，慕思集，集思勝，勝思述，述思永。覯是詩，君子以爲知道，樂而貞，和而文，名教餘地，庶幾乎浴沂之亞，座上如雲者不能嚮風而來乎？千里逢迎，恭不勞，慎不葸，非忠信固存，其何能彀？或以爲放，何足以知之？若其從弟太學生洲，少失怙，又罹多難，君内勸之學，外禦其侮，怛焉，患焉，放者固如是乎？下洲一等者，君捐貲以通其有無，難則排之，紛則解之。有告於君，君應之無難色，放者能之乎？又其下者，達諸姻黨，饑，食之；寒，衣之；病，藥餌，槥埋之，雖倒囊不惜，放者不爲也。故内外人士，瞻望雨舟，若綴旒之有冕，深延庇覆以爲恒。至浮屠傾圮，亦力治而不惜。或曰雨舟爲才所使，不然，要皆爲稟獨厚，遇事激發，無所不至。求之同生，固稀逢也。庚子八月十九日卒。所著有《谷應》、《水南詞》及《和花蕊夫人宫詞》若干卷，傳於世。（下略）」

按：據《墓誌》「求之同生，固稀逢也」，王濟應與劉麟同歲。劉生於成化十年（一四七四）（見《劉清惠公集》附顧應祥撰《劉麟墓誌銘》），王氏生年當爲是年。又，《明代傳奇全目》卷一《王濟》小傳説：「富而好客，與劉南垣（按：劉麟自稱坦上翁，「垣」字誤）、孫太初、張允清結峴山社。」《中國大百科全書·戲曲卷》「王濟」條依之。據劉麟《峴山逸老堂記》，峴山社倡於唐一庵，嘉靖二十二年（一五四三）爲首會（見《劉清惠公集》卷七），此時孫太初、王濟都相繼故去，焉能再結社？應誤。

〔二〕人以曲稱：《萬曆野獲編》卷二十五《填詞名手》：「南曲則《四節》、《連環》、《繡襦》之屬，出於化、治問，稍爲時所稱。」

〔三〕鍊局：指提煉情節和組織結構。

〔四〕妙品：夏文彦論畫曰：「筆墨超絶，傳染得宜，意趣有餘者，謂之妙品。」（《南村輟耕録》卷一八《叙畫》）

沈練川名重五陵〔一〕，才傾萬斛。紀游適則逸趣寄於山水〔二〕，表勳猷則雄心暢於干戈①〔三〕。元老解頤而進巵〔四〕，詞豪擺指而擱筆〔五〕。

校　記

① 「雄心」，清初鈔本同，他本均作「熱心」。

箋　注

〔一〕沈練川：名采，嘉定（今屬上海）人。生平事蹟不詳。所著傳奇有《千金記》、《還帶記》和《四節記》。《傳奇彙考標目》增補本還著録有《臨潼記》，不詳所據。「五陵」，在長安城外，漢代五個皇帝的陵墓。每一陵起，皇帝遷貴族於此，便成爲富家豪族所居住的地方。

〔二〕紀游適句：指《四節記》通過春夏秋冬四景，各演一個游賞的故事，表現文人士大夫寄情山水的逸趣。

〔三〕表勳猷句：指《千金記》寫楚漢相争豪暢激烈，而叱咤風雲的項羽、韓信，更具英雄之本色。

〔四〕元老：本書卷下舊傳奇「能品」五《四節記》評語：「作此以壽鎮江楊邃安相公者。」元老，即指楊邃安，名一清，字應寧，原籍雲南安寧，隨父徙丹徒（今江蘇丹徒）。成化八年（一四七二）進士。官至户、吏二部尚書，以武英殿大學士直内閣。著有《石淙類稿》。《明史》有傳。

〔五〕攦指：折斷手指。語出《莊子·胠篋》。

武康姚静山〔一〕，僅存一帙，惟覩《雙忠》〔二〕。筆能寫義烈之肺腸①，詞亦達事情之悲憤。求人於古，足重於今。

右能品〔三〕

校　記

①「肺腸」，清初鈔本同，他本均作「剛腸」。

箋　注

〔一〕姚静山：名茂良，武康（今浙江德清）人。據中山大學黄仕忠教授考訂：姚茂良即姚懋良，名能，號静山，祖貫武康，生長於海鹽。傳見《萬曆嘉興府志》（明萬曆二十八年刊本）第二二卷：「姚能，海鹽人。晚號玉冠道人。少習舉業，屢不利，棄去攻醫。好吟詠，每談論，壓奪滿坐。著醫書有《傷寒家秘心法》、《小兒正蒙》、《藥性辨疑》。」又見清沈季友《檇李詩系》（清文淵閣四庫全書本）卷一一「姚醫士能」：「能字懋良，號静山。海鹽人。弘治間醫士。」（《〈雙忠記〉傳奇爲海鹽姚懋良所作考》，載《文化遺産》二〇一六年第四期）

〔二〕雙忠：見本書卷下舊傳奇「能品」十《雙忠記》注。

〔三〕能品：夏文彦論畫曰：「得其形似而不失規矩者，謂之能品。」（《南村輟耕録》卷一八《叙畫》）

李開先銓部貴人〔一〕，葵邱隱吏〔二〕。熟膽北曲，悲傳塞下之吹〔三〕；間著南詞，生扭吴中之拍〔四〕。才原敏瞻，寫宛憤而如生〔五〕；志亦飛揚，賦逋囚而自暢〔六〕。此詞壇之雄將①，曲部之異才②。

校記

①「雄將」，清初鈔本、清河本同，他本均作「飛將」。

②「異才」，清初鈔本同，他本均作「美才」。

箋注

〔一〕李開先（一五〇二—一五六八）：字伯華，號中麓、中麓子、中麓山人及中麓放客，山東章丘人。嘉靖八年（一五二九）進士，官至太常寺少卿，提督四夷館。平生喜愛藏書，詞曲尤夥，有「詞山曲海」之稱。罷官閒居，以弈棋、度曲自娱。皇甫汸過章丘，值《寶劍記》新成，贈詩有：「雄心每向詞中發，變態都將戲裏看。自愧交知成白首，猶持長劍倚人彈。」（《皇甫司勳集》卷二八《訪同年李伯華於章丘》）抑鬱終老。所著有院本《打啞禪》、《園林午夢》、《喬坐衙》、《昏厮謎》、《攪道場》、《三枝花大鬧土地堂》；雜劇《皮匠參禪》；傳奇《寶劍記》、《登壇記》，以及詩文集《閒居集》等。他還同門人一起選訂元劇十六種，成《改定元賢傳奇》，今存六種，即《江州司馬青衫淚》、《西華山陳摶高卧》，元馬致遠撰；《杜牧之詩酒揚州夢》、《玉簫女兩世姻緣》，元喬夢符撰；《唐明皇秋夜梧桐雨》，元白仁甫撰；《劉晨阮肇誤入天台》，明王子一撰。此六種均爲明嘉靖刻本，已影印收入《續修四庫全書》集部「戲劇類」。傳見《明史》卷二八、《道光章丘縣志》卷一〇《文苑》。《獻徵録》卷七〇有殷士儋《翰林院提督四夷館太常寺少卿李開先墓誌銘》：「（前略）公名開先，字伯華，中麓其别號也。先本伯陽之裔，居隴西者最著，其後始自隴西徙長城嶺，又自長城嶺徙緑原村，於是遂爲章丘人。數傳，有名子瞻者，公曾大父也。子瞻生聰，皆邑諸生。聰生淳，正德庚午舉於鄉，娶於王而生公，以公貴，累贈奉直大夫、吏部驗封員外郎，王累封太宜人。公舉嘉靖戊子山東鄉試第二人。明年，成進士，授户部雲南司主事。久之，調吏部考功，歷稽勳、驗封員外郎、郎中，已又改文選。尋擢太常寺少卿，提督四夷館。居無何，罷歸。蓋家居者二十年而卒。公生而卓犖穎異，七歲善屬文，讀書一見輒成誦，而又即知聲律、吟詠之學。稍長，補博士弟子員。里中有繇役苦公，公自言於令，令面試，大奇之，爲復其家。於是齊魯章縫之士，咸啃啃推轂李生矣。未幾，贈公捐館舍，公哀毁盡禮。已又喪其祖母，公持服如贈公，鄉人稱之。服除，連舉進士。嘗通餉金詣寧夏。當是時，關中有兩太史：康公海，王公九思，家在武功、鄠杜之間。公業聞兩公名，及使還過訪之。此兩公者，居以才自雄，睥睨一世，乃見公，獨歡然相得，爲留數日始别。復移書唐太宰，薦之。抵家，以疾在告者踰年，始授户部主事。户部爲金穀劇曹，而公所督太倉粟，時尚有中貴人監之，公不競不緑，委曲調停，無撓法焉。復奉命出理徐州倉。頃之，以望調吏部，爲太宰汪公鋐所器重。故任吏部者，率矜厓岸，高自標致，扃門謝賓客，雖親故人不相接以示尊。公顧數與諸友游，以詩文相賡和，暇則浮白對弈，談笑竟月，而無廢事。卒之人莫敢干以私，而稱吏部能謝絶請謁，亦卒無踰公者。公既負才氣，居銓衡要路，素伉直，不善事權貴人，而諸僥僥見抑者，又日媒蘖之。時柄臣銜公不附己，遣邏卒廉公陰事，久之，無所得，終不釋公。至是蓋已遷太常矣。會九廟災，公例上疏自陳，竟中以他事，令公歸。歸時，年才四十耳。居六歲，而配張宜人又卒。六歲，而太宜人卒，公哀毁彌甚，每哭，輒撫棺號曰：『天乎，乃不令母見開先舉子耶！』蓋遲遲者，越八年始葬焉。公故嘗病脾，間歲作，不至劇。丁卯秋，乃大作，踰年竟不起，距生於弘治壬戌八月二十八日，凡六十有八歲。公少博學强記，有大志，所與交皆當世知名士，以意氣相許。遇事籌劃剖析，多出人意表。往先皇帝幸承天，嘗命少傅翟公巡九邊。云翟公議自遼東始，業已行矣。公獨請間，謂曰：『公國家重臣也，主上所倚任。京師密邇邊塞，藩籬單弱，虜飈迅可至。今車駕在江漢，公奈何復遠去京師，令緩急不相及乎？公往，宜自宣大，此聲實相副，萬全之劃也。』翟公矍然，悔失計，拊手謝曰：『老誖不知大計，微君幸教，幾失之。』卒改行，如公策。公之慷慨知大計，皆類此也。嗚呼！以彼其才，假令秉筦鑰之寄，所建竪必且掀揭可觀，乃於方壯之年，竟一蹶不復起，雖致位卿貳，稍稱通顯矣，然實未究蹶施也。昔人論馮唐、李廣，有不逢時之歎。先皇帝長馭遠攬，臣下一言稱旨，即不次待以卿相，可謂有時，而公卒擯棄不偶以死，此又何説也？比先皇帝上賓，公聞之躃踊幾絶，意若無復有知己者，公之情見矣。公自罷歸，稍益克振舊學，與荆川唐公、念庵羅公，約爲天台、鴈蕩之遊，值喪其内子，不果行。既而歎曰：『會心處不必在遠，吾直巖居而川觀耳！』乃闢亭館，招致四方賓客，時時以其抑鬱不平之狀發之於詩。尤好爲金元樂府，不經思索，頃刻千言。酒酣，與諸賓客倚歌相和，怡然樂也。以是，公之長篇短調遍海内，而名亦隨之。人或以靡曼謂公者，公不顧。嗚呼！古賢智之士，抱琬琰而就煨塵者，或傍山而吟，或披髮而嘯，或鹿裘帶索而歌，要之，其中皆有所負而未庸，故緣此以自洩，而世以恒度測之，遠矣。若公者毋亦有所負而欲洩也歟？良可悲已！所著有《閒居集》十二卷、雜集二十一種，行於世。」今人卜鍵箋校《李開先全集》，由文化藝術出版社二〇〇四年八月出版。

〔二〕葵邱隱吏：「葵邱」，古邑名，在今山東淄博境内，與章丘毗鄰。「隱吏」，指罷官家居。李開先《病後告減應酬門帖》云：「某自辛丑謝政家居，今二十七年矣。」（見《閒居集》卷一二）

〔三〕悲傳句：錢謙益《列朝詩集小傳》丁集上《李少卿開先》：「曾兩使上谷、西夏，訪問軍情苦樂、武備整廢，慨然以功名自見。罷歸，衰老，不勝慨歎，作《塞上曲》一百首。」

〔四〕間著南詞二句：《萬曆野獲編》卷二五《南北散套》：「章丘李中麓太常亦以填詞名，與康、王俱石友，不嫺度曲，即如所作《寶劍記》，生硬不諧，且不知南曲之有入聲，自以《中原音韻》叶之，以致吴儂見誚。」

〔五〕才原敏贍二句：《寶劍記》第二十、二十一、二十三等齣，將林沖發配滄州時的滿腔寃憤，刻畫得栩栩如生。

〔六〕志亦飛揚二句：《寶劍記》第三十七齣，摹寫林沖夜奔，慷慨悲壯，酣暢淋漓。

沈壽卿蔚矣名流①〔一〕，確乎老學②。語或嫌於湊插〔二〕，事每近於迂拘〔三〕。然吴優多肯演，吾輩亦不厭棄。

校記

①「矣」，清初鈔本同，他本均作「以」。

②「確」，清初鈔本同，他本均作「雄」，疑爲「確」字之形誤。

箋注

〔一〕沈壽卿：名齡，嘉定（今屬上海嘉定）人。所作傳奇有《嬌紅記》、《三元記》、《龍泉記》、《四喜記》四種。另有詩文集《練塘吟草》、《南游草》和《春蚓遺音》（見《嘉慶安亭志》卷一二《藝文》）。傳見《嘉慶安亭志》卷一七《人物二》：「沈齡，字壽卿，一字元壽，自號練塘漁者。究心古學，落拓不事生産。尤精樂律，慕柳耆卿之爲人，撰歌曲教童奴爲俳優。畫竹倣文湖州，書法出入蘇文忠、趙承旨，詩歌清綺綿婉，名滿大江南北。太傅楊一清謝政居京口，特招致之。適館授餐，日與爲詩酒之會。武宗南巡，幸一清第。一清張樂侑觴，苦梨園無善本，謀於齡，爲撰《四喜》傳奇。更令選伶人之絶聰慧者，隨撰隨習，一夕而成。明日供奉，武宗喜甚，問誰所爲，一清以齡對。召見行在，欲官之，不受而歸。」

按：譚正璧《〈三元記〉作者沈壽卿生平事蹟的發現》認爲：一、向來以爲沈氏名「受先」，這是音近而造成的傳鈔之誤。二、沈氏在世年代，「約明孝宗弘治中（一四九六）前後」。三、《萬曆野獲編》卷二六《四喜詩》載：成弘間人作有《四喜記》傳奇。它應當是沈壽卿的作品，非萬曆初人謝讜所撰（見一九六二年九月九日《光明日報·文學遺産》）。

〔二〕語或句：徐復祚《南北詞廣韻選》卷一，評《龍泉記》〔南吕梁州序〕曲文：「詞亦穠艷，但多措大佔俚語，《龍泉》通本皆然。」青木正兒評《三元記》亦云：「此記曲文中雜詩語，賓白亦多文語，其體則《香囊記》之流亞也。」（《中國近世戲曲史》）所謂「湊插」語，就是指沈氏作品中的麗語藻句，濫用典故，純屬措大掉書袋子。

〔三〕事每句：指沈齡的傳奇通過忠孝節義事説教，顯得迂腐不堪。《遠山堂明曲品》「能品」著録《龍泉記》，云：「節義忠孝之事，不可無傳。沈君手筆，絶肖邱文莊之《伍倫記》。」

邱瓊山大老雖尊〔一〕，鴻儒近腐。閒情賦罷，元亮原是趣人；雙文句删，微之且爲薄倖〔二〕。乍辭幄講①，亟譜家詞。造揑不新，知老筆之已鈍②；主張頗大③，庶末俗之可風〔三〕。

右具品〔四〕

校記

①「幄講」，清初鈔本同，他本均作「講幄」。

②「老筆之已鈍」，清初鈔本同，他本均作「老輩之多鈍」。「輩」應爲「筆」之誤。

③「主張頗大」，曲苑本缺此四字，清河本、暖紅室本、吴梅校本和集成本均作「莊諧並寫」。

箋注

〔一〕邱瓊山（一四二〇—一四九五）：名濬，字仲深，號瓊山，别署赤玉峰道人，瓊山（今屬廣東）人。景泰五年（一四五四）進士，官至户部尚書，加太子太保，兼武英殿大學士。精於朱子之學，有大儒之稱。著有《瓊臺會稿》、《朱子學的》等。傳奇僅《五倫全備記》一種。傳見《明史》卷一八一。何喬新《何文肅公文集》卷三〇《贈特進左柱國太傅謚文莊邱公墓誌銘》云：「弘治八年春，少保兼太子太保、户部尚書、武英殿大學士邱公以疾臥家，連章乞致仕。優詔不允，遣醫賜藥，中官問疾，賜食物。是歲二月戊午，薨於城東之私第。訃聞，天子嗟悼，輟視朝一日，賻寶鈔一萬貫，贈特進左柱國太傅，謚文莊。（略）公諱濬，字仲深，其先世家泉之晉江，元季有官於夔者，遭亂不能歸，遂家焉。占籍瓊山。曾祖諱均禄，隱居不仕。祖諱譜，臨高縣醫學訓導。考諱傳賢而蚤卒。（略）公初舉進士，改翰林庶吉士，與修《寰宇通志》，書成，擢翰林院編修。憲宗皇帝即位，初開經筵，以公充講官，有白金文綺之賜。成化元年，以九載秩滿陞侍講。修《英宗皇帝實録》成，陞侍講學士。丁母夫人憂，解官歸。服闋，詣京復舊職。奉命修《宋元通鑑綱目》成，陞翰林院學士。十三年，陞國子監祭酒。十六年，進禮部右侍郎，仍掌監事。二十三年冬，陞禮部尚書，掌詹事府事。修《憲宗皇帝實録》，公爲副總裁。弘治四年八月，《實録》成，加太子太保，職如故。是歲十月，公兼文淵閣大學士，入内閣司制誥典機務。公三上章辭，不允，久之乃就職。七年，陞少保，改户部尚書、武英殿大學士，仍兼太子太保。自始仕至今，四十有二年矣。公少孤力學，天資過人，六歲能詩，弱冠著論，謂許文正公仕元，無能改於其俗，不仕可也。耆儒碩師見其論，初甚駭之，已而又大服，以爲先儒未有言及此者。正統甲子，舉於鄉，爲廣東鄉試第一名。兩試禮部，名在乙榜，當授教職，卒業太學，祭酒蕭先生鎡深器重之，爲之延譽，由是名益重。景泰甲戌，復試於禮部，名在前列，廷試第二甲第一名。及選爲庶吉士，讀書秘閣，自六經諸史，九流箋疏之書，古今詞人之詩文，下至醫卜老釋之説，靡不探究。發之文章，雄渾壯麗，四方求者沓至，碑碣、銘誌、序記、詞賦之作，流布遠邇。然非其人，雖以厚幣請之不與。修英廟實録，或謂少保于謙之死，當著其不軌之跡，公曰：『己巳之變，微于公天下不知何如。武臣挾私怨誣其不軌，是豈可信哉？』實以爲然，功過皆從實書之。執筆者謂王竑易儲之奏，出前工部尚書江淵，史館多以爲然，公獨曰：『聞當時竑殺其兄，爲此覬免死耳，且廣西書奏用土産紙易辯也。』索其奏驗之，果廣西紙，衆乃服。兩廣用兵，公上書李文達公，具陳平寇方略，文達徹上之。詔以其策付總帥，其後蠻寇削平，用公策爲多。時經生文士爲文，以奇怪相高，或不可句。公考南京鄉試及禮部會試，凡怪詞險語，皆痛斥之，怨誹不恤也。及爲祭酒，尤諄諄爲學者言之，文體乃復渾厚。士有慕學道者，或過爲詭異之行以徼名。公因考會試，發策言之，士乃知道以中庸爲至，詭異不足貴也。在太學，論者謂師道尊嚴，無愧李忠文公；綜理微密，則忠文不及公。嘗謂《朱子家禮》最得崇本敦實之意，然儀節略焉。爲考諸儒所言，作《家禮儀節》，使好禮者可舉而行。朱子微言，散見於傳注語録，學者猝未易求，乃採其精切者，彙爲二十篇，傚魯《論語》，作《朱子學的》。《朱子通鑑綱目》以正統爲主，然秦隋之末有不可遽奪，漢唐之初有不可遽予者，乃作《世史正綱》，著世變之升降，明正統之偏全。又謂西山真氏《大學衍義》有資治道，而治國平天下之事缺焉，乃採經傳子史有及於治國平天下者，附以己見，作《大學衍義補》。今天子嗣位之初，公書適成，乃表上之。上覽之甚喜，批答有曰：『卿所纂書，考據精詳，論述該博，有補政治，朕甚嘉之。』賜白金二十兩，紵絲二表裡，陞公尚書，且命録其副付書坊刊行。憲廟實録成，賜白金八十兩，羅緞八表裡，乃遷宫保，踰月，遂有入閣之命，蓋簡在上心久矣。公雖堅辭，皆温詔勉飭，不允所辭。公在位，務以寬大啓上心，忠厚變士習，凡人才進退，政治廢舉，一惟祖宗舊典是循。首上二十二事，陳時政之弊，又請訪求遺書，上皆嘉納。（略）公性剛直，與大臣論政，義所未安，必反覆辯論，言官論事，亦以是非詰之，不肯婞婀取悦。自入閣，無歲不求歸，前後凡十三疏上，皆不允。問勞賜賚之使，踵相接於門，文臣承恩眷，未有如公者。先娶金氏，繼娶吴氏，皆封一品夫人。子男二，長曰敦，吴夫人出，博學工文章，先公六年卒；季曰京，側室唐氏出。女二，適馮灝、岑英。孫男，長即畓，次甸。平生著述甚多，有《瓊臺類稿》、《瓊臺吟稿》、《家禮儀節》、《朱子學的》、《世史正綱》、《大學衍義補》行世。又作《莊子直解》，未成。公博極群書，有舉僻事問之，則曰出某書某篇，退取書閲之，良是。尤熟本朝典故，樂爲學者道之，纚纚如目前事。（略）」

〔二〕閒情賦罷四句：「閒情」，即陶潛所寫的愛情小賦《閒情賦》。「雙文」，元稹《雜憶五首》，每首皆有「憶得雙文」句。王性之《傳奇辨正》云：「其詩多言雙文，意謂二鶯字爲雙文也。」（見趙德麟《侯鯖録》卷五所引）雙文即指《會真記》中的崔鶯鶯。這四句謂元亮、微之尚且不忘男女之情，而邱濬何其迂腐！

〔三〕主張頗大二句：指邱濬想利用戲曲形式宣揚封建倫理道德，達到其勸化世人、維護綱常名教之目的。《五倫全備記》副末開場云：「這三綱五倫，人人皆有，家家都備。只是人在世間，被那物欲牽引，私意遮蔽了，所以爲子有不孝的，爲臣有不忠的，父母有不慈的，兄弟有不和的，夫妻有不相得的，朋友有不相信的。是以聖賢出來，做出經書，教人習讀，做出詩章，教人歌誦，無非勸化世人，使他個個都盡五倫的道理。然經書都是論説道理，不如詩歌吟詠性情，容易感動人心。曾見古時老先生，每説古人之詩如今人之歌曲……今人做的律絶選詩，説與小人婦女，也不知他説個甚的。若是今世南北歌曲，雖是街市子弟，田裏農夫，人人都曉得唱念，其在今日亦如古詩之在古時，其言語既易知，其感人尤易入。近世以來做成南北戲文，用人搬演，雖非古禮，然人人觀看，皆能通曉，尤易感動人心，使人手舞足蹈，亦不自覺。但他做的多是淫詞艷曲，專説風情閨怨，非惟不足以感化人心，倒反被他敗壞了風俗。間或有一兩件關係風化，亦只是專説一件事，其間不免駁雜不純。近日才子新編出這場戲文，叫做《五倫全備》，發乎性情，生乎義理，蓋因人所易曉者以感動之。搬演出來，使世上爲子的看了便孝，爲臣的看了便忠；爲弟的看了敬其兄，爲兄的看了友其弟；爲夫婦的看了相和順，爲朋友的看了相敬信；爲繼母的看了管前子，爲徒弟的看了必念其師；妻妾看了不相嫉妒，奴婢看了不相忌害。善者可以感發人之善心，惡者可以懲創人之逆志，勸化世人，使他『有則改之，無則加勉』……雖是一場假托之言，實萬世綱常之理。」

〔四〕具品：何良俊《四友齋叢説》卷二八《畫一》云：「論畫者又云：夫畫物，特忌形貌采章，歷歷具足，甚謹甚細，而外露巧密。」又曰：「世之評畫者，立三品之目：一曰神品，二曰妙品，三曰能品。又有立逸品之目於神品之上者。余初謂逸品不當在神品上，後閲古人論畫，又有自然之目，則真若有出於神品之上者。其論以爲失於自然而後神，失於神而後妙，失於妙而後精，精之爲病也而爲謹細。自然爲上品之上，神爲上品之中，精爲中品之上，謹細爲中品之中。立此五等，以包六法，以貫衆妙。」所謂「具品」殆指「歷歷具足，甚謹甚細」而言。

博觀傳奇，近時爲盛。大江左右，騷雅沸騰；吴浙之間，風流掩映。第當行之手不多遇〔一〕，本色之義未講明〔二〕。當行兼論作法，本色只指填詞。當行不在組織餖飣學問〔三〕，此中自有關節局段①，一毫增損不得；若組織正以蠹當行。本色不在摹勦家常語言②，此中別有機神情趣〔四〕，一毫妝點不來；若摹勦正以蝕本色。今人不能融會此旨，傳奇之派，遂判而爲二：一則工藻繢以擬當行③〔五〕；一則襲樸淡以充本色。甲鄙乙爲寡文，此嗤彼爲喪質。而不知果屬當行④，則句調必多本色矣⑤；果具本色⑥，則境態必是當行矣。今人竊其似而相敵也，而吾則兩收之。即不當行，其華可擷；即不本色，其質可風⑦。進而有宫調之學，類以相從，聲中緩急之節；紛以錯出，詞多磤戾之音〔六〕。難欺師曠之聰⑧〔七〕，莫招公瑾之顧〔八〕。按譜取給，故自無難；逐套注明，方爲有緒。又進而有音韻平仄之學⑨，句必一韻而始協，聲必迭置而後諧。響落梁塵，歌翻扇底。昧者不少，解者漸多。又進而有八聲陰陽之學〔九〕，吹以天籟，協乎元聲，律吕所以相宣〔一〇〕，神人用以允翕。抑揚高下，發調俱圓；清濁宫商，辨音最妙。此韻學之缺典⑩，曲部之秘傳，柳城啓其端〔一一〕，方諸闡其教〔一二〕。必究斯義，厥道乃精；考之今人，褎如充耳。《廣陵散》已落人間〔一三〕，《霓裳曲》重翻天上〔一四〕。後有作者，不易吾言矣。嗟乎！才豪如雨，持論不得太苛⑪；佳曲如林⑫，掄收何忍過隘？僭分九等，開列左方。入吾品者，可詡流傳⑬；軼吾品者，自慚腐穢。作《新傳奇品》。

校記

①「段」，清初鈔本同，他本均作「概」。

②「剿」，清初鈔本同，他本均作「勦」。下「若摹剿」句之「剿」字同。

③「續」，原誤作「績」，據各本改。「以」，清初鈔本同，他本均作「少」。

④「而」，清初鈔本同，他本均作「殊」。

⑤「矣」，清初鈔本同，他本無。下句之「矣」字同。

⑥「具」，清初鈔本同，他本作「其」，爲「具」之形誤。

⑦「質」，清初鈔本同，他本均作「樸」。

⑧「聰」，清初鈔本同，他本均作「聽」。

⑨「有」，清初鈔本同，他本均脱。「音韻」，清初鈔本同，他本均作「韻音」。

⑩「缺典」，清初鈔本同，他本作「鉅典」。按「缺典」與下句中「秘傳」對舉，況此詞亦見於王驥德《曲律》，該書卷二《論務頭第九》云：「余嘗謂詞隱《南譜》中，不斟酌此一項事，故是缺典。」因此，作「缺典」是；「鉅典」之「鉅」，殆爲「缺」之形誤。

⑪「苛」，原誤作「可」，據各本改。

⑫「佳曲」，清初鈔本同，他本均作「曲廣」。

⑬「詡」字清初鈔本同，他本均作「許」。

箋注

〔一〕當行：即内行、行家的意思。郭紹虞《滄浪詩話校釋》：「當行之説，始見《滹南詩話》引晁无咎語……其評山谷曰：詞固高妙，然不是當行家語，乃著腔子唱和詩耳。」明人用當行評論戲曲，由於各家對戲曲的認識不盡相同，對這一術語的理解也互有出入。吕天成認爲，「當行」與「本色」有關，但又不同於「本色」，它還涉及到「關節局段」，因此，戲曲創作要考慮本身的規律和特點，在組織事件、穿插情節的同時，注意提煉語言，妥善安排賓白和科諢。他反對熱衷「組織餖飣學問」、講究「藻繢」的做法，那樣會蠹蝕「當行」。

〔二〕本色：指本來的顔色。「本色之説，始見陳師道《後山詩話》。《詩話》云：『退之以文爲詩，子瞻以詩爲詞，如教坊雷大使（之舞），雖極天下之工，要非本色。』」（《滄浪詩話校釋》）明代曲論家常從質樸自然、接近生活真實來要求戲曲語言的本色。吕天成的「本色論」，一要天然真切；二要有情有境；三要易曉易聞；四要詞采秀爽。既反對填塞典故和堆砌詞藻，又不滿意「摹剿家常語言」。

〔三〕餖飣：亦作「飣餖」，堆疊的食品。常用來比喻文辭的堆砌。

〔四〕機神情趣：即「機趣」，《曲律》卷三《雜論第三十九上》：「《拜月》語似草草，然時露機趣。」李漁對它作了精闢的解釋：「機趣二字，填詞家必不可少。機者，傳奇之精神；趣者，傳奇之風致。少此二物，則如泥人土馬，有生形而無生氣。」（見《閒情偶寄》卷一）由此可見，「機神情趣」就是要求曲辭和賓白寫得生動形象，體現出傳奇的精神和風致。吕氏所説的「本色」，已經包含有戲曲語言個性化的意思，這種看法頗有見地。

〔五〕藻繢：即「藻繪」，比喻文采。

〔六〕礅戾：指乖戾而不和諧。

〔七〕師曠之聰：師曠，字子野，春秋時晉國的樂師。雖目盲，但耳善辨音（見《韓非子·十過》）。

〔八〕公瑾之顧：周瑜，字公瑾，「少精意於音樂，雖三爵之後，其有闕誤，瑜必知之，知之必顧，故時人謡曰：『曲有誤，周郎顧。』」（見《三國志·吴志·周瑜傳》）

〔九〕八聲陰陽之學：《曲律》卷二《論陰陽第六》：「古之論曲者曰：『聲分平仄，字别陰陽。』陰陽之説，北曲，《中原音韻》論之甚詳；南曲，則久廢不講，其法亦淹没不傳矣。近孫比部始發其義，蓋得之其諸父大司馬月峰先生者。」孫鑛《與沈伯英論韻學書》：「若南曲則元有入音，自不可從北。故凡揭起調皆宜陰、宜去、宜揚，納下調皆宜陽、宜上、宜抑。兄但取舊南曲分别六聲，令善歌者歌之，儻宜陽而用陰，宜去而用上，宜抑而用揚，歌來即非字矣。宜陰、上、揚，而反之亦然。此豈非天地間自然之音乎？惟兄再詳審之。」（《孫月峰先生全集》卷九）

〔一〇〕律吕：樂律的統稱。古代樂律有陽律、陰律各六，合爲十二律。陽六曰律，爲黄鐘、太簇、姑洗、蕤賓、夷則、無射；陰六曰吕，爲大吕、夾鐘、仲吕、林鐘、南吕、應鐘，合稱律吕（見《漢書·律曆志上》）。

〔一一〕柳城：孫如法的别墅，在山陰（今浙江紹興）境内，「古錢清地亦有莊，方塘十畝，芙蓉環植其上，遭周盡高柳，余因名之曰柳城」（錢檟《光禄卿俟居孫公傳》）。這裏借稱孫氏。孫如法（一五五五九—一六一五），字世行，號俟居，餘姚（今屬浙江）人。吕天成的表伯父。萬曆十一年（一五八三）進士，官刑部主事。因上疏請立皇太子和册封貴妃事，觸怒神宗，謫朝陽典史。他精字學，喜校讐，尤加意於聲律。曾替沈璟的傳奇改正韻句，鼓勵王驥德撰《曲律》。所輯有《春秋古四傳》、《廣戰國策》等。孫兆熙等輯《孫氏世乘》卷六，有《光禄卿俟居孫公傳》。

〔二〕方諸句：王驥德從孫如法商榷詞學，不僅能得其精微，而且熔鑄各家之長，所以《曲律》「自宫調以至韻之平仄、聲之陰陽，窮其元始，究厥指歸，靡不析入三昧」（毛允遂《曲律跋》）。

〔三〕廣陵散：琴曲名。嵇康善彈此曲。因不滿司馬氏集團專政，被司馬昭所殺害。臨刑前索琴奏《廣陵散》，曲終，歎曰：「袁孝尼嘗從吾學《廣陵散》，吾每靳固之，《廣陵散》於今絶矣！」見《晉書·嵇康傳》。

〔四〕霓裳曲：即《霓裳羽衣曲》。傳自西涼，開元中河西節度使楊敬述所獻，初名《婆羅門》，經唐玄宗潤色，更爲今名。見王灼《碧雞漫志》卷三。

沈璟寧庵 吴江人〔一〕

箋注

〔一〕沈璟（一五五三—一六一〇）：字伯英，晚年更字聃和，號寧庵，又號詞隱生。吴江（今江蘇蘇州）人。萬曆二年（一五七四）進士。官至光禄寺丞。萬曆十八年（一五九〇）以病告歸，家居二十餘年，致力於戲曲創作，潛心研究音韻格律，崇尚語言本色，影響頗大，成爲吴江曲派的領袖。著述甚富，有《屬玉堂傳奇》十七種，改定湯顯祖《還魂記》爲《同夢記》。散曲有《詞隱新詞》、《情癡寱語》和《曲海青冰》，並輯有《南詞韻選》。詞譜及曲論有《南九宫十三調曲譜》、《正吴編》、《唱曲當知》、《論詞六則》等，以及詩文集《屬玉堂稿》。徐朔方輯校有《沈璟集》（上海古籍出版社一九九一年十二月出版）。傳見潘檉章《松陵文獻》卷九，今人淩敬言有《詞隱先生年譜及其著述》（見《文學年報》一九三九年第五期）。《吴江沈氏家譜》卷之末《寧庵公傳》云：「寧庵公諱璟，奉直公之長子也。生而韶秀玉立，穎悟絶人，數歲屬對，應聲如響，授之章句，日誦千餘言，有神童之稱。及長，頎皙靚俊，眉目如畫，雖衛洗馬、潘黄門，不是過也。十六補邑子弟員。十八餼於庠。二十舉於鄉。明年爲南宫第三人，賜進士二甲五名，授職方主事。奉使歸，移疾，出補儀制主事，陞本司員外郎。庚辰會試，爲授卷官。辛巳調吏部稽勳司，歷驗封、考功。壬午冬，丁奉直公憂。乙酉起復，仍補驗封。丙戌春，上疏爲王恭妃請封號，左遷行人司正。戊子爲順天同考官，其年八月，陞光禄丞。明年，仍以疾乞歸。疾瘉，而林泉之興甚濃，雖無癸巳之察，固亦不出矣。公之垂髫也，奉直公率之遊歸安唐一庵、陸北川兩先生之門，兩先生甚器賞之。其爲諸生也，太守廣平蔡公、司理泰和龍公、御史南昌劉公，皆以國士待之，文譽蔚興，人共指爲異日廟堂瑚璉之器，即其科第官資所至，世猶以爲未酬望也。爲兵、禮兩曹時，邊徼阨塞及各將領主名，皆有手記入夾袋中；各宗藩名封等册，親自校勘，不入吏手，老吏抱牘嘗之，每咋舌退。爲吏部詢訪人才，不令人知，若管富陽之選侍御史，其一也。公閲文具隻眼，家居時，邑中校士，從學師借數十卷至，獨賞一人，爲學師亟稱之。其人爲邑中所遺，學師述公言，邑爲附名上郡，郡院兩試皆高等，其秋遂雋，辛丑成進士，竟以文學政事知名，即吕僉憲純如也。其時家甚貧，年甚少，且未知名，故以爲難云。戊子順天之役，公所得士有長洲李鴻者，爲申少師壻，談者以爲私，公不自白。及少師歸，而鴻以乙未成進士，上饒之政，爲世名臣，談者始息。其他祁憲長光宗、郭吏部存謙，皆公戊子門人，尤表表者。公能任事，從祖少西公卒，逆奴私寢其財，宗人競攘其産，公承父奉直公之志，力爲捍護，置奴於法，雖以此得罪諸父昆弟不恤也。晚乃更習爲和光忍辱，即惡聲相加，亦笑遣之，不與校，改字聃和，非無謂矣。公孝友天植，事王父母、父母，皆得歡心；晚事母卜太宜人，尤盡色養；事諸父、從祖及諸宗長，謙抑卑遜，不異爲童子時。久而宗人化之，凌犯之風衰焉。至其爲長，寧屈己居下，若示之標準，以作其弟者。其喪葬王父母及奉直公，皆獨任之，不以累諸弟。與閔宜人白首相莊，終身無頩顔誶語，斯皆人情所難也。公性喜讀書，閉門手一編，悠然自得，一日不離縹緗，若無所寄命者。公不善飲，又少交游，晚年産益落，户外之屨幾絶，乃以其兼長餘勇，盡寄於詞。所著有《論詞六則》、《正吴編》及諸傳奇、雜詠，並增訂《九宫詞譜》行於世。自元明諸名家以來，未有集成如公者也。夫公之文企班馬，詩宗少陵，書則行楷久珍於世。乃一不以自炫，而徒以詞隱名，此其意豈淺夫所能窺哉！壯年猶不廢山水花月之遊，晚則屏居深念，與世緣漸疏，意默默不自得矣。丙午，次子自銓舉於鄉，人皆爲公喜，公乃不久遘疾，三年餘不起。詩文若干卷未刻。天啓初，追禄國本建言諸臣，贈光禄寺少卿。」

湯顯祖海若　臨川人〔一〕

右二人上之上

箋　注

〔一〕湯顯祖（一五五〇—一六一六）：初字義少，改字義仍，號若士，又號海若，自署清遠道人。臨川（今江西撫州）人。早歲即有文名，因不依附首相張居正而落第。萬曆十一年（一五八三）纔中進士，任南京太常寺博士。不久，升南禮部祠祭司主事。萬曆十九年（一五九一），上《論輔臣科臣疏》，揭露時弊，抨擊朝政，貶爲廣東徐聞典史添注。後改浙江遂昌知縣。在任五年，興建書院，遣囚度歲，以及抑制豪强，深受人民愛戴。但這些開明措施，終不合於時，萬曆二十六年（一五九八），棄官回鄉，不再出仕。在戲曲創作上獨樹一幟，主張「言情」，反對拘泥於格律。所著傳奇有《紫簫記》、《紫釵記》、《牡丹亭還魂記》、《南柯記》和《邯鄲記》。後四種合稱爲《臨川四夢》，或《玉茗堂四夢》。詩文有《紅泉逸草》、《問棘郵草》、《玉茗堂文集》等。徐朔方箋校有《汤顯祖全集》，北京古籍出版社一九九九年一月出版。《明史》卷二三〇，鄒迪光《調象庵集》卷三三，《列朝詩集小傳》丁集中均有傳。今人黄芝岡撰有《湯顯祖編年評傳》（稿本）、徐朔方《湯顯祖年譜》。

按：余寅《題湯義粤行五篇》：「臨川湯義上書得罪，謫尉雷之徐聞，著《粤行五篇》，洪都丁右武刻之巡海署中。大抵闡繹奥約，衣紹聖者，標表懿人，警悟淫俗。在阨猶鳴，不甘湮鬱。樹正的而靖風靡，實焉斯賴。」（見《農丈人集》卷一九）此書有助於研究湯氏貶謫時的思想，可是從不見著録。既云已刻行，不知尚存世間否？

又按：《粤行五篇》爲《東莞縣晉黄孝子特祠碑》、《爲士大夫喻東粤守令文代》、《爲守令喻東粤士大夫子弟代》、《貴生書院説》、《明復説》，均收入徐朔方箋校《湯顯祖全集》卷三五、三六、三七各卷。

沈光禄金張世裔，王謝家風〔一〕，生長三吴歌舞之鄉，沉酣勝國管絃之籍〔二〕。妙解音律，兄妹每共登場①〔三〕；雅好詞章，僧妓時招佐酒。束髮入朝而忠鯁，壯年解組而孤高〔四〕。卜業郊居，遯名詞隱〔五〕。嗟曲流之汎濫，表音韻以立防〔六〕；痛詞法之蓁蕪，訂全譜以闢路〔七〕。紅牙館内〔八〕，謄套數者百十章〔九〕；屬玉堂中，演傳奇者十七種〔一〇〕。顧盼而煙雲滿座，咳唾而珠玉在毫〔一一〕。運斤成風，樂府之匠石〔一二〕；游刃餘地②，詞部之庖丁③〔一三〕。此道賴以中興，吾黨甘居北面④〔一四〕。

校　記

① 「兄妹每共登場」，清初鈔本同。清河本、集成本作「花月總堪主盟」，暖紅室刻本、吴梅校本、曲苑本則作「花月總堪主持」。

② 「游刃」，原作「揮刃」，據各本改。

③ 「詞部」，清初鈔本、清河本同，他本均作「詞壇」。

④ 「甘居」，清初鈔本同，他本均作「甘爲」。

箋　注

〔一〕金張二句：「金張」，指漢代金日磾、張安世兩家，子孫相繼，世供要職。「王謝」，即六朝時的望族王氏和謝氏。後常用「金張」或「王謝」作爲高門世族的代稱。沈璟自其曾祖沈漢以後，代有顯宦，是吴江一帶的大族，故言。

〔二〕勝國：即前朝，這裏指元代。

〔三〕妙解音律二句：沈璟兄妹能粉墨登場，雖無其他文獻材料佐證，但沈氏一門確係詞曲世家。

《太霞新奏》卷一：「詞隱先生爲詞家開山祖師，伯明其猶子，其諸弟則君平、君善、君庸，俱以詞擅場，信王謝家無弱子弟也。」據沈自晉《重訂南詞新譜》「古人入譜詞曲傳劇總目」：沈子勺，諱璜，號定庵，詞隱先生仲弟，著有《沈子勺散曲》。伯明，名自晉，别號鞠通生，著有《望湖亭》、《翠屏山》、《耆英會》等傳奇，散曲有《賭墅餘音》、《黍離續奏》、《越溪吟》、《不殊堂近稿》。君善，名自繼，别號礙影生，著有《沈君善散曲》。君庸，名自徵，著有《漁陽三弄》雜劇、《沈君庸散曲》。此外，還有沈巢逸，名珂，字祥止，詞隱先生從弟，著有《沈巢逸散曲》。沈曼君，名靜專，詞隱季女，亦著有散曲集《適適草》。

按：周鞏平《江南曲學世家研究》載，沈氏一門有曲家四十六人。

〔四〕壯年解組：「解組」，解下印綬，謂辭去官職。據《吴江沈氏家譜》，沈璟萬曆己丑（一五八九），告歸，時年三十七歲。

〔五〕卜業郊居二句：「卜業郊居」，《曲律》卷四《雜論第三十九下》：「（沈璟）仕由吏部郎轉光禄丞，值有忌者，遂屏跡郊居。」「遯名詞隱」，《萬曆野獲編》卷二五《填詞名手》：「沈寧庵自號詞隱生。按：北宋万俟雅言在徽宗朝直大晟府，亦自稱詞隱，豈偶合耶？抑慕而傚之也？」潘檉章《沈璟傳》：「晚年，杜門謝客，寄情樂府……自號詞隱生。」（《松陵文獻》卷九）

〔六〕嗟曲流之汎濫二句：指沈璟輯《南詞韻選》，爲南曲用韻立法。陳所聞《南宫詞紀凡例》：「《中原音韻》，周德清雖爲北曲而設，南曲實不出此，特四聲并用，今人非以意爲韻，則以詩韻韻之。

夫『灰回』之於『台來』，『元喧』之於『尊門』也，『佳』之於『齋』，『斜』之於『麻』也，無難分別，而不知『支思』、『齊微』、『魚模』三韻易混，『真文』、『庚青』、『侵尋』三韻易混，『寒山』、『桓歡』、『先天』、『監咸』、『廉纖』五韻易混，此寧庵先生《南詞韻選》所由作也。」

〔七〕痛詞法之蓁蕪二句：沈璟增訂蔣孝《南九宫譜》爲《南九宫十三調曲譜》，即《南曲全譜》。李維楨《南曲全譜題辭》：「自樂府、詩餘遞變，而爲雜劇，爲戲文，而南北體遂分。北多絃唱，詞不甚緐。南曲則所謂『絲不如竹，竹不如肉』，所謂『其聲嘽以緩、和以柔』，所謂『吴音妖浮者，套齣數十，須盡日申旦方竟』。後進好事競爲新奇，有借有犯，而糅雜乖越多矣。沈光禄伯英輯陳、白兩家《九宫十三調譜》，以南人度曲小令合者爲《南曲全譜》，而永新龍太學仲房稍補綴而版行之。」（《大泌山房集》卷一二七）凌敬言《詞隱先生年譜及其著述》：「所謂陳、白二家者，乃蔣氏之譜，係取陳氏、白氏二家之《九宫》及《十三調》二種南曲譜增訂之，非詞隱直接取於陳、白也。此書釐定南曲全譜，抉奥探微，條分目晰，卓然曲家不祧之宗。故程明善之《嘯餘譜》，於北曲取寧獻王之《太和正音譜》，而南曲則採用此譜，至清康熙間，王奕清等奉敕編《欽定曲譜》，亦依據《嘯餘譜》而用此二譜焉。」沈譜確爲不少曲家視作圭臬，「訂世人沿襲之非，剷俗師扭捏之腔，令作曲者知其所向往，皎然詞林指南車也，我輩循之以爲式，庶幾可不失隊耳」（徐復祚《曲論》）。

〔八〕紅牙館：沈璟徵歌度曲之處。李鴻《南詞全譜叙》自署「書於紅牙館」。

〔九〕 謄套數句：沈璟散曲集不見傳本，據淩敬言考訂，「惟在《太霞新奏》、《吴騷合編》、《彩筆情詞》及《南詞新譜》中，尚得見套數四十套，雜宫調一曲，小令二十三曲」（《詞隱先生年譜及其著述》）。

〔一〇〕 演傳奇句：《曲律》卷四《雜論第三十九下》，著録「有《紅蕖》、《分錢》、《埋劍》、《十孝》、《雙魚》、《合衫》、《義俠》、《分柑》、《鴛衾》、《桃符》、《珠串》、《奇節》、《鑿井》、《四異》、《結髮》、《墜釵》、《博笑》等十七記」。

〔一一〕 咳唾句：化用「咳唾成珠」的成語，稱贊沈氏傳奇的語言。趙壹《刺世疾邪賦》：「勢家多所宜，咳唾自成珠。」（《後漢書・趙壹傳》）

〔一二〕 運斤成風二句：《莊子・徐无鬼》：「郢人堊漫其鼻端，若蠅翼，使匠石斲之；匠石運斤成風，聽而斲之，盡堊而鼻不傷，郢人立不失容。」謂沈氏在詞曲方面成爲運斤成風的大匠。

〔一三〕 游刃餘地二句：謂沈氏詞曲的技巧像庖丁解牛那樣嫺熟。

〔一四〕 此道賴以中興二句：《曲律》卷四《雜論第三十九下》：「其於曲學，法律甚精，汎濫極博。斤斤返古，力障狂瀾，中興之功，良不可没。」「甘居北面」指甘願執弟子禮。《漢書・于定國傳》：「定國乃迎師學《春秋》，身執經，北面，備弟子禮。」

湯奉常絶代奇才，冠世博學。周旋狂社〔一〕，坎坷宦途。雷陽之謫初還①〔二〕，彭澤之腰乍折〔三〕。情癡一種，固屬天生；才思萬端，似挾靈氣。搜奇《八索》，字抽鬼泣之文〔四〕；摘艷六朝，句疊花翻之韻〔五〕。紅泉秘館，春風檀板敲金②〔六〕；玉茗華堂，夜月湘簾飄馥。麗藻憑巧腸而濬發，幽情逐彩筆以紛飛〔七〕。蘧然破噩夢於仙禪，皭矣銷塵情於酒色〔八〕。熟拈元劇，故琢調之妍俏賞心③〔九〕；妙選佳題④，故賦景之新奇悦目⑤。不事刁斗，飛將軍之用兵〔一〇〕；亂墜天花，老生公之説法〔一一〕。信非學力所及⑥，自是天資不凡⑦。

校記

① 「雷陽」，清初鈔本同，他本均作「當陽」。「當」爲「雷」之形誤。

② 「金」，清初鈔本、清河本同，他本均作「聲」。

③ 「俏」，清初鈔本同，他本均作「媚」。

④ 「佳題」，清初鈔本同，他本均作「生題」。

⑤ 「悦目」，原本和清初鈔本均作「觸目」，爲與上句「賞心」對舉，據各本改。

⑥ 「信」，清初鈔本同，他本均作「原」。

⑦ 「自」，清初鈔本同，他本均作「洵」。

箋注

〔一〕周旋狂社：湯氏早年同里中名流帥機、饒崙、周獻臣、曾如海、謝廷諒、謝廷讚輩相唱和。萬曆四年（一五七六）客宣城，又同沈懋學、梅鼎祚、龍宗武、姜奇方、張青野等「戲逐詩賦，歌舞遊俠」（見《湯顯祖年譜》）。應試北京時，與歐楨伯、劉仲修、李襲美、佘君房等雅集，「當歌意氣自應偏，詞客中原大會年」（見李言恭《貝葉齋稿》卷四《春日同歐楨伯劉仲修李襲美邀詹東圖佘君房劉伯玄袁景從胡茂承祁羨仲胡文甫梅客生魏懋權李季宣湯義少董元仲康小山諸孝廉雅集分得天字時諸孝廉上春官》）。

〔二〕雷陽句：雷陽，即徐聞（今廣東徐聞），因在雷州半島之南，故名。湯顯祖《吉永豐家族文録序》：「蓋萬曆辛卯，予謫尉於雷之徐聞。」萬曆二十年（一五九二）春，自徐聞歸臨川，有《雷陽初歸别樂少南文學》詩（見《湯顯祖詩文集》卷二九）。

〔三〕彭澤句：陶淵明爲彭澤令，在官八十餘日，逢郡督郵來縣，縣吏告之，應束帶見，他歎道：「我不能爲五斗米折腰向鄉里小人！」即日辭官歸隱（見《宋書·陶潛傳》）。借指湯氏量移遂昌知縣。《遂昌縣相圃射堂記》云：「今上二十有一年三月望後三日，予來遂昌。」（《湯顯祖詩文集》卷三四）

〔四〕搜奇八索二句：「八索」，古書名。據謝廷諒《刻湯臨川問棘堂郵草叙》，「海若氏八世藏書至十萬卷」（見明萬曆間刊本《問棘堂郵草》卷首），因此，湯氏無書不讀，嗜古好奇，探玄抉奥，故爲文能泣鬼神。

〔五〕摘艷六朝二句：湯氏《與陸景鄴》：「弱冠始讀《文選》，輒以六朝情寄聲色爲好，亦無從受其法也。規模步趨，久而思路若有通焉。」《答張夢澤》亦云：「弟十七八歲時，喜爲韻語，已熟騷、賦、六朝之文。然亦時爲舉子業所奪，心散而不精。鄉舉後乃工韻語。」（《湯顯祖詩文集》卷四七）故其詩賦能摘艷六朝，文采斑爛。

〔六〕紅泉秘館二句：紅泉館爲湯氏臨川所居之堂名。鄒迪光《臨川湯先生傳》：「公又以其緒餘爲傳奇，若《紫簫》、《二夢》、《還魂》諸劇，實駕元人而上。每譜一曲，令小史當歌，而自爲之和，聲振寥廓。」湯氏《七夕醉答君東》其二，亦云：「玉茗堂開春翠屏，新詞傳唱牡丹亭。傷心拍遍無人會，自掐檀痕教小伶。」（《湯顯祖詩文集》卷一八）

〔七〕麗藻二句：上句謂《紫釵記》，下句指《牡丹亭》。

〔八〕蘧然二句：上句謂《邯鄲記》，下句指《南柯記》。「蘧然」，驚喜貌。「皭」，潔浄之意。

〔九〕熟拈元劇二句：姚士粦《見只編》卷中云：「湯海若先生妙於音律，酷嗜元人院本。自言篋中收藏，多世不常有，已至千種，有《太和正韻》所不載者。比問其各本佳處，一一能口誦之。」臧晉叔編《元曲選》時，從麻城錦衣劉延伯家得鈔本雜劇三百餘種，「其去取出湯義仍手」（《負苞堂集》卷四《寄謝在杭書》）。正因爲湯氏如此熟悉元劇，所以淩濛初在《譚曲雜劄》中，稱他「頗能模倣元人，運以俏思，盡有酷肖處」。吴梅亦云：「湯若士於胡元方言極熟，故北詞直入元人堂奧。諸家皆不能及。」（《顧曲麈談》）

〔一〇〕不事刁斗二句：「飛將軍」，即漢代名將李廣。據《史記·李將軍列傳》，他治軍極簡明，行軍無部伍行陣，不擊刁斗以自衛，而且簡化一切文書簿籍，使部下得到安逸和快樂，因而戰鬭中都樂於爲他出死力。另一名將程不識，與他正相反，治軍嚴謹，毫不苟且，所以士卒都願隨李廣而苦程不識。此謂湯氏不像沈璟那樣謹於詞法、受格律的束縛。

〔一二〕亂墜天花二句：「亂墜天花」，見《心地觀經》，傳説佛祖説法，感動天神，諸天雨各色香花，於虚空中繽紛亂墜。「生公説法」，生公即晉竺道生法師，據説他入虎丘山，聚石爲徒，講《涅槃經》，群石皆爲點頭。事出慧皎《高僧傳》。指湯氏劇作富有感人的藝術魅力。

此二公者，懶作一代之詩豪，竟成千秋之詞匠，蓋震澤所涵秀而彭蠡所毓精者也〔一〕。吾友方諸生曰：「松陵具詞法而讓詞致①〔二〕，臨川妙詞情而越詞檢〔三〕。」善夫，可爲定品矣！乃光禄嘗曰：「寧律協而詞不工，讀之不成句，而謳之始協，是爲曲中之巧②〔四〕。」奉常聞而非之③，曰：「彼烏知曲意哉！予意所至，不妨拗折天下人嗓子④〔五〕。」此可以覩兩賢之志趣矣⑤。予謂二公譬如狂狷〔六〕，天壤間應有此兩項人物。不有光禄，詞硎弗新⑥；不有奉常，詞髓孰抉？儻能守詞隱先生之矩矱，而運以清遠道人之才情，豈非合之雙美者乎〔七〕？而吾猶未見其人，東南風雅蔚然，予且旦暮遇之矣。予之首沈而次湯者，挽時之念方殷，悦耳之教寧緩也。略具後先，初無軒輊〔八〕。允爲上之上。

校記

①「讓」，原脱，據各本補。

②「曲中」，原本作「中之」，今據各本改。

③「聞而非之」，清初鈔本同，他本均作「聞之」。

④「嗓子」，清初鈔本同，他本均脱「子」。

⑤「覩」，清初鈔本同，他本均作「觀」。

⑥「詞硎弗新」，清初鈔本作「詞意匆新」，他本均作「詞硎不新」。

箋注

〔一〕震澤：即今江蘇太湖。「彭蠡」，即今江西鄱陽湖。

〔二〕致：意態情趣。

〔三〕檢：法式、法度。

〔四〕寧律協四句：《曲律》卷四《雜論第三十九下》亦引之。何良俊《四友齋叢説》卷三七云：「夫既謂之辭，寧聲叶而辭不工，無寧辭工而聲不叶。」沈璟持論與何氏一脈相承。

〔五〕彼烏知三句：《曲律》卷四《雜論第三十九下》：「（吴江）曾爲臨川改易《還魂》字句之不協者，吕吏部玉繩(鬱藍生尊人)以致臨川,臨川不懌,覆書吏部曰:『彼惡知曲意哉!余意所至,不妨拗折天下人嗓子。』」湯顯祖覆吕玉繩書,不見今本湯集中,但《答孫俟居》信與此意相近:「弟在此自謂知曲意者。筆懶韻落,時或有之,正不妨拗折天下人嗓子。」

〔六〕狂狷:《論語·子路》:「子曰:『不得中行而與之,必也狂狷乎!狂者進取,狷者有所不爲也。』」湯顯祖在《攬秀樓文選序》中亦云:「子言之:『吾思中行而不可得,則必狂狷者矣。』語之於文,狷言精約儼厲,好正務法,持斤捉引,不失繩墨,士則雅焉。然予喜,乃多進取者。」(《湯顯祖詩文集》卷三二)

〔七〕儻能三句:吕氏認爲湯、沈兩家應當取長補短,互相結合。他所倡導的「雙美」説,既是度曲必須遵循的原則,又是衡曲所採用的標準,爲後來的曲論家所接受。如茅暎《題牡丹亭記》:「大都有音即有律,律者,法也,必合四聲、中七始而法始盡;有志則有辭,曲者,志也,必藻繪如生,顰笑悲涕而曲始工,二者固合則并美,離則兩傷。」又如沈永隆《南詞新譜後叙》:「臨川先生時方諸李供奉;我先詞隱時比諸杜少陵。兩家意不相侔,蓋兩相勝也。豪儁之彦,高步臨川,則不敢畔松陵三尺;精研之士,刻意松陵,而必希獲臨川片語。亦見夫合則雙美,離則兩傷矣。」

〔八〕軒輊:車前高後低叫軒,反之謂輊,引申爲高低之意。

陸采天池　江都人〔一〕

箋注

〔一〕陸采（一四九七—一五三七）：字子玄，號天池山人，別署清癡叟，長洲（今江蘇蘇州）人。與兄煥、粲自相師友，時稱「三鳳」。不修舉業，屢試不第。爲人豪放不羈，喜遊覽，尤好奇人異書。所著傳奇有《明珠記》、《南西廂記》、《存孤記》等。詩文集有《天池山人小稿》（《范氏天一閣書目》著録，有明嘉靖陸采如隱草堂刊本）、《壬辰稿》、《陸子玄詩集》。雜著《天池聲儁》、《冶城客論》和《覽勝紀談》等。還刊刻有《藝文類聚》。傳附《列朝詩集小傳》丁集上《陸永新粲》後。陸粲《陸子餘集》卷三，有《天池山人陸子玄墓誌銘》：「天池山人陸子玄者，吾弟也，名灼，更名采，世吴人。吴之西境有山曰天池，蓋道書所稱可以度世者也，君意慕之，因自謂山人云。君生踔厲英發，始爲校官弟子，不屑守章句，縱學無所不觀。從其婦翁故太僕少卿都公游，鋭意爲古文辭，尋以例升太學，益務精進。視當世顯人名士能文章者輒往踏門自通，贄以所業者，一見賞愛，其名遂隱然以起。自江以東，學士多延頸願交者，而君意獨白許用世，謂功業可立取。時時於廣座中奮髯抵掌，論天下事，語多觸時禁，客不樂聞，稍稍引去，或目笑之，君色自如不爲止。在太學二十年，累舉輒躓。遭世玩侮中，不能無少望，日夜與所善客劇飲歌呼爲樂。間出遊，經月忘返，橐中裝無一錢，從者以告，若弗聞也。東登泰岱，賦《游仙》三章，慨然有輕舉之志。南踰閩嶠，徘徊武夷諸山。語人曰：『世無知我者，吾聞京師天下豪傑輻湊，又燕趙多慷慨士，吾且往觀焉，儻庶幾行乎？』半道病還。及家，意頗惘惘，夜中數起，東西行，謂余曰：『日者言吾歲行在酉，當厄。今吾形神不相攝矣，吾殆將死也！』因屏人囑余後事，其言悽愴不忍聞。兄弟相對，歔欷泣數行下。居無何，竟不起。傷哉！是歲嘉靖丁酉九月二十二日也，年四十一。後八年，乙巳十二月十三日，乃葬其地，實天池之麓，於君初志亦若有實契云。陸於吴爲著姓，宋季始家陳湖之上。吾先君諱應賓，母夫人胡氏，有三子，君最少。先娶都公女，繼娶鄒氏。子男二：長舒枝，都出，府學生；次敬枝，側出。女一，鄒出。孫男一，嘉觀。君性儻蕩不羈，與人遊處，輸寫心腹，無所隱匿。每揚榷今古，品藻人物，機辯鋒出，莫能窮者。而彊執自信，不肯詘折徇俗，雖故所親善，一弗當意，則面斥之，或致怨懟不恤也。於文喜稱六代，詩初規模盛唐，晚宗謝康樂，造語往往似之。居閒，弄筆游戲，爲近體、樂府，若啁笑率然之作，亦蘊藉可喜。獨好習國朝故實，所至延訪勤切，率多聞人所未聞者。他如幽冥物怪、黄冶變化之言，靡不采獲，著之編録。黠者或謾言以中其意，君亦傾聽弗疑。聞有奇人異書，不遠數十百里走求之，其篤好如此。余與君少俱侍吾伯兄子徵學，議論上下，自相師友，而嗜好略同。方賴焉以相規切，庶有益乎，而君棄余死矣。（略）」

按：據《墓誌》，陸采，吴人，吕氏作「江都人」，誤。馮夢禎《快雪堂集》卷二《陸子玄詩集序》

云：「先生風流自命，意興所寄，異藻横發。尤善梨園樂府，所著有《明珠》、《會真》、《存孤》等記。説部有《聲儁》等若干集，俱行於世。」本書卷下《新傳奇品》「中中品」著録陸無從《存孤記》，評云：「據其序，似天池舊有撰，而無從續之者。」可證陸采確撰有《存孤記》傳奇，馮夢龍採之，與欽虹江所著《存孤記》，改編爲《酒家傭》傳奇，收入《墨憨齋定本傳奇》。可見陸氏所撰，原有明刊本，惜今不傳，明清以來諸家曲目亦失載。

張鳳翼靈墟　長洲人〔一〕

箋　注

〔一〕張鳳翼（一五二七—一六一三）：字伯起，號靈墟，又號冷然居士，長洲（今江蘇蘇州）人。早歲工古文辭，與弟獻翼、燕翼并有才名，時人稱爲「三張」。嘉靖四十三年（一五六四）鄉試第一。後四次會試均落第，從此絶意仕進。晚以賣字傭書爲生。因「才不能盡發，而爲樂府新聲」（王世貞《弇州山人四部續稿》卷四五《張伯起集序》）。精於曲律，親爲吴中名歌者彭光祖酌調諧聲，參譜正訛（《處實堂續集》卷六《彭生哀辭》）。除善度曲外，還能登場演出。與曲家梁辰魚、顧大典、屠隆、湯顯祖、梅鼎祚、徐復祚、佘翹等都有交往。名滿三吴，而不事干請，於是遭到非議，被指斥「爲清議之宗」。他憤然陳書，申辯自己「戲編傳奇，皆有關風化，可助解頤」，並非爲了訕上（見《處實堂續集》卷八《答管僉憲書》）。卒年八十七歲。所著有傳奇《紅拂記》、《祝髮記》、《竊符記》、《虎符記》、《灌園記》、《扊扅記》和《平播記》，前六種彙刻爲《陽春六集》。還有散曲《敲月軒詞稿》、詩文《處實堂前後集》，以及《談輅》、《文選纂注》、《夢古類考》等。《列朝詩集小傳》丁集中，徐晟《續名賢小紀》並有傳。今人葉德均《戲曲小説叢考》卷上有《明戲曲家張鳳翼》。

顧大典道行　吴江人〔一〕

箋　注

〔一〕顧大典（一五四〇——一五九六）：字道行，吴江（今屬江蘇蘇州）人。隆慶二年（一五六八）進士，累官福建提學副使，爲忌者所劾，自免官。歸田後，流連詩酒，寄情詞曲。與張鳳翼、沈璟關係密切；王驥德過訪顧氏園亭，聽他論曲，爲之傾倒。所著傳奇有《青衫記》、《葛衣記》、《義乳記》、《風教編》四種，總名《清音閣傳奇》。另有詩文集《清音閣集》等。傳見《列朝詩集小傳》丁集中。潘檉章《松陵文獻》卷九有《顧大典傳》：「顧大典，字道行，昺之孫也。生十二歲而孤，依母家，作《孤兒行》，詞旨悁悒。過目成誦，又喜學爲古文詞。隆慶二年舉進士，爲紹興府教授，遷處州府推官。萬曆二年，徵爲刑部主事，以母老，請改南京兵部。久之，轉南京吏部郎中。金陵多名勝地，暇即呼同曹郎載酒往遊。又善繪事，能詞賦，每以詩若畫模寫之，或窮日夜忘返，然於部事亦無廢。十二年，遷山東按察副使，主驛傳，多所裁革。改福建提學副使。校文精嚴，請託不行。忌者遂中以考功法追論爲郎時事，坐謫禹州知州，大典遂自免歸。再起開州，不就。葺先世故園，奉母供養其中，不入官署，曰：『吾豈懟不見貴人哉？性本疏懶，不偶世，惜吾歸之不早也。』家有清商一部，嘗與客引滿盡觴，流連竟日。天情蕭遠，不見喜愠之色，性和易。醉即爲詩，或自造新聲，被之管絃。時吏部員外郎沈璟年少，亦善音律，每相唱和。邑人慕其風流，多蓄聲伎，蓋自二公始也。大典所著有《清音閣集》、《海岱吟》、《閩遊草》、《園居稿》。子慶延，詞翰清絶。慶恩，字世卿，爲澂江通判，有惠政；亦善畫，名亞於父。」

梁辰魚伯龍　崑山人〔一〕

箋　注

〔一〕梁辰魚（一五一九—一五九一）：字伯龍，號少白、仇池外史。崑山（今屬江蘇蘇州）人。以例貢爲太學生。性豪縱好遊，足跡遍於吴越荆楚齊魯等地，想盡覽名山大川，因囊中懸磬而罷（見李攀龍《滄溟先生集》卷三〇《與王敬美書》）。精於音律，尤喜度曲，得到魏良輔的傳授，創作傳奇《浣紗記》，梨園弟子爭相演唱，對崑腔的發展和傳播起過重要作用。他同當時著名的曲家均有接觸，南遊會稽，在胡宗憲幕府結識徐渭；北上山東，專程拜訪李開先；梅鼎祚《玉合記》初行吴中樂部，盼伯龍能顧誤，纔不引以爲憾。晚年「藝益高，名益起，而窮日益甚」（《弇州山人四部稿》卷一二九《贈梁伯龍長歌後》），不久，中惡而卒。除《浣紗記》外，還作有雜劇《紅綫女》、《紅綃》，散曲《江東白苧》，以及詩集《遠遊稿》和《鹿城集》。據張大復（星彝）《寒山堂曲譜》卷首《譜選古今傳奇散曲集總目》，梁氏改編過《周羽教子尋親記》。余編集點校《梁辰魚集》，收入中國古典文學叢書，二〇一〇年五月由上海古籍出版社出版。傳見《列朝詩集小傳》丁集中。張大復（元長）《崑山人物傳》卷八《梁辰魚傳》云：「梁辰魚，字伯龍，長八尺有奇，疏眉目，虬髯。曾祖紈，父介。世以文顯。而公好任俠，喜音樂，多飛揚跋扈之氣，不肯俛首就諸生試，作《歸隱賦》以申其意。御史弗聽，勉游成均，竟亦弗就。乃行營華屋，招徠四方奇傑之彦。嘉靖間七子都與之交，而王元美與戚大將軍繼光嘗造其廬。樓船弇樹，公亦時披鶴氅，嘯詠其間。或鶡冠裼裘，擁美女，挾彈飛絲，騎行山石，曲折上下，不知者以爲神仙云。公性善酒，飲可一石，大梁王侯請與決賭，左右列巨觥，各數十引滿，轟飲之，侯幾八斗而醉，公盡一石弗動。時有梨園數輩，更互奏雜調，公倚而和之，其音若絲，無不盡態。侯大笑樂，謂伯龍之技如香象搏兔，具見全力如此。所製唐令、宋餘、元劇，乃至國朝之聲，多飛入内家藩邸、戚畹貴遊間。千里之外，玉帛狗馬，名香珍玩，多集其庭。而擊劍扛鼎、鷄鳴狗盜之徒，乃至騷人墨客、羽衣草衲、世出世間之士,争願以公爲歸。公巨口亮節,據牀東嚮坐,自奏其製,如鳴金石,與巧喉倩輔相答響,不差毫髮,或鷄鳴月墜,煙粉消落,其神愈王。王華亭、莫士龍知公好戲,爲具綵鳳風筝,公令健奴數十輩,就大野駕之,風遒日薰,歌聲相屬,有百鳥盤旋其旁,公亦大笑樂甚。謂聲音之道固與天通,昔重瞳子奏簫韶,而鳳凰(來)儀,豈虚乎哉? 嘗除夕遇大雪,既寢不寐,忽令侍者遍邀諸年少,載酒放歌,繞城一匝,而後就睡,曰:『天爲我輩雨玉,可令俗下人蹴踏之耶!』時年已七十矣。亡何中惡,語不甚了,有老奴李周者,頗省其説,尚有記注。得歲七十有三。(略)」

按:梁辰魚的生卒年,向來衆説紛紜。《鹿城集》卷二〇《丁卯冬日過周蕩村别業與玉堂夜坐作》:「自笑明春同半百,梅花殘臘莫相催。」據此詩可推梁氏的生年,因「丁卯」爲隆慶元年(一五六七),次年他五十歲,順此上數,當生於正德十四年己卯(一五一九)。由於他得年七十三,再往下推,應卒於萬曆十九年辛卯(一五九一)。

鄭若庸虚舟①〔一〕

校記

① 清初鈔本、清河本、曲苑本同;暖紅室本、吴梅校本和集成本,「虚舟」下均有「崑山人」三字。

箋注

〔一〕鄭若庸（一四九〇—？）：字中伯，號虚舟山人，自號蛣蜣生。崑山（今屬江蘇蘇州）人。屢試不第，厭棄經生業，而杜門爲古文辭。文名迭起，嘉靖三十一年（一五五二）春，延聘入鄴，與謝榛、吕時臣等，同爲趙康王朱厚煜門客。嘉靖三十三年（一五五四）冬入京，因拒絶嚴嵩父子的邀請，旋即返鄴。李默（古冲）贈詩有句云：「直將詞賦酬孤獎，趙璧由來重百城。」（《群玉樓稿》卷六《吴門鄭虚舟名士也自相州來遊京師還趨趙邸喜其以才被知率爾題贈》）流露出對他的稱贊。嘉靖三十九年（一五六〇），趙康王死。次年，旅居清源，賣文爲生。萬曆二年（一五七四），王世懋路經清源，與之邂逅，「年八十有五」，而「視聽襟度，宛若少壯，鋭有菟裘之志，將以明春歸耕具區旁」（《王奉常集》卷九《贈鄭山人》詩前小序）。卒年可能九十以上。所著有傳奇《玉玦記》、《大節記》；散曲集《詞餘》（見清康熙三十八年刻本《滎陽雜俎》第一輯）；詩文集《北遊漫稿》、《蛣蜣集》、《市隱園文紀》，以及《鄭虚舟尺牘》和《類雋》（見《道光崑新兩縣合志》卷三八著述目）。傳見《列朝詩集小傳》丁集中。《蛣蜣集》卷首，有詹玄象《蛣蜣生傳》：「蛣蜣者，三吴之高士也。（略）秦漢以下，公族代有高行，末屬居滎澤。宋建炎中，大司空天蓋公，扈蹕南渡，遂家於吴，爲山人自出之祖。大父嘿庵公，直筆於左史。厥考介石公，演《易》於博士。博士生山人，山人名若庸，字中伯。性妙悟，岐嶷卓犖，十年就傅，暗疏經義，不謬誤一字，竊覽玄古《墳》、《典》、《丘》、《索》、四庫、六幕群書。十六試邑郡，邑郡士大夫奇其文，輒置第一。十九薦南省，食廩餼。三試落第，遄歸吴門。跌宕矯俗，不事繩束，塵示軒冕，遵先君之訓，興高世之想，隱支硎山中。玉導襜褕，操觚提槧，覃精竭思，遂邃古文詞賦，薦紳先生咸推讓爲先登先進，名公鉅卿，海内殫文之士，争慕山人。吴之人士，黿晷蘭橈笥輿，邀請問奇，歲不暇給矣。往往誦法山人詩文，雖覃竭精思，竟亦莫能奇也。然性倜儻，重交游，睦族黨，温凊承歡，名溢里中。逮先君捐館，捧手澤而盡傷；老母終堂，眙栝圈而掩泣。廬結墟次，一室甕牖，列植蓬蒴，封護壤塋，嘿坐沉鬱。人過廬下，陋其居，指山人爲蛣蜣之居，山人遂自號蛣蜣生云。三餘乘興，汜婁江，覽虎丘，底震澤，窺洞庭，歷武林。弔吴王之苑，登嚴光之臺。觴詠賡歌，陶然有得。會心處，趺坐竟日夕。縹題緗帙，貯篋盈車，任散任留，存仟佰於十一者也。趙康王慕其賢，十年三聘，乃起，陳七寶以見，以上賓賓焉。講鴻寶苑秘最詳，王色喜，以爲復見更生於異代之下。下逮率更、中涓，咸肅事之。鄴之人士及省騎丐泉屬文賦者，絡繹相望若通都。然四方求識山人者，謂山人高世之士者，非耶？先帝朝宫詹程松溪、冢宰李古沖，以熏幣安車來鄴中，迎至都下，最敬重之。時嵩、蕃用事，勢傾中外，聞山人至，津津色喜，計請山人往見草玄，山人竟不往見。又計以鏹幣招邀之，山人席不暖，皤然辭行。少師徐存翁爲文而餞之，多所稱引，今亦收載集末，可考。復如鄴，編集《類雋》，書成，凡若干卷，行於世。且愫輕勢利，故舊貴顯，非虚己下交，即至厚必郤避之。如玄象以布衣寒素，雅慕山人，談文賦，榷古今，屢日夜，山人則以腹心交歡，遂訂盟於傾蓋之間。尤忘情於貨殖，睇秤繁星參錯，罔辨錙銖。聞貿遷泉貝刀布，任其翔貴，不問價值，不屑鄙細可知已。少館甥海上富翁，翁驕愎，兒畜之，竟攜婦歸，奩貲甚盛，悉不取。後婦翁祀絶，宗人爲析萬金之産，例執憲條招山人，藏圝分之，三至不應，其輕財類如此。生平晦跡潛光，不衒技自賢，名多籍代，纂組精思，咸合轍軌。往多碑碣之鐫刻，臺省之餞送，經籍之傳序，文成可觀。下至樂府、雜著、稗官小説、蟲魚、草木、傳奇等書，止刻布仟佰之什一，大都散逸。邇歲，汪君良迪刻其《北遊漫稿》，胡君迪輯其家居諸作，踵而成之，可謂尊賢好義者也。集成請標於山人，山人自題其集曰《蛣蜣》。（略）」

按：一、《四庫全書總目》卷一七八「别集類」存目五著録《北遊漫稿》，曰：「是集爲歙人汪良迪所輯。前有王錫爵序，稱山人今年已八十。」王序不載《王文肅公集》中，但據胡迪《蛣蜣集跋》，《北遊漫稿》刊於隆慶三年（一五六九），序亦應作於是年。順此上推，鄭若庸當生於弘治三年（一四九〇），與王世懋萬曆二年邂逅鄭氏時「年八十有五」合。王世貞《類雋序》稱「山人老開九袠」，鄭氏卒年蓋在九十左右。二、《明代傳奇全目》卷一鄭若庸小傳云：「學士程敏政延至都。」程敏政，字克勤，休寧人。成化丙戌（一四六六）進士，卒於弘治十二年（一四九九），與鄭氏顯然不是同時人，豈能延之至都？據《蛣蜣生傳》，應爲「宫詹程松溪」。程名文德，字舜敷，永康人。嘉靖己丑（一五二九）進士，癸丑（一五五三）以吏部左侍郎掌詹事府事。《明代傳奇全目》沿用《康熙蘇州府志》鄭氏小傳所致誤。

梅鼎祚禹金　宣城人〔一〕

箋注

〔一〕梅鼎祚（一五四九—一六一五）：字禹金，號汝南、無求居士、千秋鄉人、樂勝道人。安徽宣城人。十六爲諸生，年四十一，纔遊太學。因不願出仕，於萬曆十九年（一五九一），由北京南歸。他除肆力詩文和編刊典籍外，癖好詞曲，在燕時悉見御筵供奉戲曲四百種，又致書周藩索取府藏金元雜劇目（見《鹿裘石室集》書牘卷七《答竹居殿下》）。同汪道昆、屠隆、湯顯祖、龍膺、吕玉繩以及佘翹等過從甚密。所撰《玉合記》以文辭典雅著稱，「士林争購之，紙爲之貴」（《南北詞廣韻選》卷一），並競相演出，足見其在文人士大夫中的影響。傳奇還有《長命縷》。雜劇僅《崑崙奴》一種。其他著述甚富，詩文集有《鹿裘石室集》，編輯有《歷朝文紀》、《書記洞詮》、《宛雅初編》等。《列朝詩集小傳》丁集下、《嘉慶寧國府志》卷二九《人物五》並有傳。過庭訓《本朝分省人物考》卷三八《梅鼎祚》云：「字禹金，宣城人，參政梅公守德季子也。孕七月而生，幼清臞甚，然英穎絶倫。始丱，與兩兄俱補邑庠，隨餼廩一月，兩兄相繼捐逝。參政公哀悼之極，更抱隱虞，欲其焚筆硯，棄諸生，而寄業於太學。謝非所願也，請以百金治裝，南遊秣陵。至則盡傾槖金，市書以歸。杜門伏誦者三年，凡三蒼、六籍以及百家之言，無不淹博。時宣僻處一隅，無四方人士往來，俗僕因而質木，從未有治古文辭者，三年内謝交息游，獨時時與沈君典私相劘砥。時出其所爲詩若文者呈，參政公輒擊節稱善，因以質於王元美、汪伯玉、劉子威諸人，無不遜心歛避者。鼎祚生無他好，手不識衡量，目不知綺麗，足不履田塍，凡飲食寢處，悲喜愉悴，一寄於書。居嘗謂曰：『吾於書若魚之於水，一刻失之，即無以爲生。』其爲文深心精詣，不豪於才，不使於氣，字字咸有思詣，法嚴而語工。與元美諸人狎主齊盟，懸書滿於國門，金石之文遍於遠邇，即纖言剩楮，猶足以果學人之腹。而性復至孝，參政公里居時，日侍左右，以色養歿；而事母恭人終身，爲孺子慕，百道承順，務蕲得其歡心。萬曆癸未，已當歲序，有司促裝赴選，母恭人偶抱疾未瘳，終不忍捨而去。陳情於督學，升其次者，後以内限妨兩選。歲己丑，始以序貢，然年甫及艾耳。或勸之仕，不就。太倉相欲以孔目薦之，謝不赴。晚讀書於蕙樓，以一素帷羃之，誦輒達曙，老而愈篤。久之，膏炧薰漬，帷上布皆易而爲緇。當是時，海以内無不知有梅禹金者，或以使事宦游過宛上，問道就訪，劇譚終日而去，曰：『得見禹金，此行庶幾不俗。』而郡邑長吏干旌造其廬，時時賓禮之，每欲得一言以爲重。然有賄之居間者，推而遠之，若將浼焉。梅氏之族殊富，隆貴甲於國中，族子弟間佻脱自憙，歲時蒸嘗，合而聚於祠中，會諸長老檢押之，面扶其不率者若何事縷縷數之，令其愧改，故群數百人不聽於族之富貴者，而奉其一言紛解争熄，循循然凛於德讓，先之以躬行，教自尊也。論者嘗謂「才士多無行」，此語獨於禹金不驗矣。歲乙卯，疾將革，神情不亂，言笑晏如，口占數詩而暝。所著有《鹿裘石室集》、《予寧草》、《庚辛草》，近集未鐫。輯有《書記洞詮》、《八代詩乘》、《古樂苑》、《宣乘翼》、《才鬼記》、《青泥蓮花記》、《漢詩乘》，行於世。」

卜世臣大荒　秀水人①〔一〕

校記

① 清河本列此條於梅鼎祚之前。「大荒」，清河本、曲苑本均作「藍水」；暖紅室本、吴梅校本、集成本均在「藍水」下有「一字大荒」四字。

箋注

〔一〕卜世臣（一五七二—一六四五）：字孝裔，别號藍水，又號大荒逋客。秀水（今浙江嘉興）人。諸生。其從姑爲沈璟母，璟妹又適其從兄卜二南，卜、沈兩家世代聯姻。故曲學深受沈璟影響，與吕天成同爲沈氏嫡傳弟子。所著傳奇有《冬青記》、《乞麾記》和《雙串記》。《傳奇彙考標目》增補本還著録有《四劫記》，不知所據，姑存之。散曲見於《太霞新奏》及張旭初《吴騷合編》諸書。傳見《卜氏家乘·誦字裔圖》：「世臣，曰至子，字孝裔，別號藍水，亦稱大荒逋客。隆慶六年壬申二月二十二日生，順治二年乙酉七月二十六日卒，年七十四歲。嘉興縣學生。按：公博學多聞，蓄書籍甲於一郡。詩文典雅，四明屠隆、松陵沈璟諸公，皆推重之。雖詞曲小技，率皆斟經酌史，不事浮艷。所著有《山水合志》、《樂府指南》等書，藏於家。詳郡志隱逸傳。」《康熙嘉興府志》卷一四：「卜世臣，字藍水。磊落不諧俗，日扃户著書。有《挂頰言》、《玉樹清商》、《多識編》、《樂府指南》、《卮言》及《山水合志》。孫休有傳。」余撰有《卜世臣家世、生平和作品》，刊於《戲曲研究》第三十五輯，文化藝術出版社一九九〇年十二月出版。

葉憲祖 桐柏　餘姚人①〔一〕

校記

①「葉憲祖」，清初鈔本、清河本、集成本同。他本均誤作「葉祖憲」，而暖紅室、吴梅兩本有注，云：「按《曲録》作憲祖。」

箋注

〔一〕葉憲祖（一五六六—一六四一）：字美度，又字相攸，號六桐、桐柏、槲園外史及槲園居士等。浙江餘姚人。萬曆四十七年（一六一九）進士，官至廣西按察使。善詩古文，尤工詞曲，同王驥德、吕天成、王澹、吴炳、袁于令等曲家交誼甚厚。黄宗羲稱其劇作「直追元人，與之上下」，「詞家之有先生，亦如詩家之有陶、韋也」（黄宗羲輯《姚江逸詩》卷一二）。所著有傳奇《玉麟記》、《雙卿記》、《鸞鎞記》、《金鎖記》、《雙修記》和《寶鈴記》六種。雜劇二十四種：《駡座記》、《易水寒》、《寒衣記》、《琴心雅調》、《北邙説法》、《團花鳳》、《夭桃紈扇》、《碧蓮繡符》、《丹桂鈿盒》、《素梅玉蟾》（最後四種合稱《四艷記》）、《三義成姻》、《渭塘夢》、《芙蓉屏》、《賀季真》、《死生緣》、《龍華夢》、《會香衫》、《巧配閻越娘》、《碧玉釵》、《玳瑁梳》、《鴛鴦寺》、《西樓夜話》、《桃花源》、《耍梅香》等。還有譜關羽事而佚名劇目一種（見《戲曲小説叢考》上《曲目鈎沉録》）。散曲《古樂府曲集》。詩文集《青錦園集》、《青錦園續集》、《白雲初稿》、《白雲續集》、《蜀遊草》（見《乾隆餘姚縣志》卷一七《藝文》），以及《大易玉匙》等。傳見《乾隆餘姚縣志》卷二九。黄宗羲《南雷集·吾悔集》卷一，有《外舅廣西按察使葉公改葬墓誌銘》：「公諱憲祖，字美度，别號六桐，姓葉氏，宋石林先生夢得之後也，遷於餘姚。明洪、永間，有原善者，官刑科給事中，以言事死。數傳，至嘉靖戊戌進士、工部郎中，諱選，公之祖也。嘉靖乙丑進士、知廬州府，諱逢春，公之父也。母吴氏，贈恭人。公生而穎異，未冠，廬州即使之入太學，爲司成趙文毅、鄧文潔所知。每試，輒居老先生輩之右，皆以年少歉之，及視其文，莫不降心。舉萬曆甲午鄉試。九偕計吏，登己未進士第。授新會知縣，爲治有聲。考上，上注擬臺省，逆奄以公爲先忠端姻婭，改大理寺評事，遷工部虞衡司主事，管寶源局。時大工興，用錢不貲，公供應無缺乏，敘殿工隨例加級。公寓一條胡同，逆奄建祠適與之鄰，衆議屬公監工，公徙寓避之。已又建祠臨長安街，公笑謂同官曰：『此天子走辟雍道也，土偶豈能起之乎？』逆奄聞之，大怒：『吾乃爲郎所誚！』坐借大工銀市銅，削籍。崇禎庚午，起補南京刑部主事，出守順慶，擢辰沅備兵副使，轉四川參政，分守建昌。公驅車九折，駭浪洞庭，浩然倦遊，方請告，而改廣西按察使。蓋銓部同官自相參差，以公有所去處，其間議之。夫士大夫辭位而去，古之所歎息者也，反以爲罪，何古今人之不相及也？公歸五年而卒，辛巳八月六日也，年七十六。公爲人浩浩落落，若無可否，人世機智之事，有生不識，故其設施因任自然。新會海盜出沒，吏胥爲之耳目，盜魁梁阿德，名掛牆壁者十餘年矣，公竟得之。工部解餉寧遠，同舍郎賣公避去，然終踰絶險，不廢國事。是時，錢局所交，皆中人細士，公於其間，不爲翕翕然，亦不爲崖異，和光同塵，不損名節。順慶放情山水，與民休息，然奸人挺險，干戈所不能致者，公以一紙束身圜土，人服其信也。湖南苗叛服不常，公厲鎮筸之兵，以待不虞。終公之任，苗三入犯，皆有俘級，最後古沖之捷，總督朱衡岳第其功上之。公不用機智，其成就亦卓卓如此。公與孫月峰同爲古文詞，月峰意在精鍊，其師法者爲劉子威。高文襄當國，以古文挽震川入太僕，挽廬州入郎官。廬州意在謹嚴，其師法者爲王槐野。公承父友之習，稍變之爲弇州、太函，議論不甚相遠。余在公貳室，數與公争論，謂文章當法大家，餘子無所取長，公不以爲然，多取八家文集評之，多施橫筆曰：『八家之文，未便直接秦漢。』及公赴蜀，途中寄余二律，猶是惓惓，蓋公不自以名家忽後進之言也。公之至處，自在填詞。一時玉茗、太乙，人所膾炙，而粉筐黛器，高張絶絃，其佳者亦是搜牢元人成句。公古淡本色，街談巷語，亦化神奇，得元人之髓。如《鸞鎞》借賈島以發抒二十餘年公車之苦，固有明第一手矣。吴石渠、袁令昭，詞家名手，石渠院本求公詆訶，然後敢出；令昭則槲園弟子也。槲園，公填詞别號。花晨月夕，徵歌按拍。一詞脱稿，即令伶人習之，刻日呈伎，使人猶見唐宋士大夫之風流也。公歸心佛乘，博覽内典，時師撰述，拈卷即辨其優劣，而尤契湛然澄、密雲悟。東浙宗風之盛，海門導其源，公吹波助瀾，不遺餘力。密雲徘徊越中山水，思興名刹，公集宰官經營，始得從事於天童。其後公訪密雲，登舟，疾作。密雲夢伽藍交代，覺而曰：『六桐居士其來乎？』使人止之中途。公返而疾癒。此余之所親見也。娶邵氏，贈恭人，僉事夢弼之女；繼梁氏，封恭人，參將仲海之女。子四人：崧年、岱、華滋、衝任，皆諸生。女三人，黄某、鄒光繩、陳相周，其壻也。孫男五人：汶、渭、晟、志矩，稟生；旦，貢生。孫女幾人。諸孤以公卒之年十一月葬邑西蟠龍山，施忠介題主，余祀后土。逮庚寅，遷葬邑東之黄浦，余送葬河滸，而忠介公已死國難矣。又三十年，故老且盡，公之孫存者，止汶、旦兩人。言行殆將泯滅，余既以其詩選入《姚江逸詩》，又憶其大略而誌之。旦有時名，學古文，庶幾可以不墜也。（略）」

單　本槎仙　會稽人①〔一〕

右九人上之中②

校　記

① 此條清初鈔本同，他本均無，係新增補。「槎仙」，原本和清初鈔本均作「差先」，沈自晉《南詞新譜》「古今入譜詞曲傳劇總目」、《遠山堂明曲品》著録《蕉帕記》，均題「單槎仙」作，今據改。

② 「九」，清初鈔本同，他本因缺單本，故皆作「八」。

箋　注

〔一〕單本：字槎仙，會稽（今浙江紹興）人。生平事蹟不詳。《遠山堂明曲品》稱其「生而不好學，故詞無腐病；生而不事家人產，故曲無俗情；且又時以衣冠優孟，爲按拍周郎，故無局不新，無詞不合」。所著傳奇有《蕉帕記》和《露綬記》。《傳奇彙考標目》增補本還著録有《鼓盤記》、《合釵記》、《菱鏡記》三種，不見於他書，姑存之。

天池湖海才豪①，烟霞仙品。壯託元龍之傲〔一〕，老同正平之狂〔二〕。著書而問字旗亭②〔三〕，度曲而振聲林木。

校記

① 「才豪」，清初鈔本同，他本均作「豪才」。

② 「旗」，原本和清初鈔本均誤作「奇」，據他本改。

箋注

〔一〕元龍之傲：陳登，字元龍，三國下邳（今江蘇睢寧西北）人。官至廣陵太守。《三國志·魏書·陳登傳》：「許汜與劉備共在荆州牧劉表坐，表與備共論天下人，汜曰：『陳元龍湖海之士，爽氣不除。』備問汜曰：『君言豪，寧有事耶？』汜曰：『曹遭亂，過下邳，見元龍，元龍無客主之意，久不相與語，自上大床卧，使客卧下牀。』」

〔二〕正平之狂：禰衡，字正平，後漢平原郡（今山東臨邑東北）人。性格豪放不羈，屢次輕慢曹操。曹操愛其才，不忍殺之，聞衡善擊鼓，召爲鼓史。一日，曹操大會賓客，閱試音節，有意讓鼓史更换鼓角吏之服裝，依次擊鼓。衡知曹操戲弄自己，索性將衣服脱光，裸身而立。曹曰：「本想侮辱禰衡，不料反被他所辱。」見《後漢書·禰衡傳》。

〔三〕著書句：「問字」，據《漢書·揚雄傳》載，揚雄多識古字，劉棻曾向他學奇字。「旗亭」，酒樓。此句謂陸采經常外出搜集奇人異事編爲書籍。

靈墟烈腸慕俠①〔一〕，雅志采真〔二〕。汪洋挹叔度之波〔三〕，軒爽驚孟公之座〔四〕；稽古搜奇於洞壑〔五〕，養親絶意於公車〔六〕。

校記

① 各家評語，原本一貫而下，爲了醒目，便於閲讀，今從各本分條排列。

箋注

〔一〕烈腸慕俠：指張鳳翼撰《紅拂記》，對紅拂和虬髯客的俠義行爲極爲稱贊和愛慕。

〔二〕采真：謂純任天真，順應自然。語出《莊子·天運》。多指求仙修道。張氏《悟真》詩云：「眼底榮枯俱是幻，世間魔障不須驚。脱離苦海諸天浄，打破愁城萬劫輕。黄卷餘年辭桎梏，黑甜一枕得蓬瀛。鏡機已悟逍遥旨，豈必莊生爲達生。」（《處實堂續集》卷九）

〔三〕汪洋句：劉義慶《世説新語·德行》：「郭林宗至汝南，造袁奉高，車不停軌，鸞不輟軛；詣黄叔度，乃彌日信宿。人問其故，林宗曰：『叔度汪汪如萬頃之陂，澄之不清，擾之不濁，其器深廣難測量也。』」

〔四〕軒爽句：「孟公」，即孟嘉，字萬年，晉江夏（今湖北雲夢）人。少有才名，太尉庾亮領江州，辟爲廬陵從事。「後爲征西桓温參軍，温甚重之。九月九日，温燕龍山，僚佐畢集。時佐吏並著戎服，有風至，吹嘉帽墮落，嘉不之覺。温使左右勿言，欲觀其舉止。嘉良久如厠，温令取還之，命孫盛作文嘲嘉，著嘉坐處。嘉還見，即答之，其文甚美，四坐嗟歎。」（《晉書・孟嘉傳》）

〔五〕稽古：指研習古事。祁承鄴《處實堂續集序》：「先生於學無所不窺，注精六藝，旁覽百家，有境必窮，有義必了。不特揖盲史腐令而擷其精，即商瞿、馯臂、毛魯壁蠹之餘，無不冥心而會其微。」（《澹生堂集》卷八）

〔六〕養親句：「公車」，漢代曾用公家車馬接送應舉者，後用以稱舉人入京應試。張氏《復杜將軍日章書》：「顧七試京兆，四躓春官。年近五十，筋力向衰，而小人有母年已七十，不容不謝公車而扶潘輿，息忠猷而就孝養，二十年於兹矣。」（《處實堂續集》卷四）王世貞《張伯起集序》亦云：「屬者歲之庚辰，伯起復當應公車辟，念太夫人老，不肯行，曰：『奈何以一第而易吾菽水？』」

衡宇俊度獨超①，逸才早貴〔一〕，菁華挽元白之艷②〔二〕，瀟灑挾蘇黃之風③〔三〕。曲房姬侍如雲〔四〕，清閣宮商和雪〔五〕。

校記

①「衡宇」，清初鈔本作「恒宇」，他本均作「道行」。

②「挽」，清初鈔本作「掇」，他本均作「綴」。

③「蘇黄」，原作「蘇王」。「王」爲「黄」之音誤，今據各本改。

箋注

〔一〕逸才句：《曲律》卷四《雜論第三十九下》：「顧道行先生，亦美風儀，登第甚少。」

〔二〕元白：指元稹、白居易。

〔三〕蘇黄：指蘇軾、黄庭堅。

〔四〕曲房句：《曲律》卷四《雜論第三十九下》，謂顧氏「工書畫，侈姬侍」。《康熙吴江縣志》卷三五亦云：「又妙解音律，頗蓄歌妓，自爲度曲，不入公府。」

〔五〕清閣：即清音閣。顧大典《諧賞園記》：「清音閣在園之一隅，登樓遠眺，則粉堞雕甍，逶迤映帶；頫視，則園景可得十之八九。竹樹交戛，不風而鳴，琮琮琤琤，天籟自發，因以名吾閣，蓋取左思《招隱》語也。」（見顧沅湘輯《吴郡文編》卷一二七）

伯龍負薪吳市〔一〕，儲史仇池〔二〕。相如之病茂陵〔三〕，王粲之客荆楚〔四〕。麗調喧傳於白苧〔五〕，新歌紛詠於青樓①〔六〕。

校　記

①「新歌」，原本和清初鈔本作「新詩」。而他本均作「新歌」，與「麗調」對舉，勝於「新詩」，今據改。

箋　注

〔一〕伯龍句：《漢書·朱買臣傳》：「朱買臣，字翁子，吳人也。家貧，好讀書，不治産業，常艾薪樵，賣以給食，擔束薪，行且誦書。」梁伯龍亦「家貧晏如」，故以朱買臣自況。明萬曆間金陵世德堂刊本《浣紗記》第一齣〔紅林擒近〕云：「問何人作此？平生慷慨，負薪吳市梁伯龍。」

〔二〕儲史仇池：梁伯龍號仇池外史。

〔三〕相如句：《漢書·司馬相如傳》云：「相如既病免，家居茂陵。」「茂陵」，西漢五陵之一。漢武帝建元二年在槐里縣（今陝西興平東南）茂鄉築茂陵，死後葬此。據此句梁氏似乎西遊至陝西一帶地方。文徵明《梁伯龍詩序》説他「遠追子長芳軌，欲北走燕雲，東遊海岱，西盡山陝，覽天下之大形勝，與天下士上下其議論，馳聘其文辭，以吐胸中之奇者」（《鹿城集》卷首）。但「東行，瘖瘖自罷，囊中裝懸磬矣」（李攀龍《滄溟先生集》卷三〇《與王敬美書》）。可見伯龍只至齊魯，呂氏之説蓋出於傳聞。

〔四〕王粲句：《三國志·魏書·王粲傳》：「年十七，司徒辟，詔除黄門侍郎，以西京擾亂，皆不就。乃之荆州依劉表。」嘉靖三十四年（一五五五），梁伯龍遠遊荆楚。臨行前，其姑丈俞允文有《送梁伯龍遊楚并寄周水部一首》，詩前序云：「伯龍素有奇分，千里之遊如在足下。暘日告我，從鄂渚過洞庭，訪懷襄於高唐，弔屈宋於澧浦，以爲異於古之左遷，豈不快哉！」（《俞仲蔚先生集》卷三，亦見《江東白苧》卷上《過湘江弔屈大夫》曲前。）

〔五〕麗調句：「白苧」，即《江東白苧》。張鳳翼《江東白苧小序》云：「梁伯子多宋玉之微詞，慕向長之遠遊。觸物感懷，抒情弔古，宫商按而凌風韻生，律吕協而擲地聲作。不俚不窒，雖落索數語，靈瓏百言，有不足謝志，吴中好事編集成帙，題曰《江東白苧》。」董康《江東白苧跋》亦曰：「此集多小令，間雜套數。雅裁麗製，含思宛轉，宜乎被之絃管，有令人凄動心脾者。」

〔六〕新歌句：李攀龍《寄贈梁伯龍》：「彩筆含花賦別離，玉壺春酒調吴姬。金陵子弟知名姓，樂府争傳絶妙辭。」（《白雪樓詩集》卷一〇）王世貞《嘲梁伯龍》：「吴閶白面冶遊兒，争唱梁郎雪艷詞。」（《弇州山人四部稿》卷四九）梁氏的散曲不僅生前傳播遐邇，就是在其殁後，仍然傳唱不絶。《梅花草堂筆談》卷二《風箏》云：「伯龍死久矣。其新翻雜調，往往散入侯王將帥家，至今爲俠遊少年所傳詠。」

虚舟落拓襟期，飄飖踪跡。侯生爲上座之客〔一〕，郗郎乃入幕之賓〔二〕。買賦可索千金〔三〕，换酒須酣一石〔四〕。

箋注

〔一〕侯生句：「侯生」，即戰國時魏國的隱士侯嬴，年七十，家貧，爲大梁夷門的守門小吏。信陵君聞之，想厚贈侯嬴財物，不肯受。於是置酒大會賓客，親自驅車去迎侯嬴，奉爲上客。魏安釐王二十年，秦圍趙，侯嬴獻計，助信陵君竊符救趙。見《史記·魏公子列傳》。

〔二〕郗郎句：「郗郎」，即郗超，字景興，東晉高平金鄉（今山東金鄉）人。官至司徒左長史。《晉書·郗超傳》：「（桓）温懷不軌，欲立霸王之基，超爲之謀。謝安與王坦之嘗詣温論事，温令超帳中卧聽之，風動帳開，安笑曰：『郗生可謂入幕之賓。』」趙康王十年三聘鄭若庸，嘉靖三十年（一五五一）夏，使寺人乘傳迎之，次年春入鄴，待爲上賓（見《蛣蜣集》卷四《祭陸貞山文》）。以上兩句謂此事。

〔三〕買賦句：陳皇后失寵，退居長門宫，愁悶悲思。使人奉黄金百斤，令司馬相如爲作《長門賦》，以悟漢武帝，復得親幸。見《長門賦序》。據胡迪《刻蛣蜣集跋》：「隱君少以文擅名吴中，自吴及旁郡縉紳家愛其文，争購之。至者，即操觚翰立應之，弗爲拒。履日盈户，時余歙人尤多。」此句謂鄭氏工爲文，被人重金所購。

〔四〕換酒句：李白《對酒憶賀監詩序》：「太子賓客賀公，於長安紫極宫一見余，呼余爲『謫仙人』，因解金龜，換酒爲樂。」（《李太白集》卷二三）指鄭氏既善飲，又重交。

禹金名家雋胄①〔一〕，樂苑鴻裁〔二〕。貢京同賈誼之入秦②〔三〕，作客似陸機之遊洛〔四〕。著述不遺鬼妓〔五〕，交游幾遍公卿。

校　記

①「雋」，原本和清初鈔本作「駿」，據各本改。

②「貢京」，清初鈔本同，他本均作「貢金」，「金」乃「京」字音譌。

箋　注

〔一〕禹金句：據梅鼎祚《進階太中大夫雲南布政使司左參政先府君宛溪先生行狀》，禹金係宋代著名文學家梅堯臣的後裔。其父守德，字純甫，號宛溪。嘉靖二十年（一五四一）進士，官至雲南參政。辭官歸里後，從事於講學和著述，世稱宛溪先生（見《鹿裘石室集》卷二一）。所著有《滄洲摘稿》、《續稿》、《宛陵人物傳》、《景行録》、《寧國府志》等（見《嘉慶寧國府志》卷三一《載籍》）。故稱禹金爲「名家雋胄」。

〔二〕樂苑鴻裁：指梅氏輯有《古樂苑》五二卷。《四庫全書總目》「總集類」四著録，云：「是編因郭茂倩《樂府詩集》而增輯之。郭本止於唐末，此本止於南北朝，則用左克明《古樂府》例也……然其捃拾遺佚，頗足補郭氏之闕，其解題亦頗有所增益。」據《鹿裘石室集》書牘卷一一《與呂玉繩書》、《答方伯文明府》以及梅清《梅氏詩略》，禹金還輯有《唐樂苑》四〇卷，此書未見他書著録。

〔三〕貢京句：「貢京」，指地方薦舉人才貢諸京師入太學。《史記·屈原賈生列傳》：「賈生，名誼，洛陽人也。年十八，以能誦詩屬書聞於郡中……廷府乃言賈生年少，頗通諸子百家之書。文帝召以爲博士。」「入秦」，指賈誼被召由洛陽至長安。此句喻禹金萬曆十七年（一五八九），赴北京遊太學。

〔四〕作客句：陸機「太康末，與弟雲俱入洛，造太常張華。華素重其名，如舊相識，曰：『伐吴之役，利獲二俊。』」（見《晉書·陸機傳》）禹金赴京後，因爲文詞沈博雅贍，而海内知名，大學士申時行推薦他爲翰林院孔目。此句蓋指此事。

〔五〕著述句：指梅氏編著有《才鬼記》一六卷和《青泥蓮花記》一三卷。前者是關於鬼的故事，後者採録妓女的瑣聞。

大荒博雅名儒，端醇古士①。張衡之精巧絶世〔一〕，荀爽之俊美無雙〔二〕。躭奇蘊爲國珍，按律蔚稱詞匠②〔三〕。

校記

① 「古士」，清初鈔本同，他本均作「吉士」，「吉」爲「古」字之筆誤。

② 「稱」，各本均作「爲」。

箋注

〔一〕張衡句：張衡精於天文、陰陽、曆算之學，嘗作候風地動儀，又作渾天儀，爲世界最早測候地動和觀測天象的機械裝置。後世服其機巧。事見《後漢書》本傳。

〔二〕荀爽句：《後漢書·荀爽傳》：「爽字慈明，一名諝。幼而好學，年十二，能通《春秋》、《論語》。太尉杜喬見而稱之，曰：『可爲人師。』爽遂耽思經書，慶弔不行，徵命不應。潁川爲之語曰：『荀氏八龍，慈明無雙。』」

〔三〕按律句：指卜大荒能繼承沈璟的衣鉢，爲其曲學傳人。

桐柏南宮妙選〔一〕，東海英流。曼倩倜儻而陸沉〔二〕，季子揣摩而脱穎〔三〕。掀髯共推咳唾〔四〕，折齒不廢嘯歌①〔五〕。

校記

①「折」，原本和清初鈔本誤作「摘」；「嘯」，原誤作「笑」，據各本改。

箋注

〔一〕南宫：本爲南方星宿名，漢代用來指尚書省。後稱禮部爲南宫。

〔二〕曼倩句：東方朔，字曼倩，以滑稽詼諧爲漢武帝弄臣。曾酒酣，據地歌曰：「陸沉於俗，避世金馬門。宫殿中可以避世全身，何必深山之中、蒿廬之下。」（見《史記·滑稽列傳》）「陸沉」，隱居。引申爲埋没。此句謂葉憲祖才能卓異而被埋没無聞。

〔三〕季子句：蘇秦，字季子。據《史記·蘇秦列傳》：他出游數載，大困而歸，家人皆竊笑。於是得《周書》、《陰符》，伏而讀之。期年，以出揣摩，曰：「此可以説當世之君矣。」再周游六國，説齊王，爲縱約長，佩六國相印。此句指葉氏雖困公車二十餘年，終於脱穎而出。

〔四〕掀髯句：「掀髯」，笑時開口張鬚貌。蘇軾《次韻劉景文見寄》：「細看落墨皆松瘦，想見掀髯正鶴孤。」（《分類東坡詩》卷一九）「咳唾」，見三六頁箋注〔二〕。此句稱贊葉氏的文辭優美。

〔五〕折齒句：「折齒」，謂受挫折斷牙齒。鄒陽《獄中上梁王書》：「范睢摺脅折齒於魏，卒爲應侯。」指葉氏雖仕途失意，但仍不廢徵歌按拍，從事戲曲創作。

槎仙慧黠陳言，巧抒新識〔一〕。淳于飲一石而後醉〔二〕，靖郭聞三言而見奇〔三〕。詼諧可以佐歡，警敏尤能排難①。

校記

① 此則評語只見清初鈔本，不見他本，係新增補。

箋注

〔一〕槎仙二句：明萬曆間文林閣刊本《蕉帕記》第一齣《開場》〔滿庭芳〕云：「浄洗鉛華，單填本色，從來曲有他腸。作詩容易，此道久荒唐。屈指當今海内，論詞手幾個周郎。笑他行，非傷綺語，便落腐儒鄉。」單本不滿戲曲創作中的綺語腐詞，主張去陳言，立新意，崇尚本色。

〔二〕淳于句：「淳于」，即淳于髡，戰國時齊國人。博聞强記，滑稽多辯。齊威王八年，楚發兵侵齊，淳于髡奉命使趙，請救兵十萬，楚師自退。威王大悦，召髡賜酒，問曰：「先生能飲幾何而醉？」對曰：「臣飲一斗亦醉，飲一石亦醉。」王惑而不解。於是以「酒極則亂，樂極則悲」諷諫，齊王稱善，罷長夜飲。見《史記・滑稽列傳》。

〔三〕靖郭句：田嬰，戰國時齊威王少子，孟嘗君田文之父，相齊二十餘年，卒後謚靖郭君。據《戰國策・齊策》：靖郭君將城薛，客多以諫，靖郭君謂謁者無爲客通。齊人有請者曰：「臣請三言而已矣，益一言，臣請烹。」靖郭君因見之。客以大魚失水、螻蟻得意爲喻，説城薛之弊。靖郭君奇之，乃輟城薛。

此九君者①，或爲山人先達，或爲先輩諸生。綺思靈心，各擅風流之致；寄悰賦感，共標游戲之奇。如張，如鄭，尤所服膺；如卜，如葉，素相友善。允爲上之中。

校　記

①「九君」，清初鈔本同，他本因缺單本，故作「八君」。

屠　隆赤水　鄞縣人①〔一〕

校　記

①「屠隆」，除清初鈔本外，他本均作「屠龍」，「龍」爲「隆」字音誤。

箋　注

〔一〕屠隆（一五四三—一六〇五）：字長卿，一字緯真，號赤水，別署一衲道人、蓬萊仙客，晚稱鴻苞居士,娑羅道人。浙江鄞縣人。萬曆五年(一五七七)進士,官至禮部郎中。因與刑部主事俞顯卿有私怨,被誣劾罷歸。佛鬱不平,於是縱情山水,篤好仙道,以消胸中塊壘。工詩文,王世貞列爲末五子。喜爲新聲,常闌入群優中作技。萬曆三十年(一六〇二)秋,曾率家樂於西湖大演《曇花記》(見《快雪堂日記》)。同張鳳翼、汪道昆、梅鼎祚、湯顯祖、龍膺、許自昌等友善。所著傳奇除《曇花記》外,還有《彩毫記》、《修文記》。詩文有《由拳集》、《白榆集》、《棲真館集》、《採真集》、《鴻苞集》和《考槃餘事》等。汪超宏主編《屠隆集》,收入《浙江文叢》,二〇一二年九月浙江古籍出版社出版。《明史》卷二八八,《列朝詩集小傳》丁集上,並有傳。李鄴嗣《甬上耆舊傳》卷一九《禮部屠長卿先生隆》云:「先生別字緯真,亦號赤水。少時,其家少司馬竹虛公數稱爲異才。(略)日與大司馬東沙張公共相延譽,名益重。中進士,除潁上知縣,調青浦。在官建二陸祠,延接吳越間名士沈嘉則、馮開之諸公,泛舟置酒,青簾白舫,縱浪泖浦間,以仙令自許。然於吏事不廢,嘗有部使者入縣,言霪雨久苦,令日行水啓閉,得田苗無恙。先生對曰:『公所見負郭者耳,他汙邪淹没甚多,令何敢隱民疾苦,以此欺公。』使者絶歎服。稍遷禮部主客司主事,進郎中。其在曹好客益甚,而橐中屢空,時解帶付酒家,稍取供客,王季夏太史爲作《銷帶行》紀之。西寧宋小侯,少年好聲詩,相得歡甚,兩家爲曲宴,杯闌燭滅,每極子夜,遂中白簡。解組歸,過吳中,由拳父老爲斂田千畝奉故侯,請從泖浦卜居,先生但與飲數日,謝歸。自束髮名高,睥睨當世,爲詩文任心縱口,以此自豪。嘗集詞人四座,戲爲葉虞叔詠松齋,李之文詠芙蓉池，各限數百字，言笑中，須臾卮酒，二詩並成。又與客對弈，口誦詩文，我誦彼書，書不逮誦。自叙其所作，以爲姿敏而意疏，姿敏故多疾給，意疏故少精堅。今所傳《由拳》、《白榆》、《採真》、《南游》諸集，皆未嘗具草之筆也。既不仕，乃遨遊吴越閒，嘯詠山川，自吟出世，已而溯盱江，登武夷，窮八閩之勝。阮堅之爲晉安司理，以癸卯中秋，大會詞客於烏石山之凌霄臺，名士宴會者七十餘人，而先生爲祭酒，梨園數部，觀者如堵。酒終樂止，先生幅巾白衲，奮袖作《漁陽摻》，鼓聲一作，廣場無人，山雲怒飛，海水起立。林茂之少年下坐，長卿起執其手曰：『子當作撾鼓歌贈我。快哉，此夕千古矣！』已稍倦游，歸里，門客益輻輳。每置酒不過一更，輒更燃燭坐齋中，填樂府詞十餘紙，命善歌者王子長爲定點拍唱之，隨去其繁者，自脱手至上口時，所存率十之四。有御史行部，遣吏白：旦日早臨。家人請修具，然先生實無一錢，且偃卧榻上，家人不敢復請。日向昃，適西陵某公遣使者來購文，以白金具札爲壽。先生即起，召使者入問，發緘，立撰文，併作報書，遣使出門。日景未盡，即以金盡付家人，不啓視。及晚年，家益貧，更出游人間，阻凍金閶，作歌從李叔玄乞米，自嘲自戲，讀者憐之。復留連虞山，狼五閒，判年始還，未幾遂寢疾。先是吴人孫榮祖，挾乩仙，稱慧虚子，先生篤信之。及疾革，猶扶牀凝望，幾慧虚飈輪迎我，悵怏而卒。得年六十三。其未行世詩文名《絳雪樓集》，尚數十卷，藏於家。」

按：《乾隆鄞縣志》卷二四《冢墓》：楊德周曾爲屠隆撰墓誌銘。楊集僅存《銅馬篇》，乃楊氏崇禎中入覲京師，往返記程之作，次以沿途所寫之詩，不載墓誌。其下落不詳，姑誌以待考。

又按：今已輯入汪超宏主編《屠隆集》附録，浙江古籍出版社二〇一二年出版。

汪廷訥昌朝① 新安人②〔一〕

校 記

① 此條清初鈔本同，但列於「中之下」朱瀨濱之後。「昌朝」，各本均作「昌期」，而暖紅室本、吴梅校本、集成本則有「按曲録作昌朝」注。朱之蕃《坐隱先生贊序》云：「先生諱廷訥，馮大司成字之曰昌朝。」作「昌朝」是。「期」爲「朝」字形誤。

② 「新安人」，暖紅室本、吴梅校本、曲苑本和集成本均作「休寧人」。

箋 注

〔一〕汪廷訥：字昌朝，號無如、坐隱先生、無無居士等，安徽休寧人。「歷事三帝，拜督鹺大夫。耿介妨時，左遷鄞江司馬。」（《曲海總目提要》卷一〇著録《天函記》，引董其昌所撰《汪廷訥傳》）家築環翠堂，廣儲圖書，喜接四方名士，與張鳳翼、屠隆、梅鼎祚、湯顯祖、陳所聞、佘翹、史槃等均有交往。所著有傳奇《長生記》、《投桃記》、《種玉記》、《三祝記》、《獅吼記》、《二閽記》、《威鳳記》、《彩舟記》、《義烈記》、《飛魚記》、《忠孝完節》、《重訂天書》、《高士記》和《同昇記》十四種；雜劇《畫舫尋梅》（又名《青梅佳句》）、《捐奩嫁婢》、《聞歌納妓》（又名《廣陵月》）、《中山救狼》、《詭男爲客》、《太平樂事》、《石室悟棋》、《同僚認父》和《報仇歸釋》九種。李占鵬將汪氏今存傳奇和雜劇十一種（包括傳奇七種、雜劇一種，及存有散齣的三種），編爲《汪廷訥戲曲集》，二〇〇九年巴蜀書社出版。還作有詩文集《坐隱先生集》（卷九爲南北散套及小令），雜作《人鏡陽秋》、《無無子正續贅言》、《環翠堂隨筆》。輯有《文壇列俎》、《環翠堂華衮集》。

按：清初鈔本卷下僅著録汪氏自著《高士》、《同昇》和《天書》三種。周暉《續金陵瑣事》下卷云：「陳藎卿所聞，工樂府，《濠上齋樂府》外，尚有八種傳奇：《獅吼》、《長生》、《青梅》、《威鳳》、《同昇》、《飛魚》、《彩舟》、《種玉》，今書坊汪廷訥皆刻爲己作。余憐陳之苦心，特爲拈出。」蓋汪氏之傳奇或多出於陳所聞之手，待考。

《環翠堂華衮集》輯有顧起元《坐隱先生傳》：「先生汪姓，名廷訥，字昌朝，號無如。世家新安休寧之汪村厥里，北枕松蘿，西眺白岳，川原映帶，有吞吐烟霞、蜿蜒扆障之象。先生探奇攬勝，辟堂其中，命之曰『環翠』。儲書千萬卷，自六籍諸史，百家稗官，以逮釋老秘藏，靡不討究。嘗謝絶朋儕，偃息山廬，一意修古，一二三質友外，罕得窺其面目，因復名齋曰『懸榻』，以見志焉。客有臆先生作苦者，時操枰以往，先生爲按棋對局，直已河圖數了之。已而推枰曰：『君且參黑白未分前此一著落在何處？』客斂手自失，取王中郎故事，疾呼曰：『是殆坐隱先生乎？』先生頷之。客掀髯相視而笑，因遂目爲坐隱先生云。（略）穎異警敏，垂髫慕古，過目便了。其義父篤愛之。尋黄門石林祝公爲邑令，先生從游，得明性命之學，公特贈以《爲人説》。粤南少宗伯復所楊先生，倡道陪京，先生其高足弟，曾授號無無居士，並爲著《無無居士解》。時等輩中，往往目攝汪先生，爲虚左席遜矣。（略）丁酉試南都，未罷棘闈，忽忽心動，投牘奔歸，父果病。乃哀號籲天，祈天身代，無何病良已。後執父喪，擗踊痛悼，毁瘠幾滅性，見者咸憐之，語在祝黄門《傳》中。（略）鄉族時有困阸，往往亦能緩急其人，而不居德，月授糈，歲授衣，若取諸寄。僕朱酬者，僦地構屋，已歷三世。富鄰某甲，謀市其地，僕以覆巢故，泣訴求解。先生哀而直其事，揮金至千不靳，僕賴有寧宇，而鄰亦横肆污衊，卒不得逞。所謂一諾千金，有古節俠風類此。先生居里里重，縉紳題之曰高士里。里之堂獨環翠最爲佳勝，中爲園亭樓榭，種種花木竹石，萬景畢具，堪入畫圖，不減輞川。然皆出自心裁，自著《環翠堂賦》，復命善繪者作堂圖，而檇李袁了凡先生爲之記，今寓内誰不知此堂也。（略）先生書宗魏晉，吴門王百穀氏，數數與論書法，傾心下之。雅意著述，最爲宏繁，其大者有《人鏡陽秋》二十二卷，長水少司成晴峰沈先生序之。（略）公卿士大夫多高先生行誼，贈言盈笥，乃彙爲《華衮集》；又輯古今諸傑作數千篇，爲《文壇列俎》，太史澹園焦先生序之，皆行於世。（略）自作又有《無無子正續贅言》、《環翠堂隨録》。有樂府傳奇十數種，或以垂映苕華，或以抆芬子夜，大爲東海屠緯真氏、吴門張伯起氏所賞激，懸之國門，紙幾爲貴。傳奇中率借人以寫己懷，得寓言比興之意，而《長生記》所由作，事尤奇絶。先生既精心行道，園内闢浄居，日皈依三大聖人。已葺百鶴樓，特肖吕純陽人像以奉。乙巳春，晨起拜參，竟假寐瓊蕊房，夢與吕祖證大道良久，授號全一真人；又許降生佳兒，凡明年果舉一丈夫子。蓋先生根器非凡，得與吕祖神交，仙之求人甚於人求仙，其徵應乃爾。記成，命伶人搬演，至黄粱夢覺，而司書家僮旁觀解悟，謝主人翁去，祝髮爲僧。感化捷若影響，則此記之功德無量矣。（略）雖有環翠園林勝概，毫無羈絆，乃遨遊名景，倘佯泉石。先是遊武當，遇了悟禪師，指明佛乘，歸來趺坐全一龕，閲數寒暑，隱隱有趺跡。（略）余往從友人陳藎卿氏，習先生之素心，嚮往之。後得論行締交，先生居恒謂余：『公幸知我者，試一撰其生平，俾余藉以券其所至。』余唯人因掇行事之大者論次之。然先生業已拜大夫於朝，世急先生才，且進用公，度其跡非終隱者。今稱坐隱，蓋因寄所託以見志云。」

龍膺朱陵　武陵人〔一〕

箋注

〔一〕龍膺（一五六〇—？）：字君御，號朱陵，别號綸㵎先生、偃骨無學人，晚號漁仙長。武陵（今湖南常德）人。萬曆八年（一五八〇）進士。累官至南太常寺卿。任徽州府推官時，值汪道昆致仕家居，招龍膺、屠隆、梅鼎祚、吕玉繩、潘之恒輩結白榆等詩社（見汪道昆《太函副墨》附《年譜》)。萬曆二十二年(一五九四)秋,應聘南闈分校,事畢,遊揚州,與陸無從等結横山社。晚年同袁宏道等交游甚密。其傳奇「屬詞既雅,命意亦工,而尤嚴於音律」(《綸灃文集》卷二〇《中原音韻問》),所著有《藍橋記》、《金門記》。詩文有《綸灃文集》、《綸灃詩集》(卷一三、一四收散曲)等。傳見《嘉慶常德府志》卷三八。葉德均《明代曲家龍膺》(《戲曲小説叢考》卷上)對其生平考訂較詳。鄧顯鶴《沅湘耆舊集》卷二〇《龍膺傳》云:「膺字君御,武陵人。萬曆庚辰進士。除徽州府推官,以言事謫温州府學教授,稍遷國子博士,升禮部主事,復謫兩淮運判,轉鞏昌通判,歷同知,遷南户部郎中,久之,出爲山西僉事,轉甘肅參政,終太常寺卿。有《九芝集》。太常少有才名,成進士年方弱冠。慷慨論事,以澄清爲己任。其上書《諫選宫女》及《請轉題災異》兩疏,反復切至,有古名臣風。其在湟中時,嘗以文士躬擐甲胄,飯酪眠雪,與士卒同甘苦。青海松山之戰,暖泉麻山之捷,皆與有功。詩其餘事也。歸後屏跡漁仙,自署漁仙長;又卜築灃園,號灃公。逃禪茹素,蔬布自甘。俸入盡散諸親友。愛才尤篤,汲引後進如不及。所存詩甚多。當其盛時,與王元美、汪伯玉、屠緯真馳騁詞壇,傲然無所屈,亦嘉隆後楚風之勁者。」

按:一、葉德均考訂,傳中「山西僉事」係「陜西僉事」之譌,「甘肅參政」乃「山西參政」之誤。二、《袁中郎未刻遺稿》卷下《答君御諸作》其四云:「打疊歌鬟與舞裙,九芝堂上氣如雲。天緣得見金門叟,齒落唇枯嬲細君。」注云:「時君御演出《金門記》。」此記不見著録。葉氏認爲:

「詩作於萬曆三十二年秋遊武陵時，龍膺正丁憂家居。《金門記》最遲也是這年作。」

鄭之文豹先　南城人〔一〕

箋　注

〔一〕鄭之文：字應尼，又字豹先、水濂，號愚公，江西南城人。少有才名，「七言詩句推渠帥，千佛名經獨老成」（錢謙益《牧齋初學集》卷二〇《長干行寄南城鄭應尼》）。萬曆三十八年（一六一〇）進士。四十三年（一六一五），由南工部司空郎，権蕪湖關（見《民國蕪湖縣志》卷七「職官」），令約風清，爲當事者所重。出守真定，友人黄汝亨撰序作詩送之（見《寓林集》）。「因君忤物坐迍邅」，不久，便罷歸。所作傳奇《旗亭記》、《芍藥記》，爲湯顯祖所稱道。雜劇《白練裙》（與吴兆合撰）亦流傳一時。《列朝詩集小傳》丁集上《鄭太守之文》云：「之文，字應尼，南城人。公車下第，薄游長干。曲中馬湘蘭負盛名，與王百穀諸公爲文字飲，頗不禮應尼。應尼與吴非熊輩，作《白練裙》雜劇，極爲譏調，聚子弟演唱，召湘蘭觀之，湘蘭爲之微笑。定襄傅司業清嚴訓士，一旦召應尼跪東廂下，出衔袖一編，擲地數之曰：『舉子故當爲輕蛺蝶耶？』收以榎楚，久之，乃遣去。應尼舉進士，傅公爲北祭酒，介余往謝過，公一笑而已。應尼官南部郎，稍遷至某郡太守，免歸。崇禎末，余作長歌寄之，有曰『子弟猶歌白練裙，行人尚酹湘蘭墓』。應尼亦次韻相答。是後寂不相聞矣。」《道光南城縣志》卷八《文學》亦有略傳:「鄭之文,字應尼,一字水濂,號愚公。萬曆三十八年進士,歷郎中,出知真定府。爲人高簡清峻,風流軼群。與黄貞甫、曹能始、鍾伯敬、王季重相友善。著有《遠山堂集》、《錦研齋集》、《愚莊稿》。居家三十年,足不履公門,鄉里重之。」

陳所聞藎卿　秣陵人①〔一〕

校　記

① 此條清初鈔本置於屠隆條後,以取代汪廷訥,而他本則列於「不作傳奇而作散曲者」内,作「江寧人」。

箋　注

〔一〕陳所聞:字藎卿,號蘿月道人,上元(今江蘇南京)人。庠生,爲人豪邁不羈。洞曉聲律,寄情樂府。卜居莫愁湖上,與金鑾、姚汝循、王文耀、叢文蔚輩結長干等社,同社者舊四十人,流連詩酒,傲嘯風月,不得志於時(見陳作霖《金陵通傳》卷一八《李登傳》)。所著有雜劇《王子晉緱嶺吹笙》、《孫子荆枕流漱石》、《周子沖易鬟拜相》和《徐髯仙南巡應制》。傳奇《金門大德記》、《相仙記》、《金刀記》和《詩扇記》。還有《遊吳草》、《蘿月軒集》和《濠上齋樂府》。並選編有散曲集《古今大雅南北宮詞紀》。顧起元在《蘿月軒樂府序》中，認爲「藎卿當新聲代變之後，撮二家（按：即陳大聲和金在衡）之勝，而摭其所遺，使采華者驟聞而魄動，咀實者徐味而色飛」（見《嬾真草堂集》卷一三），對其散曲所取得的成就，給予高度的評價。朱緒曾《金陵詩徵》卷二七有略傳。

佘翹聿雲　池州人①〔一〕

校記

① 此條清初鈔本、清河本、曲苑本作「余聿雲池州人」。暖紅室本、吳梅校本、集成本則作「佘翹聿雲銅陵人」，並注云：「佘原作余，誤。」

箋注

〔一〕佘翹（一五六七—一六一二）：字聿雲，爲湯顯祖所起；號燕南，又號銅雀山人，池州（今安徽銅陵）人。修幹長鬣，喜擊劍走馬；爲詩，有悲歌慷慨之風（見梅鼎祚《鹿裘石室集》卷三《幼服集序》）。萬曆十九年（一五九一）中舉。後屢試不第，於是往來燕、趙、齊、魯、江淮間，遠至西夏和遼東，足跡遍國中，詩文大進（見梅氏《翠微集序》）。曾治浮齋舫，乘之過金閶，張鳳翼有「招尋不惜紆雙舄，倉卒無能舉一觴」句（見《處實堂後集》卷二《佘聿雲枉過見贈次答》），對這位後進曲家的拜訪，流露出一片誠摯之情。所著有雜劇《鎖骨菩薩》；傳奇《量江記》、《賜環記》；以及《幼服集》、《齊山奇記》、《秋浦吟》、《池陽三忠傳》等（見《光緒貴池縣志》卷四六《藝文志》）。傳見《乾隆銅陵縣志》卷一〇（亦見《光緒安徽通志》卷二二七），云：「佘翹，字聿雲，號燕南。父敬中，官至廣東按察使。生翹甫四歲，授書即能成誦。稍長，一目數行，遂悉究經史，著爲詩古文皆有根柢。臨川湯顯祖見而奇之，呼爲小友。萬曆間，舉應天鄉試。屢上春官不第，乃治一舫號浮齋，乘之遍訪名勝。歸則鋤半畦，號學圃，著書其內。未幾卒，士林惜之。所著有《翠微集》、《白下遊草》、《浮齋集》、《偶記》諸書。論者稱其文類孫樵，詩似許渾、司空圖云。」

按：據《五松佘氏族譜》載，佘氏生於明隆慶元年丁卯（一五六七）正月十三日，卒於明萬曆四十年壬子（一六一二）八月初十日，享年四十六歲。又按：鄭志良所提供的《孝廉佘聿雲先生墓表》（陳宏緒《石莊初集》卷一），對佘翹的家世、生平、科第、交遊和著述的記載比較詳盡。除《量江記》、《賜環記》傳奇外，又增添一種《冰衷記》傳奇，當時雖刊印行世，惜不見傳本，從不見明清以來戲曲書目著録，所演何事也不可考知。南京圖書館藏有清道光二年（一八二二）佘卓霖刊刻的《燕南遺稿》，包括《翠微集》、《白下集》、《浮白集》、《秋浦吟》諸書。佘聿雲所著詩文集基本存世，是研究佘氏的第一手資料。

馮耳猶 吴縣人①〔一〕

校記

①清初鈔本同,他本則作「馮夢龍子猶吴縣人」。

箋注

〔一〕馮耳猶(一五七四—一六四六):名夢龍,又字猶龍,别號龍子猶、姑蘇詞奴、顧曲散人、墨憨齋主人等。長洲(今江蘇蘇州)人。《江南通志》稱其「才情跌宕,詩文藻麗,尤工經學」(見《光緒蘇州府志》卷五四所引)。崇禎三年(一六三〇)貢生。任福建壽寧縣知縣,政簡刑清,崇尚文學。十一年(一六三八)任滿,歸隱鄉里。明亡,死於難。他深受李卓吾的影響,「酷愛李氏之學,奉爲蓍蔡」(《樗齋漫録》卷六)。對小説和俗文學極爲重視,編纂有《古今譚概》、《智囊》和《情史》。輯刊話本小説《喻世明言》、《警世通言》、《醒世恒言》,民歌集《掛枝兒》、《山歌》,以及散曲集《太霞新奏》。精於音律,除作有傳奇《雙雄記》、《萬事足》外,還改定過張鳳翼、湯顯祖等人的作品,共十四種,裒爲《墨憨齋定本傳奇》。所編《墨憨齋詞譜》雖然散佚,從《南詞新譜》

中，尚能窺豹之一斑。《傳奇彙考標目》增補本據《涵芬樓藏書目》，著録有《鳳雙飛》，不見他書記載，姑附誌於此。《康熙壽寧縣志》卷四《官守》有略傳。今人容肇祖撰有《馮夢龍的生平及其著述》（見《嶺南學報》第二卷二期）。

爽鳩文孫①〔一〕

校記

① 此條亦見於清鈔本，他本均無，係新增補。

箋注

〔一〕爽鳩文孫：本書卷下《新傳奇品》，所收爽鳩文孫的傳奇作品有《題塔》、《宵光》二種。按：張大復《梅花草堂筆談》卷一〇《徐陽初》云：「虞才多弘偉而少靈異者，往往力就弘偉，未盡其才，而求助於學，卒見弘偉，不見靈異，此非學之故也。余所交者，無非真正靈異之人，而乃失之徐陽初。甚矣，予之不靈不異也！舟中閲《宵光》、《題橋》（按：應爲《題塔》之誤）、《紅梨花》、《一文錢》諸傳，自愧十年游虞，書此。」據此，爽鳩文孫即徐陽初。趙景深在《增補本曲品的發現》中，亦考訂其爲一人（見《曲論初探》）。

陽初子①[一]

右九人上之下②

校記

①此條亦見於清初鈔本，他本均無，係新增補。

②「九人」，清初鈔本無汪廷訥，作「八人」；他本則缺陳所聞、爽鳩文孫和陽初子三人，故作「六人」。

箋注

〔一〕陽初子：即徐復祚（一五六〇—？），原名篤儒，初字陽初，後改爲訥川，號蓍竹，別署三家村老、慳吝道人等，江蘇常熟人。一生遭遇坎坷，「兩遇深文吏人羅致，幾不免」（見《花當閣叢談》卷七），故抑鬱不得志。與吴下詞曲名家，若鄭虚舟而後，梁伯龍、張伯起、孫禹錫、梅禹金、沈寧庵、顧横宇等均有交往，對他們相繼去世，不勝悲痛（見《南北詞廣韻選》卷一）。所著有雜劇《一文錢》、《梧桐雨》，傳奇《宵光記》、《紅梨記》、《投梭記》和《題塔記》，散曲《徐陽初小令》，以及筆記《花當閣叢談》（又名《三家村老委談》）。還輯有曲選《南北詞廣韻選》。略傳見《里睦小志》卷上《文學》。

屠儀部逸才慢世〔一〕，藻句驚時。太白以狂去官〔二〕，子瞻以才蜚譽〔三〕。偃恣於孌姬之隊〔四〕，驕酣於仙佛之宗〔五〕。

箋　注

〔一〕屠儀部：《明史·職官一》：「禮部下設儀制、祠祭、主客、精膳四清吏司。」屠隆曾任禮部儀制司郎中，故稱。

〔二〕太白句：吴筠薦李白於朝，供奉翰林。白縱酒狂放，嘗沉醉殿上，令高力士脱靴，由是斥去，賜金放還。見《舊唐書·李白傳》。此句謂屠隆亦因狂而罷官。

〔三〕子瞻句：《宋史·蘇軾傳》云：「先帝每誦卿文章，必歎曰：『奇才，奇才！』」此句謂屠隆罷歸後，以文名騰譽士林。鄒迪光《哭屠長卿八首》其一云：「幾年聲價動人寰，大雅風頹藉爾還。摇筆倒如三峽水，編書藏在四明山。盟成牛耳誰堪執，士望龍門盡欲攀。此去玉樓天上召，懸如復領舊仙班。」（見《調象庵集》卷一六）

〔四〕偃恣句：《萬曆野獲編》卷二五《曇花記》：「西寧夫人有才色，工音律。屠亦能新聲，頗以自炫，每劇場，輒闌入群優中作伎。夫人從簾箔中見之，或勞以香茗，因以外傳。」

〔五〕驕酣句：謂屠隆晚年篤信仙佛。《與顧應雷侍御書》云：「後又信奉仙釋……讀二氏書，志在清虚恬淡，解縛蕩累，不欲拘拘翦翦爲天下之戮民，而天性亦頗近之。」（見屠隆《棲真館集》卷一八）

汪鹺使家世仁賢〔一〕，才華宏麗。陶朱散金而甘遯〔二〕，向平游嶽而懷仙〔三〕。松蘿之坐隱名高〔四〕，槐棘之宦遊趣遠①〔五〕。

校　記

① 此條清初鈔本無，他本則作「汪鹺使家習惠仁，生多智慧。向平遊嶽而遺累，郭璞餐瀣而懷仙。涌源之觱沸多奇，别墅之逍遥獨勝」。

箋　注

〔一〕汪鹺使：汪廷訥官鹽運使，故稱。

〔二〕陶朱句：春秋越國大夫范蠡，助越王勾踐滅吴，以勾踐爲人可與同患難，不能共安樂，去越入齊，自謂鴟夷子皮。至陶，改稱陶朱公，經商致富。齊人聞其賢，以爲相。范蠡認爲久受尊名不祥，乃歸相印，盡散其財，分與知友鄉黨，而間行以去。見《史記・越王勾踐世家》。此句謂汪廷訥遁名隱居。

〔三〕向平句：東漢向平，隱居不仕，待子女婚嫁已畢，即恣遊五嶽名山，不知所終。或云仙去。見《後漢書·逸民傳》。此句謂汪廷訥皈依仙佛。

〔四〕松蘿：山名，在休寧縣東北十三里，高百六十仞，周十五里，山半石壁百餘仞，松蘿交映（見《康熙徽州府志》卷二《輿地志》）。

〔五〕槐棘句：「槐棘」，周代朝廷種三槐九棘，以爲朝臣列班的位次，後指公卿之位。此句謂汪廷訥名列鹾使，而志在園林。曹學佺《坐隱先生集序》云：「以余觀於余友汪昌朝，甚矣，其人之似曼倩也。昌朝富於春秋，通籍鹾使，足不踐市廛，身不偶冠蓋，有園一區，有湖數頃，偃仰其間，而逃名處晦，惟以局戲自娱。昌朝可謂避世金馬門矣。」（見明刊《坐隱先生集》）

龍憲副佛根無染〔一〕，仙骨不羈。文淵著績於烽烟〔二〕，長源陶情於籤軸〔三〕。雅韻炊金饌玉，新裁繡口錦心。

箋　注

〔一〕龍憲副：東漢改御史府爲憲臺，後遂以憲臺爲御史之通稱。明代謂按察使爲「憲臺」，其副屬按察僉事，則稱爲「副憲」或「憲副」。龍膺萬曆三十四年（一六〇六）秋任陝西按察司僉事（見《明詩綜》卷五三《龍膺傳》),故稱。

〔二〕文淵句:馬援,字文淵,東漢茂陵(今陝西興平)人。任隴西太守。參與滅隗囂之戰,又揮師擊破先零羌,立功於西北。見《後漢書·馬援傳》。此句謂龍膺備兵山陝,入田藥戎幕,因功遷南户部員外郎。

〔三〕長源句:李泌,字長源,唐京兆(今陝西西安)人。歷仕玄、肅、代、德四朝,位至宰相。封鄴縣侯,世稱李鄴侯。喜藏書,嗜書成癖。見新舊《唐書·李泌傳》。韓愈《送諸葛覺往隨州讀書》詩:「鄴侯家多書,插架三萬軸。」(《韓昌黎集》卷七)

鄭工部月露才華①〔一〕,風流性格②。少陵蜚英於粉署〔二〕,摩詰標趣於京曹③〔三〕。似具一片烈腸④,雅負千秋俠骨。

校　記

①「工部」,各本均作「進士」。

②「性格」,清初鈔本同,他本均作「雅格」。「雅」爲「性」字之誤。

③「標趣」,清初鈔本同,他本均作「標題」。「題」爲「趣」字之誤。

④「似具」,清初鈔本同,他本均誤作「以其」。

箋注

〔一〕鄭工部：鄭之文官南工部司空郎，故稱。

〔二〕少陵句：杜甫自號少陵野老，世稱杜少陵。梁章鉅《稱謂録》「工部」條云：「杜甫詩：『馨香粉署妍。』公時爲工部員外郎。」因此粉署亦爲工部之稱。此句謂鄭之文官南工部頗有政聲。黄汝亨《送鄭應尼出守真定序》云：「及應尼成進士，爲南司空郎。又一年，予來同官。應尼職在城湟陶冶，報政之日，金湯增固，而埏埴鼓鑄之工，精良不窳，銖兩之姦莫敢作，則以爲天下之能幹理人也。」（《寓林集》卷三）

〔三〕摩詰句：「京曹」，明清各部衙門内，司以下之屬官，泛稱京曹。王維標趣京曹，不詳所指。此句蓋謂鄭之文與吴兆應舉南都，作《白練裙》嘲諷王百穀和馬湘蘭事。

陳茂才文藻菁葱〔一〕，詞源觱沸〔二〕。桃葉渡頭之漁父〔三〕，孫楚樓上之酒人〔四〕。卜居寄跡於鳳凰〔五〕，玩世聯交於蘿月①〔六〕。

校記

① 此條亦見於清初鈔本，他本均無，係新增補。

箋注

〔一〕茂才：東漢時避光武帝劉秀之名諱，改秀才爲茂才，後相沿作秀才的别稱。

〔二〕觱沸：泉水涌出貌。語出《詩經·采菽》。

〔三〕桃葉渡句：「桃葉渡」，在今江蘇南京秦淮河畔，相傳因晉王獻之在此作歌送其妾桃葉而得名。「漁父」，指隱居之人。此句謂陳藎卿隱居於桃葉渡。他所撰《予卜築莫愁湖上即孫楚酒樓舊址王仲房攜妓見訪》套曲，爲隱居生活的寫照，其〔折桂令〕云：「對西風嘯傲湖頭，怎肯去鼓瑟齊門，只待要把釣滄洲。聽徹鳴榔，吹殘短笛，狎遍輕鷗。放海量鯨吞百斗，瀉江濤筆捲三秋。灑翰臨流，作賦登樓，攬盡烟霞，醉倒糟丘。」（《北宫詞紀》卷一）

〔四〕孫楚樓句：陳藎卿《新都孫子真曾偕王仲房過予結社酒樓一别十載今再南來同薛子融殷子餘陳延之夜話溪上》套曲眉批云：「孫楚酒樓，舊在石頭城外莫愁湖上，藎卿訪其址而築之。後以贈子真，移家清溪之桃葉渡。」（《北宫詞紀》卷一）盛敏耕《陳藎卿卜築莫愁乃孫楚酒樓李白尋醉處》套曲〔得勝令〕云：「興到便操觚，客至便提壺。生平依牛儈，論交託狗屠。乘桴，北海尋漁父；呼盧，高陽覓酒徒。」（《北宫詞紀》卷四）

〔五〕卜居句：「鳳凰」，即鳳凰臺。《嘉慶江寧府志》卷八《古蹟》：「杏花邨，在城南新橋西，信府河、鳳凰臺一帶皆是，明代士大夫園亭多在此。」陳藎卿曾卜居於此，曾燠《江西詩徵》卷六一，有王嗣經《陳藎卿杏花村移家因納姬》詩可證。

〔六〕玩世句：「蘿月」，即蘿月軒。黄叔初《壽陳藎卿》寫出陳氏落拓和傲岸的性格。如〔駐馬聽〕：「你斬馬風流，有志無時空袖手；雕蟲淵藪，之乎也者且埋頭。狂來大叫看吴鈎，醉中起舞攀星斗。笑蠅營卑狗苟，絶交書絶不得芝蘭友。」（《北宫詞紀》卷二）

此數君者①，藝苑之名公，詞場之俊士。即此小技，足徵大才。允爲上之下。

校記

①「此數君者」，清初鈔本作「及爽鳩文孫陽初子乃」九字，而他本則指有評語之四人，即屠隆、汪廷訥、龍膺及鄭之文，故作「此四君者」。

戴子魯金蟾　永嘉人①〔一〕

校記

①「戴子魯」，原作「戴于魯」，清河本、暖紅室本、吴梅校本、集成本均作「戴子晉」，而曲苑本則作「戴子普」，今姑從清初鈔本。

箋注

〔一〕戴子魯：名宗璠，字金蟾，又字瑞喬（一作橋），浙江永嘉人。擅文名。萬曆間以貢生授雲和教諭，天啓元年（一六二一）任龍遊訓導。著有《清適編》五卷傳世。所著傳奇兩種：《青蓮記》和《鞦韆記》。小傳見《乾隆温州府志》和《康熙永嘉縣志》。説見潘猛補《明代傳奇〈青蓮記〉〈鞦韆記〉作者考》，載《温州大學學報》（社科版）二〇一五年第二十八卷第二期。

車任遠梎齋　上虞人〔一〕

箋注

〔一〕車任遠：字遠之，號梎齋，浙江上虞人。所著雜劇《福先碑》（見《遠山堂劇品》「雅品」），佚；傳奇有《蕉鹿夢》、《高唐夢》、《邯鄲夢》、《南柯夢》及《彈鋏記》，前四種合稱《四夢記》，佚。《彈鋏記》演馮驩事，尚存有佚曲。見本書卷下三六八頁。今存萬曆間刊本《金罍子》爲車氏所校訂，該書後序是他僅剩的一篇佚文。傳見《嘉慶上虞縣志》卷一九《文苑》：「車任遠，字遠之，邑廩生。性耿介，常閉户著書，非其人不納焉。博學多識，徐令侍聘聞其才且賢，聘修縣志。邑人陳絳著《金罍子》，多所校訂。所著有《知希堂稿》、《螢光樓識林》、《濯纓集》、《賨文雜鈔》、《存笥録》行於世。」

《光緒上虞縣志》卷九《人物》亦載車氏小傳，所不同者，增添一段：「嘗與楊秘圖、徐文長、葛易齋輩七人，仿竹林軼事結爲社友，秘圖贈詩，有『七賢結社今何在，尚古風流賴有君』句（家傳）。」

按：因《盛明雜劇》二集所收《蕉鹿夢》雜劇，目録題「車柅齋」，劇本則署「舜水遽然子」，傅惜華《明代雜劇全目》則將「舜水遽然子」誤認爲車任遠的別署，而車氏的《四夢記》也就當作了雜劇集。「舜水遽然子」乃鄭祖法別號，應爲鄭氏作品，非任遠（柅齋）之作。鄭祖法（一五九一—一六二六），字爾繩，號念慈，別署遽然子，上虞人。家貧好學，年十九領鄉薦，萬曆三十八年（一六一〇）中進士。官至延平知府。後以病告歸，杜門著述，著有《遽然子》五卷、《遽然子詩文稿》等。早卒，年三十六。傳見《光緒上虞縣志》。

顧希雍懋仁　崑山人〔一〕

箋注

〔一〕顧希雍：名允默，字茂仁，一作懋仁，崑山（今屬江蘇蘇州）人。曲家顧夢圭長子，太學生。工音律，與弟靖甫從魏良輔嫡派弟子張小泉、張新、趙瞻雲、雷敷民等研習崑腔，不僅能登堂入室，且能傳授他人，對崑曲的革新和發展作出一定的貢獻（見張大復《梅花草堂筆談》卷一二《崑腔》）。所作傳奇僅知《五鼎記》一種。傳見《崑山人物傳》卷八：「顧允默，字茂仁，幼習家學，爲文章多根極理要，宏贍該博，而秀色靈氣，勃勃言表，一時學者所推重。已讀皇甫兄弟書，悦其箐華，乃發其先侍御家藏，摘芬擷秀，漱潤咀英，吞吐六藝，考叶宫商，識者謂酷似其舅，而公不自喜也。去從歸先生游，爲古文詞，濃淡相遭，均節有式，然公志在繩武。藍衣幞頭，浮沉諸生間，悒悒不自得。中歲遊成均，爲辟雍弟子，與海内賢俊角，則又輒先諸賢俊，而藍衣幞頭如初。公乃慨然曰：『李將軍不封侯豈其數耶？』稍稍考訂音律，徵一二少年，用相娱樂，而讀書不減壯盛時。晚年病噎，其子天埈憂之，不欲對公車，促之行，曰：『吾志也。』既病亟，聞報，又强促之，曰：『此行不第一，會必有異。』已聞泥金捷，賜及第，索筆賦一詩遂瞑。公長身秀目，鬚髯如畫，與人語恂恂若處子，雖復酣放淋漓，談言微中，而時有不勝之色。恥談先世功閥，遇游冶王孫鮮衣躍馬揚揚於道，輒障其面，促步過之，不與通。而鄉人推世家子，必稱公，公聞弗善也。公好讀書，不問生産作業。家幹有負官租久不償者，會海忠介清查糧額及公，公方應試棘闈，大梁王侯督其家如令，不以聞公，曰：『毋以事分郎君念。』蓋見重如此。」

顧仲雍懋儉　崑山人〔一〕

箋　注

〔一〕顧仲雍：（一五三八—一六〇七）名懋宏，字靖甫，别號蓉山。初名允燾，字茂儉，一作懋儉。

崑山（今屬江蘇蘇州）人。允默弟。少懷壯志，時有立功塞外之意。爲諸生時，因禍繫獄。既白，避仇楚中。殷都出守夷陵，假道過蘄，勸他東還。入太學，萬曆十六年（一五八八）中鄉試。官至莒州知州，三十二年（一六〇四），自劾免（見《崑山人物傳》卷八）。還家後，以徵歌度曲爲樂。與梁辰魚、梅鼎祚、潘之恒等曲家往來密切。所著傳奇僅《椒觴記》一種。還有《炳燭軒詩集》和《南雍草》。《崑山人物傳》卷八有傳。《炳燭軒詩集》卷首載其子顧天堦所撰《顧懋宏行略》：「府君諱懋宏，字靖甫，别號蓉山。初名允熹，字茂儉。甫三歲能嘿誦《大學》十章，王妣皇甫恭人，極愛憐之。九歲善屬文。皇甫四舅氏，聯翩朱紫，並以詩文名世。府君英才藻思，人目之似舅。年二十一，考方伯公捐館舍。公廉静自好，靡所樹怨，然身没之後，未免有踐更之擾。伯父宫諭公，時以援例入太學，慮爲官長輕，不願匍匐公庭，一切公私内外事，府君力任之，不以貽兄憂。伯母張安人常曰：『叔於吾夫，豈止恭弟，雖子道不是過矣！』府君素負豪氣，事與縉紳關，弗肯少下，心銜之，思抵間以傾府君。有河南氏令崑，初亦慕府君才名，折節隆禮，會逆奴跋扈，依附勢家，府君必欲窮治之，因相與倒素爲緇，且以危言恐令，令意始移府君，於是避仇入楚。先是族祖半刺於蘄，蘄顧氏出其譜，與先世合，共敦宗好。府君因家於蘄，食廪州庠。顧氏日巖、桂巖兩先生，遺榮講道，海内宗淑，一見府君，輒伸把臂之歡。府君自傷流寓，著《楚思賦》，王弇州見之，曰：『此潘、陸儔也。』一時文譽，籍籍荆楚間。藩臬諸公，争往幣聘，必欲羅府君於彀中。朝廷方嚴籍禁，各分禄以助例入南雍，於是戊子登賢書。三上春官，卒抱和玉之厄，家貧齒暮，乞恩爲休寧諭。黌宮闃寂，惟與諸名士結文酒之會。再期遷南京國子監學録。大司成郭公正域，乃楚人，夙欽府君名，不以屬禮待也。時諫垣祝公世禄、棘寺曹公銓，争以詩筒往還，每一篇成，輒以爲得頷珠，少需歲月，可優游京秩，而河清莫俟。顧從州縣之勞，出刺於莒。莒地僻事簡，府君政類鞭蒲，民頗安之。適里閈之人，謫官東省，欲籍上官，力圖瓦全，懼府君分其提挈，陰成貝錦，當事者不察，遂置府君於下考。府君歎曰：『吾少歷風波，幾蹈不測，賴上天之庇，得綰青綬，驅五馬，官班大夫，幸矣，兹復爲蠻觸之鬭哉！』遂歸，隱南郊，栽花種秫，命童子歌新聲，與故人觴。僅四祀而竟棄不肖，實戊申之七月也。嗟乎！府君賦資早慧，讀書數行下，舉筆成文不假思，致使居金坡玉署中，含毫視草，足成一代之文章，而淪落不偶，顛髮種種，僅得一州如斗大。太史公曰：『人能弘道，無如命何！』其府君之謂與？」

按：《炳燭軒詩集》卷四《丁未元旦》詩云：「行年七十今朝是，欲辨梅花小築居。」同卷《七十自壽》詩注云：「萬曆丁未。」丁未爲萬曆三十五年（一六〇七），據此上推，當生於嘉靖十七年戊戌（一五三八）。其卒年已知爲萬曆三十六年戊申（一六〇八），得年七十一歲。

祝長生金粟①〔一〕

校記

① 此條原本無，清初鈔本、曲苑本、清河本均作「祝長生金粟」，暖紅室本、吴梅校本又增出「海鹽人」

三字，葉德均認爲係劉世珩、王國維等人所臆補，集成本從之。今據清初鈔本、曲苑本、清河本補。

箋注

〔一〕祝長生：字金粟，生平事蹟不詳。所著傳奇僅《紅葉記》一種。

文九玄赤城①〔一〕

校記

① 此條各本均無，係新增補。

箋注

〔一〕文九玄：「號澹然，又號赤城山人。世居吴。」（見《傳奇彙考標目》增訂本第五十七）所著傳奇《天函記》一種。

濮草堂　嘉興人①〔一〕

校記

①此條清初鈔本同，而清河本作「周□□」，曲苑本作「周□□螺冠」，暖紅室本、吴梅校本、集成本則作「周□□螺冠□□人」。

箋注

〔一〕濮草堂：本書卷下《新傳奇品》「中上品」著録濮草堂《錦箋》，云：「向云經諸名士而成，今乃知螺冠獨擅其美。」據此，濮草堂與螺冠應爲一人。陳繼儒《梅顛稿選序》云：「周履靖，自號螺冠子。」（見明刊本《梅顛稿選》卷首）濮草堂或爲周氏之别署。履靖，字逸之，亦號茹草生，因喜植梅，吟詠其下，又自號梅顛道人。浙江嘉興人。詩文、書法著名於時。年八十四卒。據《梅顛稿選》卷一九《螺冠子自叙》，其撰述甚富，有《閒雲稿》、《汎柳吟》、《詩餘》等二十多種，還纂輯有《大篆正宗》、《繪林館帖》和《閒雲館帖》等。所著傳奇《錦箋記》一種，散曲見於《南宫詞紀》。清盛楓輯《嘉禾徵獻録》卷四七略傳云：「周履靖，字逸之，白苧鄉人。天資穎悟，博涉經史諸子百家言。

工古文辭，居鴛湖濱，種梅百餘本，讀書其中。與妻桑氏偕隱唱酬，自號梅顛道人。郡縣交辟，不應。李日華幼時與履靖比鄰，撫之曰：『他日必爲風雅宗也。』以是負知人望。所著有《梅墟集》及《夷門廣牘》等書。」《光緒浙江通志》卷一七九引《嘉興縣志》：「周履靖，字逸之。少羸，去經生業，專力爲古文詞。廢著千金，庋古今典籍，編茆引流，雜種梅竹，讀書其中。所著詩盈百卷，手書金石、古篆隸、魏晉行楷及《書史》稱是。劉鳳嘗作《貧士傳》遺之。」按：徐朔方先生一九九一年六月五日賜函云：「周履靖終年，應爲九十一歲。」

蘇漢英 閩人①〔一〕

右七人中之上②

校記

① 此條清初鈔本同，他本均無，係新增補。

② 「七人」，清初鈔本同，他本因缺「文九玄」，均作「六人」。

箋注

〔一〕蘇漢英：名元儁，號太初，别署不二道人，福建莆田人。曹學佺《蘇母郭孺人壽序》云：「余曩在金陵散曹時，與客往還，已聞莆中有蘇漢英者，爲大令新會公之長君，能詩，結客翩翩，稱佳公子哉。客又曰：『蘇氏之工於詩而好客也，蓋父子相繼焉。然而大令生長莆也，而僑於沙陽，漢英生長金陵而居沙陽也。』」（《石滄三稿》序卷之三）著有傳奇《夢境記》和詩文集《小有初稿》。傳見《康熙沙縣志》卷一〇《賢寓》：「蘇元儁，字漢英，號太初，眉山長子。生而英慧，五歲即日誦詩書千餘言上口，八歲能遍記古今典故。長就試太學，輒冠軍。司成馮具區、季青城閱其卷，嘖嘖稱爲『人龍』，一時名士傾之。嘗曰：『措大矻矻，窮年何事，第以一經牖下，以八股博世資，不大斗筲耶！』馳騁其才，復爲詩、古文詞。顧力穡不逢年，屢獻屢刖，竟弗沮，曰：『器之不習，猶吾罪也。』迨丙子，試卷爲場蠹所剪，擲去，歎曰：『吾之獨難一第，命也！』未幾逝。生平至性，孝友過人，周急鄉黨，朋友知己，遍燕趙、吴越間。情耽山水，凡勝必造，凡造必詩賦。逸志遠度，所編《吕真人夢境傳奇》，大旨可見。嘗於沙城西山之曲，構小有山房，齋曰『伴鶴』，極幽曠。有《小有初稿》行世。王百穀、李本寧曰：『漢英近體在錢、劉間，選體在韋、孟間，歌行在高、岑間，樂府居明興四子之勝。』屠緯真曰：『閩士無兩。』何匪莪曰：『不意吾閩有斯人！』」

按：這篇小傳係據邱兆麟《玉書庭全集》卷一九《閩蘇漢英先生墓誌銘》改寫，誤把蘇氏最後一次科考年代「丙午」（萬曆三十四年），錯寫成「丙子」（萬曆四年），遂將蘇漢英生活的年代提前三十年，直接影響對其劇作的理解。説見鄭志良《論蘇元儁和他的〈吕真人黄粱夢境記〉》（《藝術百家》二〇〇四年第四期）。

戴則綽有雅致，宮韻獨諳。車則蔚有才情，結撰亦富。二顧蓋文士而抱坎壈之悲，書生而具英雄之概者。文不知其行藏①，亦是流麗之才，工美之筆。濮叟編掇甚巧②，吟詠頗饒，放于葛天、無懷③〔一〕，解乎《南華》、《道德》〔二〕。蘇生逸才，僅窺斑豹④〔三〕。此七君者⑤，俱非凡俗。允爲中之上。

校　記

①「文」，各本均作「祝」。

②「濮」，清初鈔本同，他本均作「周」。

③「于」，清初鈔本同，他本均作「乎」。

④「蘇生逸才僅窺斑豹」，清初鈔本同，他本均無，係新增補。

⑤「七君」，清初鈔本同，他本均作「六君」。

箋　注

〔一〕葛天無懷：傳説中的兩位古帝王。見羅泌《路史・禪通紀》。

〔二〕南華道德：「南華」，即《南華經》。《新唐書・藝文志》：「天寶元年，詔號《莊子》爲《南華真經》。」「道德」，即《道德經》。西漢河上公作《老子章句》，分爲八十一章，前三十七章爲《道經》，後四十四章爲《德經》，故有《道德經》之名。道教奉爲經典。

〔三〕斑豹：《世説新語・方正》：「王子敬數歲時，嘗看諸門生樗蒱，見有勝負，因曰：『南風不競。』門生輩輕其小兒，迺曰：『此郎亦管中窺豹，時見一斑。』」

沈鯨涅川①〔一〕

校記

① 此條清初鈔本、清河本、曲苑本同。暖紅室本、吳梅校本、集成本均增出「平湖人」三字。

箋注

〔一〕沈鯨：《咸豐興化縣志》卷七《選舉》二：明成化年間，任嘉興府知事。生平事蹟待考。所著傳奇有《雙珠記》、《鮫綃記》、《分鞋記》和《青瑣記》四種。

按：顧芯佳《沈鯨生平考》，據今嘉興南湖公園攬秀園碑刻文物公園内所存鮑恂《嘉興路總管府經歷司題名記碑》之記載，再稽以《明史・地理志》、《嘉靖惟揚志》、《興化縣志》以及《嘉興府圖記》等文獻，考訂沈鯨非平湖人，而是揚州府興化人，弘治十二年（一四九九）任嘉興府知事。今從之。顧文載《江海學刊》二〇一五年第六期。

黄伯羽①釣叟　上海人〔一〕

校記

①「伯」，原本作「柏」，今據各本改。

箋注

〔一〕黄伯羽：號釣叟，上海人。生平事蹟不詳。所著傳奇僅《蛟虎記》一種。

陸弼無從　江都人〔一〕

箋注

〔一〕陸弼（一五二八—一六一三）：字無從，江都（今江蘇揚州）人。梅守箕《懷舊詩》小序，謂其「最博雅，起江淮之間。貧特甚，而不能事親，賣賦錢亦不給」（《梅季豹居諸集》卷二），以諸生終老。然而廣爲交游，不廢吟詠。嘉靖四十一年（一五六二），歐大任資授江都訓導，開竹西社，無從爲其弟子，與諸名士爲文酒會。萬曆二十二年（一五九四），龍膺游揚州，又結横山社。三十七年（一六〇九），李維楨僑寓廣陵，招入淮南社。於是「海内論才有大名」（見歐大任《歷游集》卷下《廣陵贈陸秀才無從》）。著有傳奇《存孤記》以及《陸無從集》等。《列朝詩集小傳》丁集中，有《陸徵士弼》傳：「弼，字無從，江都人。老爲學官弟子，自髫齔至老，治博士家言，伊吾與吟哦，併日分夜不少廢。又好博涉，多所撰述。廣陵爲南北孔道，請絶賓客，結納賢豪長者，其聲籍甚。嘗爲詩：『匣有魚腸堪借客，世無狗監莫論才。』何元朗激賞之。趙蘭谿當事，議修正史，請徵故知縣王一鳴、故通判魏學禮、太學生王穉登、生員陸弼入史館，與纂修，未上而罷。年七十餘乃卒。無從稱詩，起嘉靖末年，推尊王弇州，幾欲鑄金頂禮；弇州叙平生文字四十餘人，顧不及無從。久之，海内争抨擊王、李，無從亦心動，悔其少作，而迄不能改也。有《正始堂集》二十餘卷，王承甫評之曰：『戊辰以後，多染時調，乙未以後，乃爲陸無從。』詩人謂承甫前評爲確，而後評未必允也。」李斗《揚州畫舫録》卷一七：「明陸君弼，一名弼，號無從，江都人。九歲詠《紫牡丹》詩知名，與唐伯虎並稱兩才子。少游京師，譏李西涯爲『伴食中書』，投刺而去。隆慶間廷試，授州刺史不就，肆力古學，著《正始堂集》、《毛詩鄭箋》、《廣陵耆舊傳》、《芳樹齋集》、《北户集補注》諸書。沈蛟門相公折簡招之，不往。時江淮間關榷税重，當事以弼舊作《枕上聽莎鷄》詩奏聞，得減恤。後神宗舉山林隱逸，不赴。（略）卒年八十有五，葬於蜀岡下新教場東南隅。江都李紫裳庸德爲作墓碑甚詳。無從修《江都縣志》，證疑考信，後世賴之。」

按：俞安期《翏翏集》卷一〇《紀哀詩》二十三首，爲悼念亡友而作。每首詩前均有小序，記其卒年。如：「陸無從，名弼，江都人。以明經歲貢，廷試不赴，著述老於家，有《正始堂集》。年八十六卒，癸丑。」「癸丑」爲萬曆四十一年（一六一三），既然卒於是年，據此上推，當生於嘉靖七年戊子（一五二八）。陸弼生卒年應爲一五二八—一六一三。

謝讜海門　上虞人〔一〕

箋注

〔一〕謝讜（一五一二—？）：字獻忠，號海門，浙江上虞人。嘉靖二十三年（一五四四）進士，官泰興令。其小令歌曲，尤擅詞林。所著傳奇僅《四喜記》一種。還有詩文集《謝海門集》、《古虞集》等。輯有《皇明古虞詩集》、《葛氏家藏本詩鈔》。《光緒上虞縣志》卷一〇《人物》有傳：「謝讜，字獻忠，才華俊逸萬曆志，工詩、古文詞家傳。嘉靖甲辰進士，授泰興令。泰興，維揚嚴邑也，宰其地者，多不得善去。讜築來鶴亭，建柴墟公館，樂與賢士大夫游見《泰興縣志》。未及考，即中以墨歸家。傍蓋湖，築白鷗莊於荷葉山中，朝夕惟讀書、著述、吟詠爲事。間爲樂府，含杯自放，不入城市者二十餘年。不問生人産，以故家中落，至卒不能殮，知者以爲有託而逃云。有

《海門集》、《草言》行世萬曆志。」

秦鳴雷華峰　天台人①〔一〕

校記

① 此條清河本、曲苑本列於謝讜前。

箋注

〔一〕秦鳴雷：（一五一八—一五九三）字子豫，號華峰，浙江臨海人。嘉靖二十三年（一五四四）狀元及第，官至南京禮部尚書。四十五年（一五六六），以吏部左侍郎兼翰林院學士總校《永樂大典》。文宗兩漢，詩宗晉唐，皆直抒性靈，不作鈎棘語。著有《倚雲樓稿》。傳奇僅《合釵記》一種。《國朝獻徵録》卷三六，有張鳳翼所撰《資善大夫南京禮部尚書秦公鳴雷行狀》。《光緒浙江通志》卷一八一引《臨海縣志》略傳，云：「秦鳴雷，字子豫。嘉靖甲辰進士，廷對，世宗親擢第一。時方祈雨郊壇，覩其名，復大喜，授修撰，陞左諭德。歷國子監祭酒、禮部右侍郎。乙丑主會試。時長陵神道橋圮，巨璫請改建，估費十萬餘金，爲自潤地。閣臣以經始事屬禮曹，鳴雷率衆度基，而潛授意於擇日臺官，報曰：『不利興造，須二三年乃可舉事。』遂寢。改吏部左侍郎兼學士、教習庶吉士。隆慶辛未，陞南吏部尚書。乞休，家居二十餘年，凡吴越名勝，無不探討。卒年七十六。所著有《倚雲樓稿》及《談資》。」

按：據張鳳翼所撰《行狀》，秦鳴雷「辛未以按院撫臺交薦，起家南京禮部右侍郎，未行，陞本部尚書」，而縣志作「陞南吏部尚書」，誤。

謝廷諒九紫① 湖廣人〔一〕

校記

①「九紫」，清初鈔本、集成本同，他本均誤作「九索」。

箋注

〔一〕謝廷諒（一五五一—？）：字友可，家枕九紫山，因以爲號。金谿（今屬江西）人。萬曆二十三年（一五九五）進士，官至順慶知府。弱冠即以詩文名，與湯顯祖、曾粤祥、吴拾芝，稱爲臨川四儁。喜詞曲，所與往還之曲家有張鳳翼、顧懋宏、林世吉、張萱、梅鼎祚、潘之恒和佘翹等（見《薄遊草》）。所著傳奇有《紈扇記》、《詩囊記》和《離魂記》（後兩種見《傳奇彙考標目》增訂本）。詩文集有《薄遊草》、《清暉館稿》、《起東草》、《縫掖集》和《帶櫑編》。還與周孔教、姜名範合修

《千金堤志》。傳附《明史·謝廷贊傳》。《光緒撫州府志》卷五一《宦業》三略傳云：「謝廷諒，字友可，金谿人。相子。萬曆二十三年進士，授行會考選。以語侵權貴，改南京刑部主事。帝命李廷機入閣，又召王錫爵。廷諒言：『廷機才弱而闇，錫爵氣高而揚，均不當用。』又曰：『儲君之立爲王也，自錫爵始；舉人之有考察也，自廷機始；巡按之久任也，自趙世卿始；章疏之留中也，自申時行始；年例之不舉，考察之不下也，自沈一貫始。此皆亂人國者也。』疏入，留中。旋出爲四川順慶知府。性簡略，不能俯仰，棄官歸。廷諒詩文沈博蘊藉，有魏晉六朝之風。與弟廷讚名著一時，人稱二謝。」

按：謝廷諒《刻湯臨川問棘郵草叙》云：「君名顯祖，字義少，長我半年耳」（見明刊本《問棘郵草》卷首）。因湯氏生於嘉靖二十九年八月十四日（見《湯顯祖年譜》），謝氏既小半歲，當生於嘉靖三十年（一五五一）。

陳與郊禺陽　海寧人①〔一〕

校記

①「海寧人」，清初鈔本同，他本均作「錢塘人」。

箋注

〔一〕陳與郊：（一五四四—一六一〇）字廣野，號禺陽、玉陽仙史，別署高漫卿。浙江海寧人。萬曆二年（一五七四）進士，累官太常寺少卿，提督四夷館。以母憂，居家不復出。其次子瓛娶吴江沈氏。禺陽與沈璟相知最深，如同兄弟（見《隅園集》卷一四《沈母卜太宜人誄并序》）。祁彪佳稱其戲曲「守律正音」，顯然是與沈璟同調。所著有傳奇四種：《鸚鵡洲》、《櫻桃夢》、《麒麟罽》、《靈寶刀》，總名爲《詅癡符》；雜劇五種：《昭君出塞》、《文姬入塞》、《袁氏義犬》、《淮陰侯》和《中山狼》。散曲見《隅園集》卷十八。還有《奉常佚稿》、《黄門集》、《蘋川集》、《杜律注評》、《檀弓輯注》、《廣修辭指南》以及《文選章句》等（見《四庫全書總目》）。另有讀王世貞《藝苑巵言》劄記《巵言倪》，今存明崇禎元年賜緋堂刻本。輯有《古名家雜劇》和《樂府古題考》。傳見《康熙杭州府志》卷二九《人物傳》一、《嘉慶海寧縣志》卷一一《人物志》。李維楨《大泌山房集》卷七八有《太常寺少卿陳公墓志銘》：「公名與郊，字廣野。先世齊高氏，至南宋，入浙居臨安。永樂間，東園公諒徙海寧，爲陳氏贅壻，因從其姓。子世榮。世榮子亮。亮子晃。晃子經。經子中漸，以公贈吏部科給事中；母嚴太孺人。四子：伯爲公，仲廣西參知與相，叔與侯，季與伯。王父於諸孫中奇公伯仲，以爲能大吾門。而金壇廣文朱公舜臣，與王父同爲郡諸生，甚歡，以女字公。公十六，爲郡諸生，就婚金壇。金壇曹太史見而稱之：『此我輩人。』二十有四，以《春秋》舉於鄉，再，不第南宫。歸而足疾，三月不庭，醫凌生針之，瘉。鄰人連公與叔弟於獄，雖對簿手不釋書。會試，舉第四人，出王文肅公之門，授河間府推官。時王母王孺人，年九十有三，公留朱孺人事兩姑，獨之任。其冬王母卒，公承重歸。服除，謁選人，奉母以往。復除順德府憲令理官，從侍御史按部獄，出入官，臧否經其手。而執政方綜覈名實，用法嚴，畿輔吏奉行刻深，公獨顧念：『官以推爲名，即孟氏善推所爲之説也。人之自愛孰不如我，吾何求多焉？』理出富人坐殺人抵罪者，或白宜遠嫌，公正色曰：『人之命乃重於吾之名乎？』有僕行盜而主不知，主坐死，閲其詞數過，若有白頭翁歎息於側，得情釋之。臺使按劾惡人，逮繫累百千，公第治其魁；諸吏小過，悉宥不問，所保全甚衆，所平反不可數計。暇則進諸生，授經談藝，四方聞者負笈從遊。順德於八郡爲小，而鄰國士民質成來學，户限欲穿矣。六年，以高第徵，遮道泣而留行者，二三里内接踵，呼爲陳佛至。今尸祝之。已拜給事中，首疏請召用因江陵得罪者趙用賢、吴中行、沈思孝、艾穆、鄒元標、朱鴻謨、郭維賢諸公。會計吏，疏禁餽遺。念母家居，移疾還子舍。假滿，遷户科右、工科左。上營大峪壽宫，言者聚訟，公爲折衷，輒觸時諱。壽宫成，上親臨視，公以侍從受緋衣之賜。已爲禮闈同考官。事竣，乞致仕養母，以有弟三人非例，罷。命册魯世子妃，假道歸省，遂不欲出，毋不善也，入報命。尋遷吏科，屬大計，復疏申餽遺之禁，至云：『有如餽及臣門，臣當指實參治；如臣隱忍，當按實先行治臣。其或緣此詬臣，反中臣，則付之國論國法，臣不敢知。』而朝衆更爲蜚語，是夫陰招之，陽卻之者也。己丑，復爲禮闈同考官。科臣兩同考禮闈，亦數十年稀見，以是益詾妬矣。居省中，所言裁織造、減營建、修實政、停助工，皆關民隱國體。復請登進陸文定、陳恭介、鄧文潔、邢司馬、王司寇、鄒太常諸公，皆名臣也。已擢太常寺少卿，督四夷館。母八十，復乞歸省，行五百里聞訃，匍匐奔還。越三年，有以行取考選過濫，追論詮曹及公，遂免官。構别業城隅，終老。而贈公以輿論祀鄉賢，喜曰：『無遏佚前人之光，於願足矣。』建宗祠，置祭田，三黨有緩急，脱朱孺人簪珥以助。邑西路場竈觭苦，言於朝，均其役。某千户子，歲荒自鬻，還之，卒得世官。所受業師有子，爲具六禮以婚，而周其一歲之資。嫠姊、族女、中表姪賴公，生有養，殁有歸。性不飲酒博弈，不握算，不出遊，惟以臨佳帖、種名花爲適。作傳奇小令，令童子歌之，以起倦色。自六籍外，刳心太玄潛虚，好屈、宋、揚、馬、張、左諸家賦，考訂音韻，所爲文上下兩京、六朝，獨不作詩賦，曰：『不能及古人，無以效顰。』（略）安仁吴中丞過武林，公詣之，語良久。輿歸，中道疾作，遂卒。朱孺人與仲子以喪還，萬曆庚戌十二月四日也，距生嘉靖甲辰二月二十有三日，年六十有七。（略）」

陳汝元太乙　會稽人〔一〕

箋注

〔一〕陳汝元：字起侯，號太乙，又號燃藜仙客，山陰（今浙江紹興）人。萬曆二十五年（一五九七）舉人，官至城堡同知。所著傳奇有《金蓮記》、《紫環記》和《太霞記》。雜劇《紅蓮債》。他還與陶望齡、商濬等校訂《稗海大觀》，並在該書《凡例》中，將古今小説與六籍並提，認爲可以垂範於後世。詩文散見於《道光清澗縣志》卷八《藝文志》中。事見《徐文長文集》卷二四《函三館記》：「陳子起侯，名汝元，别號太一，以《小戴禮》舉明經，今爲文學於郡者。抱美質，外醇而中茂，志淵以勤，意不欲沾沾税駕於小儒，乃作館藏書，動以博文，静以觀妙，晝夜孜孜，若有端倪，命館曰函三，記則屬余。」《嘉慶山陰縣志》卷一四，略傳云：「陳汝元，舉萬曆丁酉鄉薦。陝西清澗知縣，有三奇十異之政。陞延綏同知，以母老乞養歸，加銜運同。」《道光清澗縣志》卷五《宦績》云：「陳汝元，浙之山陰人。明爽有威儀，博學能文，長於政事。百廢俱興，不勞民力。訓課有方，士樂就之。今言修葺者，必以元爲法。重修縣志，號爲實録。陞城堡同知，士民礱石以志去思焉。」

按：陳汝元爲徐渭的弟子，兩人關係極爲密切。余曾撰寫《明代戲曲家陳汝元考略》（《學林漫録》第十三集，中華書局一九九一年五月出版），對其生平作了考訂。

張太和屏山　錢塘人〔一〕

箋　注

〔一〕張太和：字屏山，錢塘（今浙江杭州）人。生平事蹟不詳。著有傳奇《紅拂記》。本書卷下，張靈墟《戾𢈔》條云：「張太和亦有記，别一體裁，而多勦襲。」據此，張氏當有演百里奚事之雜劇，惜無傳本，明清以來諸家曲目均失載。

許潮時泉　靖州人①〔一〕

校記

① 清河本、曲苑本並列此條於張太和之前。

箋注

〔一〕許潮：字時泉，靖州（今湖南靖州）人。嘉靖十三年（一五三四）舉人，二十年（一五四一）任新安知縣。所著傳奇《太和記》，實爲雜劇合集，今知有《公孫丑東郭息忿争》、《王羲之蘭亭顯才藝》、《劉蘇州席上寫風情》、《東方朔割肉遺細君》、《張季鷹因風憶故鄉》、《蘇子瞻泛月遊赤壁》、《晉庾亮月夜登南樓》、《陶處士栗里致交游》、《桓元帥龍山會僚友》、《謝東山雪朝試兒女》、《武陵春》、《午日吟》、《同甲會》、《裴晉公緑野堂祝壽》（見秦淮墨客選輯《樂府紅珊》）、《漢相如晝錦歸西蜀》、《衛將軍元宵會僚友》和《元微之重訪蒲東寺》（殘）（見黄正位所編《陽春奏》）。後四種傳惜華《明代雜劇全目》未載。傳見《乾隆新安縣志》卷四《儒林》、鄧顯鶴《沅湘耆舊集》卷一八。《光緒續修湖南靖州直隸州志》卷一〇《文苑》：「許潮，字時泉，嘉靖甲午舉人。出忠烈宋以方門下，風流灑落，博洽多聞，言根經史。當任河南縣令時，猶不釋卷。著有《易解》、《史學纘貂》、《山石》等集。又作《太和元氣記》諸詞曲，至今猶豔稱之。」

按：許潮的劇作並非案頭之作，曾流傳于舞臺上，據湖南靖州史志網「人物傳」載：「據老藝人回憶，清末湘劇曾演唱過《寫風情》，今仍爲湘劇保留劇目的僅有《赤壁遊》（又名《東坡游湖》）一折，描寫宋代蘇東坡偕黃山谷、佛印和尚泛舟赤壁，與艄翁夫婦唱和的故事。」

錢直之海屋　**會稽人**〔一〕

箋　注

〔一〕錢直之：字海屋，會稽（今浙江紹興）人。生平事蹟不詳。著有傳奇《忠節記》。

章大綸金庭　**錢塘人**〔一〕

右十二人中之中

箋注

〔一〕章大綸：字金庭，錢塘（今浙江杭州）人。生平事蹟不詳。著有傳奇《符節記》。

涅川、釣叟，一長於鍊境，一妙於選題①。無從，詩酒之豪②：海門，高曠之吏。華峰，以狀元而樂歸隱；九紫，以郎署而賦薄游〔一〕。禺陽給諫，富而好文。太乙知州〔二〕，才而嗜古③。屏山才華頗卲，時泉組織盡工。直之博雅宿儒④，金庭倜儻名士。此十二君者，觀其詞學，俱錚錚者矣⑤。允爲中之中。

校記

①「一長」兩句中之「一」，暖紅室本、吴梅校本、曲苑本、集成本均無。
②「之」，清初鈔本同，他本均作「文」。
③「才」，清初鈔本同，他本均作「貧」。
④「直之」，清初鈔本同，他本均作「海屋」。
⑤「矣」，清初鈔本同，他本均作「也」。

箋注

〔一〕九紫二句：湯賓尹《薄遊草序》云：「友可成進士，官行人，於今若而年，所游歷方州幾九之八，當其會心處，輒用片語點綴之，川谷成響，珠璣韻而琳瑯鳴也。題詠與贈答諸什，合之曰《薄遊草》。」（見明刊本《薄遊草》卷首）

〔二〕太乙知州：《乾隆直隸易州志》卷一二《職官》：陳汝元，浙江山陰人。舉人。萬曆三十五年（一六〇七）任知州。三十八年，由山西孟縣舉人張藴接任。

高濂瑞南　錢塘人〔一〕

箋注

〔一〕高濂（一五二七？—？）：字深甫，號湖上桃花漁，瑞南道人，錢塘（今浙江杭州）人。曾入貲待選鴻臚寺，三歲不除，後隱居於西湖。情趣廣泛，舉凡彈琴、種花、焚香、飲酒、品茶及飲食烹飪、丹藥秘方，無不研討。尤好收藏古玩字畫，精於鑑賞（見馮開之《快雪堂日記》）。亦熟悉音律，喜按拍度曲，茅維《夜集高深甫同鄔汝翼詠隔簾美人得心字》有「主人按拍應回盼，座客聞歌欲醉心」句稱之（見《玄蓋副草》卷一四）。同曲家梁辰魚、汪道昆、屠隆等均有交往。李日華

《味水軒日記》云：「萬曆三十七年五月十二日，訪高瑞南子麟南，出其所藏郭忠恕復寫摩詰《輞川圖》。」以後多次提到高氏的收藏，但都未涉及與高濂的交往，或許已經不在人世。所著有傳奇《玉簪記》和《節孝記》。還有《雅尚齋詩集》、《芳芷樓詞》以及雜著《遵生八箋》。亦作散曲，見於《太霞新奏》、《吴騷合編》諸書。浙江古籍出版社編印《高濂集》，收入《浙江文叢》，二〇一五年三月出版。

朱瀨濱　崑山人①〔一〕

校　記

① 此條清初鈔本同，他本均無，係新增補。

箋　注

〔一〕朱瀨濱：崑山（今屬江蘇蘇州）人，生平事蹟不詳。所著傳奇《鸞筆記》一種。

程文修仲先①　仁和人〔一〕

校　記

① 「仲先」下，暖紅室本、吴梅校本、集成本有「一字子叔」四字。

箋注

〔一〕程文修：字仲先，仁和（今浙江杭州）人。生平事蹟不詳。著有傳奇《玉香記》和《望雲記》。《傳奇彙考標目》增訂本云：「所著《天香詞譜》、《牡丹駐雲飛》百首，有名於時。」

全無垢逍遥　鄞縣人①〔一〕

校記

①「全」，清初鈔本、《遠山堂明曲品》同，他本均作「金」，應誤。清河本、曲苑本列於序次第二；暖紅室本、吴梅校本、集成本則列於第三。

箋注

〔一〕全無垢：字逍遥，浙江鄞縣人。生平事蹟不詳。著有傳奇《呼盧記》。

吴世美叔華　烏程人①〔一〕

校　記

① 此條清初鈔本列於第七；暖紅室本、吴梅校本、集成本列於第四；清河本、曲苑本則列於第六。

箋　注

〔一〕吴世美：字叔華，號多口洞天，烏程（今浙江湖州）人。生平事蹟不詳。著有《驚鴻記》。

按：《驚鴻記》非吴世美所作，乃其仲兄吴世熙的作品，見本書卷下四〇七頁。

陳濟之　無錫人①〔一〕

校　記

① 暖紅室本、吴梅校本、集成本均作「陸濟之利川無錫人」，「陸」字應誤。除清初鈔本同外，他本列於第五。

箋注

〔一〕陳濟之：字利川（見《傳奇彙考標目》），江蘇無錫人。生平事蹟不詳。著有傳奇《題橋記》。

楊柔勝新吾　武進人①〔一〕

校記

①此條清初鈔本列於第九。暖紅室本、吴梅校本、集成本均列於第六。

箋注

〔一〕楊柔勝：字新吾，武進（今江蘇常州）人。生平事蹟不詳。著有傳奇《緑綺記》。據《傳奇彙考標目》增訂本，尚有《玉環記》。《明代傳奇全目》認爲無傳本，而山東省圖書館藏有明末刻本，原書三册三十四齣，今存二卷一至二十齣。

張午山　秣陵人①〔一〕

校　記

①此條清河本、曲苑本列於第五；暖紅室本、吴梅校本、集成本列於第六，作「張□□午山□□人」。各本均無「秣陵人」三字。

箋　注

〔一〕張午山：名四維，字治卿，號午山、五山秀才。元城（今河北大名）人，僑寓金陵。著有傳奇《章臺柳》、《雙烈記》。《傳奇彙考標目》增訂本還著録有《璃璋記》。散曲有《溪上閒情集》。

盧鶴江　無錫人①〔一〕

校　記

①此條清初鈔本列於第十，清河本、曲苑本則列於第八。暖紅室本、吴梅校本、集成本雖列於第九，

但作「盧□□雀江無錫人」。原本亦誤作「雀」，清初鈔本作「隺」，即「鶴」之俗字，今據改。

箋　注

〔一〕盧鶴江：江蘇無錫人。生平事蹟不詳。著有傳奇《禁煙記》。

庚生子　杭州人①〔一〕

校　記

① 此條清初鈔本列於第十一；清河本、曲苑本列於第九；暖紅室本、吳梅校本、集成本均列於第八。除清初鈔本同外，他本均無「杭州人」三字。

箋　注

〔一〕庚生子：姓氏生平不詳。著有傳奇《歌風記》。按：潘之恒亦自稱庚生氏，常往來於杭州，或即爲一人。

又按：明吳之鯨《瑶草園集》卷一有《歌風記引語》，可知此劇作者爲「吾友延陵君」，非潘之恒。延陵，春秋吳邑(今江蘇常州)，季札封於此，後吳氏以延陵爲郡望，劇作者或姓吳，有待考訂。

兩宜居士①〔一〕

以上十一人中之下②

校記

① 此條清初鈔本列於十二，他本均列於第十。

② 「十一」，清初鈔本因有汪廷訥，作「十二」人，他本均「十」人。

箋注

〔一〕兩宜居士：不詳。著有傳奇《錕鋙記》。

高瑞南才譽騰於仕籍，吴叔華逸藻出於世家。其餘諸賢，不悉其人，但觀詞采，懸想才情，亦皆有學有識①，可詠可歌。允爲中之下。

校　記

①「皆」，清初鈔本同，他本均無。

湯家霖瑞南　錢塘人①〔一〕

校　記

①此條暖紅室本、吴梅校本、集成本列於第十三。除清初鈔本同外，各本均作「楊家霖瑞甫錢塘人」，「楊」、「甫」二字應誤。

箋　注

〔一〕湯家霖：字瑞南，號賓陽，錢塘（今浙江杭州）人。生平事蹟不詳。著有傳奇《玉魚記》。

王　錂劍池　錢塘人〔一〕

箋　注

〔一〕王錂：字劍池，錢塘（今浙江杭州）人。生平事蹟不詳。著有傳奇《春蕪記》，改編有《綵樓記》

和《尋親記》。《傳奇彙考標目》增訂本，據《海澄樓藏書目》還著録《雙緣舫》一種。

秋閣居士①〔一〕

校記

① 此條暖紅室本、吴梅校本、集成本列於第一。

箋注

〔一〕秋閣居士：不詳。著有傳奇《奪解記》。

王恒伯貞①〔一〕

校記

① 此條暖紅室本、吴梅校本、集成本列於第三，並有「杭州人」三字。各本均作「貞伯」。按：日本《舶載書目》著録《合璧記》，題「四明東方士王恒伯貞塡詞」，屠隆《贈王少府》詩，注云：「其子伯貞能辭賦，與余善。」（《棲真館集》卷八）據此，「貞伯」應爲「伯貞」之誤，今改。

箋注

〔一〕王恒：字伯貞，號少谷，别署四明東方士，人稱籜冠先生。浙江奉化人。屠隆贈詩云：「名家舊業青箱在，樂府新聲白苧傳。」（《棲真館集》卷七《贈王伯貞》）並爲其傳奇作序。著有傳奇《合璧記》以及《兩都遊草》。略傳見《乾隆奉化縣志》卷一一：「王恒，字伯貞，號少谷。棄諸生業，游名公間，到輒留題。所著有詩集數卷，又記録遺事，名《甘露卮》，藏於家。」戴澳《杜曲集》卷二有《籜冠先生傳》。

按：戴澳《壽王伯貞七十》，寫於天啓四年甲子（一六二四），可考訂王恒應生於嘉靖三十四年（一五五五），崇禎二年（一六二九）仍在世，「年垂八十」。説見趙興勤《晚明戲曲家王恒生年及其交遊考略》（《中國文學研究》二〇一三年第三期）。

端　鏊平川①〔一〕

校記

①此條暖紅室本、吴梅校本、集成本均作「端鏊平川□□人」，列於第四。

箋注

〔一〕端鏊：字平川。生平事蹟不詳。著有傳奇《扊扅記》。

鹿陽外史①〔一〕

校記

① 此條暖紅室本、吴梅校本、集成本列於第五。

箋注

〔一〕鹿陽外史：不詳。著有傳奇《雙環記》。

朱鼎永懷　崑山人①〔一〕

校記

① 此條暖紅室本、吴梅校本、集成本列於第六。

箋注

〔一〕朱鼎：字永懷，崑山（今屬江蘇蘇州）人。生平事蹟不詳。著有傳奇《玉鏡臺》。

吴鵬圖南　宜興人①〔一〕

校記

①此條暖紅室本、吴梅校本、集成本列於第七。

箋注

〔一〕吴鵬：字圖南，江蘇宜興人。黄汝亨《吴圖南隱君像贊》云：「其中耿耿，其貌恂恂。賈不溷俗，儒不受名。有時嘯於林，非猖狂之阮籍；有時遊於市，非和歌之荆卿。儼瞿然其獨立，淡穆然而無營。蓋厄君之才似神駿之伏驪櫪，而定君之品其野鶴之立鷄群者耶！」（《寓林集》卷三〇）生平事蹟待考。著有傳奇《金魚記》。

吴大震長孺　徽州人①〔一〕

校　記

① 此條清河本、曲苑本列於第十一；暖紅室本、吴梅校本、集成本則列於第八。「孺」，清初鈔本同，而他本均誤作「儒」。

箋　注

〔一〕吴大震：字東宇，號長孺，又號市隱生，安徽歙縣人。所著傳奇《練囊記》和《龍劍記》外，還輯有《廣艷異編》。子吴之俊，字彦章，萬曆四十一年（一六一三）進士，官南京刑部主事。與楚問生合編有戲曲選集《樂府遏雲編》。據《道光歙縣志》卷八《蔭封》，大震以子之俊贈知縣。按：孫楷第《日本東京所見小説書目》以及《明代傳奇全目》均將吴氏誤爲休寧人。

張從德同谷①〔一〕

校　記

① 此條清初鈔本同，他本均列於第九條。暖紅室本、吴梅校本、曲苑本均有「海寧人按曲録作從

懷」九字。

箋注

〔一〕張從德：字同谷，浙江海寧人。生平事蹟不詳。著有傳奇《純孝記》。

王玉峰①〔一〕

校記

① 此條清河本、曲苑本列於第十。暖紅室本、吳梅校本、集成本雖列於第十一，但作「王□□玉峰松江人」。

箋注

〔一〕王玉峰：佚其名，松江（今屬上海）人。生平事蹟不詳。著有傳奇《焚香記》。

楊夷白 錢塘人①〔一〕

校記

① 此條清河本、曲苑本雖列於第十二，但無「錢塘人」三字；暖紅室本、吴梅校本、集成本則列於第八，均作「楊珽夷白錢塘人」。

箋注

〔一〕楊夷白：名珽，錢塘（今浙江杭州）人。生年事蹟不詳。所著傳奇有《龍膏記》和《錦帶記》兩種。

李陽春蘭賓 永嘉人①〔一〕

校記

① 此條暖紅室本、吴梅校本、集成本列於第十四。「李」，清初鈔本同，他本均誤作「季」。

箋　注

〔一〕李陽春：字蘭賓，浙江永嘉人。生平事蹟不詳。著有傳奇《鳳簪記》。

黄惟楫說仲　台州人①〔一〕

右十四人下之上

校　記

①此條暖紅室本、吴梅校本、集成本均列於第十二。

箋　注

〔一〕黄惟楫：或作黄維楫，字說仲，浙江天台人。胡應麟《黄說仲詩草序》云：「說仲故天台世家子，早歲才情蔚起，與蔡儀制雅含、王黄門永叔，結詞盟東海上。」（《少室山房類稿》卷八〇）董光宏《贈黄說仲》詩：「舊憶天台路，無因問石梁。自交黄叔度，如見孟襄陽。聖世身猶隱，名山副可藏。夜闌更對語，寒月下匡床。」（《秋水閣副墨》册六）可見其爲人。著有傳奇《龍綃記》以及

《詩草》。《康熙浙江通志》卷三八《隱逸》云：「維楫字説仲，文有奇思，試有司輒高等。晚年客遊燕趙，名噪公卿。馮夢楨、歐大任爲序其集。」

劍池校曲功多①，久沉酣於音藏。永懷談詞侶盛，方鼓吹於騷壇。長孺文士之豪②，寄牢騷於客舫；説仲尚書之裔〔一〕，推爽俊於侯家③。餘人亦自斐然，各帙有足取者。允爲下之上。

校記

①「功多」，清初鈔本同，他本均作「巧多」。

②「長孺」，各本均誤作「長儒」。「文士」，清初鈔本同，他本均作「文字」。

③「爽俊」，清初鈔本同，他本均作「競爽」。

箋注

〔一〕説仲句：《康熙浙江通志》卷三八《隱逸》：「黄維楝、黄維楫俱文毅公孔昭之後。」按：《明史·黄孔昭傳》：「弘治四年卒。嘉靖中，贈禮部尚書，謚文毅。子俌，亦舉進士，爲文選郎中。俌子綰，以議『大禮』至禮部尚書。」故稱「尚書之裔」。

心一子 杭州人〔一〕

箋 注

〔一〕心一子：佚其姓名，浙江杭州人。生平事蹟不詳。著有傳奇《遇仙記》。《傳奇彙考標目》增訂本還著録有《景雲記》，注云：「二册。」

顧懷琳 雲間人①〔一〕

校 記

① 此條暖紅室本、吴梅校本、集成本均作「顧瑾懷琳雲間人按曲録或云杭州人」。

箋 注

〔一〕顧懷琳：雲間（今上海松江）人。生平事蹟不詳。著有傳奇《佩印記》。

涵陽子　東嘉人〔一〕

箋　注

〔一〕涵陽子：佚其名，東嘉（今浙江温州）人。生平事蹟不詳。著有傳奇《杖策記》。

泰華山人〔一〕

箋　注

〔一〕泰華山人：林世吉（一五四七—一六一六），字天迪，號泰華、泰華山人，閩（今福建福州）人。出身於「三世五尚書」之家，以蔭入太學，授右軍都督府郡事，歷升户部員外郎，榷税臨清關。與王世貞友善，王氏有《林天迪參軍奉使吴越過該弇中有贈三首》（見《弇州山人四部續稿》卷一三）。同袁表、趙世顯、王湛、吴萬全結社嵩山、烏石間，袁表《同天迪飲汝存碧雲亭醉爲長句》稱其詩云：「林氏之子歌絶奇，三歎朱弦醉相命。柏梁不作少陵死，此道堪誰與遊刃。」（見《逋客集》卷一）著有傳奇《玉玫記》和《合劍記》，還有《古今清談萬選》。《濂江林氏家譜·户部員外郎泰華林公傳》云：「公諱世吉，字天迪，號泰華，文恪公長子。以蔭入太學。歷參戎幕，綜核詳明，累升至户部員外郎。榷税臨清，釐革宿弊，國計用周，而商賈稱便。差滿乞休，與王懋復、余宗漢等結玉鸞詩社，雄章麗句，流傳海内，時號『閩中七子』云。公累葉貴盛，而沖和恬粹，海内知名士，如王元美輩，莫不樂與之交。初侍文恪公於史館，濟南殷相國目之曰：『此丹穴鳳毛也。』其爲名流所器重如此。勇於爲義，南臺大橋傾圮，公合衆修葺，迄今行道頌德。歲大祲，施粥通衢，全活甚衆。所著有《叢桂堂》、《雕龍館》、《群玉山房》詩集行於世。」

按：據《家譜》，林世吉生於嘉靖二十六年丁未（一五四七）七月初七日，卒於萬曆四十四年丙辰（一六一六）六月初八日，年七十。又據《明史·林瀚傳》，林氏「三世五尚書」：林瀚官南京吏部、禮部尚書；次子庭㭿官工部尚書，季子庭機官南京工部、禮部尚書；庭機長子燫亦官南京工部、禮部尚書，次子烴終南京工部尚書。林世吉爲燫之長子。《明代傳奇全目》卷二林世吉小傳云「五世值尚書省」，應誤。

月榭主人①〔一〕

校記

① 此條清河本、曲苑本列於第八。

箋　注

〔一〕月榭主人：不詳。著有傳奇《釵釧記》。

陸江樓①〔一〕

校　記

① 此條清河本、曲苑本列於第五；暖紅室本、吴梅校本、集成本雖列於第六，但作「陸□□江樓杭州人」。

箋　注

〔一〕陸江樓：浙江杭州人。生平事蹟不詳。著有傳奇《玉釵記》。

朱　期萬山　上虞人〔一〕

校　記

① 此條清河本、曲苑本列於第六。

箋注

〔一〕朱期：字萬山，浙江上虞人。生平事蹟不詳。著有傳奇《玉丸記》。

李玉田 汀州人①〔一〕

校記

①此條清河本、曲苑本列於第七；暖紅室本、吴梅校本、集成本雖列於第八，但作「朱□□玉田汀州人」，「朱」應爲「李」之誤。

箋注

〔一〕李玉田：汀州（今福建長汀）人。生平事蹟不詳。著有傳奇《玉鐲記》。

楊文炯星水 餘姚人①〔一〕

校記

①清初鈔本同，他本均作「楊之炯」，「之」應爲「文」之誤。

箋　注

〔一〕楊文炯：字星水，浙江餘姚人。生平事蹟不詳。著有傳奇《玉杵記》。

張瀨濱　溧陽人①〔一〕

校　記

①此條暖紅室本、吴梅校本、集成本均作「張景嚴瀨濱溧陽人」。

箋　注

〔一〕張瀨濱：名景巖，江蘇溧陽人。生平事蹟不詳。著有傳奇《分釵記》。

趙於禮心雲　上虞人①〔一〕

校　記

①此條清河本、曲苑本作「趙心雲」。暖紅室本、吴梅校本、集成本則於「上虞人」下，補出「按曲録作

心武」六字。

箋　注

〔一〕趙於禮：字心雲，浙江上虞人。生平事蹟不詳。所著傳奇有《溉園記》和《畫鶯記》兩種。

鄒逢時勝門　餘姚人①〔一〕

以上十二人下之中②

校　記

①此條清河本、曲苑本作「鄒海門」。暖紅室本、吴梅校本、集成本則作「鄒逢時海門餘姚人」。

②「中」，原本脱，據各本補。

箋　注

〔一〕鄒逢時：字勝門，一作海門，浙江餘姚人。生平事蹟不詳。著有傳奇《覓蓮記》。

別號莫稽，諸人未識。朱乃世家令子，終困志於卑官。楊亦宦族清流①〔一〕，猶釣奇於髦士〔二〕。趙以宿儒而游翰墨。鄒以野客而習聲歌。各有片長，共宜拔録。允爲下之中。

校記

①「亦」，清初鈔本、清河本同，他本均作「乃」。

箋注

〔一〕清流：指負有時望，不肯與權貴同流合污的士大夫。語出《三國志·魏志·陳群傳》。

〔二〕髦士：即英俊之士。見《詩經·小雅·甫田》。

汪宗姬肇邰　徽州人①〔一〕

校記

①此條清初鈔本、清河本、曲苑本無「肇邰」二字；暖紅室本、吴梅校本、集成本則作「汪宗姬師文徽州人」。

箋注

〔一〕汪宗姬（一五六〇—？）：字肇邰，安徽歙縣人。汪道昆的宗族，父爲揚州鹽商。自幼隨父客廣陵，長爲太學生。常往來於金陵、蘇杭一帶，與汪道昆、梅鼎祚、龍膺等交遊密切，同顧起元尤稱莫逆。博學多文，長於詩詞歌曲，所著有傳奇《丹管記》，以及《穎秀堂駢語》和《儒函數類》。事見梅鼎祚《丹管記題詞》（《鹿裘石室集》卷一八）、顧起元《少洲汪公墓誌銘》（《顧太史編年集》丑集）。

按：顧起元《汪肇邰六十》詩云：「名世文章出世心，高齋長日坐花陰。胸中玄解唯丘索，眼底青雲自古今。誰更論才稱八斗，真堪挾字值千金。桃花潭水春醪淥，歲歲南山好共吟。」（《顧太史編年集》丑集）此詩寫於萬曆四十七年己未（一六一九），這年汪氏六十歲，順此上推，當生於嘉靖三十九年（一五六〇）。

沈　祚希福　溧陽人①〔一〕

校記

①此條清初鈔本同，他本均列於第三。

箋注

〔一〕沈祚：字希福，江蘇溧陽人。生平事蹟不詳。著有傳奇《指腹記》。

馮之可易亭　彭澤人①〔一〕

校記

①此條清河本、曲苑本列於第二，他本則列於第四。

箋注

〔一〕馮之可：字易亭，江西彭澤人。生平事蹟不詳。著有傳奇《護龍記》。

謝天瑞思山　杭州人①〔一〕

校記

①此條清初鈔本同，他本均列於第五。謝天瑞，原作「謝天佑」（清初鈔本「佑」作「啓」），各本皆同。

按：本書卷下「中上品」著録《彈鋏》，云「杭人謝天瑞有《狐裘記》」；謝氏所著《劍丹記》亦自稱「天瑞謝生因興趣，撰成留寄與知音」（見《曲海總目提要》卷三六），《遠山堂明曲品》題「謝天瑞」撰，當以「天瑞」是，今據改。

箋　注

〔一〕謝天瑞：字思山，浙江杭州人。所撰《新鐫補遺詩餘圖譜序》云：「予素潛心樂府，粗知音律，雖不能繼往哲於萬一，而將引初學之入門。」（見明刊《詩餘圖譜》卷首）可見他精通音律，以啓迪後學爲己任。此序自署萬曆己亥（一五九九）秋季，謝氏當爲嘉、萬時人。生平事蹟待考。所著傳奇有《狐裘記》、《靖虜記》、《劍丹記》、《麥舟記》、《寶釧記》、《分釵記》和《忠烈記》。《傳奇彙考標目》增訂本還著録有《泣庭記》、《覆鹿記》。輯有《詩餘圖譜》（七至一二卷爲其所補）、《詩法》一〇卷（六至一〇卷爲其所著）。

黄廷俸①〔一〕

校　記

① 此條清河本、曲苑本同，列於第四；暖紅室本、吴梅校本、集成本則作「黄廷俸君選常熟人」，列於第六。

箋注

〔一〕黄廷俸：一名庭章，字君選，江苏常熟人。生平事蹟不詳。著有傳奇《白璧記》、《奇貨記》（見《傳奇彙考標目》）。

胡文焕全庵　杭州人①〔一〕

校記

①此條暖紅室本、吴梅校本、集成本列於第七。

箋注

〔一〕胡文焕：字德甫，號全庵，别署抱琴居士、西湖醉漁，錢塘（今浙江杭州）人。監生。萬曆四十一年（一六一三），任耒陽縣丞（見《道光耒陽縣志》卷四），四十三年（一六一五）陞興寧知縣（見《光緒興寧縣志》卷一一）。博學多才，不僅擅長詩文詞曲，而且熟知天文、地理、醫學、卜算，還精於古器之鑑賞。著述甚富，有《詩學彙選》、《詩學字類》、《詩家集注》、《詩法統宗》、《詩文要式》、《文會堂詩韻》、《文會堂詞韻》、《文會堂琴譜》、《韻學》、《韻學字類》、《文選粹語》、《寓文粹編》、《全庵詞選》、《墨娥小録》、《皇圖要覽》、《海昌圖志》、《華夷風土志》、《考古謚法》、《古器統説》，以及《應急良方》、《素問靈樞心得》、《醫學權輿》等。還輯有《格致叢書》。戲曲作品有雜劇《桂花風》；傳奇《奇貨記》、《犀佩記》、《三晉記》和《餘慶記》。編有戲曲選集《群音類選》。

邱瑞梧①〔一〕

校記

① 此條清初鈔本同，他本均列於第八。暖紅室本、吴梅校本、集成本則作「吾國璋邱瑞杭州人」，「吾國璋邱瑞」，應誤。

箋注

〔一〕邱瑞梧：不詳。著有傳奇《合釵記》。

龍渠翁①〔一〕

校記

① 此條清河本、曲苑本列於第十。暖紅室本、吴梅校本、集成本則作「龍渠翁佚其名安慶人」，列於

第九。

箋注

〔一〕龍渠翁：不詳。著有傳奇《藍田記》。

按：葉憲祖《青錦園文集選》卷二有《壽龍渠先生八十序》，惜西諦先生藏書，僅存卷一，未能寓目。此龍渠先生同龍渠翁爲一人否，待考。

朱從龍春霖　句容人①〔一〕

校記

①此條清河本、曲苑本列於第七；暖紅室本、吴梅校本、集成本則列於第十。

箋注

〔一〕朱從龍：字春霖，江蘇句容人。生平事蹟不詳。著有傳奇《牡丹記》。

金懷玉 會稽人①〔一〕

以上十人下之下②

校記

①此條清河本、曲苑本同，列於第九；暖紅室本、吴梅校本、集成本則作「金懷玉爾音會稽人」，列於第二。

②「以上」，清初鈔本同，他本均作「右」。

箋注

〔一〕金懷玉：字爾音，會稽（今浙江紹興）人。生平事蹟不詳。所著傳奇有《香毬記》、《寶釵記》、《望雲記》、《完福記》、《妙相記》、《摘星記》、《繡被記》、《八更記》、《桃花記》和《三槐記》等十種。

汪爲新安素封之胤①〔一〕，游太學而結契公卿。金乃稽山學究之翁〔二〕，棄青衿而陶情詩酒〔三〕。其餘諸子，俱所未知。吾聞瓦缶之音，難與黃鐘比韻②；林石之卉，詎堪金谷爭奇③〔四〕？然細響適聽，野葩悦目④。徵歌按拍，覺雞肋之難捐〔五〕；藏垢納汙，豈澗毛之不薦⑤〔六〕！允爲下之下。

校記

① 「胤」，原作「允」，據清初鈔本改。他本則作「嗣」。

② 「比韻」，清初鈔本同，他本則作「比律」。

③ 「詎」，原本誤作「誰」，今據各本改。「金谷」，暖紅室本、吴梅校本、曲苑本均作「金石」，「石」應誤。

④ 「悦目」，清初鈔本同，他本均作「寓目」。

⑤ 「澗毛」，清初鈔本同，他本均作「溪毛」。

箋注

〔一〕汪爲新安素封之胤：「素封」，無官爵封邑而富同封君。《史記·貨殖列傳》：「今有無秩禄之奉，爵邑之入，而樂與之比者，命曰『素封』。」據顧起元《少洲汪公墓誌銘》，汪宗姬家「累世用鹽筴起」，爲揚州富商，故稱「素封之胤」。

〔二〕稽山：即會稽山。

〔三〕青衿：原指士子，語出《詩經·鄭風·子衿》。明清專指秀才。

〔四〕金谷：即金谷園。晉石崇與貴戚王愷、羊琇争爲侈靡，植奇花異卉，置嶙峋山石，極園亭之勝。

〔五〕雞肋：比喻既乏味又不忍舍棄的東西。《三國志·魏志·武帝紀》裴松之注引《九州春秋》：曹操攻漢中，不能勝，意欲還軍，出令曰「雞肋」，官屬不知所謂。主簿楊修便自嚴裝，人驚問修：「何以知之？」修曰：「夫雞肋，棄之如可惜，食之無所得，以比漢中，知王欲還也。」

〔六〕澗毛：山澗邊的水草，雖微薄，但可作祭品，薦之於鬼神。見《左傳·隱公三年》。

不作傳奇而作南劇者

徐　渭天池　山陰人〔一〕

箋　注

〔一〕徐渭（一五二一—一五九三）：初字文清，更字文長，號天池，别署青藤道士、山陰布衣、田水月等。山陰（今浙江紹興）人。幼孤。二十爲邑諸生，屢試不第。胡宗憲總督浙閩，徐渭以善古文詞名，被招致幕府，管書記。知兵好奇計，參與抗倭鬥争。嘉靖四十二年（一五六三）春，胡宗憲被捕入獄，他也遭到迫害，以致憂憤發狂。又因誤殺繼室而囚繫七年。獲免後，北走齊、魯、燕、趙，縱酒悲歌，恣情山水，意氣豪甚。晚益貧困，以抑鬱終老。文長天才卓絶，不僅工詩文詞曲，而尤擅長書畫。所交曲家有梁辰魚、湯顯祖、陳汝元等，史槃、王驥德爲其得意弟子。著有雜劇《四聲猿》，「是天地間一種奇絶文字」（《曲律》卷四），「爲明曲之第一」（澂道人《四聲猿引》），其形式新穎，别具一格，爲明代南雜劇之冠。曲論崇尚本色，痛恨「以時文爲南曲」，所作《南詞叙録》，是最早研究宋元南戲的專著。詩文集有《文長集》、《闕編》、《櫻桃館集》（合編爲《徐文長三集》）、《徐文長逸稿》和《徐文長佚草》等。一九八二年二月中華書局編輯出版《徐渭集》（收入《中國古典文學基本叢書》）。《徐文長文集》卷二七有《自爲墓誌銘》，袁宏道、陶望齡並有《徐文長傳》。《明史》卷二八八亦有傳。

按：紹興市魯迅博物館藏明紅格鈔本《田水月嘯傲家園》傳奇一卷，題明徐渭撰。此劇從不見著録，因未見原書，是否出於徐氏之手，待考。相傳《歌代嘯》雜劇，出自徐氏之手，但從不見明清諸家書録記載，袁宏道亦云：「《歌代嘯》不知誰作。」（《歌代嘯序》）南京師範大學教授孫書磊經過考辨，認爲此劇非徐渭所撰，而是該劇《凡例》撰寫者沖和居士，即編輯曲選《纏頭百練》、《纏頭百練二集》以及創作小説《禪真逸史》、《禪真逸後史》、《東渡記》的清溪道人方汝浩。説見所撰《南圖藏舊精鈔本〈歌代嘯〉作者考辨》（《中國戲曲學院學報》二〇一〇年八月第三十一卷第三期）。

汪道昆南溟　歙縣人〔一〕

以上二人俱上品

箋注

〔一〕江道昆（一五二六——一五九三）：字玉卿，更字伯玉，號南明、南溟，晚年自號函翁，今安徽歙縣人。嘉靖二十六年（一五四七）進士。除義烏知縣，歷户部武選司員外郎、襄陽知府、福建按察司副使等職。備兵閩海時，曾同戚繼光一起，抗擊倭寇的騷擾。後累官至兵部左侍郎。萬曆三年（一五七五），因同張居正意見不合，乞歸。汪氏年十二，喜涉獵書史，「按稗官爲傳奇」（見《年譜》），長以詩文名世，與王世貞並稱南北兩司馬。致仕家居，和屠隆、龍膺、吕玉繩、梅鼎祚、潘之恒等結白榆、肇林諸社，互相唱和。所著除雜劇《大雅堂樂府》、《蔡跎踏》外，還有《太函集》、《太函副墨》、《太函子》、《春秋左傳節文》、《增訂五車霏玉》及《楞嚴纂注》（見《康熙徽州府志》卷一五《藝文》）。《明史》有傳。事見龍膺《綸㵽集選》卷八《汪伯玉先生傳》、喻均《山居文稿》卷七《汪南明先生墓誌銘》。其子汪無競編有《汪左司馬公年譜》（見明崇禎間刊本《太函副墨》附録）。今人胡益民、余國慶點校《太函集》，由黄山書社二〇〇四年十二月出版。

按：明陳宏緒《方外司馬雜劇序》云：「方外司馬何人乎？《蔡𧿶踏》雜劇何爲而作乎？」（見衛泳《冰雪攜》卷上）葉德均《曲目鈎沉録》疑「方外司馬」爲汪道昆。今查《太函集》，「方外司馬」果爲汪氏之别署，如卷七九《三楚升中頌》有「帝命方外司馬汪道昆勒之石」句，可證之。《蔡𧿶踏》應爲汪氏所作。

徐山人玩世詩仙，驚群酒俠。所著《四聲猿》〔一〕，佳境自足擅場〔二〕，妙詞每令擊節。汪司馬一代鉅公，千秋文伯①。所著《大雅樂府》〔三〕，清新俊逸之音，調笑詼諧之致。雖俱染指於斯道②〔四〕，未肯爭雄於箇中。然片臠味存③〔五〕，一斑文見④。允爲上品。

校　記

①「文伯」，清初鈔本同，他本均作「文侶」，「侶」爲「伯」之形誤。

②「雖俱」，清初鈔本同，他本均作「餘雖」。

③「味存」，清初鈔本同，他本均作「味長」。

④「文」，清初鈔本同，他本誤作「各」。

箋注

〔一〕四聲猿：爲《狂鼓史漁陽三弄》、《玉禪師翠鄉一夢》、《雌木蘭替父從軍》和《女狀元辭凰得鳳》四個雜劇之總稱。有明刻本流傳，《古本戲曲叢刊》初集第六十五種，據萬曆間刻本影印。《曲律》卷四《雜論第三十九下》：「吾師徐天池先生所爲《四聲猿》，而高華爽俊，穠麗奇偉，無所不有，稱詞人極則，追躅元人。」

〔二〕擅場：謂壓倒全場，勝過衆人。語出張衡《東京賦》。

〔三〕大雅樂府：即《大雅堂樂府》，包括《高唐記》、《洛神記》、《五湖記》和《京兆記》四個雜劇。今存明萬曆間原刻《大雅堂雜劇》本和《盛明雜劇》本。

按：潘之恒《曲餘》云：「汪司馬伯玉守襄陽，製大雅堂四目，《畫眉》、《泛湖》以自壽，《高唐》、《洛浦》以壽襄王，而自寓於宋玉、陳思之列。」（見《亘史·雜編》卷之四）據《年譜》，汪氏嘉靖三十六年十一月陞湖廣襄陽府知府，四十年四月離任。原刻《大雅堂雜劇》卷首載有嘉靖三十九年（一五六〇）冬十二月東圃主人之序文，此四劇當作於是年，與守襄陽時所作合。

〔四〕染指：比喻沾取非所應得的利益。語出《左傳·宣公四年》。這裏指對雜劇創作偶一爲之。

〔五〕片臠句：「臠」，或作「脟」，指切下來的肉塊。《吕氏春秋·察今》：「嘗一脟肉而知一鑊之味、一鼎之調。」

不作傳奇而作散曲者①

周憲王誠齋②〔一〕

校記

①下列二十五位散曲作者的排列順序，清初鈔本與原本相同。

②此條清河本、曲苑本同。暖紅室本、吴梅校本、集成本均作「周憲王有燉字誠齋」。

箋注

〔一〕周憲王：名有燉（一三七九—一四三九），號誠齋，别署全陽子、老狂生、錦窠老人等。明太祖第五子周定王朱橚長子，襲封周王，謚曰憲，世稱周憲王。他遭遇隆平之世，奉藩多暇，留心翰墨，尤工詞曲。所著雜劇三十一種，散曲二卷，後人統稱爲《誠齋樂府》。錢謙益稱其「音律諧美，流傳内府，至今中原絃索多用之」（見《列朝詩集小傳》乾集下）。詩有《誠齋録》、《新録》等。傳附《明史》卷一一六《周定王橚傳》。今人朱仰東編撰《朱有燉年譜長編》，蘭州大學出版社二〇一四年八月出版；廖立、廖奔《朱有燉雜劇集校注》，黄山書社二〇一七年三月出版；（美）伊維德撰、張惠英譯《朱有燉雜劇》，收入《文學史研究叢書》，北京大學出版社二〇〇九年三月出版。

陳　鐸秋碧　南京人①〔一〕

校　記

① 此條清河本同，暖紅室本、吴梅校本、曲苑本和集成本均列於第三。

箋　注

〔一〕陳鐸（？—一五〇七）：字大聲，號秋碧，下邳（今江蘇睢寧）人，居家南京。世襲指揮之職。精通音律，醉心詞曲，常以牙板隨身，置朝廷公事於不顧。教坊子弟尊爲「樂王」。亦工詩善畫。其散曲「韻發而意新，聲婉而辭艷。其體貼人情，描寫物態，有發前人所未發者。何元朗取其穩協，王元美服其當行，真知言哉」（湯有光《精訂陳大聲樂府全集序》）。所著有《秋碧齋樂府》、《梨雲寄傲》、《滑稽餘韻》、《公餘漫興》、《可雲齋稿》和《香月亭稿》等。《嘉慶新修江寧府志》卷四〇，陳作霖《金陵通傳》卷一四並有傳。《列朝詩集小傳》丙集《陳指揮鐸》云：「鐸字大聲，下邳人，家於金陵。睢寧伯文之曾孫，都督政之孫，以世襲官指揮。風流倜儻，以樂府名於世。所爲散套，穩協流麗，被之絲竹，審宫節羽，不差毫末。居第之南，有秋碧軒、七一居，精潔絶塵，通人勝流，過從談讌。山水倣沈啓南，自爲詩題其上。人知大聲善樂府，不知其能畫，又不知其工於詩也。成化中，江陰卞華伯序其《香月亭詩》，以爲用意和平，不務雕刻，深入虞、楊、范、揭之閫奥，而漸登盛唐作者之堦梯。廣陵張佐曰：『大聲屏紈綺之習，躭於吟詠，其於經、傳、子、史、百家、九流，莫不貫穿。嘗見《可齋樂府》，有「甲乙交叉」之句，出於珞琭子《消息賦》，非但求爲押韻，而拾此成語，貫之詞意，不加雕琢，非所蘊淵博，能爾哉？』周暉《金陵瑣事》載其《齋居》詩云：『晚樹低分霽，春雲淡隔城。』《夜行》云：『山月巧窺人影瘦，夜凉先向客衣生。』《送毛都督》云：『刀斗夜嚴山月冷，旌旗晴散野雲平。』皆可誦也。」

按：李開先《西野春野詞序》：「自陳大聲正德丁卯年歿後，惟有王渼陂爲最。」（見《李開先集》卷上）正德丁卯爲正德二年（一五〇七），陳鐸應卒於是年。

王九思渼陂　鄠縣人①〔一〕

校記

① 此條清河本同，暖紅室本、吴梅校本、曲苑本和集成本均列於第二。

箋注

〔一〕王九思（一四六八—一五五一）：字敬夫，號渼陂，鄠縣（今陝西户縣）人。弘治九年（一四九六）

進士。歷官至吏部文選郎。宦官劉瑾敗，貶爲壽州同知。不久，被劾辭官。歸里後，同康海時聚於滸東、鄠杜間，相與過從談讌，徵歌度曲，自比俳優，以寄其怫鬱。他不僅長於詞曲，詩亦有名，與李夢陽、何景明、康海、徐禎卿、邊貢、王廷相，稱前七子。所著有雜劇《杜子美沽酒遊春記》和《中山狼》；散曲《碧山樂府》等。《明史》卷二八六、《列朝詩集小傳》丙集並有傳。李開先《閒居集》卷一〇《渼陂王檢討傳》云：「（略）諱九思，字敬夫，居近渼陂，因以渼陂爲號。生有警敏之性、穎悟之資，而眉目清秀，顏色充和，如神仙中人。予於老年見之，猶自丰采可挹，其在少年可知已。翁嘗自誇：『居官日，爲當朝人物第一流。』年十四五，隨任讀書蜀中，勤勵日猶不足，夜以膏燈繼日。父乃雜多士試之，每次可居前列，恐驕其志，又以爲或私其子，故抑末後，以成其學。（略）父官滿攜歸，時年十九，鄠士咸拱手推讓之矣。己酉鄉試中選，而東軒馬中錫稱之：『必作天下知名士。』（略）庚戌、癸丑，連不得第，學雖有端緒，而文未得肯綮。至丙辰，則文學成矣，第進士，考選庶吉士。（略）是時西涯當國，倡爲清新流麗之詩、軟靡腐爛之文，士林罔不宗習其體，而翁亦隨例其中，以是知名，得授翰林院檢討，故曰：『上有三老，下有三討。』自以爲是矣。（略）將及九年考滿，例陞二級。值劉瑾攬權，乖張用事，凡在翰林者，除狀元不動，餘悉改調部屬。歷練政務，翁得吏部主事，輟經筵而遊省署，棄文墨而理簿書。居無何，由員外陞任文選郎中。時侵奪吏部之權者，不止一瑾，雖文書房宦寺，亦多請託，翁悉拒不聽。剔滯拔淹，進賢退不肖，惟憑公論行之。向爲真翰林，今爲真吏部。會瑾誅，諸翰林俱復舊，西涯則以舊憾，倡言：『既官至正郎，不必復可也。』言官深惡王納誨，乃並翁劾之：『堂上堂下，一陝而三吏部，非瑾黨何以得此？』翁又有忌者唆言，遂左遷壽州同知，至州，雖以內寮而謫下寮，却不以吏事而廢文事。佐理州政之餘，與多士校舉業，講古文，而吏治清、文風盛矣。（略）自庚午冬至此，僅一年，不惟民安之、士安之也。忽聞致仕邸報，一郡皆驚，不知其由。久而後有的傳，乃雲南地方聞將復遣錢太監鎮守，前此有『王恕再來天有眼，錢寧不去地無皮』之謡，苦其虐政久矣。遂紿言大霧連三朝，不見天日，以阻其來。而朝議將使大臣直陳，大臣恐有去位者，須屈意求浼司禮監，始得保全，宣言此不係大臣事，乃劉瑾餘黨去之未盡。夫以雲南天變而罷壽州州同，有何干涉？況天變又未嘗有耶？會盜起，不得歸。（略）踰歲壬申，相盜勢，潛行達故鄉。（略）詩文蒼古，而詞曲則新奇，不止守元人之家法，而且得元人之心法矣。膾炙人口，洋溢人耳，自罷壽後始然，而前此尚不爲此體也。（略）後又屢薦不起，嘉靖初年，將徵之纂修《實録》，而同罷吏部者，摘取《遊春記》中所具人姓名，毁於當路：『李林甫固是指李西涯，而楊國忠得非楊石齋，賈婆婆得非賈南塢耶？』坐此竟已之。翁聞之，乃作小詞自嘲，殊無尤人之意。生才之難，或數科一人，或數省一人，必得間氣而後出焉，乃爲臺閣忌嫉，小人傾陷，有志不獲展布，毋乃命運使然，人才生與用皆難哉！自渼陂翁觀之，或者不以予言爲妄矣。予嘗餉軍西夏。（略）事竣，遊武功以及鄠杜，見渼陂翁。翁聞之，朝暮北望，不見音塵，意料或不來矣。忽一日造其門，驚訝以爲從天降也。握手慶幸，有如舊交，談倦則各出所作，互相評定，半夜評定，半夜而寐，或徹夜不寐者凡五六夜，而賡和之作，約有一小册。將速相愛諸公，同遊南山以西，如嵯峨、九嵕、紫閣諸峰，仙遊、重雲、普緣諸寺，遍歷説經臺、化羊宫、紫雲樓，使一方名勝畢受吾杖履，而各表以詩篇。予辭以俗骨難换，而病體不勝也。再一日，灑淚相别。（略）其爲予作《寶劍記後序》，年已八十二矣，而文思尚如湧泉，料必壽過百歲，乃於辛亥某月日病卒，八十二歲至是又加二矣。（略）妻趙氏，繼張氏，俱封贈孺人。子二，長瀛，由舉人歷順天府通判，卒於官；次謂。女一，適對山子栗。孫二，良木、山木。所著有《渼陂集》、《渼陂續集》、《王氏族譜》、《鄠縣志》、《遊春記》、《碧山樂府》、《碧山續稿》、《新稿》，此其已刻行者，而未刻者尚多也。」

康　海德涵　武功人①〔一〕

校　記

① 此條清河本同，暖紅室本、吴梅校本、曲苑本和集成本均列於第五。

箋　注

〔一〕康海（一四七五—一五四一）：字德涵，自號對山，别署滸西山人、浒東漁父。陝西武功人。弘治十五年（一五〇二），狀元及第，授翰林院編修。劉瑾敗，落職爲民。放情詩酒，以山水聲伎自娱。尤善彈琵琶，搊談按歌，連老樂工亦皆擊節，自愧不如。所著有雜劇《東郭先生誤救中山狼》和《王蘭卿服信明貞烈》；散曲《沜東樂府》等。《國朝獻徵録》卷二一有張治道《康公行狀》。《明史》卷二八六、《列朝詩集小傳》丙集並有傳。《閒居集》卷一〇《對山康修撰傳》云：「（略）君姓康，名海，字德涵，自號對山，而滸西山人、沜東漁父，則其别號也。然人之稱之者，惟對山。故對山之名溢海内，以其行高見遠，不但詩古文精也。先籍河南固始人，今籍則陝西武功縣。高祖汝楫，永樂初任工部侍郎，歿贈尚書。曾祖爵，太常寺卿。祖健，通政司知事。皆以尚書蔭叙得官云。父鏞，博學擅文名，仕止平陽府知事。兄阜，以神童早卒。世德之積，大發於君。（略）年十八，爲縣庠生，受《毛詩》，惟求大義，不尋章摘句，若板刻時文之爲者，而文未嘗不過人。邃庵楊提學得其卷，大奇之，許以必中狀元，他人雖不盡信，而君實以之自負。弘治戊午，舉鄉試第七；壬戌，舉進士第一。（略）釋褐授翰林院修撰。明年癸亥，以母氏苦思歸，給假送還故里。正德丙寅，毅皇即位，復奉其母入京師，纂修《實録》。（略）丁卯，充經筵講官。戊辰，同考會試，所取多知名士。時豎瑾擅權，流毒縉紳，怒韓忠定及李崆峒曾疏其過，矯旨逮繫，將斃於獄中。崆峒扯衣襟，噬指血密書，告急於君，曰：『非吾友，他弗能救！』君因與王渼陂計曰：『許友以死，分也，奈老母何？』王言：『罷官已矣，諒不及母。』君慨然：『果如是，吾何惜一官而棄二命。』遂入白於瑾，初若不可解，徐徐言及，此來非爲二人，瑾扣其故，答以

『韓雖不識事體，久負正人之名，李則文章超絶，可爲鄉里之光，倘若被戮，則公之夙望損矣』。瑾意稍許可，二人履虎尾而不咥，一時正人生氣，直言敢諫者，自是接踵不絶。（略）既而諸友多不免，君竟以飛語罷黜爲民。意謂瑾恨韓、李切骨，康非有親於瑾，何以能立脱其危？一如渼陂之所逆料者矣。言者又以其過順德，遇盜失財，非藉瑾勢，有司何以督捕過嚴，追給翻溢其數。當時附瑾者，不一年由郎署府守即至正卿，君爲修撰八年，不陟一階，是果瑾黨耶？黜報至武功，有來唁者，則解之曰：『玉石俱焚，自古有之。瑾誅，天下之幸，吾一人何足惜！』辛巳，今上入繼大統，詔京職爲民予冠帶。有司有具冠帶送之者，則謝以原冠帶乃敬皇所賜，被群小搆害褫去，更復何用？其廢也，不止爲友，與夫以文爲累。在官日，論事無所迴護，有不如意，則怒罵不置，又好面斥人過失，後雖屢有薦章，當道者明知其才，棄而不用也。（略）或又以其酒必妓，妓必歌，歌必自製，病其太放，霍渭厓以爲隱於此，非泥於此也。又以爲若輩止解呵詘康、李二子，不知自二子觀之，猶溝渠中蚊蠅也。崆峒於詩文猶少見本相，君則不惟不以疏奏自直，且於詩文絶無懟恨不平之氣。（略）君既久居林下，乃於星曆卜筮書，無不究覽，用掌鈐天時，決傷寒人之死生，又明諸脈絡孔穴，以處鍼熨藥餌，悉不謬。爲所親喪葬點穴，老陰陽家弗能駁也。用六壬太乙占事輒驗。行書老健，篆隸尤工。小廉曲謹之士，惑於一吠衆聲，或有誚之者，及接其神采，聽其談吐，無不茫然自失。雖制行戾俗，然不免駭俗；出語驚人，然不免傷人，要之不失爲天下士。所著有《武功志》、《張氏族譜》、《滸東樂府》、《納涼餘興》、《春遊餘録》、《王蘭卿傳奇》、《即景餘録》，有史筆，有元音，而《對山文集》十九卷，不雕刻，有識見，不止還國初之質直渾厚。張太微所謂『馳驅屈宋，陵轢班馬』，非虚譽也。（略）攜妓遊山三十餘年，至嘉靖庚子十二月十四日，終於正寢。從其治命，以山人巾服殮葬。檢其遺囊，止百金，並酒器首飾，更有二百之數，然大小鼓卻有三百副。家人又云：『金乃翟巡邊及楊御史所贈，非此則百金亦無矣。』距生年成化乙未六月二十日，壽六十有六。（略）君娶尚，繼張，又繼季氏。子二，粟，縣學生，有才，早卒，猶其伯父。次栲，年今三十餘，始折節向學，可紹其業。女三，長適華州舉人張之椝；次岐山縣學生李世禎；又次同邑監生馬龔古。（略）」

楊　慎升庵　新都人①〔一〕

校　記

① 此條清河本同，暖紅室本、吴梅校本、曲苑本和集成本均列於第四。

箋　注

〔一〕楊慎（一四八八—一五六六）：字用修，號升庵，四川新都人。正德六年（一五一一）狀元，授翰林院修撰。嘉靖三年（一五二四），兩上議大禮疏，觸怒明世宗朱厚熜，謫戍雲南永昌衛。後卒於戍所。他肆力於古學，學問博洽，《明史》稱「明世記誦之博，著作之富，推慎爲第一」。著有《升庵集》、《丹鉛總録》、《譚苑醍醐》、《藝林伐山》、《升庵詩話》、《詞品》等一百多種。流放滇南，壯心不堪牢落，故寄情詞曲，有《陶情樂府》傳世。傳見《明史》卷一九二，《列朝詩集小傳》丙集。友人簡紹芳撰有《楊文憲公升庵先生年譜》（見《古棠書屋叢書》）。

常倫樓居　沁水人①〔一〕

校記

① 此條暖紅室本、吴梅校本、集成本同。清河本列在第九，曲苑本置於第八。

箋注

〔一〕常倫（一四九三—一五二六）：字明卿，號樓居子，山西沁水人。正德六年（一五一一）進士，官大理寺評事。以忤上官謫壽州判官，不久罷歸。後遷知寧羌州，未上，卒。「少好游俠，談兵擊劍，有古豪士風。甫弱冠則折節讀書，好治百家言，尤邃黄老。」（見自著《樓居先生傳贊》）所著有散曲《寫情集》二卷，附嘉靖刊本《常評事集》後。傳見《列朝詩集小傳》丙集、《康熙沁水縣志》卷一〇（采自邑人兵部尚書張銓《常樓居傳》）。陳繼儒《國朝名公詩選》卷三云：「常倫，字明卿，號樓居子，山西沁水人。正德年間大理評事，楊慎榜進士。多力善射，雖爲文法吏，時鞅韋跗注兩鞬騎而馳郊。諸徹侯子弟從俠少年飲，常前突據上座，起角射，衆咸不及。問，稍知常爲評事，敬之，奉大白爲壽。常引滿沾醉，竟馳去，弗顧。又時過倡家宿，至日高舂徐起，或參會弗及，長吏訶之，傲然曰：『故賤時過從胡姬飲，不欲居薄耳。』竟用考調判陳州（按：應爲壽州），庭詈御史，中以法罷。常歸益縱酒自放，居恒從歌伎，酒間度新聲，悲壯艷麗，稱其爲人。一日，省墓歸，飲大醉，衣紅，腰雙刀，馳馬塵絶，從者不及前。渡水，馬顧見水中影，驚蹶墮水，刃出於服，潰腸死，年才三十二（按：《列朝詩集小傳》作三十四）。常有詩弔韓信曰：『漢代稱靈武，將軍第一人。禍奇緣躡足，功大不謀身。帶礪山河在，丹青祠廟新。長陵一抔土，寂寞亦三秦。』至今爲中原豪傑之冠。」

顧夢圭雍里　崑山人①〔一〕

校記

① 此條暖紅室本、吴梅校本、曲苑本和集成本同，清河本列在第六。

箋注

〔一〕顧夢圭（一五〇〇—一五五九）：字武祥，號雍里，崑山（今江蘇蘇州）人。嘉靖二年（一五二三）

進士，官至江西右布政使。著有《北海集》、《齊梁集》、《武平集》、《還山集》和《疣贅録》等。其散曲見《南詞韻選》、《南北宮詞紀》諸書。《崑山人物傳》卷七，《列朝詩集小傳》丁集上並有傳。歸有光《震川先生集》卷二二有《中奉大夫江西右布政使致仕雍里顧公權厝誌》：「公諱夢圭，字武祥，世居崑山之雍里，故以爲號。高祖諱良，曾祖諱恂，皆以文康公貴，贈光禄大夫、柱國、少保，兼太子太傅、禮部尚書、武英殿大學士。祖諱宜之，封山西道監察御史，文康公之兄也。父諱潛，監察御史，馬湖府知府，進封中憲大夫。顧氏自中憲始登進士，文康公位至台輔，而公父子仍世登科，貴顯於時。公始入仕，年尚少，授刑部浙江司主事，改南京吏部稽勳司主事，遷驗封司郎中。會詔下求言，公上疏言六事，皆時政之要。而罷去中官鎮守，當世施行焉。高陵吕仲木、吉水鄒謙之，皆海内名流，同在郎署。一日會飲，吕公擷梅花謂公曰：『武祥如此花矣。』其見推重如此。（略）擢廣東布政司參議。行部至遂溪，道渴，縣令跪獻茶瓜，公知令貪，不受，竟劾去之。海北有平江、青鶯、楊梅、樂民四珠池，詔書督採甚急。公上疏言：『海面珠池，先朝率十五六年或十年一採，始得美珠。邇者三年再採，珠已耗竭。蓋珠蚌之生息甚難，採愈數，得珠愈少。非積久，不能美碩繁夥也。每採當用舟筏兵夫萬計，往來海中，因以爲盜。近年劇賊黄山秀，蓋起於珠池也。蜑户觸犯瘴霧腥氣輒死，尤可憫念。海北頃罹饑荒，雕瘁尤甚。勞役不止，將有他虞，非國家之福也。乞敕停罷，養寶源以寬民力。』疏入，文康公見之，愕曰：『奈何爲此驚人事耶？』下部，寢不覆奏。而二郡卒買珠以充貢。陶都御史諧，議勦西山猺，空其地，填以新民，引韓襄毅公故事爲比。公力言，猺不宜盡殺。且新民畏其吞噬，而土兵厭猺山之荒落，必不可居。韓公於廉州流賊殘破之餘，召新民填其空，而廉地皆平原，非今比也。陶公卒從公言。尋遷江西左參議。丁外艱，服除，陞山東按察司副使，改提學河南。訓士先以行義，作《諭高才生文》，汴人稱之。會郊廟覃恩，進階中憲大夫。（略）陞福建布政司左參政。閩多連山峻嶺，公觸冒炎霧，行部千餘里。寇掠連江，自浙入壽寧，壽寧萬山起伏如波濤，官兵至，賊散藏人家，欻然無迹，兵去復出。公至，譏得所匿，盡捕之。其冬，復有浙賊自車嶺入松溪，劫崇安、建陽。公至建寧，又得土賊，賊於是始平。（略）擢本省按察使，陞江西右布政使，行至建寧，病作。上疏懇乞致仕，得俞旨。（略）公爲人敦重，言不能出口。所至闔户讀書，絶無他好，而自奉如寒素。孝友恭遜，鄉人稱其厚德。公在汴，文康公方柄用，人皆擬其峻擢。及閩藩之命，莫不歎息，謂公不扳家勢以升也。然以年少登科，愛嗜文學，宜在清華之地，而久滯外省，非其所樂。嘗語所親曰：『北河櫂船者訝許之聲，曰腰彎折。此今人以喻兩司官者也。』其不能無望如此。雖位崇岳牧，以强年解組，優游林麓，有子又皆才俊，能紹其業，人望之以爲不可及，然竟默默不自得以亡。嗚呼！世之能成其志者蓋少矣，其所遭際，何可一概而論也。如公者，豈不悲哉！公卒於嘉靖三十七年十二月二十三日，年五十有九。配皇甫氏，封恭人。子男二，允默、允燾。女一，許聘李延。孫男女四。（略）」

唐　寅六如　吴縣人①〔一〕

校　記

①此條暖紅室本、吴梅校本、集成本同，清河本列在第十三，曲苑本置於第十二。

箋　注

〔一〕唐寅（一四七〇—一五二四）：字伯虎，一字子畏，號六如居士，江蘇吴縣人。弘治十一年（一四九八），舉鄉試第一。工詩文，書畫尤有名，與沈周、文徵明、仇英合稱「明四家」。著有《六如居士全集》。其散曲亦翩翩有致，然不脱綺麗之風。明何大成編有《六如曲集》，近人盧前又重編爲《伯虎雜曲》（收入《飲虹簃叢書》二集）。過庭訓《本朝分省人物考》卷二二、《明史》卷二八六、《列朝詩集小傳》均有傳。祝允明《懷星堂集》卷一七有《唐子畏墓誌并銘》：「（略）子畏性絶穎利，度越千士。世所謂穎者，數歲能爲科舉文字，童髫中科第，一日四海驚稱之。子畏不然，幼讀書不識門外街陌，其中屹屹，有一日千里氣。不或友一人，余訪之再，亦不答。一旦以二章投余，傑特之志錚然。余亦報以詩，勸其稍加弘舒。（略）然一意望古豪傑，殊不屑事場屋。

其父德廣，賈業而士行，將用子畏起家，致舉業師教子畏，子畏不得違父旨。德廣嘗語人：『此兒必成名，殆難成家乎！』父歿，子畏猶落落。（略）即墐户絶交往，亦不覓時輩講習，取前所治《毛氏詩》與所謂《四書》者，繙討擬議，秖求合時義。戊午試應天府，録爲第一人。己未往會試，時傍郡有富子，亦已舉於鄉，師慕子畏，載與俱北。既入試，二場後，有仇富子者，抨於朝，言與有司有私，並連子畏。詔馳敕禮闈，令此主司不得閲卷，亟捕富子及子畏付詔獄，逮主司出，同訊於廷。富子既承，子畏不復辯，與同罰黜，掾於浙藩。歸而不往，或勸少貶，異時亦不失一命。子畏大笑，竟不行。放浪形跡，翩翩遠遊，扁舟獨邁祝融、匡廬、天台、武夷，觀海於東，南泛洞庭、彭蠡。暫歸，將復踏四方，得疾久，少瘉，稍治舊緒。其學務窮研造化，玄蘊象數，尋究律曆，求揚馬玄虚、邵氏聲音之理而贊訂之，傍及風烏、壬盾、太乙，出入天人之間。將爲一家學，未及成章而殁。其於應世文字、詩歌，不甚措意，謂後世知不在是，見我一斑已矣。奇趣時發，或寄於畫，下筆輒追唐宋名匠，既復爲人請乞，煩雜不休，遂亦不及精諦。且已四方慕之，無貴賤貧富，日詣門，徵索文辭詩畫，子畏隨應之，而不必盡所至。大率興寄遐邈，不以一時毁譽重輕爲趣舍。子畏臨事果，事多全大節，即少不合不問，故知者誠愛寶之，若異玉珍貝。王文恪公最慎與可，知之最深重。不知者亦莫不歆其才望，而媢疾者先後有之。子畏糞土財貨，或飲其惠，諱且矯，樂其災，更下之石，亦其得禍之由也。桂伐漆割，害儁戕特，塵土物態，亦何傷於子畏。余傷子畏不以是，氣化英靈，大略數百歲一發鍾於人，子畏得之。一旦已矣，此其痛宜如何置！有過人之傑，人不歆而更毁；有高世之才，世不用而更擯，此其寃宜如何已！子畏爲文，或麗或澹，或精或泛，無常態，不肯爲鍛鍊功，其思常多而不盡用。其詩初喜穠麗，既又放白氏，務達情性，而語終璀璨，佳者多與古合。嘗乞夢仙游九鯉神，夢惠之墨一擔，蓋終以文業傳焉。唐氏世吴人，居吴趨里。子畏母丘氏，以成化六年二月初四日生子畏，歲舍庚寅，名之曰寅，初字伯虎，更子畏。卒嘉靖癸未十二月二日，得年五十四。配徐，繼沈。生一女，許王氏國士履吉之子。墓在横塘王家村。子畏罹禍後，歸心佛氏，自號六如，取四句偈旨。治圃舍北桃花塢，日般飲其中，客來便共飲，去不問，醉便頹寢。（略）」

祝允明枝山　長洲人①〔一〕

校記

① 此條暖紅室本、吴梅校本、集成本同，清河本列在第七，曲苑本置於第六。

箋注

〔一〕祝允明（一四六〇—一五二七）：字希哲，號枝山，長洲（今江蘇蘇州）人。弘治五年（一四九二）舉人。官至應天府通判。長於書法，名動海内。「嘗傅粉黛，從優伶酒間度新聲，俠少年好慕之，多齎金遊。」（蔣一葵《堯山堂外紀》）所著有《祝子集略》、《懷星堂集》等。散曲集《新機錦》，今已不存。《本朝分省人物考》卷二一、《明史》卷二八六、《列朝詩集小傳》丙集均有傳。陸粲《陸子餘集》卷三有《祝京兆允明墓誌銘》：「先生諱允明，字希哲，蘇之長洲人也。（略）七世祖碧山，勝國時由松江來守郡，後卒於官，一子留於蘇，遂爲蘇人。祖顥，正統己未進士，歷山西布政司右參政。父瓛，母徐氏，大學士武功女。先生少穎敏，五歲作徑尺字，讀書一目數行下。九歲能詩，有奇語。既天賦殊特，加内外二祖，咸當代魁儒，目濡耳染，不離典訓。稍長，遂貫綜群籍，稗官雜家，幽遐嵬瑣之言，皆入記覽。發爲文章，崇深鉅麗，横縱開闔，茹涵古今，無所不有。或當座坐，詼笑雜遝，援毫疾書，思若泉湧，一時名聲大譟。壬子舉於鄉，故相王文恪公主試，手其卷不置，曰：『必祝某也。』既而果得先生，文恪益自喜曰：『吾不謬知人。』自是連試禮部，不第。當道奇其才，會修史，將名薦之，弗果。初仕興寧令，地介嶺海，民尚譁訐，惑於機祥，先生示之禮，簡進秀異，授以經學，親爲講解，遂一變其俗。群盜竄處山谷，時出焚敓，爲設方略，一旦捕得三十餘輩，邑以無警。稍遷通判應天府。無何乞歸，又五年卒，春秋六十有七。夫人李氏，鄉先生太僕少卿應楨之女。子男二，長續，進士，入翰林，累遷陝西按察副使。先生簡易高曠，不樂拘檢，在衆若無能者，然默而好深湛之思。時獨居著書，解衣槃礴，游心玄澹，賓客來者，叩户呼之，若弗聞也。性善書，出入魏晉諸家，晚益奇縱，或購得之，輒藏去爲榮。喜獎掖後進，終身不言人過。其爲家未嘗問有無，得奉禄及四方餉遺，輒召所善客，與噱飲歌呼，費盡乃已，或分與持去，不遺一錢，故其殁也，幾無以殮云。先生有意用世，既濩落不試，一發於文，雖聲實闕振，猶非其志也。所著書合詩文集爲數百卷，藏於家。（略）夏侯湛贊東方生云：『明濟開豁，包含弘大，拔乎其萃，游方之外者。』殆先生哉，殆先生哉！先生殁以嘉靖丙戌冬十有二月二十七日。所著有《祝子通》若干卷，《祝子罪知》若干卷，《祝子雜》若干卷，《蠶衣》一卷，《浮物》一卷，《成化間蘇材小纂》若干卷，《野記》若干卷，《語怪》若干卷，《語怪四編》若干卷，《江海殲渠記》一卷，《金石契》一卷，《興寧志》五卷，詩文集六十卷，後集若干卷。」

劉龍田　山東人①〔一〕

校記

① 此條清河本列在第八，曲苑本置於第九。暖紅室本、吴梅校本、集成本列於第十，但作「劉□□能田山東人」。

箋注

〔一〕劉龍田：生平事蹟不詳。所作散曲，見《南詞韻選》等書。

按：劉龍田有〔南中吕山花子〕《送段古松行》小令，段氏名顧言，嘉靖三十六年至三十八年巡按山東，可知劉氏嘉靖年間尚在世。説見劉英波《明代散曲家考補及曲作輯佚》（《古籍整理研究學刊》二〇一二年七月）。

金鑾白嶼　應天人①〔一〕

校記

① 此條暖紅室本、吴梅校本、集成本同。但「鑾」均作「鸞」。清河本列在第十二，曲苑本則置於第十三。

箋注

〔一〕金鑾（一四九三—一五八二）：字在衡，號白嶼，甘肅隴西人，僑居金陵。歐大任《訪金山人在衡不遇》詩云：「橋分白下斗門斜，髯自何年此寄家？代出隴西連鳥鼠，曲傳江左半梅花。掩關竹裏多題鳳，夾水槐隄盡宿鴉。日暮不聞中嶺嘯，只留名姓在烟霞。」（《歐虞部集·浮淮集》卷六）「稱詩，而北樂府尤工。」（《鹿裘石室集》卷五《隴西金隱君鑾》）所著散曲有《蕭爽齋樂府》，以及《徙倚軒稿》、《棲霞山志》。清朱緒曾《金陵詩徵》卷三八、陳作霖《金陵通傳》卷十九並有傳。《列朝詩集小傳》丁集上《金山人鑾》云：「鑾，字在衡，隴西人。隨父宦僑居建康，遂家焉。在秦時，從天水胡世甫中丞學制科業。及來建康，年已長，家中落，乃棄去，習歌詩。詩不操秦聲，風流宛轉，得江左清華之致。性俊朗，好游任俠，結交四方豪士，往來淮揚兩浙，所至輒倒屣迎之。洞解音律，酒酣據几，高吟長詠，中節可聽，四坐忘罷。卒時年九十。有《徙倚軒集》。嘗與盛仲交期於城南高翁家，天寒且雪，久之方至，主人問曰：『翁方有事娶婦，胡能來此？』在衡大笑，指杯酒曰：『事孰有大於此者乎？』談笑移日始去，其風尚如此。何元朗曰：『南都自徐髯仙後，惟金在衡最爲知音，善填詞，嘲調小曲極妙。每誦一篇，令人絶倒。』嘗取古詞，辨其字句清濁，爲一書，填詞者至今祖之。」

按：歐大任《秣陵集》卷六有《金山人在衡九十有作次韻爲壽》詩：「若論江左風流事，誰似昇平九十春。」據歐必元《家虞部公傳》，萬曆壬午（一五八二），歐大任官南工部虞衡司郎，居金陵，與金在衡等結清溪社（見《歐虞部集》卷首），此詩作於是年。又，沈明臣《挽金在衡》詩稱他「一代詞人九十翁」（《豐對樓詩選》卷三五），金氏享年應爲九十歲，與《列朝詩集小傳》所述合。這樣其生年當爲弘治五年癸丑（一四九二），卒於萬曆十年壬午（一五八二）。

李日華　吴縣人①〔一〕

校記

① 此條清河本列在第十八，曲苑本則置於第十九。暖紅室本、吴梅校本、集成本列於第十二，但均

作「李日華實甫吴縣人」。

箋注

〔一〕李日華：生平事蹟待考。明海鹽崔時佩曾將王實甫所著《西廂記》改編爲傳奇，李氏又據傳奇增補爲《南西廂記》。所著散曲見於《南詞韻選》、《南北宫詞紀》和《吴騷合編》諸書。

虞竹西 崑山人①〔一〕

校記

① 此條清河本列在第十九，曲苑本則置於第十八。暖紅室本、吴梅校本、集成本列於第十三，但均作「虞□□竹西崑山人」。

箋注

〔一〕虞竹西（一四四二—一五二〇）：名臣，字元凱，崑山（今江蘇蘇州）人。成化十四年（一四七八）進士。官至四川參議。著有《竹西奏草》、《丙辰奏草》、《述古録》、《竹西亭稿》、《迴文效體詩》等。散曲見於《南詞韻選》、《南北宫詞紀》和《吴騷合編》諸書。傳見《崑山人物傳》卷五。《道光崑新兩縣合志》卷二〇《列傳》二云：「虞臣，字元凱，祥孫。童子時善屬文。侍郎葉盛以擇壻屬鄭文康，臣偶過文康門，文康一見器賞，言於盛，壻之。成化戊戌成進士，授兵部車駕主事。奉敕安置降夷於廣西，所過不擾。遷職方郎中，歷武庫調車駕。在兵部垂二十年，清慎自持，遇事執正，雖上官貴近弗顧也。遷四川參議，居二年，致仕。臺臣慰留不得，皆出郊餞送，且贈路貲；蜀王聞其賢，贈以百金、扇子握，悉謝却之。歸槖蕭然，敝廬饘粥如韋布時。家藏美醞，日遣蒼頭伺巷口，遇老人、隱士及儒衣冠者，即邀入。嘗赴友人宴，見有俳優，亟趣出，曰：『無溷吾守也。』平居手不釋卷。卒年七十九。卒之先一日，猶爲子弟講書，解旨甚悉。」

沈　仕青門　仁和人①〔一〕

校　記

①此條清河本列在第十七，曲苑本則列在第十六。「沈仕」，除清初鈔本、吴梅校本、集成本外，均誤作「沈任」。暖紅室本、吴梅校本和集成本，於「青門」下增出「一字野筠」四字，均列於第十四。

箋　注

〔一〕沈仕：字懋學，一字子登，號青門山人，仁和（今浙江杭州）人。能詩善畫。著有散曲《唾窗絨》

一卷。其曲艷冶綿麗，號「青門體」。《列朝詩集小傳》丁集中、姜紹書《無聲詩史》卷三並有傳。沈紹勳《錢塘沈氏家乘》卷三：「沈仕，字懋學，侍郎銳少子，弱冠有才名。一夕夢遊青門山，念邵平隱於此，歎曰：『吾其隱乎！』遂棄舉子業，芒鞵野服，自稱『青門山人』。工書畫，援筆揮灑，風神氣韻，絶勝顓門。每遇佳山水或古蹟，必慷慨賦詩以去。嘉靖中，寄跡京師，京師諸貴人前曰：『竊聞公子善賦詩，願以請。』仕立就數千言，詞旨豐腴，一座盡傾。明日，贈遺累千金，仕即以給貧交，一揮而盡。晚年，資繪畫以自給，意所不當者，雖貴介重貲不爲動。王慎中序其集行世。七十餘卒。《康熙浙江通志》」

張文臺　直隸人①〔一〕

校記

①此條清河本列在第二十三，曲苑本置於第二十二。暖紅室本、吴梅校本和集成本列於第十五，但均作「張文臺隱君直隸人」。

箋注

〔一〕張文臺：吴曉鈴《南北宫詞紀校補》作「張文臺，名恒，直隸崑山人」。生平事蹟不詳。所作散曲見《南詞韻選》、《南北宮詞紀》等書。

周秋汀 直隸人①〔一〕

校記

①此條清河本、曲苑本並列於第二十四。「周秋汀」，原本、清初鈔本誤「秋」爲「狄」，今據各本正。暖紅室本、吴梅校本和集成本均作「周秋汀□□直隸人」，均列於第十六。

箋注

〔一〕周秋汀：《南北宮詞紀校補》作「周秋汀，名瑞，直隸崑山人」。所著散曲見《南詞韻選》、《南北宮詞紀》和《吴騷合編》諸書。傳見《道光崑新兩縣合志》卷二三《卓行》：「周瑞，字應祥。先世自元季岳州同知文彬從太倉徙崑山，瑞其五世孫也。博學，工詩文賦，試輒高等。將受餼，而亞瑞者，其師也。白御史請讓，許之。弘治中貢成均，廷試第一，授江西德興教諭，攝縣事。會桃源洞寇亂，縣小苦供餉，瑞調劑以時，卒平巨寇。謝官歸，以詩酒自娱。年九十四卒。子京，字君大，以歲薦官雲南臨安府通判。」

陸之裘南門　太倉人①〔一〕

校　記

① 此條暖紅室本、吴梅校本、集成本同，清河本列在第十，曲苑本則置於第十一。

箋　注

〔一〕陸之裘：字象孫，號南門，江蘇太倉人。官教諭。著有《南門仲子集》。散曲見於《南詞韻選》、《南北宫詞紀》等書。傳見《列朝詩集小傳》丁集中：「之裘，字象孫，太倉人。參政容之孫，評事伸之子。胚胎前光，少負才藻，有志經世，不欲以書生自命。嘗稱張子厚以書謁范希文，欲結客取洮西。大同之變，著論嗤柄國者，以爲挼手可定，頗爲里中兒所嗤，弗恤也。王元美《明詩評序》云：『余稍長，從學官習章句。有陸秀才之裘，能詩，高自許可，鄉先生自迪功而下，弗論也。即席染翰，輒數番，多麄舛不純。又聞吴下彭年秀才名，彭故文氏家言也。之裘有詩曰《南門仲子集》。好爲散詞，有云「本是箇英雄漢，差排做窮秀才」。其感慨託寄如此。』」

陶陶區　直隸人①〔一〕

校　記

①此條清河本、曲苑本均誤「陶陶區」爲「陶具區」，列於第二十五。暖紅室本、吴梅校本作「陶□□縣區」，亦誤。集成本則作「陶□□陶區」，均列於第十八。

箋　注

〔一〕陶陶區：《南北宫詞紀校補》作「陶陶區，名唐，直隸崑山人」。生平事蹟不詳。所作散曲見《南詞韻選》、《南北宫詞紀》等書。

馮惟敏海浮　臨朐人①〔一〕

校　記

①此條暖紅室本、吴梅校本、集成本同，清河本列在第十一，曲苑本置於第十。

箋注

〔一〕馮惟敏（一五一一—一五九〇）：字汝行，號海浮，山東臨朐人。嘉靖十六年（一五三七）舉人。歷官至保定府通判。以詞曲名世，所著有雜劇《梁狀元不伏老》、《僧尼共犯》；散曲《海浮山堂詞稿》等。其散曲豪放質樸，多憤世疾俗之作，在明曲中獨樹一幟。傳見《列朝詩集小傳》丁集。近人鄭騫有《馮惟敏及其著述》（見一九四〇年《燕京學報》第二十八期，已收入臺灣中華書局出版的《景午叢編》下編）。李維楨《大泌山房集》卷六五《馮氏家傳》云：「惟敏，字汝行，總角時，父官石阡，力不能攜家，惟敏曰：『萬里荒徼，奈何令大人獨往？』從之行。暇則讀六經諸子史，含咀英華，爲文閎肆，萬言可立就。晉陵王慎中督學山東（按：王慎中爲晉江人，「陵」字誤），自謂於書無不讀，猶遜其才也。尋舉於鄉。既屢上南宫，不第。結茅冶水上，居焉，放舟上下，浩歌自適，望之如神仙中人。久之，謁選授知淶水縣事。縣所食用取諸俸，稍不以煩里甲，出則簞食壺漿自隨。繕學宫，浚城隍，樹以榆柳，行道之人歌詠之。縣民富者爲將軍，爲校尉，爲力士，爲執金吾，爲中貴人，兼并地無算，而逋租契。惟敏摘其最負者懲之，貧民以爲德，而豪右謗四起矣。坐謫鎮江教授，聘典雲南，試録文多出其手。稍遷判保定府，奉檄修府志。爲集楊忠愍遺文行於世。陳郡利害十六事，皆中窾綮。尋左遷王官，遂歸。構亭冶原之上，命之曰『即江南』，日與朋輩觴詠。無何遘疾卒。卒之日，侍者以朱衣進，摇首曰『不當服此，時有耆喪』云。其文不爲刻削，語情事若指掌上。填詞尤號當家，西北人往往被之絃索。」謝伯陽點校《馮惟敏全集》，書末附《馮惟敏年譜》，二〇〇七年六月由齊魯書社出版。

王世貞鳳洲　太倉人①〔一〕

校記

① 此條暖紅室本、吴梅校本、集成本同，清河本列在第十四，曲苑本則置於第十五。「洲」，原本作「州」，今據各本改。

箋注

〔一〕王世貞（一五二六—一五九〇）：字元美，號鳳洲，别署弇州山人，江蘇太倉人。嘉靖二十六年（一五四七）進士，官至南京刑部尚書。與李攀龍同爲「嘉靖七子」領袖，狎主文壇二十餘年，主張文必秦漢，詩必盛唐。論曲崇尚風教，講究駢麗，嘉、萬間的著名曲家，如鄭若庸、金鑾、梁辰魚、汪道昆、張鳳翼、陸弼、屠隆、林世吉、黄惟楫、梅鼎祚、沈璟、潘之恒和王衡等，都與他有所交往。著述甚富，有《弇州山人四部稿》、《續稿》等。散曲見於《弇州山人四部稿》卷四〇。《明史》卷二八七、《列朝詩集小傳》丁集上並有傳。清錢大昕撰有《弇州山人年譜》。上海交通大學教授許建平編校《王世貞全集》，二〇〇七年六月由齊魯書社出版。

秦時雍復庵　亳州人①〔一〕

校記

①此條暖紅室本、吴梅校本、集成本同，清河本列在第十五，曲苑本列於第十四。

箋注

〔一〕秦時雍：號復庵，安徽亳州人。著有散曲集《秦詞正訛》二卷。鄭振鐸《劫中得書續記》五九《秦詞正訛》云：「秦時雍散曲，最罕見。余重印《新編南九宫詞》，曾發現時雍數曲，甚以爲喜。沈璟《南詞韻選》亦收秦曲數首。此本雖非全帙，却爲諸藏家所未見，最爲珍祕。書賈從内地收得，序缺第一頁之前半，中縫均已加挖改，蓋欲泯上下二卷之痕跡，冒作全書也。陳良金序云：『吾姻家復庵子，慧敏穎脱，博聞强識，蚤負盛名，晚掇京科。宰畿縣，竟以不能粉飾俯仰見黜。其居常撫景懷人，觸物起興，啓口容聲，即成佳韻。凡得一曲，遠近争膾炙之，曰：「此秦詞也。」但其傳誦既久，涇渭混淆，識者惑焉。此崇藩歸來，而《秦詞正訛》所由輯也。』此上卷存套數十九，小令三十六，以贈妓閨怨之作爲最多。」

吴嶔 **武進人**①〔一〕

校記

①此條暖紅室本、吴梅校本、集成本同，清河本列在第十六，曲苑本則置於第十七。「嶔」，除清初鈔本外，他本均誤作「欽」。

箋注

〔一〕吴嶔：《南北宫詞紀校補》作「吴崑麓，名嶔，直隸武進人」。所著散曲見《南詞韻選》、《南北宫詞紀》等書。傳見《康熙常州府志》卷二二《人物》：「吴嶔，字宗高，武進人。嘉靖鄉舉先輩制義，評隲梓之，名曰《正脈》，窮鄉僻里，無不傳誦。著《四書》、《詩經》講義。選長垣教諭。大名知府王叔杲檄主元城書院，魏吏部允中、李督撫化龍、馮宗伯琦，皆所受業者。陞汀州通判，不起，歸。」

殷都無美 **嘉定人**①〔一〕

校記

①此條暖紅室本、吴梅校本、集成本同，清河本列在第二十，曲苑本則置於第二十一。

箋注

〔一〕殷都(一五三二—一六〇二):字無美,一字開美,號斗墟,又號海岱,上海嘉定人。萬曆十一年(一五八三)進士。官至兵部職方司郎中。著有《十笏齋稿》、《爾雅齋集》等。其散曲見《南詞韻選》、《南北宮詞紀》等書。清程祖慶《練川名人畫像》卷二、《乾隆嘉定縣志》卷一〇《賢達》並有傳。明唐時升《三易集》卷一七《奉政大夫兵部職方司郎中殷公墓誌銘》云:「萬曆壬寅之春,故職方殷無美先生卒於家。家貧甚,不能營窀穸之事。明年,其友錢仲與春沂輩,相與經紀其喪,各致賻以葬焉。(略)先生諱都,字無美,一字開美。考曰略,贈奉直大夫夷陵知州;妣曰吳氏,贈宜人。先生少而開慧絶人,六歲能爲五七言詩,入小學,兼數人書程,諸生不能通誦者復教之,同舍常以珍果餅餌遺焉。十三,御史王公賢選郡縣茂才爲文會,先生名第一。十五,應試京兆,不利。其後偃蹇久之,而才名日遠,多大人之遊。是時,瑯琊王長公,屏居田里,爲文章盟主,四方賓客輻輳其門,先生舍於其家,稱高第弟子。由是交道日廣,部使者引見吳中文學之士,先生必褎然居首。萬曆癸酉,乃舉於鄉。癸未成進士。是歲當選士入館,先生名出諸新進士遠甚,而以年不中格,不得與選。甲申出守夷陵州。連有水旱之災,先生禱祀山川,朝步至郊,而夕於廟,惻怛發於至誠,未嘗不得所欲。會發廩廥,必令富人、主人吏胥不得入手,鰥寡孤獨,無不受惠者。楚俗鷙而好勝,一朝之忿,有十年相訐不已者,率以一語解之,各心服而去。夷陵當走蜀道，群山斗絶造天，徑裁容足，下臨不測之壑，過者懸車束馬，相引而行，魂魄怖慴，目不敢旁視。先生開道九千餘丈，陿者廣之，仄者剗之，斷者棧之，開闢之險，至是若康莊焉。（略）故事，蜀鹽不得入楚。而楚人實利蜀鹽，終不可禁。小民常乘風雨晦冥載鹽下峽，以避邏者，暗中觸崖石，人船破碎，漂没不可踪跡。公謂律有步擔餘鹽勿問之條，但當禁方舟而來者耳，自是迴流亂石間鮮腐胔矣。在州兩值大計，夷陵治行常爲下最，己丑遷職方員外，逾年爲正郎。北虜貢市已久，虜王建市於青海部落窟宅。其中火落赤住牧莽挂兩川，是歲入洮河，殺一將，而撦力克適西行，因挾以爲聲勢，七鎮騷動。天子遣大臣經略西鄙，中外上言兵事者，皆欲滅此而朝食。先生獨計，以今日之事，惟令二虜不相爲用，法當自解，豈可以口舌擊虜耶？蓋内條對便宜，外示諸將方略，率用此指。其後破虜數十萬，諸部狼狽四散，虜王假道東歸，不敢踐一芻一粟，先生本謀也。故功成而忌者愈甚，會石公星爲大司馬新視事，虜酋哈不慎合索台吉會獵於黄鵝口，邊人驟言虜至，石公請發兵乘城及護通州粟。先生知二虜必不爲寇，慎勿擾動爲四夷笑，持其疏不肯上，已而諜至，果獵耳。石公大慚恚曰：『獨不可先語我乎？』陰屬言者劾公，有旨調南京刑部，意猶未已，以風指授南考功，遂罷歸。歸之日，一畝之宫，二頃之田，如諸生時而已。先生平生好讀書，嘗一日之内封事數十上，諸邊待報者矗立門外，猶不能廢書。退朝則與諸文士飲酒賦詩，連日夕不休，讒者遂以此爲言。暮年，居十笏之室，冬虞淒風，夏迫烈日，而置書其間，諷誦不輟。良辰令節，與其徒爲林澤之遊，必以翰墨自隨，多至夜分乃罷。嘗自笑曰：『我窮且老，所幸者吟不後，醉不先，猶得與諸君子共事，是爲不愧日月耳。』所爲詩務爲剗削常言，自成機格，譬之沃釜而炊，不因人熱。其文則縱橫恣肆，極意所之，光芒陸離，不可狎視。至於書疏之類，尤其所長，詳敷事理，曲暢人情，以爾雅之詞，發難明之旨，千里面談不能過也。少好臧否人，至老不能自止，然其推賢樂善，常以身下之。或時有所訾詆，但發於口吻，尋不復記也。方爲諸生時，有怨家造蜚語，布入御史臺，欲以相中，事幸不發，既貴，終身不怨也。見親戚故人，謙讓懇至，與語恐傷之。其力雖不足以振施，然欲急人之難，恤人之乏，唯恐弗及，是以貧賤之士多懷之。所著有《爾雅齋集》、《籌邊疏》、《酒史》藏於家。配李氏，封宜人。（略）先生得年七十有二。子二，開之，裁之。（略）」

沈　璜定庵　吴江人①〔一〕

校　記

① 此條暖紅室本、吴梅校本、集成本同，清河本列在第二十一，曲苑本列於第二十。

箋　注

〔一〕沈璜（一五五八——一六一三）：字孝通，一字子勺，號定庵，沈璟之弟。吴江（今江蘇蘇州）人。

萬曆十四年（一五八六）進士，官至江西按察僉事。能詩文詞曲。著有《靜嘩堂集》等。其散曲見於《南詞韻選》、《太霞新奏》、《南詞新譜》和《吴騷合編》諸書。清潘檉章《松陵文獻》卷六、沈祖禹《吴江沈氏詩集録》卷三並有傳。《吴江沈氏家譜》卷之末《定庵公傳》云：「定庵公諱瓚，奉直公之次子也。與兄寧庵公，少有機雲、軾轍之目。生而豐碩白皙，灼然玉舉。早歲不露機穎，父兄皆以爲不慧。十歲始就外傅。十三學爲文，思理秀茂，師奇之。十六爲詩，以呈兄寧庵公，兄驚喜擊節，奉直公見之，詫爲吾家休文，由是知名。十九補邑弟子員。二十二入太學。二十五舉北畿經魁。其冬，丁奉直公之艱。二十九釋褐南宫，賜進士二甲八名，授南京刑部主事，進郎中。凡五年，出爲江西按察僉事，在任二年，乞身歸里，年僅三十七耳。歸五年而病，病中又丁母卜太宜人憂，哀毀幾殆。（略）公素性耿介，自通籍迄懸車，未嘗以干牘入公府。有年家子顧濬爲奴所陷，幾坐重辟，公知其枉，爲白之縣。時縣令劉時俊，清嚴絶請託，敬公素望，立出濬罪，且露封馳答，曰：『使百姓聞吾過。』其見重如此。家居十八年，撫按交章論薦，復起，補廣東僉事，入境病作，卒於廣州之海珠寺，春秋五十有五。公孝友周慎，宅心平恕，其爲比部也，有楊風春桃之獄，幾入死矣，公執法坐徒。又有朱邦奇，以父殺子，或疑其庶弟爲之，公亦執以爲不可，其平反寃獄多此類也。公治家有法，纖悉必自檢點，自奉甚儉，即宴客，取不廢禮而止，未嘗過豐。然於賑人之急，即大費無吝色。庶叔佐坐寃獄，殫力營救，心血幾枯，而佐幸以天年卒於牖下，遺孤子女，又爲之成立、婚嫁，並分己産之半，以殖其家。又念族屬多貧，捐田三百畝，立義莊以贍之。烏程蔡、費二師卒，皆爲之經紀其喪，復迎費師媪，養之終其身。生平事寧庵公如父，病則分痛調藥，殁則哀絰爲位，哭之極哀。其敦倫好義，蓋性之所安，非矯節以沽名也。公素工於詩，當其赴任廣東，於武林別親故，有『楊柳落殘初漏日，芙蓉開道盡無花』之句，孰知其竟成詩讖哉！歲在丁酉，公以寧庵從事音律，二子未免失學，因躬爲塾師以課之。一門之内，一徵歌度曲，一索句尋章，論者比之顧東橋兄弟云。所著有《静暉堂集》、《節演世範敷言》行世；《近事叢殘》二卷，藏於家。（略）」

袁中道小修　公安人①〔一〕

以上二十五人俱上品

校記

① 此條清初鈔本同，他本均作「陳所聞藎卿江寧人」。

箋注

〔一〕袁中道（一五七〇—一六二三）：字小修，號鳧隱居士，湖北公安人。萬曆四十四年（一六一六）

進士，官至南京吏部郎中。與兄宏道、宗道並稱「三袁」，爲明代「公安派」中堅。曾師事李贄，反對前後七子摹擬、復古的主張，崇尚自然。其詩歌「大都獨抒性靈，不拘格套，非從自己胸臆流出，不肯下筆」（《袁宏道集箋校》卷四《小修詩叙》）。著有《珂雪齋集》等。《明史》卷二八八、《列朝詩集小傳》丁集中並有傳。鄒漪《啓禎野乘》一集卷七有《袁文選傳》，云：「公名中道，字小修，湖廣公安人。十歲能賦，刻畫餖飣，似成人者。喜讀老莊諸家言，皆自作注疏，多言外趣，旁及西方之書，教外之語，備極研究。爲諸生，數隨兩兄住京師。兩兄交遊，皆當世名士。公連袂馳騁其間，才氣英壯，下筆騰沓不休。兄弟又數數講學談禪，互相予奪，以是學日以進，一時聲稱籍甚。會中丞梅國禎鎮雲中，邀與相見，遂出居庸關，過濕餘水，歷土木，行視先朝戰場，駐馬徘徊者久之。中丞故當世偉人，而公夙負奇氣，坐上坐，劇談相得歡甚。每有所論，中丞皆退疏之，一詩成輒曰：『真才子也。』嘗於水磨河置酒，大合樂，泛舟，辯論鋒起，沙飛海立，中丞自謂數十年無此樂。率將佐出獵，並馬笑譚，千騎圍繞，笳管清路，箭作鵝（餓）鴟叫，擊鮮共啗，浮大白無數。比歸，而城中燈火已闌珊矣。萬曆癸卯，中順天鄉試，數上南宮不第。復策蹇驢出塞，走漁陽、上谷間，經年乃還。買一舟名汎鳧，置糗糧其上，書畫數簏，任意行止，彷彿張子同、趙子固之爲人。遇佳山水，輒艤舟邀其地勝流共登眺，唱和間，出古器、法書、名畫，評賞題跋，而一一籍記其事，因自號曰鳧隱。既遊桃源德山，因放舟下金陵，汎西子湖，凡吴中名流高衲、歌兒老嫗，無不口小修爲名士，而公亦到處題詠不輟。已同中郎歸寓沙市，禪悦之餘，詩酒相娱。

未幾，中郎卒，悲悼成疾。因遊玉泉，訪僧無跡，遂買山搆柴紫庵於其側，自是往來多在玉泉，不復出遊。公久困場屋，舉業聲聞海内，闈中得佳卷，心疑公作，傳視相詫曰：『阿胖已落吾手矣。』及拆號，知其非，皆爲惋惜。丙辰成進士，人競指其名相告云。明年，授徽州府學教授，陞國子博士。庚申遷南京禮部主事。甲子調吏部郎，卒。所著有《珂雪齋集》行世。」

周憲王色天散聖〔一〕，樂國飛仙。胤出天潢①〔二〕，才分月露〔三〕。陳秋碧越音嘹亮②，王渼陂秦韻鏗鍧③〔四〕。康翰林絶技矜狂④，楊狀元異才甘放⑤。常樓居藝林掞藻〔五〕，顧雍里名族標英。唐解元巧擅解衣〔六〕，祝山人神凝灑翰。劉龍田風來東魯⑥，金白嶼響振江東⑦。李日華斗膽翻詞⑧，虞竹西柔腸度曲。沈野翁丹青入道⑨，張隱君浮白采真⑩〔七〕。周家郎顧誤名高〔八〕，陸氏子聞奇譽美。陶先生玄襟瀟爽⑪，馮侍御綺筆鮮妍〔九〕。王司寇當代宗工，秦大夫中原儒雅。吴居士會心絲竹，殷部郎觸目琳球⑫〔一〇〕。沈僉憲清望斗山，袁孝廉逸才月露⑬。蓋諸公多濬文章之派，並揚詞曲之波。歌套數〔一一〕，洋洋盈耳之歡；唱小令〔一二〕，嗚嗚會心之妙。篇章應不朽，姓字必兼存。允爲上品。

校記

①「胤」，原作「允」，據清初鈔本改。他本均作「嗣」。

②此條暖紅室本、吴梅校本、曲苑本和集成本均列於「王渼陂」條下。
③「鏑」，清初鈔本同，他本均作「鏘」。
④此條暖紅室本、吴梅校本、曲苑本和集成本均列於「楊狀元」條下。
⑤「異才」，清初鈔本同，他本均作「美才」。
⑥「來」，清初鈔本同，他本均作「成」。
⑦「江東」，清初鈔本同，他本均作「江南」。
⑧「李日華」，清初鈔本同，他本均作「李實甫」。
⑨「沈野翁」，清初鈔本同，他本均作「沈野筠」。
⑩「采真」，清初鈔本同，他本均誤作「采直」。
⑪「玄襟」，原作「元襟」，據清初鈔本改。「瀟爽」，清初鈔本同，他本均作「瀟灑」。
⑫「琳球」，清初鈔本同，他本均作「琳瑯」。
⑬「袁孝廉逸才月露」，清初鈔本同，他本均作「陳散人高縱烟壑」。

箋注

〔一〕色天散聖：「色天」，佛家有三界諸天之説。其色界諸天又分爲四禪，第四禪爲色究竟天，爲色界之極處（見《法苑珠林》五《諸天部辨位》）。「散聖」，指不受拘束的聖人。

〔二〕天潢：皇族、宗室之稱。

〔三〕月露：典出《隋書·李諤傳》。明淩虛子等編輯戲曲劇本單出選，也用《月露音》名其集。清如居士序云：「蓋隋帝時，妙選佳詞，類而成册，展卷朗歎，清新連篇，皆如月露。或也師其意乎。」《曲品》多次用「月露」一詞（如「才分月露」、「鄭工部月露才華」、「袁孝廉逸才月露」），除了贊揚曲家出衆的文才外，還肯定其擅長於賞音度曲。

〔四〕鏗鏘：鐘鼓並作聲，形容聲音響亮而和諧。語出班固《東都賦》。

〔五〕掞藻：抒發詞藻，謂施展文才。蕭穎士《贈韋司業書》：「今朝野之際，文場至廣，掞藻飛聲，森然林植。」

〔六〕解衣：即解衣般礴，謂脱去衣服箕坐。語出《莊子·田子方》。後用解衣般礴指作畫。《圖繪寶鑑》：「王洽能潑墨成畫，沈酣之後，解衣槃薄，脱去筆墨畦町，自成一種意度。」

〔七〕浮白：劉向《説苑·善説》：「飲而不釂者，浮以大白。」本謂罰酒，後指滿飲一大杯酒。

〔八〕顧誤：見本書二七頁注〔八〕。

〔九〕馮侍御：「侍御」，即侍御史。按：馮惟敏未曾出任此職，恐爲作者誤記。

〔一〇〕琳球：亦作球琳，指美玉。

〔一一〕套數：散曲一般分爲小令和套數兩種。套數，聯用若干支同一宫調的曲牌，組成一套，亦叫散套。

〔一二〕小令：單作一支曲子，叫小令。元人亦稱葉兒，《芝庵論唱》：「時行小令喚葉兒。」

曲品卷下①

東海鬱藍生撰　瑯琊方諸生閱

傳奇品定②，頗費籌量，逐帙置評③，不無褒貶。蓋總出一人之手，時有工拙；統觀一帙之中，間有短長④。故律以一法，則吐棄者多；收以歧途，則闌入者雜。其難其慎，此道亦然。我舅祖孫司馬公謂予曰〔一〕：「凡南戲⑤，第一要事佳；第二要關目好⑥〔二〕；第三要搬出來好；第四要按宮調⑦，協音律；第五要使人易曉；第六要詞采；第七要善敷衍，淡處作得濃，閑處作得熱鬧；第八要各脚色分得匀妥⑧；第九要脱套；第十要合世情，關風化。持此十要，以衡傳奇，靡不當矣。」第今作者輩起⑨，能無集乎大成⑩？十得六七者⑪，便爲璣璧〔三〕；十得三四者⑫，亦稱翹楚〔四〕；十得一二者⑬，即非碱砆〔五〕。具隻眼者〔六〕，試共評之。括其門類⑭，大約有六：一曰忠孝，一曰節義，一曰仙佛⑮，一曰功名⑯，一曰豪俠⑰，一曰風情⑱。元劇之門類甚多〔七〕，而南戲止此矣。

校　記

①「卷下」，原作「卷中」。《曲品自叙》云：「倣鍾嶸《詩品》、庾肩吾《書品》、謝赫《書品》例，各著論評，

析爲上下二卷。」各本均作「卷下」，今據改。

② 「品定」，清初鈔本同，他本均作「定品」。

③ 「逐帙置評」四字，清初鈔本同，他本皆脱。

④ 「短長」，清初鈔本同，他本均作「長短」。

⑤ 「南戲」，清初鈔本同，他本均作「南劇」。

⑥ 「關目好」，暖紅室本、吴梅校本、曲苑本均作「悦目」。

⑦ 「宫調」，暖紅室本、吴梅校本、曲苑本均作「宫商」。

⑧ 「分」，清初鈔本同，他本均作「派」。

⑨ 「第」，清初鈔本同，他本均作「但」。

⑩ 「能無」，原本和清初鈔本作「無能」，據他本乙。

⑪ 「七」，清初鈔本同，他本均無。

⑫ 「三四」，清初鈔本同，他本均作「四五」。

⑬ 「一二」，清初鈔本同，他本均作「二三」。

⑭ 「門類」，清初鈔本同，他本均作「門數」。

⑮ 「仙佛」，清初鈔本同，他本均作「風情」。

⑯ 「功名」，清初鈔本同，他本均作「豪俠」。

⑰「豪俠」，清初鈔本同，他本均作「功名」。

⑱「風情」，清初鈔本同，他本均作「仙佛」。

箋注

〔一〕孫司馬：即孫鑛（一五四三—一六一三），文融，號月峰，浙江餘姚人。萬曆二年（一五七四）進士。官至南京兵部尚書，故稱司馬。工古文，精於戲曲音韻學。著有《孫月峰先生全集》。傳見《乾隆餘姚縣志》卷一〇。吕胤昌（玉繩）有《大司馬月峰孫公行狀》（見孫兆熙輯《孫氏世乘》卷上）。

〔二〕關目：指戲曲情節的安排和構思。今存《元刊雜劇三十種》，其劇目冠有「新刊關目」字樣，如《新刊關目閨怨佳人拜月亭》等。

〔三〕璣璧：璣，珠之不圓者；璧，平圓形而中間有孔之玉。「璣璧」，泛指珠玉。

〔四〕翹楚：原指高出叢薪的荆木，後用來指傑出的人物。孔穎達《春秋正義序》：「劉炫於數君之内，實爲翹楚。」

〔五〕碔砆：類似玉的美石。

〔六〕隻眼：比喻特殊的見解。語出《滄浪詩話・詩評》。

〔七〕元劇句：朱權《太和正音譜》將元雜劇分爲十二科：神仙道化；隱居樂道，又曰林泉丘壑；披袍秉笏，即君臣雜劇；忠臣烈士；孝義廉節；叱奸罵讒；逐臣孤子；鏺刀趕棒，即脱膊雜劇；風花雪月；悲歡離合；煙花粉黛，即花旦雜劇；神頭鬼面，即神佛雜劇。

舊傳奇作者姓名多不可考①，今合入四品②，不復分別。

神品一

琵琶〔一〕　高則誠明　永嘉人③〔二〕

蔡邕之託名無論已。其詞之高絶處，在布景寫情，色色逼真④，有運斤成風之妙〔三〕。串插甚合局段，苦樂相錯，具見體裁〔四〕。可師可法，而不必議者也⑤。詞隱先生嘗謂予曰：「東嘉妙處，全在調中平、上、去聲字，用得變化⑥，唱來和協。至於調之不倫，韻之太雜，則彼已自言，不必尋數矣〔五〕。」萬吻共褒⑦，允宜首列⑧。

校記

① 「多」，清初鈔本同，他本均作「或」。

②「今」，清初鈔本同，他本均無。

③「高則誠明永嘉人」，清初鈔本同，他本均無此七字。

④「色色逼真」，清初鈔本同，他本均脱「色色逼」三字。

⑤「不必議者」，清初鈔本同，他本均作「不可及」。

⑥「平」，原本和清初鈔本誤作「下」，據他本改。「字」，清初鈔本、清河本、集成本同，他本均無。

⑦「萬吻」，清初鈔本同，他本均作「萬物」。「物」乃「吻」之形誤。

⑧「允宜首列」下，清河本、集成本均有「高則誠所作」五字注；暖紅室本、吴梅校本、曲苑本同，但無「所」。

箋注

〔一〕琵琶：演蔡伯喈、趙五娘的故事。祝允明《猥談》：「南戲出於宣和之後，南渡之際，謂之温州雜劇。予見舊牒，其時有趙閎夫榜禁，頗述名目，如《趙貞女蔡二郎》等，亦不甚多。」《南詞叙録·宋元舊篇》著録《趙貞女蔡二郎》，注云：「即舊伯喈棄親背婦，爲暴雷震死。」此劇取材於這一早期南戲，改爲全忠全孝，以團圓結束。傳本頗多，《古本戲曲叢刊》初集第七種，據清陸貽典鈔本《新刊元本蔡伯喈琵琶記》影印；初集第八種，據明虎林容與堂刻本《李卓吾先生批評琵琶記》影印。

〔二〕永嘉：瑞安地屬古永嘉郡。高則誠《題青山白雲圖詩自跋》（見曾唯《東甌詩存》），末署「永嘉高明」。

〔三〕其詞之高絶處四句：《南詞叙録》云：「或言：『《琵琶記》高處在《慶壽》、《成婚》、《彈琴》、《賞月》諸大套。』此猶有規模可尋。惟《食糠》、《嘗藥》、《築墳》、《寫真》諸作，從人心流出，嚴滄浪言『水中之月，空中之影』，最不可到。」張鳳翼《删正琵琶記序》亦云：「《琵琶》一記，膾炙萬口，傳自勝國，蔚爲詞宗。敷揚綺麗，語語傳神，描寫酸楚，言言次骨。」（《處實堂續集》卷二）

〔四〕串插甚合局段三句：青木正兒《中國近世戲曲史》：「全本四十二齣（古本爲四十三齣），其布置之法，將蔡宅與牛府景象，交互演出，以『富貴』與『貧賤』對照，使觀者同情悉集於趙氏，一面以牛府生活之安樂華麗，調節蔡家生活之悽慘，使觀者不至酸鼻之極，此外往往插演滑稽場面，令觀者頭腦休息。關目甚爲妥貼。」

〔五〕至於調之不倫四句：明代崑山腔興起後，腔調既變，格律亦日臻嚴密。沈璟以此衡量《琵琶記》，當然覺得「調之不倫，韻之太雜」，不合韻律處多。這種看法對後世頗有影響，如黄振認爲：「《琵琶》爲南曲之祖，然用韻太雜，『支思』、『齊微』通用，音調已是不協，乃更闌入『魚模』、『寒山』、『桓歡』、『先天』混用，固已牽强；更濫入閉口之『廉纖』，白璧之瑕，遂成千秋遺憾。」（姚燮《今樂考證》著録五）吴梅在《顧曲麈談·論音韻》中亦指出：「高則誠之《琵琶記》，亦有錯誤，『支時』與『魚模』不分，『歌羅』與『家麻』並用，自謂不屑尋宫數調，其實貽誤後學者至巨。」

神品二

拜月〔一〕校正①

云此記出施君美筆，亦無的據〔二〕。元人詞手，製爲南詞，天然本色之句，往往見寶，遂開臨川玉茗之派〔三〕。何元朗絶賞之，以爲愈於《琵琶》②〔四〕，而《談詞定論》則謂次之而已〔五〕。

校記

① 「校正」，清初鈔本同，他本均無。

② 「愈於」，清初鈔本同，他本均作「勝」。

箋注

〔一〕拜月：《永樂大典戲文目》作《王瑞蘭閨怨拜月亭》，《南詞叙録·宋元舊篇》題爲《蔣世隆拜月亭》，明容與堂刻李卓吾評本，汲古閣刻《六十種曲》本，並作《幽閨記》。演蔣世隆、王瑞蘭的愛情故事。此劇根據關漢卿《閨怨佳人拜月亭》雜劇改編，有明清刊本流傳，《古本戲曲叢刊》初集第九種，據明世德堂刻本《重校拜月亭記》影印；初集第十種，據《李卓吾先生批評幽閨記》影印。

按：北京大學圖書館藏清咸豐、同治間瑞鶴山房鈔本《幽閨記》二十二齣，或標注工尺，或帶身段譜，爲清代舞臺演出本。

〔二〕云此記出施君美筆二句：明人多傳爲元施惠（字君美）所作，《寒山堂南曲譜》卷首《譜選古今傳奇散曲集總目》，著録《蔣世隆拜月亭記》，注云：「吴門醫隱施惠，字君美著。武林刻本已數改矣，世人幾見真本哉。五十八齣。按察司刻。」而王國維亦如吕氏，持存疑態度：「《録鬼簿》謂君美詩酒之暇，唯以填詞和曲爲事，有《古今砌話》編成一集，而無一語及《拜月亭》。雖《録鬼簿》但録雜劇，不録南戲，然其人苟有南戲或院本，亦必及之。如范居中、屈彦英、蕭德祥等是也。則《拜月》是否出君美手，尚屬疑問，唯就曲文觀之，定爲元人之作，當無大謬。」（《宋元戲曲考》）青木正兒認爲「視此曲亦爲元末葉無名氏所撰，後經明人所删改者，似爲適當」（《中國近世戲曲史》）。

〔三〕元人詞手五句：李贄《拜月》云：「此記關目極好，説得好，曲亦好，真元人手筆也。首似散漫，終致奇絶，以配《西廂》，不妨相追逐也，自當與天地相終始，有此世界，即離不得此傳奇。」（《焚書》卷四）徐復祚亦給予極高的評價：「《拜月亭》宫調極明，平仄極叶。自始至終，無一板一折非當行本色語，此非深於是道者不能解也。」（《曲論》）湯顯祖繼承《拜月亭記》等南戲和元人雜劇的優良傳統，其劇作講求本色當行而不拘於音律，注重文彩修飾而反對駢儷，形成獨特的藝術風格，一時曲家倣法摹倣，所以説「開臨川玉茗之派」。最早提出「臨川派」之説，非肇始於吴梅，實濫觴於吕氏之《曲品》。

〔四〕何元朗絶賞之二句：《四友齋叢説》卷三七：「《拜月亭》是元人施君美所撰，《太和正音譜・樂府群英姓氏》亦載此人。余謂其高出於《琵琶記》遠甚。蓋其才藻雖不及高，然終是當行。其『拜新月』二折乃隱括關漢卿雜劇語。他如《走雨》、《錯認》、《上路》、館驛中相逢數折，彼此問答，皆不須賓白，而叙説情事，宛轉詳盡，全不費詞，可謂妙絶。」何元朗（一五〇六—一五七三），名良俊，號柘湖，華亭（今上海松江）人。嘉靖中貢生，任南京翰林院孔目。喜好戲曲，家蓄樂工，能按拍教唱。著有《柘湖集》、《何氏語林》、《四友齋叢説》等。傳附《明史・文徵明傳》。

〔五〕談詞定論句：《談詞定論》爲何書不詳，亦不見著録。但王世貞《藝苑卮言》中却有駁何氏之説：「元朗謂勝《琵琶》，則大謬也。中間雖有一二佳曲，然無詞家大學問，一短也；既無風情，又無裨風教，二短也；歌演終場，不能使人墮淚，三短也。」

妙品一

荆釵〔一〕校正①

以真切之調，寫真切之情，情文相生，最不易及。詞隱先生稱其能守韻②〔二〕。然則今本有失韻者，蓋謄録之譌耳③。直當仰配《琵琶》而鼎峙《拜月》者乎④！

校記

①「校正」，清初鈔本同，他本無。

②「先生」，清初鈔本同，他本無。

③「謄録」，清初鈔本同，他本均作「傳鈔」。

④「直」，清初鈔本同，他本均作「真」。「鼎峙拜月者乎」下，吴梅校本、集成本有「寧獻王作」四字注；暖紅室本作「丹邱生作」。

箋注

〔一〕荆釵：《南詞叙録·宋元舊篇》題爲《王十朋荆釵記》。演王十朋和錢玉蓮悲歡離合的故事。關於王十朋的傳説，早就在民間流播，《甌江逸志》、王應奎《柳南續筆》等書中，均有記載。此劇根據民間傳説編撰，有明清刻本流傳，《古本戲曲叢刊》初集第十三種，據《新刊原本王狀元荆釵記》影印；初集第十四種，據《屠赤水批評荆釵記》影印。

按：關於《荆釵記》的作者，《古人傳奇總目》題爲「丹邱生作」。王國維《曲録》卷四，始以爲明初寧獻王朱權所撰，因朱權號丹邱先生。《寒山堂南曲譜》著録《雍熙樂府》六種之第二種

《王十朋荊釵記》，則作「吴門學究敬仙書會柯丹邱撰」。

又按：北京大學圖書館藏清咸豐、同治年間鶴瑞山房鈔本《荊釵記》三十二齣，或標工尺，或帶身段譜，爲清代舞臺演出本。

〔二〕詞隱先生句：沈璟在《南曲譜》中對《荊釵記》用韻倍加稱贊，如卷一〔仙吕引子・掉角兒序〕「想前曾結分緣」，評云：「觀其用入聲作平聲字，俱絶妙。『早』字、『大』字，若他人作此曲，必用平聲字矣。信乎作家也！」又如卷一四〔黄鐘引子・疏影〕「韶光荏苒歎桑榆」，評云：「用韻甚嚴，妙甚，妙甚！」所謂「能守韻」殆指此。

妙品二

牧羊〔一〕校正①

元馬致遠有劇〔二〕。此詞亦古質可喜，令人想見子卿之節②〔三〕。吴優演之③，最可觀④。

校記

①「校正」，清初鈔本同，他本無。

②「想見」，清初鈔本同，他本均作「想念」。

③「吴優」，清初鈔本同，他本均作「梨園」。

④「可觀」，清初鈔本同，他本均作「可玩」。其下，吴梅校本、集成本均有「馬致遠作」四字注。

箋注

〔一〕牧羊：《南詞叙録·宋元舊篇》題爲《蘇武牧羊記》。演蘇武牧羊故事。取材於《漢書·蘇武傳》。此劇僅有鈔本流傳，《古本戲曲叢刊》初集第二十種，據大興傅氏（惜華）原藏清乾隆三年（一七三八）所鈔演出本影印。

〔二〕元馬致遠有劇：《寒山堂南曲譜》著録有《蘇武持節北海牧羊記》，注云：「江浙省務提舉大都馬致遠千里著，號東籬。」《傳奇彙考標目》卷上著録馬致遠《牧羊》，《傳奇彙考標目》增補本，有馬東籬《蘇子卿風雪牧羊記》。殆即此本，惜不見傳本。

〔三〕子卿：《漢書·蘇武傳》：「蘇武字子卿。」

妙品三

香囊〔一〕校正①

詞工白整，儘填學問〔二〕。此派從《琵琶》來〔三〕，是前輩中最佳傳奇也②。毘陵邵給諫所作，佚其名③。

校　記

①「校正」，清初鈔本同，他本無。

②「中」，清初鈔本同，他本均無。

③「毘陵」十字注，清初鈔本同，暖紅室本、吴梅校本、集成本則作「邵給諫作」。清河本、曲苑本無。

箋　注

〔一〕香囊：演張九成事。譚正璧《〈醉翁談録〉所録宋人話本名目考》疑取材於宋話本《紫香囊》（見《話本與古劇》卷上）。有明刻本流傳，《古本戲曲叢刊》初集第四十種，據明萬曆間繼志齋刻本影印。

〔二〕詞工白整二句：徐復祚《曲論》：「《香囊》以詩語作曲，處處如煙花風柳。如『花邊柳邊』、『黄昏古驛』、『殘星破暝』、『紅入仙桃』等大套，麗語藻句，刺眼奪魄。然愈藻麗，愈遠本色。」

〔三〕此派句：《四友齋叢説》卷三七云：「《琵琶》專弄學問，其本色語少。」而《香囊記》不學其長處，專向學問上用功夫，以爲逼真東嘉，實則「遂濫觴而有文詞家一體」（《曲律》卷三《論家數第十四》）。

妙品四

孤兒〔一〕

事佳，搬演亦可。但其詞太質，每欲如《殺狗》一校正之〔二〕，而棘於手，姑存其古色而已。即以趙武爲岸賈子，韓厥自刎①，正是戲局②。近有徐叔回所改《八義》〔三〕，與傳稍合，然未佳。予意依古傳，韓厥立孤，席間出趙武徧拜諸將，豈不真奇③〔四〕！

校記

①「韓厥自刎」四字清初鈔本同，他本無。

②「戲」，清初鈔本作「劇」。

③「予意依古傳」至「豈不真奇」二十二字，清初鈔本同，他本均無。

箋注

〔一〕孤兒：《永樂大典戲文目》著録作《趙氏孤兒報冤記》，《南詞叙録·宋元舊篇》題爲《趙氏孤兒》。演春秋時晉靈公權臣屠岸賈殘殺趙盾全家，程嬰、公孫杵臼救孤報仇的故事。本事出於《春秋左傳》和《史記·趙世家》。今有明刊本流傳，《古本戲曲叢刊》初集第十六種，據明世德堂《新鍥重訂出像附釋標注趙氏孤兒記》影印。

〔二〕殺狗：即《殺狗記》，見本書卷下二二三頁箋注〔一〕。

〔三〕近有句：《南詞新譜》卷首《古今入譜詞曲傳劇總目》，著録徐叔回《八義記》，注云：「名元，錢塘人。」《遠山堂明曲品》「能品」《八義》條云：「傳趙武事者有《報冤記》，又有《接纓記》，此則以《八義記》名。記中以程嬰爲趙朔友，以嗾犬在宣孟侍宴之際，以韓厥生武而不死於武，以成靈壽之功，皆本於史傳，與時本稍異。」北嬰（杜穎陶）《曲海總目提要補編》箋注〔一〕：「《六十種曲》本《八義》，其情節與呂、祁兩家所述徐本不合，當非徐叔回作。明世德堂刊本有《趙氏孤兒記》，《六十種曲》本《八義》，似即就此本而略加增潤者，《提要》所叙亦與此相合，當皆爲《趙氏孤兒記》。明止雲居士《萬壑清音》中選《八義記》「趙盾梃奸」一折，曲亦〔北端正好〕一套，但字句與今存兩本皆不同，此或出於徐叔回本。」

〔四〕予意依古傳四句：「古傳」指《史記》卷四三《趙世家》，云：「諸將以爲趙氏孤兒良已死，皆喜。然趙氏真孤乃反在，程嬰卒與俱匿山中。……景公問：『趙尚有後子孫乎？』韓厥具以實告。於是景公乃與韓厥謀立趙孤兒，召而匿之宮中。諸將入問疾，景公因韓厥之衆以脅諸將而見趙孤。趙孤名曰武。諸將不得已，乃曰：『昔下宮之難，屠岸賈爲之，矯以君命，並命群臣。非然，孰敢作難！微君之疾，群臣固且請立趙後。今君有命，群臣之願也。』於是召趙武、程嬰徧拜諸將。」

妙品五

金印〔一〕

季子事，佳。寫世態炎涼曲盡，真足令人感激①，近俚處俱見古態。今有插入張儀而改名《縱横》者②〔二〕，稍失其舊矣③。

校　記

①「感激」，清初鈔本同，他本均作「感喟發憤」。

②「插入」二字清初鈔本同，他本無。

③「稍失其舊矣」下，暖紅室本、吴梅校本、集成本均有「蘇復之作」四字注；清河本、曲苑本無。

箋注

〔一〕金印：演蘇秦故事。本事出於《戰國策》和《史記·蘇秦列傳》。此劇有明刻本、清鈔本流傳，《古本戲曲叢刊》初集第二十七種，據明萬曆間刻本《重校金印記》影印。《西諦書目》著録明萬曆間繼志齋刊本《重校蘇季子金印記》，今藏國家圖書館；北京大學圖書館藏清咸豐、同治間瑞鶴山房鈔本《金印記》（此本非全帙，僅存《逼釵》至《金圓》十四齣，或帶工尺，或有身段譜，爲清代舞臺演出本）。

按：關於《金印記》的作者，《古人傳奇總目》首題爲「明蘇復之作」。朱權《太和正音譜》所舉國朝十六人雜劇，云：「蘇復之（或脱一「之」字）詞，如雲林文豹。〔指揮〕」未著録他作有《金印記》，明人著作中亦未見及。而《南詞新譜》卷首《古今入譜詞曲傳劇總目》、清河本、曲苑本均未題撰者，應爲無名氏作。

〔二〕今有句：《遠山堂明曲品》「能品」著録無名氏《合縱》，云：「雜入張儀一事，較《金印》稍詳。曲有數語襲《金印》者，雖其他稍遜之，而時出本色，令人會心。」葉德均《祁氏曲品劇品補校》認爲「此爲《金印記》改本。明山水鄰刊本作《金印合縱記》，又名《黑貂裘》，殆即此本。題『西湖高一葦訂證』。」

按：胡文煥輯《群音類選》「諸腔類」卷一，選有《金印記》五齣，注云：「一名《合縱記》。」《類選》刊於萬曆間，正是吕氏撰寫《曲品》之時，此《合縱記》或即《縱横記》。

妙品六

連環〔一〕　王雨舟作　烏鎮人①

詞多佳句，事亦可喜。元有《奪戟》劇〔二〕，亦妙②。

校記

①「王雨舟作烏鎮人」七字各本無。

②「亦妙」下，暖紅室本、吴梅校本、集成本均有「王雨舟作」四字注；它本則無。

箋注

〔一〕連環：演王允以貂蟬離間董卓、吕布事。據元無名氏《連環記》（全名《錦雲堂美女連環計》）雜劇改編。此劇僅有鈔本流傳，《古本戲曲叢刊》初集第五十四種，據國家圖書館存長樂鄭氏（振鐸）原藏清鈔本影印。

按：此本第五齣《教伎》的丑白中，引用了許多明末的劇目，如《燕子箋》、《十錯認》、《奈何天》等，還增加曹操欲使關羽殺吕布，指使貂蟬百般媚羽，遭羽怒殺的情節。因此，顯然已非明初刊本的面貌。説見程毅中先生《幾種古本戲曲的作者》，刊於《戲曲論叢》一九五七年第四輯，中國戲劇出版社。國家圖書館還藏有一鈔本，鈐有「竹林深處是家鄉」，不攙雜劇名巧體，更接近原著的面貌。

〔二〕奪戟：《遠山堂明曲品》「雅品殘稿」著録《連環》，云：「元有《奪戟》劇，云貂蟬小字紅昌，原爲布配，以離亂入官，掌貂蟬冠，故名。後仍作王司徒義女，而連環之計，紅昌不知也。」此劇今不存，傅惜華《元代雜劇全目》失載。

妙品七

玉環〔一〕

此檃括元《兩世姻緣》劇，而於事多誤。想作者有憾乎外家耳①〔二〕。陳禺陽作《鸚鵡洲記》②〔三〕，方是實録。

校記

①「乎」，清初鈔本同，他本均作「於」。

②「禺陽」，清初鈔本同，他本均作「玉陽」。「禺陽」爲陳與郊字，「玉」蓋爲「禺」音誤。

箋注

〔一〕玉環：演玉簫與韋臯兩世姻緣的故事。取材於范攄《雲溪友議》中有關韋臯事。有明刻本流傳，《古本戲曲叢刊》初集第二十二種，據明萬曆間慎餘館刊本《韋鳳翔古玉環記》影印。

〔二〕想作者句：《遠山堂明曲品》「雅品殘稿」著録《玉環》，云：「韋臯玉簫兩世姻緣，不過前後點出，而極意寫韋之見逐於婦翁，作者其有感而作者耶？」

〔三〕鸚鵡洲記：見本書卷下三八八頁箋注〔一〕。

能品一

白兔〔一〕校正①

詞極古質，味亦恬然②，古色可挹。世稱《蔡》、《荆》、《劉》、《殺》，又云《荆》、《劉》、《拜》、《殺》③〔二〕。雖不敢望《蔡》、《荆》，然斷非今人所能作。

校記

①「校正」，清初鈔本同，他本無。

②「恬然」，原本和清初鈔本誤作「短然」，據他本改。

③「又云荆劉拜殺」六字清初鈔本同，他本無。

箋注

〔一〕白兔：《南詞叙録·宋元舊篇》作《劉知遠白兔記》，徐于室、鈕少雅輯《彙纂元譜南曲九宫正始》簡爲《劉知遠》。演劉知遠、李三娘事。此劇據《新編五代史平話》和《劉知遠諸宫調》改編。有明刻本和清鈔本流傳，《古本戲曲叢刊》初集第十一種，據明末汲古閣刊刻《白兔記定本》影印；

初集第十二種，據明萬曆間富春堂刻本《劉知遠白兔記》影印。西班牙愛斯高里亞聖勞倫佐圖書館藏有明嘉靖進賢堂刻本《全家錦囊大全劉智遠》（見羅錦堂《錦堂論曲》），《明代傳奇全目》未著録。一九六七年，在上海嘉定宣氏墓中，出土的明成化年間北京永順堂刊印的《新編劉知遠還鄉白兔記》，是《永樂大典戲文三種》之後，又一種較爲完整的南戲（見趙景深《明成化本南戲〈白兔記〉的新發現》，收入《曲論初探》）。

按：《寒山堂南曲譜》著録《劉知遠重會白兔記》，注云：「劉唐卿改過。」據孟稱舜刻本《録鬼簿》，劉唐卿爲元太原人，皮貨所提舉，著有雜劇《降桑椹蔡順奉母》和《李三娘麻地捧印》。這後一種與《白兔記》的故事有關，劉氏或就是南戲《白兔記》的改編者。

〔二〕世稱荆劉拜殺兩句：《曲律》卷三《雜論第三十九上》：「稱戲曲《荆》、《劉》、《拜》、《殺》，益不可曉，殆優人戲單語耳。」又曰：「古戲如《荆》、《劉》、《拜》、《殺》等，傳之凡二三百年，至今不廢。以其時作者少，無此等名目便以爲缺典，故幸而久傳。」朱彝尊《静志居詩話》卷四：「識曲者以《荆》、《劉》、《拜》、《殺》爲四大家。」《曲海總目提要》卷四《白兔》條，云：「元明以來，相傳院本上乘，皆曰《荆》、《劉》、《拜》、《殺》……又曰《荆》、《劉》、《蔡》、《殺》。《蔡》謂《琵琶記》也。樂府家推此數種，以爲高壓群流，李開先、王世貞輩議論，亦大略如此。」

能品二

殺狗〔一〕

事俚詞質。舊存惡本，予爲校正〔二〕。詞多可味①，此等直寫②，事透徹，正不落惡腐境③，所以爲佳④。

校記

① 「詞多可味」，清初鈔本同，而清河本作「詞多有味」。他本均無此四字。

② 「等」，清初鈔本同，他本無；「直」，清初鈔本同，他本均作「真」。

③ 「正」「境」二字清初鈔本同，他本無。

④ 「所以爲佳」下，暖紅室本、吴梅校本、集成本均有「徐仲由作」四字注。清初鈔本、清河本和曲苑本則無。

箋注

〔一〕殺狗：《永樂大典戲文目》作《楊德賢婦殺狗勸夫》，《南詞叙録·宋元舊篇》題爲《殺狗勸夫》。

演孫華妻楊氏殺狗勸夫成兄弟和好的故事。元無名氏亦有同題材的雜劇《殺狗勸夫》(全名《王翛然斷殺狗勸夫》),不知孰先。今有明刻本流傳,《古本戲曲叢刊》初集第十五種,據明末汲古閣刊刻《殺狗記定本》影印。據《寒山堂南曲譜》著録《楊德賢女殺狗勸夫記》注:「古本淳南徐畛仲由著,今本已由吴中情奴、沈興白、龍子猶三改矣。」可見傳本已非舊觀。

按:關於《殺狗記》作者,《古人傳奇總目》、《静志居詩話》並題作「徐畛撰」。《詩話》卷四云:「畛字仲由,洪武初徵秀才,至藩省省歸。嘗曰:『吾詩文未足品藻,惟傳奇詞曲,不多讓古人。』」據松鳧室《現存雜劇傳奇版本記》載,許之衡曾藏有富春堂刊本《殺狗記》,與《六十種曲》不同(見《劇學月刊》第五卷六期)。周貽白認爲:「富春堂本既與舊本不同,或即徐畛所作。」(見《中國戲劇史長編》)既然《殺狗記》列入《永樂大典戲文目》和《南詞叙録·宋元舊篇》,應爲元人所作,如爲徐畛所撰,也係改訂舊本。

又按:徐畛是由元入明的戲曲家,小傳見《青溪詩集傳》,《雍正浙江通志》卷一八五「文藝」予以收録:「徐畛,字仲由,淳安人。幼穎敏,日記五千字。及長,博習經史百家之書,善屬文,鄉里推爲祭酒。洪武初,辟教邑庠,三年,自免去。已詔徵秀才,强起之,至省,力辭而歸。號巢松病叟,葛巾野服,優遊山水間,以詩酒自放。有《巢松集》。」據别本《傳奇彙考標目》著録,他還撰有:《王翛然玉環記》、《鯁直張志誠》、《王文舉月夜追倩魂》、《杵藍田裴航遇仙》和《柳文直元旦賀昇平》等五種,今皆不存。參見拙文《〈殺狗記〉改編者徐畛用名考辨》(《文學遺産》

一九九九年第四期）。

〔二〕事俚三句：《曲律》卷三《雜論第三十九上》：「古曲自《琵琶》、《香囊》、《連環》而外，如《荆釵》、《白兔》、《破窰》、《金印》、《躍鯉》、《牧羊》、《殺狗勸夫》等記，其鄙俚淺近，若出一手，豈其時兵革孔棘，人士流離，皆村儒野老塗歌巷詠之作耶？《殺狗》，頃吾友鬱藍生爲釐韻以飭，而整然就理也。」梁廷枏《曲話》卷三亦云：「《荆》、《劉》、《拜》、《殺》，曲文俚俗不堪，《殺狗記》尤惡劣之甚者。」

能品三

教子〔一〕

古本儘佳，今已兩改。真情苦境，亦儘可觀①〔二〕。

校　記

①「儘」，清初鈔本同，他本均作「甚」。

箋注

〔一〕教子：《南詞叙録·宋元舊篇》題爲《教子尋親》，《遠山堂明曲品》、《曲海總目提要》並作《尋親記》。演周瑞隆棄官尋父事。此劇有明刻本、清鈔本流傳，《古本戲曲叢刊》初集第二十四種，據明萬曆富春堂刻劍池王錂重訂本《周羽教子尋親記》影印。北京大學圖書館藏清同治元年（一八六二）瑞鶴山房鈔本《尋親記》三十齣，或標注工尺，或帶身段譜，爲清代舞臺演出本。

〔二〕古本儘佳四句：《遠山堂明曲品》「能品」著録《尋親》，云：「詞之能動人者，惟在真切，故古本必直寫苦境，偏於瑣屑中傳出苦情。如作《尋親》者之手，斷是《荆》、《殺》一流人。惜兩加改削，訛處遂多。」據《寒山堂南曲譜》，梁伯龍、范受益、王錂、吴中情奴和沈予一均改訂過《周羽教子尋親記》。所謂「兩改」，已知王錂，而另一改本不知出於誰手。

能品四

綵樓〔一〕

作手平平，稍入酸境，且事全不核實①。古人好詼諧如此，然亦古質足取②。吕文穆曾居龍門山寺③，爲僧所敬禮④〔二〕，何必以王氏紗籠之詩强誣之也⑤〔三〕？

校記

①「事」，清初鈔本同，他本均作「是」。

②「足」，清初鈔本同，他本均作「可」。

③「曾居龍門山寺」，清初鈔本同，他本均作「原有屋山」。

④「禮」，暖紅室本、吴梅校本和曲苑本均無。

⑤「紗籠之詩」「也」五字，清初鈔本同，他本均無。

箋注

〔一〕綵樓：演吕蒙正、劉千金事。此劇係王錂據南戲《破窰記》改編。只有鈔本流傳，《古本戲曲叢刊》二集第十種，據清内府鈔本《綵樓記》影印。

〔二〕吕文穆曾居龍門山寺二句：「吕文穆」，即吕蒙正，字聖功，北宋河南洛陽人。官至參知政事。謚文穆。《宋史》有傳。葉夢得《避暑録話》卷下：「吕文穆父龜圖，與其母不相能，併文穆逐出之。羈旅於外，衣食殆不給。龍門山利涉院僧，識其爲貴人，延致寺中，爲鑿山巖爲龕居之。」

〔三〕王氏紗籠之詩：王定保《唐摭言》卷七：「王播少孤貧，嘗客揚州惠昭寺木蘭院，隨僧齋飡。諸僧厭怠，播至，已飯矣。後二紀，播自重位出鎮是邦，因訪舊遊，向之題已皆碧紗幕其上，播繼以二絶句曰：『二十年前此院遊，木蘭花發院新修。而今再到經行處，樹老無花僧白頭。上堂未了各西東，慚愧闍黎飯後鐘。二十年來塵撲面，如今始得碧紗籠。』」

能品五

四節〔一〕　沈練川作①

清倩之筆，但傳景多屬牽强②，置晉於唐後，亦嫌顛倒③〔二〕。沈作此以壽鎮江楊邃庵相公者④〔三〕。初出時甚奇，但作得不濃⑤，只略點大概耳，故久之覺意味不長。一記分四截，是此始⑥。

校　記

① 「沈練川作」四字，清初鈔本同，他本無。

② 「傳」，清初鈔本同，他本均作「賦」。

③ 「顛」，原本和清初鈔本脱，據他本補。

④「沈」，原作「往」，今據清初鈔本改。「楊邃庵相公者」，清初鈔本同，他本均作「楊相公」。

⑤「作」，清初鈔本同，他本均作「寫」。

⑥「是」，暖紅室本、吴梅校本和曲苑本均作「自」。

箋　注

〔一〕四節：黄文華編《八能奏錦》題爲《四遊記》，《遠山堂明曲品》「雅品殘稿」作《四紀記》。《曲海總目提要》卷一七分四條著録此劇。第一作《曲江記》，云：「共作春夏秋冬四景，凡四卷，名爲《四節》。以杜甫、謝安、蘇軾、陶穀各占一景。第一卷曰《杜子美曲江記》，因少陵《曲江》詩，有『典衣盡醉』之句，故標其事而增飾成之也。」第二作《東山記》，云：「此四景中第二卷，曰《謝安石東山記》，言安與王羲之暑月圍棋，聞其姪玄破苻堅信，不覺屐齒之折。謝安本以東山著名，故曰《東山記》也。」第三作《赤壁記》，云：「此卷曰《蘇子瞻赤壁記》，點綴軾事，以赤壁之遊爲主，作四時中秋景。」第四作《郵亭記》，云：「此卷曰《陶秀實郵亭記》，記陶穀使南唐，遇秦弱蘭於館驛，作《風光好》詞，有『祇得郵亭一夜眠』句，又合雪水煎茶事，以爲冬景故實，用備四景之一。」此劇今不見傳本，僅明代戲曲選集中收録有散齣曲文：①梯月主人編《吴歈萃雅》利集、許宇編《詞林逸響》月集、無名氏《賽徵歌集》卷四、無名氏《樂府珊珊集》、汪公亮校梓《樂府争奇》卷下、鬱岡樵隱和積金山人合編《綴白裘合選》卷二，收有《曲江記》中的《詩伴遊春》。②《吴歈萃雅》利集、《賽徵歌集》卷四、《樂府争奇》卷下、《綴白裘合選》卷二，收有《東山記》中的《東山歙妓》。③黄文華編《詞林一枝》卷四、《八能奏錦》卷一、《吴歈萃雅》利集、《賽徵歌集》卷四、鮑啓心《樂府名詞》卷上、《樂府珊珊集》、劉君錫《樂府精華》卷五、《綴白裘合選》卷二，收有《赤壁記》中的《赤壁泛舟》。淩虚子等輯《月露音》卷四收有《參禪》。④熊稔寰輯《徽池雅調》卷一收有《郵亭記》中的《詞贈弱蘭》；殷啓聖輯《堯天樂》卷下收有《郵亭適興》；《賽徵歌集》卷一收有《郵亭佳偶》；《綴白裘合選》卷二收有《驛女掃亭》。

〔二〕置晉於唐後二句：《東山記》演東晉謝安事，置於《曲江記》演唐杜甫事後，故言「亦嫌顛倒」。

〔三〕楊邃庵：見卷上一三頁箋注〔四〕。

能品六

千金〔一〕校正①　沈練川作①

韓信事，佳。寫得豪暢。内插用北劇〔二〕。但事業有餘，閨閫處太寥落③。且旦是增出〔三〕，只入虞姬、漂母，亦何不可？

校記

①「校正」，清初鈔本同，他本無。

②「沈練川作」四字各本無。

③「太」，清初鈔本同，他本誤作「大」。

箋注

〔一〕千金：《南詞叙録》「本朝」題爲《韓信築壇記》。演韓信、項羽事。據《史記·項羽本紀》和《漢書·韓信傳》增飾。此劇有明刻本、清鈔本流傳，《古本戲曲叢刊》初集第三十一種，據萬曆間富春堂刻本《出像千金記》影印。北京大學圖書館藏有清同治三年（一八六四）瑞鶴山房鈔本《千金記》，十五齣，或標注工尺，或帶身段譜，爲清代舞臺演出本。

〔二〕内插用北劇：徐復祚《曲論》：「《韓信登壇記》，即《千金記》，本元金志甫《追韓信》來，今《北追》、《點將》全用之。」《中國近世戲曲史》：「金仁傑之《蕭何月夜追韓信》一種（《元刊雜劇三十種》本），今存《千金記》第二十二齣《北追》，完全蹈襲其第二折者，曲亦用北曲，生（韓）唱之曲詞，十中八九，殆存元曲之舊，應文字與曲牌多少有修改處而已。第二十六齣《登拜》之曲詞中〔粉蝶兒〕、〔十二月〕兩闋，亦爲借用元曲者。」

〔三〕且旦是增出:《曲海總目提要》卷一三《千金記》云:「惟韓信妻高氏、高氏之兄高起,無所考據。」趙景深《沈采千金記》亦云:「我也覺得在完全真實的故事中,硬要揑造一些『旦』的故事來與『生』相配,未免有斧鑿痕。像第二十三、四齣《起盜》和《漏賊》叙韓信妻征衣被竊,第三十三、四十二齣《訛傳》和《佳音》叙韓信妻聽到丈夫被斬的消息,後來方知是訛傳,都是不必要的。」

能品七

還帶〔一〕　沈練川作①

裴晉公事〔二〕,佳。鋪叙詳備。但周女何苦作嫠婦纏擾人家②〔三〕,當作閨女。周叟出獄,送女謝裴,而裴不納。女竟不嫁,後陪夫人入京,年且長矣,夫人苦勸裴留之,而生幼子譔,爲宣宗朝學士③,則各有結局④。

校　記

①「沈練川作」四字,清初鈔本同,他本無。

②「纏擾」,清初鈔本同,他本均作「纏繞」。

③「爲宣宗朝學士」下，清初鈔本同，他本均有「入此一段姻緣」六字。
④「則各有結局」下，清初鈔本同，他本均有「以上三本俱沈練川作」九字注。

箋注

〔一〕還帶：《南詞叙録》「本朝」著録，題作《裴度還帶記》。演裴度事。「還帶」見王定保《唐摭言》卷四；「行義」出《玉堂閑話》，亦見《太平廣記》卷一六七、《情史》卷四。此劇有明刻本、清鈔本流傳，《古本戲曲叢刊》初集第三十二種，據萬曆間金陵世德堂《新刊重訂出相附釋標注裴度香山還帶記》影印。

〔二〕裴晉公：裴度，字中立，河東聞喜（今山西聞喜）人。貞元進士，官至唐憲宗時宰相。封晉國公。傳見新舊《唐書》。

〔三〕嫠婦：即寡婦。語出《左傳·昭公十九年》。

能品八

金丸〔一〕

元有《抱妝盒》劇。此詞出在成化年，曾感動宮闈〔二〕。内有佳處可觀①〔三〕。

校記

①「可觀」二字，原本和清初鈔本無，據他本補。

箋注

〔一〕金丸：《詞林一枝》卷四、《徽池雅調》卷二、劉君錫《樂府菁華》卷二、止雲居士《萬壑清音》卷三，採録此劇散齣曲文，題作《妝盒記》；《賽徵歌集》卷三別題《金彈記》。演宋真宗、李宸妃事。據元無名氏雜劇《抱妝盒》（全名《金水橋陳琳抱妝盒》）增飾。此劇今不見刻本，僅有鈔本流傳，《古本戲曲叢刊》初集第三十四種，據清康熙鈔本《金丸記》影印。周明泰幾禮居藏許之衡飲流齋鈔本《金丸記》，今存上海圖書館。蔣星煜《周明泰之著述與收藏》介紹此本，經他比勘後，認爲優於傅惜華所藏康熙鈔本（見《中國戲曲史鈎沉》）。《明代傳奇全目》未著録。

按：關於《金丸記》的作者，《古人傳奇總目》始將他和《精忠記》並屬姚静山作，而暖紅室本、吴梅校本、曲苑本以及集成本均因之。本書卷上「能品」，總評舊傳奇作者云：「武康姚静山，僅存一帙，惟覩《雙忠》。」顯然此記和《精忠記》均非姚作。《曲海總目提要》卷三九著録《金丸記》，其雙行夾注，據黄宗羲《思舊録》定爲史槃撰，亦誤，因「此詞出在成化年」，而史槃乃徐渭的學生，當在嘉靖以後。應爲無名氏所作。説見拙文《關於〈金丸記〉的作者問題》（《書品》一九八七年第二期)。

〔二〕此詞出在成化年二句：《遠山堂明曲品》「能品」《金丸記》條，亦云：「聞作此於成化年間，曾感動宫闈。」據《明史》卷二九《后妃》所載孝穆紀太后事，與李宸妃的遭遇相類，「或作者借宋事以寓意耳」(見《曲海總目提要》卷三九)。

〔三〕内有佳處：《遠山堂明曲品》云：「鍊局鍊詞，在尋常繩規之内，惟《拷問》南北曲，叶支思一韻，古雅絶倫，或即元人《抱妝盒》劇中語耶？」所謂「佳處」殆指此。

能品九

精忠〔一〕

此武穆事①〔二〕。詞簡浄。演此令人憤裂②。予嘗欲作一劇③，不受金牌之召，而直抵黄龍府〔三〕，擒兀朮〔四〕，返二帝〔五〕，歸而奏檜罪正法④〔六〕，亦大快事也⑤。

校記

①「此」下清初鈔本同，他本均有「岳」。

②「憒」，清初鈔本同，他本均作「旹」。

③「嘗」，清初鈔本同，他本均無。

④「歸而奏檜罪正法」，清初鈔本同，而他本均作「而正檜法」。

⑤「亦」，下清初鈔本同，他本均有「一」字。

箋注

〔一〕精忠：《南詞叙録》「本朝」題爲《岳飛東窗事犯》。演岳飛事。宋元南戲，元雜劇均有《秦太師東窗事犯》。此劇據以改編。今有明刻本流傳，《古本戲曲叢刊》初集第三十五種，據汲古閣原刻初印《精忠記定本》影印。

按：《南詞叙録》「本朝」著録《岳飛東窗事犯》，注云：「用禮重編。」據《曲海總目提要補編》注〔二七〕：「今存富春堂刊本《岳飛破虜東窗記》，與《六十種曲》所收《精忠記》曲文大致相同，或以爲即用禮重編之本。用禮，或疑『周禮』之誤。周禮，字德恭，號静軒，明弘治時人（見《萬曆餘杭縣志》）。」

〔二〕武穆：即岳飛謚號。

〔三〕黄龍府：契丹天顯元年（九二六）置，舊址在今吉林農安縣境。岳飛曾對其部屬説：「直抵黄龍府，與諸君痛飲爾。」（見《宋史·岳飛傳》）

〔四〕兀朮：即完顏宗弼，金太祖完顏旻四子，累官太師都元帥，領行臺尚書事。屢次率兵侵宋。小說、戲曲多稱作金兀朮。傳見《金史》。

〔五〕二帝：指宋徽宗趙佶、欽宗趙桓。

〔六〕檜：即賣國賊秦檜。

能品十

雙忠〔一〕校正①　　姚静山作茂良　武康人②

此張、許事，境慘情悲，詞亦充暢。其調有採入譜者③〔二〕。

校　記

① 「校正」二字清初鈔本同，他本均無。

② 「姚静山作茂良武康人」，清河本作「武康姚静山所作」，曲苑本同，但無「所」字。

③ 「其調有採入譜者」下，清初鈔本同，他本均有「予曾爲校正」五字。暖紅室本、吴梅校本於「予曾爲校正」下，又有「以上三本武康姚静山作」十字注；集成本作「以上三本姚静山所作」。

箋　注

〔一〕雙忠：《南詞叙録》「本朝」題作《張許雙忠記》。演張巡、許遠睢陽殉節事。取材於新舊《唐書·張巡傳》，及李翰《進張中丞傳表》、韓愈《張中丞傳後序》。此劇有明刻本流傳，《古本戲曲叢刊》初集第二十三種，據萬曆間金陵富春堂《新刻出像音注唐朝張巡許遠雙忠記》影印。

〔二〕其調有採入譜者：《南曲譜》卷一採入〔仙吕引子·月照山〕「自小相依附」；卷一七採入〔商調·山羊轉五更〕「相伴我十年燈火」；卷二二採入〔雜調·撼動山〕「自家名號活閻羅」。馮夢龍《墨憨齋詞譜》、《南詞新譜》以及《南曲九宮正始》亦均有採入。

能品十一

斷髮〔一〕

事重節烈，詞亦佳，非草草者。且多能守韻①，尤不易得〔二〕。

校　記

①「能」，清初鈔本同，他本均無。

箋注

〔一〕斷髮：演唐李德武妻裴淑英斷髮事。《曲海總目提要》卷一三著録此劇，云：「按此事載《唐書・列女傳》中，爲此記者必係明初人聞胡廣女事而作。」日本神田喜一郎藏萬曆十四年（一五八六）世德堂刊《重訂出像注釋裴淑英斷髮記》，未署作者姓名。一九八三年日本京都思文閣影印出版《中國善本戲曲三種》，收入《斷髮記》。因該書卷首有山口大學岩城秀夫教授的《解説》，認爲《斷髮記》和《寶劍記》的曲詞押韻相同，故認爲此劇也爲李開先著。《古本戲曲叢刊》五集第一種據以影印，誤標爲李開先撰。

按：此本未題作者名，自《古人傳奇總目》始標李開先作，明清以來諸家曲目，以及暖紅室本、吴梅校本、集成本均因之。而王世貞《藝苑卮言》所記李氏之作，僅《寶劍記》、《登壇記》二種，無《斷髮記》。《遠山堂明曲品》「能品」著録此劇，亦置於無名氏之列，另著録《寶劍記》則署李伯華（開先字），故葉德均《祁氏曲品劇品補校》傾向於無名氏所作，今從之。歐陽江琳《〈斷髮記〉作者考辨》（《中山大學學報》社會科學版二〇〇一年第六期）、劉恒《斷髮記版本流傳及作者考辨》（《齊魯學刊》二〇一三年第二期），一致認爲《斷髮記》非李開先作，乃是明初佚名的作品。

〔二〕事重節烈五句：《遠山堂明曲品》「能品」著録《斷髮記》云：「李德武婦節孝可以垂之彤管。匿李密事，亦必有所據，惜作記者猶不能脱寒酸態耳。詞甚工整，且能守律，當非近日詞人手筆。」

具品一

寶劍〔一〕　李開先作　章丘人①

李公作此記，謂弇州曰：「何似《琵琶》？」弇州答曰：「但當令吴下老曲師謳之乃可。」〔二〕此公熟於北劇，傳林沖事亦有佳處，内自撰曲調名亦奇②〔三〕。

校　記

① 「李開先作章丘人」，清河本、曲苑本作「章丘李開先作」。

② 此則評語，清初鈔本同，而他本語序與之不同，俱作：「傳林沖事亦有佳處，自撰曲品名亦奇。此公熟悉北劇，作此記謂弇州曰：『何似琵琶？』答曰：『但當令吴下老曲師謳之乃可。』」暖紅室本、吴梅校本、集成本於「謳之乃可」下，有「以上二本章丘李開先作」十字注。

箋注

〔一〕寶劍：演林沖被高俅父子陷害，逼上梁山的故事。取材於《水滸傳》。此劇係改編前人之作，故雪簑漁者《寶劍記序》云：「坦窩始之，蘭谷繼之，山泉翁正之，中麓子成之。」有明刻本流傳，《古本戲曲叢刊》初集第五十二種，據嘉靖二十六年（一五四七）原刊《新編林沖寶劍記》影印。

按：李開先《市井艷詞又序》云：「《登壇》及《寶劍》記，脱稿於丁未夏。」雪簑漁者序亦撰於是年「八月念五日」，云：「聞其對客灑翰，如不經意，才兩閲月而脱稿矣。」又云：「邑侯平岡恐是記失傳，記刻之。」據《乾隆章丘縣志》卷七《名宦》：陳東光字平岡，鈞州人，嘉靖二十五年任知縣。二十七年由蕭汝默接任，故陳任縣令當在嘉靖二十五年至二十七年間。《寶劍記》撰於二十六年夏，亦應刊於是年。《明代傳奇全目》認爲刊於二十八年，恐誤。

〔二〕李公作此記三句：《藝苑卮言》云：「北人自王、康後，推山東李伯華……所爲南劇《寶劍》、《登壇》記，亦是改其鄉先輩之作。二記余見之，尚在《拜月》、《荊釵》之下耳，而自負不淺。一日問余：『何如《琵琶記》乎？』余謂：『公辭之美，不必言，第令吴中教師十人唱過，隨腔字改妥，乃可傳耳。』李怫然不樂罷。」

〔三〕内自撰句：如〔四娘子〕（十七齣）、〔踢鞭兒〕（十九齣）、〔洞房春〕（四十四齣）、〔玉堂人〕（四十五齣）、〔雨中花〕（四十六齣）〔水邊静〕（四十七齣）等曲牌，均不見於曲譜。

具品二

銀瓶〔一〕

事亦俚瑣，而吴優盛演之①。内〔二〕犯江兒水〕作南調最是②，可以正今曲之誤矣③〔二〕。鄭清之與史彌遠登閣言易儲事④，且訓理宗於潛邸有功⑤〔三〕，此事宜入。

校記

①「優」，清初鈔本同，他本均作「下」。

②「調」，清初鈔本同，他本均作「詞」。

③「矣」，清初鈔本同，他本均作「也」。

④「與史彌遠登閣言易儲事」十字，清初鈔本同，他本均無。

⑤「且」，清初鈔本同，他本無。「潛」，清初鈔本同，他本均作「藩」。

箋注

〔一〕銀瓶：演鄭清之、史彌遠事。取材於《宋史》本傳。此劇今無傳本。

按：《南詞敘録》「本朝」著録，不題撰者。《遠山堂明曲品》列入無名氏。而《古人傳奇總目》始屬沈壽卿，《曲海目》、《今樂考證》、《曲録》均沿誤。又，此劇《明代傳奇全目》失載。

〔二〕內二犯江兒水作南調二句：《南曲譜》卷二〇〔仙吕入雙調・二犯江兒水〕云：「按此曲本係南調，前輩陳大聲諸公，作此調者甚多，今《銀瓶記》亦作南曲唱，可證也。不知始自何人，將《寶劍記》諸曲唱作北腔，此後《紅拂》、《浣紗》而下，皆被人作北腔唱矣。然作者元未嘗以北調題之也，予不自量，敢力正之。」

〔三〕鄭清之與史彌遠登閣言易儲事二句：見《宋史・趙竑傳》：「一日，彌遠爲其父飯僧淨慈寺，獨與國子學録鄭清之登惠日閣，屏人語曰：『皇子不堪負荷，聞後沂邸者甚賢，今欲擇講官，君其善訓迪之。事成，彌遠之坐即君坐也。』……寧宗崩，彌遠始遣清之往，告昀以將立之意。再三言之，昀默然不應。最後清之乃言曰：『丞相以清之從遊之久，故使布腹心於足下。今足下不答一語，則清之將何以復命于丞相？』昀始拱手徐答曰：『紹興老母在。』清之以告彌遠，益相與歎其不凡。」亦見田汝成《西湖遊覽志餘》卷五。

具品三

嬌紅〔一〕　沈壽卿作①

此傳虞伯生所作②〔二〕，而沈翁傳以曲，詞意俱可觀。以申、嬌之不終合也而合之，誠快人意。第本傳中有嬌之妒紅③，紅之訐嬌④，生之惑鬼⑤，嬌之遠别，種種情態，未經描寫，殊未快意⑥，安得清遠道人傳此，以極其情之必至乎⑦？

校　記

① 「沈壽卿作」四字，清初鈔本同，他本均無。

② 「虞伯生」，清初鈔本同，他本均作「盧伯生」，「盧」爲「虞」形誤。

③ 「本」，清初鈔本同，他本均無。

④ 「訐」，清初鈔本同，他本均作「汙」。疑「汙」爲「訐」形誤。

⑤ 「惑鬼」，清初鈔本同，他本均作「感鬼」。「感」爲「惑」形誤。

⑥ 「殊未快意」，清初鈔本同，他本均作「亦堪恨恨」。

⑦ 「安得清遠道人傳此以極其情之必至乎」十六字，清初鈔本同，他本均無。

箋注

〔一〕嬌紅：《南詞叙録》「本朝」著録。演申純、王嬌娘事。取材於《嬌紅傳》。此劇今無傳本，僅明代戲曲選集中存有散齣曲文，《八能奏錦》下卷收有《申生赴約》，胡文焕編《群音類選》卷二二收有《雨阻佳期》、《深閨私會》（即《申生赴約》）和《雲雨酬願》。

〔二〕虞伯生：虞集，字伯生，號道園，江西崇仁人。官至翰林直學士兼國子祭酒。著有《道園學古録》等。傳見《元史》。按：《嬌紅傳》爲元宋梅洞所撰，非虞伯生作。宋氏名遠，號梅洞，涂川（今江西南昌）人。元初與滕玉霄、周秋陽、劉尚友、蕭高峰邂逅古洪，流連數月，賦《意難忘》詞誌別。見席世臣《元詩選癸集》。

具品四

三元〔一〕

沈壽卿作①

馮商還妾一事②〔二〕，儘有致。近插入三事，改爲《四德》〔三〕，失其故矣。

校記

①「沈壽卿作」四字，清初鈔本同，他本均無。

②「馮商」二字原本脱，據各本補。「還妾」，清初鈔本、集成本同，他本均作「遠妾」，「遠」爲「還」形誤。

箋注

〔一〕三元：《南詞叙録》「本朝」著録，題爲《馮京三元記》。演馮商還妾事。本事出於羅大經《鶴林玉露》地集卷四《馮三元》，此劇據同名南戲改編。有明刻本流傳，《古本戲曲叢刊》初集第二十九種，據汲古閣原刻初印《三元記定本》影印。

〔二〕馮商還妾：《鶴林玉露·馮三元》云：「馮京，字當世，鄂州咸寧人。其父商也，壯歲無子，將如京師。其妻授以白金數笏，曰：『君未有子，可以此爲買妾之資。』及至京師，買一妾，立券償錢矣。問妾所自來，涕泣不肯言。固問之，乃言其父有官，因綱運欠折，鬻妾以爲賠償之計。遂惻然不忍犯，遣還其父，不索其錢。」

〔三〕四德：最早見於湯來賀《内省齋文集》著録，云：「先年樂府，如《五福》、《百順》、《四德》、《十義》、《躍鯉》、《卧冰》之類，皆取古人善行譜爲傳奇，播諸聲容。」（見焦循《劇説》卷四）作者佚名。此劇今無傳本，明清戲曲選集收録有散齣曲文，《八能奏錦》卷一收有《餞別娶妻》。《群音類選》卷八收有《友餞馮商》、《納妾成婚》、《牡丹嘉賞》（《月露音》卷四作《賞花》）、《見色不淫》（《吴歈萃雅》卷一作《訓倫》、方來館主人《萬錦清音》花集作《旅中不亂》）、《假宿拾遺》（景居士《玉谷新簧》卷一作《投店拾金》）、《待主償金》（《堯天樂》作《投宿還金》）、《賀子滿月》、《三元報捷》（亦見《綴白裘合選》卷一）。《樂府菁華》卷一收《馮商還妾》。

具品五

龍泉〔一〕 沈壽卿作①

情節正大②，而局不緊，是道學先生口氣③〔二〕。

校記

①「沈壽卿作」四字，清初鈔本同，他本均無。

②「正」，清初鈔本同，他本均作「濶」。

③「是道學先生口氣」下，清河本、集成本有「以上三本俱沈壽卿所作」，暖紅室本、吴梅校本和曲苑

本同，但無「所」字。

箋注

〔一〕龍泉：最早見於《南詞叙録》「本朝」著録。晁瑮《寶文堂書目》卷中「樂府」著録，題爲《文武狀元龍泉記》。《曲海總目提要》卷一八作《全忠孝》，云：「又名《龍泉劍》……所演楊鵬、楊鳳事。憑空結撰。以楊鵬兄弟報國爲忠，兩人妻事親爲孝也。其父以龍泉寶劍與二子鵬、鳳，故名《龍泉劍》。」此劇今無傳本，僅明代戲曲選集收録散齣曲文，《群音類選》卷九收有《家庭訓子》、《壽祝椿堂》、《諸友論文》、《餞别登途》（亦見徐復祚《南北詞廣韻選》卷一）、《玉堂宴會》（亦見《南北詞廣韻選》卷一）、《兄弟分岐》、《賞菊聞報》（亦見《吴歈萃雅》利集、許宇《詞林逸響》月集、《南北詞廣韻選》卷一一）、《姑嫂相逢》。《南北詞廣韻選》還收有〔中吕山花子〕「貧家稱秋無佳味」（卷四）、〔商調山坡羊〕「聲哀哀狼呼猿嘯」（卷一一）、〔越調小桃紅〕「愁雲慘淡」、〔仙吕入雙調柳捻金〕「湖開銀鏡」（卷一五）。

〔二〕是道學句：徐復祚《曲論》云：「《龍泉記》、《五倫全備》，純是措大書袋子語，陳腐臭爛，令人嘔穢，一蟹不如一蟹矣。」

具品六

投筆〔一〕

調平常①，多不叶②，但以事佳而傳耳③。旦亦係增出④〔二〕，何不只用曹大家⑤〔三〕？與任尚争尤無謂⑥〔四〕。

校記

①「調」，清初鈔本同，他本均作「詞」。

②「多」，清初鈔本同，他本均作「音」。

③「但」，清初鈔本同，他本均作「俱」。「俱」殆爲「但」形誤。

④「旦亦係增出」五字清初鈔本同，他本無。

⑤「曹大家」，清初鈔本、集成本同，他本均誤作「曾天家」。

⑥「與任尚争尤無謂」，清初鈔本同，他本均作「與任書事猶無謂」，蓋衍「書」字，「事」爲「争」形誤，「猶」爲「尤」音譌。

箋注

〔一〕投筆：《寶文堂書目》「樂府」著録，題作《班超投筆記》。演班超投筆從戎、立功異域的故事。本事出於《後漢書・班超傳》。高文秀和無名氏並有元雜劇《忠義士班超投筆》，此劇或據以改編。有明刻本流傳，《古本戲曲叢刊》初集第三十八種，據明萬曆間存誠堂《新刻魏仲雪先生批評投筆記》影印。

按：《古人傳奇總目》誤此記爲邱濬所著，諸家曲目，以及暖紅室刻本、吴梅校本、集成本均沿譌。《遠山堂明曲品》「能品」題爲「華山居士」作。其人待考。

〔二〕旦亦係增出：「旦」，指班超母。作者評論歷史劇，拘於史實，認爲超母不見於《漢書・班超傳》，故係增出。

〔三〕曹大家：即班固之妹班昭。據《後漢書・班昭傳》載：昭字惠班，博學多才。嫁扶風曹世叔，早寡。固著《漢書》，未成而卒，和帝命昭就東觀藏書閣踵而成之。數召入宫，爲皇后及諸貴人師，號曰「大家」。

〔四〕與任尚争句：指《投筆記》第二十六齣，班超奉詔榮歸，仍不忘爲戊己校尉任尚書傭時所賭下的誓言，讓任低頭跪見自己，以報前愆。

具品七

舉鼎①〔一〕

事真，調俚，亦見古態。

校　記

① 此條清初鈔本同，他本均無，係新增補。

箋　注

〔一〕舉鼎：演伍員事。《遠山堂明曲品》「具品」著録此劇，云：「此古本也，詞不大失，然終非深解音律者。史傳所記伍員事，絶不一及，惟以己意續之，真是點金爲鐵手！」今無刻本，僅有鈔本流傳，《古本戲曲叢刊》初集第三十九種，據長樂鄭氏原藏鈔本《舉鼎記》影印。

按：《遠山堂明曲品》亦列爲無名氏，而《古人傳奇總目》始誤此劇爲邱濬所作，諸家曲目均沿譌。

具品八

羅囊①〔一〕

此記出在正德末年〔二〕，高漢卿忠孝事亦可觀。內〔梁州序〕「春光如海」一套②，歌者盛傳之。

校記

① 此條亦見於清初鈔本，他本均無，係新增補。

② 「春光如海」原本脱「海」字，清初鈔本不脱。《群音類選》卷一五、《吴歈萃雅》利集、《詞林逸響》月集，俱選有《羅囊記》中〔梁州序〕套曲，首句皆作「春光如海」，今據補。

箋注

〔一〕羅囊：《南詞叙録》「本朝」題作《高漢卿羅囊記》。演高漢卿忠孝事。本事不詳。錢南揚《宋元戲文輯佚》輯有南戲《高漢卿》佚曲，云：「《遠山堂明曲品》《羅囊》下云：『高漢卿之於繼母，酷肖《鸞釵》，其後立節於異域；又似《懷春雅集》所稱蘇道春者。詞雖有雜韻，而質甚古。』《鸞釵》本事，見《曲海總目提要》卷一七。大概高漢卿也和《鸞釵》中的劉翰卿一樣，爲繼母所迫害，夫妻相别時，妻子把羅囊一對，各配其一；後來漢卿終於立節異域，衣錦還鄉，夫婦重圓。」此劇今不見傳本，僅明代戲曲選集收録有散齣曲文，《群音類選》卷一五收有《相贈羅囊》、《春遊錫山》（亦見《吴歈萃雅》、《詞林逸響》和槐鼎、吴之俊《樂府遏雲》卷一）、《劉公賞菊》和《羅囊重會》。

按：此劇「出在正德末年」，而邱濬卒於弘治八年（一四九五），顯然不是他的作品。自《古人傳奇總目》始誤作邱濬撰，後皆沿譌。《南詞叙録》、《寶文堂書目》、《遠山堂明曲品》均屬無名氏作。

〔二〕正德：明武宗朱厚照年號（一五〇六—一五二一）。

具品九

五倫〔一〕　邱文莊公作①

大老鉅筆，稍近腐〔二〕。内《送行》「步躡雲霄」曲〔三〕，歌者習之。或謂此記以蓋《鍾情麗集》之愆耳②〔四〕。

校記

①「邱文莊公作」五字，清初鈔本同，他本無。

②「蓋鍾情麗集之愆耳」下，清河本有「邱瓊山所作」五字注，曲苑本同，但無「所」字。而暖紅室本、吴梅校本均作「以上二本邱瓊山作」，集成本同，但「作」上有「所」字。

箋注

〔一〕五倫：《南詞叙録》「本朝」、《寶文堂書目》「樂府」並題作《五倫全備》。《南詞新譜》「古今入譜詞曲傳劇總目」著録作《伍倫全備》。《曲海總目提要》卷二九作《綱常記》，又名《伍倫全備綱常記》。演伍倫全、伍倫備一門忠孝節義。事無據，純屬虚構。此劇有明刻本流傳，《古本戲曲叢刊》初集第三十七種，據明萬曆間世德堂《新刊重訂附釋標注出像伍倫全備忠孝記》影印。

按：一九九一年，韓國吴秀卿博士在韓國奎章閣圖書館發現《新編勸化風俗南北雅曲五倫全備記》，參見吴秀卿《奎章閣本〈五倫全備記〉初探》（《中華戲曲》一九九七年第一期）。因爲此本比世德堂本更接近傳統南戲古本的面貌，況世德堂本未署作者姓名，而奎章閣本也有不少學者懷疑《五倫全備記》非邱濬所作，應爲民間文人的作品。吴秀卿教授根據新發現材料，考訂此劇爲邱濬明景泰元年（一四五〇）採用南北曲創作的，經青錢父改編並付演出和印行。又經張情作序付梓。兩種版本皆傳播到朝鮮。參見《再談〈五倫全備記〉——從創作、改編到傳播接受》（《文學遺産》二〇一七年第三期）。

〔二〕大老鉅筆二句：《藝苑巵言》云：「《伍倫全備》是文莊元老大儒之作，不免腐爛。」《遠山堂明曲品》「能品」著録《伍倫》亦云：「一記中儘述伍倫，非酸則腐矣。乃能華實並茂，自是大老之筆。」

〔三〕内送行句：見《五倫記》第七齣《遣子赴科》〔八聲甘州〕（前腔）「雲霄穩步這程途」。

〔四〕或謂此記句：《萬曆野獲編》卷二五：「又聞邱少年作《鍾情麗集》以寄桑濮奇遇，爲時所薄，故又作《伍倫》以掩之，未知果否。但《麗集》亦學究腐談，無一俊語，即不掩亦可。」《遠山堂明曲品》云：「或謂文莊有《鍾情麗集》，自述少年所遇，或有譏之者，遂令門客促成此記，以節孝掩風情。」未必可信，僅備一説。《鍾情麗集》二卷，《寶文堂書目》卷中「子雜」著録，未題撰者。明代傳奇文集《風流十種》、《萬錦情林》、《花陣綺言》、《國色天香》、《繡谷春容》以及《燕居筆記》中均收録。

新傳奇①每一人以所作先後爲次，非有所甲乙也②。

沈寧庵所著傳奇十七本③

紅蕖〔一〕

著意鑄裁④，曲白工美。鄭德璘事固奇，無端巧合，結撰更異⑤〔二〕。先生自謂：字雕句鏤，止供案頭耳⑥。此後一變矣〔三〕。

校記

①「新傳奇」下，清河本、曲苑本、集成本均有「品」字，他本則無。

②「所」，清初鈔本同，他本均無。

③「著」，各本均作「撰」。

④「鑄裁」，清初鈔本同，他本均作「著詞」。

⑤「更異」，清初鈔本同，他本均作「更宜」。疑「宜」爲「異」音誤。

⑥「止供」，清初鈔本同，他本均作「正供」。「正」爲「止」形譌。

箋注

〔一〕紅蕖：演鄭德璘和韋楚雲、崔希周和曾麗玉的愛情故事。取材於唐人傳奇《鄭德璘傳》（見《太平廣記》卷一五二）。此劇有明刻本流傳，《古本戲曲叢刊》三集第三種，據明萬曆間繼志齋刻本《重校十無端巧合紅蕖記》影印。

〔二〕無端巧合二句：《遠山堂明曲品》「艷品」著録《紅蕖》，云：「此詞隱先生初筆也。記中有十巧合，而情致淋漓，不啻百轉。」所謂十巧合，《紅蕖記》第一齣〔千秋歲引〕云：「拾得妻房是鄭德璘，借得情詩是韋楚雲。没影相思是曾麗玉，立地姻緣是崔伯仁。水底生天是韋父母，夢回救弟是古遺民。枉墮烟花是曾家嫗，乾調風月是魏子真。口傳表記是漁舟子，德報恩私是水府君。這是十無端巧合《紅蕖記》，兩下裏完成翠幄内。」

〔三〕先生自謂字雕句鏤三句：《曲律》卷四《雜論第三十九下》云：「《紅蕖》蔚多藻語，《雙魚》而後，專尚本色。」《遠山堂明曲品》亦云：「字字有敲金戛玉之韻，句句有移宫换羽之工。至於以藥名、曲名、五行、八音及聯韻、疊句入調，而雕鏤極矣。先生此後一變爲本色，正惟能極艷者方能極淡。今之假本色於俚俗，豈知曲哉？」

埋劍〔一〕

郭飛卿事奇。描寫交情，悲歌慷慨〔二〕。此事鄭虚舟採入《大節記》矣〔三〕。《大節》則以吴永固爲生①。

校　記

① 「則」，清初鈔本同，他本均作「記」。「生」，清初鈔本、清河本同，他本均作「主」。

箋　注

〔一〕埋劍：演郭飛卿、吴永固生死交的故事。本事出於唐牛肅《紀聞·吴保安傳》（見《太平廣記》卷一六六）。此劇有明刻本流傳，《古本戲曲叢刊》初集第八十二種，據萬曆間繼志齋刻本《重校埋劍記》影印。

〔二〕描寫交情二句：《南北詞廣韻選》卷一云：「此傳篤於友誼，深可爲紛紛轉蓬者之戒。且借延陵掛劍事名之曰《埋劍》，亦極佳。」《遠山堂明曲品》「雅品殘稿」著録《埋劍》亦云：「郭飛卿陷身蠻中，吴永固以不識面之交，百計贖出，可謂不負生友。飛卿千里赴奠，移恤永固之子，可謂不負死友。世有生死交如此，洵足傳也。」

〔三〕大節：見本書卷下三〇三頁箋注〔一〕。

十孝〔一〕

有關風化，每事三折①，似劇體，此是先生創之②〔二〕。末段徐庶返漢③，曹操被擒〔三〕，大快人意。

校記

①「三折」，清初鈔本同，他本均作「以三齣」。

②「是」，清初鈔本同，他本無。

③「漢」，原本和清初鈔本脱，據各本補。

箋注

〔一〕十孝：演黄香、張孝、張禮、緹縈、韓伯瑜、郭巨、閔損、王祥、薛包、徐庶等孝親事。此劇今無傳本，僅《群音類選》卷二四收録有《黄香扇枕》、《兄弟争死》，《南詞新譜》卷八有〔尾犯玉芙蓉〕

「擁衆在林麓」)、《緹縈救父》、《伯瑜泣杖》、《郭巨埋兒》、《衣蘆御車》、《王祥卧冰》、《張氏免死》、《薛包被逐》(《南詞新譜》卷八有〔中吕駐馬泣〕「一向著迷」)、《徐庶見母》(《南詞新譜》卷一有〔仙吕羅袍歌〕「誰許非吾龍種」)。

〔二〕似劇體二句:《南詞新譜》卷一眉批云:「《十孝記》係先詞隱作,如雜劇十段。」

〔三〕徐庶返漢二句:史無其事,屬於作者的藝術虚構。

分錢〔一〕

全效《琵琶》,神色逼似〔二〕。第廣文不能有其妾①,事情近酸,然苦境可玩②。

校記

①「第」下清初鈔本同,他本均衍「一」字。

②「苦境」下,除清初鈔本、清河本外,他本均有「亦」字。

箋注

〔一〕分錢:演學官楊某,自浙中轉任襄陽,貧而出妾,産子名仲武。其與兄長文未曾識面,各執銀錢一半爲記。後兩人相遇，銀錢相合，一家團聚。本事出自《野獲編》卷二〇《京職·楊學録孝行》，頗多改動。參見徐朔方《沈璟集》卷下八七一頁（上海古籍出版社一九九一年十二月第一版）。《南詞新譜》卷首《古今入譜詞曲傳劇總目》著録此劇，謂「詞隱未刻稿」，故今不見傳本，僅《群音類選》卷二三收録有《分錢泣别》和《弟兄錢合》兩齣曲文。

〔二〕全效琵琶二句：《遠山堂明曲品》「雅品殘稿」著録《分錢》云：「楊廣文之〔雁魚錦〕，賈氏之〔四朝元〕、楊長文之〔入破〕、〔出破〕，皆先生倣《琵琶》處，蓋欲人審韻諧音，極力返於當行本色耳。」

雙魚〔一〕

書生坎坷之狀，令人慘動。雜取符郎事①〔二〕，《薦福碑》劇中北調尤佳②〔三〕。

校記

①「符郎」，清初鈔本同，他本均作「符節」，「節」爲「郎」之形誤。

②「劇」，除清初鈔本、清河本外，他本均無。

箋注

〔一〕雙魚：演劉皞、邢春娘的悲歡離合事。《遠山堂明曲品》「雅品殘稿」著録，云：「取全州佳偶事，雜之《薦福碑》劇中，寫書生淪落之狀，□令人神魂慘淡。」此劇有明刻本流傳，《古本戲曲叢刊》初集第八十三種，據萬曆間繼志齋刻本《重校雙魚記》影印。

〔二〕符郎事：即單符郎事，見王明清《摭青雜説》（亦見馮夢龍《情史》卷二《單飛英》）。略云：京師孝感坊，有邢知縣、單推官，並門居。邢之妻，即單之姊也。單有子，名符郎，邢有女，名春娘，年齒相上下，在襁褓中已議婚。宣和丙午夏，邢挈家赴鄧州順陽縣官守，單亦舉家往揚待推官缺，約官滿日歸成婚。是冬，戎寇大擾，邢夫妻皆遇害，春娘爲賊所虜，落入全州倡家，名楊玉。紹興初，符郎受父蔭爲全州司户，見楊玉，甚慕之。司理某與司户甚投契，置酒請司户，召楊玉侍，司户因問其家世，玉俱以告，司户心知其爲春娘也，而未敢言。後一日，司户置酒答司理，復招楊玉佐樽，因問玉：「我今喪偶無正室，汝肯嫁我乎？」玉曰：「妾所愿也。」司户察其厭惡風塵，出於誠心，乃發書告其父，爲脱籍，司理爲媒，成婚爲禮。

〔三〕薦福碑句：《薦福碑》爲馬致遠所著之雜劇。《雙魚記》第十九齣北曲〔正宮端正好〕、〔滾繡球〕、〔倘秀才〕、〔醉太平〕、〔尾聲〕套曲，乃是襲用《薦福碑》第二折〔正宮端正好〕套曲。王立承《雙魚記跋》稱其「聲調激楚，不減金元」。

合衫〔一〕

苦楚境界①，大約雜摹古傳奇。此乃元人《公孫合汗衫》事②，曲極簡質，先生最得意作也，第不新人耳目耳。余特爲先生梓行於世〔二〕。

校記

①「苦楚」，清初鈔本同，他本均作「苦處」，「處」爲「楚」音誤。

②「人」，清初鈔本同，他本均作「劇」。

箋注

〔一〕合衫：演張孝友一家悲歡離合事。《遠山堂明曲品》著録，云：「取元人《公孫合汗衫》劇參錯而成，極意摹古，一以淡而真者，寫出怨楚之況。」此劇今無傳本，明清戲曲選集亦不見採録。

〔二〕余特爲句：吕天成《義俠記序》：「先世所梓行者惟《紅蕖》、《十孝》、《分錢》、《埋劍》、《雙魚》凡五記……予所梓行者惟《合衫》。」

義俠〔一〕

激烈悲壯，具英雄氣色。但武松有妻，似贅①〔二〕。葉子盈添出〔三〕，無緊要。西門慶亦欠鬬殺②。先生屢貽書於予，云：「此非盛世事，秘勿傳〔四〕。」乃半野商君得本，已梓行〔五〕，優人競演之矣③。

校記

①「贅」，集成本作「[illegible]」，他本均作「傲」，皆誤。

②「亦欠」，清初鈔本同，他本均無。

③「優人」，清初鈔本同，他本均作「吴下」。

箋注

〔一〕義俠：《曲海總目提要》卷五著録此劇云：「以武松義而俠，故名。……劇中所演武松故事，景陽斃虎，陽穀遇兄，殺西門慶，伏蔣門神，十字坡認義，飛雲浦報仇，全本《水滸》衍義，惟松妻賈氏，係作者撰出。今優壇所演，則又與此微異，蓋後人又爲之潤色，而大段原相同也。」有明刻本、清鈔本流傳，《古本戲曲叢刊》初集第八十種，據萬曆壬子（一六一二）清明繼志齋重梓《重校義俠記》影印。北京大學圖書館藏有咸豐十一年（一八六一）瑞鶴山房鈔本《義俠記》十六齣，或標注工尺，或帶身段譜，爲清代舞臺演出本。

按：馮夢楨《快雪堂日記》壬寅九月二十五日載：「赴吴文倩之席，邀文仲作主，文江陪，吴徽州班演《義俠記》，旦張三者，新自粤中回，絶技也。」壬寅爲萬曆三十年（一六〇二），《義俠記》當作於是年九月之前。

〔二〕武松有妻二句：趙景深《沈璟》曰：「所謂『武松有妻似贅』，即第三、九、十五、二十、三十一這五齣……振鐸以爲『賈氏的增入，作者大約以爲生旦的離合悲歡已成了一個傳奇不可免的定型，故遂於無中生有，硬生生將武行者配上一個幼年訂婚的賈氏。』（《中國文學史》面二六六）這話很對。我以爲除了這個原因以外，在演全本時，藉此可以使武松節勞，無須每齣出場，也是一個重大的原因，否則一個人支持到底，恐怕誰也要感到這是太重頭了吧！」（見《讀曲隨筆》）

〔三〕葉子盈添出：葉子盈係蘇州先生，出現於第十齣《遘難》、十二齣《奇功》中。《水滸》裏原無此人，乃作者虚構，游離於劇中情節之外，確屬添出。

〔四〕先生屢貽書於予三句：吕天成《義俠記序》云：「始先生聞梓《義俠》，貽書於予曰：『此非盛世事，亟止勿傳。』既而曰：『既梓矣，必盡校其譌而後可行。』」

〔五〕半野商君得本二句：《義俠記序》又云：「予嘗從先生屬玉堂乞得稿本，如《義俠》、《分柑》、《桃符》、《鑿井》、《鴛衾》、《珠串》、《結髮》、《四異》、《奇節》凡九記，手授副墨，藏諸櫝中。而《義俠》半野主人索去，已梓行矣。」「半野商君」，即商維濬，又名商濬，字景哲，號半野，會稽（今浙江紹興）人。曾師事徐渭，與陶望齡、陳汝元友善。著有《古今評録》。參與《稗海》、《徐文長三集》的輯校。還刊刻過《義俠記》、《筮簇記》等戲曲作品。

鴛衾〔一〕

聞有是事，局境頗新。妻之掠於忤也，章臺柳矣①〔二〕。含譏無所不可。吾友桐柏生有《鳳》、《釵》二劇〔三〕，亦取此②。

校記

①「矣」，清初鈔本同，他本均作「也」。

②「此」，清初鈔本同，他本均作「之」。

箋注

〔一〕鴛衾：《遠山堂明曲品》「雅品殘稿」著録此劇，云：「富□翹之事，聞吴中實有之。桐柏生《團花鳳》、《碧玉釵》二劇，皆取於此。」桐柏，即葉憲祖之號。今無傳本，《南詞新譜》卷一收録有〔仙呂勝葫蘆〕「昨夜銜恩下玉除」佚曲。

〔二〕章臺柳：孟棨《本事詩》「情感第一」載：詩人韓翃爲淄青節度使侯希逸從事，懷念其都下愛妾柳氏，寄詩曰：「章臺柳，章臺柳，往日青青今在否？縱使長條似舊垂，亦應攀折他人手。」柳復書，答詩曰：「楊柳枝，芳菲節，可恨年年贈離別。一葉隨風忽報秋，從使君來豈堪折。」柳氏恐不自免，乃欲落髮爲尼，居佛寺。後翃隨侯入朝，尋訪不得。已爲番將沙吒利所劫。虞候將許俊，以義烈自許，逕趨沙吒利第，將柳氏奪回，使二人重新團聚（亦見許堯佐《章臺柳傳》）。

〔三〕鳳釵二劇：即《團花鳳》和《碧玉釵》，前者爲四折用南曲撰寫的雜劇，演白受之和符似仙的愛情故事，有《盛明雜劇》本流傳。後者已佚，據《遠山堂明劇品》「雅品」著録，乃四折南雜劇，「爲《團花鳳》翻一重境界。後之歡遇也，與彼劇絶不相肖，而繁簡短長，各有佳處」。

桃符〔一〕

即《後庭花》劇而敷衍之者，宛有情致，時所盛傳。聞舊亦有南戲，今不存〔二〕。

箋注

〔一〕桃符：演劉義、裴青鸞事。據鄭庭玉《包龍圖智勘後庭花》雜劇改編。此劇今不見刻本，僅有鈔本流傳，《古本戲曲叢刊》初集第八十一種，據馬彦祥藏清乾隆鈔本《桃符記》影印。

〔二〕聞舊亦有南戲二句：《遠山堂明曲品》「雅品殘稿」著録《桃符》，云：「演《後庭花》劇爲南曲，曲第二十八折，已覺有無限波瀾矣。聞舊有《劉天義傳奇》，今不存。」按：《劉天義傳奇》元明清以來諸家曲目均失載。

分柑①〔一〕

男色無佳曲②。此本謔態疊出，可喜。第情境猶未徹鬯③，不若譜董賢更善也〔二〕。

校記

① 「分柑」，原誤作「分相」，據各本及《遠山堂明曲品》改。

② 「無」，清初鈔本同，他本均作「有」。

③ 「徹」，清初鈔本、清河本同，他本均作「激」。

箋注

〔一〕分柑：《古人傳奇總目》著録，云：「彌子瑕事。」《韓非子·説難》：「昔者彌子瑕有寵於衛君。衛國之法：竊駕君車者罪刖。彌子瑕母病，人間往夜告彌子，彌子矯駕君車以出。君聞而賢之，曰：『孝哉！爲母之故，忘其犯刖罪。』異日與君游於果園，食桃而甘，不盡，以其半啗君。君曰：『愛我哉！忘其口味以啗寡人。』及彌子色衰愛弛，得罪於君，君曰：『是固嘗矯駕吾車，又嘗啗我以餘桃。』」此劇據以敷衍。《遠山堂明曲品》「雅品殘稿」著録《分柑》，云：「男寵只方諸生《男王后》一劇，自來無全本。拈毫搬弄，備極謔浪之態，但爲樂未久，而輒爲董據□負心，受諸妾冷，覺歡場太短耳。雖狀雌雄雙飛，竟奪人國。原生以此破家，又何足責哉！」今無傳本。

〔二〕董賢：字聖卿，西漢雲陽（今陝西淳化縣西北）人。以貌美爲哀帝所嬖愛，出則與帝同驂，入則與帝同卧，賞賜鉅萬，貴傾朝廷。一日晝寢，賢枕帝袖，帝欲起，不忍驚賢，乃斷袖而起，其寵幸如此。二十二歲即官至大司馬衛將軍。後爲王莽所劾，畏罪自殺。見《漢書》本傳。

四異〔一〕

舊傳吴下有嫂姦姑事①，今演之，快然。净、丑用蘇人鄉語②，亦足笑也。

校記

①「嫂姦姑」，「姑」，清初鈔本同，他本均無。「嫂」，暖紅室本、吴梅校本均作「搜」，爲「嫂」之形誤。

②「浄丑」，各本均作「丑浄」。

箋注

〔一〕四異：《遠山堂明曲品》「逸品」著録，云：「巫、賈二姓，各假男女以相賺，賈兒竟得巫女。吴中曾有此事，惟談本虚初聘於巫，後娶於賈，係是增出，以多其關目耳。詞之穩協，不減他作。至於脱化，乃更過之。浄、丑白用蘇人鄉語，諧笑雜出，口角逼肖。」《南詞新譜》謂此劇爲「詞隱先生未刻稿」，故不見傳本，僅《新譜》卷一六收録有〔越調梨花兒〕「又要巫家回説話」佚曲。

按：《曲海總目提要》卷五著録此劇云：「演劉璞、孫潤事。本之稗史，而詳於小説之《喬太守亂點鴛鴦譜》。男女四人，故曰《四異》。有作《碧玉串》者，亦名《雙玉串》，又係後人倣璟作而稍加變换也。」據前所引《遠山堂明曲品》和《南詞新譜》，應爲巫、賈二姓事，非演劉璞、孫潤事。《曲海總目提要補編》箋注〔二四〕：「按此故事，話本中如《醒世恒言》等，皆作劉、孫兩姓事。《碧玉串》傳奇（一作《碧玉釧》，又作《雙玉串》）同話本，《提要》或據《碧玉串》而誤。」

鑿井〔一〕

事奇，湊泊更好。通本曲腔名，俱用古戲名串合者①，此先生逞技處也②〔二〕。

校記

① 「名」，原本及各本均誤作「及」，集成本正作「名」，今據改。

② 「逞」，清初鈔本同，他本均作「長」。

箋注

〔一〕鑿井：《遠山堂明曲品》「雅品殘稿」著録此劇，云：「『鑿井得銅，買奴得翁』，原是古語。今入以求友得婦，依主得兄一股，遂成佳傳。」所演何事不詳。今無傳本，僅《南詞新譜》存有佚曲十二支：〔仙吕一封羅〕「初年運丙丁」（卷一）；〔正宫普天帶芙蓉〕「荷垂慈如一體」，〔正宫錦芙蓉〕「盼親幃，阻隔著不能奮飛」（卷四）；〔南吕醉太師〕「休嘲，只爲家鄉路杳」（卷十二）；〔黄鐘滴溜兒〕「你那風狂的、風狂的敢來擂鼓」，〔黄鐘雙聲滴〕「初開府，初開府，早得此雄威助」（卷一四）；〔商調二賢賓〕「聞説起，揾不乾幾千行血淚」（卷一八）；〔仙吕入雙調偏南枝〕「要把吾兒提抱」，〔仙吕入雙調海棠醉東風〕「偶自展，自身難認生來面」（卷二三上）；〔仙吕入雙調沉醉海棠〕「荷天地神明見憐」，〔仙吕入雙調江兒撥棹〕「游子衣先破」，〔仙吕入雙調五枝供〕「尋思輾轉」（卷二三下）。

〔二〕通本曲腔名三句：《鑿井記》如何用古戲名串合不得而知，但《南詞新譜》卷一〔仙吕葫蘆歌〕「不是連環計賺成」注云：「此套出《曲海青冰》。原注云：『連環計，崔護謁漿，謊郎君，調風月，細柳營，竹青寺，錦魚亭，冤家債主，蕭翼賺蘭亭，皆劇名也。』」沈璟〔八聲甘州〕套曲，共集雜劇名七十二個（見《太霞新奏》卷一）。由此可知，善於集劇名，確實是沈璟「逞技」之處。

珠串〔一〕

崔郊狎一青衣，賦「侯門如海」詩，事足傳〔二〕。寫出有境①，第其妻磨折處②，不脱套耳。

校記

①「境」，清初鈔本同，清河本作「情境」，他本則作「情景」。

②「處」，原本、清初鈔本均脱，今據他本補。

箋注

〔一〕珠串：演崔郊事。本事出於范攄《雲溪友議》。《遠山堂明曲品》「雅品殘稿」著録此劇，云：「崔孺都狎一青衣，賦『侯門如海』之句，自是詩中佳話。今得于節鎮者作其合，大可快心。崔妻磨折於伯母，雖未脱套，而描寫婦人反唇之狀，非先生妙筆不能。」《南詞新譜》謂「詞隱先生未刻稿」，故不見傳本，僅《新譜》卷一存〔仙吕引子望遠行〕「三冬三酉，自謂文章魁首」佚曲。

〔二〕崔郊狎一青衣三句：據《雲溪友議》卷上《襄陽傑》載：「又有崔郊秀才者，寓於漢上。蘊積文藝，而物産罄懸。無何，與姑婢通，每有阮咸之從。其婢端麗，饒彼音律之能，漢南之最也。姑貧，鬻婢於連帥。連帥愛之，以類無雙，給錢四十萬，寵眄彌深。郊思慕無已，即强親府署，願一見焉。其婢因寒食來從事家，值郊立於柳蔭，馬上連泣，誓若山河。崔生贈之以詩，曰：『公子王孫逐後塵，緑珠垂淚滴羅巾。侯門一入深如海，從此蕭郎是路人。』或有嫉郊者，寫詩於座。公覩詩，令召崔生，左右莫之測也。郊則憂悔而已，無處潛遁也。及見郊，握手曰：『「侯門一入深如海，從此蕭郎是路人」便是公製作也？四百千小哉，何靳一書不早相示？』遂命婢同歸。至於幃幌、奩匣悉爲增飾之，小阜崔生矣。」

奇節〔一〕

史中忠孝事，宜傳。一帙分兩卷，此變體也。

箋注

〔一〕奇節：演權皋、賈直言事。《遠山堂明曲品》「雅品殘稿」著録，云：「一本分作二事：權皋以計避禄山而竟得生，賈直言飲藥□有父命而卒不死，真可謂節之奇者矣。二事皆出正史，傳之者情與景合，無境不肖。」權、賈新舊《唐書》分別有傳。此劇今不見傳本，僅《南詞新譜》卷一存〔仙呂小蓬萊〕「良馬任從驅駕」佚曲。

結髮〔一〕

是予作傳致先生而譜之者①。情景曲折，便覺一新。

校記

① 「是予」下，除清初鈔本外，他本均有「所」字。

箋注

〔一〕結髮：演蕭生、鶯娘事。《遠山堂明曲品》「雅品殘稿」著録，云：「此鬱藍生作傳，先生譜之者。中間狀白叟之負義，鶯娘之守盟，蕭生之異遇，一轉一折，神情俱現。」《南詞新譜》著録，謂「詞隱先生未刻稿」，故不見傳本，僅該書卷十六存〔越調浪淘沙〕「一葉忽涼秋」佚曲。

墜釵〔一〕

興娘、慶娘事①，甚奇。又與賈雲華②〔二〕、張倩女異〔三〕。先生自遜，謂「不能作情語」，乃此情語何婉切也！

校記

① 「興娘慶娘」二「娘」字，清初鈔本同，他本均無。

② 「賈」下除清初鈔本外，他本均有「女」字。

箋注

〔一〕墜釵：《南詞新譜》著録，謂「俗名《一種情》」。演崔興哥和何興娘、何慶娘事。本事見於瞿佑《剪燈新話》卷一《金鳳釵記》。此劇今無刻本，僅有鈔本流傳，《古本戲曲叢刊》初集第八十五種，據康熙二十八年（一六八九）鈔本《一種情》影印。按：北京大學圖書館馬廉藏曲中，有姚華據康熙二十八年（一六八九）鈔本《一種情》的過録本，此本不僅保留了姚氏批注和跋文，而且以詞隱所輯《南九宮譜》對勘，訂正某些曲牌，對原鈔本的文字脱誤也作了補正，顯然要優于

《叢刊》本。説見拙文《馬隅卿先生爲搶救和保存戲曲文獻所做的貢獻》(劉倩編《馬隅卿小説戲曲論集》,中華書局二〇〇六年八月出版)。

按:焦循《劇説》卷五云:「吴石渠十二三時便能填詞,《一種情》傳奇乃其幼年作也。」《傳奇彙考標目》謂「一云李元玉作」。《曲海總目提要》卷二一著録,認爲「李漁所作」。皆誤。又,《曲律》卷四《雜論第三十九下》云:「詞隱《墜釵記》,蓋因《牡丹亭記》而興起者。中轉折儘佳,特何興娘鬼魂别後,更不一見,至末折忽以成仙會合,似缺針綫。予嘗因鬱藍生之請,爲補入二十七盧二舅指點修煉一折,始覺完全。今金陵已補刻。」

〔二〕賈雲華:《南詞叙録》「本朝」著録有《賈雲華還魂記》。本事見李昌祺《剪燈餘話》卷五《賈雲華還魂記》。賈雲華母邢氏,與魏鵬母有指腹之約。後邢氏毁約,雲華與魏鵬私奔。未幾,鵬以母喪歸,雲華賦《踏莎行》與訣别,遂鬱鬱而死。兩年後,借屍還魂,同鵬結爲夫婦。此劇今無傳本。

〔三〕張倩女:鄭光祖《迷青瑣倩女離魂》雜劇,寫張倩女與王文舉相戀,爲母阻撓,文舉被迫進京赴考,倩女因思念而魂離軀體,追趕文舉,與之結合。

博笑〔一〕

體與《十孝》類。雜取《耳談》中事譜之〔二〕,多令人絶倒①。先生游戲,至此神化極矣。

校記

①「多」，清初鈔本同，他本均作「輒」。

箋注

〔一〕博笑：演十則不相關聯的可笑故事：《巫舉人癡心得妾》（二—四齣）、《乜縣佐竟日昏眠》（五—六齣）、《邪心婦開門遇虎》（七—八齣）、《起復官遘難身全》（九—十一齣）、《惡少年誤鬻妻室》（十二—十四齣）、《諸蕩子計賺金錢》（十五—十七齣）、《安處善臨危禍免》（十八—二十一齣）、《穿窬人隱德辨冤》（二十二—二十三齣）、《賣臉客擒妖得婦》（二十四—二十五齣）、《英雄將出獵行權》（二十六—二十八齣）。本事見王同軌《耳談》。有明刻本流傳，《古本戲曲叢刊》初集第八十四種，據傅惜華原藏明天啓三年（一六二三）《新刻博笑記》影印。

〔二〕耳談：李維楨《耳談序》云：「吾友王行父博學宏詞，坎壈一第，而以貲爲上林丞。需次都門，久不奏除，四方學士大夫慕行父名，相過從締紵縞之交者日衆，上下論議，日聞所未聞，行父手筆其可喜、可慘、可勸、可誡之事，累之若干卷，而名之曰《耳談》。」（見《大泌山房集》卷一四）《四庫全書總目》「小說家類存目」著録。今存萬曆間刊本《新刻耳談》一五卷和《耳談類增》五四卷。

湯海若所著傳奇五本①

紫簫〔一〕

琢調鮮華②，鍊白駢麗。向傳先生作酒、色、財、氣四記③〔二〕，有所諷刺，是非頓起，作此以掩之，僅半本而罷〔三〕。覺太曼衍，留此供清唱可耳④〔四〕。

校記

① 「海若」，暖紅室本、吴梅校本均作「晦若」，并注云：「按今皆作海若。」「傳奇」二字各本均無。

② 「華」，清初鈔本同，他本均作「美」。

③ 「記」，清初鈔本同，他本均作「犯」。

④ 「供」，清初鈔本同，他本均無。

箋注

〔一〕紫簫：演李益、霍小玉事。本事出於蔣防《霍小玉傳》（亦見《太平廣記》卷四八七）。此劇有明刻本流傳，《古本戲曲叢刊》初集第七十六種，據萬曆間富春堂《新刻出像點板音注李十郎紫簫記》影印。

按：徐朔方《玉茗堂傳奇創作年代考》：「《紫簫記》之作殆非萬曆五年前，而爲八年前，約當萬曆五年秋至七年秋兩年内作於江西臨川。」（見《湯顯祖年譜》附録丙）八木澤元《湯顯祖》則據陳繼儒《陳眉公先生全集》卷五一《題湯臨川牡丹亭記》，以及湯顯祖《張洪陽相公七十壽序》考證，應作於萬曆六年至七年之間（見《明代劇作家研究》，日本昭和三十四年講談社刊）。而黄芝岡認爲萬曆八年撰於南京並付梓（見《湯顯祖編年評傳》上册，未刊稿）。

〔二〕向傳句：徐朔方《紫簫記考證》認爲「四記」非劇，其説云：「四犯或如玲瓏四犯，僅爲一犯調，不得作四劇解。……此所云四犯或即指第三十一齣四空和尚及其兩徒弟作酒色財氣四偈是。此四偈爲極普通之禪理，了無諷刺可言。而滋誤會者，蓋與萬曆十七年十二月大理寺左評事雒于仁上酒色財氣四箴事有關。于仁犯顔直諫，神宗甚爲不堪。……按于仁爲顯祖同年進士，萬曆十九年顯祖上《論輔臣科臣疏》亦及此事，然此四箴在傳奇改寫後一二年，後人不察，有此傅會」（見《湯顯祖年譜》附録丁）。

〔三〕有所諷刺四句：湯顯祖《紫釵記題詞》：「往余所遊謝九紫、吴拾芝、曾粤祥諸君，度新詞與戲未成，而是非蜂起，訛言四方。諸君子有危心，略取所草具詞梓之，明無所與於時也。記初名《紫簫》，實未成。亦不意其流行之如是。」（見《湯顯祖全集》卷三三「題詞」）

〔四〕留此句：帥機評《紫簫記》云：「此案頭之書，非臺上之曲也。」（見《紫釵記題詞》）

紫釵〔一〕校正①

仍《紫簫》者不多，然猶帶靡縟。描寫閨婦怨夫之情，備極嬌苦，直堪下淚，真絶技也②。

校記

①「校正」，清初鈔本同，他本無。

②「真」，清初鈔本、清河本同，他本均無。

箋注

〔一〕紫釵：據《紫簫記》改作，《紫釵記題詞》云：「南都多暇，更爲删潤訖，名《紫釵》，以中有紫玉釵之事也。」此劇有明清刻本流傳，《古本戲曲叢刊》初集第七十七種，據明末刊本《柳浪館批評玉茗堂紫釵記》影印。明萬曆間吴郡書葉草堂刻本《玉茗堂四種傳奇》所收《紫釵記》，今藏中國藝術研究院戲曲研究所資料室、北京大學及北京師範大學圖書館，《明代傳奇全目》未著録。

按：徐朔方説此劇「必作於萬曆十四年八月後至十九年六月前四、五年間」。八木澤元認爲，大約作於萬曆十七、八年左右，在南京禮部主事任上，定稿完成於二十三年。黄芝岡則考訂爲萬曆十三年前後，因《紫簫記》刊行後被禮部長吏禁止，遂改寫成《紫釵記》。

還魂〔一〕校正①

杜麗娘事，果奇②。而著意發揮，懷春慕色之情，驚心動魄。且巧妙疊出，無境不新，真堪千古矣。

校記

①「校正」二字各本無。

②「果」，清初鈔本同，他本均作「甚」。

箋注

〔一〕還魂：又名《牡丹亭》。演柳夢梅、杜麗娘生死不渝的愛情故事。本事見何大掄輯《重刻增補燕居筆記》卷九《杜麗娘慕色還魂》（《湯顯祖年譜》附録戊，胡士瑩《話本小説概論》並收録）。此劇有明清刻本廣爲流傳，《古本戲曲叢刊》初集第七十四種，據明泰昌間朱墨刻本《牡丹亭》影印。明萬曆間吴郡書葉草堂刻本《玉茗堂四種傳奇》所收《牡丹亭還魂記》、槐塘九我堂刻本

《牡丹亭還魂記》（安徽省博物館藏）、萬曆二十六年據七峰草堂藏本刻《牡丹亭還魂記》（國家圖書館、天一閣、甘肅省圖書館、戲曲研究所藏）、明安雅堂刻王思任批點《還魂記傳奇》（北京大學圖書館藏）、明天啓五年梁臺卿刻詞壇雙艷本《牡丹亭還魂記》、乾隆二十七年刻笠閣漁翁《箋注牡丹亭》、嘉慶十三年秋鐫袁枚評《才子牡丹亭》（以上三本國家圖書館藏），《明代傳奇全目》均未著録。

按：徐朔方定此劇撰於萬曆二十六年秋。梅鼎祚《與湯義仍》云：「近傳新作業已殺青，許八丈可爲置書郵，何不以一部乞我。」黄芝岡考訂此信寫於萬曆二十五年，因而「新作業已殺青」，當指《還魂記》在本年已經脱稿，明年秋付刻。

南柯夢〔一〕校正①

酒色武夫，乃從夢境證佛〔二〕，此先生妙旨也。眼闊手高，字句超秀。方諸生極賞其登城北詞②〔三〕，不減王、鄭〔四〕，良然，良然！

校記

①「校正」二字清初鈔本同，他本無。

②「詞」，清初鈔本、清河本同，他本均作「調」。

箋注

〔一〕南柯夢：又名《南柯記》。演淳于棼夢入槐安國事。本事見李公佐《南柯太守傳》（見《太平廣記》卷四七五）。此劇有明清刻本流傳，《古本戲曲叢刊》初集第七十九種，據鄭振鐸原藏明萬曆間刻本《南柯夢》影印。明萬曆間吴郡書葉草堂刻本《玉茗堂四種傳奇》所收《南柯夢》，《明代傳奇全目》未著録。按：徐朔方、八木澤元均據湯氏《南柯夢記題詞》自署庚子夏至定爲作劇之年。庚子爲萬曆二十八年（一六〇〇）。湯氏《答張夢澤》云：「既愛我甘，敢自愧其雕飾；言采其苦，必無棄於葑菲。謹以玉茗編、《紫釵記》操縵以前。餘若《牡丹魂》、《南柯夢》，繕寫而上。問黄粱其未熟，寫盧生於正眠。蓋唯貧病交連，故亦嘯歌難續。」（見《湯顯祖全集》卷四七「尺牘」之四）黄芝岡考訂此信寫於萬曆二十七年，是年《南柯記》已完成，而《邯鄲記》正在撰寫中，尚未脱稿。

〔二〕酒色武夫二句：指淳于棼夢醒後頓悟：「人間君臣眷屬，與螻蟻何殊？一切苦樂興亡與南柯無二，等是夢境，何處昇天？」又曰：「衆生身不可得而求，天身亦不可得而求，便是佛身亦不可得而求，一切皆空也。」拍手而笑，合掌立而入定。禪師叫云：「淳于生立地成佛」（見《南柯夢記》第四十四齣《情盡》）。

〔三〕登城北詞：指《南柯夢記》第二十九齣《圍釋》中金城公主登瑶臺城，在敵前所唱〔南吕一枝花〕北曲一套。

〔四〕王鄭：即王實甫和鄭光祖。

邯鄲夢〔一〕校正①

窮士得意，興盡可仙。先生提醒普天下措大，功德不淺。即夢中苦樂之致，猶令觀者神摇，莫能自主。

以上俱上上品

校記

①「校正」二字清初鈔本同，他本均無。

箋注

〔一〕邯鄲夢：又名《邯鄲記》，演盧生邯鄲夢事。本事見沈既濟《枕中記》（見《太平廣記》卷八二）。此劇有明清刻本流傳，《古本戲曲叢刊》初集第七十八種，據明天啓元年（一六二一）刻朱墨套印本《邯鄲夢記》影印。明萬曆間吴郡書葉草堂刻本《玉茗堂四種傳奇》所收《邯鄲夢》，《明代傳奇全目》未著録。

按：徐朔方、八木澤元以及黄芝岡均認爲湯氏《邯鄲夢題詞》自署辛丑中秋前一日即爲作劇之年。辛丑爲萬曆二十九年（一六〇一）。

陸天池所著傳奇二本

明珠〔一〕校正①

無雙事奇。此係天池之兄給諫陸粲具草〔二〕，而天池踵成之者。抒寫處有境有情②，但音律多不叶〔三〕，或是此老未精解處。乃其布局運思③，是詞壇一大將也。

校記

①「校正」二字清初鈔本同，他本無。
②「境」，清初鈔本同，他本均作「景」。
③「乃」，清初鈔本同，他本均作「然」。

箋注

〔一〕明珠：《萬曆野獲編》卷二五「詞曲・填詞名手」題爲《王仙客明珠記》，《列朝詩集小傳》作《王仙客無雙傳奇》。演王仙客、劉無雙事。本事見薛調《無雙傳》（見《太平廣記》卷四八六）。此劇今有明刻本流傳，《古本戲曲叢刊》初集第五十七種，據明末汲古閣原刻初印《明珠記定本》影印。周明泰幾禮居原藏明刻本《寶晉齋明珠記》，今歸上海圖書館，傅惜華《明代傳奇全目》未著録。

按：王世貞《藝苑卮言》云：「《明珠記》即《無雙傳》，陸天池采所成者，乃兄浚明給事助之，亦未盡善。」錢謙益《陸秀才采》亦云：「子玄年十九，作《王仙客無雙傳奇》，兄子餘助成之。」（見《列朝詩集小傳》丁集上）王世貞之中表兄弟史幼咨乃陸粲壻（見《弇州山人四部續稿》卷九三《太學生史幼咨暨婦陸氏合葬誌銘》），所説當可信。陸采生於弘治十年（一四九七），十九歲應是正德十年（一五一五），爲作劇之年。

〔二〕陸粲（一四九四—一五五一）：字子餘，一字浚，號貞山，采之仲兄。嘉靖五年（一五二六）進士，官至工科給事中。傳見《明史》。尹臺撰有《明給事中貞山先生陸公墓誌銘》（見《陸子餘集》附録）。

〔三〕音律多不叶：《陸秀才采》云：「曲既成，集吴門老教師精音律者，逐腔改定，然後妙選梨園子弟登場教演，期盡善而後出。」吴梅《霜厓曲跋》卷二《明珠記》則曰：「今讀此記，仍多失律處，蓋訂譜固非教師輩所能從事也。」

西廂①〔一〕

天池恨日華翻改②，故猛然自爲握管③，直期與王實甫爲敵④〔二〕。其間俊語不乏⑤。常自詡曰：「天與丹青手，畫出人間萬種情〔三〕。」豈不然哉？願令優人亟演之⑥。

校　記

① 「西廂」二字上，清初鈔本同，他本均有「南」，作「南西廂」。

② 「翻改」二字下，除清初鈔本外，他本均有「紕繆」二字。

③ 「故」，清初鈔本同，他本無。

④ 「直」下清初鈔本脱「期」字。

⑤ 「乏」，原本誤作「之」，據各本改。

⑥ 「優人」，清初鈔本同，他本均作「梨園」。

箋注

〔一〕西廂：演張珙、崔鶯鶯事。《遠山堂明曲品》「雅品殘稿」著録，云：「天池以李日華《西廂》翻北爲南，剽竊爲詞，氣脈未貫，握管作此，不涉王實甫一字，但韻雜耳。」此劇有明刻本流傳，《古本戲曲叢刊》初集第五十六種，據萬曆間周居易校刻本《新刊合併陸天池西廂記》影印。

按：陸采《西廂記序》云：「予倦遊矣，老且無用，不藉是以陶寫凡慮，何由遣日。」陸氏所著《覽勝紀談自序》自署「嘉靖乙未重陽日」（見清華大學圖書館藏鄞縣馬廉鈔本《覽勝紀談》卷首），正是在他「倦遊」之後。乙未爲嘉靖十四年（一五三五），此劇或作於是年。

〔二〕天池恨日華翻改三句：陸氏《西廂記序》云：「李日華取實甫之語翻爲南曲，而措詞命意之妙幾失之矣。予自退休之日，時綴此編，固不敢媲美前哲，然較之生吞活剥者，自謂差見一斑。」李日華，吴興人，生平事蹟不詳。高儒《百川書志》卷六著録《南西廂記》，云：「海鹽崔時佩編集，吴門李日華新增，凡三十八折。」

〔三〕天與丹青手二句：陸氏《西廂記》第三十七折下場詩：「曾詠明珠掌上輕，又將文思寫鶯鶯。都緣天與丹青手，畫出人間萬種情。」

張靈墟所著傳奇七本①訂正②

紅拂〔一〕校正③

此年少時筆也④〔二〕。俠氣辟易〔三〕，作法撇脱〔四〕，不粘滯⑤。第私奔處未見激昂⑥〔五〕，吾友槲園生補北詞一套〔六〕，遂無憾。樂昌一段，尚覺牽合〔七〕。娘子軍亦奇〔八〕，何不插入？

校記

①「七本」，清初鈔本同，他本因漏載《竊符》，故均作「六本」。
②「訂正」二字清初鈔本同，他本無。
③「校正」二字清初鈔本同，他本無。
④「此」下除清初鈔本外，他本均有「伯起」二字。
⑤「滯」，原本作「帶」，今據各本改。
⑥「見」，清初鈔本同，他本均作「免」。

箋注

〔一〕紅拂：演李靖、紅拂和虬髯客事，並插入徐德言和樂昌公主破鏡重圓的故事。本事見杜光庭

《虬髯客傳》(見《太平廣記》卷一九三)和孟棨《本事詩》。此劇有明刻本流傳,《古本戲曲叢刊》初集第六十種,據明末吴興淩氏校刻朱墨套印本《紅拂記》影印。周明泰幾禮居原藏明萬曆二十九年(一六〇一)繼志齋刻本《湯海若批評紅拂記》,今存國家圖書館、上海圖書館。《明代傳奇全目》未著録。

〔二〕年少句:《萬曆野獲編》卷二五「詞曲」《張伯起傳奇》:「伯起少年作《紅拂記》,演習之者徧國中。」尤侗《題北紅拂記》云:「唐人小説傳衛公、紅拂、虬髯客故事,吾吴伯起新婚,伴房一月,而成《紅拂記》,風流自許。」(見《艮齋倦稿》卷九)

〔三〕辟易:驚退義。見《史記·項羽本紀》:「項王瞋目而叱之,赤泉侯人馬俱驚,辟易數里。」

〔四〕撇脱:吴語,爽快、乾净利落。見陸澹安《小説詞語匯釋》。

〔五〕私奔句:指《紅拂記》第十齣《仗女私奔》,李靖謁楊素,紅拂侍坐,見李秀俊遂生愛慕之情,當夜私奔李,盟誓爲夫婦。

〔六〕吾友句:《紅拂記》第十齣係〔北二犯江兒水〕套曲,或即葉憲祖所補。

〔七〕樂昌一段二句:指十四齣《樂昌懷伴》。徐復祚《曲論》云:「張伯起先生,余内子世父也。所作傳奇有《紅拂》、《竊符》、《虎符》、《扊扅》、《灌園》、《祝髮》諸種,而《紅拂》最先,本《虬髯客傳》而作。惜其增出徐德言合鏡一段,遂成兩家門,頭腦太多。」

〔八〕娘子軍:唐高祖之女平陽公主,嫁柴紹。高祖舉事,公主起兵響應,與紹對置幕府,軍中稱娘子軍。見劉餗《隋唐嘉話》上。

樂談耳。

伯起以之壽母，境趣悽楚逼真。布置安插，段段恰好，柳城稱爲七傳之最。但事情非人所

祝髮〔一〕校正①

校記

①「校正」二字清初鈔本同，他本無。

箋注

〔一〕祝髮：演徐孝克孝母、祝髮爲僧事。據《南史·徐摛傳》附《徐孝克傳》（亦見《陳書·徐陵傳》附《徐孝克傳》）增飾。此劇有明刻本流傳，《古本戲曲叢刊》初集第六十一種，據明萬曆間富春堂《新刻出像音注點板徐孝克孝義祝髮記》影印。

按：沈德符《張伯起傳奇》云：「後以丙戌上太夫人壽，作《祝髮記》，則母已八旬，而身亦耳順矣。」（見《萬曆野獲編》卷二五）「丙戌」爲萬曆十四年（一五八六），此劇當作於是年，張伯起

時年六十。

竊符①〔一〕**校正**

選事極佳。竊符乃通本吃緊處，覺草草〔二〕。槲園生補南北詞一大套〔三〕，意趣頓甦。

校記

① 此條評語亦見於清初鈔本，他本均簡脱，而將《竊符》張冠李戴，安到《虎符》評語的頭上。

箋注

〔一〕竊符：演如姬竊符救趙事。取材於《史記·魏公子列傳》，並插入《廉頗藺相如列傳》中趙括事。此劇原有明萬曆間繼志齋刻本和新安汪氏環翠堂刻本，均已流傳海外，《古本戲曲叢刊》三集第二種據清雍正間沈閏生鈔本影印。

〔二〕竊符二句：《曲律》卷三《論劇戲第三十》云：「傳中緊要處，須重著精神，極力發揮使透……紅拂私奔，如姬竊符，皆本傳大頭腦，如何草草放過！」

〔三〕槲園生：《紅拂記》第十齣，内有〔北二犯江兒水〕三支，又〔南懶畫眉〕四支，或即葉憲祖所補。

虎符①〔一〕校正②

前半真，後半假〔二〕，不得不爾。女俠如此〔三〕，固當傳。

校記

① 「虎符」，除清鈔本外，各本均因傳鈔錯簡作「竊符」。

② 「校正」二字清初鈔本同，他本無。

箋注

〔一〕虎符：演花雲守太平事。事見《明史·花雲傳》，但此劇蓋據當時流傳的講史演義增飾。今有明刻本、清鈔本流傳，《古本戲曲叢刊》初集第六十三種，據明萬曆間富春堂《新刻出像音注花將軍虎符記》影印。

〔二〕前半真二句：《曲海總目提要》卷一七著録，云：「花雲守太平，本與王鼎、許瑗同時殉節，作者爲後來團圓，故云被擒囚禁，增出勸降、失明、送藥，及花煒立功、張定邊自刎等大半情節。」因此謂「前半真，後半假」。

〔三〕女俠：指花雲侍妾孫氏。花雲被擒，郜氏走散，孫氏毅然保護雲子煒，歷盡艱險，逃出虎口。後楊潮觀《荷花蕩》劇，專演此事。

灌園〔一〕校正①

有風致而不蔓，節俠具在。彼上虞趙生作《溉園》②〔二〕，遠不逮矣。

校記

①「校正」二字清初鈔本同，他本無。

②「彼」，清初鈔本同，他本無。「趙生」，清初鈔本同，他本均作「趙武」。本書卷上《新傳奇品》「下之中」有「趙於禮心雲　上虞人」，據此「武」字當誤。

箋注

〔一〕灌園：演齊王法章事。本事見《戰國策·齊策六》和《史記·田敬仲完世家》。此劇有明刻本流傳，《古本戲曲叢刊》初集第六十二種，據萬曆間富春堂《新刊音注出像齊世子灌園記》影印。按：張鳳翼《處實堂續集》卷七《傳灌園畢懷子繩》詩云：「浹旬簪筆度新詞，調入陽春寡和宜。流水高山無限意，撫絃誰復是鍾期？」據卷六《哀彭生辭》，子繩，名光祖，爲長洲著名歌者，卒於萬曆十六年（一五八八）五月凶疫中。此詩應寫於彭生殁後不久，《灌園記》亦當成於是年。

〔二〕彼上虞趙生句：見本書卷下四四九頁箋注〔一〕。

扊扅〔一〕校正①

此伯起得意作。百里奚之母，蛇足耳。張太和亦有記〔二〕，别一體裁，而多剿襲。

校記

①「校正」二字清初鈔本同，他本無。

箋注

〔一〕扊扅：演百里奚事。本事見《孟子·萬章上》和《史記·秦本紀》。此劇今無傳本，僅明代戲曲選集收録有散齣曲文，《群音類選》卷一九收有《長亭送别》、《鬻身飯牛》（亦見《月露音》卷一，作《飯牛》）、《强婚守節》、《寄身尋夫》、《夢回紀怨》、《追薦夫人》、《途中澣衣》、《遇妻失認》和

《夫妻相逢》。

按：徐𤊹《紅雨樓題跋》：「壬辰秋，余有姑蘇之役，借居張幼于曲水園。而長公伯起先生常避客，不樂應酬。余以幼于故，始得見伯起者再；於所著作，亦時窺一斑。會吴友劉仲卿出此五傳見贈，一《紅拂》，一《竊符》，一《灌園》，一《虎符》，一《祝髮》。」壬辰爲萬曆二十年（一五九二），五劇中不見《扊扅記》，此記應作於是年之後。

〔二〕張太和句：既云「別一體裁」，或即雜劇。見本書卷上一一八頁箋注〔一〕。

平播〔一〕

伯起衰年倦筆，粗具事情，太覺單薄。似必受債帥金錢①，聊塞白雲爾。

校　記

①「必」，清初鈔本同，他本均無。

箋　注

〔一〕平播：演李應祥平播州事。《萬曆野獲編》卷二五「詞曲」《張伯起傳奇》云：「暮年值播事奏功，大將楚人李應祥者，求作傳奇以侈其勳，潤筆稍益，不免過於張大，似多此一段蛇足，其曲今不行。」《傳奇彙考標目》卷上著録此劇亦云：「總兵李應祥厚禮求作，事頗不實。」今無傳本。

按：據《明史·李應祥傳》，萬曆二十八年（一六〇〇）大征播州楊應龍，歷時五月。此劇作於這年。

顧道行所著傳奇四本

青衫〔一〕

元、白好題目〔二〕，點綴大概亦了了，彷彿《四節記》。

箋注

〔一〕青衫：演白居易、裴興奴事。據《琵琶行》和馬致遠《江州司馬青衫淚》雜劇增飾。此劇有明刻本流傳，《古本戲曲叢刊》二集第二十四種，據明末汲古閣原刻初印《青衫記定本》影印。

按：據張鳳翼《處實堂續集》卷一〇《青衫記序》，此劇撰於顧氏歸田以後。梅鼎祚《鹿裘石室集》「書牘」卷九《與顧道行學使》云：「新譜《青衫》，引泣千古，然胡不一潤我耳，使隨百獸率舞也。」此信寫於萬曆二十年（一五九二）秋，既云「新譜」，《青衫記》之作蓋在是年，或稍前一、二年。

〔三〕元白：即元稹、白居易。

葛衣〔一〕

此有爲而作，感慨交情，令人嗚咽。婦人入庵似落套，然無可奈何〔二〕。

箋注

〔一〕葛衣：演任西華冬月葛衣事。本事見《南史·任昉傳》（亦見《梁史·任昉傳》）。此劇今無刻本，中國藝術研究院戲曲研究所存梅蘭芳原藏舊鈔本《葛衣記》，《古本戲曲叢刊》五集第二種據以影印。

〔二〕婦人入庵似落套二句：指到溉女聞父將西華趕走，悲憤投江，幸被女尼救起，延入庵中，爲後來團圓張目。這是傳奇中常用的手法，故説「似落套」。

義乳〔一〕

李善事出《後漢書》〔二〕，事真，故奇。且以之諷人奴，自不可少。

箋注

〔一〕義乳：《曲海總目提要》卷七著録，云：「演東漢李善親乳李元兒李續事，故名《義乳》。」本事見《後漢書・獨行傳》。此劇今無傳本，僅《群音類選》卷一八收録《哭主保孤》、《義乳哺孤》、《日南雪冤》、《妻家相會》、《義仆遇墓》五齣。

〔二〕李善句：善字次孫，南陽淯陽人，爲同縣李元蒼頭。建武中疫疾，元家相繼死没，唯孤兒續始生數旬，而貲財千萬。諸婢私共計議，欲謀殺續，分其財産。善乃潛負續隱山陽瑕丘界中，親自哺養，乳爲生湩。續年十歲，善與歸，修理舊業。鍾離意爲瑕丘令，上書薦善行狀，光武帝詔拜善及續爲太子舍人。見《後漢書・獨行傳》。

風教編〔一〕

一記分四段，倣《四節》體，趣味不長，然取其範世。

箋　注

〔一〕風教編：徐𤊹《紅雨樓書目》卷三「傳奇類」題作《風教記》。不詳演何事。今無傳本，僅《南詞新譜》收録〔朱奴剔銀燈〕「神天鑒貞節」（卷四）、〔園林沉醉〕「辭膝下匆匆戒車」（卷二三）。亦見《南曲九宫正始》第八册）兩支佚曲。

按：《今樂考證》著録六，誤此劇爲散曲。

梁伯龍所著傳奇一本

浣紗〔一〕**校正**①

羅織富麗，局面甚大，第恨不能謹嚴。事跡多②，必當一删耳③〔二〕。中有可議處④。他作有《紅線》劇及《江東白苧》散詞〔三〕，俱佳。

校　記

①「校正」二字，清初鈔本同，他本無。

②「事跡多」三字，清初鈔本同，他本無。

③「必」，清初鈔本同，他本均無。

④「中有可議處」，清初鈔本同，他本均置於「第恨不能謹嚴」下，而「議」作「減」。

箋注

〔一〕浣紗：《藝苑卮言》題作《吴越春秋》。演春秋時吴越兩國互相攻伐，並以范蠡和西施的愛情故事貫穿始終。事見《史記·越王句踐世家》和趙曄《吴越春秋》。此劇有明刻本、清鈔本流傳，《古本戲曲叢刊》初集第五十種，據鄭振鐸原藏明崇禎間刻本《怡雲閣浣紗記》影印。北京大學圖書館藏有清同治元年（一八六二）瑞鶴山房鈔本《浣紗記》二十三齣，從《開宗》至《泛湖》結束，或標注工尺，或帶身段譜，爲清代舞臺演出本。

按：據《明代傳奇全目》著録，萬曆間金陵富春堂《重刻出像浣紗記》，已流傳至日本，而國内不見收藏。其實不然，國家圖書館藏《繡刻演劇》所收《浣紗記》，即爲此本。它與明萬曆三十六年（一六〇八）武林陽春堂刊本、明刻《吴越春秋樂府》本、明末怡雲閣本、李卓吾評本、汲古閣《六十種曲》本等均有所不同，舉其大者有三：（一）諸本三十五齣爲《被擒》，三十八齣爲《誓師》，而此本前後秩序恰與之相反；（二）諸本四十四齣爲《治定》，此本一剖爲二，增加一齣，作爲四十六齣；（三）諸本《泛湖》齣由〔北新水令〕等十七支南北曲組成，而此本僅十支南北曲，且曲牌和曲文與他本迥别。係全部襲用汪道昆《五湖遊》雜劇中的唱詞。胡應麟《雜諫汪公談藝五通》所批評的《浣紗記》即此本(見《少室山房類稿》卷一一三)。

〔二〕事跡多二句:《藝苑卮言》云:「梁伯龍《吴越春秋》,滿而妥,間流冗長。」

〔三〕紅線:又名《紅線女》。四折北雜劇,演紅線事。本事見袁郊《甘澤謡·紅線》(亦見《太平廣記》卷一九五)。沈泰《盛明雜劇》和孟稱舜《酹江集》均收有此劇。

鄭虚舟所著傳奇二本

玉玦〔一〕

典雅工麗,可詠可歌,開後人駢綺之派〔二〕。每折一調,每調一韻,尤爲先獲我心。

箋　注

〔一〕玉玦:《南詞叙録》「本朝」著録。演王商、秦慶娘事。本事不詳,但情節有類似《李娃傳》處。此劇有明刻本流傳,《古本戲曲叢刊》初集第五十一種,據明萬曆間富春堂《新刻出像音注釋義王商忠節癸靈廟玉玦記》影印。

〔二〕典雅工麗三句：臧懋循《元曲選序》云：「至鄭若庸《玉玦》，始用類書爲之。」徐復祚《曲論》亦云：「鄭虚舟若庸，余見其所作《玉玦記》手筆，凡用僻事，往往自爲拈出，今在其從姪學訓繼學處。此記極爲今學士所賞，佳句故自不乏，如『翠被擁鷄聲，梨花月痕冷』等，堪與《香囊》伯仲。《賞荷》、《看潮》二大套亦佳。獨其好填塞故事，未免開飣餖之門，闢堆垛之境，不復知詞中本色爲何物，是虚舟實爲之濫觴矣。」青木正兒認爲此劇「爲上承《香囊》、《連環》之後，下起《明珠》、《浣紗》、《玉合》等駢體之風者，在南戲上正可注目之一作品也」（見《中國近世戲曲史》）。

大節〔一〕

工雅不減《玉玦》。孝子事業有古曲，仁人事今有《五福》〔二〕，義士事今有《埋劍》矣。

箋注

〔一〕大節：演孝子（周瑞隆尋親）、仁人（韓琦還妾）、義士（郭飛卿和吴永固生死交）三事。今無傳本。

〔二〕五福：見本書卷下四八五頁箋注〔一〕。

梅禹金所著傳奇一本

玉合〔一〕

許俊還玉，誠節俠丈夫事〔二〕，不可不傳。詞調組詩而成，從《玉玦》派來，大有色澤〔三〕。伯龍賞之①〔四〕。恨不守音韻耳〔五〕。《金魚記》當退三舍〔六〕。又曾著《玉導》，家君謂之曰〔七〕：「符郎事已引入《雙魚》〔八〕。」遂止。

校　記

①「伯龍」上除清初鈔本外，他本均有「極」字。

箋　注

〔一〕玉合：又名《章臺柳玉合記》（見屠隆《棲真館集》卷一一《章臺柳玉合記叙》）。演韓翃、柳氏事。本事見《本事詩》和許堯佐《章臺柳傳》（見《太平廣記》卷四五八）。此劇有明刻本流傳，《古本戲曲叢刊》初集第六十九種，據明杭州容與堂刻本《李卓吾先生批評玉合記》影印。

按：八木澤元《梅禹金》考訂此劇作於萬曆十一年（一五八三），是年梅氏三十五歲（見《明代劇作家研究》)。而徐朔方《湯顯祖年譜》、黄芝岡《湯顯祖編年評傳》則認爲湯顯祖《玉合記題詞》寫於萬曆十四年(一五八六),劇應作於是年。萬曆十六年(一五八八),徐復祚館於王世貞弇園文漪堂,恰值禹金往訪,「時《玉合》新出,禹金挾一册示主人」(見《南北詞廣韻選》卷一),既云「新出」,可見徐、黄二家之説信然。又,屠隆《章臺柳玉合記叙》云:「余頃觀禹金,儻蕩有英雄器,略與君典埒,降心而爲此,季豹所謂有託,其然乎?」據黄芝岡考證,《玉合記》是借韓、柳故事,寫梅氏自己的風流韻事。禹金叔父季豹所謂有託,殆指此。

〔二〕許俊還玉二句:《本事詩·情感》云:「是日,臨淄大校,致酒於都市酒樓。邀韓(翃),韓赴之。悵然不樂。座人曰:『韓員外風流談笑,未嘗不適,今日何慘然耶?』韓具話之(按:指番將沙吒利劫柳氏事)。有虞候將許俊,年少被酒,起曰:『寮嘗以義烈自許,願得員外手筆數字,當立置之。』座人皆激贊。韓不得已與之。俊乃急裝,乘一馬,牽一馬而馳,逕趨沙吒利之第。會吒利已出,即以入曰:『將軍墜馬,且不救,遣取柳夫人。』柳驚出,即以韓札示之。挾上馬,絶馳而去。座未罷,即以柳氏授韓,曰:『幸不辱命。』一座驚歎。」

〔三〕詞調組詩而成三句:《遠山堂明曲品》「艷品」著録《玉合》,云:「駢麗之派,本於《玉玦》,而組織漸近自然,故香色出於俊逸。詞場中正少此一種艷手不得,但止題之以艷,正恐禹金不肯受耳。」對這種駢麗文風,沈德符深爲不滿:「梅禹金《玉合記》最爲時所尚,然賓白盡用駢語,餖飣太繁,其曲半使故事及成語,正如設色骷髏,粉捏化生,欲博人寵愛,難矣!」(見《萬曆野獲編》卷二二五「詞曲・填詞名手」）徐復祚亦指出：「傳奇之體，要在使田畯紅女聞之而躍然喜，悚然懼；若徒逞其博洽，使聞者不解爲何語，何異對驢而彈琴乎！……余謂：若歌《玉合》於筵前臺畔，無論田畯紅女，即學士大夫，能解作何語者幾人哉！……文章且不可澀，况樂府出於優伶之口，入於當筵之耳，不遑使反，何暇思維，而可澀乎哉！濫觴於虚舟，决堤於禹金，至近日之《箜篌》而滔滔極矣。」（《曲論》）又云：「刻意修辭，情旨反晦，禹金之短也。」（《南北詞廣韻選》卷四）

〔四〕伯龍賞之：梅禹金《長命縷記序》云：「曩游吴，自度曲而工審音，深爲伯龍、伯起所嘅伏。」（見《鹿裘石室集》文集卷四）

〔五〕恨不句：梅氏晚年對其早年的傳奇創作亦自悔曰：「凡天下吃井水處，無不唱《章臺傳奇》者，而勝樂道人方自以宫調之未盡合也，音韻之未盡叶也，意過沉而辭傷繁也。」（見《長命縷記序》）

〔六〕金魚：見本書卷下四二六頁箋注〔一〕。

〔七〕家君：即吕胤昌（一五六〇—？），字玉繩，號姜山，又號麟趾。與湯顯祖同年進士，歷官宣城司理、吏部郎中、河南參議。同汪道昆、張鳳翼、屠隆、梅鼎祚以及龍膺等戲曲作家交往密切。事見《孫月峰先生全集》卷八《伯姊吕太安人六秩序》和葉憲祖《青錦園文集》卷五《祭姜山》。

〔八〕雙魚：見本書卷下二六一頁箋注〔一〕。

卜大荒所著傳奇二本

冬青〔一〕

悲憤激烈，誰謂腐儒酸也？ 音律精工，情景真切。吾友張望侯云①〔二〕：「檇李屠憲副於中秋夕〔三〕，率家樂於虎邱千人石上演此②〔四〕，觀者萬人，多泣下者。」吾友方諸生曰③：「大爲義士吐氣。但當時瘞骸事，皆吾邑王監簿名英孫號修竹者爲之④〔五〕。蓋王係國戚，又世家也。挺身以前，慮事洩罹禍⑤。又唐玉潛⑥〔六〕、林景熙⑦〔七〕、謝皋羽〔八〕、鄭樸翁諸人〔九〕，皆王門下館客。遂捐重貲，募里中人，挾二士經紀其事⑧。王固自諱，人遂譌傳。今已漸白。雜見王家乘及元張丁〔一〇〕、孔希普、趙子常所跋謝皋羽《冬青樹引》⑨〔一一〕，及季長沙《辨義録》⑩〔一二〕。近張太史修《會稽新志》中⑪〔一三〕，載唐、林四絶句詩⑫〔一四〕，乃王修竹倡之⑬，而諸君屬和者。王詩極慷慨淋漓，可爲墮淚。王亦才士，有《修竹集》，林有《霽山集》，其中倡和諸篇，皆大略可見。不然，林一羈旅客⑭，唐一窮學究，非有力者爲執太阿〔一五〕，安所得措其手於逆髠烈焰之中，而保冬青卒無恙耶〔一六〕？」惜不徼惠卜君，一洗發之也。

校記

①「云」，清初鈔本同，他本均作「曰」。

②「卒家樂」，清初鈔本同，他本均作「帥家優」。

③「吾友」，清初鈔本同，他本均無。

④「皆」，清初鈔本同，他本均作「實」。

⑤「蓋王係國戚，又世家也。挺身以前，慮事洩罹禍」十八字，清初鈔本同，他本俱列在「皆王門下館客」句下。「以前」，清初鈔本同，他本均作「欲前」。

⑥「又」，清初鈔本同，他本均作「若」。

⑦「林景熙」下除清初鈔本外，他本均有「及」字。

⑧「二十」上除清初鈔本外，他本均有「唐林」二字。

⑨「元張丁、孔希普、趙子常所跋謝皋羽冬青樹引」，原本作「元張丁、孔希魯、趙子當其謝皋羽冬青樹引」，清初鈔本同，但「當」作「常」、「其」作「跋」，而他本作「元孔希魯子常趙所跋謝皋羽冬青樹引」，因有簡脱譌誤，文句不順。《康熙會稽縣志》卷一五《祠祀志》中收録《冬青樹引跋》二則，一署「丙午正月十日張丁識」，另署「洪武四年二月十日孫希普識」，與「張丁孔希魯」合。而季本《跋王修竹窆宋遺骸事後》作「孔希普」（見《五石脂》），《會稽志》作「孫希普」之「孫」字殆誤。今據《會

稽志》等書，並參照各本正之。

⑩「及季長沙」，「及」，清初鈔本同，他本均作「入」。「沙」，清初鈔本同，他本誤作「洲」。

⑪「史」清初鈔本同，他本作「定」，「定」爲「史」形誤。

⑫「載」，原本、清初鈔本均無，據各本補。

⑬「乃」，原本無，據各本補。

⑭「旅」，除清初鈔本外，他本均脱。

箋注

〔一〕冬青：演唐玉潛、林景熙收葬南宋諸帝遺骸事。本事見陶宗儀《南村輟耕録》卷四《發宋陵寢》。此劇有明刻本流傳，《古本戲曲叢刊》二集第五十種，據萬曆間原刻本《冬青記》影印，足見其在戲曲史上的重要性。原劇三十六齣，此本殘損過半，從第九齣《女課》至第三十齣《諧緣》皆缺。

〔二〕張望侯：待考。

〔三〕檇李屠憲副：「檇李」，古地名，在今浙江嘉興西南。後爲嘉興的别稱。「屠憲副」，待考。

〔四〕虎邱千人石：顏湄《重修虎丘山志》卷二《泉石》：「千人座，又名千人石。《吴地記》云：『虎丘泉其最勝者劍池千人坐。』」張潮《虞初新志》卷四《寄暢園聞歌記跋》：「吴俗於中秋夜，善歌者咸集虎丘石上，次第競所長。」袁中郎《虎丘山記》（《袁中郎全集》卷二）、張岱《虎丘中秋夜》（《陶庵夢憶》卷五）均記載虎丘千人石上歌會之盛況。

〔五〕王監簿：林景熙《王修竹監簿名樓曰與造物游命予賦》章祖程箋注云：「王公諱英孫，號修竹，會稽人。仕至將作監簿。」（見《霽山集》卷一）著有《修竹集》，林景熙爲之序。傳見《康熙會稽縣志》。

〔六〕唐玉潛：名珏，會稽山陰（今浙江紹興）人。家貧，聚徒授經，贍養老母。因同林景熙等收宋趙氏遺骸瘞於蘭亭山中，義聲震吴越。傳見《新元史》和《南村輟耕録》卷四《發宋陵寢》。

〔七〕林景熙：字德陽（一作暘），號霽山，浙江平陽人。宋咸淳中進士，曾任禮部架閣、從政郎。宋亡不仕。著有《霽山集》等。傳見《新元史》和《康熙會稽縣志》。

〔八〕謝皋羽：名翱，號晞髮子，福建福安人。曾參加文天祥抗戰部隊，任諮議參軍。宋亡不仕。著有《晞髮集》。傳見《宋史》和《康熙會稽縣志》。

〔九〕鄭樸翁：字宗仁，浙江平陽人。宋咸淳中入太學，賜上舍釋褐，曾任福州教授、國子正。宋亡不仕。著有《四書指要》等。傳見《康熙會稽縣志》。

〔一〇〕張丁：字孟兼，浙江浦江人。官至山東副使。因觸怒明太祖被殺。傳見《明史》。所作《冬青樹引跋》，載《康熙會稽縣志》卷一五《宋永祐攢宫》。云：「予既注皋羽《登西臺慟哭記》，又以此詩詞旨未易通曉，故爲之疏，以便考證而自質焉。適文獻黄先生之門人傅氏以書來，謂聞之文獻者曰：『楊總統初欲利攢宫金玉，故爲妖言以惑主聽而發之。越中王英孫，一日，出金帛與惡少，衆皆驚駭，而請曰：「平日不敢見，今乃有賜，不審欲何爲？雖死不敢避。」因徐謂曰：「爾輩皆宋人也，吾不忍陵寢暴露，已造石函六，刻紀年一字爲號，自思陵以下，欲逐號收殯。」衆皆諾。遂夜往，收貯遺骸骨而葬，上種冬青樹爲識。此歌詩之所爲作也。』其説如此，予以舊注既有異同，亦既以書致鄙見於傅君矣。故未即以舊聞非是，而未加改定，故録一通寄傅，且書來言於此，以問該洽者，庶幾予言或可再證也。丙午正月十日張丁識。」

〔一一〕孔希普：生平事蹟待考。所作《冬青樹引跋》，云：「浦陽張君孟兼，取閩人謝翺爲宋丞相文公所作《西臺慟哭記》詳疏其文，復取其至越中所作《冬青樹引》並跋之於卷末，且以窆宋遺骸事爲唐珏、王英孫，而疑其異同。予謹按，郡先生霽山林君，當宋亡時，忠義耿耿，有《南山有嘉樹》及《商婦怨》等詩，見所著集中。嘗與唐珏收宋遺骸於山陰，種冬青樹其上，刻誌有『丙之年，子之月，冬青花，不可説』之句。蓋先生乃王英孫門客，先生與珏所爲，王蓋與知之矣。夫謝翺在文公之門，傳公者曾不及翺，非張君玆述，殆泯没不傳。今書珏之事，而霽山林君不與焉，豈非闕乎？吾因並識其事以釋君之疑，且以副君好古之盛心云。洪武四年二月十日孫（按：爲「孔」之誤）希普識。」

〔一二〕季長沙句：季長沙，名本，字明德，山陰（今浙江紹興）人。正德十二年（一五一七）進士。官至長沙府知府，故稱季長沙。著有《詩説解頤》等。傳見王鴻緒《明史稿》。《辨義録》不見《四庫全書總目》著録。

〔一三〕張太史：即張元忭，字子蓋，山陰人。隆慶五年（一五七一）廷試第一，授修撰。官至禮部右侍郎。明代翰林亦稱太史，故稱爲張太史。萬曆二年（一五七四）與邑令楊維新修《會稽縣志》。傳見《明史》。

〔一四〕唐林四絶句詩：見《康熙會稽縣志》卷一五《宋永祐攢宫》，題作《夢中詩》：珠亡忽震蛟龍睡，軒敝寧忘犬馬情。親拾寒瓊出幽草，四山風雨鬼神驚。其二：一抔自築珠丘土，雙匣親傳竺國經。獨有春風知此意，年年杜宇哭冬青。其三：昭陵玉匣走天涯，金粟堆寒起暮鴉。水到蘭亭轉嗚咽，不知真帖落誰家？其四：珠凫玉雁又成埃，斑竹臨江首重回。猶意年年寒食節，天家一騎捧香來（亦見《霽山集》卷二）。按：《四庫全書總目》卷一六五集部著録《林霽山集》云：「今考此集，載《夢中作》四詩，與諸書所載珏作同。珏他詩不概見，而此四詩詞格實與景熙他詩相類，且『雙匣親傳竺國經』句，與景熙葬高、孝兩陵之説合，與珏同葬諸陵之説不合。考集中有《和唐玉潛》一詩，玉潛即珏之字，則二人本屬舊友，或當時景熙與珏共謀此舉，其事秘密，傳聞異詞，遂譌以爲珏作也。」

〔一五〕太阿：古寶劍名。

〔一六〕方諸生曰：這段話，可參見《曲律》卷四《雜論第三十九下》：「即《冬青》一事，係吾家王修竹監簿以故宋戚畹，不勝痛憤，捐重貲，命家客唐、林二君爲之。而己諱其事，世遂泯泯不白，然見他書可考。」又見卜世臣《題義士手植冬青樹》詩小引：「按棘津《曲品》收《冬青記》，並載其友方諸生之言，曰：『當日瘞骸事，實我邑王監簿名英孫號修竹者爲之。蓋王本國戚，又世家也，若挺身以前，慮敗泄罹禍。時唐玉潛、林景熙德暘、謝皋羽諸人，皆其館客。王特捐資，募里閈少年，挾二士經紀其間。王固自諱，人即但傳唐與林也。今幸漸白於世。雜見王氏家傳暨勝國張孟兼、孔希魯（普）、趙子常《跋謝翱冬青樹引》，又季長沙《辨義録》。近張太史修《會稽新志》内載唐、林四絶，繫修竹倡之，諸人屬和者。修竹亦才士，詩極慷慨淋漓，著有《王修竹集》，林有《霽山集》，謝有《晞髮集》，其間屬和篇章，歷歷可證。不然，唐一窮學究，林一羈旅客，安所得措手於毒髠烈焰中，而保一木卒無恙耶？』今己未初夏七日，予客遊其地，往弔六陵，拜雙義祠，漫占一絶，並勘明此段公案。」（見沈季友《檇李詩繫》卷一八）

乞麾〔一〕

發揮小杜之狂，恣情酒色，令人頓作游冶想。吾友方諸生曰：「其辭駢藻鍊琢，摹方應圓，終卷無上去疊聲，直是竿頭撒手①，苦心哉〔二〕！」小杜風流楚楚，其鍾情髫女〔三〕，注目紫雲〔四〕，故豪士本色。每讀「兩行紅粉」及「緑葉成蔭」之句，輒爲柔腸欲絶②。今記中乃兩全之，良是快事③。又牛奇章鎮維揚〔五〕，每夕令街卒衛杜書記夜游〔六〕，報帖盈篋，其憐才繾綣，可令千古英雄雪涕！今横罹粉墨④，毋乃寃乎？宴分司御史者是李聰，記中作李聽，恐是刻本之誤，更須查定耳。

校記

①「直」，清初鈔本同，他本均作「真」。

②「爲」，清初鈔本同，他本無。

③「良是快事」下，除清初鈔本同外，他本有「第牧之入試吴武陵（按：暖紅室本、吴梅校本、曲苑本均無「吴」字），袖《阿房宫賦》謁主試，崔郾薦至第五，不得，勃然取其賦去，竟得異等。此大可爲世之薦士者風，何不譜作實録，而他有所摭」五十五字。

④「令」，清初鈔本同，他本均作「令」，「令」爲「令」之形誤。

箋注

〔一〕乞麾：演杜牧事。本事見《本事詩·高逸》和高彦休《唐闕史·杜舍人牧湖州》（亦見計有功《唐詩紀事》）。此劇今無傳本。

〔二〕方諸生曰：下一段話，可參見《曲律》卷四《雜論第三十九下》，云：「大荒《乞麾》至終帙不用上去疊字，然其境益苦而不甘。」

〔三〕鍾情髽女：計有功《唐詩紀事》卷五六《杜牧》：「牧佐宣城幕，遊湖州，刺史崔君，張水戲，使州人畢觀，令牧閒行，閲奇麗，得垂髫者十餘歲。後十四年，牧刺湖州，其人已嫁生子矣。乃悵而爲詩曰：『自是尋春去校遲，不須惆悵怨芳時。狂風落盡深紅色，緑葉成蔭子滿枝。』」

〔四〕注目紫雲：《唐詩紀事》卷五六《杜牧》：「牧爲御史，分務洛陽。時李司徒愿罷鎮閒居，聲伎豪侈，洛中名士咸謁之。李高會朝客，以杜持憲，不敢邀致。杜遣座客達意，願預斯會，李不得已邀之。杜獨坐南行，瞪目注視，引滿三卮，問李云：『聞有紫雲者，孰是？』李指示之。杜凝睇良久曰：『名不虚得，宜以見惠。』李俯而笑，諸妓亦回首破顔，杜又自飲三爵，朗吟而起曰：『華堂今日綺筵開，誰喚分司御史來？忽發狂言驚滿座，兩行紅粉一時迴。』氣意閑逸，傍若無人。」

〔五〕牛奇章：即牛僧孺，字思黯，安定鶉觚（今甘肅靈臺）人。貞元進士。歷官淮南節度使，尚書左僕射等職。敬宗時，進封奇章郡公，故稱爲牛奇章。著有《玄怪録》。傳見新舊《唐書》。

〔六〕杜書記：杜牧曾爲牛僧孺淮南節度使府掌書記。

葉桐柏所著傳奇五本

玉麟〔一〕

三蘇事，舊有《麟鳳記》〔二〕，極俚①。美度初爲删定②，遂盡易其舊。詞致秀爽，尤宜喜筵。

校記

①「極俚」，清初鈔本同，他本均作「極輕俏」。

②「初爲删定」，清初鈔本同，而清河本「爲」下有「之」字。他本則作「爲之删定」。

箋注

〔一〕玉麟：演蘇洵、蘇軾和蘇轍父子事。此劇據明無名氏《麟鳳記》傳奇改編。今不見傳本，僅《月露音》中收録有《課兒》、《度尼》（卷一）、《覓艷》和《贈題》（卷二）四齣佚文。

〔二〕麟鳳記：《遠山堂明曲品》「雜調」著録黄瀾《赤壁》，云：「傳子瞻事，葉桐柏有《玉麟》；陳太乙有《金蓮》；又俗本有《麟鳳記》。」此劇今無傳本。

雙卿〔一〕

本傳雖俗而事奇①，予極賞之。貽書促美度度以新聲②，浹日而成。景趣新逸，且守韻甚嚴，當是詞隱高足。

校記

①「雖」，各本均無。

②「促」，清初鈔本同，他本均無。

箋注

〔一〕雙卿：演平江吴邑才子華國文，迎娶張氏二女正卿、順卿事。本事出自明人小説《國色天香》卷六《雙卿記》。該劇傳本未見，僅劉君錫《樂府菁華》卷六尚存《華國文中式赴宴》、《華國文修書傳情》兩齣。説見張文德《葉憲祖〈雙卿記〉劇情與本事考論》（《藝術百家》二〇一四年第三期）。

按：《曲海總目提要》卷八著録《雙修記》云：「《雙修記》刊本，標奉佛紫金道人編著，其序則云：『槲園居士託言紫金也。』」據此，《雙修記》爲葉憲祖所作。青木正兒却將它和《雙卿記》混爲一談，認爲《雙卿》爲《雙修》之誤。葉德均《曲品考》亦沿譌。《曲律》卷四《雜論第三十九下》云：「姚江葉美度進士者，工雋摹古，撰《玉麟》、《雙卿》、《鸞鎞》、《四艷》、《金鎖》。」可證《雙卿》確係葉氏所撰，非《雙修》之誤。此二記應並屬葉氏名下。

鸞鎞〔一〕

杜羔妻《寄外》二絶〔二〕，甚有致。曲中頗具憤激〔三〕。唐時進士題名後，可以遍閲諸妓。必作羔醉青樓之狀，而後其妻「醉眠何處」之句①，猜來有情耳。插合魚玄機事〔四〕，亦具風情之一斑。温飛卿貌最陋②〔五〕，何多幸也！

校記

①「後」，清初鈔本同，他本無。

②「貌」，清初鈔本同，他本無。

箋注

〔一〕鸞鎞：演温庭筠、魚玄機事。此劇借用歷史人物而情節虚構。今有明刻本、清鈔本流傳，《古本戲曲叢刊》二集第二十六種，據明末汲古閣原刻初印《鸞鎞記定本》影印。

按：葉憲祖萬曆二十二年中舉後，會試屢遭挫折。中國藝術研究院戲曲研究所存梅蘭芳原藏紅格鈔本《鸞鎞記》三十四折云：「落魄歸來思不禁，還將曲部細搜尋。」而《曲品》成書於萬曆三十八年，此劇當作於二十二年至三十八年間。又，此劇向來被認爲案頭之作，其實不然，《詞林逸響》月集，收有《閨詠》齣四支曲文；褚人穫於清康熙四十三年甲申（一七〇四），曾看過《鸞鎞記》的演出，其《後戲目詩》三云：「繡佛閣中裁寶勝，錦蒲團畔整鸞鎞。」（見《堅瓠補集》卷六）

〔二〕杜羔句：杜羔落第，其妻趙氏效樂羊子妻引刀斷機事，先寄一絕激勵其志，詩云：「良人的的有奇才，何事年年被放回？如今妾面羞君面，君若來時傍晚來。」（見《鸞鎞記》第十四齣《勵志》）當杜羔中進士後，又寄一絕賀捷，詩云：「長安此去無多地，鬱鬱葱葱佳氣浮。良人得意正年少，今夜醉眠何處樓？」（見第二十三齣《捷賀》）按：兩詩均出自錢易《南部新書》丁集。

〔三〕曲中句：《鸞鎞記》第十二齣《摧落》，賈島所唱〔北點絳脣〕套曲，抒發出「累赴科場，不得中第」的悲憤。作者二十九歲中舉，五十四歲始及進士第，因此，借賈島之口表達出近二十年之不平。

〔四〕魚玄機：字幼微，一字蕙蘭，長安（今陝西西安）人。本爲李億妾，後出家爲女道士。著有《魚玄機詩》。事見《南部新書》。

〔五〕温庭筠：字飛卿，太原（今山西太原）人。曾任國子助教。著《温庭筠詩集》等。傳見新舊《唐書》。

四艷〔一〕

選勝地，按佳節①，賞名花，取珍物〔二〕，而分扮麗人，可謂極情場之致矣②。詞調俊逸，姿態横生。密約幽情，宛宛如見，却令老顛復發耳③。

校　記

① 「佳節」，清初鈔本同，他本均作「節氣」。
② 「情」，清初鈔本同，他本均作「排」。
③ 「復發」，清初鈔本同，他本均作「没法」。

箋　注

〔一〕四艷：包括《春艷夭桃紈扇》（演石中英、任夭桃事）、《夏艷碧蓮繡符》（演章斌、陳碧蓮事）、《秋艷丹桂鈿盒》（演權次卿、徐丹桂事）、《冬艷素梅玉蟾》（演鳳來儀、楊素梅事）四個雜劇，每劇九齣，總稱《四艷記》。有明刻本流傳，《古本戲曲叢刊》二集第二十七種，據明末崇禎原刻本《四艷記》影印。

〔二〕選勝地四句：四劇故事分别發生在金陵、揚州、蘇州和杭州，又是夭桃、碧蓮、丹桂和素梅盛開時節，劇中男女定情之物爲紈扇、繡符、鈿盒和玉蟾蜍。故云。

金鎖〔一〕

元有《竇娥冤》雜劇，境最苦①。美度故向悽楚中寫出②，便足斷腸③，然吾不樂觀之矣④。

校記

① 「境」，清初鈔本同，他本無。

② 「悽楚」，清初鈔本同，他本均作「此」。

③ 「便足斷腸」四字清初鈔本同，他本均無。

④ 「吾」，清初鈔本同，他本無。

箋注

〔一〕金鎖：演竇娥事。據關漢卿《感天動地竇娥冤》改編。此劇今無刻本，僅有鈔本流傳，《古本戲曲叢刊》三集第四種，據清内府鈔本《金鎖記》影印。

按：《南詞新譜》著録《金鎖記》，題爲「袁令昭」作。《遠山堂明曲品》「能品」著録王國柱《碧珠》，云：「周惟光排陷趙懷之，懷之固居於龍宫者六載，絶似袁鳧公之《竇娥寃》，沈寧庵之《合衫記》。」《新傳奇品》、《今樂考證》從之。《傳奇彙考標目》著録葉憲祖《金鎖記》，注云：「一云袁于令作；或云桐柏初稿，袁于令又改定之。」袁令昭，初名晉，更名于令，一字韞玉，號鳧公，吴縣人。由明入清，官至荆州知府。所著有《西樓記》、《鷫鸘裘》等傳奇。王驥德、吕天成爲葉憲祖的友好，都認爲此劇屬葉氏，殆不誤；而祁彪佳與袁氏過從甚密，斷爲袁著，亦屬可信。袁既爲葉之弟子，或爲葉著而袁改。

單槎仙所著傳奇一本①

蕉帕〔一〕

傳龍生遇狐事。此係撰出，而情節局段能於舊處翻新，板處作活，真擅巧思而新人耳目者。演行甚廣，予嘗作序褒美之〔二〕。

以上俱上中品②

校記

①此條亦見於清初鈔本，他本均無，係新增補。「槎仙」，原誤作「蓋先」，今據本書卷上《新傳奇品》「上之中」單本條改。

②「俱」，清初鈔本同，他本無。

箋注

〔一〕蕉帕：杜穎陶《記玉霜簃所藏鈔本戲曲》著録此劇，題作《盜寶珠》。演龍驤、胡弱妹事。有明刻本、清鈔本流傳，《古本戲曲叢刊》二集第二十三種，據萬曆間金陵文林閣《刻全像點板五鬧蕉帕記》影印。上海圖書館藏明刻本《新編五鬧蕉帕記》，《明代傳奇全目》未著録。

按：戴不凡《論「迷失了的」餘姚腔》一文，認爲此劇乃天啓、崇禎間所作（見《戲曲研究》一九八〇年第一輯，收入《戴不凡戲曲論文集》）。此説顯誤，今存萬曆間刻本及吕天成《蕉帕記序》佚文可證。吕氏爲單本之執友，萬曆三十八年所完成的通行本《曲品》未載此劇，説明尚未問世，至四十一年增補《曲品》才見著録，此劇當作於這三年之間（一六一〇——一六一三）。

〔二〕予嘗句：吕氏所撰序文，已佚。僅淩濛初《譚曲雜劄》中殘存隻言片語，云：「吕勤之序彼中（按：此字疑衍文）《蕉帕記》，有云：『詞隱先生之條令，清遠道人之才情。』又云：『詞隱取程於古詞，故示法嚴；清遠翻抽於元劇，故遺調俊。』又云：『詞忌組練而晦，白忌堆積駢偶而寬。』其語良當。」

屠赤水所著傳奇三本

曇花〔一〕

赤水以宋西寧侯𨰯戲事敗官①，故託木西來以頌之②，意猶感宋德〔二〕。或曰：「盧杞即指吴縣相公③〔三〕，孟豕韋即指糾之者。」才人喪檢亦常事，何必有恚心耶？其詞華美充暢，説世情極醒④，但律以傳奇局則漫衍乏節奏耳。

校記

①「宋」，原誤作「家」，據各本改。

②「木」，原誤作「本」，據各本改。

③「盧杞」，清初鈔本同，他本均作「盧相」，「相」爲「杞」形誤。

④「説」，除清初鈔本、清河本外，他本均無。

箋注

〔一〕曇花：《曲海總目提要》卷七著録，云：「此記演木清泰事。本係假託，或曰隆與西寧小侯宋某最相善，燕飲流連，無間晨夕。木清泰勳封鼎貴，脱略世情，超然悟道，善爲宋小侯説法也。或曰隆家有曇花閣，取佛氏優鉢曇花以爲名。」有明刻本流傳，《古本戲曲叢刊》初集第七十二種，據萬曆間武林天繪樓刻本《曇花記》影印。

按：沈德符《曇花記》云：「近年屠作《曇花記》，忽以木清泰爲主，嘗怪其無謂。一日遇屠於武林，命其家僮演此曲。」（見《萬曆野獲編》卷二五「詞曲」）據馮夢楨《快雪堂日記》載，萬曆三十年秋，沈氏的確在杭州觀賞過屠隆家樂演此劇。《曇花記》自序，寫於萬曆二十六年（一五九八）九月。既稱「近年」，則劇本之作或即寫序之年。

〔二〕赤水三句：《萬曆野獲編》卷二五「詞曲」《曇花記》云：「今上甲申歲，刑部主事俞識軒顯卿論劾禮部主事屠長卿隆。得旨，兩人俱革職爲民。俞，松江之上海人，爲孝廉時，適屠令松之青浦，以事干謁之，屠不聽，且加侮慢，俞心恨甚。至是，具疏指屠淫縱，且云『與西寧侯宋世恩夫人有私』，並及屠帷簿，至云『日中爲市，交易而退』，又有『翠館侯門，青樓郎署』諸媟語。上覽之，大怒，遂並斥之……余於席間私問馮開之祭酒云：『屠年伯此記，出何典故？』馮笑曰：『子不知耶？「木」字增一蓋成「宋」字，「清」字與「西」爲對，「泰」即「寧」之義也。屠晚年自恨往時孟浪，致累宋夫人被醜聲，侯方嚮用，亦因以坐廢。此懺悔文也。』」

〔三〕吴縣相公：舊稱宰相爲「相公」。長洲申時行，萬曆十一年（一五八三）爲内閣首輔，言官劾其「排陷同官，巧避首事」，與劇中所寫盧杞事相似。「吴縣相公」，殆指此人。

彩毫〔一〕

此赤水自況也〔二〕。詞采秀爽，較《曇花》爲簡潔。

箋　注

〔一〕彩毫：演李白事。據新舊《唐書》李白本傳增飾。今有明刻本流傳，《古本戲曲叢刊》初集第七十種，據明末汲古閣原刻初印《彩毫記定本》影印。

〔二〕此赤水自況也：沈德符云：「屠長卿之《彩毫記》，則以李青蓮自命。第未知果愜物情否？」（《萬曆野獲編》卷二五「詞曲・填詞有他意」）徐復祚亦云：「先生才高名盛，爲時所忌，登仕者無幾，輒以罣誤被斥，躑躅吴越間，聲酒自放，憔悴以死，何類青蓮之迍邅乎？《彩毫》之作，意在斯歟？吴渤海之鯨嘗語先生曰：『青蓮千載，金粟是何人？』先生笑而不答，意可想矣。」（《南北詞廣韻選》卷一一）

修文①〔一〕

赤水晚年好仙②，爲黠者所弄，文人入魔，信以爲實。然遂以一家夫婦子女託名演之，以窮其幻妄之趣，其詞固足採也。

校記

① 此條清初鈔本同，他本均列於「彩毫」之前。

② 「好」，清初鈔本同，他本均作「修」。

箋注

〔一〕修文：演蒙曜合家入道事。此劇有明刻本流傳，《古本戲曲叢刊》初集第七十三種，據明萬曆間刻本《修文記》影印。

按：虞淳熙《祭屠緯貞先生文》：「最後雲杜祈仙，藩臬奔走，首邀先生，望風問道。初以其幻疑之，既以其奇信之，信之篤，而欲起吾黨之信。又傳其奇於《修文》而鼓舞之。無何，記葋未徵，而先生逝矣。」（《虞德園先生集》卷一六）屠隆卒於萬曆三十三年（一六〇五），此劇當作於逝世前不久。又，因《古人傳奇總目》誤爲演李賀事，《曲海總目提要》亦沿謁。

汪昌朝所著傳奇十四本①

此外有小劇八種：《劉婆惜畫舫尋梅》〔一〕，《鍾離令捐奩嫁婢》〔二〕，《韋將軍聞歌納妓》〔三〕，《東郭氏中山救狼》〔四〕，《薛季昌石室悟棋》〔五〕，《黄善聰詭男爲客》〔六〕，《紹興府同僚認父》〔七〕，《葉孝女報仇歸釋》②〔八〕。

校記

①「汪昌朝所著傳奇十四本」，清初鈔本作「陳藎卿所著傳奇十一本」，他本均作「汪昌期所著傳奇九本」，暖紅室本、吴梅校本、集成本在「九本」下有「按曲録作昌朝」六小字注。

②「此外有小劇八種」至「葉孝女報仇歸釋」，清初鈔本作「此外有小劇六種，曰《青梅記》、曰《鍾離嫁女記》、曰《韋青賞音》、曰《中山殪狼》、曰《薛令悟棋》、曰《金陵黄女》」。他本均無，係新增補。

箋注

〔一〕劉婆惜畫舫尋梅：《遠山堂明劇品》著録，題作《青梅佳句》，南北六折，列於「能品」。評云：「全普庵監贛郡，日借花酒自娱。劉婆惜以無意得之，更爲花酒增勝。聞已有演爲全記者矣。」此劇今無傳本。

〔二〕鍾離令捐奩嫁婢：事見魏泰《東軒筆録》卷一二。《遠山堂明劇品》著録，題作《捐奩嫁婢》，南八折，列於「能品」。評云：「鍾離令捐奩嫁亡令之女，傳之可以範世。但須在令女身上發揮一段孤悽光景，方見捐奩者之高義，此第於兩姓結姻處鋪叙一番。其打局是全記體。」此劇今無傳本。

〔三〕韋將軍聞歌納妓：演韋青、張紅紅事。事見段安節《樂府雜録》。《遠山堂明劇品》著録，題作《廣陵月》，南北七折，列於「能品」。評云：「張永新隔簾以小豆記曲，能正李龜年音韻之訛，此在天寶間確爲可傳之快事，但其後離合情境，無足驚喜耳。」此劇今存，收入《盛明雜劇》。

〔四〕東郭氏中山救狼：事見《中山狼傳》。《遠山堂明劇品》著録，南北六折，列於「能品」。評云：「中山狼，陳記之而簡，康記之而暢，不必更問環翠子之墨矣。且若狼、若杏、若老牛作人語猶可，以之唱曲，太覺不像。遇青黎丈人，寥寥數言，亦未發揮負心之態。」此劇今無傳本。

〔五〕薛季昌石室悟棋：此劇明清以來諸家戲曲書録均未著録，亦不見傳本。

〔六〕黄善聰詭男爲客：事見黄瑜《雙槐歲鈔》卷一〇《水蘭復見》。《遠山堂明劇品》著録，題作《詭男爲客》，南六折，列於「能品」。評云：「昌朝搜覈古今，於凡可爲勸、可爲戒者，俱入之傳奇。如黄善聰以女子客處，能全身於始，可以爲勸之一也。惜其作法不撤脱，造語未尖新，此必於善聰與李子同處時，極力摹擬，乃見善聰有潔身之智。」此劇今無傳本。

〔七〕紹興府同僚認父：此劇明清以來諸家戲曲書録均未著録，亦不見傳本。

〔八〕葉孝女報仇歸釋：此劇明清以來諸家戲曲書録均未著録，亦不見傳本。

長生①〔一〕

昌朝奉仙②，遂爲純陽闡發③，甚暢。第繁縟處似《曇花》④，予擬一删，未敢捉筆⑤。

校記

①此條清初鈔本同，但列於陳藎卿名下，他本均屬汪氏，列於「天書」條後。

②「昌朝奉仙」，清初鈔本作「汪奉仙」，他本均作「汪奉先」，「先」爲「仙」音誤。

③「闡」上各本均有「一」字。

④「第繁縟處似曇花」，清初鈔本作「第龐雜處似曇花」，他本均脱誤爲「第雜以曇花」。

⑤「予擬一删未敢捉筆」八字各本均無。

箋注

〔一〕長生：《曲海總目提要》卷八著録此劇，引陳弘世序云：「新安友人汪昌朝者，尊信導引之術，爲閣事吕祖甚謹。通籍拜鹾大夫，志益修潔。别號坐隱先生。一日，夢感純陽之異，若以玄解授記而報之誕子者，公覺而搜羅仙籍，摭純陽證果之始末，演爲傳奇，標曰《長生記》。」此劇今無傳本，僅明代戲曲選集存有散齣曲文，《月露音》卷二收有《郊遊》（《吴歈萃雅》亨集作《閑遊》），《萬壑清音》卷六收有《揮金却怪》。《時調青昆》卷三還有《道上斬妖》、《祝壽新詞》兩齣。

按：據《曲海總目提要》卷八所引此記自序，應作於萬曆三十三年（一六〇五）秋。

投桃①〔一〕

潘用中事見小説〔二〕，予初欲譜之。今觀此記②，甚有情趣，佳句可諷③，且精守韻律④〔三〕，尤爲可喜。

校記

① 此條清初鈔本同，但列於陳藎卿名下，他本均屬汪氏，列於「獅吼」條後。

② 「觀」，各本均作「汪」。

③ 「佳句可諷」四字各本均無。

④ 「精」，各本均作「知」。

箋注

〔一〕投桃：演潘用中、黄舜華事。此劇有明刻本流傳，《古本戲曲叢刊》二集第十九種，據萬曆間環翠堂原刊本《投桃記》影印。

〔二〕潘用中句：胡士瑩《話本小説概論》下册云：「正文（指《西湖二集》卷一二《吹鳳簫女誘東牆》）叙潘用中吹簫得美女事。見《艷異編》卷二及《情史》卷三。」

〔三〕精守韻律：《遠山堂明曲品》「能品」著録《投桃》，云：「作手猶未脱俗，惟守律甚嚴，不愧詞隱高足。」

種玉①〔一〕

吾越金叟撰《摘星記》〔二〕，即霍仲孺父子事②。此記略具幽情，兼揚將相之業，而出以葩藻③，勝《摘星》多矣④。

校記

① 此條清初鈔本同，但列於陳藎卿名下，他本均屬汪氏，列於「三祝」條後。

②「霍仲孺父子」，清初鈔本同，他本均無「父子」二字，而「孺」誤作「儒」。

③「而出以葩藻」五字，清初鈔本同，他本均無。

④「多」，原本脱，今據各本補。

箋　注

〔一〕種玉：演霍仲孺、霍去病、霍光父子事。事見《漢書》本傳。

按：《祁氏曲品劇品補校》云：「祁氏《曲品》著録《種玉記》二本：一爲汪廷訥撰，此本『經梅花墅改訂者，更勝原本』。則此本乃經許自昌改訂者。一爲王無功撰，祁氏謂：『此梅花主人改訂者，簡鍊過原本。』是王作亦經許氏改訂者。今所見《玉茗堂批評種玉記》（《古本戲曲叢刊》二集）題『梅花墅改定』，確爲許氏改本（《六十種曲》本亦由此本出）。第許氏所改者，合兩本爲一而訂之，抑僅改其一而祁氏所記有誤歟？未能明矣。故今傳本雖爲許自昌改訂本，惟不能定其原本爲汪作或王作也。」

〔二〕摘星記：見本書卷下四七一頁箋注〔一〕。

三祝①〔一〕

范文正父子事〔二〕，可以訓俗。此記摭事甚侈，而詞儘富足②。若演行亦須一删③。

校記

①此條清初鈔本同，但列於陳藎卿名下，他本均屬汪氏，列於「同昇」條後。

②「詞儘富足」，清初鈔本「儘」作「亦」，而他本均作「詞亦富贍」。

③「亦」，各本均作「猶」。

箋注

〔一〕三祝：演范仲淹父子事。事見《宋史·范仲淹傳》。《曲海總目提要》卷八著録此劇，云：「汪廷訥記范仲淹事，言福壽男子兼全，故名《三祝記》。全據實蹟敷演。」有明刻本流傳，《古本戲曲叢刊》二集第十八種，據萬曆三十六年（一六〇八）環翠堂原刊本《三祝記》影印。

按：陳昭遠《叙三祝記》署「萬曆戊申端陽前一日」。「萬曆戊申」，即萬曆三十六年。此劇應作於這年五月之前。

〔二〕范文正父子：范仲淹，字希文，宋吴縣（今屬江蘇）人。官至參知政事。謚文正。有《范文正公文集》。子四：純祐，字天成，蔭守將作監主簿。純仁，字堯夫，官至尚書右僕射兼中書侍郎。純禮，字彝叟，官至尚書右丞。純粹，字德孺，累官徽猷閣待制。均見《宋史》本傳。

獅吼①〔一〕

懼内從無南戲②，汪初製一劇，以諷枌榆〔二〕，旋演爲全本。備極醜態，堪捧腹③。末段悔悟，可以風笄幃中矣。

校記

① 此條清初鈔本同，但列於陳藎卿名下，他本均屬汪氏，列於「長生」條後。

② 「戲」，暖紅室本、吴梅校本和曲苑本均作「劇」。

③ 「堪」上除清鈔本外，各本均有「總」字。

箋注

〔一〕獅吼：演陳慥妻柳氏忌妒事。據宋人《調謔篇》，並雜引荀介子、王文穆、李大壯以及某士人懼内的故事敷演而成（見趙景深《獅吼記雜採諸小説》，載《小説戲曲新考》）。此劇有明刻本、清鈔本流傳，《古本戲曲叢刊》二集第十五種，據萬曆間環翠堂原刊本《環翠堂新編獅吼記》影印。北京大學圖書館藏清同治元年（一八六二）瑞鶴山房鈔本《獅吼記》，收録《梳妝》、《游春》、《跪池》、《夢怕》、《三怕》、《變羊》等六齣，或標注工尺，或帶身段譜，爲清代舞臺演出本。

〔二〕汪初製句：《遠山堂明曲品》「逸品」著録《獅吼》，云：「初止一劇，繼乃雜引妬婦諸傳，證以内典，而且曲肖以兒女子絮語口角，遂無境不入趣矣。曲、白恰好，迥越昌朝他本。」「枌榆」，漢高祖劉邦爲豐枌榆鄉人。高祖起兵，禱於枌榆社，後遂以之爲鄉里或故鄉的代稱。

二閣①〔一〕

予曾爲《雙閣畫扇記》②〔二〕，即此朱生事也，不意君亦爲之③。予雜取紈袴子半入之，此則惟詠梅雪④，更覺條暢。

校　記

① 此條清初鈔本同，但列於陳藎卿名下，他本均屬汪氏，列於「投桃」條後。

② 「畫扇記」，清初鈔本同，他本均作「畫善記」，「善」爲「扇」之音譌。

③ 「君」，各本均作「汪」。

④ 「此」，各本均作「汪」。

箋注

〔一〕二閣：演朱端朝妾馬瓊瓊畫梅寄扇事。見《艷異編·寄梅記》，周楞伽輯入《剪燈新話》附録。《遠山堂明曲品》「能品」著録，云：「鬱藍生傳此爲《畫扇》，翩翩逸韻，是少年場中得意之語。昌朝此記，雖雅有裁鍊，但於二閣初之失和，繼之合歡，俱不能刻入深情，覺未大快人意。」此劇原有環翠堂刻本，今不存，僅《月露音》中收録有《締盟》（見卷二）和《疑緘》（見卷三）兩齣佚曲。

〔二〕予曾爲句：《曲律》卷四著録吕氏撰有《雙閣記》，即爲此劇。今無傳本，亦不見明清戲曲選集採録。

威鳳①〔一〕

此鬩牆之變②，當與《雙雄》叔虐姪者并傳〔二〕。

校記

① 此條亦見於清初鈔本，但列於陳藎卿名下，他本均無，係新增補。

② 「此鬩牆之變」，清初鈔本作「此以長兄虐仲弟者可悲可恨」。

箋注

〔一〕威鳳：演韓周、韓用兄弟不睦事。《曲海總目提要》卷八引馬翼如序云：「坐隱先生以豪爽之才，憤時嫉俗之抱，莫由宣洩，往往觸發於新聲，以故樂府之夥，直入高、王閫奥。兹觀《威鳳》一記，不尤可喜可愕，而大係風教者乎？韓氏紫荆之賞，因訓若子俾遵家範，詎意胎鶚兄鬩牆之禍，動豺友下石之謀，甚至甘棄其親而不養。向非仗義如馮生，道行母子，必且爲寃鬼矣。奚待遼東私賂，而後知其計之慘哉？卒之帝鑒不爽於毫芒，孑窮棲身於靈宇，伯氏之禍仲者乃自禍，僅幸免其溝壑焉耳。」此劇原有環翠堂刻本，今不傳，亦不見明清戲曲選集採録。

〔二〕雙雄：見本書卷下三五九頁箋注〔一〕。

彩舟①〔一〕

舟中私合事〔二〕，曲寫有趣，與《香毬》稍相類〔三〕，蓋昔原有此事耳。

校記

① 此條亦見於清初鈔本，但列於陳蓋卿名下，他本均無，係新增補。

箋注

〔一〕彩舟：演江情、吴女事。事見《名媛詩歸》卷二八《吴氏女》(亦見《情史》卷三《江情》)。此劇有明刻本流傳，《古本戲曲叢刊》二集第二十種，據萬曆間環翠堂原刊本《彩舟記》影印。

〔二〕舟中句：《遠山堂明曲品》「能品」著録《彩舟》，云：「江生、吴女既私合舟中矣，吴太守無可奈何，遂令僞爲溺者，遽認作故人之子，許諧婚焉。此段情事可摹，但舟次數數往返，記凡八齣，未免入閨情之套。」

〔三〕香毬：見本書卷下四六六頁箋注〔二〕。

義烈①〔一〕

此以張儉爲生〔二〕，備寫陳、竇之厄〔三〕。黨錮之禍②〔四〕，讀之令人且悲且恨③〔五〕。

校記

① 此條亦見於清初鈔本，但列於陳藎卿名下，他本均無，係新增補。

② 「黨錮之禍」下，清初鈔本有「數年前，世運幾似之，今幸善類已安，貂璫斂跡。然看此，令人有事

後之痛」二十八字。

③「讀之令人且悲且恨」八字，清初鈔本無。

箋　注

〔一〕義烈：演張儉、孔褒和孔融事。《曲海總目提要》卷八著録此劇，引薛應和序云：「東漢黨錮之事。張山陽亡命，而孔氏争死於一門，高義薄雲天，偉烈貫金石。余友無如君隱括其概，編爲傳奇。戲劇中有係名教，非偶然已也。劇中皆紀實，多本《漢書》列傳。」有明刻本流傳，《古本戲曲叢刊》二集第二十一種，據萬曆間環翠堂原刊本《義烈記》影印。

〔二〕張儉：字元節，東漢山陽高平（今山東鄒城）人。初爲山陽東部督郵，嚴劾宦官侯覽及其家屬，爲太學生所敬仰。黨錮之禍再起，被迫逃亡，所經之處，皆重其名行，願爲掩護，雖破家滅族亦不顧。獻帝初，官衛尉。傳見《後漢書》。

〔三〕陳竇之厄：「陳」，即陳蕃；「竇」，即竇武。據《後漢書・陳蕃傳》：竇后臨朝，以蕃爲太傅，録尚書事。蕃與后父大將軍竇武同心盡力，徵用名賢，共参政事，謀誅中官。及事泄，曹節等矯誅武等。蕃時年七十餘，聞難作，將官屬諸生八十餘人，並拔刃直入承明門，攘臂呼曰：「大將軍忠以衛國，黄門反逆，何云竇氏不道耶？」王甫時出，與蕃相迕，遂令收蕃，蕃拔劍叱甫，甫兵不敢近，乃益人圍之數十重，遂執蕃，送黄北寺獄，即日害之。

〔四〕黨錮之禍：東漢桓帝時，宦官專政，世家大族李膺等和太學生郭泰、賈彪等聯合，抨擊宦官集團。延熹九年（一六六），李膺等二百多人因「誹訕朝廷」而被捕。後雖釋放，但終身不許録用。稱爲第一次「黨錮之禍」。靈帝及位，太傅與外戚竇武，起用「黨人」，合謀誅滅宦官，事泄被殺。建寧二年（一六九），侯覽、曹節挾持靈帝，收捕李膺、杜密等百餘人下獄處死。又陸續殺死、放逐、囚禁六七百人，並下令凡「黨人」之門生故吏、父子兄弟，皆免官禁錮，連及五族。稱爲第二次「黨錮之禍」。見《後漢書・黨錮傳》。

〔五〕讀之句：《遠山堂明曲品》「能品」著録《義烈》，云：「張元節一人逃死，禍及萬家。迨其後，黨錮之禁雖解，而終以賢奸互擊，漢祚隨盡。藏身之智固巧，謀國之才却疏。故記此者，如天寶父老談喪亂，語至暢盡，感慨隨之。」

飛魚①〔一〕

金三以病棄之，身獲八篋，而重與妻遇，事奇〔二〕。至結義②、散金、破賊，讀之令人氣壯。湯海若爲之序〔三〕。

校記

① 此條亦見於清初鈔本，但列於陳藎卿名下，僅有目而無評語。他本均無，係新增補。

②「結義」，原作「義結」。今據文意乙。

箋注

〔一〕飛魚：演金三事。事見王同軌《新刻耳談》卷一《武騎尉金三》（亦見《情史》卷一）。此劇今無傳本，亦不見明清戲曲選集收録。

〔二〕金三以病棄之四句：《武騎尉金三》云：「崑山舟師楊姓者，雅與金姓者善。金姓者死，有子曰金三，年十七八，窶甚，將行乞，楊見憐之，因招入舟，收養之。既久，楊夫婦以其力勤，愛之甚。楊無子，有一女，年亦相若，因以妻三。歲餘，産一女，踰晬盤病死，三哭之哀，成疾，日漸尫羸阽危。楊夫婦始悔恨，罵不絶口。一日，江行，泊孤島下。楊謂三舟中乏薪，不得炊，可登岸拾枯枝爲爨。三力疾去，則棄三掛帆行矣。三得枯枝，至泊失舟，知楊賣己矣也，慟哭欲赴江死。既又念島中或逢人，冀可救援。轉入林，行至一所，見戈戟森森，列衛在焉，爲之駭愕。徐偵之，無所聞。漸就，閴寂無人，僅有八大篋，封識完好，竟不知爲何。蓋盜所劫財暫置此地。三乃匿戈溝中，再臨江濱，適有他舟經其處，三招之來，曰：『我有行李，待伴不至，可附我去。』舟人許諾。遂攜八大篋入舟。行抵儀真，問居停主人家，密啓篋視，皆金珠也。即其地售值得如千，服食起居非故矣。既收僮僕，後將買妾。一日行過河下，楊舟適在，三識之，楊不知也。三乃使人雇其舟，云湖襄賈，輜重累累，舳艫充牣。先是楊棄三時，女晝夜啼哭不欲生。父母强之更納壻，女不從。至是三登舟，舟人莫敢仰視。女竊視之，驚語母曰：『客狀甚似吾壻。』母詈之曰：『見金夫不有躬耶？若三，不知死所矣。』女遂不敢言。三顧女，佯謂舟人曰：『何不向船尾取破毡笠戴之？』蓋三窶時，初登楊舟有是言也。於是妻覺之，出見，相與抱哭，歡如平生。楊夫婦羅拜請罪，悔過無已，三亦不計較。尋同歸三家焉。未幾，會劇寇劉六、劉七叛，入吴。三出金帛募死士，從郡駕胡公，直擣狼山之穴，縛其渠魁，討平之，功授武騎尉，妻亦從封云。姑蘇顧朗哉談。」《飛魚記》即演此事之始末。

〔三〕湯海若句：《遠山堂明曲品》「能品」著録《飛魚》，云：「漁隱子垂釣溪頭，不過一渺小丈夫耳。及見棄於楊翁，有意外之得，遂據貲自雄，結客破賊，以豪俠終。豈不可垂之青翰，爲我明一奇事！所以清遠道人作序嘉賞之。」湯顯祖《坐隱乩筆記》：「先生詩文之外，好爲樂府，傳奇種種，爲余賞鑒。正與余同調者，余亟欲闡揚之。」此篇係僞作，徐朔方先生重編《湯顯祖全集》（一九九九年一月，北京古籍出版社），將它删去。説見該集卷首《編年箋校湯顯祖全集緣起》。

忠孝完節①〔一〕

村夫巷婦無不艷談包龍圖，以《龍圖公案》所載忠孝事〔二〕，最能動俗也。昌朝拾掇其關繫之大者，演爲斯記。雖未必盡核，頗足維風②。

校　記

①此條各本均無，係新增補。

②「風」下疑脱「教」字。

箋　注

〔一〕忠孝完節：《龍圖公案》卷一所載《阿彌陀佛講和》，寫秀才許獻忠和蕭淑玉相愛，後蕭因歹徒强估，不從被殺。包公命許用正妻禮葬之，以表彰其貞節。許中式後，包公又爲娶側室繼嗣，以全其孝。劇本殆演此事。

〔二〕龍圖公案：明無名氏所作的公案小説。孫楷第《中國通俗小説書目》著録，有繁簡兩種：繁本一百則，簡本六十則，每則都記包公斷案的故事，而且互不相連屬。

重訂天書①〔一〕

孫、龐事，原有雜劇，今演之始𢈔，詞采較初行本更覺工雅有致。

校記

①此條清初鈔本列於陳藎卿名下，故評語作「初系新安汪昌朝草創，不甚佳。今藎卿重校行之，與初刻全不同，詞采斐然矣」。該鈔本「中下品」朱瀨濱《鸞筆》條後，著録汪昌朝所作傳奇僅三本，其三爲《天書》，評云：「孫、龐事，原有雜劇，今演之可觀。陳藎卿別有重訂本尤佳。」而他本亦有《天書》，均屬汪氏，置於《高士》後，作「孫、龐有元劇，此記亦斐然。雖見弋陽腔演之，亦頗激切」。

箋注

〔一〕重訂天書：又名《七國記》。演孫臏、龐涓鬬智事。事見《七國春秋平話前集》。《遠山堂明曲品》「能品」著録《天書》，云：「記孫、龐事。不肯襲元劇中語，亦堪自家生活。但北詞多譌，是以昌朝再訂之，而後付梓。」此劇今有明刻本、清鈔本流傳，《古本戲曲叢刊》二集第十七種，據萬曆間環翠堂原刻本《重訂天書記》影印。

高士①〔一〕

此記必有託。插入海闍黎一事亦新。音律大有可商處。

校 記

①此條亦見於清初鈔本，汪昌朝所著傳奇三本，首爲《高士》，評云「近有環翠樂府盛行於世，而昌朝自著止有三帙。此記必有託，插入海闍黎一事」。他本均屬汪氏，列於《天書》前，作「此初試筆也，音律雖草草，似有所刺。内用海闍黎一段，可疑」。

箋 注

〔一〕高士：《遠山堂明曲品》「具品」著録《高士》，云：「此記本以贊無無居士者，乃借發於水、光、馮、閔諸生，僅能敷衍，殊無曲折之趣。中以海闍黎一段，引爲武教事，必有所感而發者。張靈墟序稱：『好事作以媚昌朝，非昌朝筆也。』」此劇今無傳本。

同昇①〔一〕

昌朝自寫其林居之樂耳〔二〕，令人有天際真人之想。

校 記

①清初鈔本汪昌朝所著傳奇三本，次爲《同昇》，評云「昌朝自寫其林居之樂耳，内多係陳藎卿删潤

者」。他本亦均屬汪氏，列於《二閣》後，作「此似頌一友者，而已附入之。詞采甚都，但事情不奇耳」。

箋注

〔一〕同昇：《曲海總目提要》卷三九著録，引治城老人序云：「兹有東海一衲，與無無居士、赤肚子、了悟禪師三數人初遇，各持門户，若相矛盾，而卒乃相忘於無言。於是東海一衲耳既有覺，便思覺人。演六賊之竊發，歸一將之擒獲。卓爾三家，渾同一事，不廢譏笑，而直啓元扃；不離聲色，而竟收太乙，兹《同昇》之所爲作也。記内有潘太史，則東海一衲所自寓也。」又云：「中多演廷訥事。其意不過紐合三教，儒則潘凌雲，釋則了悟禪師，道則全一真人。皆當時所交，改易姓名，現身説法。」此劇原有萬曆間環翠堂刻本，今不傳，明清戲曲選集亦無採録。

〔二〕昌朝句：《遠山堂明曲品》「能品」著録《同昇》，云：「無無居士，昌朝自稱也。偕潘太史習林居之樂，悟三教合一之理，大概即《天函記》中意耳。」《曲海總目提要》卷一〇著録《天函記》，引陳端明序云：「赤城山人以《坐隱先生紀年傳》中悟棋遇仙一事，或本傳，或訂譜，或古語合其意者，採集而稍緣飾之。……廷訥好神仙，故文九玄爲之作此記。或曰：此廷訥自作。」

龍朱陵所著傳奇一本

藍橋〔一〕

龍公才甚敏而綺。具草時以稿示家君，云：「爲母壽也。」詞白極琢麗。吾邑楊生《玉杵》〔二〕，何足掛齒哉！

箋注

〔一〕藍橋：演裴航遇雲英事。本事見裴鉶《傳奇·裴航》（《太平廣記》卷五〇）。此劇今無傳本，亦不見明清戲曲選集採録。

〔二〕玉杵：見本書卷下四四七頁箋注〔一〕。

鄭豹先所著傳奇三本

白練裙①〔一〕

風流調笑，真戲筆也。不必以傳奇體繩之。

校記

①此條各本均作「鄭爲孝廉時，風流瀟灑，於秦淮曲中説刺老妓，戲成白練裙。俄爲大中丞所訶，遂不行，曲未入格，然詼諧甚足味也」。唯清初鈔本「説」作「諷」，「大中丞」爲「大司丞」，「詼諧」下有「語」字。

箋注

〔一〕白練裙：沈德符《白練裙》云：「頃歲丁酉，馮開之年伯爲南祭酒，東南名士雲集金陵。時屠長卿年伯久廢，新奉恩詔復冠帶，亦作寓公，慕狹邪寇四兒名文華者，先以纏頭往。至日，具袍服，頭踏，呵殿而至，踞廳事，南面，呼嫗出拜，令寇姬旁侍行酒，更作才語相向。次日六院喧傳，以爲談柄。有江右孝廉鄭豹先名之文者，素以才自命，遂作一傳奇，名曰《白練裙》，摹寫屠憨狀曲盡。時吴下王百穀亦在留都，其少時曾眷名妓馬湘蘭名守真者，馬年已將耳順，王則望七矣，兩人尚講衾裯之好，鄭亦串入其中，備列醜態。一時爲之紙貴。次年，李九我爲南少宰，署禮部，追書肆刻本，毁其板。然已傳播遠近無算矣。」（《萬曆野獲編》卷二六）

按：「丁酉」爲萬曆二十五年（一五九七），此劇當作於是年。蔣瑞藻《小説考證》卷三引《拭瓢》云：「王漁洋《秦淮雜詩》：『新月高高夜漏分，棗花簾子水沉薰。石橋巷口諸年少，解唱當年白練裙。』即紀此事。此劇傳本甚少，繆藝風先生云：『錢塘羅矩字千秋者，曾在江西睹此曲本，後未得再見。』[三]説明至清末尚存，惜今無傳本。又，據《列朝詩集小傳》丁集，《白練裙》爲鄭之文和吴兆合撰，非傳奇體，而是雜劇。錢謙益與鄭氏同年進士，又有所交往，直至崇禎十四年（一六四一），還有《長干行寄南城鄭應尼》長篇七言排律，對這位同年表示深切的懷念（見《牧齋初學集》卷二〇），其言應可信。

旗亭[一]

董元卿遇俠事佳[二]，曲多豪爽。湯海若爲之序①。

校記

①「湯海若爲之序」六字原本無，據各本補。

箋注

〔一〕旗亭：演董元卿、隱娘事。事見洪邁《夷堅乙志》卷一《俠婦人》，亦見《情史》卷四《董國度妾》。《遠山堂明曲品》「能品」著録，云：「董元卿遭胡金之亂，得遇隱娘，既能全元卿於宋，復能全己於元卿，隱娘之俠，高出阿兄上矣。區區衲中之金，何足窺此女一斑哉！曲亦爽亮，但鋪叙關目，猶欠宛轉，後得清遠一序，殊爲增色。」此劇有明刻本流傳，《古本戲曲叢刊》二集第三十種，據萬曆間金陵繼志齋刻本《重校旗亭記》影印。

按：湯顯祖《董元卿旗亭序》，署「萬曆癸卯小春」。癸卯爲萬曆三十一年（一六〇三），此劇或作於這年。

〔二〕董元卿遇俠事：據《俠婦人》載：董元卿，名國度，饒州德興（今江西德興）人。宋宣和六年（一一二四）進士，調萊州膠水部。因思念其母及妻子，棄官潛歸。途中，值金人南侵，中原淪陷，緝捕南朝故官，元卿隱姓埋名於旅邸，與山東俠士之妹隱娘結合。思歸心切，爲妾所察，遂披露真情。隱娘深受感動，贈以藏有金箔之衲袍，並使其兄護送元卿南歸。

芍藥〔一〕

盧儲文爲妻所賞，閨閣人具隻眼①，可敬可羨。鄭公恨不遇耳。詞多俊語，湯海若甚賞之②。

校記

①「爲妻所賞，閨閣人具隻眼」，清初鈔本同，而他本均脱誤作「盧儲文爲賞閨閣」。

②「湯」，清初鈔本同，他本均無。

箋注

〔一〕芍藥：演盧儲夫婦事。事見計有功《唐詩紀事》卷五二《盧儲》。《遠山堂明曲品》「能品」著録，云：「盧儲之婦，能賞其文於未第之先，閨閣中如此具眼，不愧女狀頭之號矣。登第、成婚，俱是順境，無他曲酸苦之態。詞之秀逸，亦雅足配之。鄭君詞曲，可稱文人之雄，所少者，曲折映帶之妙耳。」

按：黄汝亨《寓林集》卷九《遊麻姑諸山記》云：「孝廉鄭豹先，風流逸群，所撰有《旗亭》、《芍藥》記，並清淖。」遊記寫於萬曆三十三年（一六〇五）六月三日。《芍藥記》之作，應在這年六月以前。《旗亭記》撰於萬曆三十一年，此劇在其後，或爲三十二年（一六〇四）。卷二七《與鄭應尼》云：「吾丈軼世妙才，標韻物外。《芍藥》大記，即詞林歡賞，實説林孤憤，世人未解也。委序緣塵鞅，未報命，此旬日間定不相負。鄙意則以吾丈雲氣直上，有千秋無窮之業，刻此傳願少隱香名，如湯若士清遠道人之題，庶不刺俗人忌才者之眼。」據此信應有明刻本，惜無傳本，黄序亦不載《寓林集》中。

又按：明刊本並未佚失，據《中國古籍善本書目》「集部下」載：青島市博物館藏有明萬曆陳氏繼志齋刊本《水簾館新編芍藥記》二卷。

陳藎卿所著傳奇四本①

此外，散曲有《蘿月軒樂府》、《濠上齋樂府》、《吴越遊草》〔一〕，可劇有《王子晉緱嶺吹笙》②〔二〕、《孫子荆枕流漱石》〔三〕、《周子沖易鬚拜相》〔四〕、《徐髯仙南巡應制》〔五〕。

校記

① 此條各本均無，係新增補。

② 「可劇」，疑爲「卒（雜）劇」之誤。

箋注

〔一〕散曲有蘿月軒樂府三句：顧起元《嬾真草堂集》卷一三《蘿月軒樂府序》云：「余友藎卿，躭研典訓，旁涉騷雅，風流藴藉，獨暎當時。兼復富有才情，洞曉聲律，寄懷樂府，託耗雄心。自所行《濠上齋》、《遊吴草》外，今《蘿月軒》又其一也。」此三種散曲集均不存，僅「近人有新輯本《陳藎卿散曲》一卷，存小令一百七十餘首，套數五十六首」（見梁乙真《元明散曲小史》）。

〔二〕王子晉緱嶺吹笙：《列仙傳》有王子喬緱嶺吹笙事（見《太平廣記》卷四），劇蓋演此事。今無傳本，亦不見著録。

〔三〕孫子荆枕流漱石：演孫楚事。事見《世説新語·排調篇》和《晉書·孫楚傳》。此劇今無傳本，亦不見著録。

〔四〕周子沖易鬚拜相：本事待考。此劇今無傳本，亦不見著録。

〔五〕徐髯仙南巡應制：《藝苑巵言》云：「徐髯仙霖，金陵人。所爲樂府，不能如陳大聲穩協，而才氣過之。青樓俠少，推爲渠帥。正德末，上南征，嬖伶臧賢薦於上，俾填新曲。絶愛幸之，令提調六院事。霖皇恐甚，然不敢辭也。後迴鑾，事始解。」劇蓋演此事。今無傳本，亦不見著録。

金門大隱〔一〕

蘿月道人諸傳，嚴守松陵之法程，而布局摛詞盡脱俗套，予心賞之。

箋　注

〔一〕金門大隱：蓋演東方朔事。事見《漢書·東方朔傳》，今無傳本，亦不見著録。

相仙〔一〕

神童代不乏人，而樹相業、登仙籙者少，鄴侯兼之。

箋　注

〔一〕相仙：演李泌登仙事。事見《鄴侯家傳》。此劇今無傳本，亦不見著録。

金刀〔一〕

慕容超流離困阨，幸贅賢媛，終歸故國。以刀還阿母，具見英雄之概。

箋　注

〔一〕金刀：演慕容超事。事見《晉書·慕容超傳》（亦見《魏書》、《北史》本傳）。此劇今無傳本，亦不見著録。

詩扇〔一〕

木生拾扇而得佳偶，其事固奇。海上遇仙，玉壺起死，尤出人意想之外。

箋注

〔一〕詩扇：演木元經、錢娟娟事。事見《情史》卷九《娟娟》。此劇今無傳本，亦不見著録。

佘聿雲所著傳奇二本①

此外有《鎖骨菩薩》劇②〔一〕。

校記

①「二本」，清初鈔本同，他本均作「一本」。

②「此外有鎖骨菩薩劇」八字各本無。

箋注

〔一〕鎖骨菩薩：演延州婦人事，見李復言《續玄怪録》（亦見《太平廣記》卷一〇一）。《遠山堂明劇品》「雅品」著録，北曲三折，評云：「菩薩憫世人溺色，即以色醒之，正是禪門棒喝之法。聿雲闢度門於戲場，大暢玄風，不第詞筆之俊麗也。」此劇今無傳本。

賜環①〔一〕

往余見《丹鉛録》〔二〕，載華生事，意甚悲之。今此記描寫權佞奸態、醜態畢盡②，不減《鳴鳳》、《鸞筆》二記〔三〕。真才士也。此猶似未習音律時。

校記

① 此條亦見於清初鈔本，他本均無，係新增補。

② 「畢盡」二字清初鈔本無。

箋注

〔一〕賜環：《光緒貴池縣志》卷四二《雜記》云：「華殿帥子西，以畫名，有《安慶江城圖》傳於世。元楊載題曰：『華岳能詩世有名，學畫丹青亦豪放。』明萬曆間，銅陵佘翹作《華狀元賜環記》傳奇，進御神宗，稱善。」《宋史》卷四五五有《華岳傳》。此劇今無傳本。

按：梅鼎祚《答佘聿雲》云：「《賜環》風氣凜凜，亦自詼諧，華子西崛生，而韓平原之徒真堪止矣。」（見《鹿裘石室集》書牘卷一一）答書寫於萬曆三十三年（一六〇五），此劇或作於是年。又，此劇曾傳入内廷，劉若愚《酌中志》卷一六云：「外間新編戲文，如《華岳賜環記》，亦曾演唱。」

〔二〕丹鉛録：楊慎所撰《丹鉛總録》，不載華岳事。吕氏所言之《丹鉛録》或爲另一書，不詳出於誰手。

〔三〕不減鳴鳳句：《鳴鳳》，見本書卷下四七七頁箋注〔一〕。《鸞筆》，見本書卷下四〇一頁箋注〔一〕。

量江〔一〕

樊若水事奇〔二〕。全守韻律，而詞調俱工，一勝百矣①。

校記

①「一勝百矣」下，各本俱有「尚有賜環記未見，其鎖骨菩薩亦通」十四字。

箋注

〔一〕量江：演樊若水量江事。事見《宋史·樊知古傳》（亦見《宋史·南唐世家》）。此劇有明刻本流傳，《古本戲曲叢刊》二集第四十一種，據萬曆三十六年（一六〇八）金陵繼志齋《新鐫量江記》影印。

按：佘聿雲《量江記題詞》云：「今夏煩暑，掩扃，偶披《宋史·樊叔清傳》，因惟叔清亦吾郡一奇士，郡令不聞所以表異者，里中人或多不悉其事，輒復假傳奇以彰之。」自署「萬曆戊申孟春之吉」。既云「今夏」，當爲作序之前一年，即萬曆三十五年丁未（一六〇七），此劇應撰於這年盛夏。

〔二〕樊若水事：據《宋史》本傳，樊若水，字叔清，改字仲師，池州（今安徽銅陵）人。初在南唐，舉進士不第，遂謀北歸。乃漁釣采石江上數月，乘小舟載絲繩，維南岸，疾棹抵北岸，以度江之廣狹。開寶三年（九七〇），詣闕上書，言江南可取狀，請造浮梁以濟師。宋太宗即位後，曾召見，命改名知古。官至西川轉運史。

馮耳猶所著傳奇一本

雙雄〔一〕

聞姑蘇有此事①〔二〕。此記似爲其人洩憤耳。事雖卑瑣，而能恪守詞隱先生功令，亦持教之杰也。

校記

①「此」，清初鈔本同，他本均作「是」。

箋注

〔一〕雙雄：《笠閣批評舊戲目》題作《善惡圖》。演丹三木陷害其姪丹信，並穿插劉雙和妓女黄素娘事。馮夢龍《青樓怨序》云：「余友東山劉某，與白小樊相善也，已而相違。頃偕予往，道六年别意，淚與聲落。匆匆訂密約而去，去則復不相聞，每晌小樊，未嘗不哽咽也。世果有李十郎乎？爲寫此詞。」又云：「子猶又作《雙雄記》，以白小樊爲黄素娘，劉生爲劉雙，率以感動劉生爲小樊脱籍。孰謂文人三寸管無靈也？」（見《太霞新奏》卷一二）《遠山堂明曲品》「能品」著録，云：「此馮猶龍少年時筆也。確守詞隱家法，而能時出俊語。丹信爲叔三木所陷，並及其義弟劉雙，而劉方正者，不惜傾貲救之。世固不乏丹三木，亦安得有劉方正哉！姑蘇近實有其事，特邀馮君以墨傳之。」此劇有明刻本流傳，《古本戲曲叢刊》二集第七十六種，據墨憨齋重定《雙雄記》影印。

〔二〕聞姑蘇句：《曲海總目提要》卷九引《雙雄記》總評云：「世俗骨肉參商，多因財起。丹三木之事，萬曆庚子、辛丑間實有之，是記感憤而作，雖云傷時，亦足警俗。」

爽鳩文孫所著傳奇一本①

題塔〔一〕

梁灝事，曲寫晚成志節，亦足裁少年豪舉之氣。俗演望仙樓一事〔二〕，不足觀。

校記

① 此條亦見於清初鈔本，他本均無，係新增補。

箋注

〔一〕題塔：演梁灝晚年登第、父子狀元事。事出陳正敏《遯齋閑覽》（見洪邁《容齋四筆》卷一四）。此劇今無傳本，僅《玄雪譜》卷四收録《壯懷》一齣佚曲。

按：張大復《梅花草堂筆談》卷一一《徐陽初》，將《題塔》誤爲《題橋》，《明代傳奇全目》亦沿譌。

〔二〕俗演句：《曲海總目提要》卷一八著録《青袍記》，云：「係明時舊本，不知誰作。凡演梁灝事者有數種，此劇空中飄女於望仙樓上，與《題塔記》相同，而關目又各别。取名《青袍》者，言灝以青袍覆女也。」據錢南揚説，此劇爲餘姚腔劇本（見《戲文概論·源委第二》）。今有明刻本流傳，《古本戲曲叢刊》二集第九種，據萬曆間金陵文林閣《新刊校正全相音釋青袍記》影印。按：胡應麟《明奉政大夫雲南布政司參議東陽王公洎封宜人徐氏墓誌銘》云：「公諱乾章，字順卿，别號震所。……爲文章援筆立就，大都不加點。尤工詩、樂府新詞，所著《浪游》等集、《梁太素傳奇》，並行世。」（見《少室山房類稿》卷九三）疑《梁太素傳奇》即《青袍記》，説見拙作《明代戲曲作家作品考略》（載一九八四年《戲曲研究》第十二輯）。

宵光①〔一〕

傳衛青事佳，不尚主則反入腐境矣〔二〕。鐵勒奴不知何指〔三〕。

校記

① 此條亦見於清初鈔本，他本均無，係新增補。

箋注

〔一〕宵光：王應奎《柳南隨筆》卷一、《曲海總目提要》卷一七著録，並題作《宵光劍》。演衛青事。事見《漢書·衛青傳》。此劇傳本有萬曆間金陵唐振吾《新刻出相點板宵光記》（存上卷），近人許之衡飲流齋鈔本《宵光劍》，《古本戲曲叢刊》初集九十六種，上卷據唐振吾刻本、下卷據飲流齋鈔本影印。

〔二〕不尚主句：據《漢書》本傳，衛青曾尚平陽公主，而劇本未寫此事，故云。

〔三〕鐵勒奴：正史無考。在劇中爲衛青結義之友，曾兩救衛青。後任青副將，與匈奴戰七十餘次，封侯。徐復祚《花當閣叢談》卷七云：「余少時爲人齮齕訐訟，十年不解。兩遇深文吏人羅致，幾不免，後得三公立解。三公者，一爲茶陵陳尚書楚石（名薦），一爲仁和江都憲纘石（名鐸），一爲吾邑翁稽勳兆和（名愈祥），三公於余有二天恩。」徐氏虛構出鐵勒奴其人，蓋有所寓意也。

陽初子所作傳奇一本①

紅梨花〔一〕

元人有《三錯認》劇〔二〕，此稍衍之，詞亦秀美。

以上俱上下品

校記

①此條亦見於清初鈔本，他本均無，係新增補。

箋注

〔一〕紅梨花：一作《紅梨記》。演趙汝舟、謝素秋事。國家圖書館所藏明洛誦生刊本《紅梨記》，作者自序云：「《閑中鼓吹》，泰峰鬱先生所作也。中載趙伯疇事甚悉，庚戌長夏，展玩間，輒感余心，特爲譜諸聲歌。」此劇有明清刻本及鈔本流傳，《古本戲曲叢刊》初集第九十七種，據明末刻朱墨本《校正原本紅梨記》影印。洛誦生刊本爲原刻，惜《明代傳奇全目》未著録。

按：徐復祚《曲論》云：「庚戌成《紅梨》後，遂燒却筆硯。」與洛誦生自序所説時間合。庚戌爲萬曆三十八年（一六一〇），此劇當作於是年夏。其自序署「萬曆歲在辛亥孟秋中元日書於寶恩堂之東偏」，辛亥爲萬曆三十九年，這年秋天爲最早刊刻之時間。李日華《味水軒日記》，萬曆四十年三月十五日日記云：「赴吴赤含招，與沈白生銓部聯席，演新戲《紅梨花記》。」説明此劇一出，就傳唱於歌場。並受到稱頌：「《紅梨花》一記，其稱琴川本者，大是當家手，佳思佳句，直逼元人處，非近來數家所能。才具雖小狹於湯，然排置停匀調妥，湯亦不及。」（淩濛初《譚曲雜劄》）

〔二〕元人句：即張壽卿《謝金蓮詩酒紅梨花》雜劇，今有《元明雜劇》、《元曲選》等本行世。

戴金蟾所著傳奇二本

青蓮〔一〕

紀太白事，簡浄而當①，不入妻子，甚脱灑②。《彩毫》雖詞藻較勝③，而節奏合拍，此爲擅場，派從《玉玦》來。音律工密，尤可喜。

校　記

①「當」，各本均作「雅」。

②「甚」，清初鈔本同，他本均作「其」，爲「甚」之形誤。

③「勝」，清初鈔本、清河本同，他本均作「遜」。

箋　注

〔一〕青蓮：演李白事。事見新舊《唐書·李白傳》。此劇今無傳本，僅明代戲曲選集收録有散齣曲文,《群音類選》卷一四收有《御史調羹》(亦見《月露音》卷一)、《明皇賞花》、《華陰騎驢》、《捉月騎鯨》以及《明皇遊月宮》。《月露音》卷四還收有《泛湖》一齣。

鞢韉〔一〕

事鄙俚,而以秀調發之,迥然絶塵。似爲賈人子解嘲者①。

校記

①「子解嘲者」四字,清初鈔本同,他本均脱漏。

箋注

〔一〕鞢韉:演何事不詳。今無傳本,僅《群音類選》卷二一收録《途中追歎》、《賞月遇惡》和《遇盜明拆》三齣佚曲。《樂府紅珊》卷四還收録《何氏剔燈訓子》(何氏訓子)一齣。

車柅齋所著傳奇二本

四夢〔一〕

《高唐夢》亦具小境①。《邯鄲》、《南柯》二夢多工語，自湯海若二記出，而此覺寥寥。《蕉鹿夢》甚有奇幻意〔二〕，可喜。

校記

①「境」，清初鈔本、清河本同，他本均作「景」。

箋注

〔一〕四夢：即《高唐夢》、《邯鄲夢》、《南柯夢》和《蕉鹿夢》四個傳奇，總題作《四夢記》。今均無傳本。

〔二〕蕉鹿夢：演烏有辰、魏無虛事。事見《列子·周穆王》。此劇今無存本。

彈鋏〔一〕校正①

車君自況，情詞俱佳。方諸生以其少天趣短之。杭人謝天瑞有《狐裘記》〔二〕，以孟嘗君爲生，然甚猥瑣，不及此。

校記

①「校正」，清初鈔本同，他本均無。

箋注

〔一〕彈鋏：演馮驩事。事見《戰國策·齊策四》。此劇今無傳本，僅明代戲曲選集收録有散齣曲文，《群音類選》卷二四收有《彈鋏三歌》、《焚券赦債》、《端陽爲壽》、《狗盗狐裘》（《月露音》卷三作《狗盗》）、《鷄鳴度關》（《月露音》卷三作《鷄鳴》）和《追思彈鋏》。

〔二〕狐裘記：見本書卷下四五六頁箋注〔一〕。

顧懋仁所著傳奇一本

五鼎〔一〕校正①

主父偃恩仇分明②〔二〕，寫出最肖，且不與生對③，甚新④。第《五鼎》欠發揮⑤，徒寄之一言耳。

校記

①「校正」，清初鈔本同，他本無。
②「偃」，清初鈔本同，他本均脱漏。
③「對」，清初鈔本同，他本均作「叶」。
④「甚」，清初鈔本、清河本同，他本均作「最」。
⑤「第」，清初鈔本同，他本均作「然」。

箋注

〔一〕五鼎：演主父偃事。事見《史記·主父偃列傳》（亦見《漢書》本傳）。此劇今無傳本，僅《群音類選》卷一九收有《借貸遭辱》、《陳后怨宫》和《主父雪憤》三齣佚曲。

按：顧懋宏《炳燭軒詩集》卷二《長至進酒詞爲伯兄介壽時兄新撰五鼎傳奇諸少年習而歌之》，有「何必頻歌驥伏櫪」句，知此劇爲顧懋仁晚年所作。

〔二〕主父偃：漢臨菑（今山東淄博）人，初習縱横術，晚學《易》、《春秋》、百家言。武帝時官至中大夫，提出削弱諸侯王勢力的「推恩法」，建議設置朔方郡，以抗擊匈奴的侵略。後出任齊相，揭發齊王的荒淫行爲，迫齊王自殺，以此得罪族誅。《史記》、《漢書》並有傳。

顧懋儉所著傳奇一本①

椒觴〔一〕**校正**②

陳亮事真③〔二〕，此君似有感而作〔三〕。梁伯龍極賞之。固是甚有學問者④。

校記

①「一」，原脱，據各本補。

②「校正」，清初鈔本同，他本無。

③「陳亮」，清初鈔本同，他本均作「陳元亮」。

④「固」，原本無，據清初鈔本補。

箋注

〔一〕椒觴：演陳亮事。事見《宋史·陳亮傳》。此劇今無傳本，僅明代戲曲選集收録有散齣曲文，《群音類選》卷一五收有《西湖遊鬧》、《旅館椒觴》、《羅織寃招》、《獄中見弟》、《戰捷勝遊》和《師生譏雪》（《月露音》卷四作《譏雪》）。《月露音》還收有《登第》（卷三）、《賞月》（卷四）兩齣。

〔二〕陳亮：字同甫，婺州永康（今屬浙江）人。爲人才氣超邁，喜談兵，議論風生，下筆數千言立就。上《中興五論》，反對「隆興和議」，力主抗金。爲當權者嫉恨，屢遭下獄。至老方第，授簽書建康府判官，未赴任卒。著有《龍川詞》。

〔三〕此君句：顧氏身懷報國立功之志，而「少遭無妄，逾艾始獲鄉薦，位終州牧，不克展施」（見顧馮易《炳燭軒詩集跋》）。故借陳亮事以抒其心中的憤懣。

祝金粟所著傳奇一本①

紅葉〔一〕校正②

韓夫人事，千古奇之。此記狀之得情，且能守韻，可謂空谷足音。吾友玉陽生有《題紅記》③〔二〕，遠勝之。然正不必一律論也。

校記

① 此條原本無，據各本補。

② 「校正」，清初鈔本同，他本均無。

③ 「記」，清初鈔本同，他本均作「葉」。

箋注

〔一〕紅葉：《曲海總目提要補編》著録，云：「海鹽人祝長生撰。演唐于祐、韓夫人御溝紅葉事，與《題紅記》本事相同（見張實《流紅記》），而改造情節，以爲唐初，又添出吴子華、許春華二女以作關目。」此劇今無傳本，僅明代戲曲選集存有散齣曲文，《群音類選》卷一七收有《紅葉題詩》、

《御溝得葉》(《堯天樂》上卷下層作《御溝拾葉》)、《宮中得葉》、《出示紅葉》和《紅葉重逢》五齣;《徽池雅調》、《堯天樂》一卷上層還分别收有《紅葉相憐》和《韓許自談》各一齣。

〔二〕題紅記:《曲律》卷四《雜論第三十九下》:「余大父爐峰公,少時曾草《紅葉》一記,都雅婉逸,翩翩有風人之致,遺命秘不令傳,今藏家塾。余弱歲臥病,先君子命稍更其語,别爲一傳,易名《題紅》,爲屠緯真儀部强序入梓。」此劇有明刊本流傳,《古本戲曲叢刊》二集第四十種,據萬曆間金陵繼志齋刻本《韓夫人題紅記》影印。

文赤城所著傳奇一本①

天函〔一〕

先先子即無如翁汪𩨦使也。此記摘自《坐隱先生紀年傳》中②,晚遇至人③,片語頓悟。先先選舉一段,事甚奇,模甚真。曲白雙美,何妨雜集。

校記

① 此條各本無,係新增補。

②「自」，原誤作「其」，今改。

③「遇」，原誤作「偶」，今改。

箋注

〔一〕天函：演汪廷訥事。《曲海總目提要》卷一〇著録，引米萬鍾序云：「文君赤城《天函記》，字字出色，與玉茗鼎峙。此記據《坐隱先生紀年傳》摘而敷衍，稱實録也。」又，陳端明序亦云：「赤城山人以《坐隱先生紀年傳》中悟棋遇仙一事，或本傳，或訂譜，或古語合其意者，採集而稍緣飾之。名《天函》者，以仙翁掛冠時，貽先生天函藏書，則指其而言之也。」此劇今無傳本。

濮草堂所著傳奇一本①

錦箋〔一〕**校正**②

此記鍊局遺詞，機鋒甚迅，巧警會心。向云經諸名士而成，今乃知螺冠獨擅其美③。

校記

①「濮草堂」，清初鈔本同，他本均作「周螺冠」。

② 「校正」，清初鈔本同，他本無。

③ 「乃」，清初鈔本同，他本均作「而」。

箋注

〔一〕錦箋：演梅玉、柳淑娘事。本事不詳。此劇有明刻本流傳，《古本戲曲叢刊》二集第二十五種，據萬曆三十六年（一六〇八）金陵繼志齋刻本《重校錦箋記》影印。

蘇漢英所著傳奇一本①

夢境〔一〕

此傳洞賓事，比《長生》簡浄〔二〕，而筆亦俏，頗得清遠、豹先之致。

以上俱中上品②

校記

① 此條亦見於清初鈔本，他本均無，係新增補。

②「俱」，清初鈔本同，他本無。

箋注

〔一〕夢境：演吕洞賓、鍾離雲房事。《曲海總目提要》卷八著録，題作《黄粱夢》，云：「其事本《列仙傳》及《吕純陽集》，而造飾事蹟，以見歷盡酒色財氣關頭，乃證仙果，不盡依本傳也。」《遠山堂明曲品》「逸品」著録，云：「傳黄粱夢多矣，惟此記極幻、極奇，盡大地山河、古今人物，盡羅爲夢中之境。」此劇有明刻本流傳，《古本戲曲叢刊》初集第六十四種，據萬曆間金陵繼志齋刊本《重校吕真人黄粱夢境記》影印。

〔二〕長生：見本書卷下三三〇頁箋注〔一〕。

沈涅川所著傳奇四本

雙珠〔一〕校正①

王楫事真，第後半回生及子得第②，補出耳③〔二〕。情節極苦，串合最巧，觀之慘然〔三〕。

校記

①「校正」二字清初鈔本同，他本無。

②「回生及子得第」，清初鈔本同，清河本作「妻子回生子回得第」，曲苑本同，但「子」下無「回」字。他本則作「妻子再生子回得第」。

③「耳」，清初鈔本同，暖紅室本、吴梅校本、集成本均無，而清河本、曲苑本則誤作「再」。

箋注

〔一〕雙珠：演王楫夫妻離合事。此劇前一半情節，據《南村輟耕録》卷一二《貞烈墓》所載千夫長李某與部卒妻郭氏事增飾，後一半劇情係作者虚構。今有明刻本、清鈔本流傳，《古本戲曲叢刊》初集第九十種，據明末汲古閣原刻初印《雙珠記定本》影印。北京大學圖書館藏清同治元年（一八六二）瑞鶴山房鈔本《雙珠記》十五齣，或標注工尺，或帶身段譜，爲清代戲曲舞臺演出本。

〔二〕第後半回生及子得第二句：指《雙珠記》第二十三齣《真武靈應》，寫王楫妻知楫不免於死，投淵自盡，被真武神冥護救起；第三十五齣《廷對及第》，寫楫子九齡十六應試，狀元及第。這些情節《輟耕録》不載，故謂「補出耳」。

〔三〕情節極苦三句：梁廷枏《曲話》卷三：「《雙珠記》通部細針密線，其穿穴照應處，如天衣無縫，具見巧思。」《中國近世戲曲史》亦云：「此記前半，明清戲曲悲劇中，爲稀見之佳構。事件展開亦自然，且巧妙也。但後半當結束事件之際，因欲極端謀針線縣密，故過於做作，往往難免陷於不合理之譏。」

分鞋〔一〕校正①

程君事，載《輟耕録》。女子賢哉②！此記寫之鬯甚③。

校記

① 「校正」二字清初鈔本同，他本無。

② 「女子」下，清初鈔本同，他本均有「如此」二字。

③ 「鬯甚」，清初鈔本同，他本均作「甚暢」。

箋注

〔一〕分鞋：演程鵬舉、白玉娘事。事見《南村輟耕録》卷四《妻賢致貴》。此劇今無傳本，僅明代戲曲選集存有散齣曲文，《群音類選》卷一六收有《窮途母女》、《村居寄跡》、《園亭邂逅》、《書齋問疾》（《樂府名詞》作《淑娥問疾》）、《月夜勸夫》（《月露音》卷四作《玩月》）、《夫歸分鞋》、《翁壻叙情》和《分鞋復合》。《八能奏錦》卷五收有《鵬舉謁韓求餞（薦）》，《樂府名詞》還收有《鵬舉南還》。

按：葉德均《祁氏曲品劇品補校》云：「清黄文暘《曲海目》始於陸采名下增《分鞋記》一種，其後《今樂考證》著録五、《曲録》卷四、董輯《曲海總目提要》卷七，又據《曲海目》增入。惟《傳奇彙考標目》於沈鯨《分鞋》下注云：『亦名《易鞋記》，或云陸天池作。』乃傳聞之辭。故陸采作《分鞋記》（一名《易鞋記》）之説，未可遽信。」

又按：徐扶明先生一九九二年八月十七日惠書云：「引葉德均氏之説，謂陸采作《分鞋》，不可信。據我考證，陸采確有此劇。」

鮫綃〔一〕此二本或云非涅川作，未查①。

魏必簡事似有之。情景亦苦切。卧草中而相士至，幸以解難〔二〕，亦新。

校記

① 「此二本或云非涅川作未查」，清初鈔本同，他本均作「後二本或云非涅川作」，以小字注於「青瑣」

條「此記狀之甚婉曲有景」下。

箋　注

〔一〕鮫綃：演魏必簡、沈瓊英事。《曲海總目提要》卷一三著録，云：「未知何人所作。聞明中葉間，蘇州上三班相傳，曰『申《鮫綃》，范《祝髮》』，申謂大學士申時行家樂。則此劇乃在嘉隆以前無疑也。所作係南宋事，而中間官名，有中城兵馬司及按察司，故知是明朝人手筆。其姓名事蹟，皆屬假託。」今不見刻本，《古本戲曲叢刊》初集第九十一種，據清順治七年（一六五〇）沈仁甫鈔本《鮫綃記》影印。

〔二〕卧草中而相士至二句：見《鮫綃記》十八齣《相面》。魏必簡被押戍淮州，解差畢慶，受劉均玉父子之賄，趁必簡途中棒瘡發作、卧於草中之時殺之，突然遇一相士，得以解難。

青瑣〔一〕

古有《懷香記》不存①〔二〕。賈午事不減文君〔三〕，此記狀之，甚婉曲有境②。

校　記

①「古」，原本空，據各本補。

②「婉曲」二字原本空，據各本補。「境」，清初鈔本、清河本同，他本均作「景」。

箋注

〔一〕青瑣：演韓壽、賈午事。事見《世説新語·惑溺》（亦見《晉書·賈充傳》）。此劇今無傳本，《群音類選》卷二二收録有《繡閣懷香》、《青瑣相窺》、《托婢傳情》、《蘭閨復命》、《换房訂約》、《赴約驚回》、《緘書愈疾》、《醉誤佳期》、《謀踰東牆》和《佳會贈香》（亦見《怡春錦》禮集）十齣佚曲。

按：張文德《沈鯨〈青瑣記〉與今存本〈懷香記〉關係論考》將《群音類選》卷二二和《怡春錦》禮集所選沈鯨《青瑣記》曲文，與汲古閣《六十種曲》本《懷香記》比勘，認爲《青瑣記》與《懷香記》爲同劇異名，從而考訂今存本《懷香記》作者應爲沈鯨，而不可能是陸采。所説甚是，從之。張文載《徐州師範大學學報》（哲學社會科學版）二〇一一年十一月第三十七卷第六期。

〔二〕古有懷香記：沈璟《南曲譜》卷四存〔正宫刷子序〕二支，注云「集古傳奇名」，其第二支有「風情，賈充宅偷香韓壽」句。此即《寶文堂書目》卷中所著録的《韓壽竊香記》。錢南揚《宋元戲文輯佚》從《南曲九宫正始》等曲譜中輯出十二支曲文。

〔三〕賈午句：《世説新語》下卷《惑溺》第三十五，云：「韓壽美姿容，賈充辟以爲掾。充每聚會，賈女於青璅中看，見壽，説之。恒懷存想，發於吟詠。後婢往壽家，具述如此，并言女光麗。壽聞之心動，遂請婢潛修音問。及期往宿。壽蹻捷絶人，踰牆而入，家中莫知。自是充覺女盛自拂拭，說暢有異於常。後會諸吏，聞壽有奇香之氣，是外國所貢，一著人，則歷月不歇。充計武帝唯賜己及陳騫，餘家無此香，疑壽與女通，而垣牆重密，門閤急峻，何由得爾？乃託言有盜，令人修牆。使反曰：「其餘無異，唯東北角如有人跡。而牆高，非人所踰。」充乃取女左右婢考問，即以狀對。充秘之，以女妻壽。」此事類似文君私奔相如，故云「不減文君」。

黄伯羽所著傳奇一本①

蛟虎〔一〕

周孝侯除三害事②〔二〕，甚奇，可以範俗。詞亦近人。

校　記

① 「黄伯」二字原本空，據各本補。

② 「周孝」二字原本空，據各本補。「三」，清初鈔本同，他本作「二」，誤。

箋　注

〔一〕蛟虎：演周處除三害事。事見《世説新語·自新》（亦見《晉書·周處傳》）。《遠山堂明曲品》

「能品」著録，云：「黄伯羽取周孝侯除三害事，有合於『過勿憚改』之義，作者思深矣。孝侯死於王事，此故生之。鋪叙亦當，但氣色不振耳。」此劇今無傳本。

〔二〕周孝侯句：《世説新語》下卷《自新》第十五，云：「周處年少時，兇彊俠氣，爲鄉里所患。又義興水中有蛟，山中有邅跡虎，並皆暴犯百姓，義興人謂爲三横，而處尤劇。或説處殺虎斬蛟，實冀三横唯餘其一。處即刺殺虎；又入水擊蛟，蛟或浮或没，行數十里，處與之俱。經三日三夜，鄉里皆謂已死，更相慶。竟殺蛟而出。聞里人相慶，始知爲人情所患，有自改意。乃自吴尋二陸，平原不在，正見清河，具以情告，並云：『欲自修改，而年已蹉跎，終無所成。』清河曰：『古人貴朝聞夕死，况君前途尚可。且人患志之不立，亦何憂令名不彰邪？』處遂改勵，終爲忠臣孝子。」周處仕晉爲御史中丞，封孝侯。

陸無從所著傳奇一本

存孤〔一〕校正①

李文姬、王成事，甚奇。詞亦雅，且有風致，但稍淺略，未做得暢耳②。據其序，似天池舊有撰〔二〕，而無從續之者③。

校　記

①「校正」，清初鈔本同，他本無。
②「做」，清初鈔本同，他本無。
③「撰」，清初鈔本同，他本均作「稿」。「續」，清初鈔本同，他本均作「演」。

箋　注

〔一〕存孤：演王成受李文姬之託，撫育李固遺孤事。事見《後漢書·李固傳》。此劇係據陸采同名傳奇改編。今無傳本，僅《怡春錦》禮集收録《私期》一齣，《南詞新譜》卷二三存〔仙吕入雙調水金令〕一支曲文。

〔二〕天池舊有撰：見本書卷上四六頁箋注〔一〕。

謝海門所著傳奇一本

四喜〔一〕

二宋事佳，詞亦工美〔二〕。上虞有曲派〔三〕，此公最高①。

校　記

①「最」，清初鈔本同，他本均作「甚」。

箋　注

〔一〕四喜：演宋郊、宋祁事。事見《宋史·宋庠傳》。并採入宋庠渡蟻、宋子京賦〔鷓鴣天〕事。《曲海總目提要》卷一三著録，云：「俗傳《四喜》詩曰：『久旱逢甘雨，他鄉遇故知。洞房花燭夜，金榜掛名時。』士人登第，乃第四喜也。明萬曆二十年壬辰，閩人翁正春狀元及第，有贈《四喜》詩以調之者，曰：『教官金榜掛名時。中狀元。』是則狀元冠以四喜之確證也。作者或因正春而作，亦未可定。」此劇有明刻本傳世，《古本戲曲叢刊》二集第三十七種，據明末汲古閣原刻初印《四喜記定本》影印。

按：謝讜生於正德七年（一五一二），即使活到萬曆二十年，已屆八十，《四喜記》恐非爲翁正春作。又，譚正璧認爲沈壽卿作於前，謝讜重作或改作於後，至於《六十種曲》本《四喜記》是沈作還是謝作，未敢斷定（見《〈三元記〉作者沈壽卿生平事蹟的發現》）。

〔二〕二宋事佳二句：《遠山堂明曲品》「能品」《四喜》條云：「傳二宋事。作手雖平，詞亦明麗。」

〔三〕上虞有曲派：上虞曲家，與謝讜同時或稍後者，有車任遠、朱期、趙於禮等。

秦華峰所著傳奇一本

清風亭〔一〕

事必有據。世之妬妻，欲殺妾子者多矣。此段仗君提醒①。俗有《申湘藏珠記》②〔二〕，亦如此，而調不稱。

校　記

①「段」，清初鈔本同，他本均作「卷」。

②「記」，各本均無。

箋　注

〔一〕清風亭：一名《合釵記》。演薛榮、洪氏及竇兒事。《曲海總目提要》卷九著録，云：「序云東山主人，未知其姓名。編次者天台秦鳴雷，或即其所撰。作序在明萬曆壬寅，云剞劂氏重刻，則作者更在前也。洪氏棄兒時，匣内置釵，後來得兒，釵乃復合，故曰《合釵記》；其與兒遇在清風亭，故曰《清風亭》。」《遠山堂明曲品》「能品」著録，云：「調不傷雅，而能入俗。清風亭遇子一齣，宛然當年情景，弋優盛演之。後半稍淺略，爲强弩之末。」此劇今無傳本，僅《綴白裘》第十一集收録《趕子》一齣。

按：《曲海目》、《今樂考證》著録七，誤題此劇作者爲李鳴雷。《傳奇彙考標目》卷下，又謂華峰姓李，名宗泰，長洲人，亦誤。

〔二〕申湘藏珠記：《遠山堂明曲品》「雜調」著録魯懷德《藏珠》，云：「妬妻殺妾子，須寫出一段毒腸，令人可以切齒，乃足警世之爲悍婦者。此記差能敷衍，不及《清風亭》遠矣。」《申湘藏珠記》當爲此劇，今無傳本，僅明代戲曲選本存有散齣曲文，《詞林一枝》卷一收録《夫婦私會》（亦見《八能奏錦》卷上，《堯天樂》卷下）、《妬妾争寵》，《堯天樂》卷上收録《夫婦相憐》，《樂府菁華》卷三收録《申生赴約》。

謝九紫所著傳奇一本①

紈扇〔一〕

才人筆，自綺麗。記中申伯湘事②，似自況也③。局段未見謹嚴④。

校記

①「九紫」，清初鈔本、集成本同，他本均誤作「九索」。

②「湘」，清初鈔本同，他本均脱。

③「自」，清初鈔本同，他本均脱。

④「謹」，原本和清初鈔本作「緊」，據各本改。

箋注

〔一〕紈扇：《遠山堂明曲品》「能品」著録，云：「爲申伯湘作譜，或曰其自況也。一意填詞，雖綺麗可觀，而於闔闢離合之法，全是瞶瞶。」此劇今無傳本。僅《纏頭百練》二集中存有《入院》一齣佚曲。

陳禺陽所著傳奇二本①

鸚鵡洲〔一〕

紀韋南康事②〔二〕，詞多綺麗③〔三〕。第局段甚雜，演之覺懈。是才人語，非詞人手④。

校記

① 「二」，清初鈔本同，他本均作「一」。

② 「韋」，清初鈔本同，他本均脱。

③ 「詞」，清初鈔本同，他本均無。

④ 「非詞人手」下，除清初鈔本外，他本均有「又爲雲長公作一劇未見刻本」十二字。

箋注

〔一〕鸚鵡洲：演韋皋與玉簫兩世姻緣事。明刊本卷首題詞云：「《雲溪友議》載韋南康二室事，情甚奇，《唐語林》紀薛濤亦奇，先生合而傳之。」此劇有明刻本、清鈔本流傳，《古本戲曲叢刊》二集第十二種，據明萬曆四十八年（一六二〇）刊本《鸚鵡洲》影印。周明泰幾禮居原藏明師儉堂刻本《鸚鵡洲》（現藏上海圖書館）、孫殿起《販書偶記》卷二〇著録約明萬曆中刊二卷附圖本《鸚鵡洲》（今藏何處不詳）、日本神田喜一郎藏明林於閣刊本《鸚鵡洲》（見八木澤元《明代劇作家研究》），《明代傳奇全目》均未著録。

〔二〕韋南康事：韋皋，字城武，少遊江夏，止於姜使君之館，與姜氏孺子荆寶善。荆寶有青衣曰玉簫，常令侍奉韋皋，久之，兩人有情。時韋季父來書，催速歸覲。臨別，與玉簫約，少則五載，多則七年來娶，因留玉指環一枚，并詩一首遺之。既五年不至，玉簫乃默禱於鸚鵡洲。又逾年，至八年春，玉簫歎曰：「韋家郎君一別七年，是不來耳。」遂絶食而殞。姜氏愍其節操，以玉環著於中指而殯焉。荆寶尋以明經及第，再選青城縣令，因家人誤爇廨舍庫牌印等而入獄。值韋皋鎮蜀，與雪寃，方知玉簫絶食而終。姜因吟留贈玉環詩曰：「黄雀啣來已數春，别時留解贈佳人。長江不見魚書至，爲遣相思夢入秦。」韋聞之，益增悽歎。廣修經像，以報夙心。時有祖山人者，有少翁之術，能令逝者相親，但令府公齋戒七日。清夜，玉簫乃至，謝曰：「承僕射寫經造像之力，旬日便當託生。卻後十三年，再爲侍妾，以謝鴻恩。」後韋累遷中書令，因作生日，節鎮所賀，皆貢珍奇，獨東川盧八座送一歌姬，亦以玉簫爲號。觀之，乃真姜氏之玉簫也，而中指有肉環隱出，不異留别之玉環也。韋歎曰：「吾乃知存歿之分，一往一來，玉簫之言，斯可驗矣。」（見范攄《雲溪友議》卷三）

〔三〕詞多綺麗：《遠山堂明曲品》「逸品」著録《鸚鵡洲》，云：「此記逸藻翩翻，香色滿楮，襯以紅牙、檀板，則繞梁之音，正恐化彩雲飛去耳。」

櫻桃夢①〔一〕

此摭青衣櫻桃事。夢中觀鉅鹿一戰〔二〕，亦奇快。詞藻工麗，可追《玉合》〔三〕。

校記

①此條清初鈔本作「取青衣櫻桃事。詞極工美，但情節不甚緊」。他本均無，係新增補。

箋注

〔一〕櫻桃夢：演盧生由櫻桃青衣導引，夢中歷盡榮華富貴事。事見陳翰《異聞集·櫻桃青衣》（亦見《太平廣記》卷二八一）。《遠山堂明曲品》「逸品」著録，云：「炎冷合離，如浪翻波疊，不可摸捉，乃肖夢境；《邯鄲》之妙，亦正在此。先生此記，盡洩其慨世之語，而其才情宕逸，皆不可一世，乃其守律正音，則居然老宿也。記中櫻桃園之事，出《艷異編》，《李丹》已採入矣。」此劇有明刻本流傳，《古本戲曲叢刊》二集第十一種，據萬曆四十四年（一六一六）海昌陳氏原刻本《櫻桃夢》影印。

〔二〕夢中句：見《櫻桃夢》第二十二齣《幻俠》。

〔三〕玉合：見本書卷下三〇四頁箋注〔一〕。

陳太乙所著傳奇二本

金蓮〔一〕

摭三蘇事〔二〕，得其概。末添鮑不平①，正是戲法耳。詞白俱駢美。

校記

①「鮑」，清初鈔本同，他本均作「抱」，誤。

箋注

〔一〕金蓮：《曲海總目提要》卷一三著録云：「記蘇軾傳金蓮歸院事。」事見《宋史·蘇軾傳》。《遠山堂明曲品》「艷品」著録，云：「記蘇長公，此可稱實録。然亦有附綴以資諧笑，如鮑不平之雪憤是也。亦有省削以爲貫通，如賜蓮之在廷對，焚券之在瓊崖。再謫之後即内召入直是也。至於韻金屑玉，以駢美而歸自然，更深得鍊字之法。」此劇有明刻本流傳，《古本戲曲叢刊》二集第三十八種，據明末汲古閣原刻初印《金蓮記定本》影印。

〔二〕三蘇：即蘇洵、蘇軾和蘇轍。

紫環〔一〕

事亦佳，然尚未脱套①。觀其賓白工整②，非草率者。

校記

①「然」，清初鈔本同，他本均無。

②「賓」，清初鈔本同，他本均脱。

箋注

〔一〕紫環：《遠山堂明曲品》「艷品」著録，云：「内傳麗雲入宫、出宫，瑶娘失偶、得偶，不必作意紐合，自是大家舉止，饒有丰韻。若其霞明霧湧之詞，是主人剩技耳。」此劇今無傳本。

張屏山所著傳奇一本

紅拂〔一〕

伯起以簡勝，此以繁勝，尚有一本未見。此記境界描寫甚透①，但未盡脱俗耳。湯海若極賞其〔梁州序〕中句②。記序云：「《紅拂》已經三演：在近齋外翰者〔二〕，鄙俚而不典；在冷然居士者，短簡而不舒。今屏山不襲二家之格③，能兼雜劇之長。」〔三〕

校記

①「此記」二字原本無，據各本補。

②「梁州序」下，除清初鈔本外，他本均有「記」字，集成本校記云：「疑當爲曲字。」

③「二家之格」，清初鈔本作「兩家之格」，他本均作「二格」。

箋注

〔一〕紅拂：本事見本書卷下二八九頁箋注〔一〕。此劇今無傳本。

〔二〕近齋外翰：姓名、字里、生平不詳。所著《紅拂記》亦佚。

〔三〕湯顯祖爲張太和《紅拂記》所撰的序文，不存。《湯顯祖全集》第五一卷「補遺」，自《遠山堂曲品》轉録，與吕氏《曲品》引述悉同，題爲《紅拂記題辭》。

許時泉所著傳奇一本

泰和〔一〕

每齣一事，似劇體。按歲月，選佳事，裁製新異，詞調充雅①，可謂滿志。

校記

①「雅」，原本脱，據各本補。

箋注

〔一〕泰和：《乾隆新安縣志》卷四題作《太和元氣記》。按月令演述故事，二十四折，每折譜一古代名人事。今存十七種傳世。《群音類選》卷二三收録十種：《公孫丑東郭息忿争》（演公孫丑、陳仲子事）、《王羲之蘭亭顯才藝》（《盛明雜劇》二集題作《蘭亭會》，演王羲之事）、《劉蘇州席上寫風情》（《盛明雜劇》二集題作《寫風情》，演劉禹錫事）、《東方朔割肉遺細君》（演東方朔事)、《張季鷹因風憶故鄉》(演張翰事)、《蘇子瞻泛月遊赤壁》(《盛明雜劇》二集題作《赤壁遊》,演蘇軾事)、《晉庾亮月夜登南樓》(《盛明雜劇》二集題作《南樓月》,演庾亮事)、《陶處士栗里致交游》(演陶潛事)、《桓元帥龍山會僚友》(《盛明雜劇》二集題作《龍山宴》,演桓温事)、《謝東山雪朝試兒女》(演謝玄事)。《盛明雜劇》二集另有三種,《群音類選》未收,即《武陵春》(演武陵漁父誤入桃花源事)、《同甲會》(演文彦博事)、《午日吟》(演杜甫事)。國家圖書館藏明黄正位編《陽春奏》十種,其中四種爲許潮所撰雜劇,除《陶處士栗里致交游》外,尚有《漢相如晝錦歸西蜀》(演司馬相如事)、《衛將軍元宵會僚友》(演衛青事)及《元微之重訪蒲東寺》(演元稹事,殘)。大英圖書館藏清嘉慶庚申(一八〇〇)積秀堂覆刻明秦淮墨客選輯《樂府紅珊》卷一,還有《裴晉公緑野堂祝壽》(演裴度事),此本與《元微之重訪蒲東寺》,從不見於他書著録。

按:此劇自《萬曆野獲編》卷二五,疑爲楊慎所作,焦循《劇説》卷四逕題楊慎作。《重訂曲海目》、《今樂考證》、《曲録》皆并作楊慎、許潮撰。而吴梅《中國戲曲概論》、青木正兒《中國近世戲曲史》、周貽白《中國戲劇史長編》以及傅惜華《明代雜劇全目》均訂爲許潮著,今從之。

錢海屋所著傳奇一本

忠節[一]校正①

此小説中《懷春雅集》也[二]，風情而近古板者。此君學甚富，每以古人姓名叶韻，不一而足，亦是别法。

校記

①「校正」二字清初鈔本同，他本無。

箋注

〔一〕忠節：演蘇道春、潘玉貞事。事見《懷春雅集》。今不見傳本。

〔二〕懷春雅集：明代傳奇文。《寶文堂書目》卷上「子雜類」著録，何大掄編《燕居筆記》卷九收録。關於其版本及内容，可參閲陳益源《〈懷春雅集〉與〈金瓶梅〉》（見《從〈嬌紅記〉到〈紅樓夢〉》，遼寧古籍出版社一九九六年版）。

章金庭所著傳奇一本

符節〔一〕

汲黯人品好①〔二〕，使事亦佳。描寫田、竇炎涼事②〔三〕，曲折畢盡，的是名筆。但稍覺客勝耳。吾友葉美度有《灌夫罵座》劇〔四〕，可以參觀③。

以上俱中中品④

校　記

①「黯」，原誤作「黠」，據各本改。

②「事」，清初鈔本同，他本均作「態」。

③「可以參觀」，清初鈔本同，他本均作「相以」。

④「俱」，清初鈔本同，他本無。

箋　注

〔一〕符節：演汲黯、田蚡和竇嬰事。事見《史記·汲鄭列傳》及《魏其武安侯列傳》。此劇今無傳本，僅《群音類選》卷一九收録《迎節辨行》、《持節息争》、《灌夫罵座》。《月露音》亦收録《愁怨》（見卷一）、《結夏》（見卷二）兩齣。

〔二〕汲黯：字長孺，濮陽（今屬河南）人。武帝時爲東海郡太守。爲人伉直，敢於面折廷諍。後出守淮陽。

〔三〕田竇：指田蚡、竇嬰。田蚡，長陵（今陝西咸陽）人，爲漢景帝王皇后同母弟。武帝初，封武安侯，後官至丞相。竇嬰，字王孫，觀津（今河北衡水）人。竇太后侄。吴楚七國之亂時，被景帝任爲大將軍，守滎陽。七國破，封魏其侯。武帝初，任丞相。田、竇二人，都驕横專斷，互相傾軋，後均失勢，竇嬰被殺。見《史記》本傳。

〔四〕灌夫罵座劇：即《灌將軍使酒罵座記》雜劇，事見《漢書·灌夫傳》。今存明萬曆間脈望館校藏《古名家雜劇》中。

高瑞南所作傳奇二本

玉簪〔一〕

詞多清俊。第以女貞觀而扮尼講佛①，紕繆甚矣〔二〕。

校記

①「佛」，清初鈔本、清河本同，他本均作「經」。

箋注

〔一〕玉簪：演潘必正、陳妙常事。事見吴敬所編《國色天香》卷一〇《張于湖傳》。《劇説》卷二：「《古今女史》云：『宋女貞觀陳妙常尼，年二十餘，姿色出衆，詩文俊雅，工音律。張于湖授臨江令，宿女貞觀，見妙常，以詞調之；妙常亦以詞拒之。詞載《名媛璣囊》。後與于湖故人潘法成通，潘密告于湖，以計斷爲夫婦。』即今所傳《玉簪》也。」此劇有明清刻本流傳，《古本戲曲叢刊》初集第八十七種，據明萬曆二十七年（一五九九）孟夏繼志齋刻本《重校玉簪記》影印。上海圖書館藏明萬曆二十六年觀化軒重梓《新鐫女貞觀重會玉簪記》、明新都青藜館刻本《李卓吾先生批評玉簪記》，以及明刻清印本《新刻重會女貞觀玉簪記大全》（見李一氓《擊楫題跋》），《明代傳奇全目》未著録。

〔二〕第以女貞觀而扮尼講佛二句：指《玉簪記》第八齣《談經聽月》：「衆徒弟閒暇，欲聽法華旨要以此洗心。」李漁《閒情偶寄》卷三曰：「如《玉簪記》之陳妙常，道姑也，非尼僧也，其白云：『姑娘在禪堂打坐。』其曲云：『從今孽債染緇衣。』『禪堂』、『緇衣』，皆尼僧字面，有是理乎？」道姑扮尼講佛，故「紕繆甚矣」！

節孝〔一〕

陶潛之《歸去》，李密之《陳情》，事佳。分上下帙，别是一體。詞隱之《奇節》亦然。

箋注

〔一〕節孝：《遠山堂明曲品》「能品」著録，云：「陶元亮之《歸去辭》、李令伯之《陳情表》，皆是千古至文，合之爲《節孝》，想見作者胸次。但於二公生平概矣，未現精神。且《賦歸》十六折，而陶凡十五出；《陳情》十六折，而李凡十三出，不識場上勞逸之節。」此劇有明刻本流傳，《古本戲曲叢刊》初集第八十八種，據萬曆間世德堂刻本《節孝記》影印。

朱瀨濱所著傳奇一本①

鸞筆〔一〕

此朱上舍爲吴復庵作也〔二〕。記江陵奪情，鄒、趙諸公廷杖事〔三〕，語多鑿鑿，可稱實録。江陵九原有知，亦當纇泚〔四〕。

校記

① 此條亦見於清初鈔本，他本均無，係新增補。

箋注

〔一〕鸞筆：演吳復庵、鄒元標、趙用賢等因江陵奪情被廷杖貶斥事。事見《明史·張居正傳》、《吳中行、趙用賢、艾穆、沈思孝傳》以及《鄒元標傳》。此劇今不見傳本。

按：祁理孫《奕慶藏書樓書目》、沈復粲《鳴野山房書目》并著録，但未題作者，故《明代傳奇全目》誤列入無名氏。

〔二〕吳復庵：名中行，字子道，江蘇武進人。隆慶五年（一五七一）進士，選庶吉士，授編修。因上疏論江陵不當奪情，遭廷杖。張居正死後復官，官至侍講學士，掌南京翰林院。見《明史》本傳。

〔三〕記江陵奪情一句：大學士張居正，字叔大，號太岳，湖北江陵人。世稱張江陵。萬曆五年（一五七七）父死，不奔喪，仍留朝奪情視事。吳中行首上疏，論其不當奪情，「疏既上，以副封白居正。居正愕然曰：『疏進耶？』中行曰：『未進不敢白也。』明日，趙用賢疏入。又明日，艾穆、沈思孝疏入。居正怒，謀於馮保，欲廷杖之。翰林院侍講趙志皋、張位……俱具疏救，格不入。

學士王錫爵乃會詞臣數十人，求解於居正，弗納。遂杖中行等四人。明日，進士鄒元標疏争，亦廷杖。五人者，直聲震天下，中行、用賢并稱吴、趙。」（見《明史·吴中行傳》）

〔四〕顙泚：形容緊張而額上出汗貌。語出《孟子·滕文公上》。

程叔子所著傳奇二本

望雲〔一〕

載狄梁公事俱核〔二〕，詞亦斐然。吾越金叟亦有《望雲》一記〔三〕，詞雖不佳①，而中有二張召幸、對博賭裘、懷義争道、三思遇妖諸事，演之可觀。惜此記未曾博收之耳②。

校記

①「詞」，清初鈔本同，他本均作「調」。

②「記」，清初鈔本同，他本均無。「博」，原誤作「傳」，據各本改。「耳」，清初鈔本同，他本無。

箋　注

〔一〕望雲：演狄仁傑事。事見新舊《唐書·狄仁傑傳》。此劇今無傳本，僅《群音類選》卷十九收録《仁傑廷争》、《望雲思親》（亦見《樂府菁華》卷三）兩齣佚曲。

〔二〕狄梁公：即狄仁傑，字懷義，太原（今屬山西）人。任職唐高宗、中宗、睿宗三朝。武則天即位初年，官地官侍郎同鳳章閣鸞臺平章事，被來俊臣誣害下獄。神功元年（六九七）復相。後出任河北道行軍副元帥、河北道安撫使等職。以不畏權勢、勇於薦賢而著稱。睿宗追封爲梁國公，故稱狄梁公。事見新舊《唐書》本傳。

〔三〕望雲：見本書卷下四六八頁箋注〔一〕。

玉香〔一〕

此據《天緣奇遇傳》而譜之者①〔二〕。人多攢簇得法②，情境亦了了，故是佳手③。别有《玉如意記》④〔三〕，亦此事，未見。

校　記

①「據」，清初鈔本同，他本均作「劇」，誤。

②「法」，清初鈔本同，他本均作「好」。

③「故」，清初鈔本同，他本均作「固」。

④「記」，清初鈔本同，他本均無。

箋注

〔一〕玉香：《遠山堂明曲品》「能品」著録，云：「此即《天緣奇遇傳》也。其詞不能别有巧搆，而朗朗可歌。但爲子輶妾者，玉勝而下，尚四五人，不特場上不可演，即此記之後，亦收煞不盡，不能不舉此遺彼矣。尚有傳此名《玉如意》者。」此劇今無傳本，僅《群音類選》卷二一收録《逆遇仙姬》、《含春遇勝》、《私通毓秀》和《二妙交歡》。《月露音》卷一收録《妨姑》一齣。《樂府紅珊》卷四還收録有《廉參軍訓女》一齣。

〔二〕天緣奇遇傳：明代傳奇文。寫元末明初吴中書生祁羽狄和龔道芳、廉麗貞等香臺十二釵遇合事。後服玉香仙子丹藥，同龔、廉等入終南山學道，遂不知所終。見《重刻增補燕居筆記》卷一一二。

〔三〕玉如意記：此劇今無傳本，僅《群音類選》卷二一收録《月夜遇仙》、《賞月登仙》兩齣佚曲。《明代傳奇全目》謂「明清以來各家戲曲書目，不見著録此記」，誤。

全無垢所著傳奇一本①

呼盧〔一〕

劉寄奴真人傑②〔二〕，其踪跡果奇③。此記據實敷衍，亦快人意。

校記

①「全無垢」，清初鈔本同，他本均作「金逍遥」。「金」爲「全」之形誤。

②「劉寄奴」下，除清初鈔本外，他本均衍「事」字。

③「其」，清初鈔本同，他本均無。

箋注

〔一〕呼盧：演南朝宋武帝劉裕事。事見《宋書·武帝本紀》（亦見《南史》）。《遠山堂明曲品》「能品」著録，云：「傳宋武微時至發跡，後以臣節終之，恰得結體。組織富麗，稍欠輕脱，且白之閒語亦多。」此劇今無傳本，僅《群音類選》卷一九收録《呼盧喝采》一齣佚曲。

〔二〕劉寄奴：劉裕小名。

吴叔華所著傳奇一本

驚鴻〔一〕

楊、梅二妃相妬事佳①〔二〕，詞亦秀麗。但以楊國忠相而後進太真②〔三〕，於事覺顛倒耳。

校記

①「楊梅二妃」原本和清初鈔本作「梅妃」，今從各本。

②「但」，清初鈔本同，他本均作「第」。「楊」，清初鈔本同，他本無。

箋注

〔一〕驚鴻：《曲海總目提要》卷一〇著録，云：「記梅妃驚鴻舞，據妃傳及《開元天寶遺事》……楊妃事本《楊太真外傳》。」此劇有明刻本、清鈔本流傳，《古本戲曲叢刊》二集第二十九種，據萬曆間金陵世德堂刻本《新鍥重訂出像附釋標注驚鴻記》影印。據《明代傳奇全目》載，日本神田喜一郎藏有明萬曆十八年（一五九〇）原刻本，二卷。筆者當年無緣獲見此書，後承日本九州大學竹村則行教授寄贈大作《驚鴻記校注》（稿），所用的底本就是神田喜一郎的舊藏本，今歸日本大谷大學，使我欣忭何似。集前果然有沈肇元和叔華周鄭王的兩篇叙，沈叙云：「《驚鴻記》者，余友仲子所爲，睥睨滑稽爲東方玩世之語，以寄其牢騷不平之氣者也。……蓋扼腕月余，而《驚鴻》遂成。」吴世美字叔華，應爲行三，爲何稱其爲「仲子」（文中亦稱「仲生」）呢？讀了叔華的《叙》才豁然明白，《叙》云：「余兄仲氏，適覽及之，輒慷慨涕洟，百憤俱集，心不可止，度爲新聲。」原來所謂「仲子」、「仲生」、「仲氏」，都是對吴世美（叔華）仲兄的稱呼，非常清楚，《驚鴻記》非吴世美所作，而是其二兄的作品。劇應作於萬曆十八年（一五九〇）。

按：吴世美仲兄名世熙，字緝侯，號群玉，博學多識，文采敏捷。萬曆三十一年（一六〇三）始上公車，然凡三試不售，竟叱傺而逝。著有《國事譚林》、《清溪論草》等。説見李潔《〈驚鴻記〉的作者及其家世考》（《文化遺産》二〇一三年第三期）。

〔二〕楊梅二妃：楊妃即楊玉環，唐蒲州永樂（今山西永濟）人。初爲壽王妃，後爲女道士，號太真。入宮後，得玄宗寵愛，封爲貴妃。安史之亂中，被迫縊死於馬嵬坡。見新舊《唐書·后妃傳》。梅妃，姓江名采蘋，莆田（今屬福建）人。開元中，高力士使閩越，選歸侍明皇，大見寵信。性喜梅，所居欄檻悉植數株，上榜曰梅亭。梅開賦賞，至夜深，尚顧戀花下不忍去。明皇以其所好，戲名曰梅妃。見《梅妃傳》（涵芬樓本陶宗儀《説郛》卷三八）。

〔三〕楊國忠：原名釗，後賜名國忠。以堂妹玉環得寵，爲玄宗所信任，官至右相。因操縱朝政，政事敗壞，安史之亂中，被隨從士兵所殺。新舊《唐書》有傳。

陳濟之所著傳奇一本①

題橋〔一〕

相如事佳②，此記最典實。文君有姊③，似蛇足。吾友葉美度有《琴心雅調》八齣④〔二〕，佳甚⑤。

校記

① 此條清初鈔本列於吴叔華條之前。「陳」字清初鈔本同，他本誤作「陸」。

② 「佳」，清初鈔本同，他本無。

③ 「姊」，清初鈔本同，他本誤作「姨」。

④ 「調」，清初鈔本同，他本均作「詞」。

⑤ 「佳甚」，清初鈔本同，他本均作「甚佳」。

箋注

〔一〕題橋：演司馬相如、卓文君事。事見《史記·司馬相如列傳》。《遠山堂明曲品》「能品」著録云：「此於長卿記傳之外，無所增飾，覺情致尚少婉曲。然搆詞不輕下一語，雖未能琢宫敲羽，亦自華整可貴。」此劇今無傳本，僅《樂府紅珊》卷一三收有《月下聽琴》一齣。

〔二〕琴心雅調：葉憲祖所著雜劇。《遠山堂明劇品》「雅品」著録，云：「玩其局段，是全記體，非劇體，故必八折。而長卿之事，乃陳其概。」此劇國内無傳本，已流入日本。傅芸子《東京觀書記》云：「《琴心雅調》二卷，萬曆刊本，每半頁九行，行十八字，賓白雙行。首無序文，不題撰者姓名，演司馬相如卓文君故事。……此亦傳奇體裁（曲文南北合套），上下兩卷各四折，不似《琴心記》（四卷共四十四折）之繁縟，蓋以簡明勝也。此本亦罕覯，兹誌其齣名，上卷計《挑琴》、《奔鳳》、《滌器》、《題橋》，下卷計《獻賦》、《還鄉》、《交歡》、《重聚》，共八折。」（見《白川集》）

楊新吾所著傳奇一本

緑綺〔一〕

詞有佳處。茂陵女改作妓①，點綴無妨②。以文君爲處子，正不必。至於投庵則套矣。

校　記

①「改」，清初鈔本同，他本均無。

②「點綴」下，除清初鈔本外，他本均有「亦好」二字。

箋　注

〔一〕緑綺：演司馬相如、卓文君事。此劇今無傳本，僅《綴白裘合選》卷四收録《月下聽琴》、《樂府遏雲》卷中收録《修水》兩齣佚曲。

張五山所著傳奇一本①

雙烈〔一〕

傳韓蘄王事②〔二〕，甚英爽生色③。但前段梁國之母作梗④〔三〕，近套，亦無味⑤，必當删去⑥。

校記

①「五」，各本均作「午」。
②「傳韓」二字原本倒誤，據各本乙正。
③「甚」，清初鈔本同，他本無。
④「國」，清初鈔本同，他本均作「公」。
⑤「亦」，清初鈔本、清河本同，他本均作「且」。
⑥「去」，清初鈔本同，他本均作「之」。

箋注

〔一〕雙烈：清康熙十一年（一六七二）甘淡道人鈔本作《麒麟記》。演韓世忠、梁紅玉事。事見南宋羅大經《鶴林玉露》卷一四《韓蘄王夫人》、《宋史·韓世忠傳》。此劇有明刻本、清鈔本流傳，《古本戲曲叢刊》二集第四十四種，據明末汲古閣原刻初印《雙烈記定本》影印。

〔二〕韓蘄王：即韓世忠，字良臣，宋延安（今屬陝西）人。南宋著名抗金將領，官至樞密使，進封英國公、福國公等。孝忠朝，追封蘄王。見《宋史》本傳。

〔三〕梁國：即梁紅玉。本京口娼。識韓世忠於微時，結爲夫婦。協助其夫抗金，建炎四年（一一三〇），世忠與金兀朮大戰黄天蕩，梁親擂鼓助戰，金兵終不得渡。後世忠屯兵楚州，與士卒同勞役，梁又親織薄爲屋。韓爲中興名將，梁封兩國夫人。見《宋史·韓世忠傳》。

庚生子所著傳奇一本

歌風〔一〕

高帝微時，甚奇。且父母俱慶爲天子親，極尊榮矣①。此記蔚有才氣。其項王自刎時數語，尤堪擊節。

校記

①「且父母俱慶爲天子親極尊榮矣」，清初鈔本同，他本均脱漏作「其父母俱慶爲天子尊親之極」。

箋注

〔一〕歌風：演劉邦、項羽事。事見《史記·高祖本紀》。此劇今無傳本，僅《萬壑清音》卷二收録《韓信遇主》、《垓下困羽》（亦見《怡春錦曲》御集）兩齣佚曲。

按：吴之鯨《瑶草園集》卷一《歌風記引語》云：「漢高既營新豐娱太上，復於沛中置枌榆社、歌風台，魂魄猶樂思沛。因思王子喬挾雲和跨青城使者，翱翔八極，乃一年一度歸來，故鄉之不易忘情如此。吾友延陵君，閎覽彊識，才致超忽。讀《大風歌》而快之，雖披藻采，一時迸出，真可謂文異水而泉湧，筆非秋而垂露。騷賦滑稽，此其東方朔饒舌矣。寇園氏淹雅好文，欣賞付鐫。」

盧鶴江所著傳奇一本

禁烟〔一〕

介之推忠而隱者也①〔二〕，人品最高。此記摹寫俱備，但摭晉重耳事甚詳，嫌賓太盛耳②。末用八仙〔三〕，則可笑也③。

校記

①「之」，原本和清初鈔本作「子」，據各本改。「也」，清初鈔本同，他本均無。

②「盛」，原本和清初鈔本作「勝」，據各本改。

③「也」，清初鈔本同，他本作「矣」。

箋注

〔一〕禁烟：演介之推事。事見《左傳・僖公二十四年》和《史記・晉世家》。此劇今無傳本。

〔二〕介之推：春秋晉國人。從晉文公重耳出亡，重耳還國爲君，賞賜流亡時從屬，介之推不言禄，禄亦弗及。與母隱於綿上山。文公放火燒山，逼之出，推堅持不出，焚死。見《左傳・僖公二十四年》。

〔三〕八仙：民間傳説中道家的八個仙人。最早見於《太平廣記》卷二一四引《野人閑話》，稱西蜀道士張素卿繪八仙圖，爲李阿、容成等八人。元雜劇中所記八仙，名目亦有出入，或無何仙姑，而有徐神翁，如馬致遠《吕洞賓三醉岳陽樓》第四折〔水仙子〕：「這一個是漢鍾離現掌著群仙籙；這一個是鐵拐李髮亂梳；這一個是藍采和板撒雲陽木；這一個是張果老趙州橋騎倒驢；這一個是徐神翁身背著葫蘆；這一個是韓湘子韓愈的親侄；這一個是曹國舅宋朝的眷屬；則我是吕純陽愛打的簡子愚鼓。」至明羅懋登《三寶太監下西洋演義》，則又多出風僧壽和元壺子。吴元泰《東遊記・上洞八仙傳》，以及湯顯祖《邯鄲記》所述八仙：鐵拐李、漢鍾離、藍采和、張果老、何仙姑、吕洞賓、韓湘子和曹國舅，爲後世通行之説。參見浦江清《八仙考》（收入《浦江清文録》）。

兩宜居士所著傳奇一本

錕鋙〔一〕

此以重耳爲生者，發揮明盡，觀者洞然。古尚有《斬祛》一記〔二〕，未見。

以上俱中下品①

校　記

①「俱」，清初鈔本同，他本均無。

箋　注

〔一〕錕鋙：演晉文公重耳出亡復國事。事見《左傳・僖公二十三年》和《史記・晉世家》。《遠山堂明曲品》「能品」著録，云：「叙事有條，此與《斬祛》之記晉文，各得明暢之旨。但如老農圃談稼穡，雖皆實際，却多俚詞。」此劇今無傳本，僅《群音類選》卷一八收録《燈夜遊宫》（亦見《月露音》卷四）、《申生受烹》、《重耳奔翟》。《月露音》卷一還收録《成親》一齣。

〔二〕古尚有斬祛一記：《遠山堂明曲品》「能品」著録汪景旦《斬祛》，云：「叙晉文去國、復國之事，灑灑可觀。長舌階厲，斯可以戒矣。詞甚古質，與《合劍記》若出一手。」葉德均認爲：「祁氏《曲品》謂此記『詞甚古質』，即吕氏所指者。」按：《康熙休寧縣志》卷五載：汪景旦，字希周，上資人。九江府籍。通州訓導。嘉靖三十四年貢士（《康熙通州志》卷五作「嘉靖三十七年貢士」）。據此，汪氏爲嘉隆時人，所作《斬袪》非古本。增訂本《傳奇彙考標目》著録無名氏《斬袪》，或爲吕氏所指之古本。

湯賓陽所著傳奇一本

玉魚〔一〕

郭汾陽事宜譜曲①〔二〕。此記著意鋪叙②，甚長。但前半摹倣《琵琶》③，近套，可厭；後半皆實録也。删去父母爲快④。

校記

①「事」，清初鈔本同，他本均無。

②「叙」，清初鈔本同，他本均作「張」。

③「半」，清初鈔本同，他本均作「段」。

④「删去父母爲快」，暖紅室本、吴梅校本和曲苑本均無此六字。

箋　注

〔一〕玉魚：演郭子儀事。事見新舊《唐書·郭子儀傳》。《遠山堂明曲品》「具品」著録，云：「傳郭令公。前半全襲《琵琶》，後半雖多實蹟，總如育賈人張肆，即有珍玩，位置雜亂不堪。」此劇今無傳本，僅《群音類選》卷十九收録《觀中相會》、《單騎見虜》兩齣佚曲。

〔二〕郭汾陽：即郭子儀，華州鄭縣（今陝西華縣）人。唐玄宗時爲朔方節度使，平定安史之亂，功勞卓著。累官至太尉、中書令。肅宗時進封汾陽郡王。世稱郭汾陽，亦稱郭令公。見新舊《唐書》本傳。

秋閣居士所著傳奇一本

奪解〔一〕

鬱輪袍事，王辰玉撰劇甚佳〔二〕。此記詞采可觀①，但傅會爲李林甫壻，不妙。境界略似

《明珠》。其中幽情，何必揑出？且大都採《嬌紅傳》中語，亦不妙[2]。惟酒樓聞伶人歌詩事[3]，插入甚好。

校記

①「詞采」下，除清初鈔本外，他本均有「亦」字。

②「不妙」，清初鈔本同，他本均作「可厭」。

③「歌詩事」，清初鈔本、清河本和集成本無「事」字，他本均無「歌」、「事」二字。

箋注

〔一〕奪解：演王維事。事見薛用弱《集異記·王維》（亦見《太平廣記》卷一七九）。《遠山堂明曲品》「能品」著録，云：「王辰玉作劇，以《鬱輪袍》爲王摩詰諱。余以爲此是文人不羈處，非熱心功名，不必諱也。但此記又嫌其太直截耳。以王爲李林甫壻，恐是附會。」此劇今無傳本，僅《群音類選》卷二〇收録《鬱輪奪解》一齣佚曲。

〔二〕鬱輪袍事二句：王維，字摩詰，年未弱冠，以文章得名。性嫻音律，妙能琵琶，爲岐王所眷重。時進士張九皋，聲稱籍甚。客有出入於公主之門者，爲其致公主邑司牒京兆試官，令以九皋爲解頭。維方將應舉，具其事言於岐王，仍求庇借。岐王爲之謀畫，使飾爲樂工謁長公主，以《鬱輪袍》曲進。聲調哀切，滿座動容。公主大奇之，以是知維文名。公主爲屬考官，王維遂作解頭，而一舉登第。見《集異記》。王辰玉據此事作《鬱輪袍》雜劇。有明萬曆間刊印《緱山先生集》卷二十七所收北劇三種本行世。王辰玉（一五六一——一六〇九），名衡，號緱山，太倉（今屬江蘇）人。萬曆二十九年（一六〇一）進士，任翰林院編修。所著雜劇除《鬱輪袍》外，還有《没奈何》、《真傀儡》和《裴湛和合》。陳繼儒《陳眉公先生全集》卷三九，有《太史緱山王公傳》。

王劍池所著傳奇一本①

春蕪〔一〕

宋玉事，予曾作《神女》、《雙棲》二記〔二〕。此記串插有景況②，然何必禪寺也？聞爲一友賦幽歡者③。

校記

①「王」，清初鈔本同，他本誤作「汪」。

②「此記」，清初鈔本同，他本均無。「況」，清初鈔本同，他本亦無。

③「聞」，清初鈔本同，他本作「間」；「者」，清初鈔本同，他本作「香」，均因形近而鈔誤。

箋注

〔一〕春蕪：演宋玉、季清吴事。據《登徒子好色賦》敷衍。此劇有明刻本流傳，《古本戲曲叢刊》二集第三十六種，據明末汲古閣原刻初印《春蕪記定本》影印。

〔二〕神女雙棲二記：吕天成所著傳奇劇本。《神女》，《遠山堂明曲品》「艷品」著録，云：「此勤之未解音律時之作。沈詞隱評之，謂：『東鄰客舍，曲有情境，而音律尚墮時趨。』乃其才情富麗，每一詞如萬繡齊張，亦堪配《騷》，亦堪佐《史》。」此劇今無傳本，梅鼎祚爲吕氏所撰《神女記題詞》，尚存《鹿裘石室集》卷一八中（見本書附録二）。《雙棲記》，《詞隱先生致鬱藍生書》云：「即《神女》改本，然與前絶不同。高唐之夢，玉夢也，何不改正之？」此劇亦不見傳本。

王伯貞所著傳奇一本①

合璧〔一〕

此記解大紳事〔二〕，詞亦佳，但欠脱套。

校記

①據卷上一三一頁「王恒」條改。

箋注

〔一〕合璧：演解縉事。事見《明史·解縉傳》。《遠山堂明曲品》「能品」著録，云：「寫事必暢其本末，詞亦朗朗如日月之入人懷，但覺才情少減。解大紳之脱獄，作者飾之以爲結局耳。」此劇今無傳本，《群音類選》卷一八收録《學士賞花》、《慶賞端陽》、《母子問答》（《月露音》卷一作《礪節》）和《玉華刑耳》（亦見《樂府名詞》卷上）四齣佚曲。《樂府萬象新》前集卷一上層則題作《佳宴記》，録有《四翰林嘉會》一齣。

〔二〕解大紳：解縉，字大紳，吉水（今屬江西）人。洪武二十六年（一三九三）進士。永樂初，任翰林學士，主持修纂《永樂大典》。後瘐死獄中。著有《文毅集》等。見《明史》本傳。

端平川所著傳奇一本

扊扅〔一〕

此記在伯起前。叙事頗達，第嫌其用禪寺爲套耳①。

校記

①「其」，清初鈔本同，他本均無。

箋注

〔一〕扊扅：演百里奚事。事見《孟子·萬章上》和《史記·秦本紀》。《遠山堂明曲品》「具品」著録，云：「吾以爲别有結構，爲百里奚寫照耳，若只此叙述，何須學邯鄲之步！」此劇今無傳本，《群音類選》卷十九收録九齣佚曲：《長亭送别》、《鬻身飯牛》（亦見《月露音》卷一）、《强婚守節》、《寄身尋夫》、《夢回紀怨》、《追薦夫人》、《途中澣衣》、《遇妻失認》和《夫妻相逢》。張伯起亦有同名傳奇，録以待考。

鹿陽外史所著傳奇一本

雙環〔一〕

此木蘭從軍事，今增出婦翁及夫壻，串插可觀。此是傳奇法，詞亦佳①。

校　記

①「亦」，清初鈔本同，他本均無。

箋　注

〔一〕雙環：演木蘭從軍事。據北朝民歌《木蘭辭》敷衍。《遠山堂明曲品》「能品」著録，云：「記木蘭從軍事，全不蹈徐文長一語。鋪叙戰功，爛然生色，但於關情之處，轉覺未盡。」此劇今無傳本，僅《群音類選》卷一五收録《代弟從軍》、《金環惜别》、《中秋賞月》和《雙環會合》四齣佚曲。按：《明代傳奇全目》誤將此劇入王驥德名下。

朱永懷所著傳奇一本

玉鏡臺〔一〕

此君與二顧同盟〔二〕，而才不逮。紀温太真事未暢〔三〕，粗具體裁①。元有此劇〔四〕，何不仍之？

校　記

①「粗具體裁」下，除清初鈔本外，他本均有「而已」二字。

箋　注

〔一〕玉鏡臺：演温嶠事。事見《世説新語·假譎》和《晉書·温嶠傳》。《遠山堂明曲品》「能品」著録，云：「玉鏡臺故事，元劇絶有摹擬。此不及風情，而惟鋪叙太真事蹟，於緊切處反按以極緩之節，不逮孫、范兩君及清阮堂之作遠矣。」此劇有明刻本流傳，《古本戲曲叢刊》二集第三十一種，據明末汲古閣原刻初印《玉鏡臺記定本》影印。

〔二〕二顧：即顧懋仁、顧懋儉。見本書卷上九九、一〇〇頁。

〔三〕温太真事：温太真，名嶠，晉太原祁（今山西祁縣）人。官至驃騎大將軍。《世説新語》下卷《假譎》第二十七，云：「温公喪婦，從姑劉氏，家值亂離散，唯有一女，甚有姿慧，姑以屬公覓婚。公密有自婚意，答云：『佳婿難得，但如嶠比云何？』姑云：『喪敗之餘，乞粗存活，便足慰吾餘年，何敢希汝比？』卻後少日，公報姑云：『已覓得婚處，門地粗可，婿身名宦，盡不減嶠。』因下玉鏡臺一枚。姑大喜。既婚，交禮，女以手披紗扇，撫掌大笑曰：『我固疑是老奴，果如所卜。』玉鏡臺，是公爲劉越石長史，北征劉聰所得。」

〔四〕元有此劇：指關漢卿所著《温太真玉鏡臺》雜劇，有脈望館藏《古名家雜劇》和《元曲選》等刊本流傳。

吳圖南所著傳奇一本

金魚〔一〕

此即韓君平、柳姬事①。自《玉合》出，而諸本無色②，然亦可行。

校記

①「平」，清初鈔本同，他本皆脱。

②「諸本」，清初鈔本同，他本均作「吴本」。

箋注

〔一〕金魚：演韓翃、柳氏事。事見許堯佐《柳氏傳》（亦見《太平廣記》卷四八五《雜傳記二》）。《遠山堂明曲品》「能品」著録，云：「此記傳韓君平非不了徹，但其氣格未高，轉入庸境。益信《玉合》之風流蘊藉，真不可及也。鬱藍生論詞才、詞學，而歸之詞品，信然。」此劇今無傳本。

吴長孺所著傳奇二本①

練囊〔一〕

亦賦章臺柳也。云與張仲豫共成之者②〔二〕。事未脱套，而詞亦有可觀處。入紅線一事③，似突然。

校記

①「孺」，清初鈔本同，他本均作「儒」，誤。

②「云」，清初鈔本同，他本均作「聞」。

③「一事」，清初鈔本同，他本均無。

箋注

〔一〕練囊：《遠山堂明曲品》「能品」著録，云：「傳章臺柳，插入紅線，與《金魚》若出一手。自《玉合》成，而二記無色矣。」此劇今無傳本。

〔二〕張仲豫：《傳奇彙考標目》著録《練囊》：「或云此與張仲豫合作。」張仲豫，生平事蹟不詳。

龍劍〔一〕

此平寧夏哱賊事也〔二〕。爲魏公洗垢〔三〕，故宜收①。

校記

①「故」，清初鈔本同，他本均作「正」。

箋注

〔一〕龍劍：《曲海總目提要》卷一〇著録，云：「所記魏學曾、葉夢熊賜劍平賊事。據《兩朝平攘録》、瞿待詔《武功録》、茅伯符《三大征記》，皆當時實事。且平哱拜在萬曆二十年，而記成於三十三年，相去未久，聞見俱確，非憑空結撰者。」《遠山堂明曲品》「能品」著録，云：「傳哱承恩事。作者未識裁鍊之法，故喧而未雅。以魏公學曾爲生，殊無事功可見。中間如蕭、麻諸帥，米、梅諸公，忽隱忽現，雜出不倫。曲白雖工，未足樹詞壇之幟也。」此劇今無傳本。

〔二〕平寧夏哱賊事：哱拜本爲塞外人，嘉靖中得罪其部長，父兄皆被殺，來降，屢立戰功，官至寧夏副總兵。拜老致仕，子承恩襲職。因與巡撫黨馨有隙，萬曆二十年（一五九二）二月，拜遂激衆叛。奉拜爲謀主，哱承恩、許朝爲左、右副總兵，攻城掠地，且渡黄河，全陝震動。七月，葉夢熊、梅國楨等決河水灌城。拜等食盡無援，十一月，大敗，寧夏平定。見《明史・魏學曾傳》、《葉夢熊傳》。

〔三〕魏公：即魏學曾，字惟貫，涇陽（今屬陝西）人。嘉靖三十二年（一五五三）進士。總督陝西、延寧、甘肅軍務，哱拜叛，因用兵失利，監軍梅國楨等劾其「玩寇」，「惑於招撫」，逮至京師，奪職爲民。事見《明史》本傳。

張同谷所著傳奇一本

純孝〔一〕

董黯孝行甚富①，今已爲神矣〔二〕。慈谿以此得名〔三〕。詞頗真切。

校記

①「孝行甚富」，清初鈔本同，他本均作「孝甚著」。

箋注

〔一〕純孝：演董黯事。事見廖賓子《尚友録》卷一三。《遠山堂明曲品》「能品」著録，云：「董叔達斬仇人之頭，歸報其母，遂以奇孝證爲正神；邇見夢於其裔孫。按事填詞，殊不嫌其平實。」此劇今無傳本。

〔二〕董黯孝行甚富二句：董黯，字叔達，董仲舒六世孫。家貧，早失怙，事母盡孝。鄰人王寄，縱酒無行，其母以黯孝諷寄。寄愧而恚之，俟黯出，毆其母。母竟不起，黯哀毁，負土以葬，廬於墓側，枕戈不言。待寄母死，葬畢，乃斬寄首祭母墓。自囚以告有司，具其事以聞，詔釋之，且旌其異。召拜郎中，不就。明洪武四年（一三七一），封爲孝子之神。見《雍正慈谿縣志》卷九《孝友》。

〔三〕慈谿以此得名：《雍正慈谿縣志》卷一《沿革表》云：「慈谿者，在故勾章治，東漢孝子董黯居其地，母嗜此谿水，黯時時汲以奉母，縣名取諸此。」

王玉峰所著傳奇一本①

焚香〔一〕

王魁負桂英，做來甚悲楚②。別有《三生記》③〔二〕、《茶船記》④〔三〕，則載雙卿事，詞不及此。

校記

① 此條清初鈔本同，他本則列於「錦帶」條後。
② 「悲楚」，清初鈔本同，他本均作「𢜫楚」。「𢜫」疑爲「悲」之形誤。
③ 「三生記」下，除清初鈔本外，他本均有「則合雙卿而成者」七字。
④ 「記」，清初鈔本同，他本誤作「事」。

箋注

〔一〕焚香：演王魁、敫桂英事。事見曾慥《類説》卷三四引《摭遺》之《王魁傳》、羅燁《醉翁談録》辛集卷二《王魁負約桂英死報》。王魁的故事在南宋末年就搬上舞臺。此劇據宋元以來的戲曲改編。有明刻本流傳，《古本戲曲叢刊》初集第五十五種，據明末刻本《新刻玉茗堂批評焚香記》

影印。

〔二〕三生記：見本書五〇六頁《曲品補遺·三生記》箋注〔一〕。

〔三〕茶船記：《遠山堂明曲品》「能品」著録，云：「《三生記》所傳蘇小卿，是馮魁負雙生者，此則反是。曲有古意，當位置於《尋親》、《八義》之間。」此劇今無傳本，《群音類選》「諸腔類」卷三，收録《金山題詩》一齣佚曲。《樂府紅珊》卷九還收録有《雙生訪蘇小卿》一齣。按：此劇《明代傳奇全目》失載。

楊夷白所著傳奇二本

龍膏〔一〕

此張無頗事。往予譜爲《金合記》①〔二〕，此君見之，謂龍宫近怪②，易爲元載女〔三〕。是亦一見也，然非本傳矣。

校　記

①「金合記」清初鈔本、集成本同，他本皆誤作「金谷記」。

② 「謂」，原本作「爲」，據各本改。

箋注

〔一〕龍膏：演張無頗、元湘英事。事見唐裴鉶《傳奇·張無頗》（亦見《太平廣記》卷三一〇）。此劇有明清刻本流傳，《古本戲曲叢刊》二集第三十九種，據明末汲古閣原刻初印《龍膏記定本》影印。

〔二〕金合記：《曲律》卷四《雜論第三十九下》云：「同舍有吕公子勤之，曰鬱藍生者，從髫年便解摛掞，如《神女》、《金合》……共二三十種。」《遠山堂明曲品》「艷品」著録，云：「盧子良薄神仙而欲作人間宰相，卒不免風雪長安。以此爲張無頗遊仙對證，名根安得不淡！『水晶宫』一段，光景奇幻，閲之令人目眩。」此劇今無傳本，僅存梅鼎祚所撰《玉合記題詞》，見《鹿裘石室集》卷一八。

〔三〕此君見之三句：《遠山堂明曲品》「能品」著録《龍膏》，云：「楊君見吕鬱藍《金合》，謂龍宫近怪，乃易龍女爲元載女。艷異遠遜吕作，而色澤亦自不減。聞半出之王伯彭手。」

錦帶〔一〕

余述事，乃假記。詞亦具有情致。

箋注

〔一〕錦帶：演余述事。《遠山堂明曲品》「能品」著録，云：「詞章斐然，第苦不得佳境。中如喬招討之背約，馬當户之奪婚，即作者或以意創，終似近於蹈襲。」此劇今無傳本，僅《月露音》卷二收録《密語》、《盟心》兩齣佚曲。

黄説仲所作傳奇一本①

龍綃〔一〕

此柳毅傳書事②。事佳③，詞采亦可觀④。蓋山人在新建座上所成者〔二〕。舊有《傳書記》〔三〕。近有姑蘇周侍御亦撰此記⑤〔四〕，詞多近俚，不逮矣。

以上俱下上品⑥

校記

①本書卷上「下之上」記曲家共十四人，黄説仲之前，即李陽春。按《曲品》體例，凡卷上出現的曲

家，卷下均著録其作品，並加以品評。因今行諸本《曲品》皆源於傳鈔本，或漏鈔之故，都脱去李氏作品。《遠山堂明曲品》以吕氏《曲品》爲藍本寫成，其「具品」著録有李陽春的《鳳簪記》，云：「記何文秀，猶之《玉釵》也，不若彼更敷暢。」所脱者殆即此本。今不見傳本，僅《月露音》卷一收録《茶叙》一齣佚曲。

②「此」，暖紅室本、吴梅校本、曲苑本均無。

③「事」，暖紅室本、吴梅校本、曲苑本均無。

④「采」，清初鈔本同，他本無。

⑤「記」，清初鈔本同，他本無。

⑥「俱」，清初鈔本同，他本無。

箋注

〔一〕龍綃：演柳毅傳書事。事見李朝威《柳毅傳》（亦見《太平廣記》卷四一九引《異聞集》）。《遠山堂明曲品》「能品」著録，云：「黄山人在王新建座上，作此爲新建壽，三日而成。又五日而伶人遂歌以侑觴。」鬱藍云：『舊有《傳書記》，姑蘇周侍御亦撰其傳，皆不及此。』乃此記猶未能免俗。安得奇幻之筆，令人驚魂蕩魄耶？」内〔雲華怨〕、〔黄鶯尾〕二調，不載譜，不知何所本也。」此劇今無傳本，僅《月露音》卷三收録《歸夢》一齣佚曲。

〔二〕新建：王守仁於嘉靖元年（一五二二）封新建伯。其子正億、孫承勳皆襲爵。（見《明史・功臣世表三》）按：黄説仲與王世貞同時人，《弇州山人四部續稿》卷一三有《黄山人説仲故文毅公大宗伯石龍公後也投詩示余别去依此爲贈》詩。王守仁卒於嘉靖七年（一五二八），王世貞纔三歲，黄年亦不相上下，所指王新建非守仁，可能是其子王正億或孫王承勳，皆嘉靖、萬曆時人。

〔三〕傳書記：不見著録，據葉德均《曲品考》云：「又『舊有《傳書記》』，亦當指南戲而言，徐渭《南詞叙録》有《柳毅洞庭龍女》一目，《曲品》所説即此種。」此劇今無傳本。

〔四〕姑蘇周侍御：見本書五一〇頁《曲品補遺・玉佩記》箋注〔三〕。

心一子所作傳奇一本

遇仙〔一〕

董永事奇①〔二〕，詞亦不俗。此非弋陽優人所演者②〔三〕。

校記

①「奇」，清初鈔本同，他本無。

②「優人」二字清初鈔本同，他本無。

箋注

〔一〕遇仙：演董永行孝鬻身、路遇仙女事。事見干寶《搜神記》卷一《董永》。《遠山堂明曲品》「能品」著録，云：「填詞打局，皆人意想所必到者。然語不荒，調不失，境不惡，以此列於詞場，亦無愧矣。」此劇今無傳本。

〔二〕董永事奇：《搜神記·董永》：「漢董永，千乘人。少偏孤，與父居。肆力田畝，鹿車載自隨。父亡，無以葬，乃自賣爲奴，以供喪事。主人知其賢，與錢一萬，遣之。永行三年喪畢，欲還主人，供其奴職。道逢一婦人曰：『願爲子妻。』遂與之俱。主人謂永曰：『以錢與君矣。』永曰：『蒙君之惠，父喪收藏。永雖小人，必欲服勤致力，以報厚德。』主曰：『婦人何能？』永曰：『能織。』主曰：『必爾者，但令婦爲織縑百疋。』於是永妻爲主人家織，十日而畢。女出門，謂永曰：『我，天之織女也。緣君至孝，天帝令我助君償債耳。』語畢，凌空而去，不知所在。」

〔三〕弋陽優人句：《群音類選》「諸腔類」所收「如弋陽、青陽、太平、四平等腔是也」。其卷二有藝人顧覺宇《織錦記》，收録《董永遇仙》、《槐蔭分別》兩齣佚曲，殆即呂氏所指。

顧懷琳所作傳奇一本

佩印〔一〕

朱買臣史傳本是極好傳奇，此作近俚①。且插入霍山②，時代亦舛謬③〔二〕。

校記

①「此作」，清初鈔本同，他本均作「此非」，「非」爲「作」形誤。

②「霍山」，清初鈔本、集成本同，他本均誤作「霍光」。

③「舛謬」，清初鈔本同，他本均作「糾謬」，「糾」爲「舛」形誤。

箋注

〔一〕佩印：演朱買臣事。事見《漢書·朱買臣傳》。此劇今無傳本。

〔二〕且插入霍山二句：武帝時朱買臣任會稽太守，而霍山乃霍光之從孫，漢宣帝地節時封樂平侯，故時代「舛謬」。

涵陽子所作傳奇一本

杖策〔一〕

鄧禹年少封侯，千古快事。嚴陵、梅福插入亦好〔二〕。此以鄧爲梅壻，不知嚴爲梅壻也①。詞亦未工。

校　記

①「也」，清初鈔本同，他本均無。

箋　注

〔一〕杖策：演鄧禹事。事見《後漢書·鄧禹傳》。《遠山堂明曲品》「能品」著録，云：「鄧禹杖策謁光武，爲中興名佐。封侯時方二十四歲。此記半雜以家人離合之情，不使有偏喧寂。但作手頗平，通本不脱學究氣習。中以鄧爲梅福壻，不知梅壻乃子陵也。」此劇今無傳本。

〔二〕嚴陵句：嚴陵，名光，字子陵，東漢餘姚（今屬浙江）人。少與劉秀同學，秀即帝位，光變姓名隱居。後被徵召至洛陽，授諫議大夫，不肯受，歸隱於富春山。《後漢書》有傳。梅福，字子真，漢九江壽春（今安徽壽縣）人。爲郡文學，補南昌尉。後去官歸里。及王莽專政，福棄妻子出遊。傳説仙去。《漢書》有傳。

泰華山人所作傳奇一本

合劍①〔一〕

此是唐太宗爲生②，尉遲敬德爲小生者〔二〕。内載「起兵晉陽」及「喋血禁門」事〔三〕，甚詳悉。而煬帝之淫奢，娘子軍之戰功〔四〕，俱可觀。詞尚未稱③。

校記

①清初鈔本兩收此條，一列於卷下「下中品」，評語同此；另列於《曲品補遺》「中中品」，評語爲「唐太宗晉陽倡義，縛二降王及喋血禁門，事俱有境。隋煬帝之淫奢，亦多奇。此記才情豐溢，演之必壯觀」。

②「唐太宗」，清初鈔本同，他本均作「李世民」。

③「詞尚未稱」，清初鈔本同，他本均作「惟詞曲未稱」。

箋注

〔一〕合劍：《遠山堂明曲品》「能品」著録，云：「載唐、隋事，一味鋪叙，詳略失宜。但其中以北〔朝天子〕配南〔二郎神〕，北〔倘秀才〕配南〔甘州歌〕，北〔醉太平〕配南〔宜春令〕，北〔駐馬聽〕配南〔駐馬聽〕，南北各配四五調，歌之頗叶，似可採以爲式。太宗爲生，不與旦對，結尾以十八學士各陳治道，亦見作者之非庸蕪。若節取『晉陽起兵』、『娘子軍功』、『禁門喋血』錯綜演之，當不失爲善曲。」此劇今無傳本，僅《群音類選》卷一九收録《明君得劍》、《良將得劍》、《戰場合劍》和《宫女應兵》四齣佚曲。

〔二〕尉遲敬德：名恭，朔州善陽（今山西朔縣）人。隋末從劉武周爲將。降唐後，助李世民鎮壓起義軍、奪取帝位。歷任涇州道行軍總管、襄州都督等職。新舊《唐書》有傳。

〔三〕起兵晉陽：隋恭帝義寧元年（六一七），太原留守李淵從次子李世民計，起兵晉陽，攻長安。事見新舊《唐書·太宗本紀》和《資治通鑑》卷一八三。「喋血禁門」，李世民爲秦王時，與其兄太子李建成争奪皇位繼承，於唐高祖武德九年（六二六），率尉遲恭等伏兵玄武門，殺李建成和齊王李元吉。事見新舊《唐書·尉遲恭傳》和《資治通鑑》卷一九一。

〔四〕娘子軍：唐高祖三女平陽公主，嫁柴紹。高祖舉事時，公主起兵響應，與紹各置幕府，軍中稱娘子軍。見唐劉餗《隋唐嘉話》上。

月樹主人所著傳奇一本

釵釧〔一〕

皇甫吟事①，非假託者。詞簡而朗②。觀此可爲密事告友之戒③。

校記

①「皇甫吟」，原本和清初鈔本誤作「皇甫嵩」，今據清河本、暖紅室刻本、吴梅校本、曲苑本和集成本改。

②「朗」，清初鈔本同，他本均作「明」。

③「可」，清初鈔本同，他本均作「本」。

箋注

〔一〕釵釧：《曲海總目提要》卷一四著録，云：「皇甫吟、史碧桃爲韓時忠誆取釵釧，致生無限波瀾。」錢静方《釵釧記傳奇考》云：「謂宋觀文殿大學士李若水恤刑真州，平反皇甫吟獄。此實錢若水事，……此事出《東都事略》，《宋史》本傳不載。《續通志》及《名臣言行録》均採入之。」（見

《小説叢考》《遠山堂明曲品》「能品」著録，盛稱「此曲詞調朗徹，儘有本色，是熟於科諢排場者」。不見刻本，《古本戲曲叢刊》二集第四十九種，據傅惜華所藏清康熙鈔本《釵釧記》影印。北京大學圖書館藏清同治元年（一八六二）瑞鶴山房鈔本《釵釧記》，從《開場》至《團圓》三十二齣，或標注工尺，或帶身段譜，雖爲戲曲舞臺演出本，但能上演齣目之多，幾近於全本，惜《明代傳奇全目》未著録。

陸江樓所作傳奇一本

玉釵〔一〕

此記李元璧忠節事。内有佔紫芝園一節，必有所指〔二〕。安丙擒吴曦事亦好①〔三〕，至其詞②，不過常人手筆。

校　記

①「安丙擒吴曦事」下，除清初鈔本外，他本均有「插入」二字。

②「至其詞」三字原本無，今據清河本、暖紅室刻本、吴梅校本、曲苑本和集成本補入。

箋　注

〔一〕玉釵：演李元璧事。《遠山堂明曲品》「具品」著録，云：「記蒯剛謀佔紫芝園，轉輾計陷，閲之如嚼蠟。曲亦有不可讀者。惟後段安丙擒吴曦事，傳之詳明，若出兩手。首折以過曲出場，亦奇。」此劇今無傳本，僅《群音類選》卷二一收録《玉釵軍别》、《李生失釵》和《玉釵凶信》三齣佚曲，題作「《玉釵記》李元璧」。《樂府萬象新》前集卷三下層尚有《玉釵贈别》、《牢中話别》、《辭歸祭墓》。

〔二〕內有二句：清初朱㿥《翡翠園》傳奇，寫明正德間寧王府長史麻逢之素凶悍，陷狀元舒芬父德溥入獄，謀佔其宅搆翡翠園，與佔紫芝園情節相似，或受《玉釵》影響。

〔三〕安丙擒吴曦事：宋寧宗開禧三年（一二〇七）正月，四川宣撫副使吴曦，獻關外階、成、和、鳳四州於金，求封爲蜀王，僭位於興州。興州合江倉官楊巨源倡義討逆，與隨軍轉運安丙共謀誅曦。二月，安丙等舉事，斬曦首獻於朝。事見《宋史》安丙、楊巨源和吴曦本傳。

朱萬山所作傳奇一本

玉丸①〔一〕

即此君自況也②。別有傳，詞調情節③，亦平暢。

校記

①「丸」，清初鈔本同，他本均誤作「瓦」。

②「即此」，清初鈔本同，他本均作「此即」。

③「詞調情節」，原本脱「節」字，據清初鈔本補，而他本均無此四字。

箋注

〔一〕玉丸：演朱其、雲月清事。實乃作者之自叙傳。《遠山堂明曲品》「具品」著録，云：「作南傳奇者，構局爲難，曲白次之。此記局既散漫，且詞不達意。意既蒙晦，而詞遂如撞木鐘，扣石鼓，雖填得暢滿，亦何益哉！玉丸之遇，萬山以自況者。虞江故有曲派，吾未敢爲此君許也。」此劇有明刻本流傳，《古本戲曲叢刊》初集第一百種，據明萬曆間武林刊本《刻新編奇遇玉丸記》影印。

李玉田所作傳奇一本①

玉鐲〔一〕

此記王順卿麗情重會事。北人能南詞②，亦空谷之音也。

校　記

①「李玉田」，除清初鈔本、清河本，他本均誤作「朱玉田」。

②「北人」，清初鈔本同，他本均作「閩人」。

箋　注

〔一〕玉鐲：演王順卿、玉堂春事。事見《王公子奮志記》（見兼善堂刊本《警世通言》卷二四《玉堂春落難逢夫》題下注）與李春芳《海剛峰先生居官公案傳》卷一第二十九回《妒奸成獄》。《遠山堂明曲品》「具品」著録，云：「不謂鄭元和之後，復有王三舍。而此妓之才智，較勝李娃，即所遇苦境，亦遠過之，惜傳之未盡耳。」此劇不見傳本。

楊星水所作傳奇一本

玉杵〔一〕

此合裴航、崔護而成①。選事頗佳，而詞多剿襲。

校記

①「而成」二字清初鈔本同，他本均無。

箋注

〔一〕玉杵：《曲海總目提要》卷一〇著録，云：「合裴航、崔護事爲一，以航得玉杵臼聘仙女雲英，故云《玉杵記》。」裴航事見裴鉶《傳奇》（《太平廣記》卷五十引之），崔護事載《本事詩・情感第一》。《遠山堂明曲品》「能品」著録，云：「文彩翩翩，是詞壇流美之筆，惜尚少伐膚見髓語，而用韻亦雜。若與鬱藍生之《藍橋》較才情，此曲當退三舍，然律以場上之體裁，吾未敢盡爲《藍橋》許也。」此劇不見傳本。

按：《古本戲曲叢刊》初集第八十六種《藍橋玉杵記》傳奇，「鄭振鐸先生在《劫中得書記》中定爲楊之炯作，目録亦依之。然而原本卻題雲水道人著，而雲水道人實在並非楊之炯」。説見程毅中先生《幾種古本戲曲的作者》（《戲劇論叢》一九五七年第四輯）。

張瀨濱所作傳奇一本

分釵〔一〕

伍生、二蘭事，必有託也。内有曲數套可謳①。

校　記

①「有」，除清初鈔本同，他本均脱。

箋　注

〔一〕分釵：《遠山堂明曲品》「具品」著録，云：「伍生篋中金釵，爲神人授之二蘭，後相值貞女祠，往來酬和，卒兩諧之。此與《春秋》、《藍田》諸記，皆别設科諢，絶非近日所演者。情境俱夢夢，詞如囈語不休，忽然而止。雖其藻麗迴非凡筆，然不可語曲也。」此劇今無傳本，僅《樂府紅珊》卷一二還收録有《伍經邂逅史二蘭》一齣。

趙心雲所作傳奇一本

漑園〔一〕

即齊王法章事〔二〕，而此以王孫賈爲生者①〔三〕。然是庸筆，意致可取。

校記

①「者」，清初鈔本同，他本均無。

箋注

〔一〕漑園：與張鳳翼《灌園記》取材相同。《遠山堂明曲品》「能品」著録，云：「此以王孫賈爲生，插入齊世子灌園一段。於覆齊、復齊處，言之獨詳，而賈績之可紀者，轉覺寥寥，是爲客勝於主。」此劇今無傳本，僅《群音類選》卷一三收録《後園相窺》、《後園訂盟》和《中秋燒香》三齣佚曲。《綴白裘合選》卷四亦收録《君后授衣》一齣。

〔二〕齊王法章事：據《戰國策·齊策六》載：淖齒亂齊，殺齊閔王於鼓里，世子法章乃解衣免服，逃往太史家爲溉園者。太史之女，知其爲貴人，善事之。後田單復齊，迎世子於莒，立爲襄王，以太史女爲后。

〔三〕王孫賈：《戰國策·齊策六》云：「王孫賈年十五，事閔王，王出走，失王之處。其母曰：『女朝出而晚來，則吾倚門而望；女暮出而不還，則吾倚閭而望。女今事王，王出走，女不知其處，女尚何歸？』王孫賈乃入市中曰：『淖齒亂齊國，殺閔王，欲與我誅者，袒右。』市人從者四百人，與之誅淖齒，刺而殺之。」

畫鶯〔一〕

此《鍾情麗集》辜輅事〔二〕，乃邱文莊公所撰少年遇合事也①。此事可傳②，而發之未透快③。

校　記

①「公」，清初鈔本同，他本均脱。

②「此」，清初鈔本、清河本同，他本均無。

③「發之未透快」，清初鈔本同，他本均作「發揮未透暢」。

箋　注

〔一〕畫鶯：《八能奏錦》標作《題鶯記》，《大明天下春》、《大明春》別題爲《黄鶯記》，演宰輅和瑜娘私合事。本事見《鍾情麗集》。此劇今無傳本，僅《八能奏錦》卷一收録《偷看鶯詩》（《大明天下春》卷六作《瑜娘看鶯詩》、《大明春》卷三則作《瑜娘觀詩》），《大明天下春》卷六還收録《辜生托絳傳書》、《辜生瑜娘私會》兩齣。

〔二〕鍾情麗集：《萬曆野獲編》卷二五《邱文莊填詞》云：「又聞邱少年作《鍾情麗集》以寄桑濮奇遇，爲時所薄，故又作《伍倫》以掩之，未知果否。但《麗集》亦學究腐談，無一俊語，即不掩亦可。」孫楷第《日本東京所見小説書目》卷六，著録明弘治癸亥（十六年）刊本《新刻鍾情麗集四卷》，云：「相傳爲明邱文莊作，未知是否。而以此弘治刊本證之，與文莊時代亦相當。」葉德均《讀明代傳奇文七種》則認爲「諸書既然都説屬邱濬所作，當是事實」（見《戲曲小説叢考》下册）。又徐朔方《小説〈鍾情麗集〉的作者》一文，考證非邱濬作（見《中華文史論叢》一九八七年第一期），語甚辯。

鄒勝門所著傳奇一本①

覓蓮〔一〕

照劉一春本傳譜之②，亦詳備③，而詞采未鮮。

以上俱下中品④

校記

①「鄒勝門」，清初鈔本同，他本均作「鄒海門」。

②「譜」，清初鈔本作「傳」。

③「詳備」，清初鈔本同，他本均作「悉」。

④「俱」，清初鈔本同，他本均無。

箋注

〔一〕覓蓮：演劉一春、碧蓮事。事見吴敬所編輯《國色天香》卷一、卷二下層《劉生覓蓮記》。《遠山堂明曲品》「具品」著録，云：「此道明暢者，類涉膚淺；婉曲者，偏多沉晦；即使詞意簇湊，又易入於小乘。所以識者致歎於當行之難也。若此記，全不脱劉一春本傳，科諢尚不識，又安能求其詞采乎！」此劇不見傳本。

汪宗姬所作傳奇一本

丹管[一]

詩人作詞，不文而近俚，何也？

箋注

〔一〕丹管：梅鼎祚《鹿裘石室集》卷一八《丹管記題詞》云：「新都多博雅之士，由文詠書繪，至雕璣象數，靡所不有，然未有以填詞聞者。太函先生嘗一染指，且苦贅牙，他可知已。余友汪肇邰，太函之宗也。幼既扶侍，客廣陵。已入太學，爲秣陵游，金閶、虎林蓋所常往來地。以故絶不能操歙音，時時把吴姬之袂，嚙越女之脣，倚節和歌，微恨元子之聲雌，頗媿周郎之顧誤。一日，感玉壺春與玉清庵事，而更南詞爲《丹管》以記之。夫音由心生，詞由音出者也。五方之民，其音各一，大較東南之輕浮，而西北之重濁，有相用而鮮兼劑。今之治南者，鄭氏《玉玦》而後一大變矣，緣情綺靡，古賦之流爾，何言戲劇？尚論者思反所自始，則又第以《荆》、《劉》、《拜》、《殺》爲口實，本色當家爲貌言，而一切惟務諧里俗。曰：何以文爲？是方厭八珍純采之泰，而直追茹毛衣葉之初，其能耶？否，否之。兩者雖有間，要以與耳食何異？肇邰是記質而不俚，藻而不繁，語不必銷魂動魄，觸籟則鳴；事不必索隱鉤深，取材亦贍，庶幾其克衷矣！二陵、吴越之間，必有能譜而傳。子桓有言：識曲知音善爲樂，方楚子而欲齊語也，吴越固莊嶽乎？」據知此劇按照明賈仲明《李素蘭風月玉壺春》和元無名氏《玉清庵錯送鴛鴦被》兩本雜劇改編。今不見傳本。

沈希福所作傳奇一本

指腹〔一〕

賈雲華還魂，有舊傳奇〔二〕，未見。事佳①。此記詞白尚近俗②。近又有《灑雪記》〔三〕，乃周清源作③〔四〕。

校記

①「事佳」二字清初鈔本同，他本均在「賈雲華還魂」句下。

②「記」，清初鈔本同，他本均無。

③「近又有灑雪記乃周清源作」十一字，各本均無。

箋　注

〔一〕指腹：演魏鵬和賈雲華事。事見李昌祺《剪燈餘話》卷五《賈雲華還魂記》。此劇不見傳本。

〔二〕賈雲華還魂二句：《南詞叙録》「本朝」著録有《賈雲華還魂記》，注云：「溧陽人作。」當指沈氏之作。所謂「舊傳奇」，不詳何人所撰，亦不見著録。

〔三〕灑雪記：此劇今無傳本，明清以來諸家戲曲書録均未著録。

〔四〕周清源：名楫，號濟川子，杭州人。懷才不遇，蹭蹬厄窮。著有擬話本小説《西湖一集》（佚）、《西湖二集》。生平待考。

馮易亭所作傳奇一本

護龍〔一〕

此曇陽子事〔二〕。當巧狀其靈幻之態，而詞乃庸淺，姑以事存之。

箋　注

〔一〕護龍：演曇陽子事。事見王世貞《弇州山人四部續稿》卷七八《曇陽大師傳》。此劇不見傳本。

〔二〕曇陽子：王錫爵次女，名燾貞，號曇陽子。字徐景韶，未嫁而死。幼奉觀音大士，世傳其得道化去。見《曇陽大師傳》。

謝思山所作傳奇一本

狐裘〔一〕

此孟嘗君事①〔二〕。叙得皉，但不能脱套②。

校　記

①「此」，暖紅室刻本、吴梅校本和曲苑本均無。

②「脱套」下，除清初鈔本外，他本均有「耳」字。

箋注

〔一〕狐裘：《群音類選》題作《狐白裘記》，演孟嘗君、馮驩事。事見《戰國策·齊策》和《史記·孟嘗君列傳》。《遠山堂明曲品》「具品」著録，云：「平鋪直叙，詳略尚未得法。末入子之篡燕一段，全不關合孟嘗。」此劇今無傳本，僅《群音類選》卷二四收録《馮驩彈鋏》（亦見《月露音》卷三）和《雞鳴過關》兩齣佚曲。

〔二〕孟嘗君：即田文之謚號。

靖虜〔一〕

祖生擊楫事佳〔二〕，而詞多俗。

箋注

〔一〕靖虜：演祖逖擊楫渡江事。事見《晉書·祖逖傳》。《遠山堂明曲品》「具品」著録，云：「祖士雅擊楫渡江，劉越石聞雞起舞，千古而下，想像英雄。乃閲及此記，反見索寞。」此劇不見傳本。

〔二〕祖生：即祖逖，字士雅，東晉范陽遒縣（今河北淶水）人。晉元帝時任豫州刺史，曾率部渡江，擊楫中流，誓復中原。因得不到支持，憂憤而死。見《晉書》本傳。

黄廷俸所作傳奇一本①

白璧〔一〕

張儀事佳〔二〕，而調平平。

校　記

①「黄廷俸」，暖紅室刻本、吴梅校本、集成本均作「黄君選」。

箋　注

〔一〕白璧：演張儀事。事見《史記·張儀列傳》。《遠山堂明曲品》「能品」著録，云：「張儀蒙盜璧之疑，而以舌在自解。及蘇秦之籠絡儀處，確是一本佳傳，惜演之猶未暢快。然詞近本色，白亦恰當，可取也。」此劇不見傳本。

〔二〕張儀：戰國時魏人。始與蘇秦同師事鬼谷子。後游説諸侯，相秦惠王，以連横之説使六國背縱約而事秦。惠王死，武王立，因不被信任，離開秦國去魏，爲魏相一年而卒。見《史記》本傳。

胡全庵所著傳奇三本

奇貨〔一〕

吕不韋事佳〔二〕，恨不得名筆一描寫之。予擬作《玉符記》①〔三〕，未果。

校記

①「記」，清初鈔本同，他本均無。

箋注

〔一〕奇貨：演吕不韋事。事見《史記·吕不韋列傳》。《遠山堂明曲品》「具品」著録，云：「陽翟大賈，以吕易嬴，當以雄豪突兀之詞傳之，乃平庸若此耶！吕鬱藍欲記此爲《玉符》，不果。」此劇不見傳本。

〔二〕呂不韋：秦陽翟大富商。曾在邯鄲遇子楚爲秦質子於趙，認爲「奇貨可居」。於是爲子楚謀畫，並游説華陽夫人，立爲太子。後得歸國嗣位，爲莊襄王。任不韋爲相，封文信侯。相傳不韋嘗納邯鄲姬，有娠，獻之子楚，生子政。秦始皇幼年繼位，尊不韋爲相國，稱仲父。嫪毐獲罪，不韋受牽連，流放四川，途中自殺。曾命門客著有《呂氏春秋》。見《史記》本傳。

〔三〕玉符記：《傳奇彙考標目》增補本著録，注謂「演呂不韋事」。

犀珮〔一〕

此採士人妻題金山寺詩〔二〕，及山東俠士攜南官歸二事合成者①〔三〕。生名符基，則謂「無稽」之意也②。搬出亦可③。

校記

① 「者」，清初鈔本同，他本均無。

② 「謂」，清初鈔本同，他本均無。

③ 「可」，清初鈔本同，他本均作「奇」。

箋注

〔一〕犀珮：演符世葉事。《遠山堂明曲品》「具品」著録此劇，别題爲《玉章記》，云：「士人妻題詩，有《詩會記》；俠士於金虜營中攜南官歸，有《旗亭記》。此合傳之。第供搬演，不耐咀嚼。」此劇今無傳本，僅《群音類選》卷七收録一二齣佚曲：《西湖結盟》、《渡江遇虜》、《貞節自持》、《舌戰虜營》、《勢逼改嫁》、《俠君贈妹》、《金山題詩》、《偕妾登途》、《金山見詩》、《江西會母》、《尼庵貨佩》、《庵中小會》。

〔二〕士人妻題金山寺詩：梅鼎祚輯《青泥蓮花記》卷七：「蘇小卿，廬州娼也。與書生雙漸交昵，情好甚篤。漸出外，久之，不還。小卿守待之，不與他狎。其母私與江右茶商馮魁定計，賣與之。小卿在茶船，月夜彈琵琶甚怨。過金山寺題於壁以示漸，云：『憶昔當年折鳳凰，至今消息兩茫茫。蓋棺不作横金婦，入地當尋折桂郎。彭澤曉烟迷宿夢，瀟湘夜雨斷愁腸。新詩寫記金山寺，高掛雲帆上豫章。』漸後成名，經官論之，復還爲夫婦。」

〔三〕山東俠士攜南官歸：見本書卷下三五〇頁《旗亭記》箋注〔一〕。

三晉〔一〕

趙簡子事佳〔二〕，亦恨不得名筆。

箋注

〔一〕三晉：演趙簡子事。事見《史記·趙世家》。《遠山堂明曲品》「具品」著録，説此劇「惟『膚淺庸陋』四字耳」。不見傳本。

〔二〕趙簡子：即趙鞅，春秋末年晉卿。在晉國内訌中擊敗范氏、中行氏，擴大封地，爲後來建立趙國奠定基礎。見《史記》本傳。

邱瑞梧所作傳奇一本①

合釵〔一〕

即明皇、太真事，而詞不足採②。内《遊月宫》一折③，全鈔《彩毫記》〔二〕，可笑。

校記

①「邱瑞梧」，清河本、曲苑本「梧」作「吾」；暖紅室刻本、吴梅校本、集成本則作「吾邱瑞」。

②「採」，清初鈔本同，他本均無。

③「折」，清初鈔本同，他本均作「齣」。

箋 注

〔一〕合叙：演李隆基、楊玉環事。事見陳鴻《長恨歌傳》（見《太平廣記》卷四八六）。此劇今無傳本。

〔二〕彩毫記：見本書卷下三二六頁箋注〔一〕。

龍渠翁所作傳奇一本

藍田〔一〕

此楊伯雍種玉事①〔二〕，甚奇②。調甚庸淺③。

校 記

①「楊伯雍」，原本及各本均作「楊雍伯」，今據《搜神記》卷一一《楊伯雍》乙之。

②「甚奇」上，除清初鈔本外，他本均衍「事」字。

③「調甚庸淺」，清初鈔本同，清河本在此四字上有「而」字；他本則無「甚」字。

箋注

〔一〕藍田：《遠山堂明曲品》「具品」著録，云：「記楊伯雍種玉事。氣味古朴，與《戾㢟》相類。」此劇今無傳本，僅《群音類選》卷一七收録《神贈玉種》、《元宵佳遇》、《藍田種玉》、《約玉請期》和《受玉畢姻》五齣佚曲。

〔二〕楊伯雍種玉事：《搜神記》卷一一云：「楊公伯雍，雒陽縣人也。本以儈賣爲業。性篤孝。父母亡，葬無終山，遂家焉。山高八十里，上無水，公汲水，作義漿於坂頭，行者皆飲之。三年，有一人就飲，以一斗石子與之，使至高平好地有石處種之，云：『玉當生其中。』楊公未娶，又語云：『汝後當得好婦。』語畢不見。乃種其石。數歲，時時往視，見玉子生石上，人莫知也。有徐氏者，右北平著姓，女甚有行，時人求，多不許。公乃試求徐氏。徐氏笑以爲狂，因戲云：『得白璧一雙來，當聽爲婚。』公至所種玉田中，得白璧五雙，以聘。徐氏大驚，遂以女妻公。天子聞而異之，拜爲大夫。乃於種玉處，四角作大石柱，各一丈，中央一頃地，名曰『玉田』。」

朱春霖所著傳奇一本①

牡丹②〔一〕

此祝英台事，非舊本也〔二〕。詞白膚陋③，止宜俗眼④。

校記

①「一本」，清初鈔本、清河本和集成本同，暖紅室刻本、吳梅校本、曲苑本均作「九本」，因此處脱「牡丹」及「金懷玉所作傳奇九本」兩行，誤將金作九本寫於朱春霖名下。

②「牡丹」下，清初鈔本、清河本和集成本均有「記」字。

③「膚陋」，清初鈔本作「膚淺」。

④「止」，原本作「正」，據各本改。

箋注

〔一〕牡丹：演梁山伯、祝英台事。錢南揚《宋元戲文輯佚·祝英台》云：「祝英台的故事，起源很古，《識小録》卷三説在《金樓子》上已有記載，可惜現在的輯本《金樓子》没有這一條，無從證實它的話。此後如《乾道四明圖經》引唐梁載言的《十道四蕃志》，《康熙鄞縣志》載宋大觀中李茂誠撰《義忠王廟記》，以及《寶慶四明志》、《延祐四明志》等都有記載。」（亦見錢氏所編《梁山伯祝英台故事集》）此劇根據民間傳説的梁祝故事改編，今不見傳本。

〔二〕舊本：《南曲九宮正始》册三有《祝英台》，注云「元傳奇」，今存佚曲三支，收入《宋元戲文輯佚》。所謂「舊本」，或即此劇。

金懷玉所作傳奇九本

香毬①〔一〕

江秘事，亦有趣。狀敗家子處，堪警俗②。詞則不足道也③。

校記

①「香毬」，清初鈔本同，他本均誤作「香裘」。

②「警」，清初鈔本同，他本均作「儆」。

③「足道」，清初鈔本同，他本均作「可道」，「可」字應誤。

箋　注

〔一〕香毬：演江秘事。本事不詳。《遠山堂明曲品》「具品」著録，云：「江子以把釣誤入徐舟，徐夫人忽有婚姻之約，老婦粗率，一何至此。記中備江秩（秘）之狀，堪爲敗家子下一針砭。」此劇不見傳本。

按：班友書先生惠贈《青陽腔劇目彙編》（與王兆乾合編），其下册收有明金懷玉《香球記》之佚曲二齣，即《姜碧釣魚》和《拷紅》。姜碧與江秘音相似。劇情同汪廷訥《彩舟記》大致相似，其本事蓋亦出自《古今閨媛逸事》卷二《聯舟緣》（亦見《情史》卷三《江情》）。

寶釵〔一〕

此《耳談》中楊大中一段事①〔二〕。甚奇，搬出亦可。

校　記

①「事」，清初鈔本同，他本均無。

箋　注

〔一〕寶釵：《遠山堂明曲品》「具品」著録，題爲《寶簪》，又别題作《合簪》，云：「小説中有楊大中事，此易其名爲楊充。於二子認父處，亦具梗概。但瑣雜不堪耳。」此劇不見傳本。

〔二〕耳談：見本書卷下二七六頁箋注〔二〕。楊大中事不見於《耳談》。

望雲〔一〕

詞不佳①，遠遜程叔子所作。然其紀狄公妙事殆盡②，搬出甚好③。

校　記

①「不」，清初鈔本同，他本均作「未」。

②「狄公」，清初鈔本同，他本均作「梁公」。

③「搬出」，清初鈔本同，他本均作「演」。

箋　注

〔一〕望雲：演狄仁傑事。事見新、舊《唐書》本傳。《遠山堂明曲品》「具品」著録，云：「演狄梁公事甚備，可以文金君他作之陋。然以言乎還淳返雅，則未也。」此劇有明刻本流傳，《古本戲曲叢刊》二集第三十四種，據明萬曆間金陵文林閣《新刻狄梁公返周望雲忠孝記》影印。

完福〔一〕

此吉慶戲也①。俗境，王生事不核。

校　記

①「也」，除清初鈔本外，他本均在「俗境」下。

箋　注

〔一〕完福：《遠山堂明曲品》「具品」著録，云：「事出意創，於悲歡兩境，俱無入髓處。謬以黄香爲仙姬之子，不知金君何所爲而構此思。」此劇今不見傳本。

妙相〔一〕

全然造出①。俗稱爲《賽目連》，鬨動鄉社。

校記

①「全然」，清初鈔本作「劈空」。

箋注

〔一〕妙相：《傳奇彙考標目》著録，注云：「俗稱《賽目連》，即今時下所演之《王氏女三世修》是也。亦名《葵花記》。」《遠山堂明曲品》「具品」著録，云：「演説因果，止堪入村姑、牧豎之耳。内多自撰曲名，且以北曲犯入南曲，大堪噴飯。」據鄭振鐸《插圖本中國文學史》卷四載，此劇有明萬曆間富春堂刻本傳世，《古本戲曲叢刊》未收，今不詳其下落。

摘星〔一〕

霍仲孺事佳，而才不逮，今已爲《種玉》所掩〔二〕。

箋注

〔一〕摘星：《曲海總目提要》卷四三著録，云：「演霍仲孺事也。」《遠山堂明曲品》「具品」著録，認爲此劇倣效《種玉記》，「轉覺寒酸淡薄」，今不見傳本。

〔二〕種玉：見本書卷下三三二頁箋注〔一〕。

繡被〔一〕

此紀東漢王忳事①〔二〕，而失其實，不足觀也②。

校記

①「東漢」，清初鈔本、集成本同，他本均誤作「東侯」。

②「觀」，清初鈔本同，他本均作「道」。

箋注

〔一〕繡被：演王忳葬金彥事。事見《後漢書·獨行傳》。《遠山堂明曲品》「具品」著録，云：「東漢王忳遇金彥於旅邸，邂逅託以生死。忳卒葬彥，而却其金，蓋大節也。奈何以鄙褻傳之，令觀者如墮雲霧中。」此劇不見傳本。

〔二〕王忳事：《後漢書》卷八一《獨行傳》略云：王忳，字少林，廣漢新都人。嘗詣京師，於客舍中，見一書生病困死，忳愍而葬之。後歸數年，爲大度亭長。初至之日，有馬馳入亭中而止，大風復飄繡被墮於忳前。即言之于縣，縣以歸忳。一日，忳乘馬至雒縣，馬遂奔走，進入他宅，主人喜曰：「今擒盜矣。」忳具説緣由，主人悵然久之。再三詰問，乃知忳爲葬其子金彥之恩人。彥父厚遺之，忳則辭讓而去。由是顯名。後舉茂才，除郿令。

八更〔一〕

紀匡衡事〔二〕，而絶不相蒙，何也？豈以《琵琶》誣蔡故耶①？

校記

①「耶」，清河本作「也」。

箋注

〔一〕八更：演匡衡事。事見《漢書·匡衡傳》、《西京雜記》卷二。《遠山堂明曲品》「具品」著録，别題爲《鑿壁》，云：「詞曲不能工美，得一明暢者足矣。然非筆力推敲得出，明暢亦自不易。若此等曲，如衣敗絮行荆棘中，觸處是礙。傳匡衡而引入孝婦之寃，何也？」此劇不見傳本。

〔二〕匡衡：字稚圭，漢東海（今山東蒼山）人。勤奮好學，相傳家貧無燭，乃穿壁借光讀書。又嘗與人傭作，不求賞，願得主人書遍讀之。後終於成爲著名經學家，能文，善説《詩》。元帝時，累官至丞相。見《漢書》本傳及《西京雜記》。

桃花〔一〕

崔護佳事①，而所造失真②，且境態不妙，何以曲爲？與俗本《西湖記》類也③〔二〕。

以上俱下下品④

校記

①「佳事」，清初鈔本同，他本均作「事佳」。
②「所造」，各本均作「改造」。
③「類」，清初鈔本同，他本均作「一類」。
④「以上俱下下品」六字原本無，據各本及本書體例補。

箋注

〔一〕桃花：演崔護、莊慕瓊事。事見孟棨《本事詩·情感第一》。《遠山堂明曲品》「具品」著録，云：「腐塾習氣，時時露出，文章惟俗字不可醫，正謂此等手筆耳。傳崔護僞作傭書，如唐伯虎之於華學士，乃復造爲指腹分襟之説，益其俗矣。」據《明代傳奇全目》載，此劇有明萬曆間刻本，僅殘存下卷，爲孫楷第所藏。今已歸國家圖書館。清無名氏編《歌林拾翠》初集，收録有《花前邂逅》、《遊湖再晤》、《崔護登樓》（《萬錦清音》作《午夜登樓》）、《月下訂盟》、《焚香憶護》、《得第歸杭》、《崔護題門》和《慕瓊見詩》八齣佚曲。

〔二〕西湖記：演秦一木、段如圭事。《遠山堂明曲品》「具品」著録，云：「秦一木僞爲傭書，求配段女，本之唐解元伯虎事，又與俗演《桃花記》同。内惟段女終不苟合一節可取。曲不能守韻，白復多老頭巾語。」此劇有明刻本流傳，《古本戲曲叢刊》二集第五十七種，據明萬曆間金陵唐振吾刻本《西湖記》影印。

作者姓名無可考①，其傳奇附列於後

繡襦〔一〕

元有《花酒曲江池》劇〔二〕。此作照汧國夫人本傳譜者②〔三〕，情節亦新，詞多可觀。雖不逮《玉玦》，而亦非庸品。嘗聞：《玉玦》出而曲中無宿客，及此記出而客復來〔四〕。詞之足以感人如此哉③！

右上下品④

校記

① 「無可考」上，清初鈔本同，他本均衍「有」字。

② 「譜」下，除清初鈔本，他本均有「之」字。

③「如此哉」，清初鈔本同，他本均無「哉」字。但在此句後，俱有「鄭虛舟作」四小字注（清河本原無，後用朱筆添出）。葉德均《曲品考》云：「這兩條注（另指下文《鳴鳳記》注：「王鳳洲作。」——陸案）決非出於吕氏之手，否則不應以作者姓名可考者列入無名氏作之内，而鄭若庸《玉玦》、《大節》二記，已著録於前，不應又將《繡襦記》列後，自亂其體例。這顯然是後人的誤增。」（見《戲曲小説叢考》上册）

④「右」下除清初鈔本外，他本均有「附」字。

箋注

〔一〕繡襦：演鄭元和、李亞仙事。事見白行簡《李娃傳》（見《太平廣記》卷四八四）。此劇有明刻本、清鈔本流傳，《古本戲曲叢刊》初集第五十三種，據明末刻朱墨套印本《繡襦記》影印。

按：葉德均《祁氏曲品劇品補校》云：「《繡襦記》之作者，異説紛紜。……今姑依吕氏《曲品》原意及祁氏《曲品》屬之無名氏較妥。惟吕氏列入『新傳奇』，則又以爲萬曆間無名氏撰。周暉《金陵瑣事》卷二屬正德間人徐霖作。朱彝尊《静志居詩話》卷一四又屬萬曆時人薛近兖作。《曲録》卷四從之（不屬鄭若庸名下）。疑此記初非一本，又屢經改訂或重作者。最早當爲南戲，名爲《李亞仙》。」

〔二〕元有花酒曲江池劇：指石君寶所作《李亞仙花酒曲江池》雜劇，亦演鄭元和、李亞仙的愛情故事。今有《元曲選》、《元人雜劇選》本流傳。

〔三〕汧國夫人本傳：即《李娃傳》，因李氏封爲汧國夫人，故稱。

〔四〕嘗聞二句：《遠山堂明曲品》「雅品殘稿」著録，云：「聞有演《玉玦》而青樓絶跡，諸妓醵金構此曲，爲紅裙吐氣，爲蕩子解嘲。」《静志居詩話》卷一四亦云：「鄭若庸，字中伯，妙擅樂府，嘗著《玉玦》詞以訕妓院，一時白門楊柳，無繫馬者。群妓患之，乃醵金數百行薛生近兗，作《繡襦記》以雪之。秦淮花月，頓復舊觀。」

鳴鳳①〔一〕

記時事甚悉②，令人有手刃賊嵩之意。詞調儘瞾達可詠，稍嫌繁③。江陵時亦有編《鸞筆記》者④〔二〕，即此意也⑤。

校記

① 「鳴鳳」下，除清初鈔本外，他本均有「記」字。

② 「時事」，清初鈔本同，他本均作「諸事」。

③ 「嫌」，清初鈔本和清河本同，他本均作「厭」。

④「者」，清初鈔本同，他本均無。

⑤「即此意也」下，除清初鈔本外，他本均有「王鳳洲作」四小字注（清河本原無，後用朱筆添出），顯係後人誤增。

箋注

〔一〕鳴鳳：演楊繼盛等八諫臣相繼同嚴嵩父子鬥争事。此劇有明刻本、清鈔本流傳，《古本戲曲叢刊》初集第五十九種，據明末汲古閣原刻初印《鳴鳳記定本》影印。北京大學圖書館藏有清同治四年（一八六五）瑞鶴山房鈔本《鳴鳳記》十一齣，或標工尺，或帶身段譜，爲清代戲曲舞臺演出本。

按：關於《鳴鳳記》的作者，《古人傳奇總目》、《傳奇彙考標目》、《曲目新編》、《今樂考證》和《曲録》，謂「王世貞作」；焦循《劇説》卷三：「相傳《鳴鳳》傳奇，弇州門人作，唯《法場》一折，是弇州自填詞。」《曲海總目提要》卷五著録，亦認爲係王世貞門客作。而《徐氏家藏書目》、《南詞新譜》卷首《古今入譜詞曲傳劇總目》、《祁氏讀書樓目録》和《鳴野山房書目》并著録，均未題作者。蘇寰中《關於〈鳴鳳記〉的作者問題》認爲「不是王世貞所作，説爲王世貞門人所作也缺乏根據，而應該是隆慶、萬曆間無名氏的作品。」（見《中山大學學報》哲學社會科學版一九八〇年第三期）《乾隆太倉州志》則置於唐儀鳳名下，卷二七《雜記》云：「唐儀鳳，州鳳里人。才而艱於遇。撰《鳴鳳》傳奇表楊椒山公等大節，書成質之弇州。弇州曰：『子塡詞甚佳，然謂出自子則不傳，出自我乃傳，吾非欲掠美，正以成子之美耳。』儀鳳許之。弇州乃贈以白米四十石而刊爲己所編，然吾州則皆知出唐云。」此屬傳聞，未必徵信，聊備一說。

〔二〕江陵：即張居正。見本書卷下四〇一頁箋注〔三〕。

〔三〕鸞筆記：見本書卷下四〇一頁箋注〔一〕。

百順〔一〕

王曾無子而有子〔二〕，可喜。詞亦充贍。紀丁、寇事可觀〔三〕。

右中上品①

校記

①「右」下除清初鈔本外，他本均有「附」字。

箋注

〔一〕百順：演王曾祖孫三代榮華富貴事。事見《宋史·王曾傳》。《遠山堂明曲品》「能品」著録，云：「記中述王公旦立朝大節，及丁謂搆寇公事。一覽朗徹，詞章爛然。」《曲海總目提要》卷一四謂「作者以曾終身皆處順境，又增飾其子之科名，而標曰《百順》，凡賓筵吉席，無不演此劇者」。今不見刻本，僅存有傅惜華原藏清乾隆間懋德堂鈔本《百順記》和程硯秋原藏清康熙三十三年（一六九四）潤蒲鈔本《百順記》，前者現歸中國藝術研究院圖書館；後者藏北京大學圖書館。《古本戲曲叢刊》未收。

〔二〕王曾：字孝先，青州益都（今屬山東）人。官至左僕射資政殿大學士。無子，養子曰[illegible]，又以弟子融之子繹爲後。見《宋史》本傳。

〔三〕丁寇：丁，即丁謂，字謂之，改字公言，北宋長洲（今江蘇吴縣）人。淳化三年（九九二）進士。真宗時爲參知政事，排擠宰相寇準，勾結宦官，獨攬朝政。仁宗時被貶崖州。《宋史》有傳。寇，謂寇準，北宋下邽（今陝西渭南）人。太平興國四年（九七九）進士。景德元年（一〇〇四），契丹入侵，準任同平章事，力排衆議，促使真宗親往澶州督戰，與契丹訂澶淵之盟。後爲王欽若等所讒罷相。天禧初年復相，封萊國公。不久，又遭丁謂嫉妒去位，貶死雷州。有《寇忠愍公詩集》三卷。傳見《宋史》。

合鏡〔一〕校正①

特傳樂昌一事，亦暢。但云作越公女〔二〕，反覺不情。别又有一本〔三〕，盡通。

校記

①「校正」二字清初鈔本同，他本均無。

箋注

〔一〕合鏡：《遠山堂明曲品》「雅品」殘稿著録，云：「傳樂昌鏡之分合也。」事見《本事詩·情感第一》。此劇今無傳本，僅明清戲曲選集收録有散齣曲文，《群音類選》卷一六收録《德言尚主》、《賜鏡公主》、《樂昌分鏡》（亦見《月露音》卷三）；《吴歈萃雅》題爲《分别》）、《破鏡再合》、《楊素探問》和《夫婦團圓》。《吴歈萃雅》還收録《應試》、《買鏡》和《閨情》三齣。

〔二〕越公：楊素，字處道，弘農華陰（今屬陝西）人。隋文帝滅陳時，曾率水軍從三峽東下，因功封越國公。《周書》、《隋書》並有傳。

〔三〕别又有一本：《遠山堂明曲品》於《合鏡》後，又著録無名氏《分鏡》，謂「又一本」。《今樂考證》著録七附沈伯明《南詞新譜》所引諸曲未入本録者，有《分鏡記》，注云：「古本，非《合鏡記》。」此劇今無傳本。

四豪〔一〕

如《四節》例〔二〕，分信陵、孟嘗、平原、春申作四段，而首尾以朝周會合①。各採本傳事點綴，的是可傳，尚欠工美。

校　記

①「會合」，原本作「合會」，今據各本乙。

箋　注

〔一〕四豪：《遠山堂明曲品》「能品」著録，云：「記孟嘗、春申、信陵、平原四公子。首之以周天王之分封，合之以邯鄲解圍，中分記其事，各五六齣，如《四節》例。構局頗佳，但填詞非名筆耳。」事見《史記》卷七五《孟嘗君列傳》、卷七六《平原君虞卿列傳》、卷七七《魏公子列傳》、卷七八《春申君列傳》。此劇今無傳本，《群音類選》卷一九收録《狗盗入秦藏》、《鷄鳴出函谷》、《馮驩彈鋏歌》、《春申獻美人》、《如姬竊虎符》（亦見《月露音》卷一）、《毛先生自薦》和《邯鄲宴四豪》七齣佚曲。

〔二〕四節：見本書卷下二二八頁箋注〔二〕。

霞箋〔一〕

此即《心堅金石傳》，死者生之，分者合之，是傳奇體〔二〕。搬出甚激切，想見鍾情之苦。但詞覺草草①，以才不長故。

校記

①「詞」，清初鈔本同，他本均脱。

箋注

〔一〕霞箋：演李玉郎、張麗容事。事見何大掄《重刻增補燕居筆記》卷七《心堅金石傳》（亦見《情史》卷一一）。《遠山堂明曲品》「雅品」殘稿著録，云：「傳青樓者，唯此委婉得趣。至《西樓》更大暢，此外無餘地容人站脚矣。」傳本有明萬曆間金陵廣慶堂刻本《鐫新編全相霞箋記》（《暖紅室彙刻傳奇》所收本，據此本重印）、汲古閣原刻初印《霞箋記定本》。

〔二〕此即心堅金石傳四句：《心堅金石傳》略云：元至元間，松江府學庠生李彦直，小字玉郎，學問才藝，冠絶一時。與妓女張麗容（又名翠眉娘）相愛情篤。本路參政阿魯台任滿，即將赴京，爲讒媚右丞相伯顔，於各府選買才色官妓，麗容居第一。彦直父子謀之萬端，家産蕩盡，終莫能脱。麗容被迫登舟而去，彦直追至臨清。一日，麗容於板隙窺見，悲痛欲絶，苦浼舟夫往答之，曰：「妾所以不死者，母未脱耳；母若脱，妾即逕死。郎可歸家，勿勞自苦。」彦直聞之，仰天大慟，撲地而死。是夜，麗容亦自縊於舟中。阿魯台大怒，令人將其衣服剥去，以火焚之，然其心不改，變爲一小人，其色如金，其堅如石，乃李彦直也。又命發李彦直屍首焚之，亦得一小金人，則張麗容也。阿魯台大喜曰：「予雖致其二人死於非命，然得其稀世之珍。」於是盛以錦囊，函以香木之匣，題曰「心堅金石之寶」。不日至京，獻於右相，啓函視之，乃敗血二聚，臭穢難聞。伯顔怒，治阿魯台死罪。所謂「死者生之，分者合之」，指劇本將李、張二人的悲劇結局改爲團圓的場面。

赤松〔一〕

留侯事絶佳，寫來有景①。但不宜鈔《千金記》中《夜宴》曲〔二〕，且此何必夜宴也？如許事而遺調不繁，亦得簡法。儻更以詞藻潤之，足壓《千金》矣。

校記

①「景」，清初鈔本作「境」。

箋注

〔一〕赤松：《曲海總目提要》卷三四著録，云：「作者不知何人。按張良雖學辟穀導引輕身，未嘗有仙去之事，作者艷慕神仙，故因『張良欲從赤松子遊』一語，遂作此記。……劇中梗概，與《千金記》相仿佛。」《遠山堂明曲品》「能品」著録，云：「全以簡練爲勝，遂使一折之中無餘景，一語之中無餘情。且有蹈襲《千金》處，《夜宴》更不宜全鈔。」此劇有明刻本流傳，《古本戲曲叢刊》二集第一種，據明萬曆間金陵文林閣《新刻全像點板張子房赤松記》影印。

〔二〕不宜句：《千金記》，見本書卷下二三〇頁箋注〔一〕。《夜宴》爲該劇第三十七齣。

五福〔一〕

韓忠獻公事①〔二〕，揚厲甚盛。還妾事，已見鄭虛舟《大節記》中②〔三〕。

右俱中中品

校記

①「獻」，原本作「憲」，清初鈔本亦誤，今據各本改。

②「舟」，原本誤作「中」，今據各本改。

箋注

〔一〕五福：程硯秋、梅蘭芳所藏清鈔本，題作《五福星》。《曲海總目提要》卷一五著録，云：「作者未知何人。所演韓琦事，真者居多，加以緣飾。以琦五福俱修，故名《五福記》。謂仁宗賜五福堂匾，故又名《五福堂》。」《遠山堂明曲品》「能品」著録，云：「韓忠憲（獻）事功甚盛，此獨取其還妾一事。先後貫串，頗得構詞之局。詞有叶處，亦有用韻不穩處，若出兩手。」此劇僅有鈔本流傳，《古本戲曲叢刊》三集第一種，據程硯秋原藏清初鈔本《五福星》影印。周明泰幾禮居原藏飲流齋鈔本《五福記》，今存上海圖書館，《明代傳奇全目》未著録。

按：此劇《古人傳奇總目》、《傳奇彙考標目》并誤屬鄭若庸作。王國維蓋不知《傳奇彙考標目》所題有誤，故《曲録》卷四兩收譜韓琦事之《五福記》，一謂無名氏作，一謂鄭若庸作。《清溪鄭氏族譜》所載《鄭之珍傳》云：「編有《目連勸善記》，又爲太平焦村編有《五福記》行於世。」鄭之珍，字汝席，號高石，安徽祁門人。生於明正德十三年戊寅（一五一八），卒於萬曆二十三年乙未（一五九五）。此劇或爲鄭氏所作，待考。

〔二〕韓忠獻公：韓琦，字稚圭，北宋相州安陽（今屬河南）人。仁宗時進士。曾出任陝西安撫使，與范仲淹共同防禦西夏，時人稱爲韓范。後官至宰相，封魏國公。死謚忠獻公。著有《安陽集》。《宋史》有傳。

〔三〕大節記：見本書卷下三〇三頁箋注〔一〕。

雙紅〔一〕

此合《紅綃》、《紅線》之事而成①〔二〕，亦佳，但詞多剿襲。

校記

①「之事」，清初鈔本同，他本均無。

箋注

〔一〕雙紅：演崑崙奴、紅線事。事見裴鉶《傳奇·崑崙奴》（《太平廣記》卷一九四）和袁郊《甘澤謡·紅線》（亦見《太平廣記》卷一九五）。《遠山堂明曲品》「能品」著録，云：「紅線、崑崙奴，俱有佳劇，穿插兩事，即敷以劇中之詞。雖未能大有錘鑪，却自婉麗可玩。」此劇有明刻本、清鈔本流傳，《古本戲曲叢刊》二集第五十二種，據明萬曆間文林閣刻本《重校劍俠傳雙紅記》影印。北京大學圖書館藏清同治元年（一八六二）瑞鶴山房鈔本《雙紅記》七齣，或標工尺，或带身段譜，爲清代戲曲舞臺演出本。

按：《遠山堂明曲品》謂此劇作者爲更生子。文林閣刻本題爲「禹航更生氏編」。禹航乃浙江餘杭縣之别名，更生氏應爲餘杭人，其姓名字號、生平事蹟均不詳。所著傳奇僅此一種。

〔二〕此合句：《萬曆野獲編》卷二五《雜劇》云：「梁伯龍有《紅線》、《紅綃》二雜劇，頗稱諧穩，今被俗優合爲一本南曲，遂成惡趣。」葉德均認爲「即指此記，所謂『合爲一大本』者，就演出言之，非謂俗優所撰」（《祁氏曲品劇品補校》）。《紅綃》即《紅綃妓手語傳情》，又名《崑崙奴》，今不見傳本。《紅線》即《紅線女夜竊黄金盒》，有《盛明雜劇》和《酹江集》本。

離魂〔一〕

倩女事佳，吾友方諸生有南調劇①〔二〕，甚妙②。此係明州新編者〔三〕，亦可觀③，而詞未善。

校記

①「吾友」，清初鈔本同，他本均無。

②「妙」，清初鈔本、清河本同，他本均作「佳」。

③「亦」，清初鈔本無。

箋　注

〔一〕離魂：北嬰《曲海總目提要補編》著録，云：「明時舊本，未知誰作。演張鎰女倩娘離魂事。」事見陳元祐《離魂記》（亦見《太平廣記》卷三八五）。此劇今無傳本。

〔二〕吾友句：指王驥德所作《倩女離魂》雜劇。《曲律》卷四云：「余昔譜《男后》劇，曲用北調，而白不純用北體，爲南人設也。已爲《離魂》，並用南調。鬱藍生謂：『自爾作祖，當一變劇體。』既遂有相繼南詞作劇者。」此劇今無傳本。

〔三〕明州：即明代寧波，這裏代指誰不詳。

犀合〔一〕

内弟與姊夫之妾通，而謀殺姊夫及姊，可畏哉！事亦新①，詞亦平雅②。

校　記

①「亦」，清初鈔本同，他本均無。

②「平雅」，清初鈔本同。暖紅室本、吴梅校本和曲苑本缺「雅」字。

箋　注

〔一〕犀合：《南詞叙録》「本朝」著録，題作《八不知犀合記》，演唐伯亨事。《永樂大典戲文目》有《唐伯亨因禍致福》（《南詞叙録·宋元舊篇》作《唐伯亨八不知音》），《遠山堂明曲品》「雅品」著録，云：「舊有唐伯虎（爲『亨』字之誤）傳奇，此仿之爲是記。記中有人不知之巧，而歸結爲一合。」此劇今無傳本，僅《群音類選》卷二一收録《夜宴失兒》、《陳櫝調姦》和《捉姦殺子》三齣佚曲。

五福〔一〕

徐勉之事。積德似竇禹鈞〔二〕，境界平常。似時人作此以媚富翁者①。

右中下品②

校　記

①「時人作此」，清初鈔本同，他本作「人特作此」。

②「右」下除清初鈔本外，他本均有「附」字。

箋注

〔一〕五福：《曲海總目提要》卷五著録，云：「明徐時敏所撰也。時敏，字學父。其自序云：往歲予遊都門，過招提小院，有沙彌者，延問姓氏，出一編云：『此《徐勉之傳》也。勉之爲南州孺子後，得非與足下同譜也？』予覽之，乃謝不敢。因思勉之本丘園布衣，祇以作善享天厚賚，而其間兩惡人，一震於阿香女，一焚於祝融氏。彼蒼蒼者報應之不爽如此，勉之始終事，可爲世人龜鑑。久擬編次以風天下，碌碌未遑也。今歲改孫郎埋犬傳，筆研精良，因成此編，題曰《五福》。」此劇今無傳本。

〔二〕竇禹鈞：後周漁陽（相當於今北京平谷、天津薊縣一帶地區）人，官至右諫議大夫。嘗建義塾，聚書萬卷，延名儒以教遠近。高義篤，行爲一時表式。有子五人，相繼登科，號爲竇氏五龍。事見范仲淹《范文正公別集》卷四《竇諫議録》。

黑鯉〔一〕

劉司獄必當日有其事①。詞亦平通。

校記

①「其」，清初鈔本同，他本均作「是」。

箋注

〔一〕黑鯉：《曲海總目提要》卷一五著録，云：「明代松江人所作。相傳已久，不知誰筆。所演本劉才事，而抽出才子鼎儀買鯉放生得救己命一事，用爲劇名。」《遠山堂明曲品》「能品」著録，題爲《赤鯉》，云：「劉司獄以逸囚被譴，歷種種苦趣。即記中所載，亦是有氣誼漢子，但爲僧不了，奈何。傳者照應精密，每於俗境，更見雅詞，斷非近日詞人手。」此劇今無傳本，僅《群音類選》卷二〇收録《泖塔參禪》、《削髮辭室》、《放鯉獲報》、《郵亭孽報》、《法場代死》和《虎丘會父》六齣佚曲。

按：《明代傳奇全目》將明代戲曲選集《大明春》、《摘錦奇音》中所收録的《鯉魚記》散齣（演鯉魚精和張真事），與此記混作一本，應誤。

綈袍〔一〕

范雎事佳①〔二〕，搬出宛肖。元有拷須賈劇〔三〕，何不插入②？

校記

①「范雎」，清初鈔本同，他本均作「應侯」。

②「何不插入」後一行，除清初鈔本外，他本均有「右附下上品」五字。

箋注

〔一〕綈袍：《曲海總目提要》卷一五著録，云：「未詳誰作。記范雎受須賈綈袍事。」事見《史記·范雎蔡澤列傳》。《遠山堂明曲品》「具品」著録，云：「詞氣庸弱，失韻處不可指屈。何不取元人《誶范叔》劇、太史公《范雎傳》，合訂之爲善本。」此劇有明刻本流傳，《古本戲曲叢刊》二集第八種，據明萬曆間金陵富春堂刻本《范雎綈袍記》影印。

〔二〕范雎：字叔，戰國時魏人。爲魏中大夫須賈所誣，魏相魏齊使人笞擊折脅，佯死得免。後化名張禄入秦，游説秦昭王。昭王四十一年（前二六六）任秦相，封於應，稱應侯。見《史記》本傳。

〔三〕元有拷須賈劇：指元無名氏《誶范叔》雜劇。其第四折有范雎爲報前仇，於慶賀宴上命人怒笞須賈的情節，故云。此劇有《古今雜劇》、《元曲選》和《酹江集》本傳世。

鑲環〔一〕

藺相如使秦事①，甚壯；與廉頗交②，更有味。但云爲平原壻③，可笑。作者筆不超脱④。

校記

①「藺相」二字原本脱，今據各本補。

②「交」，清初鈔本同，他本均作「友」。

③「平原」二字原脱，今據各本補。

④「作者筆不超脱」，清初鈔本、清河本同，他本均作「筆亦未能超脱」。

箋注

〔一〕鑲環：《奕慶藏書樓書目》、《鳴野山房書目》以及日本《舶載書目》均作《箱環記》。《遠山堂明曲品》「具品」著録，云：「即藺相如懷璧一事，大有俠烈之致可傳，何必增出閨閫，反入庸俗。」此劇今無傳本，僅明代戲曲選集存有散齣曲文，《摘錦奇音》卷六收録《張氏賣環奉姑》（亦見《大明春》卷六）；《大明春》卷六還收録《相如懷璧抗秦》；《樂府菁華》卷五收録《廉頗相如争功》。

按：《遠山堂明曲品》著録此劇，題「翁子忠」作。翁子忠，字號籍里、生平事蹟均不詳。所作傳奇作品，除《鑲環記》外，還有《白蛇記》，亦不見傳本。

金臺〔一〕

樂毅事佳〔二〕，而局頗俗①。

校記

①「局頗俗」，清初鈔本同，他本均作「筆嫌俗」。

箋注

〔一〕金臺：演樂毅事。事見《史記·樂毅列傳》。《遠山堂明曲品》「雜調」著録，云：「閱此曲，如對傖父語，種種粗率。樂毅可作佳傳奇，決不堪着此等俚句。」此劇今無傳本，僅殷啓聖《堯天樂》上卷收録《樂毅分别》、《樂毅賞月》兩齣佚曲。

〔二〕樂毅：戰國靈壽（今河北平山）人。魏國樂羊之後。由魏使燕，燕昭王任爲上將，率軍伐齊，因功封於昌國，號昌國君。燕惠王即位，齊行反間計，改用騎刦爲將。樂毅奔趙，封於觀津，號望諸君。後卒於趙。見《史記》本傳。

笠篌〔一〕

此乩仙筆也。彼謂自況，詞亦駢美。但時有襲句，豈仙人亦讀人間曲耶？ 或云乃越人證聖陳生作①〔二〕。

右下中品②

校　記

①「陳」，清初鈔本同，他本均作「成」。

②「右」下原有「附」字，爲劃一體例，删去。

箋　注

〔一〕笠篌：《曲海總目提要》卷一七著録，云：「乩仙之筆，演唐盧、李二生事。出唐《逸史》，載《廣記》中。盧二舅召笠篌女子佐酒，爲李生作姻緣。後得陸長源女，即席間所見，故曰《笠篌記》。」此劇今無傳本。

按：《古本戲曲叢刊》二集所收明萬曆間商氏半埜堂《鐫唐韋狀元自製筌篌記》，演韋宓事，非「乩仙」之作，與吕氏所謂之《筌篌》，恐非一本。而《遠山堂明曲品》「艷品」著録，誤題韋宓撰，顯然是指商氏半埜堂鐫刻的《筌篌記》。《插圖本中國文學史》(四)、《明代傳奇全目》、《祁氏曲品劇品補校》均將兩本混爲一談。

〔二〕證聖陳生：生平事蹟不詳。

曲品補遺

葉憲祖桐柏，餘姚人續撰傳奇一本

雙修記〔一〕

坊間俗本，有《劉香女修行寶卷》〔二〕，道婆輩每宣誦之。美度喜其事僻而諧俗，復不襲舊，遂製新聲。蓋單指彌陀一句，是修淨土直捷法門，不似禪修，翻多教律。彼《曇花》以仙佛牽合〔三〕，殊恨龐雜也；俗演《目連》、《妙相》二記〔四〕，詞陋惡不堪觀。此記行，爲善女人加一鉗錘矣。

右上中品

箋注

〔一〕雙修記：《曲海總目提要》卷八著録，云：「刊本標奉佛紫金道人編著。其序則云：『槲園居士託言紫金也，而槲園居士姓名亦不傳。』其記年則萬曆癸丑。序又云：『居士精詞曲，其所作《玉麟》、《四艷》諸記，皆爲世膾炙。精究佛理，篤信淨土，暇日取《劉香女》小卷，被之聲歌，名《雙修記》。』……近代詞曲中談佛法者，屠隆《曇花記》爲博極內典，觀此劇序及其開場數語，則似嫌其仙佛並提，禪淨互舉，故作此矯之，專言淨土一門，以唱導淨緣。」此劇今不見傳本。

按：萬曆庚戌（一六一〇）本《曲品》，未載《雙修記》，據《提要》「其記年則萬曆癸丑」，此劇蓋作於萬曆四十一年（一六一三）。

〔二〕劉香女修行寶卷：即《太華山紫金鎮兩世修行劉香女寶卷》，凡二卷，敘述劉香女馬玉及金枝坐化昇天事（見鄭振鐸《佛曲叙録》，載《中國文學研究》卷下）。據胡士瑩《彈詞寶卷書目》著録，今存清道光癸巳（一八三三）刊本，杭州瑪瑙經房刊本和上海文益書局石印本等。

〔三〕曇花：即《曇花記》，見本書卷下三二四頁箋注〔一〕。

〔四〕目連妙相：「目連」，即《目連救母勸善戲文》，《遠山堂明曲品》「雜調」著録，題作《勸善記》，演目連救母事。事見《盂蘭盆經》。今有明清刻本流傳，《古本戲曲叢刊》初集第六十七種，據明萬曆間高石山房原刻本影印。「妙相」，即《妙相記》，見本書卷下四七〇頁箋注〔一〕。

陳宗鼎吴郡人所著傳奇一本〔一〕

寧胡記〔二〕

此以匡衡爲生，内狀王嫱嫁胡事，宛轉詳盡，是著意發揮者。北詞有《孤雁漢宫秋》劇〔三〕，寫漢帝訣别凄楚，雖有情境，殊失事實。今一正之，良快，叙亦駢美。

右中上品

箋注

〔一〕陳宗鼎：生平事蹟不詳。所著傳奇僅《寧胡記》一種。

〔二〕寧胡記：演王昭君出塞事。事見葛洪《西京雜記》。《遠山堂明曲品》「具品」著録，云：「記王嫱事頗覈，記匡衡事反涉於誕。暢達之詞，第未瑩徹，且音調不明，至有以引子作過曲者。」此劇不見傳本，僅《群音類選》「諸腔類」卷三收録《六宫寫像》和《沙漠長途》兩齣佚曲。

〔三〕孤雁漢宫秋：即馬致遠所著雜劇《破幽夢孤雁漢宫秋》，今有脈望館校《古名家雜劇》本、顧曲齋刻《元人雜劇選》本、《元曲選》本和《酹江集》本流傳。

陸士璘華甫，秣陵人所著傳奇一本〔一〕

齊鳴記〔二〕

趙范、趙葵兄弟，鎮楚州有威名。楊姑之淫，李全之勇，乃宋之一蠹。驅剪快人，此記頗能摹寫。

箋　注

〔一〕陸士璘：名昺，字華甫，號畢淵、畢淵生、畢遠，常熟（今屬江蘇）人。小傳見《康熙常熟縣志》卷二一「文苑」：「陸昺，字華甫，隱居畢澤，因號畢淵。少從文徵明遊，書畫得其遺意。尤工詩，有詩稿行世。」梅守箕《懷舊詩》稱「華父守樸，不能依唯世俗，而善圖畫」（《梅季豹居諸集》「甲乙」卷二）。隆慶初，歐大任典教江都，他赴廣陵，爲竹西二十二子之一。萬曆壬癸（一五八二—一五八三）間，在金陵，同陸無從、臧懋循等登山臨水，飲酒賦詩。李言恭有《送陸華甫山人》詩：「去矣不勝情，蕭蕭白髮生。移家秋水畔，賣卜洛陽城。五嶽游看遍，三都賦已成。閉關藏姓字，何意請長纓。」（《貝葉齋稿》卷四）可見其爲人。《明文海》卷三四三有歐大任《南浮集序》云：「吴人陸華甫遊嶺南，有詩二卷刻之，而屬余序。……余以憂歸，華甫送余固陵，雪涕而别。曰：『昺未老，必訪足下，依廬奉生芻于太夫人墓下也。』」生平事蹟待詳考。所著傳奇僅《雙鳳記》一種。

〔二〕雙鳳記：《曲海總目提要》卷一一著録，云：「演趙范、趙葵事也。兄弟皆立功，故曰《雙鳳齊鳴記》。趙范兄弟破李全事，見《宋史》及《紀事本末》。此記多實事，惟言李全妻途遇范葵，贈之以馬，及全與范葵奪功成隙，皆是增飾。又平李全時趙方已没，賜婚及爲李燔壻，亦是點綴。楊氏婢海棠，係憑空撰造。楊氏與李全比試成親，事出稗史。韓侂胄、史彌遠，隨意點入。」此劇今存明萬曆間金陵世德堂刊本，《古本戲曲叢刊》二集第三十五據以影印。

王洙杏壇，錢塘人所著傳奇一本①〔一〕

合襟記②〔二〕

此記楚芈申復楚事，足供揮灑。伍之鞭尸，包之泣師，忠孝具見矣。

校　記

①「王」，原本脱，《遠山堂明曲品》「能品」著録王洙《合襟記》，今據補。

②「合襟」，原本脱，今據《遠山堂明曲品》補。

箋　注

〔一〕王洙：字杏壇，錢塘（今浙江杭州）人。僅知著有傳奇《合襟記》。生平事蹟待考。

〔二〕合襟記：演伍子胥覆楚、申包胥復楚事。事見《左傳》。《遠山堂明曲品》「能品」著録，云：「覆楚、復楚，事有可紀。疏者下船，元劇中已絶摹其狀矣。此記韻律有錯處，著意修詞，遂多浮蔓，所謂滿屋是錢，但欠索子耳。」此劇今無傳本。

泰華山人雲間人所著傳奇一本①〔一〕

合劍記〔二〕

唐太宗晉陽倡義，縛二降王及喋血禁門，事俱有境。隋煬帝之淫奢，亦多奇。此記才情豐溢，演之必壯觀。

右中中品

校記

① 此條清初鈔本卷下已出，但評語略有不同。

箋注

〔一〕泰華山人：見本書卷上一四一頁箋注〔一〕。按：泰華山人，即林世吉，閩人。此作「雲間人」，誤。

〔二〕合劍記：見本書卷下四四〇頁箋注〔一〕。

烟霞子隱求甫，東吴人所著傳奇一本〔一〕

灌城記〔二〕

即紀寧夏平哱事。此以葉龍潭爲生者，寫情事頗詳核。彼《龍劍記》，則以魏確庵爲生，可參觀。

箋注

〔一〕烟霞子：待考。所著傳奇僅《灌城記》一種。

〔二〕灌城記：演葉夢熊、魏學曾平寧夏拜哱事。見本書卷下四二八頁《龍劍記》箋注〔一〕。《遠山堂明曲品》「能品」著録，云：「記寧夏哱賊事，有《賜劍》、《龍劍》二記。《賜劍》，卑卑不足道；《龍劍》，亦嫌其龐雜。此等意境，安能求其委折？得暢達如此記足矣。」今無傳本。

馬湘蘭金陵妓所著傳奇一本〔一〕

三生記〔二〕

始則王魁負桂英，次則蘇卿負馮魁，三而陳魁彭妓①，各以義節自守，卒相配合，情債始償。但以三世轉折，不及《焚香》之暢發耳。馬姬未必能填詞，乃所私代筆者。

右中下品

校記

①「陳魁」下疑脱「負」字。

箋注

〔一〕馬湘蘭（一五四八—一六〇四）：名守真，一字月嬌，小字玄兒。金陵名妓，精歌舞，工文學。尤以畫蘭聞名，傳至海外（見曲阿、姜紹書輯《無聲詩史》卷五）。傳見《亘史・外紀》卷一八、《列朝詩集小傳》閏集。

〔二〕三生記：《群音類選》卷一八題作《三生傳玉簪記》，注云：「此係馬湘蘭編王魁故事，與潘必正《玉簪》不同。」所演王魁負桂英事，見本書卷下四三一頁箋注〔一〕；蘇卿負馮魁事，本梅鼎祚《青泥蓮花記》卷七；陳魁負彭妓事，不詳所出。此劇今無傳本，僅《群音類選》收録《玉簪贈别》、《學習歌舞》（亦見《月露音》卷四樂集〔北新水令〕套曲）兩齣佚曲。

黄惟楫說仲，台州人續著傳奇一本〔一〕

□□記①〔二〕

此符郎、春娘事，然詞隱先生已借入《雙魚記》矣〔三〕，尚有《四賞記》未見〔四〕。

校記

① 原本殘損兩字。

箋注

〔一〕黄惟楫：見本書卷上一三八頁箋注〔一〕。

〔二〕□□記：明清以來諸家曲目，僅著録黄惟楫《龍綃記》傳奇一種，此記不詳何名。

〔三〕雙魚記：見本書卷下二六一頁箋注〔一〕。

〔四〕四賞記：明清以來諸家曲目均未著録，所演何事不詳，亦無傳本。

狄玄集玉峰，鹿城人所著傳奇二本〔一〕

四賢記〔二〕

《輟耕録》中，載此烏古孫事〔三〕，内配最賢，可以風世。

箋　注

〔一〕狄玄集：字玉峰。據《乾隆崑山新陽合志》卷一一《古蹟》，鹿城在縣治西，相傳爲吴王豢鹿射獵之所，舊有城邑之，故稱。狄氏應爲江蘇崑山人。生平事蹟待考。所著傳奇《四賢記》和《猇亭記》兩種。

〔二〕四賢記：《曲海總目提要》卷四著録，云：「以烏古孫澤及妻杜氏、妾王氏、子良禎皆有賢行，故曰《四賢記》。」本事見陶宗儀《南村輟耕録》卷一三《剛介》。此劇有明末汲古閣原刻初印本流傳。

〔三〕烏古孫事：疑脱「澤」字。烏古孫澤，字潤甫，其先爲女真烏古部，因以爲氏。臨横（今内蒙古巴林左旗）人。世祖時從軍，任福建行省都事，官至海北海南道廉訪史。《元史》有傳。

虢亭記〔一〕

關雲長一生事，寫之轟烈，第後段即接以玉泉顯聖，奈年代遼越何？

箋注

〔一〕虢亭記：演關羽事。事見羅貫中《三國演義》。此劇今無傳本。

天南逸史姑蘇人所著傳奇一本〔一〕

玉佩記〔二〕

詞隱先生曾謂予曰：「此周侍御所作也〔三〕。」柳毅傳書事，情景粗具。

箋注

〔一〕天南逸史：即崑山周玄暐，見陳乃乾等編《室名別號索引》（增訂本）。查《乾隆崑山新陽合志》

卷一五《選舉》：周元（避康熙玄燁諱改）暐，叔懋，復俊孫，萬曆十四年進士，官雲南御史。所著有《涇林續記》（見縣志卷三六《藝文》）。

〔二〕玉佩記：演柳毅傳書事。事見李朝威《柳毅傳》（亦見《太平廣記》卷四一九引《異聞集》）。此劇今無傳本。

〔三〕周侍御：《乾隆崑山新陽合志》卷二九《藝術》：「周侍虞，美鬚眉，善談笑，以醫術擅名。又精度曲，與魏良輔遊，旬日，曲盡其妙。行義斬斬，有古人風。素與淩公子某善，公子貧，座客皆掉頭去，侍虞歲載錢米與之。性好施予，平生活人無算。壽至九十餘。」

按：此周侍御（虞）既與魏良輔遊，當爲嘉靖間人，同周玄暐恐非一人。他精於度曲，《玉佩記》如沈璟所說，應爲他的作品。

紀紅川句容人所著傳奇一本〔一〕

分釵記〔二〕

王景隆昵名妓玉堂春事。見彈琵琶瞽者能道之。此亦蕩子之常技，復遠嫁賈人，稍似《金釧記》〔三〕，情趣亦減。

右下上品①

校記

①「右下上品」後，原有「龍門山人所著傳奇一本」十字，下面殘缺。

箋注

〔一〕紀紅川：生平事蹟不詳。

〔二〕分釵記：演王景隆、玉堂春事。與朱玉田《玉鐲記》同一題材，本事參見頁四四六《玉鐲》箋注〔一〕。此劇今無傳本，也不見著録。《群音類選》卷二一收録《春遊遇妓》（亦見《月露音》卷四）、《月夜追歡》（亦見《月露音》卷二）、《復入煙花》、《分釵夜别》、《計誘皮氏》、《私通苟合》六齣曲文。

〔三〕金釧記：《情史·玉堂春》云：「好事者撰爲《金釧記》，生爲王瑚，妓爲陳春，商爲周鐺，姦夫莫有辰。」此劇今無傳本，亦不見著録。

龍門山人所著傳奇一本①〔一〕

校記

①原本至此殘缺。據《遠山堂明曲品》「能品」著録，「龍氏所著傳奇一本」，應爲《長鋏記》，評云：「儘

馮驩之事，一往叙述，乃其中敗筆不少。閱此始知車柅齋《彈鋏》之妙。」

箋注

〔一〕龍門山人：生平事蹟不詳。所著《長鋏記》，今無傳本。

附録一　吕天成遺文輯存

義俠記序

松陵詞隱先生表章詞學，直剖千古之迷，一時，吴越詞流，如大荒逋客、方諸外史、桐柏中人，遵奉功令唯謹。先生紅牙館所著傳奇雜曲凡十數幀，顧人罕得窺。先是世所梓行者，惟《紅蕖》、《十孝》、《分錢》、《埋劍》、《雙魚》凡五記，及《考訂琵琶》、《南曲全譜》、《南詞韻選》；予所梓行者惟《合衫》；半埜主人所梓行者惟《論詞六則》、《唱曲當知》及宋人之《樂府指迷》。乃予嘗從先生屬玉堂乞得稿本，如《義俠》、《分柑》、《桃符》、《鑿井》、《鴛衾》、《珠串》、《結髮》、《四異》、《奇節》凡九記，手授副墨，藏諸櫝中。而《義俠》則半埜主人索去，已梓行矣。始先生聞梓《義俠》，貽書於予曰：「此非盛世事，亟止勿傳。」既而曰：「既梓矣，必盡校其譌而後可行。」今予任校譌之役，愧不能精閲，而世聞是曲已久，方欣欣想見之，又何忌諱而欲强秘也？且武松一萑苻之雄耳，而閭里少年靡不侈談膾炙。今度曲登場，使奸夫淫婦、强徒暴吏，種種之情形意態，宛然畢陳。而熱心烈膽之夫，必且號呼流涕，搔首瞋目，思得一當以自逞，即肝腦塗地而弗顧者。以之風世，豈不溥哉？彼世之簪珮章縫，柔腸弱骨，見義而不能展其俠，慕俠而未必出乎義，愧武松多矣。然讀此不亦興起而有立志乎？昔李老子序《水滸》，謂嘯聚諸人皆大力大賢、有忠有義之儔，足爲國家干城腹心之選，其持論抑何快也！嗟乎，草莽江海之間，不乏武松，第致武松之爲武松者，伊誰責也？若有武松而終收武松之用者，則柄國者宜圖之矣。半埜主人博古好奇，羅布剞劂氏於廡下，日出秘籍，行於四方，而于曲部首梓《義俠》，誠有感於老子之快論，而識先生風世之意遠也。先生諸傳奇命意皆主風世，曷盡梓行以啖蔗境，何如？

萬曆丁未中秋日東海鬱藍生題

（明繼志齋刊本《義俠記》卷首）

紅青絶句題詞

吾友方諸生自燕邸寄兩折來，爲《紅閨麗事》、《青樓艷語》，凡二百題。予讀而悦之，欲各度一小令曲，而窈糾夭紹，不成響也。同社史頡庵曰：「盍各賦七言絶句乎？」予曰：

「諾。」春雪浹旬，小齋愁卧，夢迴泚筆，忽忽不知作何語。因憶二十年前，兒女情多，差能解人意，今澹然入道，若元亮之賦《閑情》，非其質矣。詩多射覆，未知當方諸生指十之五否？時約同賦者宋瞻庵及頡庵，予詩先成不能待，爰付剞劂。兩君子才藻横流，後來者居上，必且壓倒幬庵耳。

丙辰春日東海鬱藍生題於距仙佛處

（明刊本《紅青絶句》卷首）

越園紀略序

惟兹越郡，厥古名區。禹穴秦峰，喜翠微之無改；耶溪鑑水，奈淪穀之將湮。鷓鴣啼而臺趾長荒，烏鳶下而江流自咽。園林變徙，曾招先達之遊；景物推遷，頓灑壯夫之淚。故激迴觴於蘭渚，誰憐衰草斜陽；攬飛蓋於西園，空愴殘苔暮雨。王謝之徽芬已矣，孔虞之麗藻如何？往事休追，韶光有幾？且眺賞心之巖壑，重尋炫目之樓臺。陋執牙籌，不營泉石，困淹簡籍，寧問煙霞。所幸曠識之時賢，評花品卉；遂使豪襟之才士，策蹇浮舠。隱居不必買山，看竹無須問主。芳墅重來而未厭，元齋欲去而還留。興逐耽幽，豁塵眸於城市；具堪濟勝，開法界於郊墟。既已付之詩歌，又復存乎紀述。但此日登臨者少，而經年卜築也多。娛天放之丘樊，豈鶩蓬瀛於域外；恣仙游之杖履，將窮槃澗於郡中。惟願朋輩搜奇，主人尚雅。春風宴桃李，獨邀太白之百篇；秋月醉絃歌，共倒淳于之一石。則逸事與高情而并載，良辰並勝地以兼題。何必寄慨滄桑，敗人清興。庶幾坐馳海嶽，快我餘生而已。

癸丑秋日東海鬱藍生題

（《祁彪佳集》卷八《越中園亭記》卷首）

附録二　呂天成研究資料彙輯

一

王國維

〔曲品新傳奇品跋〕此書誤字纍纍，文又拙劣，然無名氏《傳奇彙考》，江都黄文暘《曲目》，多取材於此。蓋著録戲曲之書，除元鍾醜齋《録鬼簿》、明寧獻王《太和正音譜》外，以此爲最古矣。內《曲品》三卷，鬱藍生撰。其《新傳奇品》五頁，則高奕所續成，此本誤編在中卷之下，下卷之上。卷末之《新傳奇品》，當入《曲品》下卷。鬱藍生與陳玉陽、葉桐柏同輩，乃明萬曆間人。奕已入國朝，《新傳奇品序》中自云「高奕爾音甫」，《傳奇彙考》則云「奕字太初」，則爾音其别字也。光緒戊申冬月，假此本手録一過，並爲校補

數處。海寧王國維書。(一九一八年北京大學排印吴梅校本《曲品》)

〔曲品三卷舊鈔本〕明呂天成撰。天成,字勤之,號鬱藍生,會稽人。此書上卷,分明中葉以前曲家爲神品、妙品、能品、具品四等,又分别明季曲家爲九等。中卷專録傳奇名目。下卷則就各家所製傳奇,仍從上卷所分之次序而細評之。此與《録鬼簿》均爲曲目之書,以可資參考,故列於此。(曲苑本《曲録》)

陳玉祥

〔曲品新傳奇品跋〕鬱藍生《曲品》三卷,搜羅頗富,評隲亦尚詳細,知其於此道墙有心得,非苟爲雌黄褒貶者。惟詞意淺俚,未能精緻透達,且譌字晦句,層出迭見,或係鈔胥者之誤。海寧王君先爲補校數處,予亦假鈔一過,又爲之改正數十字。尚有未能臆揣者,再待考正。至高奕所續之《新傳奇品》五頁,則移附於三卷之後。第奕既爲小叙矣,而其所著之傳奇十四種,又自加評贊,則又何説?亦須考正,以釋其疑。宣統紀元己酉仲夏,吴下陳玉祥三儂識,時館京邸天禄酉堂。(北京大學排印吴梅校本《曲品》)

劉世珩

〔曲品新傳奇品跋〕《曲品》二卷，前題「東海鬱藍生撰，瑯琊方諸生閱」。《傳奇品》二卷，署「高奕晉音銓次」，揭陽曾蟄庵參議習經昔見於廠肆，手録藏之，不知其爲誰氏本也。余按：沈伯明自晉《南詞新譜》載《古今入譜詞曲傳劇總目》，有吕棘津《神鏡記》，下注：「名天成，字勤之，别號鬱藍生，姚江人。著《烟鬟閣傳奇》十種。」與所序尾題「烟鬟閣」正合。方諸生乃王伯良驥德之别稱。吕序作於明萬曆庚戌，與伯良爲同時人。高奕又字爾(晉)音，則已入本朝矣。近海寧王静庵學部國維譔《曲録》，余告以前從曾蟄庵處鈔得此本，因假去校補數處，定爲三卷，以《傳奇品》爲中卷，而以誤列下卷之上高晉音之《新傳奇品》爲下卷。鬱藍生自序，明言倣鍾嶸《詩品》、庾肩吾《書品》、謝赫《畫品》例，各著論評，析爲上下二卷，上卷品作舊傳奇及作新傳奇者，下卷品各傳奇，其未考姓氏者且以傳奇附，其不入格者擯不録。上下卷又各繫小序，以神、妙、能、具、上、中、下諸品次之。今仍作二卷，還其舊觀，並以正静庵之失。高晉音所編《古人傳奇總目》、《新傳奇品》，别爲《傳奇品》二卷，以《古人傳奇總目》爲上卷，《新傳奇品》爲下卷，亦庶與序言「但取現在所見聞者記之」之語合焉。晉音《傳奇品》，取之明人及國初作者，蓋檢笥中所藏傳奇數百種，考其姓氏，細加評定，識以一二語，非有心去取也。故於吴梅村僅取《秣陵春》一種，而《通天臺》、《臨春閣》二種未載，余爲補之。至吴石渠之五種，舊知爲《緑牡丹》、《療妬羹》、《畫中人》、《情郵記》、《西園記》，今晉音《新傳奇品》有石渠之《花筵賺》、《鴛鴦棒》、《倩畫圖》、《勘皮靴》、《夢花酣》，覈其名義，《花筵賺》疑即《緑牡丹》之一作；以下諸名，兩兩相比，義無不合。或以此爲范文若譔，與静庵《曲録》直指晉音隸入石渠爲誤，似未知古人一書兩名及兩人共譔一書，疑以傳疑，因兩著姓氏之例，故余一仍其舊，而稍參鄙説於此。静庵謂爲晉音續成此品，其説亦非也。晉音復以自著傳奇十四種攙入，且加評語，余友元和陳三儂疑之。余謂：此是國初人習氣，如王丹麓《今世説》列入己事，言之津津，有似他人稱賞之語，了不爲怪，其於晉音何尤？二書俱無刻本，文詞謇澀，略有譌脱，因稍加諟正，刊之以附余《彙刻傳奇》後，使海内達者知静庵《曲録》亦有所自，更冀鬱藍生之姓氏漸箸於士大夫之口，故樂爲擁篲遲其遐躅也。宣統二年太歲在庚戌孟夏朔，貴池劉世珩識於京邸一印一硯廬。（暖紅室《彙刻傳奇》附刻《曲品》）

孫楷第

〔跋曲品〕《曲品》二卷，清宣統間貴池劉世珩刊，題「東海鬱藍生撰，瑯琊方諸生閱」。方諸生即王驥德別號。鬱藍生即吕天成，見王驥德所著《曲律》，卷四云：「鬱藍生，吕姓，諱天成，字勤之，別號棘津，餘姚人。」又云：「今南戲繁多，不可勝計，鬱藍生已作《曲品》，行之金陵。」是其證也。《曲品》今行世者有二本。一石印《曲苑》本。其本以品題諸傳奇作者諸條爲一卷，目曰「《曲品》卷上」。次《古人傳奇總目》（疑當作「古今傳奇總目」）一卷，目曰「曲品卷中」。次爲舊傳奇評，自《琵琶》至《五倫》爲一卷，目曰「《曲品》卷下」。次爲高奕撰之《新傳奇品》並奕自序凡五頁。後有光緒四年戊申王國維跋一頁。又宣統元年己酉吴下三儂跋一頁。又次爲《新傳奇評》，自《紅蕖》至《箜篌》凡二十二頁，亦目曰《新傳奇品》。傳寫失次，所標亦混淆不清。王國維謂「新傳奇品」五葉爲高奕所續，誤編在中卷之下下卷之上（余所見《曲苑》本高奕《新傳奇品》，誤訂在《曲品》卷下之後，評《紅蕖》等《新傳奇品》之前）。其評《紅蕖》諸曲之《新傳奇品》，當入《曲品》下卷。所論甚是。唯據天成自序，其書本上下二卷，上卷品作傳奇者，下卷品各傳奇。王驥德《曲律》卷四謂「天成《曲品》所收傳奇過寬。俚腐諸本，宜竟黜不存。或盡搜人間之本，另列諸品之外，以備查考，未爲不可」云。是《曲品》原書本二卷，中無《古人傳奇總目》。國維乃並《古人傳奇總目》計之，謂《曲品》三卷，實非事實。一即劉世珩刊本。末載世珩跋，謂曾從曾習經處借得鈔本録之，王國維假去校補，定爲三卷。是《曲苑》所收與世珩此本所據皆是一本。世珩此本剔出高奕《新傳奇品》與《古人傳奇總目》，復天成二卷之舊，用意甚善。然其中文字有可補而不補者：如鈔本上卷之周螺冠，其人名履靖，秀水人。鈔本名里皆空白。此本亦未補出。有改鈔本之誤而仍誤者：如鈔本上卷之邱瑞吾，此本改爲吾國璋，側注云：邱瑞。不知吾邱是姓，瑞是名。國璋乃瑞字，非名也。有沿鈔本之誤而不改者：如鈔本下卷朱春霖後，書《香裘》等九曲。按春霖曲有《牡丹記》一本。《香裘》等九本乃金懷玉作。此殆鈔寫時脱《牡丹記》曲名、金懷玉人名，因誤合二條爲一。此本竟仍之。又庾庚，字生子。鈔本下卷誤作庚生字。此本又仍之。校勘不精，未爲善本也。一九三五年稿，一九六一年十二月改訂。（《滄州集》卷四）

二

沈璟

〔致鬱藍生書〕翰教遠頒，以妙製傳奇十帙及小劇見示，欲委不佞肆評，不佞寡昧，何敢當玄晏也。然世丈既命之，敢(不)卒業以復？《神女記》，東鄰客舍，曲有情境，而音律尚墮時趨。《戒珠記》，王謝風流，足以揮灑，而詞白工整，局勢未圓。《金合記》，載張無頗事，兼及盧杞富貴神仙，醒世之顛倒，而猶覺未悒。此皆世丈弱冠時筆也。他如《三星記》，自寫壯懷，極工極麗。《神鏡記》，劍俠聶隱娘事，奇秘可喜。《四相記》，揚厲世德，日月争光。《雙棲記》，即《神女記》改本，然與前絶不同；高唐之夢，玉夢也，何不改正之？《四元記》，倫氏科名之盛，而警戒貪淫，大裨風教。《二婬記》，縱述穢褻，足壓王關，似一幅白描春意圖，真堪不朽。《神劍記》，爲新建發蘊，可令道學解嘲。諸小劇各具景趣，數語含姿，片言生態，是稱簇錦綴珠，令人徬徨追賞。總之，音律精嚴，才情秀爽，真不佞所心服而不能及者。此乃世丈一斑，他可知已。不佞老筆俗腸，硜硜守律，謬辱嘉獎，愧與感並。虞生不云乎，有一知己，死無恨。良然，良然！不敢匿醜，謹以未行稿本馳上，幸教之，評之，勿阿好也。（清乾隆辛亥季冬迦蟬楊志鴻鈔本《曲品》附録）

〔寄鬱藍生雙調詞一套癸卯春作〕〔江頭金桂〕〔五馬江兒水〕昔曾向山陰移棹，却使我紛紛接應勞。真個千巖争秀，萬壑奔濤；地鍾靈、多俊豪。〔淘金令〕謾説那王謝蕭條，孔虞零落。自是文章不盡，才子偏饒，衹應少年是無價寶。〔桂枝香〕自西歸十載，東風傳報。有英髦，出自申公後，是池頭一鳳毛。〔姐姐插海棠〕〔好姐姐〕禹穴是藏書壼奥，纔弱冠，已冥搜旁討。〔月上海棠〕笑翩翩裘馬，彼自虚囂。接尊君啓事聲華，守相國傳家風教。三都草，不待三冬，已古宏抱。〔玉山供〕〔玉抱肚〕奇才絶調，侍庭闈在留都水曹。鳳凰臺半落三山，長干里閲盡六朝。〔五供養〕心花腹稿，儘游戲填詞索笑。四相勳名重在揮毫，隱娘仙俠更逍遥。〔玉枝帶六么〕〔玉交枝〕安石逸少，戒珠兒翛然解弢。〔六么令〕巫陽神女下山樹，金花合，玉龍膏。狀元心字三星照，狀元心字三星照。〔撥棹入江水〕〔川撥棹〕春歸早，擬秋闈奪錦袍，向垂虹特地停橈，向垂虹特地停橈。訪蓬門，奈不逢樵。〔江兒水〕似雪夜迢迢，不見溪頭安道。〔園林帶僥僥〕〔園林好〕主人情難伸半毫，遠緘書煩投幾遭。〔僥僥令〕想着高密封侯年方妙，與公瑾論交如飲醪。鄧禹二十四歲封高密侯，周瑜二十四歲破曹，吕君之年

如之。〔尾聲〕延平津畔還須到，料龍劍應難終剖，我欲向詞場解贈虔刀。（同上）

松蘿道人

予見鬱藍生《曲品》，貽書詢之曰：「方諸生《題紅記》，流播海内，清新俊逸，大雅不群，何獨遺之耶？」鬱藍生答書曰：「方諸生新撰《曲律》，以前記猶有軼格處，未及詳訂，恐天下繩其短，姑緩諸，故品中不載。他如北劇之《男后記》，南劇之《倩女離魂記》、穆考功之《救友記》，字字本色，段段當行，皆佳絶也。」余曰：「方諸生東南詞手，當與松陵、臨川二先生鼎立者，宜其不屑與噲等伍也。」並識於此。（同上）

孫鑛

〔贈吕甥孫天成秋試〕商飈吹野苹，白露滋月桂。薇省徵明經，棘闈紛戰藝。峥嶸軒冕胄，卓犖瑚璉器。如華蜚英聲，奪錦擅長技。字收文陣奇，筆獵書林異。韋籯舊業稔，歐劍新鋩利。鳳翔千仞絶，鶚舉累百避。秋高昕日晴，蕙江待揚幟。（《孫月峰先生全集》卷六）

來書所評諸古籍，俱得其概。大約古人皆自成一家，所以高；今人務多變故，翻不及古。《左傳》文絶精巧，字無輕下，文法變態極多。甥孫才甚高，爲文閎暢有餘，然微未切實，亦不甚工鍊，若以《左傳》濟之，亦正是對證藥也。

《宣公奏議》，蘇子瞻甚喜之。大約是排偶體，而行以疎暢之筆，乍讀之甚快人。然骨力未勁，氣未厚，調未古，且又多係一律耳。有謝疊山批點刊行者，曾見否？若云有助舉業，則漢以前書孰非助舉業者？謂此爲尤助，亦未敢許也。近來時藝，説理甚精，適看十八房魁卷，才思滚滚不竭，發揮題意透徹。人各擅一長，真俱是射鵰手。第才氣横溢，或少失之靡漫，今欲爲出人之技，再加之精切，即爲獨勝矣。時藝中大有妙致，儒生境界固不惡，出仕後當自知之。甥孫所輯《晉書僻搜》、《范書録隱》，渴欲得觀。近復有何新刻出？但開卷自有益，貴以意攝之，正不必問其近舉業否也。

《文選》太穠厚，於舉業亦不甚切，若切者，還莫過《莊子》、《國策》、《史記》等類耳。周以前，書無不佳，而《左》、《莊》、《國策》尤妙。若將今人所常用者摘去，觀其餘，亦不甚多，此易盡之功也。愚所看《范史》尚未盡精奥，甥孫所看，付來一印證之。甥孫今飫於《晉書》耶？此書愚往年曾看過，有圈點，但無評語耳。其書類小説，蕪蔓乏裁，間有可取，正如淘沙見金，不若《范史》猶精腴有筆力也。然後漢亦終不及西京以前，

給耳。《左》、《國》、《國策》、《莊》、《列》、《韓非》、《吕氏》、馬、班，儘足沈酣，第猶恐日不暇

《三傳》合《國語》，只須編年順序，上自穆王起，至三晉分止可也。聞商半埜欲刻《春秋古四傳》連音注，此大快事。但恐版葉太多，一時不能畢役，不若且刻無注者爲便，但改爲大字更快人。總一有注，一無注，自宜并行。顧須仔細校定，不錯字，斯爲善本耳。

《唐詩所》亦可觀，然終不如《詩紀》完妥。《大學衍義補》，維揚刻已有，此經濟有用之書，但條款稍涉迂腐耳。《國學右編》與《宋元本末》俱係今刻，刻手比《左編》似不如，然亦看得過。淮揚又有連舊本末并宋元一刻，然字畫不工，讓南都者多矣。《鴻猷録》當覔寄。李霖寰《平播書》，亦易購者。宋桐岡有《收復屬國》一書，第丁酉後事未載耳。

《寧夏功次》一帙，大略已具，邢崑田《平倭》刻，寄覽，若甥孫肯纂之，以續《鴻猷》之未盡，亦一正務也。《隆萬平攘録》，他不能知，若東事多不實，蓋誤聽浙兵誇辭耳。天下事説傳者甚多，此亦任之，若改則不勝改，須另作一篇並傳耳。

《輔世編》向細看一過，時覺中間儘有可删處，當時即隨看隨删，甚省力，一時且放過，今久遂忘之。昨凝庵來問，匆匆復檢閲，遂不復能悉記，殊恨失之。不得已，秖即大事記得真者，作一總目寄與之。甥孫如欲急看，當録一摺，并全部寄去耳。此書若欲改動，須

大費一番功夫。今欲鈔，亦只照原本爲便，凝老作此頗費心思，非徒鈔舊史傳者也。

經義近會作否？思慮出於從容，若使其覺勞而不閒，亦未爲良法。須養得心□快然，使文機活潑，方爲佳境。古人云：不怕妨工，只怕奪志。若念念在經義上，如張顛遇天地間可喜可愕皆寓於書，則一切事物亦孰非爲經義助者。此在甥孫虔其志，一以經義爲主，而以古籍澆灌之，夫孰有不善？大抵今古二路已相通爲一，其根本還在古籍。若再以十八房稿相證，則其機自有觸動處，願留意詳味之。

寄來新藝甚佳，尚未能細評，然總之是正路，合時調。只如此作之不已，千奇萬妙皆從此出，更不須作意作何等狀也。試卷風骨清勁，自是出衆，料必高取。

來書謂「玩古繙今」，此甚得讀書要領。諷詠浸灌，所入自深，願無怠焉。秋闈奬賞是來科大捷之兆，愚聞亦稍喜慰。甥孫才素高，今若沈潛於經術，取青紫如拾芥耳！

時藝自是切務，今留心於此，亦得矯偏之意。若構句多庸，則又須以古書濟之。《左傳》、《國策》、《莊子》、《史記》，若取所善者，日置案頭吟繹，每下句必須合於此四籍之軌，以此與時體相參，用左、馬之辭，發程、朱之意，豈不度越時流哉！近時談者多言今經義涉奇怪，以愚觀之，但覺腐冗纏綿，造語下字，一切屬時套，全無古秀之氣，何句爲奇，何字爲怪耶？歷科程義，是兼古今之粹於中，探討尋繹，自有深得。

舉業無他秘術，但在多作，作之多，諸妙自出。又不可太着意，又不可太率易，要持其中乃可耳。柳子厚《答韋中立書》中數語盡之矣。勤學以俟時，自是正理。須致力本業，不可復玩愒時日；須日有程，月有計乃可。若文藝果精純而勁快，投之無不如意，即是運通時矣。

四書義作得熟，巧妙自出，精刻而不晦澀，疏蕩而不緩散，即佳境也。秋試在目前，努力專一，作中式之文，不作刻窗稿之文，此是直截功夫。念之，念之！十八房稿中，何帙相入，即可常目在之。古書中《左》、《國》太拘，《策》、《史》太縱，《莊》、《列》正得中，但須稍避其形耳；《淮南子》亦佳。甥孫所著傳銘等，大約辭氣俱沛然有餘，若更進之嚴陗，當無不善。《詠雪》十絶，意興甚佳，但稍似涉宋調耳。《買書歌》豪快自肆，自昔所見甥孫詩，此爲獨勝，讀之甚喜，第微有闌入蘇、黄處。以後作七言古，須於婉雅間求之，勿遽作蒼老語，便不至入宋派耳。史無涯如此好書，想必有遇時。

法帖與書不同，搨佳乃是寶，不佳即爲長物，雖初出，帖不足貴也。

柳文，正欲購河東舊刻，兹付來新刻，亦可觀，愚今所批正此，但恨注少耳。

甥孫所撰《越園記略》，明核不讓李才仲，愚復何如下手耶？前談時覺多，今記來亦殊嫌其少。後有見聞，更望續寄。（同上卷九《與吕甥孫天成書牘》）

梅鼎祚

〔金合記題詞〕徐武功出治河，湮堤屢圮，夢告以神龍無欲。寤而臆之，曰：「龍不易神，他則皆有欲者也。」因以計驅之去而堤成。夫海雖百谷王，廣利亦豈離欲界，况其女乎？王董爲鶯兒宣人間之怨慕，漁父爲龍女寫泉底之情采，各極其志，各殫其才，不亦通幽明之故哉！至其綴引藍面以戒夫貪而無制、進而不止者，則所記遠矣。一時儁士，若緯真之《曇花》，若士之《紫釵》，膾炙人口，然微傷繁富，是記獨以簡得之。所謂共探驪龍，子得其珠耳。（《鹿裘石室集》卷一八）

〔戒珠記題詞〕自《世説》行，毫吻所及，輒自斐然。何元朗撮近代之勝而爲《語林》，王弇州撮兩家之勝而爲《語補》，彭城、瑯琊又先後爲之評隲，其於晉人之標致，可謂不遺餘力矣。巖君是記，復總攝而條貫之，右軍一時寄慨於誓墓，千載申志於《戒珠》，清真瀟灑，風調若新，蕺山鬱蒼，鏡湖瀓徹。歌於斯，使人益想見其父子。（同上）

〔神女記題詞〕騷纍與日月争光，神女以雨雲著夢，後代遂指大夫之所諷，襄王之所遇者，而詫以爲奇，又一夢矣。蘆中人乃復譜出，是以夢解夢者也。體嫺雅而口微辭，殆以宋玉自命乎？至若弔屈懷湘，則又茹志於憂國，寓牌於詈餘，將亦被放之辰，行吟之次，以代詹卜耶？吾聞之，倡優拙，楚劍利。是記出倡優且工，吾不勝爲楚慮矣！（同上）

鄒迪光

《冬夜與顧仲默諸君小集看演神鏡傳奇次仲默韻》：「鳳蠟高燒照夜多，不煩清影到嫦娥。七盤擎出巴渝舞，雙板敲成勑勒歌。豈意紅顏能報主，也知粉黛可降魔。硨磲竟嚼雄心起，擊裂珊瑚奈若何。」（《石語齋集》卷一〇）

按：此詩寫于萬曆三十九年辛亥（一六一一）。鄒迪光家樂演出《神鏡記》傳奇。

王驥德

自詞隱作詞譜，而海内斐然向風。衣鉢相承，尺尺寸寸守其榘矱者二人：曰吾越鬱藍生，曰檇李大荒逋客。鬱藍《神劍》、《二婬》等記，並其科段轉折似之；而大荒《乞麾》，至終

帙不用上去疊字，然其境益苦而不甘矣。（《曲律》卷四）

同舍有吕公子勤之，曰鬱藍生者，從髫年便解摛掞，如《神女》、《金合》、《戒珠》、《神鏡》、《三星》、《雙棲》、《雙閣》、《四相》、《四元》、《二婬》、《神劍》，以迨小劇，共二三十種。惜玉樹早摧，賫志未竟。（同上）

頃南戲鬱藍生已作《曲品》，行之金陵，散曲尚未及耳。（同上）

先生（按：指孫如法）自謫歸，人士罕見其面，獨時招余及鬱藍生，把酒商榷詞學，娓娓不倦。（同上）

鬱藍生吕姓，諱天成，字勤之，别號棘津，亦餘姚人，太傅文安公曾孫，吏部姜山公子。而吏部太夫人孫，則大司馬公姊氏，於比部稱表伯父。其於詞學，故有淵源。勤之童年便有聲律之嗜，既爲諸生，有名，兼工古文詞。與余稱文字交垂二十年，每抵掌談詞，日昃不休。孫太夫人好儲書，於古今劇戲，靡不購存，故勤之汜瀾極博。所著傳奇，始工綺麗，才藻燁然，後最服膺詞隱，改轍從之，稍流質易，然宫調、字句、平仄，兢兢毖昚，不少假借。詞隱生平著述，悉授勤之，並爲刻播，可謂尊信之極，不負相知耳。勤之制作甚富。至摹寫麗情褻語，尤稱絶技。世所傳《繡榻野史》、《閒情别傳》，皆其少年游戲之筆。余所恃爲詞學麗澤者四人，謂詞隱先生、孫大司馬、比部侯居及勤之，而勤之尤密邇旦夕，方以千秋交勗。人咸謂勤之風貌玉立，才名藉甚，青雲在襟袖間，而如此人，曾不得四十，一夕溘先，風流頓盡，悲夫！余頃賦《四君詠》，別刻《方諸館集》中。《曲律》故勤之及比部促成，嘗爲余序，啃有餘悵，遂並比部梗概，識之簡後。（同上）

勤之《曲品》所載，蒐羅頗博，而門户太多。舊曲列品有四：曰神，曰妙，曰能，曰具。而神品以屬《琵琶》、《拜月》。夫曰神品，必法與詞兩擅其極，惟實甫《西廂》可當之耳。《琵琶》尚多拗字纇句，可列妙品；《拜月》稍見俊語，原非大家，可列能品，不得言神。《荆釵》、《牧羊》、《孤兒》、《金印》，可列具品，不得言妙。新曲列爲九品。以上之上屬沈、湯二君，而以沈先湯，蓋以法論，然二君既屬偏長，不能合一，則上之上尚當虛左。至後八品，亦似多可商略。復於諸人，概飾四六美辭，如鄉會舉主批評舉子卷牘，人人珠玉，略無甄別。蓋勤之雅欲奬飾此道，誇炫一時，故多和光之論。余謂品中止宜取傳奇之佳者，次及詞曲略工、搬演可觀者，總以上中下三等之，不必多立名目。其餘俚腐諸本，竟黜不存；或盡搜人間所有之本，另列諸品之外，以備查考，未爲不可。至散曲，又當別置一番品題，始爲完局。故夫目具蕭統，筆嚴董狐，勒成不刊之書，以傳信將來，吾則不暇，以俟後之君子。（同上）

〔哭呂勤之〕吾友鬱藍生呂勤之氏，翩翩佳公子也。賦資穎妙，兼解曲理，所賦艷詞，流布海内，可數十種，率斤斤功令，稱松陵衣鉢高足。與予交近二十年，以此道桴應，抵掌無兩。曩子（予）入都時，時治牘寒暄；昨予以數行南訊，未至一日，而勤之卒矣。傷玉樓之中萎，悵朱絃之絶和，泫然雪涕，不能已已。勤之好詞，俾焚之几筵，庶幾長歌當泣之指。

〔榴花泣〕鍾期已逝，有指不須彈。嗟流水共高山，破青琴只合付潺湲，料知音再覓應難。風流吕安，這些時哭殺稽中散。慘淒淒鶴怨猿驚，恨悠悠天上人間。〔錦纏道〕你占詞壇，羡天生雕心繡肝。小小筆堪餐，記韶年，賦他神女便富情瀾。幾回家度新聲春生象板，近年來譜閑情花滿金鐶。露竹殺千竿，題愁寫怨，淋漓濕未乾。誰不唱元郎曲，俏才名早已遍長干。〔玉芙蓉〕離歌掠繡鞍，別色淒金盞。陡西城分手，正值春殘。詩題粉扇桃花綻，詞染紅箋柳葉繁。風蒲岸，蕭蕭掛帆，做得個斷腸聲裏唱陽關。〔古輪臺〕到長安，三年雲樹隔稽山。相思幾負看花限，烏絲片簡。北雪南飆，不斷黄河飛雁。忽咤離腸，催成淚眼，不知書去慰加餐。錢塘一晚，瞬息間已夢邯鄲。翎催彩鳳，枝雕瓊樹，塵埋玉案，回首鎮潸潸。情千萬，賦成幾字血痕丹。〔尾聲〕聊憑寄，驛使還，待焚香向金爐一瓣，怕魂在烟鬟片影寒。（顧曲散人《太霞新奏》卷五）

馮夢龍

勤之工於詞曲，予唯見其《神劍記》，譜陽明先生事。其散曲絶未見也，當爲購而傳之。伯良《曲律》中，盛推勤之，至並其所著《繡榻野史》、《閒情别傳》，皆推爲絶技。余謂勤之未四十而夭，正坐此等口業，不足述也。（《太霞新奏》卷五王伯良《哭吕勤之》後）

淩濛初

吕勤之序彼中《蕉帕記》，有云：「詞隱先生之條令，清遠道人之才情。」又云：「詞隱取程於古詞，故示法嚴；清遠翻抽於元劇，故遺調俊。」又云：「詞忌組練而晦，白忌堆積駢偶而寬。」其語良當。勤之，越人，即所稱蔚（按：欝字之誤）藍生者也，頗嗜曲而亦見一斑者，故其語若此。乃其所校訂友人諸戲，殊少合作。（《南音三籟》卷首）

祁彪佳

〔遠山堂曲品叙〕予素有顧誤之僻，見吕鬱藍《曲品》而會心焉。其品所及者未滿二百種，予所見新舊諸本，蓋倍是而且過之。欲嚽評於其末，懼續貂也。乃更爲之，分爲六品，不及品者，則以雜調黜焉。品成，作而嘆曰：「詞至今日而極盛，至今日而亦極衰。」學究屠沽，盡傳子墨；黄鍾瓦缶雜陳，而莫知其是非。予操三寸不律，爲詞場董狐，予則予，奪則奪，一人而瑕瑜不相掩，一帙而雅俗不相貸，誰其能幻我以黎丘哉。然陽春調寡，巴人之和者衆，必且不自安其位，齊起而爲楚咻。予舌危，予筆且爲南山之移矣。不知夫予之品也，慎名器，未嘗不愛人材。韻失矣，進而求其調；調譌矣，進而求其詞；詞陋矣，又進而求其事。或調有合於韻律，或詞有當於本色，或事有關於風教，苟片善之可稱，亦無微而不録。故吕以嚴，予以寬；吕以隘，予以廣；吕後詞華而先音律，予則賞音律而兼收詞華。要亦以執牛耳者代不數人，慮詞幟之孤標，不得不獎詡同好耳。世有知者，吾言不與易也。如或罪我，吾亦任之。（《遠山堂曲品》卷首）

〔一婬〕不知者謂吕君作此，實以導淫，非也。暴二婬之私，乃以使人恥，恥則思懲矣。搆

局攢簇，一部左史，供其謔浪，而以淺近之白、雅質之詞度之，此鬱藍遊戲之筆。（同上逸品）

〔三星〕煙鬟閣主人，色天散聖也。此記以自寫其壯懷，備極嫵婉歡笑之境；而赤虹紫電，噴薄紙上，自是詞場大觀。（同上艷品）

〔戒珠〕勤之每下筆，藻采飈發，傾倒胸中二酉。如此記傳王謝風流，收羅一部《晉史》。語以駢偶見工，局以熱艷取勝。（同上）

〔藍橋〕於離合悲歡、插科打諢之外，一以綺麗見奇。字字皆翠琬金鏤，丹文緑牒，洵爲吉光片羽，支機七襄也。直堪對壘《曇花》，且能壓倒《玉玦》。（同上）

〔金合〕盧子良薄神仙而欲作人間宰相，卒不免風雪長安。以此爲張無頗遊仙對證，名根安得不淡！「水晶宫」一段，光景奇幻，閲之令人目眩。（同上）

〔神女〕此勤之未解音律時之作。沈詞隱評之，謂：「東鄰客舍，曲有情境，而音律尚墮時趨。」乃其才情富麗，每一詞如萬繡齊張，亦堪配《騷》，亦堪佐《史》。（同上）

〔李丹〕劉慈水閲擲李事，寄之屬鬱藍生作記，二十日而成，鬱藍尚自遜爲握管未疾也。（同上雅品殘稿）

〔神鏡〕劍俠特盛於唐，而所載紅線、隱娘尤奇秘可喜。至金生以神鏡合隱娘，正是天然傳奇。此記作得靈怪，又能於場上見搆局之佳。曲白流暢，是鬱藍另一作法。險韻亦不重押，十九韻内而□明，又即用前韻所未及押者，更别闢法門。（同上）

〔雙棲〕此《神女》改本也。與前絶不同。以《騷》、《雅》供其筆端，覺汨羅江畔，暗雨凄風，黄陵廟前，暮色斜照，恍忽如見矣。（同上）

〔神劍〕以王文成公道德事功，譜之聲歌，欲令瞋笑皆若識公之面，可佐傳史所不及。曲白工麗，情境宛轉。（同上）

〔秀才送妾〕南八折《輟耕録》載：維揚秀士爲部主事致一妾，自邗關達於燕邸。時天漸暄，多蟲蚋，乃納之帳中。部主事初疑之，既而謝曰：「君真長者也！」相與痛飲盡歡而散。劇中水仙作合，以配於焉支公主，則勤之增之。以爲柳下、叔子之輩，必獲美報若斯耳。（《遠山堂劇品》雅品）

〔兒女債〕南北五折向見有傳子平二折，第碌碌完兒女債耳，閲之殊悶。勤之盡易前二折之詞，而於禽子夏北調，大闡玄機，有眼空一世之想。末折變幻，尤足令癡人警醒。乃知向所見，非全劇也。（同上）

〔勝山大會〕南北四折此必實有其事。鬱藍以險韻譜之，意想無出人頭地；若詞之瑩潤，則非作家不能。（同上）

〔夫人大〕南北四折此勤之初筆也。填實梁冀、孫壽事，及友通期冥訴，而冀、壽卒無恙，何耶？詞惟濃整而已。（同上）

〔耍風情〕南北四折傳婢僕之私，取境未甚佳，而描寫已逼肖矣。披襟讀之，良爲一快。（同上逸品）

〔纏夜帳〕南四折以俊僕狎小鬟，生出許多情致。寫至刻露之極，無乃傷雅！然境不刻不現，詞不刻不爽，難與俗筆道也。（同上）

〔海濱樂〕即《齊東絶倒》南北四折傳虞舜竊負瞽瞍，爲桃應實謊，爲咸丘蒙附會，錯綜唐、虞時人物事蹟，盡供文人玩弄。大奇！大奇！（同上）

〔姻緣帳〕南北四折瑶霎仙何預人事，而喋喋爲閨閣饒舌？踈者令之親，懼者動以怒；畢竟踈者不終踈，懼者乃終懼，兒女之情，固如是耳。瑶霎仙何事而饒舌哉？（同上）

沈自晉

吕棘津《神鏡記》名天成，字勤之，别號鬱藍生，姚江人。所著《烟鬟閣傳奇》十種。（《南詞新譜》卷首《古今入譜詞曲傳劇總目》）

〔臨江仙〕詞隱登壇標赤幟，休將玉茗稱尊。鬱藍繼有槲園人，方諸能曲律，龍子在多聞。香令風流成絶調，幔亭彩筆生春，大荒巧構更超群。鯫生何所似？顰笑得其神。（《望湖亭》傳奇第一齣）

湊廷堪

〔論曲絶句三十二首其二十八〕即空三籟訂南聲，騷隱吴騷亦有情。更與殷勤編曲品，羨他東海鬱藍生。（《校禮堂詩集》卷二）

附録三

吕天成和他的作品考

吕天成字勤之，號棘津，别署鬱藍生、竹癡居士。浙江餘姚人。明代萬曆時期的著名戲曲家。由於有關他的生平資料留傳下來的很少，他的創作又絶大部分散佚，因此，我們對他的了解很不够。乾隆楊志鴻鈔本《曲品》的發現，給我們考訂他的生卒年，提供了有力的根據。因爲這個鈔本附有《詞隱先生〈寄鬱藍生雙調詞〉》一套，沈璟自注「癸卯春作」。「癸卯」爲萬曆三十一年（一六〇三）。這是一組套曲，由〔江頭金桂〕、〔姐姐插海棠〕、〔玉山供〕、〔玉枝帶六么〕、〔撥棹入江水〕、〔園林帶僥僥〕和〔尾聲〕組成。〔園林帶僥僥〕後有作者注，云：「鄧禹二十四歲封高密侯，周瑜二十四歲破曹，吕君之年如之。」據此可知，沈璟寫這套集曲之年（一六〇三），吕天成恰好二十四歲，由此上推，他當生於萬曆八年（一五八〇）。

王驥德《曲律》卷四載：「勤之風貌玉立，才名藉甚，青雲在襟袖間，而如此人，曾不得四十，一夕溘先，風流頓盡，悲夫！」顧曲散人馮夢龍《太霞新奏》卷五，有王伯良（王驥德字）《哭吕勤之》套曲，其後馮氏有一段説明，亦云「余謂勤之未四十而夭」。王驥德和馮夢龍都説吕天成死時不到四十歲。那麽，他究竟卒於哪一年呢？

《哭吕勤之序》云：「曩子（按：疑爲「予」字之誤）入都時，時治牘寒暄，昨予以數行南訊，未至一日，而勤之卒矣。」在這套悼亡曲裏，王驥德沉痛地回憶，他入都時，和吕天成在暮春惜別：「離歌掠繡鞍，别色凄金盞。陡西城分手，正值春殘。」叙述他入京三年來對老友的懷念，在這期間，他們仍不斷有書信往還：「到長安，三年雲樹隔稽山。相思幾負看花限，烏絲片簡。北雪南飆，不斷黄河飛雁。」並時有詩歌唱和，這從吕天成的《紅青絶句題詞》也可以看出：「吾友方諸生自燕邸寄兩折來，爲《紅閨麗事》、《青樓艷語》，凡二百題。」（明刊本《紅青絶句》卷首）尤其重要的是，這個題詞自署「丙辰春日東海藍鬱生題於距仙佛處」。「丙辰」乃萬曆四十四年（一六一六），説明王驥德這年已經在北京了；王澹《西山詩》，前有小序也能作爲佐證：「西山詩，紀遊而作也。萬曆丙辰仲夏之望，同烏程關仲通、余鄉王伯良肩輿往焉。」（《牆東集》卷五）如果王驥德是萬曆四十三年（一六一五）入京的，既云「到長安，三年雲樹隔稽山」，寫《哭吕勤之》這一年，應是萬曆四十六年（一六一八），呂天成當卒於是年。由生年萬曆八年(一五八〇)往下推算,他享年三十九歲,正好與「不滿四十」合。

呂天成出身官宦世家,是一位翩翩公子。他之所以嗜好曲學,是和家庭及親友的影響分不開的。

曾祖呂本(一五〇四—一五八六),字汝立,號南渠。嘉靖二十八年(一五四九)入内閣,官至少保兼太子太傅、禮部尚書、武英殿大學士,謚文安(見焦竑《國朝獻徵録》卷一六汪道昆《太傅呂文安本傳》和《明史·宰輔年表二》)。因爲他的地位相當於宰相,所以,沈璟《寄鬱藍生雙調詞》,稱呂天成能「守相國傳家風教」。

祖父呂兑(一五四〇—?),字通逋,號柏楊。以父蔭授中書舍人,歷禮部精膳司主事(見呂本《餘姚新河呂氏家乘》)。祖母孫鐶,是南京禮部尚書孫昇的女兒。孫鑛《壽伯姊呂太恭人七十序》云:「姊自髫年習書,常憶昔先夫人教姊爲詩,鑛從旁聽,雖不解音律,而稍知其意,姊啓鑛良多。又姊好觀史籍,從諸嫂侍先夫人商討古今豪傑事,甚有丈夫之概。」(《孫月峰先生全集》卷八)她不僅能寫詩,具有豐富的歷史知識,而且「好儲書,於古今劇戲,靡不購存,故勤之氾瀾極博」(《曲律》卷四)。在祖母的陶冶下,呂天成從小就受到良好的教育,並對戲曲産生濃厚的興趣,一生辛勤購求收藏戲曲作品不輟。

父胤昌（一五六〇—？），字玉繩，又字麟趾，號姜山。他與湯顯祖、孫如法等，都是萬曆十一年（一五八三）的同科進士。官宣城司理、吏部主事和河南參議。他也是嗜書成癖，特别喜歡小説，曾向孫鑛請教過這方面的問題（見《孫月峰先生全集》卷九《與玉繩論小説家書》）。對戲曲也頗有興趣和研究，同張鳳翼、汪道昆、屠隆、梅鼎祚以及龍膺等均有交往，這些人都是萬曆劇壇上的重要作家，他們的戲曲創作不能不對吕天成産生影響。吕氏的傳奇「始工綺麗，才藻燁然」，可能同屠隆、梅鼎祚等雕金鏤彩的駢麗文風有關。

對吕天成來説，家庭的熏陶只不過是一個方面，更重要的是，他得力於外舅祖孫鑛和表伯父孫如法的傳授。

孫鑛（一五四三—一六一三），字文融，號月峰，萬曆甲戌（一五七四）進士，官至南京兵部尚書，故稱司馬。吕胤昌有《大司馬月峰孫公行狀》，見吕兆熙輯《姚江孫氏世乘》。他是當時著名的古文家，以評點經史而著稱，黄宗羲稱他「喜讀書，六經子史，字櫛句比，丹鉛數遍，莫不出新意」（《姚江逸詩》卷一二）。他也喜愛詞曲，幼年得睹曲家陳鳴野的風采，後在京師又與徐文長游（見《孫月峰先生全集》卷七《樵史序》）。尤工戲曲音韻之學，如果説沈璟的曲學側重於釐訂聲之平仄，而孫鑛則注重於「析字之陰陽」。他在給沈璟的書信中闡述説：

向承教，謂欲於暇日作一韻書，兹弟有鄙見，敢陳之：竊謂天地間元有六聲，不知君家休文何以遽定爲四，其云「天子聖哲」是矣。但平有陰陽，入有抑揚。……故總論則止三聲，平側入是也；析論則平有陰陽，側有去上，入有抑揚。今獨於側分去上，而於平入則混而爲一，且至於反切，俱不分陰陽而混之，何其忽略也。此惟詞曲中最易辨。北調以協弦管，弦管元無入音，故詞亦因之。若南曲則元有入音，自不可從北，故凡揭起調，皆宜陰、宜去、宜揚，納下調，皆宜陽、宜上、宜抑。兄但取舊南曲，分別六聲，令善歌者歌之，儻宜陽而用陰，宜去而用上，宜抑而用揚，歌來即非本字矣。宜陰、上、揚，而反之亦然，此豈非天地間自然之音乎？惟兄再詳審之。

南曲演唱的咬字發聲，在很大程度上是以這種理論作爲指導的。孫鑛對傳奇的創作，也發表過精辟的意見：

凡南戲，第一要事佳；第二要關目好；第三要搬出來好；第四要按宫調，協音律；第五要使人易曉；第六要詞采；第七要善敷衍，淡處作得濃，閑處作得熱閙；第八要各脚色分得匀妥；第九要脱套；第十要合世情，關風化。持此十要，以衡傳奇，靡不當矣。

吕天成曾在《曲品》中加以稱引，並作爲自己評論戲曲作品的依據。

孫如法（一五五九—一六一五），字世行，號俟居，别號柳城。官刑部主事時，因建皇太子和册立皇貴妃忤旨，貶爲潮陽典史。由於諸父孫鑛的影響，他少年時就「頗解詞曲，興至則曼聲長歌，繞梁振木」。貶官之後，更寄情於詞曲。他和沈璟的遭遇近似，兩人相交甚厚，他曾幫助沈氏改正過傳奇的韻句，「吴江沈光禄，即公所疏救者，林居講詞曲之學，東南風雅士咸推爲詞隱先生。公觀其所著論詞、曲譜等書，悦之，遂取其新舊傳奇數十帙，皆改正韻句」（《姚江孫氏世乘》卷六錢櫕《光禄卿俟居孫公傳》）。又時招吕天成、王驥德商榷詞學，「先生自謫歸，人士罕見其面，獨時招余及鬱藍生，把酒商榷詞學，娓娓不倦」。他們兩人「于陰陽二字之旨，實大司馬暨先生指授爲多」（《曲律》卷四）。

當然，吕天成在戲曲創作和曲學研究上的成就，同沈璟、王驥德、葉憲祖、卜世臣等戲曲家的幫助和切磋是分不開的。他是沈璟的得意弟子，能得沈氏曲學的真傳，「率斤斤功令，稱松陵衣鉢高足」；沈璟也將生平著述，悉授予他，吕天成爲之刊刻傳播，不負相知耳。至于同王驥德，過從甚密，共同的興趣和愛好，使他倆垂交近二十年，情同手足，「以此道桴應，抵掌無兩」（《哭吕勤之序》）。他們彼此幫助，共同研習，曲學益加精進，終於完成《曲律》和《曲品》這樣兩部在戲曲史上交相輝映的理論著作。

吕天成雖然自幼就喜愛詞曲，但真正從事戲曲創作則在二十歲的時候，「予舞象時即嗜曲，弱冠好填詞」（《曲品自叙》）。他的創作活動，明顯地分爲前後兩個時期：前期從二十歲（一五九九）寫《神女記》開始，到三十一歲（一六一〇）《曲品》完稿爲止，這十二年是才華横溢、創作力最旺盛的黄金時代,他的絶大部分作品都是在這個時期寫成的。後期從三十二歲(一六一一)到三十九歲(一六一八),在這八年裏,除對《曲品》做過增補之外,却很少有所作爲,只寫過一些像《紅青絶句》之類無聊的閨情作品,所以王驥德説他「近年來譜閑情花滿金鐶,露竹殺千竿,題愁寫怨,淋漓濕未乾」(《哭吕勤之》)。

爲什麽前後會判若兩人,發生如此重大的變化呢?這可能有兩方面的原因。一是功名未遂,悔此道之誤。在封建社會裏,士大夫囿於階級偏見,他們鄙薄戲曲,視之爲小道,而把科舉入仕當作正途。即使像孫鑛這樣重視戲曲的文人,也難擺脱成見的桎梏,他連篇累牘地作書,鼓勵自己的外孫甥攻古文詞,習舉子業,留心時藝,並殷切期望他一舉得中,「甥孫才素高,今若沈潛於經術,取青紫如拾芥耳」(《孫月峰先生全集》卷九《與吕甥孫天成書牘》)。吕天成果然在萬曆三十一年(一六〇三)應鄉試,沈璟《寄鬱藍生雙調詞》中所寫的「春歸早,擬秋闈奪錦袍」,就是指這件事情。這次雖然没有考中,但成績還可以,所以孫鑛繼續鼓勵説:「秋闈獎賞是來科大捷之兆,愚聞亦稍喜慰。」(《與吕甥孫天成書牘》)從此以後,既不見祝捷的喜報,也没有被録取的消息。吕天成由於功名屢遭挫折,曾一度對詞曲的愛好産生了動摇。他在《曲品自叙》裏,發出這樣的慨歎:「十餘年來,予頗爲此道所誤,深悔之,謝絶詞曲,技不復癢。」二是心情沮喪,淡然入道。吕天成在《曲品》的許多評語中，對那些歌頌民族英雄、表彰俠義之士的戲曲作品，備加推崇，反之，對劇中的反面形象如秦檜、嚴嵩之類的奸佞，則無情揭露，甚至手刃爲快。這裏不僅表明了作者鮮明的政治態度，而且也反映出呂天成積極用世的滿腔熱情。自萬曆三十八年（一六一〇）沈璟死後，孫鑛於四十一年（一六一三）、孫如法於四十三年（一六一五）相繼謝世，他的心境逐漸轉入頹唐，崇信莊老，「澹然入道」（《紅青絶句題詞》）。但富家公子的劣根性，又使他不能忘情於依紅偎翠的閨情生活，最後，竟不滿四十，賫志而殁。其子師著，字謫名，號客星，能承襲呂氏家風，亦喜好戲曲創作，「以傳奇七種行人間」，惜不見存本。毛奇齡《西河文集》「墓表五」有《敕授江寧北捕通判呂師著墓表》。

呂天成的著作最爲人所熟知的是《曲品》。這是一部品評明代傳奇作家和作品的專著。據該書自序，初稿寫於壬寅歲，即萬曆三十年（一六〇二），「然惟於各傳奇下著評，語意不盡，亦多未當。尋棄去」〔一〕。萬曆三十八年（一六一〇）春，由於王驥德的慫恿，呂氏歸檢舊稿，又加以更定。「頃南戲鬱藍生已作《曲品》，行之金陵」（《曲律》卷四），可見當時已在南京刊刻行世。祁彪佳的《遠山堂明曲品》，就是仿照它並在其基礎上撰寫的，説明

〔一〕本文所引《曲品》原文，均出自清華大學圖書館藏乾隆楊志鴻鈔本《曲品》。

直到明朝末年，這個刊本還存在。清代著名經學家淩廷堪在乾隆己亥（一七七九）所寫的《論曲絶句三十二首》中説：「即空三籟訂南聲，騷隱吴騷亦有情。更與殷勤編曲品，羡他東海鬱藍生」（《校禮堂詩集》卷二）。淩氏既然論到《曲品》，那麽他一定目睹過該書，究竟是刊本還是鈔本，不可得知，但有一點是清楚的，吕氏《曲品》始終流傳不衰，並爲戲曲評論和研究者所重視。現在所通行的幾種刻印本，均出自暖紅室傳鈔曾習經所見的清鈔本，劉世珩跋文説：「揭陽曾蟄庵參議習經昔見於廠肆，手録藏之，不知其爲誰氏本也。」後又陸續發現兩種清人鈔本。今所能見到的《曲品》傳本，計有以下幾種：

一、暖紅室刻本　有清末民初的初印本，後收入《暖紅室彙刻傳奇》中去；一九三五年，上海來清閣重印本。一九五九年，中華書局上海編輯所出版的《録鬼簿》（外四種）收録的《曲品》，就是據此本重印的。

二、吴梅校本　一九一八年十一月，北京大學出版部初版；一九二三年再版。

三、曲苑本（影石印巾箱本）　一九二一年古書流通處據王國維鈔校本刊印。

四、重訂曲苑本（影石印巾箱本）　一九二五年印，陳乃乾編。

五、增補曲苑本　一九三二年，上海、杭州六藝書局刊，題正音學會增校。

六、論著集成本　一九五九年，傅惜華、杜穎陶校訂，收入中國戲曲研究院所編《中國古典戲曲論著集成》第六集。

七、清河郡鈔本　北京大學圖書館善本室藏清鈔本，因書口有「清河郡」三字，故稱。

八、乾隆楊志鴻鈔本　清華大學圖書館藏。另外，孫殿起《販書偶記》卷二〇「曲話之屬」，尚著録舊鈔本《曲品》二卷。據孫殿起先生的助手、中國書店的雷夢水先生説，孫氏常爲東莞藏書家倫哲如覓書，這部鈔本《曲品》，或爲倫氏所得。他南歸後，其書泰半歸國家圖書館收藏，可惜至今下落不詳。

上述一至五種本子，不僅「訛字晦句，層出疊見」，況且劉世珩、王國維、吴梅等人又據己見增訂校補，尤其是暖紅室本、吴梅校本增補處更多。據葉德均《曲品考》考證，改上卷作者姓名字里三十五處，增注卷下舊傳奇作者八處（吴校本九處），致使面目失真（見《戲曲小説叢考》卷上）。論著集成本《曲品》，「將劉、王、吴三家的訂本與同一類型的『清河郡』鈔本綜合彙訂，用力甚勤。可惜校例不一，一會以劉本作底本，一會兒又以『清河郡』本做底本，使讀者無所適從，頗有違失，未免遺憾」〔一〕。

清河郡本《曲品》，用黑格紙鈔寫，卷首有「文吉館」、「張氏珍藏」和「清河郡圖書印」等

〔一〕見吴新雷《曲品真本的考見》，載《文匯報》一九六二年四月二十日第三版。

藏書章。從其避玄燁的名諱看，此鈔本當在康熙以後。其中有不少地方用朱筆校補過，可能是後人所加。我與諸本比勘，同三種曲苑本頗相似。

清華大學所藏清人鈔本《曲品》，卷首有「豐華堂書庫寶藏印」朱文鈐記，卷尾署「乾隆辛亥迦蟬楊志鴻録」。它原爲杭州楊文瑩豐華堂的藏書，一九二九年歸清華大學。當年該校圖書館主任洪有豐在《購買杭州楊氏藏書報告》中説：「浙杭藏書家首推丁丙氏八千卷樓，次之即爲楊文瑩氏。楊氏之藏與丁氏同時，今已歷兩代，雖宋元之刊不能與丁氏媲美，然特藏亦可稱雄，如浙江省各府廳州縣志書，非但名目可稱無遺，而版本咸備，金石之書亦復如是。至詩文集部，尤以浙江先哲著述爲多，而清代專集亦復不少，非積數十年窮搜極訪，何克臻至？」〔二〕從楊氏喜收藏浙江先哲的著述來看，這個鈔本《曲品》很可能是根據餘姚吕氏的原本迻録的。作者所撰的《曲品自叙》，題萬曆癸丑（一六一三）清明，比通行本的自序（作於一六一〇）晚三年。此本不像他本雜入高奕的《新傳奇品》和無名氏的《古人傳奇總目》，眉目清楚。全書分裝爲二册，上册從「自昔伶人傳習」至「篇章應不朽，姓氏必兼存」爲卷上，與通行本相同。所不同者是從「傳奇品定頗費籌量」至「《五倫》……或謂此記

〔二〕見一九二九年八月三十日《國立清華大學校刊》。

以蓋《鍾情麗集》之窓耳」，析爲卷中。下册從「新傳奇」開始至卷終，未標明「卷下」字樣。據呂氏自序，《曲品》分爲上下兩卷，此本所謂「卷中」之「中」字，殆爲「下」字之誤鈔。這部精鈔本《曲品》，增加了不少條目，也删去個别條目；字句也有不少改訂，與通行本頗異。書後所附録的《詞隱先生致鬱藍生書》、《詞隱先生寄鬱藍生雙調詞一套癸卯春作》以及《松蘿道人書》，是研究呂天成和他的作品的珍貴材料，爲他本《曲品》所未收。自從一九五九年吴曉鈴先生等撰文提到乾隆楊志鴻鈔本《曲品》後〔一〕，引起一些研究者的重視，吴新雷同志和趙景深先生相繼作文介紹和評述，都認爲它是一部近於呂氏原著的增補本。

《曲品自叙》云：「仿鍾嶸《詩品》、庾肩吾《書品》、謝赫《畫品》例，各著論評，析爲上下二卷，上卷品作舊傳奇及新傳奇者，下卷品各傳奇。其未考姓氏者，且以傳奇附；其不入格者，擯不録。」所謂「作舊傳奇者」，指元末至明初南戲和傳奇的作者；「作新傳奇者」則指嘉靖、萬曆間諸作者。凡是嘉靖以前的作者和作品，分爲神、妙、能、具四品；以後的作者和作品，分爲上中下三品，每品再分上中下三等。又附論作南劇者二人及作散曲者二十五人。一六一〇年的通行本，記載戲曲作者九十人，散曲作者二十五人，南戲和傳奇作品

〔一〕吴曉鈴等《十年來的古典文學研究和整理工作》，載《文學評論》一九五九年第五期。

一百九十二種。一六一三的增補本，戲曲作者增至九十五人，南戲和傳奇作品增至二百一十二種（在品評劇目部分，尚有南戲、傳奇和雜劇三十五種，未統計在内）。散曲除個别作者更動外，人數仍然依舊。

在這二百一十二種作品中，僅有二十一種爲《永樂大典戲文目》、高儒《百川書志》、徐渭《南詞叙録》和晁瑮《寶文堂書目》所著録，其餘一百九十一種，均是首次見於著録。這些作品，今有傳本者九十九種，存有散齣或零支曲文者五十二種，全佚者六十四種。正因爲《曲品》中保存了這樣衆多的傳奇作家和傳奇劇目的材料，而且成書年代，除《南詞叙録》成書於嘉靖三十八年（一五五九）外，數它最早。又加之吕氏的曲藏豐富，所著録的許多作者，或爲其鄉里，或爲其父輩之同好，或是他本人的親友，引證的材料也都翔實可靠。所以，祁彪佳的《遠山堂明曲品劇品》以它爲藍本，清代黄文暘的《曲海目》，王國維的《曲録》，以及傅惜華先生的《明代傳奇全目》，都取材於它。它的確是我們研究明代戲曲的最珍貴的文獻。不過有的研究者只看到它的史料價值，而忽略它在戲曲理論上的貢獻。這未免有些片面。其實，《曲品》不僅僅是一部傳奇作家和作品的目録，吕天成的一些論述和對作品所下的許多評語，不乏真知灼見，尤其是關於戲曲創作方面的見解，直到今天仍不失其奪目的光彩，具有一定的借鑒的作用。我已另有專文探討，這裏就不再贅述了。

呂天成所作傳奇，各書著録不一。據《詞隱先生致鬱藍生書》載，有《神女記》、《金合記》、《戒珠記》、《神鏡記》、《三星記》、《雙棲記》、《四相記》、《四元記》、《二婬記》和《神劍記》，這就是《南詞新譜》「古今入譜詞曲傳劇總目」所説的《烟鬟閣傳奇》十種。《曲律》卷四著録，除上述十種外，又多出《雙閣記》（即《雙閣畫扇記》）一種。祁彪佳《遠山堂明曲品》著録十一種，《李丹記》、《藍橋記》係新增，其他均不出上述範圍。《傳奇彙考標目》别本還録有《玉符記》、《金谷記》和《碎琴記》三種。《曲品》卷下「新傳奇品」胡全庵《奇貨》條評語云：「予擬作《玉符記》，未果。」而《金谷記》殆《金合記》之誤。其實前一種只是「擬作」，根本不存在，後一種已見前著録。至於《碎琴記》又從不見他書著録，是否屬於吕氏的作品，尚難斷定，故傳惜華先生《明代傳奇全目》列入存疑。總之，吕天成所作傳奇共十三種。趙景深先生據沈璟《致鬱藍生書》和《贈鬱藍生雙調詞》考訂，認爲《神女記》、《戒珠記》、《金合記》是吕氏二十歲（一五九九）時的少作；《三星記》、《神鏡記》、《四相記》是二十一歲至二十四歲（一六〇〇至一六〇三）的作品；《雙棲記》、《四元記》、《二婬記》、《神劍記》該是二十四歲以後這十年（一六〇三至一六一三）以内的作品；他如《曲律》所著録的

《李丹記》、《藍橋記》、《雙閣畫扇記》，大約是一六一三年以後的作品〔一〕。

這裏有兩點疏忽，需要加以辨正。一是據《吴江沈氏家譜》，沈璟卒於萬曆三十八年（一六一〇）正月十六日，《致鬱藍生書》至遲應寫於一六一〇年以前，因此，這封信裏所説的《雙棲記》、《四元記》、《二婬記》和《神劍記》等四部傳奇，如果吕天成作於二十四歲以後，也當在一六〇九年沈璟在世的時候，所以，應是一六〇三年至一六〇九年這七年之間的作品。二是《李丹記》、《藍橋記》和《雙閣畫扇記》，僅後一種爲《曲律》卷四所著録，前兩種見於《遠山堂明曲品》「雅品逸文」，籠統稱《曲律》著録不妥。尤其是《雙閣畫扇記》，在萬曆三十八年（一六一〇）的通行本《曲品》中，就已經涉及，如卷下「新傳奇品」汪廷訥《二閣》條評語云：「予曾爲《雙閣畫扇記》，即此朱生事也，不意汪亦爲之。」故它應斷爲一六一〇年以前的作品内，不應列入一六一三年以後。

吕天成所作的十三種傳奇，當時可能都有刻本，馮夢龍曾見到《神劍記》，並説：「其餘散絶未見也，當爲購而傳之。」（《太霞新奏》卷五）現在我們所知，除《神劍記》在《南詞新譜》卷四存〔正宮半陣樂〕一支曲文外，其他均失傳。明代戲曲家爲他撰寫的序文尚存四

〔一〕見趙景深《增補本〈曲品〉的發現》，原載《復旦大學學報》一九六四年第一期，收入趙著《曲論初探》一書。

篇：梅禹金《鹿裘石室集》卷一八有《神女記題詞》、《金合記題詞》和《戒珠記題詞》三篇；葉憲祖《青錦園文集》卷三有《神女記序》一篇。關於傳奇的内容和藝術特色，我們只能從明人的評論中窺豹一斑了。沈璟《致鬱藍生書》云：

《神女記》，東鄰客舍，曲有情境，而音律尚墮時趨。《戒珠記》，王謝風流，足以揮灑，而詞白工整，局勢未圓。《金合記》，載張無頗事，兼及盧杞富貴神仙，醒世之顛倒，而猶覺未冺。此皆世丈弱冠時筆也。他如《三星記》，自寫壯懷，極工極麗。《神鏡記》，劍俠聶隱娘事，奇秘可喜。《四相記》，揚厲世德，日月争光。《雙棲記》，即《神女記》改本，然與前絶不同；高唐之夢玉（王）夢也，何不改正之？《四元記》，倫氏科名之盛，而警戒貪淫，大裨風教。《二婬記》，縱述穢褻，足壓王、關，似一幅白描春意圖，真堪不朽。《神劍記》，爲新建發藴，可令道學解嘲。……總之，音律精嚴，才情秀爽，真不佞所心服而不能及者。

王驥德《曲律》卷四，亦云：

所著傳奇，始工綺麗，才藻燁然；後最服膺詞隱，改轍從之，稍流質易，然宫調、字句、平仄，兢兢毖昚，不少假借。

雜劇作品，據《曲律》卷四：「迨二三十種。」從《遠山堂明劇品》的著録，可考知名目者僅八種：《海濱樂》（即《齊東絶倒》）、《秀才送妾》、《勝山大會》、《夫人大》、《兒女債》、《耍風情》、《纏夜帳》和《姻緣帳》，除《齊東絶倒》存於《盛明雜劇》中，其他均佚。沈璟稱其「諸小劇各具景趣，數語含姿，片言生態，是稱簇錦綴珠，令人彷徨追賞」（《致鬱藍生書》）。

從乾隆楊志鴻鈔本《曲品》中，我們可以發現，他還校正過二十八種傳奇作品，計有：《紫釵記》、《拜月記》、《荆釵記》、《牧羊記》、《白兔記》、《殺狗記》、《千金記》、《雙忠記》、《香囊記》、《虎符記》、《灌園記》、《扆扅記》、《浣紗記》、《彈鋏記》、《五鼎記》、《椒觴記》、《分鞋記》、《存孤記》、《還魂記》、《南柯夢》、《邯鄲夢》、《明珠記》、《紅拂記》、《祝髮記》、《竊符記》、《忠節記》、《合鏡記》。萬曆三十五年丁未（一六〇七），沈璟的《義俠記》刊行時，也由他擔任校讎工作，「今予任校讎之役，愧不能精閲」（呂天成《義俠記序》），并撰寫序。

此外，他還著有麗情小説，「世所傳《繡榻野史》、《閒情别傳》，皆其少年游戲之筆」（《曲律》卷四）。孫楷第先生《日本東京所見小説書目》著録，《繡榻野史》四卷，有萬曆刻本。《紅青絶句》一卷，今存明刊本，原爲西諦先生所藏，現歸國家圖書館。該書有作者《題詞》，自署「丙辰春日」，「丙辰」爲萬曆四十四年（一六一六），當作於是年。

綜上所述，呂天成的生平繫年是：

萬曆八年庚辰（一五八〇）生。

萬曆二十二年甲午（一五九四），十五歲，開始嗜曲。

萬曆二十三年乙未（一五九五），十六歲，作小説《繡榻野史》、《閒情别傳》。

萬曆二十五年丁酉（一五九七），十八歲，同王驥德訂交，從孫如法學詞學。

萬曆二十七年己亥（一五九九），二十歲，其子師著誕生。開始從事戲曲創作，作《神女記》、《戒珠記》和《金合記》傳奇。

萬曆三十年壬寅（一六〇二），二十三歲，《曲品》初稿成。

萬曆三十一年癸卯（一六〇三），二十四歲，鄉試落第。傳奇《三星記》、《神鏡記》和《四相記》，作於一六〇〇至這一年之間。

萬曆三十五年丁未（一六〇七），二十八歲，爲沈璟校訂《義俠記》傳奇，並作序。

萬曆三十七年己酉（一六〇九），三十歲，傳奇《雙棲記》、《四元記》、《二婬記》、《神劍記》和《雙閣畫扇記》，作於一六〇三年至這一年之間。

萬曆三十八年庚戌（一六一〇），三十一歲，改訂《曲品》成。

萬曆四十一年癸丑（一六一三），三十四歲，增補《曲品》成。

萬曆四十四年丙辰（一六一六），三十七歲，與史頡庵、宋瞻庵等結社唱和，作《紅青絶句》。

萬曆四十六年戊午（一六一八），三十九歲，卒。傳奇《李丹記》、《藍橋記》，作於一六一〇至這一年之間。

一九八一年十月於北京恭親王府

從《曲品》看呂天成的戲曲理論

明代的戲曲發展到嘉靖、萬曆年間，北雜劇日薄西山，益加衰落，以南曲爲主的傳奇則出現作品紛呈、諸腔競奏的繁榮景象。正如吕天成所説：「博觀傳奇，近時爲盛。大江左右，騷雅沸騰；吴浙之間，風流掩映。」戲曲本身的發展，必然要求人們從理論上加以探討研究，進行總結。於是曲論、曲譜之類的著作大量出現。吕天成的《曲品》就是這個歷史時期的産物，它和戲曲理論家王驥德所作的《曲律》，被譽爲明代論曲的雙璧〔一〕。

《曲品》主要是評論明代傳奇作家和作品的專著。據作者《自叙》，初稿寫在壬寅歲，即萬曆三十年（一六〇二），「然惟於各傳奇下著評，語意不盡，亦多未當。尋棄去」。萬曆三十八年春，由於王驥德的慫恿，歸檢舊稿，加以更定，遂完成現在常見的通行本《曲品》。萬曆四十一年（一六一三），又在此基礎上進行增補和修訂。凡三易其稿，而完成乾隆楊志鴻所據以鈔寫的《曲品》。

〔一〕見青木正兒《中國近世戲曲史》、葉德均《曲品考》（《戲曲小説叢考》卷上）。

《曲品》不僅僅具有重要的史料價值，其中的一些論述和對作家作品所下的許多評語，至今還有一定的借鑒作用，應當引起我們的重視。

吕天成在《曲品》卷下説：

我舅祖孫司馬公謂予曰：「凡南戲，第一要事佳；第二要關目好；第三要搬出來好；第四要按宫調，協音律；第五要使人易曉；第六要詞采；第七要善敷衍，淡處作得濃，閒處作得熱鬧；第八要各脚色分得匀妥；第九要脱套；第十要合世情，關風化。持此十要，以衡傳奇，靡不當矣〔一〕。

孫司馬即孫鑛，因官南京兵部尚書，故稱司馬。他的曲論留傳下來的雖然極少，但此「十要」却從劇本取材、情節安排、詞采、音律、表演和教化等方面，對傳奇的創作和演出發表了極爲精辟的意見。吕天成就是遵循這個教導，把它作爲品評傳奇的標準，但在具體應用中又有所側重，有所發揮，形成自己的一套戲曲觀。

事奇而真　合乎情理

關於傳奇的故事情節，他不僅要求事佳，而且强調事奇。例如：

〔一〕本文所引《曲品》原文，均出自乾隆楊志鴻鈔本。

杜麗娘事，果奇。（《還魂記》評語）

董永事奇。（《遇仙記》評語）

周孝侯除三害事，甚奇。（《蛟虎記》評語）

此楊伯雍種玉事，甚奇。（《藍田記》評語）

此《耳談》中楊大中一段事，甚奇。（《寶釵記》評語）

木生拾扇而得佳偶，其事固奇。海上遇仙，玉壺起死，尤出人意想之外。（《詩扇記》評語）

類似這種評論，在《曲品》中隨處可見，比比皆是。

爲甚麽戲曲作品必須要求故事情節的奇特呢？這是因爲：一、戲曲的取材和結構深受史傳文學、志怪小説、唐宋傳奇以及宋元話本的影響，它們都有一個特點，就是故事性强，情節曲折生動；二、戲曲作品又不同於前者，它不是案頭之曲，而要搬上舞臺演出，只有情節曲折生動，才便於安排結構，揭示矛盾衝突，刻畫人物性格；三、我國觀衆的欣賞習慣，也要求故事情節的曲折生動，它能吸引觀衆，娱樂觀衆，達到「寓教於戲」的目的。所以，明人茅瑛説：「傳奇者，事不奇幻不傳。」（《題牡丹亭記》）「事奇」可以説是明代傳奇創作的共同傾向。如王玉峰的《焚香記》：「其始也，落魄萊城，遇風鑒操斧，一奇也；及所聯之配，又屬青樓，青樓而復出於閨幃，又一奇也；新婚設誓奇矣，而金壘套書，致兩人生而

香記序》）

死，死而生，復有虚計之傳，愈出愈奇，悲歡沓見，離合環生。」（劍嘯閣主人袁于令《焚香記序》）

吕天成具有較高的戲曲藝術的修養，又有豐富的創作經驗，他是深懂曲學三昧的，因此，在品評傳奇劇本時，首先要求「事奇」。

當然，「事奇」並非是脱離現實，違背生活邏輯，以至奇到荒謬絶倫的地步。他評論顧大典的《義乳記》説：「事真，故奇。」《義乳記》雖然已經不存了，但從《曲海總目提要》卷七的著録，可以知道是「演東漢李善親乳李元兒李續事」，其人其事載於《後漢書・獨行傳》。這是一個宣揚義僕、充滿封建説教的戲，從思想内容看，是毫無足取的。可是，他指出傳奇劇本既要「事奇」，更要「事真」，「奇」是建立在「真」的基礎上，只有「事真」才能「事奇」，這種看法是很有見地的。用今天的話來説，就是戲曲作品要真實反映現實生活，情節的曲折生動，來源於生活的豐富多彩，摇曳多姿。如果歪曲生活，其事必然虚僞，根本談不上「奇」了。

吕天成總是肯定和稱贊那些真實反映現實的作品。評《琵琶記》説：「布景寫情，色色逼真。」贊賞張鳳翼的《祝髪記》「境趣悽楚逼真」。相反，對那些違背生活真實的作品，則痛下針砭，深爲不滿。如他批評顧懷琳的《佩印記》説：「朱買臣史傳本是極好傳奇，此作近俚。且插入霍山，時代亦舛謬。」朱買臣和霍光是同時代人，漢武帝時官會稽太守，《漢書》有傳。而霍山則是霍光的侄孫，漢宣帝地節時封樂平侯，後因謀反事敗而自殺，事見《漢書·霍光傳》。他和朱買臣相差兩代人，而作者硬把他們拉攏捏合到一起，顯然是不符合史實的，所以説「時代舛謬」。又如吴世美的《驚鴻記》，演梅、楊二妃相妬事，而劇中寫楊國忠拜相以後，才將楊玉環進於唐玄宗，這也是與事實不合的，因此，吕天成指出：「於事覺顛倒耳。」即使一些不重要的關目，他也不允許疏忽大意，如高濂的《玉簪記》，演書生潘必正和道姑陳妙常的愛情故事。第八齣《談經聽月》，寫衆徒弟在女貞觀中閒暇無事，裝扮成尼姑聽師父講《法華經》要旨，以此洗心。女貞觀是道姑修行的地方，不誦道家經藏而大講佛經，豈非咄咄怪事？它雖然不是戲中的主要關目，但悖於事理，與人物身份也不相稱，同樣會有損作品的真實性，故吕天成斥之曰：「女貞觀而扮尼講佛，紕繆甚矣！」類似這樣的批評，李漁也指出過：「如《玉簪記》之陳妙常，道姑也，非尼僧也。其白云：『姑娘在禪堂打坐。』其曲云：『從今孽債染緇衣。』『禪堂』、『緇衣』，皆尼僧字面而用入道家，有是理乎？」（《閒情偶寄》卷三《時防漏孔》）

明代不少傳奇作品，一味追求「無傳不奇，無奇不傳」，結果是「怪幻極矣……但要出奇，不顧文理」（張岱《瑯嬛文集》卷二《答袁籜庵》）。因此，强調「事真故奇」，在當時是很有針對性的。

呂天成又認爲傳奇可以「有意架虛，不必與事實合」。這豈不是同上面的説法自相矛盾嗎？其實並不抵觸，因爲傳奇不是「信史」，不必拘泥於真人真事，而是藝術地再現現實生活，它允許藝術虛構。没有虛構，也就没有戲曲。所謂「有意架虛，不必與事實合」，是就藝術虛構而言的，有時也稱之爲「傳奇法」。如鹿陽外史《雙環記》，演木蘭代父從軍的故事。它取材於北朝民歌《木蘭辭》。故事雖然很新奇，但情節比較簡單，要把它改編成傳奇，必須經過符合生活邏輯的大膽想象和藝術構思，「今增出婦翁及夫婿，串插可觀，此是傳奇法」（《曲品》卷下《雙環記》評語）。又如無名氏的《霞箋記》，演書生李彦直和妓女張麗容生死不渝的愛情故事。它是根據明代傳奇文《心堅金石傳》（見明何大掄《重刻增補燕居筆記》卷七）改編的。李、張爲了追求自由幸福的愛情，不向惡勢力屈服，心如金石一樣堅定不移，最後，這一對情侣都被本路參政阿魯台迫害致死。這是一個感人至深的悲劇故事，改編者對他們的不幸遭遇寄予深切的同情，將悲劇結局改爲大團圓的場面。這種使「死者生之，分者合之」，完全是憑借藝術虛構即「傳奇法」進行的。這樣改動並没有削弱人物形象，反而更真實，更符合觀衆的欣賞習慣，能達到「搬出甚激切，想見鍾情之苦」的藝術效果。

當然，藝術虛構不是憑空杜撰，它既然是一種「傳奇法」，總要遵循一定的創作原則。吕天成認爲這個原則就是「情」字。情者，合乎情理也。所以虛構的人物和情節，既不能違背生活的邏輯，也不能脱離劇情和人物性格本身的發展和需要。如無名氏的《合鏡記》，演樂昌公主破鏡重圓的故事。據孟棨《本事詩·情感第一》記載，樂昌和徐德言駙馬在動亂中失散後，被越國公楊素擄去，納爲姬妾，並受到「寵嬖殊厚」的待遇。改編成傳奇後，人物關係被重新調整，樂昌成爲越公之女。這種「虛構」，不僅使原來悲歡離合故事中的悲劇氣氛喪失殆盡，而且也不合乎情理，因爲作爲權豪的越公對才貌冠絶的樂昌，能不垂涎三尺？故吕天成批評説：「作越公女，反覺不情。」這種看法，後來張岱發揮得更爲明暢：「兄作《西樓》，只是一『情』字，講技、錯夢、搶姬、泣試，皆是情理所有，何嘗不熱鬧，何嘗不出奇，何取於節外生枝、屋上起屋耶？」（《答袁籜庵》）

删繁就簡　重點突出

祁彪佳在《遠山堂明曲品》中，評論朱期的《玉丸記》説：「作南傳奇者，構局爲難，曲、白次之。」李漁《閒情偶寄》一書，開宗明義第一章，就是談戲曲結構。可見結構在戲曲創作中的重要地位。然而，明代萬曆以前的戲曲論著，只注意到散曲和劇曲的曲文結構，至於戲曲劇本的藝術結構問題，却很少有人涉及。直到《曲律》和《曲品》問世，才開始引起重視。王驥德在《曲律》卷二《論章法》中，以「工師作室」爲喻，對戲曲結構發表了極爲精辟的見解；不過，他論述的重點仍然在於曲文的布局和劇本的章法。吕天成關於結構的論述，雖然不如王氏的全面和透徹，但他注意聯繫舞臺演出實際，這在當時是難能可貴的。如，他認爲汪廷訥的《三祝記》「摭事甚侈，而詞儘富足，若演行亦須一删」。他批評湯顯祖的《紫簫記》「太曼衍」，不適合在場上搬演，「留此供清唱可耳」。他對傳奇結構，要求：

一、删繁就簡。因爲戲曲要搬上舞臺，訴諸觀衆的視聽，所以特别忌諱繁縟。他認爲無名氏的《鳴鳳記》，「詞調儘鬯達可詠，稍嫌繁」。屠隆的《曇花記》長至五十五齣，「關目繁冗不堪，登場人物，陸續成隊，應接不暇，對這類「律以傳奇局則漫衍乏節奏」的作品，吕天成是深爲不滿的。他强調傳奇的結構要嚴謹緊湊，簡浄恰當。他稱贊無名氏的《赤松記》，「如許事而遺調不繁，亦得簡法」。對梁伯龍的《浣紗記》，他既肯定其「羅織富麗，局面甚大」，又指出「第恨不能謹嚴，事跡多，必當一删」。這個批評是非常中肯的。戴金蟾的《青蓮記》和屠隆的《彩毫記》，前者「簡浄而當，不入妻子，甚脱灑。《彩毫》雖詞藻較勝，而節奏合拍，此爲擅場」。吕天成本人的傳奇也是講究簡練的，梅鼎祚評他的《金合記》

説：「一時傳士，若緯真之《曇花》，若士之《紫釵》，膾炙人口，然微傷繁富，是記獨以簡得之。所謂共探驪龍，子得其珠耳。」（《鹿裘石室集》卷一八《金合記題詞》）

二、主次分明，重點突出。吕天成在《曲品》上卷，談到雜劇和傳奇的區别時，説：「雜劇但摭一事顛末，其境促；傳奇備述一人始終，其味長。」李漁認爲「此一人一事，則作傳奇之主腦也」。因此，安排人物和事件時，要主次分明，重點突出。如盧鶴江的《禁烟記》，演介之推的「忠而隱」，應當以介之推爲主，「但摭重耳事甚詳，嫌賓太勝耳」。章金庭的《符節記》也是如此，汲黯是主要人物，而田蚡、竇嬰則是起陪襯作用的次要人物，可是戲中「描寫田、竇炎涼事，曲折畢盡」，反而掩蓋了主要人物的形象，同樣是「稍覺客勝耳」。不管是「客勝」也罷，還是「賓勝」也好，都是喧賓奪主，不利於刻畫主要人物。爲了突出主要人物和事件，他强調一些重場面、關鍵性的情節，不能馬虎草率，需要着重描寫。如《紅拂記》，「私奔處未見激昂，吾友槲園生補北詞一套，遂無憾」。又如《竊符記》中「如姬竊符」的關目，「乃通本吃緊處，覺草草，槲園生補南北詞一大套，意趣頓𢛆」。這同王驥德所説的：「紅拂私奔，如姬竊符，皆本傳大頭腦，如何草草放過」的道理是一致的。至於那些與表現主題思想和揭示人物性格無關和關係不大的情節，以及游離於情節之外的人物，他主張删去。如張鳳翼的《扊扅記》，演百里奚的故事，其中「百里奚之母，蛇足耳」。又如張午山的《雙烈記》，演韓世忠和梁紅玉抗金的故事，「前段梁國之母作梗，近套，亦無味，必當删去」。他稱贊沈璟的《義俠記》「激烈悲壯，具英雄氣色」。同時又批評它在人物安排上的不合理，「武松有妻，似贅；葉子盈添出，無緊要；西門慶亦欠鬭殺」。因爲沈璟受到生旦離合悲歡的影響，在《義俠記》的第二、九、十五、二十及三十一這五齣戲裏，安排了武松妻子賈氏的戲，與表現主題和突出武松的義俠性格關係不大，確實是累贅。葉子盈出現在第十齣《遇難》、第十二齣《奇功》中，係一位蘇州先生，《水滸傳》裏原無此人，是作者硬貼上去的。因此，這個人物游離於劇情之外，所以説是「添出」，而且「無緊要」。西門慶在劇中是僅次於武松的重要人物，也應用力去刻畫，不可等閒視之。但在「血濺鴛鴦樓」這齣戲中，把處在你死我活鬭争高潮的對手，寫得「欠鬭殺」，軟弱無能，不堪一擊，就不能起到烘雲托月的作用，這在結構安排和人物塑造上，不能不説是敗筆。對傳奇中生旦兩個角色的配置，要視劇情的需要，「武松有妻，似贅」，固然不好，但整個劇幾乎都是生角戲，而旦角少，場上太冷落，吕天成也是不贊成的。如《千金記》，演韓信的故事，寫得「豪暢」，但「事業有餘，閨閫處太寥落」，他認爲不一定寫韓信有妻室，「且旦是增出」，只要着重寫好虞姬和漂母，亦未嘗不可。

三、曲折巧妙，前後呼應。「文似觀山不喜平」，戲曲作爲一種視聽藝術，是在矛盾衝突中，穿插情節，刻畫人物，更需要曲折巧妙，引人入勝。吕天成推崇汪廷訥的《彩舟記》，演江生和吴女「舟中私合事，曲寫有趣」。沈璟的《結髮記》，他認爲「情景曲折，便覺一新」。尤其稱贊沈鯨的《雙珠記》的結構，説它「串合最巧」。青木正兒也給它以很高的評價：「此記前半，明清戲曲悲劇中，爲稀見之佳構，事件展開亦然，且巧妙也。……下卷結束事件，手腕亦巧，吸引讀者之心，終篇不倦不離，洵可謂結構之妙手也。」（《中國近世戲曲史》第九章《崑曲極盛時代（前期）之戲曲》）又如《琵琶記》，將蔡宅和牛府交互演出，前者凋敝貧困，後者豪華富貴，兩相對照，更能把貧與富、悲和喜描摹得鮮明突出，淋漓盡致。對這種巧妙而自然的結構方法，吕天成極爲贊賞：「其詞之高絶處，在布景寫情，色色逼真。……串插甚合局段，苦樂相錯，具見體裁。」他還强調情節和情節之間，要前後照應，合情合理。如葉憲祖的《鸞鎞記》，劇中兩次出現杜羔妻寄詩給丈夫的情節，第一次是杜羔落第，趙氏效樂羊子妻引刀斷機的故事，先寄一首絶句激勵其志（見第十四齣《勵志》）；第二次是當他考中進士後，又寄一絶賀捷，後兩句云：「良人得意正年少，今夜醉眠何處樓？」吕天成認爲：「必作羔醉青樓之狀，而後其妻『醉眠何處』之句，猜來有情耳。」唐代進士題名後，可以遍閲諸妓，故前面安排杜羔醉眠青樓的情節，是符合當時情況的，只有這樣，後面趙氏「醉眠何處」之詩，才「猜來有情」，有的放矢，前後呼應，合情合理。相反，吴大震的《練囊記》，演章臺柳的故事，又插入紅線一事，就顯得格格不入，不合情理，所以他批評説：「似突然。」

後來，李漁關於戲曲結構方面的卓越見解，如「立主腦」、「減頭緒」、「密針線」等，雖然和王驥德有直接的淵源關係，但也受到吕天成的影響。

本色當行　雅俗共賞

元末明初流行的南戲，如《荆》、《劉》、《拜》、《殺》等來自民間，長期傳唱於曲場，它們的語言質而不俚，天然本色，爲後人所推崇。可是，成化、弘治以後，文人士大夫紛紛染指戲曲創作，他們不懂得戲曲藝術的規律，一味賣弄才情，炫耀博洽，結果是餖飣堆砌溢於案頭，雕琢綺麗之風充斥劇壇。這種不良的風氣，自邵璨的《香囊記》開始，至鄭若庸的《玉玦記》，愈演愈烈，不只屠隆、梁辰魚、梅鼎祚等戲曲名家具有這種傾向，就連湯顯祖的早期創作，也不免受到影響，如《紫簫記》「琢調鮮華，鍊白駢麗」，甚至《紫釵記》也「猶帶靡縟」（《曲品》卷下）。針對這種情況，嘉靖、萬曆間，許多曲論家都提出「本色」和「當行」的主張，並就這個問題展開了熱烈的辯論，其旨在反對駢麗堆砌之風，變「案頭之曲」爲「場上之曲」，這在當時很有積極意義。

那麼，甚麼是「本色」和「當行」呢？

對於「本色」的概念，當時的曲論家儘管有認識上深淺的差別，但主要是指曲文的通俗易懂。至於對「當行」的理解，就意見分歧，很不一致。何良俊在《四友齋叢説》卷三七中，對《拜月亭》推崇備至，認爲施君美的「才藻雖不及高（則誠），然終是當行」。看來，「當行」不在於「才藻」，只要「叙説情事，婉轉詳盡，全不費詞，可謂妙絶」就行了。臧晉叔把曲分爲名家與行家，名家以「文彩爛然」爲長，而行家則「隨所妝演，無不摹擬曲盡」，能達到「使人快者掀髯，憤者扼腕，悲者掩泣，羨者色飛」的藝術效果，便是曲之上乘，這就是「當行」（見《負苞堂集》卷三《元曲選後集序》）。淩濛初認爲：「曲始於胡元，大略貴當行，不貴藻麗。其當行者曰『本色』。」（《譚曲雜劄》）顯然，他把「當行」與「本色」當成了一碼事。吕天成覺得當時各家的辯論，並未將「本色」與「當行」解釋清楚透徹，「第當行之手不多遇，本色之義未講明」。因此，他又作了進一步的闡述：

當行兼論作法，本色只指填詞。當行不在組織餖飣學問，此中自有關節局段，一毫增損不得；若組織正以蠹當行。本色不在摹剿家常語言，此中别有機神情趣，一毫妝點不來；若摹剿正以蝕本色。今人不能融會此旨，傳奇之派，遂判而爲二：一則工藻繢以擬當行，一則襲樸淡以充本色。甲鄙乙爲寡文，此嗤彼爲喪質。而不知果屬當行，則句調必多本色矣；果具本色，則境態必是當行矣。今人竊其似而相敵也，而吾則兩收之。即不當行，其華可擷；即不本色，其質可風。（《曲品》卷上）

「本色」和「當行」雖然都是關於戲曲語言的概念，但二者既有聯繫，又有所區別，絶不可混爲一談。因而，吕天成首先指出二者的不同之處：「當行兼論作法，本色只指填詞。」亦就是説「當行」同劇本的作法有關係，而「本色」只指戲曲的曲辭。講作法必然涉及「關節局段」問題，「關節」，即劇本中的重要關目或關鍵性的情節；「局段」則指劇本的情節結構，吕天成在品評傳奇劇本的時候，經常用到這個詞。如，評《琵琶記》：「串插甚合局段，苦樂相錯，具見體裁。」評《蕉帕記》説：「情節局段能於舊處翻新。」《鸚鵡洲》「局段甚雜，演之覺懈」。「當行」既然與情節結構有關，進行戲曲創作時，就要考慮到戲曲藝術本身的規律，也就是要從舞臺演出的實際出發，在穿插情節、組織事件的同時，注意遣詞造句，妥善安排賓白和科諢，以期達到絶妙的藝術境界。從這個意義上説，「當行」就不僅僅是個語言問題。吕天成的主張，同臧晉叔把曲之上乘「首曰當行」的看法是一致的。這是一個很高的藝術標準，所以説「當行之手不多遇」。他反對不顧「場上之曲」的特點，熱衷「組織餖飣學問」、講究「藻繪」的做法，認爲會蠹蝕「當行」。

當時不少曲學家，把「本色」解釋爲曲文的通俗易懂，是無可非議的，當然應當看到它在力矯綺麗之風中的貢獻，但只停留在這樣的認識上是不够的。特別是有些人歪曲了「本色」的涵蘊，以爲曲文通俗易懂，就是「摹剿家常語言」和「質木無文」。呂天成很不滿意。這大概就是因爲「本色之義未講明」所導致的錯誤。他强調指出：「本色不在摹剿家常語言，此中別有機神情趣。」何謂「機神情趣」？李漁作了精湛的解釋：「『機趣』二字，填詞家必不可少。『機』者，傳奇之精神；『趣』者，傳奇之風致。少此二物，則如泥人土馬，有生形而無生氣。」（《閒情偶寄》卷一）黄周星又對「趣」字作了進一步説明：「製曲之訣，雖盡於『雅俗共賞』四字，仍可以一字括之，曰『趣』。古云：『詩有別趣。』曲爲詩之流派，且被之絃歌，自當專以趣勝。今人遇情境之可喜，輒曰：『有趣，有趣。』則一切語言文字，未有無趣而可以感人者。」（《製曲技語》）由此可見，「機神情趣」就是將曲文寫得生動形象，情趣盎然，體現出傳奇的精神和風致，這樣才可以感動觀衆。呂氏所説的「本色」，已經包含有戲曲語言個性化的意思。這是一種頗有獨創的看法，比簡單地談「本色」要深刻得多。爲了達到上述目的，他對「本色」又有一些具體的要求：

一要天然真切。《曲品》卷下評《拜月記》説：「元人詞手，製爲南詞，天然本色之句，往往見寶。」天然者，不假雕琢，還其本來面目也，這與王驥德所説的「本來」極其相似：「大曲以模寫物情，體貼人理，所取委曲婉轉，以代説詞，一涉藻繪，便蔽本來。」（《曲律》卷二）「本色」總是與真切質樸相聯繫的，如《純孝記》：「詞頗真切。」尤其是南戲的曲文更能表現出這種特色，吕天成一再肯定、稱贊不已：「以真切之調，寫真切之情，情文相生。」（《荆釵記》評語）「此詞亦古質可喜，令人想見子卿之節。」（《牧羊記》評語）「本色」與矯揉造作大異其趣，故它容不得「一毫妝點」。

二要有境有情。「意境」是我國古典文學中常見的一個概念，詩詞、繪畫和音樂莫不要表現意境。意境的高下深淺，也是衡量作品成敗的一種尺度。戲曲曲文作爲一種劇詩，同樣需要寫出意境，特别是抒情寫景的曲文更應當這樣。這也是「本色」所包含的一個方面。《曲品》中「境」、「境界」、「情境」等詞用得很多，不一而足，就其涵義來説都是指「意境」。「本色」不僅要求寫出意境，「抒寫處有境有情」（《明珠記》評語），「寫出有境」（《珠串記》評語），而且要寫透，「境界描寫甚透」（張太和《紅拂記》評語），要寫「激㥻」，「情境猶未激㥻」（《分柑記》評語），才能達到較高的藝術境界：狀景寫物，即景生情，情景交融，「描畫世情，或哭或笑」，「境慘情悲」，具有强烈的感染力。

三要易曉易聞。通俗易懂，是對「本色」的一個最起碼的要求，王驥德認爲如同白樂天作詩一樣，「作劇戲，亦須令老嫗解得，方入衆耳，此即本色之説也」（《曲律》卷三）。吕天成在總論明初的傳奇（實際上是南戲）時，説道：「存其古風，則湊泊常語，易曉易聞。」（《曲品》卷上）看得懂，聽得明白，也是區别「場上之曲」和「案頭之曲」的一個最根本的標準。戲曲主要是「市井文學」，尚「俗」是它的特色。因此，雜用一些常用的方言土語，甚至俏皮話，可以使戲曲語言更加生動活潑，寓莊於諧，雅俗共賞。沈璟《屬玉堂傳奇》中，有不少劇就具有這個特點。如《分柑記》「此本詼態疊出」；《四異記》則「淨丑用蘇人鄉語，亦足笑也」；《博笑記》「雜取《耳談》中事譜之，多令人絶倒。先生游戲，至此神化極矣」。從這些贊不絶口的評語裏，可以看出吕天成並不反對用「家常語言」，而是對一味「摹剿家常語言」不滿。如果不對生活中的口語提煉熔鑄，而是照抄照搬，必然粗俗俚腐，缺乏「機神情趣」。故「摹剿家常語言」是與「本色」大相徑庭、背道而馳的。

四要詞采秀爽。孫鑛在衡量傳奇的「十要」中，指出戲曲語言既要「易曉」，又要「詞采」，對此，吕天成是奉行不苟的。他的「本色論」只排斥填塞典故和堆砌詞藻，並不拒絶才情和詞采。屠隆的傳奇受駢麗派的影響，鏤金錯彩，傷於繁富，晚年所寫的《修文記》則趨向簡潔，他肯定其「詞采秀爽」。認爲無名氏的《赤松記》，「儻更以詞藻潤之，足壓《千金》矣」。戴金蟾的《鞦韆記》，事雖鄙俚，但「以秀調發之，迥然絶塵」。王驥德對湯顯祖竭力稱頌：「於本色一家，亦惟是奉常一人。」（《曲律》卷四）吕天成更是服膺湯氏的才情和文采:「情癡一種,固屬天生;才思萬端,似挾靈氣。搜奇《八索》,字抽鬼泣之文;摘艷六朝,句疊花翻之韻。……麗藻憑巧腸而濬發,幽情逐彩筆以紛飛。」(《曲品》卷上)他自己的作品,開始也多綺麗語,宗沈璟之後,才歸爲本色。但他的「本色」與其宗師迥異,他只是「稍流質易」,並不失其詞采,不像沈璟那樣過於質樸、淡而寡味。他能將文采和樸淡熔於一爐,這一點連沈璟也自認不如:「音律精嚴,才情秀爽,真不佞所心服而不及者。」〔一〕所謂「音律精嚴,才情秀爽」,恰是吕天成「本色」的重要方面。

此外,他還主張本色與當行、文采和通俗統一,使戲曲語言遵循戲曲藝術的特殊規律,做到文而不迂、俗而不俚,雅俗共賞。

貴於創新　忌在落套

明代的劇壇上,因襲落套的現象非常嚴重。吕天成對這種不良的傾向,極爲厭惡,强調傳奇創作貴在創新。這個主張始終貫穿在他對劇本評論的各個方面。

〔一〕見乾隆楊志鴻鈔本《曲品》附録沈璟《致鬱藍生書》。

傳奇的取材，雷同者居多；同一題材，大家都去染指，容易陳陳相因，墮入窠臼。如唐代許堯佐的傳奇小説《章臺柳傳》，寫詩人韓翃和柳氏悲歡離合的愛情故事，廣爲流傳。明代傳奇以它作題材的就有梅鼎祚的《玉合記》、張四維的《章臺柳》和吴鵬的《金魚記》等，而以《玉合記》較好，「自《玉合》出，而諸本無色」（《金魚記》評語）。稍後出的《練囊記》，雖然「亦賦章臺柳」，但「事未脱套」。吕天成所以一再要求「事佳」、「事奇」，就包含有「事新」的意思。同樣取材於唐代《崑崙奴傳》的同名傳奇《紅拂記》，「已經三演，在近齋外翰者，鄙俚而不典；在冷然居士者，短簡而不舒；今屏山不襲二家之格，能兼雜劇之長」。這是湯顯祖《紅拂記題辭》中的話，他引來稱贊張屏山的《紅拂記》，説明吕天成不是刻意求新，即使取材相同，如能突破形式的藩籬，具有創新的精神，他也予以肯定。特别對那些能於舊處翻新的作品，他格外褒美，如評單本《蕉帕記》云：「此係撰出，而情節局段能於舊處翻新，板處作活，真擅巧思而新人耳目者。演行甚廣，予嘗作序褒美之。」

新穎别致的作品，能吸引觀衆，具有感人的藝術魅力，而摹仿鈔襲的東西，庸淺粗俗，令人生厭。他對前者總是稱頌：「局境頗新」，「情景曲折，便覺一新」，對後者則報之以鄙薄和嘲笑：「此記著意鋪叙，甚長。但前半摹倣《琵琶》，近套，可厭。」（《玉魚記》評語）《合釵記》也是這一類作品，「内《遊月宫》一折，全鈔《彩毫記》，可笑」。

傳奇的體制是從南戲嬗變來的，一本戲可以多到四五十齣，顯得冗長曼衍，既不利於撰作，更難以在場上演出。嘉靖、萬曆間，一些有識之士，開始對傳奇的舊規不滿，一是從舞臺演出的需要出發，在藝人的促使下，由長變短，日趨簡練。如臧晉叔《紫釵記》改本末齣的評語：「自吴中張伯起《紅拂記》等作，止用三十折，優人皆喜爲之，遂日趨向短，有至二十餘折者矣。」另是獨辟蹊徑，别開新路，對傳奇的體制進行大膽地革新。僅據《曲品》的著録考察，早在嘉靖以前，就有人進行過這方面的嘗試。如沈采的《四節記》，以春夏秋冬四景，分譜四個古人的故事，「一記分四截，是此始」。稍後，有許潮的《泰和記》。許潮其人，過去不爲人所知，傳惜華先生《明代雜劇全目》也説：「生平事蹟，惜無可考。」其實，《湖南靖州直隸州志》卷一〇《文藝》和鄧顯鶴《沅湘耆舊集》卷一八，均載有他的略傳。他是嘉靖甲午舉人，做過河南新安縣令，「作《太和元氣記》諸詞曲，至今猶艷稱之」（《乾隆新安縣志》卷四）。嘉靖甲午是嘉靖十三年（一五三四），他既然在這一年考上舉人，應當是嘉靖、萬曆之間的人。其所著《泰和記》，也稱爲《太和元氣記》，以二十四節氣爲聯結樞紐，每一節氣寫一齣戲，共二十四齣。每齣譜一事，似雜劇；合則爲一本，又類傳奇。周貽白先生稱之爲「雜劇似的傳奇」（見《中國戲劇史長編》）。和傳奇的體制相比較，它的確是一個重大的改革。所以，吕天成極爲贊賞：「每齣一事，似劇體，按歲月，選佳事，裁製新異，詞調充雅，可謂滿志。」

自《四節記》和《泰和記》以嶄新的面貌出現以後，受其影響的戲曲作家頗多，他們紛紛起來，對傳奇的體制作了進一步的探索和革新。如沈璟的《十孝記》，「每事以三折，似劇體，此是自先生創之」（按：沈璟生於嘉靖十一年，即一五三三年，年代晚於許潮，首創之説不確）。他的《博笑記》演十個小故事，每個故事由下場人物串連起來，「體與《十孝》類」。至於他的《奇節記》，「一帙分兩卷，此變體也」。高濂的《節孝記》也倣照它，演「陶潛之《歸去》，李密之《陳情》，事佳，分上下帙，别是一體」。還有葉憲祖的《四艷記》，也都對傳奇的體制有所突破。當然，這些創新和改革並没有完全扭轉傳奇創作的傾向，但是，他們重視戲曲的演出效果，敢於打破傳統的束縛，這在當時是值得肯定的，吕天成能看到這一點並加以提倡，也是獨具慧眼的。

他不僅注意作品的創新，反對落套，而且對那些勇於進取的作家，也是充滿崇敬和欽佩之情的。這裏特别值得提起的是，他對湯顯祖的態度。

湯顯祖和沈璟是代表兩種不同的創作思想和藝術風格的作家，前者崇尚「才情」，後者注重「聲韻」。尚「才情」，利於直抒胸臆，最能表現自由狂放的精神；重「聲韻」，便於合律依腔，更能適合登場演出之需要。在創作上，湯顯祖作品的思想性和藝術性，遠高於沈璟之上，但「嗟曲流之泛濫，表音韻之立防；痛詞法之蓁蕪，訂全譜以辟路」，沈璟之功也不可埋没。

吕天成雖然是沈璟的嫡傳弟子，但並不持門户之見，黨同伐異。《曲品》中之所以「首沈而次湯」，只是爲了「挽時之念方殷，悦耳之教寧緩」，對湯顯祖不存在絲毫貶低的意思。相反，把他們兩人都評爲「上之上」，將他們的作品統統列爲「上上品」，對他們作了極高的評價：「予謂二公譬如狂、狷，天壤間應有此兩項人物。不有光禄，詞硎弗新；不有奉常，詞髓孰抉？」他認爲應當取長補短，互相結合：「儻能守詞隱先生之矩矱，而運以清遠道人之才情，豈非合之雙美者乎？」他的倡議爲後來的曲論家所接受。

他將沈湯比作「狂狷」，其典出自《論語·子路》：「子曰：『不得中行而與之，必也狂狷乎！狂者進取，狷者有所不爲也。』」湯顯祖本人也説：「子言之：『吾思中行而不可得，則必狂狷者矣。』語之於文，狷言精約儼厲，好正務法，持斤捉引，不失繩墨，士則雅焉。然予喜，乃多進取者。」（《湯顯祖詩文集》卷三二《攬秀樓文選序》）吕天成稱其爲「狂」，也就是肯定湯氏的積極進取的創新精神。《牡丹亭》正是體現這種創新精神的作品，他極其贊賞説：「杜麗娘事，果奇。而著意發揮，懷春慕色之情，驚心動魄。且巧妙疊出，無境不新，真堪千古矣。」

呂天成的戲曲理論，除上述幾方面外，還主張「合世情，關風化」。當然，他是要求合乎封建倫理之情，關乎封建綱常之化的。但對那些不顧戲曲藝術的特點，一味教忠教孝的作品，他也是很不滿的。他認爲沈齡的《龍泉記》「是道學先生口氣」，丘濬的《五倫全備記》「稍近腐」。他强調要「警俗」（評金懷玉的《香毬記》云：「狀敗家子處，堪警俗。」）、「訓俗」（評汪廷訥的《三祝記》云：「范文正父子事，可以訓俗。」）和「範俗」（評黄伯羽的《蛟虎記》云：「周孝侯除三害事，甚奇，可以範俗。」），説明呂天成重視戲曲對讀者和觀衆的教育作用或審美價值。他還恪守沈璟的教導，遵循孫氏家法，重視戲曲格律，把它作爲衡量作品高下的一個標準。凡是「能守韻」、「音律精工」的作品，他都加以稱許。要求戲曲「合律依腔」，正是從演唱的角度出發，無可非議，如果都像他自己的創作「音律精嚴」，「宫調、字句、平仄，兢兢毖吞，不少假借」（《曲律》卷四），也會束縛作家的手脚，限制才情的發揮，甚至還會墮入形式主義的泥潭。

呂天成畢竟是三百多年前的戲曲理論家，雖然提出一些值得我們肯定的戲劇見解，但也應看到《曲品》的不足之處。王驥德就曾經指出：「勤之《曲品》所載，蒐羅頗博，而門户太多。」又説：「復於諸人，概飾四六美辭，如鄉會舉主批評舉子卷牘，人人珠玉，略無甄别。蓋勤之雅欲奬飾此道，誇炫一時，故多和光之論。」（《曲律》卷四）這個批評無疑是正確的。但它的主要缺點却在於：一是有些劇作没有從作品的思想内容來考察它的高下得失，而是着眼於考證本事、講究音律、品評詞采等，這樣容易導致評論失當。如邵璨的《香囊記》，是「以時文爲南曲」的作品，早於吕氏之前的徐渭，就在《南詞叙録》中，對它進行過尖鋭地斥責：「《香囊》乃宜興老生員邵文明之作，習《詩經》，專學杜詩，遂以二書語句勾入曲中，賓白亦是文語，又好用故事作對子，最爲害事。」並指出它在文人傳奇中造成的惡劣影響：「效顰《香囊》而作者，一味孜孜汲汲，無一句非前場語，無一處無故事，無復毛髮宋元之舊。三吴俗子以爲文雅，翕然以教其奴婢，遂至盛行。南戲之厄，莫甚於今。」就是這樣一部早已被人唾棄的作品，而他則視爲珍品，將邵璨及其作品列爲「妙品」，並加以吹捧，説邵璨能「詞防近俚，局忌入酸。選聲儘工，宜騷人之傾耳；採事尤正，亦嘉客所賞心。存之可師，學焉則套」，認爲《香囊記》「是前輩中最佳傳奇也」。這種不從實際出發的評論，實質上是和徐渭唱反調。相反，則把李開先的《寶劍記》列入「具品」，比《香囊記》低兩等，這也是很錯誤的。二是，理論和實踐的自相矛盾。吕天成對「本色」與「當行」，以及二者的關係，作了正確的解釋，他反對濫用典故和雕琢詞采，但在評價屠隆、梅鼎祚等文采派作家時，又大加肯定，如：「詞調組詩而成，從《玉玦》派來，大有色澤」（《玉合記》評語）；「其詞華美充暢」（《曇花記》評語）。爲甚麼會自相矛盾呢？因爲吕天成本人就是從文采派轉化到本色派的劇作家，並没有從思想上斷絶與文采派的聯繫，容易故態復萌。同時也限於當時的社會和學術發展的水平，他還不能從社會的土壤裏找出「傳奇之派，遂判而爲二」的根本原因，僅僅歸結爲戲曲語言的差别，這樣也就必然造成他在理論上脱離實際的缺陷。三是，輕視民間戲曲藝人的作品。《曲品自叙》説：「初欲建一曲藏，上自先輩才人之結撰，下逮腐儒老優之攢簇，悉搜共貯，作江海大觀。既而謂多不勝收，彼攢簇者，收之污吾篋，於是多删擲，稍稍散失矣。」這段自白，説明他出於封建文人的階級偏見，對藝人的創作極爲鄙視，不僅把它們擯棄於《曲品》之外，而且從自己藏書篋中删擲，致使許多有價值的民間戲曲劇本散失。四是，由於《曲品》體例的局限，論述上不能暢所欲言，顯得瑣碎而不完整。

一九八一年十月於京郊

新印清初耕讀山房鈔本《曲品》校讀記

上海古籍出版社一九八五年八月出版的《訪書見聞録》中，收録《明代戲曲評論家呂天成》一文，附載了清初耕讀山房重訂本《曲品》全文。該書作者路工先生聲稱，此排印本

《曲品》是他據新發現的耕讀山房所過録的吕天成手稿本點校的。最近，筆者獲見了這個原鈔本，送呈雷夢水、袁行雲先生，經他們從紙質、字體和墨色等方面鑒定，認爲它並非吕氏的稿本，而是清初人的過録本。然而，它是目前所能見到的一部最早的鈔本《曲品》，書中提供的一些新材料，爲清華大學庋藏的乾隆楊志鴻鈔録的增補本《曲品》以及通行諸本《曲品》所没有，理應引起我們的重視，但用這個清初鈔本和排印本相對校，發現後者在整理上存在不少問題。

一、臆改

整理者未能忠實于原鈔本，過録時據己意改動增字的地方達二十二處之多，今舉其大者，擇例如下：

（一）第二五七頁「常州邵给諫」条，「選聲盡工，宜騒人之傾耳；彩筆尤正，亦嘉客所賞心」。

按：「彩筆」，鈔本原作「采事」。「采事」與上句「選聲」對舉成文，與義亦合。

（二）第二六四頁「周狄江直隸人」。

按：「周狄江」，鈔本原作「周秋汀」。整理者臆改後，又出校：「周狄江，字秋汀。」吴曉鈴《南北宫詞紀校補》：「周秋汀名瑞，直隸昆山人。」《道光崑新兩縣合志》卷二三有傳。

（三）第二六四頁「吴欽武進人」。

按：「吴欽」，鈔本原作「吴嶔」。《康熙常州府志》卷二二有傳，云：吴嶔，字宗高，武進人。嘉靖時，官長垣教諭。因通行諸本《曲品》，均作「吴欽」，可能據以誤改。

（四）第二六四頁「沈野翁丹□□□」。

按：鈔本此句無殘損漫漶，作「沈野翁丹青入道」，赫然在目，不知爲何脱去「青入道」三字。

（五）第二六四頁「殷部郎觸目琳琅」。

按：「琳琅」，鈔本原作「琳球」。琳球爲兩種美玉，李白《送楊少府赴選》詩：「夫子有盛才，主司得球琳。」

（六）第二六五頁《荆釵》「以真切之調，寫真切之情。情文相生，不是極詞」。

按：「不是極詞」，鈔本原作「最不易及」。此四句是對《荆釵記》的贊語。將「最不易及」臆改爲「不是極詞」，顯然與義相忤。

（七）第二六六頁《孤兒》「即以趙武爲屠岸賈子，韓厥自刎，正是劇局。近有徐叔回所改《八義》，與傳奇稍合，然未佳。予意依古傳，韓厥立孤，席間出趙武徧拜諸將，豈不真奇」。

按：「劇局」，鈔本原作「戲局」。「傳奇」，鈔本原作「傳」。此「傳」即下文所説的「古傳」，亦即《史記·趙世家》。「奇」字顯系誤增之字。

（八）第二六九頁《羅囊》「此記出在正德末年。高漢卿忠孝事，亦可觀。內《梁州序·春光好》一套，歌者盛傳之」。

按：這是對《羅囊記》的評語。「《梁州序·春光好》」，鈔本原作「梁州序，春光如海」。《羅囊記》已佚，但《群音類選》卷一五收有此記散齣《春遊錫山》，〔梁州序〕「春光如海」一套即出自此齣。

（九）第二八〇頁《双珠》「王楫事真，第後半妻生，及子得第，補出耳。情節極苦，串合最巧，觀之慘然」。

按：「妻生」，鈔本原作「回生」。因《曲苑》本《曲品》作「妻子回生」；而暖紅室校刻本、吴梅校本，皆作「妻子再生」，故據以臆改爲「妻生」。

（一〇）第二八一頁「事亦佳，然尚未脱俗。觀其賓白工整，非草草者」。

按：「脱俗」，鈔本原作「脱套」。

(一一)第二九三頁「煙霰子隱求甫，東吴人，所著傳奇一本」。

按：「煙霰子」，鈔本原作「煙霞子」，「霰」字誤。

(一二)第二九四頁「黄惟楫説仲，臺州人，續作傳奇一本」。

按：「黄惟楫」三字，鈔本殘損，既據他本補出，當出校記。「臺州」，鈔本原作「赤城」。

二、脱漏

(一)第二六一頁「祝長生粟」。

按：鈔本原有「□□人」，置于「金粟」之後。

(二)第二六五頁「仰配《琵琶》，而鼎峙《拜月》者乎」。

按：這是指《荆釵記》可與《琵琶》、《拜月》二記媲美。「仰配」前，鈔本原有「直當」二字，脱。

(三)第二六六頁《連環》評語後，有：

「妙品七

玉環

此隱括元《兩世姻緣》劇，而於事多誤，想作者有憾乎外家耳。陳禺陽作《鸚鵡洲記》，方是實録」。

按：此條整理者過録時全部脱漏。

（四）第二六九頁《三元》下，鈔本原有「沈壽卿作」四字，今皆漏抄。

（五）第二七七頁「獅吼懼内從無南戲。汪初制一劇，以諷枌榆，旋演爲全本。備極醜態，堪捧腹。末段悔悟，可以笄幃中矣」。

按：鈔本最後一句，「可以」下有「風」字，「風」即「諷」，脱此字而語義不明矣。

（六）第二七七頁「彩舟舟中私合事。曲寫有趣，寫《香球》稍相類，蓋昔原有事耳」。

按：《香球》之上「寫」字，鈔本原作「與」字；「蓋昔原有事耳」之「有」字下，鈔本有「此」字。

（七）第二九二頁「鑲環　藺相如使秦事甚壯，與廉頗交更有味。但云爲平原君婿，可笑！作者不超脱」。

按：最後一句「作者」下，鈔本原有「筆」字。

（八）第二九四頁「右右下上品」後，脱「龍門山人所著傳奇一本」。

按：「龍門山人所著傳奇一本」（以後皆殘損），鈔本原有此十字，今徑删去，又不出校記，使人誤把殘卷當成全帙。

三、失校

整理者僅就書中人名出了校勘記，鈔本中的一些明顯錯誤未能正其訛誤，加以説明。如：

（一）第二五九頁「天池湖海才豪，煙霞仙品。……著書而問字奇亭，度曲而聲震林木」。

按：「問字奇亭」，「奇亭」應爲「旗亭」之誤。

（二）第二五九頁「恒宇俊度獨超，逸才早貴。菁華挹叔度之豔，瀟灑挾蘇王之風……」。

按：「蘇王」當爲「蘇黄」之誤，指蘇軾和黄庭堅。可據通行諸本《曲品》校改。

（三）第二六〇頁「桐柏南宫妙選，東海英流。曼倩倜儻而陸沉，季子揣摩而脱穎。掀髯共推咳唾，摘齒不廢嘯歌」。

按：「摘齒」當爲「折齒」之誤。折齒，指受挫折而折斷牙齒。《史記·魯仲連鄒陽列傳》：「范雎摺脅折齒于魏，卒爲應侯。」

（四）第二六三頁「謝天啓思山，杭州人」。

按：「謝天啓」當爲「謝天瑞」之誤。《曲品》卷下車任遠《彈鋏》條，稱「杭人謝天瑞有《狐裘記》」。祁彪佳《遠山堂曲品》「具品」著録，也標作「謝天瑞」。他還撰有《劍丹記》，其落場詩云：「劍丹奇傳演分明，换羽移宫律調新。天瑞謝生因興趣，撰成留寄與知音」（《曲海總目提要》卷三六）。

（五）第二六六頁「香囊校正　詞白工整，盡填學問。此派從《琵琶》來，是前輩中最佳傳奇。毗陵邵給諫所作，佚其曲名」。

按：「毗陵邵給諫所作，佚其曲名」十一字爲注文，不應排成大字與正文相混，「曲名」之「曲」爲衍文，當删去，也應出校。

（六）第二六七頁「四節　清倩之筆，但傳景多屬牽强。置晉于唐後，亦嫌倒」。

按：通行諸本《曲品》「倒」上有「顛」，應據以補正，出校説明。

（七）第二六八頁「寶劍　李公作此記。……傳林沖事亦有佳處。内自撰曲調名，亦可」。

按：通行諸本《曲品》「亦可」作「亦奇」，當據以校正。

（八）第二七一頁「鑿井　通本曲腔名，俱用古戲，及串合者，此先生逞技處也」。

按：「及」字，《中國古典戲曲論著集成》本《曲品》作「名」字，是。應據以校改，同時去掉「古戲」後之逗號，作「俱用古戲名串合者」，方能讀通。

四、誤標

排印本《曲品》的標點，值得商榷之處亦不少，今不一一摘出，僅舉數例如下：

（一）第二五六頁「自昔伶人專習樂府，爨段，初翻院本，繼出金元，創名雜劇，沿作傳奇」。按：此段標點，割裂詞義，不知所云。應斷爲：「自昔伶人傳（「專」誤）習，樂府遞興，爨段初翻，院本繼出，金元創名雜劇，國初沿作傳奇」。

（二）第二五七頁「武康姚靜山，僅存一佚。惟觀《雙忠》，筆能寫義烈之肺腸，詞亦達事情之悲憤」。

按：「佚」、「觀」二字誤，鈔本原作「帙」、「睹」。「僅存一帙」後應爲逗號，「惟睹《雙忠》」當屬上讀，後用句號。

（三）第二五八頁「進而有宫調之學，類以相從。聲中緩急之節，紛以錯出。詞多檄戾之音，難欺師曠之聰，莫招公瑾之顧」。

按：「類以相從」四句爲四六句，應點作「類以相從，聲中緩急之節；紛以錯出，詞多激戾之音」。

（四）第二六九頁「五倫　大老巨筆，稍近腐，内《送行步》、《躡雲霄》曲，歌者習之」。

按：《伍倫記》第七齣《遣子赴科》有〔八聲甘州〕（前腔）「雲霄穩步這程途」曲，故應標作「内《送行》『步躡雲霄』曲」。

（五）第二七四頁「冬青……王固自諱，人遂訛傳，今已漸白。雜見王家乘、及元張丁，孔希魯，趙子常跋。謝皋羽《冬青樹》引，及季長沙《辨義録》，……」。

按：標點混亂，「元張丁，孔希魯，趙子常跋」中人名，不能用逗號隔開，應改爲頓號。「跋」字後句號應删去，改爲逗號。《冬青樹引》爲文章篇名，「引」字不應置于書名號外，删《冬青樹引》後逗號。《辨義録》後逗號，當改爲句號。可標爲：「雜見王家乘，及元張丁、孔希魯、趙子常跋，謝皋羽《冬青樹引》及季長沙《辨義録》。」《康熙會稽縣志》卷一五《祠祀志》中收有《冬青樹引跋》二則，一爲張丁所跋，一署孫希普識。故「孔希魯」當爲「孫希普」之誤。

（六）第二七五頁「乞麾……每讀兩行紅粉及緑葉成陰之句，輒爲柔腸欲絶」。

按：兩行紅粉、緑葉成陰應加引號，標爲「每讀『兩行紅粉』及『緑葉成陰』之句」。

（七）第二八一頁「清風亭……俗有申湘《藏珠記》，亦如此，而調不稱」。

按：「申湘」乃劇中人名，非作者，應括入書名號内爲《申湘藏珠記》。

（八）第二八七頁「釵釧　皇甫嵩事，非假托者。詞簡而朗觀，此可爲密事告友之戒」。

按：「觀」不應屬上，當與下句連讀。「朗」下加句號。

（九）第二八八頁「畫鶯　此《鍾情麗集》辜輅事，乃丘文莊公所撰，少年遇合事也，此事可傳，而發之未透快」。

按：「撰」字下逗號應删，「也」下逗號换成句號。

（一〇）第二九一頁「霞箋　此即心堅金石傳」。

按：「心堅金石傳」當加書名號，此傳見明陶輔《花影集》卷三（載何大掄《重刻增補燕居筆記》）。

（一一）第二九四頁「四賢記《輟耕録》中，載此烏古保事」。

按：「保」字誤，應爲「烏古孫」。

此外，由于過録時的粗心大意，或排印時的誤植，排印本《曲品》的錯字共三十九處之多。如「肖物」之「肖」誤作「有」（二六五頁）；「槎仙慧黠陳言」之「黠」誤作「點」；「朱瀨濱之「瀨」字誤作「湘」；「宦族清流」的「宦」字誤作「官」；「染指于斯道」之「于」字誤作「亓」；

「不若譜董賢更善」之「善」字誤作「喜」；「蓋王系國戚」之「系」字誤作「孫」；「青衣櫻桃」之「青」字誤作「債」。總之，不一而足，如不改正，容易産生歧義，誤導讀者。

呂天成的《曲品》是戲曲史上一部重要的論著，它的明刊本已佚。多年以來通行的諸本《曲品》，如暖紅室校刻本、吴梅校本、三種《曲苑》本，以及《中國古典戲曲論著集成》本，都是根據同一種清鈔本排印的，脱漏衍訛，比比皆是，況且又經過校訂者的改易，已非本來面目。有些戲曲論文和論著，引用此書而致誤者不少。我們希望此本新印的清初鈔本《曲品》，如能重印，請認真作一番訂正工作，免得又以訛傳訛，給戲曲研究者造成混亂。

原載《古籍整理出版情況簡報》第一七八期（一九八八九年）

上海戲劇學院《戲劇藝術》一九八九年第二期

附録四　主要引用書目

《何文肅公文集》　明何喬新　清康熙間刊本

《祝氏集略》　明祝允明　明嘉靖間刻本

《劉清惠公集》　明劉麟　明萬曆間刻本

《群玉樓稿》　明李默　明隆慶、萬曆間刻本

《陸子餘集》　明陸粲　明嘉靖間刻本

《皇甫司勳集》　明皇甫汸　明萬曆間刻本

《李開先集》　明李開先　中華書局上海編輯所排印本

《梅季豹居諸集》　明梅守箕　明萬曆間刻本

《蛣蜣集》　明鄭若庸　明隆慶間刻本

《震川先生集》　明歸有光　上海古籍出版社排印本

《滄溟先生集》　明李攀龍　明萬曆間刻本

《俞仲蔚先生集》　明俞允文　明萬曆間刻本

《鹿城詩集》　明梁辰魚　清鈔本

《徐渭集》　明徐渭　中華書局排印本

《太函副墨》　明汪道昆　明崇禎間刻本

《豐對樓詩選》　明沈明臣　明萬曆間刻本

《歐虞部集》　明歐大任　明刻本

《弇州山人四部稿》　明王世貞　明萬曆間刊本

《焚書》　明李贄　中華書局排印本

《處實堂集》《續集》　明張鳳翼　明萬曆間刻本

《貝葉齋稿》　明李言恭　明萬曆間刻本

《逋客集》　明袁表　明萬曆間刻本

《陸無從集》　明陸弼　《明詩百卅名家集鈔》本

《王奉常集》　明王世懋　明萬曆間刻本

《炳燭軒詩集》　明顧懋宏　《玉峰雍里顧氏六世詩文集》本

《棲真館集》　明屠隆　明萬曆間刻本

《梅顛稿選》　明周履靖　明刻本

《孫月峰先生全集》 明孫鑛 清刻本
《隅園集》 明陳與郊 明萬曆間刻本
《調象庵稿》 明鄒迪光 明萬曆間刻本
《大泌山房集》 明李維楨 明萬曆間刻本
《快雪堂集》 明馮夢楨 明萬曆間刻本
《鹿裘石室集》 明梅鼎祚 明天啓間刻本
《湯顯祖詩文集》 明湯顯祖 上海古籍出版社排印本
《問棘郵草》 明湯顯祖 明萬曆間刊本
《負抱堂集》 明臧懋循 古典文學出版社
《薄遊草》 明謝廷諒 明萬曆間刻本
《農丈人集》 明佘寅 明萬曆間刻本
《少室山房類稿》 明胡應麟 續金華叢書本
《虞德園先生集》 明虞淳熙 明天啓間刻本
《燕南遺稿》 明佘翹 清道光二年佘卓雲刊本
《坐隱先生集》 明汪廷訥 明刊本

《環翠堂華衮集》　明汪廷訥　明刊本
《秋水閣副墨》　明董光宏　明萬曆間刊本
《玄蓋副草》　明茅維　吴氏雍睦堂家刻本
《嬾真草堂集》　明顧起元　明萬曆間刻本
《顧太史編年集》　明顧起元　明刻本
《亘史》　明潘之恒　明天啓間刻本
《陳眉公先生全集》　明陳繼儒　明崇禎間刻本
《綸灑文集》　明龍膺　清光緒間家刻本
《青錦園文集選》　明葉憲祖　明刊本
《袁宏道集》　明袁宏道　上海古籍出版社
《寓林集》　明黄汝亨　明天啓間刻本
《玉書庭全集》　明丘兆麟　明崇禎刊本
《石滄三稿》　明曹學佺　明刊本
《澹生堂集》　明祁承爜　明崇禎間刻本
《三易集》　明唐時升　明崇禎間刊本

《石莊初集》　明陳弘緒　清康熙刊本
《牧齋初學集》　清錢謙益　《四部叢刊》本
《南雷集》　清黄宗羲　《四部叢刊》本
《内省齋文集》　清湯來賓　清刻本
《艮齋倦稿》　清尤侗　清刻本

《史記》　西漢司馬遷
《漢書》　東漢班固
《後漢書》　南朝宋范曄
《三國志》　晉陳壽
《晉書》　唐房玄齡等
《南史》　唐李延壽
《北史》　唐李延壽
《舊唐書》　後晉劉昫等
《新唐書》　宋歐陽修等

《宋史》 元脱脱等

《明史》 清張廷玉等 以上均見中華書局排印本

《萬曆宜興縣志》

《康熙蘇州府志》

《康熙常州府志》

《乾隆太倉州志》

《乾隆崑山新陽合志》

《嘉慶新修江寧府志》

《嘉慶安亭志》

《咸豐興化縣志》

《萬曆餘杭縣志》

《康熙浙江通志》

《雍正浙江通志》

《康熙會稽縣志》

《乾隆餘姚縣志》

《乾隆鄞縣志》
《乾隆奉化縣志》
《雍正慈谿縣志》
《嘉慶山陰縣志》
《嘉慶上虞縣志》
《光緒嘉興府志》
《民國烏青鎮志》
《康熙徽州府志》
《康熙休寧縣志》
《乾隆銅陵縣志》
《嘉慶寧國府志》
《道光歙縣志》
《光緒貴池縣志》
《民國蕪湖縣志》
《道光南城縣志》

《光緒撫州府志》

《道光耒陽縣志》

《光緒續修湖南靖州直隸州志》

《光緒興寧縣志》

《康熙沙縣志》

《康熙壽寧縣志》

《康熙通州志》

《乾隆直隸易州志》

《乾隆章丘縣志》

《乾隆新安縣志》

《道光清澗縣志》

《國朝獻徵録》　明焦竑　明萬曆間刻本

《本朝分省人物考》　明過庭訓　明天啓間刻本

《崑山人物傳》　明張大復　曬藍本

《嘉禾徵獻録》　明盛楓　檇李叢書本

《列朝詩集小傳》 清錢謙益 上海古籍出版社排印本
《啓禎野乘》 清鄒漪 故宫博物院鉛印本
《松陵文獻》 清潘聖章 清康熙三十二年遂初堂刊本
《甬上耆舊傳》 清李鄴嗣 清康熙間刊本
《檇李詩繫》 清沈季友 臺灣影印文淵閣四庫全書本
《沅湘耆舊集》 清鄧顯鶴 清道光年間小九華山樓刊本
《金陵通傳》 清陳作霖 清光緒年間瑞華館刊
《錢塘沈氏家乘》 清沈紹勳 清刻本
《吴江沈氏家譜》 清鈔本(據乾隆刊本鈔)
《姚江孫氏世乘》 清孫兆熙 據嘉慶戊辰静遠軒藏板重梓
《秀水卜氏家乘》 清嘉慶間纂修本
《濂江林氏家譜》 一九一四年鉛印本
《五松佘氏族譜》 一九二五年刊本
《湯顯祖年譜》 徐朔方 上海古籍出版社
《湯顯祖編年評傳》 黄芝岡 油印打字本

《列仙傳》漢劉向　龍谿精舍叢書本

《西京雜記》晉葛洪《四部叢刊》本

《搜神記》晉干寶　中華書局《古小説叢刊》本

《世説新語》南朝宋劉義慶　文學古籍刊行社

《雲溪友議》唐范攄《中國文學參考資料叢書》本

《唐摭言》五代王定保《中國文學參考資料叢書》本

《太平廣記》北宋李昉等　中華書局排印本

《避暑録話》南宋葉夢得　稗海本

《夷堅志》南宋洪邁　涵芬樓排印本

《容齋隨筆》南宋洪邁　商務印書館

《摭青雜説》南宋王明清　叢書集成本

《鶴林玉露》南宋羅大經　叢書集成本

《東軒筆録》南宋魏泰　叢書集成本

《醉翁談録》南宋羅燁　古典文學出版社排印本

《南村輟耕録》元陶宗儀　中華書局排印本

《雙槐歲鈔》　明黄瑜　叢書集成本
《覽勝紀遊》　明陸采　豐華堂清鈔本
《猥談》　明祝允明　廣百川學海本
《剪燈新話》　明瞿佑　上海古籍出版社
《剪燈餘話》　明李昌祺　上海古籍出版社
《燕居筆記》　明何大掄　明刊本
《四友齋叢説》　明何良俊　中華書局排印本
《留青日札摘鈔》　明田藝蘅　叢書集成本
《青泥蓮花記》　明梅鼎祚　臺灣筆記小説大觀十四編所收本
《三家村老委談》　明徐復祚　借月山房彙鈔本
《見只編》　明姚士粦　叢書集成本
《萬曆野獲編》　明沈德符　中華書局排印本
《金陵瑣事》　明周暉　古典文學出版社影印本
《新刻耳談》　明王同軌　明刊本
《情史類略》　明馮夢龍　岳麓書社

《味水軒日記》明李日華　清嘉慶二十三年刊本
《堯山堂曲紀》明蔣一葵　新曲苑本
《梅花草堂筆談》明張大復　《中國文學珍本叢書》本
《酌中志》明劉若愚　叢書集成本
《思舊録》清黄宗羲　昭代叢書本
《堅瓠集》清褚人穫　清刊本
《柳南隨筆》清王應奎　中華書局
《揚州畫舫録》清李斗　江蘇廣陵古籍刻印社
《吴郡文編》清顧沅湘　稿本
《本事詩》唐孟棨《中國文學參考資料叢書》本
《唐詩紀事》南宋計有功　中華書局上海編輯所排印本
《静志居詩話》清朱彝尊　清嘉慶二十四年刻本
《元詩選癸集》清席世臣　清光緒十四年掃葉山房本
《詞林一枝》明黄文華選輯　明萬曆間刻本
《八能奏錦》明黄文華編　明萬曆間刻本

《樂府精華》 明劉君錫輯 明萬曆庚子(一六〇〇)三槐堂刻本

《樂府紅珊》 明秦淮墨客選輯 王秋桂編《善本戲曲叢刊》據嘉慶庚申(一八〇〇)積秀堂覆刻本影印(臺灣學生書局刊行)

《陽春奏》 黄正位編 明萬曆三十七年(一六〇九)刻本

《玉谷新簧》 明景居士編 明萬曆三十八年(一六一〇)刻本

《摘錦奇音》 明龔正我編 《善本戲曲叢刊》據明萬曆三十九年(一六一一)敦睦堂刻本影印

《吴歈萃雅》 明梯月主人編 明萬曆丙辰(一六一六)刻本

《大明春》 明程萬里選 明萬曆間刻本

《徽池雅調》 明熊稔寰編 《秋月夜》據明萬曆間刻本石印

《堯天樂》 明殷啓聖彙輯 《秋月夜》本

《月露音》 明淩虛子編 明萬曆間刻本

《賽徵歌集》 明無名氏編 明萬曆間刻本

《南北詞廣韻選》 明徐復祚 清初鈔本

《群音類選》 明胡文焕編 中華書局影印本

《時調青崑》　明黄儒卿選　明萬曆間刻本

《樂府名詞》　明鮑啓心編　明萬曆間刻本

《樂府争奇》　明汪公亮編　明刻本（殘）

《詞林逸響》　明許宇編　明天啓三年（一六二三）萃錦堂刻本

《萬壑清音》　明上雲居士選輯　明天啓四年（一六二四）刻本

《怡春錦》　明沖和居士編　明崇禎間刻本

《樂府遏雲編》　明槐鼎、吴之俊編　明末刻本

《樂府珊珊集》　明周之標編　明末刻本

《綴白裘合選》　明欝岡樵隱、積金山人　清康熙間翼聖堂刻本

《南音三籟》　明淩濛初編　一九六三年上海古籍書店據明末刊本影印

《歌林拾翠》　清無名氏編　清順治十六年（一六五九）奎壁齋刻本

《萬錦清音》　清方來館主人編　清順治十八年（一六六一）方來館刻本

《綴白裘》　清錢德蒼編　掃葉山房石印本

《繡刻演劇》　明金陵富春堂、世德堂等書坊分刊合印本

《戲曲四十種》　清瑞鶴山房鈔本

《古本戲曲叢刊》(初集、二集) 古本戲曲叢刊編刊委員會輯 一九五四—一九五五年文學古籍刊行社影印本

《詩餘圖譜》 明謝天瑞編 明萬曆間刻本

《南北宮詞紀》 明陳所聞編 明刊本

《南北宮詞紀校補》 吴曉鈴校補 中華書局上海編輯所

《太霞新奏》 明顧曲散人(馮夢龍)編 北平圖書館影印本

《南九宮十三調曲譜》 明沈璟 北京大學影印本

《南詞新譜》 明沈自晉 北京大學影印本

《南曲九宮正始》 清徐于室編 鈕少雅訂 戲曲文獻流通會據鈔本印行

《寒山堂南曲譜》 清張彝宣編 中國藝術研究院戲曲研究所鈔本

《永樂大典目録》(戲文目録) 清楊氏連筠簃刊本

《百川書志》 明高儒撰 古典文學出版社

《晁氏寶文堂書目》 明晁瑮撰 古典文學出版社

《紅雨樓書目》 明徐𤊹撰 古典文學出版社

《奕慶藏書樓書目》 清祁理孫撰 古典文學出版社

《鳴野山房書目》　清沈復粲撰　古典文學出版社

《四庫全書總目》　清永瑢等撰　中華書局

《笠閣批評舊戲目》　清笠閣漁翁撰　《中國古典戲曲論著集成》本　中國戲劇出版社

《新傳奇品》　清高奕撰　《中國古典戲曲論著集成》本

《古人傳奇總目》　清無名氏撰　《中國古典戲曲論著集成》本

《傳奇彙考標目》（包括增訂本）　清無名氏撰　《中國古典戲曲論著集成》本

《典目表》　清支豐宜撰　《中國古典戲曲論著集成》本

《曲海總目提要》　董康等校訂　人民文學出版社

《曲海總目提要補編》　北嬰編　人民文學出版社

《今樂考證》　清姚燮　《中國古典戲曲論著集成》本

《曲録》　王國維　《增補曲苑》本

《記玉霜簃所藏鈔本戲曲》　杜穎陶　鉛印本

《西諦書目》　鄭振鐸　文物出版社

《劫中得書記》《續記》　鄭振鐸　上海古典文學出版社

《日本東京所見小説書目》　孫楷第　人民文學出版社

《元代雜劇全目》 傅惜華 作家出版社
《明代雜劇全目》 傅惜華 作家出版社
《明代傳奇全目》 傅惜華 人民文學出版社
《録鬼簿》元鍾嗣成
《太和正音譜》 明朱權
《南詞叙録》 明徐渭
《曲藻》 明王世貞
《曲律》 明王驥德
《曲論》 明徐復祚
《譚曲雜劄》 明淩濛初
《遠山堂明曲品劇品》 明祁彪佳
《閒情偶寄》 清李漁
《劇話》 清李調元
《劇説》 清焦循

《曲話》清梁廷枏　以上均係《中國古典戲曲論著集成》本
《菉猗室曲話》姚華新　曲苑本
《王國維戲曲論文集》王國維　中國戲劇出版社
《顧曲麈談》吴梅　一九一六年商務印書館
《白川集》傅芸子　一九四三年日本文求堂書店
《小説考證》蔣瑞藻　一九三五年商務印書館
《小説戲曲新考》趙景深　一九三三年十月版
《讀曲隨筆》趙景深　北新書局一九三六年版
《曲論初探》趙景深　上海文藝出版社
《話本與古劇》譚正璧　上海古典文學出版社
《古劇説彙》馮沅君　作家出版社
《宋元戲文輯佚》錢南揚　上海古典文學出版社
《戲文概論》錢南揚　上海古籍出版社
《宋金雜劇考》胡忌　上海古典文學出版社
《明代劇作家研究》（日）八木澤元　一九五九年日本講談社

《小説戲曲叢考》　葉德均　中華書局
《話本小説概論》　胡士瑩　中華書局
《青陽腔劇目匯編》　安徽省藝術研究所　安慶市黄梅戲研究所等合編　一九九一年
《元明散曲小史》　梁乙真　一九三四年商務印書館
《中國近世戲曲史》（日）青木正兒著　王古魯譯　一九三六年商務印書館
《插圖本中國文學史》　鄭振鐸　作家出版社
《中國戲劇史長編》　周貽白　人民文學出版社

後記

一九八一年十月，當《曲品校注》初稿甫成，就聽説路工珍藏一部與通行各本迥異的鈔本《曲品》。因爲與路工先生素昧平生，不敢造次，故無緣獲見，而引以爲憾。後來在一家雜誌上，拜讀到他的《明代戲曲評論家吕天成》大文，據透露那是吕氏的手稿本，已收進《訪書見聞録》中，即將付梓。得知此確切信息，我愈加企望該書能早日公之於世，好一睹爲快。《曲品》原刊已散佚三百餘載，今復有手稿幸存於天壤間，豈不令人心嚮往之！

一九八五年秋，我訪書於滬寧一帶，偶閒步書肆，得見新出的《訪書見聞録》，真是喜出望外，當即購之以歸。我將其中的《曲品》仔細通讀一過，發現《琵琶記》作者高則誠的籍貫「永嘉人」上，冠以「明」字，而此字從來不見諸他本。這雖説一字之差，則關係實大。既然是手稿本，此「明」字照理不當出於本朝人之筆下。於是我心生疑竇，開始對其真僞打上問號。不久，又拿他同乾隆楊志鴻鈔本《曲品》相比勘，此本除多出《曲品補遺》和極少數作者劇目的評語互有出入外，兩者的文字基本一致。但錯字累累，且有不少脱漏。在無難道這就是出自吕天成之手的稿本嗎？因此，我想目驗原本的心情更加迫切了。

由獲睹原書的情況下，我只能把排印本的材料，吸收到《曲品校注》中去，然而心裏却一直忐忑不安。

一九八六年八月，我又因公南下，未料天緣巧遇，與路工先生邂逅於滬。我們同下榻上海文藝出版社招待所，況且比鄰而居。這時我纔知道他積年的藏書，已泰半易主，《曲品》當然也包括在內。經他熱情指示，回到北京，我很快就如願以償了。數年來孜孜以求，《曲品》之存本終於几案羅列，不再遺漏，怎能不歡欣雀躍！我將新從中華書局借來的鈔本，送呈雷夢水、袁行雲兩位先生，經他們從紙張墨色等方面鑒定，果然非吕氏手稿本，而是清初人的鈔本。用以對照新排印本，後者衍訛脱漏，顯然出於編者的謄録和手民的誤植。儘管不是稿本，但數它最早，其中有些材料也爲他本所無，此實爲諸本之上乘。我復用他重新對校注稿作了一次修訂。至此於心稍稍安穩矣。

明代戲曲作家鄭之文，寫完《芍藥記》傳奇後，向友人黄汝亨求序。黄氏覆信説：「鄙意則以吾丈雲氣直上，有千秋無窮之業，刻此傳願少隱香名，如湯若士清遠道人之題，庶不刺俗人忌才者之眼。」（《寓林集》卷二七）玩味文意，這後一句不過是託辭。其實封建士大夫大多鄙薄戲曲，認爲不登大雅，如染指此道，應隱姓埋名，否則會招致物議。正因爲這樣，過去許多作者姓名不彰，生平事蹟不易稽考；其作品或自生自滅，或屢遭兵燹之厄，幾乎散失殆盡，難以探本溯源，得窺原貌。我之所以選擇《曲品》作爲研究課題，不止是爲了整理出一個可讀可用的善本，而是用力於資料的蒐集和考訂，給研究者提供一些新的綫索和材料。這本《曲品校注》從草創到殺青，雖然數易寒暑，其間又幾次修訂和補充，但終爲自己能力所限，還有不少作者的生平、作品的内容，無從覓求，只好付諸闕如。附録中所收的兩篇拙文，並不是有甚麽參考價值，雪泥鴻爪，藉以回顧自己在研究道路上的足跡而已。至於書中不妥甚至錯誤之處，都在所難免，殷切期待讀者的批評。

在本書校注過程中，始終得到師友的關心和幫助。俞琳先生將他所收藏的一九一八年北京大學初印本《曲品》贈與我使用。尤其是中華書局的程毅中先生，以及黄克和李復波同志，認真細緻地審讀了原稿，使我獲益匪淺，得以避免許多疏謬。張庚先生是我所敬重的師長，他一貫重視和關懷戲曲文獻工作，所賜大序，對我既是鼓勵也是鞭策。又承袁行雲先生題寫書名。特此一併致以謝忱！

吴書蔭

一九八七年七月於雙桐書屋

重印後記

《曲品校注》問世以後，陸續收到不少師友和讀者來信，不管是熱情的肯定，還是懇切的批評，對我都是一種莫大的鼓勵和鞭策！

令人感動的是，這樣一本淺薄的小書，竟得到了大家的關注，像徐朔方和胡忌兩位先生，不僅提出寶貴的意見，而且告以新的資料或綫索；徐扶明先生不顧年老體弱，非常認真地將書中的疏漏逐條鈔示，供給我修訂時參考。這些都表達了老一輩專家對後學者的熱誠關懷和愛護。即使與我尚無一面之緣的黄霖教授，也囑託劉輝學長，轉達他對屠隆用名的看法，使我廣增聞見，並匡正了有關校記的判斷失誤。在此謹向他們及其他關心此書的讀者，致以衷心的謝意。

這次重印只訂正了明顯的訛誤和錯字，不可能對全書作較大的修改，但排印中的一些脱漏，以及幾處需要補充材料或作説明的地方，因受到版面的限制，難以訂補進去，只好附記於此，作爲勘誤和補充。

（一）頁一三行一二，「中麓」下應補「子」字。

（二）頁三九行九，《存孤記》下應補《椒觴記》、《分鞋記》，「四種」改爲「六種」。按：這兩種傳奇最早見於沈德符《萬曆野獲編》卷二十五《填詞名手》中，但呂氏《曲品》、祁彪佳《遠山堂曲品》均未著録，馮夢楨《陸子玄詩集序》中，也只提到《明珠》、《會真》（即《南西廂》）、《存孤》諸記，並未涉及它們，今人葉德均亦説：「陸采作《分鞋記》（一名《易鞋記》），未可遽信。」（《祁氏曲品劇品補校》）鑒於上述原因，當時我也抱有懷疑態度，没有將《椒觴》、《分鞋》列在陸氏名下。 扶明先生惠書云：「葉氏之説不可信，據我考證，陸采確有此劇。」今遵照他的意見，兩劇都應該是陸采的作品。

（三）頁八六行一四後，補入「按：徐朔方先生賜函云：周履靖終年，應爲九十一歲」。

（四）頁九四行三，頁三四五行一四，兩「稿本」均應改爲「清初鈔本」。

（五）頁一四二行一三，「集成本同」下，應加上「但『鑾』均作『鸞』」五字。 胡忌先生前不久惠示：「吴梅校本原作金鸞，『鸞』字應校出，且不誤！ 上海圖書館藏有明萬曆年間畫卷，上有金鸞題句，末署『白嶼山人金鸞』。 最近《文獻》第四輯上披露官桂銓補白，有此事介紹，可參看。」

（六）頁一七四行一一，「竹林深處」下，當補「是家鄉」三字。

（七）頁一七九行七，「同治元年（一八六二）」，應改爲「咸豐、同治年間」。

（八）頁一九六行一二，《賞菊聞報》圓括號下，補《姑嫂相逢》。

（九）頁二〇七行一〇，「先世」應作「先是世」。

（一〇）頁二一〇行一六，「劉義」脱「天」字，應爲「劉天義」。

（一一）頁二三〇行一五「虎符」下，頁二六四行九「上」字下，頁一五一行二「嶔」字下，均需加上「除清鈔本外」五字。

（一二）頁二六四行一四，應删去「元年（一八六二）」。

（一三）頁三三八行六，校記（一）下，應補「原本作『王貞伯』」六字。

（一四）頁三三九行八後，補入「按：因張鳳翼亦有同名傳奇，今所存佚曲不詳出自誰手，故兩處都録之，以待考。」

（一五）頁三五七行六，《俠君贈妹》下，應補《剪髮自誓》。

（一六）頁三六一行一〇，删去「本事不詳」，補「本事出自《名媛詩歸》卷二十八《吴氏女》，亦見《情史》卷三《江情》。」按：安徽友人班友書先生對青陽腔做過潛心研究，經他多年辛勤蒐集，與王兆乾先生合編有《青陽腔劇目彙編》，承蒙惠贈一部。他們在岳西高腔中發現明金懷玉《香球記》的佚曲一齣，即《姜碧釣魚》和《拷紅》，已收入該書下册。從這兩齣的劇情來看，與《曲品》、《遠山堂曲品》所述大致相似，不過劇中人物的姓名略有差異。據云其他高腔劇種中亦有《香球記》的劇目。説明這本傳奇並没有全部佚失，至少有部分内容經過民間戲曲藝人的改編，仍在流傳中。

(一七)頁三八九行一，箋注後漏排「〔二〕王洙，字杏壇，錢塘(今浙江杭州)人。僅知著有傳奇《合襟記》一種。生平事蹟待考。」

(一八)頁三九四行一四，「亦不見著録」下，應補「《群音類選》卷二十一收録有《春遊遇妓》、《月夜追歡》、《復入烟花》、《分釵夜別》、《計誘皮氏》、《私通苟合》等六齣佚曲」。

本書引用的材料較多，而《曲品》本身問題亦不少，況且版本零亂繁瑣，雖然經過這次重印的訂補，但可能還會有錯誤，敬祈方家和讀者繼續賜教。

最後，我要特別感謝中華書局，如果没有編輯所付出的辛勤勞動，没有領導和出版部門的大力支持，這種賠錢的書就很難出版，更談不上在這樣短的時間内予以重印。對他們的熱心扶植，我將永記不忘！

吳書蔭

一九九三年清明

修訂附記

《曲品校注》一九九〇年八月出版，至今已經十五個春秋了。謬承中華書局的重視和學術界讀者的厚愛，這本專業性較强而讀者面窄的小書，曾經在一九九四年八月修訂重印過一次。這些年來，雖然筆者仍在明清戲曲文獻的園地裏耕耘，並時有所獲，但考慮到此書的體例，這次修訂不做較大的修改和增補，只認真復核了原書，改正了少量排印和箋注的舛誤，並補充了一些新材料。如關於陸弼的生卒年，本書原據李斗《揚州畫舫録》所載小傳推考有誤差，此次修訂便據明俞安期《紀哀詩》作了訂正。《紀哀詩》共二十三首，每首詩前均有小序，紀所哀悼者的簡歷和卒年。如：「陸無從，名弼，江都人。以明經歲貢，廷試不赴，著述老於家，有《正始堂集》。年八十六卒，癸丑。」（《翏翏集》卷十）「癸丑」爲萬曆四十一年（一六一三），既然卒於是年，據此上推，當生於嘉靖七年戊子（一五二八）。陸弼生卒年應爲（一五二八—一六一三）。因受版面的限制，有些非常有價值的材料難以補充進去，只好附記於此，以供讀者參考：

一、鄭志良博士所提供的《孝廉佘聿雲先生墓表》，是一篇罕見的傳記材料，載明陳弘緒《石莊初集》之《寒崖近稿》卷一。它對佘翹(聿雲)的家世、生平、科第、交遊、著述的記載，比本書所引《光緒安徽通志》的小傳更爲詳盡。佘翹的戲曲作品除《鎖骨菩薩》雜劇、《量江記》、《賜環記》傳奇外，「墓表」又增添了一種《冰衷記》傳奇，當時曾刊印行世，惜無傳本，從不見明清以來戲曲書目著録，所演何事也不可考知。南京圖書館藏有清道光二年(一八二二)佘卓霖刊刻的《燕南遺稿》，包括《翠微集》、《白下集》、《浮齋百詠》、《秋浦吟》諸書，佘氏的詩文集基本保留下來。

二、傅惜華《明代傳奇全目》著録《鷙鴻記》版本，有明萬曆十八年(一五九〇)原刻本，日本神田喜一郎所藏。首載萬曆庚寅七月七日沈肇元元瀛父書于清音館之《叙鷙鴻》；又七月七夕叔華周鄭王《鷙鴻記叙》。筆者當年無緣獲睹此書，數年前，承九州大學文學部竹村則行教授寄贈大作《鷙鴻記校注》(稿)，所用的底本就是神田喜一郎的舊藏本，今歸日本大谷大學，使我欣忭何似。集前果有沈肇元和叔華周鄭王的兩篇叙，沈叙云：「《鷙鴻記》者，余友人仲子所爲，睥睨滑稽爲東方玩世之語，以寄其牢騷不平之氣者也。……蓋扼腕月餘，而《鷙鴻》遂成。」吴世美字叔華，應爲行三，爲何稱其爲「仲子」(文中亦稱「仲生」)呢？讀了叔華的《叙》才豁然明白，《叙》云：「余兄仲氏，適覽及之，輒慷慨涕洟，百憤俱集，心不可止，度爲新聲。……斯仲氏鬱鬱之懷，耿耿之恨。大雅君子，其勿以吾兄乃優伶儺劇之心，同類而見鄙哉。」原來所謂「仲子」、「仲生」、「仲氏」，都是對吴世美（叔華）仲兄的稱呼，非常清楚，《驚鴻記》非吴世美所作，而是其二兄的作品。這兩篇叙言可以糾正自《曲品》以來各種戲曲書録和論著的錯誤，爲進一步考訂作者的字號和生平，提供了極有價值的材料。

三、蘇漢英名元儁，撰有《吕真人夢境記》。鄭志良博士從明丘兆麟《玉書庭全集》卷十九發現《閩蘇漢英先生墓志銘》，與本書引自《康熙沙縣志》卷十的蘇漢英小傳（見八十六頁）如出一轍，顯然「縣志」是根據「墓志」改編的。但改寫時將蘇氏最後一次參加科考的「丙午」（萬曆三十四年）年誤成了「丙子」（萬曆四年），使蘇漢英生活的年代提前了三十年，這樣就影響對其劇作的理解。説見鄭志良《論蘇元儁和他的〈吕真人黄粱夢境記〉》（《藝術百家》二〇〇四年第四期）。

四、明吴之鯨《瑶草園集》卷一有《歌風記引語》，云：「漢高既營新豐娱太上，復於沛中置枌榆社、歌風台，魂魄猶樂思沛。因思王子喬挾雲和跨青城使者，翱翔八極，乃一年一度歸來，故鄉之不易忘情如此。吾友延陵君，閎覽彊識，才致超忽。讀《大風歌》而快之，雖披藻采，一時迸出，真可謂文異水而泉湧，筆非秋而垂露。騷賦滑稽，此其東方朔饒舌矣。寇圜氏淹雅好文，欣賞付鐫。」延陵，春秋吴邑（今江蘇常州），季札封於此。後吴氏以延陵爲郡望，《歌風記》的作者應姓吴，而筆者據「庚生氏」疑爲潘之恒，恐不確。這篇「引語」所透露的訊息，爲深入考訂此劇的作者提供了線索。

五、《雙鳳記》的作者陸華甫，《曲品》未載其名，籍里也不確。近讀明歐大任《南浮集序》，云：「吴人陸華甫遊嶺南，有詩二卷刻之，而屬余序。……余以憂歸，華甫送余固陵，雪涕而别。曰：『昺未老，必訪足下，依廬奉生芻于太夫人墓下也。』」（《明文海》卷三四三）。其小傳見《康熙常熟縣志》卷二十「文苑」：「陸昺，字華甫，隱居畢澤，因號畢淵。少從文徵明遊，書畫得其遺意。尤工詩，有詩稿行世。」儘管記載還很簡略，但可訂《曲品》之誤，並補其不足。

多年來中華書局新老領導始終給予筆者以熱情的關懷和支持，李忠良編輯爲拙著的修訂付出了辛勤的勞動，竹村則行教授和鄭志良博士慷慨提供資料，這裏向他們致以衷心的感謝。

吴書蔭

二〇〇五年小滿

增訂後記

《曲品校注》的初稿，完成於上世紀八十年代初，一九九〇年出版，迄今已逾三十年。其間雖經數次修訂，但學術界對明代戲曲的研究不斷深入，時有新資料發見和研究成果面世。筆者趁《曲品校注》改版重印，對此書作了全面的修訂。這主要包括以下幾個方面：

一、補入新材料和研究成果

《斷髮記》傳奇，舊本未題作者姓名，後有無名氏與李開先兩説。筆者認爲非李開先作（詳見正文「斷髮記」條箋注）。近年有歐陽江琳《〈斷髮記〉作者考辨》、劉恒《〈斷髮記〉版本、流傳及作者考辨》兩文，一致認爲《斷髮記》作者不是李開先，並進行了詳細的考證，列舉出更多的證據，進一步印證了筆者的觀點。

《驚鴻記》傳奇，吕天成將其繫於烏程人吴世美名下，筆者考知其作者非吴世美，乃爲其仲兄，《曲品校注》二〇〇五年修訂時已在後記作過説明。二〇一三年，《文化遺産》刊發李潔的《〈驚鴻記〉的作者及其家世考》一文，考證出吴世美仲兄之名，以及其字號、家世、交游和著述等情況，爲《驚鴻記》的研究提供了更堅實的證據和更豐富的材料。

再如，《懷香記》系汲古閣原刊本《六十種曲》中的名劇，署名陸采。而張文德《沈鯨〈青瑣記〉與今存本〈懷香記〉關係論考》一文，認爲《青瑣記》與《懷香記》爲同劇異名，而陸采同題材之《偷香記》已佚。顧芯佳考訂沈鯨非平湖人，而是揚州府人，弘治十二年（一四九九）任嘉興府知事。像這類的新材料、新成果，本次增訂中還有數處，詳見文中，兹不贅述。多年來廣大讀者和同道，對拙著多有匡正，謹此一併致謝。

二、訂正訛誤

《曲品校注》初版問世后，承蒙讀者的厚愛，時間不長即予重印。但限於當時的印刷條件，無法對文字作較大的修改或增補，只能挖改個别排印錯誤。這次增訂改用電腦排版，不再受原紙型的限制，遂趁此機會，對全書的正文、校記和箋注，作一全面檢覈，改正手民之誤。如徐復祚《宵光》寫衛青事，因其寶劍夜發毫光，故名「宵光」，正文中誤爲「霄光」；還有個别舊版沿襲的錯誤，如朱瀨濱《鸞箏》寫張居正奪情視事，注文所引的《明史》原文，應見於吳中行傳，可是誤爲張居正傳。諸如此類的訛誤，本次增訂皆予以改正。

三、詳注語辭

除了考訂《曲品》所涉的作家作品，對吕天成行文中的語辭、故實，筆者也力求詳加注解，尤其是不常見於其他典籍和辭書，而戲曲批評中又常用的詞彙。像「月露」一詞，《曲品》多次用來品評曲家，如「周憲王色天散聖，樂國飛仙。胤出天潢，才分月露」「鄭工部月露才華」「袁孝廉逸才月露」等。「月露」典出《隋書·李諤傳》，原是以「風雲月露」形容文章長於藻飾，不尚質實。後人逐漸隱去其貶義，用「月露」形容華美的文采。明代淩虛子等選編的戲曲劇本，就以《月露音》爲名。這裏的「月露」不僅指長於案頭創作，更有知音賞曲的意思。所以吕天成除用來稱贊曲家的出衆文才外，還肯定其擅長於賞音度曲。

四、重編索引，新增目録

《曲品校注》初版即附《曲家劇目索引》，採用四角號碼檢字法。這次將曲家與劇目分爲兩套索引，並將見於本書的曲家姓名字號都分別立目，以便於查檢。考慮到當今讀者的閱讀習慣，改用音序檢字法。同時據增訂後的内容，梳理出全書目録，置於卷首，使全書眉目清晰，展卷即能了解其體例内容。此外，對卷末所附的引用書目也作了修訂，補録了此前失收的書目若干種，並改正了誤用的書名。

校讀書稿的過程中，責編李若彬女士不僅認真核查了全書的正文，而且對有關箋注中的引文，也逐一查證原書。從鉛字版改爲電腦排版過程中，馬婧女士和出版社諸同志付出了辛勤的勞動，才使本書以今天的面貌呈現在讀者面前。這裏向他們致以最誠摯的謝意。

總之，本次增訂，增補新成果，訂正舊錯誤，盡力使原書趨於完善，可以説是《曲品校注》問世以來比較準確、比較全面的版本。也是筆者將多年來對《曲品》和相關的古代戲曲文獻的研究成果，向諸師友及廣大讀者作一匯報。其中不足之處，祈請方家和讀者匡正。

吴書蔭

二〇一九年元宵節

曲家姓名字號索引

T

W

X

劇目索引